一级控告

YIJI KONGGAO

怜心 著

北方文艺出版社

图书在版编目（**CIP**）数据

一级控告 / 怜心著 . -- 哈尔滨 : 北方文艺出版社，2019.3

ISBN 978-7-5317-4240-1

Ⅰ . ①一… Ⅱ . ①怜… Ⅲ . ①侦探小说 – 中国 – 当代 Ⅳ . ① I247.5

中国版本图书馆 CIP 数据核字（2018）第 287772 号

一级控告
Yiji Konggao

作　者 / 怜　心

责任编辑 / 宋玉成　赵晓丹

封面设计 / 琥珀视觉

出版发行 / 北方文艺出版社

发行电话 /（0451）85951921 85951915

地　址 / 哈尔滨市南岗区林兴街 3 号

邮　编 / 150080

经　销 / 新华书店

网　址 / www.bfwy.com

印　刷 / 捷鹰印刷（天津）有限公司

开　本 / 710mm × 1000mm　1/ 16

字　数 / 572 千

印　张 / 35

版　次 / 2019 年 3 月第 1 版

印　次 / 2019 年 3 月第 1 次印刷

书　号 / ISBN 978-7-5317-4240-1

定　价 / 58.00 元

目 录

★卷三　幼儿离奇死亡案

卷　一

天价彩礼弑父杀母引出悬案

第一章

不凑 20 万，就跟你们断绝关系

“我要 20 万！你只给我 10 万？”

“儿子，实在凑不到！我借遍亲戚才借到这 10 万块。”

“我不管！佳慧父母已经发话，彩礼一定要 20 万！只差 10 万，不多，你们想想办法。”

大门“砰”地被人用力关上，客厅里的两位老人看着这扇关闭的门，唉声叹气地坐到沙发上，愁眉不展，面面相觑。

蔡勇军手指微抖地掏出根烟，一边点烟一边问：“还有哪个亲戚没有借钱的？你把联系方式翻翻。”

方丽萍翻出联系本，仔仔细细地看了两个来回，无奈地回答：“都借了，”她情绪低落地补充，“为了帮儿子买新房，咱们这老房子还从银行抵押了 20 万，加上借的这 10 万，已经欠了 30 万。老蔡，我们拿什么还啊？”

“没办法，佳慧都怀孕了，这婚必须结。”

“咱们买新房的时候，就不应该加上邓佳慧的名字。”

“唠叨这些有什么用？现在是要让儿子知道，我们只拿得出这 10 万块。要不，把从银行贷 20 万的事告诉儿子？他知道我们欠一屁股债，还会忍心逼我们去借钱？”

“不行。”方丽萍直接拒绝，“不能让儿子有那么大的压力。银行的 20 万我们偷偷还。”

“那彩礼钱就只有这 10 万，邓佳慧爱要不要。实在不行，孙子也不指望了。”

“不行。”方丽萍想起婚房写着儿媳名字，心疼地摇头，“婚房写了她一半名字，退婚她肯定要赖。”

“那就约邓佳慧来商量商量，让她去做做她妈的思想工作？”

“好。”方丽萍给邓佳慧打电话，讨好地叫邓佳慧回家吃晚饭。电话那头的邓佳慧高兴地答应了。

方丽萍从下午 4 点就开始忙乎晚饭，等邓佳慧和儿子蔡文星到家时，她已经准备好了六菜一汤。

饭桌上鸡鸭鱼肉各种菜肴都有。

邓佳慧中等姿色，身高 1.6 米，但身材非常好，该瘦的地方瘦，该有肉的地方有肉。邓佳慧一进门就嘴甜地喊爸妈。方丽萍招呼她坐下，饭吃到一半，才小心翼翼地问：“佳慧，你妈一定要 20 万彩礼吗？”

邓佳慧瞬间明白未来婆婆叫她今天过来吃饭的意思，她应付着：“我妈说彩礼一分都不能少。”

“佳慧，婚房我们也没计较，也写了你的名字。彩礼能通融通融不？”

“妈，婚房和彩礼钱不是一码事。”

“佳慧，我们真拿不出 20 万。”

“妈，您可以去借呀！”

“佳慧，我和文星爸两个人的工资加起来只有四千六。一年就算再省，也只能存 4 万块。借 20 万得还到什么时候？”

“5 年就还完了啊！”邓佳慧认真地和她算账，“妈，一年 4 万，5 年不就 20 万吗？”

“我们还……”方丽萍话到嘴边又咽了回去。

蔡文星焦急地问：“妈，20 万彩礼还嫌多？”

方丽萍叹气：“儿子，不是 20 万的问题。”

“怎么不是？买房子的 60 万首付没欠别人一毛，现在我只要求你们再借 20 万给我结婚，怎么就不行呢？”蔡文星不耐烦地瞪着方丽萍。从小到大父母对他有求必应，可到结婚这紧急关头就掉链子。他扫了眼这老房子：“妈，实在不行就把老房子卖了呗，怎么也能卖 20 万。”

“佳慧说婚后不跟我们两个老的住，卖了这房子，我和你爸住哪儿啊？”方丽萍皱起眉头。

“可以租房住。”邓佳慧建议。

“就你爸那点儿工资，到时候要养活我们两个老的，还要还债、交房租，现实吗？”

“妈，我和文星会养你们。”

“呵。”方丽萍冷冷一笑，不想再说话。

埋头吃饭的蔡勇军把筷子往桌上一拍，起身，愤怒地说：“实在不行就不结了。”他说完走回房间。

蔡文星也把筷子往桌上一拍，站起身，眼里喷出火，故意冲蔡勇军背影喊：“如果娶不到佳慧，我死给你们看！”邓佳慧识趣地跟着站起身，不掺和他们的家事，她觉得这一切与自己无关。

方丽萍一听儿子说死就心急：“别动不动就说死。”

“妈，才20万！不多！”

“可妈实在弄不到钱了！”

“妈，必须凑20万给我！否则，我跟你们断绝关系！”

“儿子！”方丽萍攥住他的手腕，眼里火辣辣地疼，“你这是逼爸爸妈妈去死啊！”

“我不管！你们死也要把钱齐！”蔡文星甩开母亲的手，带着邓佳慧头也不回地离开了。

方丽萍怔在原地，许久都回不过神。

死之前也要把钱弄给他？儿子什么时候变成这样了？

晚上，方丽萍和蔡勇军早早上床休息，可躺下还没一会儿，就听到外面传来巨大的关门声，接着客厅传来儿子的咒骂声。

“20万哪里多？随便借借就有了，净找借口。为了儿子结婚，卖套老房子也不愿意！”

“佳慧刚才跟我提分手，还说要打胎。反正，谁让我结不了婚，我让谁家无宁日，不得好死。”

蔡勇军忍了很久，最后实在按捺不住，气冲冲地跑到客厅指着儿子骂道：“畜生，你再说一遍！你让谁不得好死？”

“你们让我娶不了佳慧，我就让你们不得好死。”

“我告诉你，彩礼就10万，你爱要不要！”

"你凭什么不给我 20 万？"

"我凭什么给你 20 万？"

"老子给儿子娶媳妇天经地义！"

"你信不信我打死你这个浑球儿？"

"你以为我怕你？"

方丽萍本来头疼地躺在床上，不想去掺和，可是客厅骂战结束后，传来打斗声。她怕老公打伤儿子，一骨碌下床，刚跑到客厅，就被眼前这一幕吓得发出阵阵尖叫。

客厅的家具东倒西歪，父子俩已经打成了一团。蔡勇军老了，力气不敌儿子，被儿子打倒在地。蔡勇军刚倒地，还没来得及回过神，蔡文星已经举起凳子朝他身上砸下。情急之下，方丽萍跑过去挡在蔡勇军身上，对着蔡文星号啕大哭："文星，他是你爸啊！"

蔡文星脸上也挂了彩，鼻青脸肿地扬了扬凳子，没有放下的意思："是他先动的手。"

"就算先动手他也是你爸呀！"

蔡文星悻悻地放下凳子，警告道："反正我要 20 万，没有的话，咱们走着瞧。"他说完打开大门走出去。大门没有关，隔壁听到响声的邻居郑大伯已经探进头问："文星妈，怎么了？"郑大伯看着坐在地上，鼻青脸肿的蔡勇军，问："要报警吗？"

蔡勇军和方丽萍异口同声地回答："家务事报什么警？"

郑大伯没有再管，体贴地替他们关上大门。

方丽萍扶起蔡勇军坐到沙发上，蔡勇军唉声叹气："我打不赢这臭小子了。"他歇了一会儿，问，"我们这房子中介怎么说？"

"25 年的老房子，小区又破破烂烂，卖的话最多 30 万。"

"问题是卖了住哪儿啊！"

"不卖。邓佳慧都怀孕了，难道她真敢打胎？"

"我怕那傻小子又冲动。"蔡勇军想起刚才那一幕，还是后怕，"我打不过他了。"

"佳慧跟他闹，他心情不好才会动手。千万别怪他。"

"我知道。"

方丽萍第二天一大早就打电话告诉邓佳慧，文星父子俩打了一架。邓佳慧听到这事，没有太多情绪，反而很冷漠地告诉方丽萍，如果没有20万，她妈要求她打胎分手。

方丽萍回家后把这消息告诉蔡勇军，两人愁眉不展。蔡文星又打两个电话回来催他们去借钱，两人急得像热锅上的蚂蚁。

晚上，亲家母打电话过来，声音冰冷地说："你们家怎么闹是你们家的事，反正我的要求是见到20万立刻领证。房子不可能除名，更不可能分手，都怀上孩子了，分什么手？"

方丽萍这才知道，邓佳慧之前说她妈要求她打胎分手，都是在诓自己。

方丽萍彻底被激怒了，回她亲家母何姿："你们这叫欺诈！不分手，不还回聘礼。"

"这年头，儿子结婚是软肋，女儿结婚是盔甲。没办法，谁让你没有盔甲，只有软肋。不过你也别怨我，我还有两个儿子要娶媳妇，不在女儿身上挣一点儿，我到时怎么办？这是恶性循环，你怨老天爷去。"

"那我想问问你，你女儿已经怀孕了，你觉得她值多少钱？还有我给你20万彩礼，你准备回多少？"

"回礼，呵呵，我把这赔钱丫头养大用了多少钱？她吃喝、上学不用花钱？告诉你，一毛钱回礼都没有，她现在怀孕了，不管值不值钱，你们家都非娶不可。"

"你卖女儿呢？强塞不行就来横的？"

"对，我就卖女儿，咋了？"

方丽萍还想再说两句，何姿已经挂断了电话。她气得发抖，立刻打电话给邓佳慧，不再顾忌，对邓佳慧破口大骂。方丽萍彻底想清楚了，这样的亲家，不要也罢，她一心想搅黄这桩婚事。

她这顿大骂后舒坦了，傍晚跟蔡勇军去菜市场买了点儿半价青菜，回家时在小区碰到气冲冲回来的蔡文星和邓佳慧。

蔡文星二话不说，冲上来跟蔡勇军干架。

昨天晚上蔡文星对他爸手下留情，这次是真下狠手，把他爸打翻在地，揍到毫无还手之力。

蔡文星对躺在地上的蔡勇军连踢带踹。

方丽萍吓哭了，求助围观的邻居，有两个看不过去的年轻人把蔡文星拦住。

蔡文星停止对父亲的殴打，临走时还在骂："没有 20 万我弄死你们。"

年轻人问方丽萍："要不要报警？"

方丽萍哭着拒绝："家务事报什么警。"

半价菜撒了一地，蔡勇军躺在这些菜上，过了好一会儿才缓过气。

方丽萍把他扶起，往家里走。还好他家在二楼，不用费什么力气就爬上了楼。回家后方丽萍检查蔡勇军的伤势，看着他身上红肿发紫的几大块瘀青心疼得直掉泪。她拿出药酒帮蔡勇军擦了半个小时后，去隔壁邻居家借钱。

蔡勇军老泪纵横地枯坐在床上。

儿子在光天化日、众目睽睽下打自己，他受不了。

方丽萍一个小时后回到家，半句话都没说直接躺到床上睡觉。

两个人在床上躺了个把小时后，方丽萍才心酸地说："实在不行就把这老房子卖了吧。"

蔡勇军没吭声，过了好一会儿才闷闷声地回："不卖！他为了媳妇敢打老子，你还指望他会给你养老？我告诉你，十万块我也不给他了。"

"斗什么气？他坏就不是你儿子了？"

"结婚我不会给他出一毛钱！想娶媳妇凭自己本事娶，有种把人家肚子搞大，就要有本事娶到手。"蔡勇军顿了会儿，问，"对了，海峰那钱……"

"那是他欠咱的，"方丽萍说，"不怕他。"

"唉，结个婚得罪不少人，老脸都丢光了。"

"都怪邓佳慧那个贱货，未婚先孕已经够丢人了，还敢漫天要价。"

晚上 22 点，没吃晚饭的两个人饿醒了，恰好这时门铃响了。方丽萍看着门外提着夜宵的人，把他领进屋。

22 点 30，门铃再次响起。这次来的人是蔡文星和邓佳慧。蔡文星也提着夜宵，语气缓和不少："爸妈，咱们一边吃夜宵一边商量。"方丽萍把儿子和邓佳慧领进屋。

晚上 23 点，隔壁邻居郑大伯听到吵架声。郑大伯被吵架声吵醒，摇头叹息："天价彩礼真害人。"隔壁的争吵持续半个小时才停，停下没几分钟，又再次响起家具倒地的声音。零点整，终于安静了，走廊响起轻微的脚步声。郑大伯心想蔡文星和他未婚妻应该走了，他放心睡觉。

凌晨 4 点，郑大伯家的门铃持续响起。

他睡眼惺忪地走去开门。门外，邓佳慧浑身发抖地盯着他，慌张地说："叔，蔡文星把他爸妈杀了。"

"啥？"郑大伯以为自己出现幻听，愣在门口好一会儿都没反应过来。

邓佳慧吓哭了："叔，叔，我不敢在他家，您让我进去躲躲。"

郑大伯这才回过神，赶紧让邓佳慧进屋。

第二章

对不起，我没有收受贿赂的爱好

A 市检察局公诉科。

“这是一起性质恶劣的因高额彩礼，手刃亲生父母的案件。这案子证据充足，就交给你了。星妍，加油。”

李星妍接过主任检察官高新远递过来的案件卷宗，仔细查看一番后，一口应了下来。李星妍考入检察院三年，刚开始是分配到反贪局。反贪局的工作一年四季在外面跑，干了一年后，她爸先扛不住了，拿着镜子照着她晒黑的脸痛心疾首地问：“扪心自问，你这样还算一个姑娘吗？”

她只好换部门，又换到侦监科，她爸还是不满意，反复唠叨：“不过是一个批捕科，说好听点儿是什么幕后英雄，难听点儿注定没有什么出息。”最后，她只能遵照她爸的心愿，加入公诉科。她爸是律师，最喜欢她从事与法律相关的职业。

可是公诉科出了名的人少案件多，她干了半年，每天都是三点一线。检察院看卷宗、看守所提审嫌疑人、上法院提起公诉。这半年来，她忙得不可开交，她爸对此也颇有微词，每天都在摇头叹气：“早知道还是去民行好，民行好歹轻松一点儿，还有时间谈谈恋爱。现在天天打官司，上看所守。我未来的姑爷是不是个男人还真不好说。”

她爸再次怂恿她换部门，被她一口拒绝。

李星研觉得公诉虽然忙，但责任重大，挺锻炼人。而且检察院正在改革，以前办案是检察官上报到科长，再报到分管的检察长。在案多人少的公诉科，这样烦冗的层层审批导致工作效率不高。但现在不同，现在实行主任检察官制度。由主任检察官带着两个检察官、三个检察官助理为一组办案。

谁承办，谁终身负责。她唯有小心再小心才能避免犯错。

李星妍阅完卷后带着助理程颖立刻赶去看守所审讯犯罪嫌疑人。

看守所在偏远的郊区，她开车半个小时才赶到。看守所讯问室总共才 10 间，公安占了 4 间，检察院和法院各分 3 间。由于羁押嫌疑犯较多，讯问室少，所以通常都需要排队一两个小时才轮到。这次她不走运，看守所的工作人员通知她要等两个小时才有讯问室。她和程颖只好在看守所门口等着。

程颖 24 岁，刚踏入社会不久，性格较内向，平时话少，还在检察官助理的试用期。检察官助理的试用期长达一年，程颖自报到之日起就格外卖力，跟着她到处跑，从无怨言。

看守所门口清一色都是律师和检察官。检察官在等讯问室，律师是在等着会见当事人。这地方本就偏僻，一群人经常在外面无聊地等待，互不交谈。但今天稀奇，一名身着黑色西装、领带系得端正的男律师挨个给现场的人递名片和矿泉水。

他每递一瓶矿泉水就夹着一张自己的名片。

他将矿泉水和名片递给李星妍时，怔了怔，笑着问：“女检察官？”他立刻自我介绍，“我叫季晋源，康辰律师事务所的律师。”

长得还可以是李星妍对季晋源的第一印象。

她没有接他的东西，避嫌地说：“对不起，我没有收受贿赂的爱好。”

“2 元的贿赂？”季晋源好笑地问。

李星妍往旁边挪了两步，没有再搭理他。

季晋源往前走两步，死缠烂打地递上名片：“名片你得收着。我叫季晋源！天价彩礼杀父母的案子听说了吗？我就是蔡文星的辩护律师季晋源。”

“你觉得这样介绍自己很光荣？”李星妍冷漠地问他。

“有什么问题吗？”季晋源觉得这女检察官一本正经的，忍不住逗她，“难道检察官将没有定罪的犯罪嫌疑人，在自己心中设定为罪犯？这好像不符合公正、公平的监督原则。”

李星妍不想和一个陌生人争辩，里面传来叫名声，她带着程颖往里走。

看守所讯问室里，蔡文星已经被民警带来，安静地坐在讯问椅上。

面前的蔡文星身材矮小，面容清秀。

李星妍和程颖入座，程颖负责写讯问笔录，李星研负责发问。

李星妍说："现在我依法对你进行讯问，讯问室将同步录音录像。请问，你有什么身体疾病吗？"

"头痛，头晕算吗？"蔡文星恍惚地问。

"不算。警察有对你采取一些逼供手段吗？"

"你这不在逼供吗？"

"我怎么逼供了？"

"你把我扣在椅子上，这不算逼供吗？"蔡文星讪讪地说。

"这是规矩。现在我们进入正题。我想请你详细说一次，案发当天在××花园小区2单元201室的具体情况。"

"我……"蔡文星有些吞吞吐吐，突然掉下眼泪来，难过地说，"我吵架的时候失手杀死我父母。检察官同志，我真的是失手……不是故意的，你别告我死刑。"

"对不起，具体什么刑罚是依据法律判。"

"可你不是代表国家告我吗？"

"对，这是我的工作。而且你也别紧张，提审讯问是必需的过程。"

"检察官同志，我认罪，失手杀人，我是过失致人死亡罪，这罪我认。"蔡文星急于表态，一句话几次停顿。

李星妍一直在紧盯他的一举一动："什么罪名不是你说得算，是根据法律判。"

"不是你们检察官说得算吗？"

"我们是代表国家对你起诉，向你追责。"

"其实……"蔡文星含泪问，"其实我杀父母关国家什么事呢？"

李星妍没出声，静待他继续说下去。

"我父母就算被我失手杀死，我想他们也一定希望我能活下去。"蔡文星难过地号啕，"你说对吗？我爸妈肯定深深爱着我，不想我死。"

"我想请你详细说说那晚发生的事。"

"检察官同志……我太痛苦、太内疚、太自责……不想再回忆……反正就是和父母吵架的时候，失手把他们杀了。我真的不是故意的。"

李星妍知道自己再问下去，也问不出所以然，带着程颖走人。她刚走出看守所，那名叫季晋源的律师又蹭到她面前问："我叫什么名字？"

"忘了。"

“季晋源。蔡文星案的律师。”

“嗯，季律师，麻烦你让开。”李星妍略不耐烦地说。

“你先回答我，我叫什么名字，我再让……”

“我没兴趣和一个陌生律师在看所守门口纠缠。”

“季！晋！源！天价彩礼杀父母案的律师！我——”

他还没有说完，小腿就被李星妍狠狠地踢了一脚。他吃痛跳开，李星妍头也不回地离开了。他看着她的背影，嘴角微微上扬：“这么多检察官，我挨个介绍自己是蔡文星案的律师，他们一点儿反应都没有。看来，承办蔡文星案的检察官就是你了。”他揉了揉自己的小腿，笑容有点儿阴险，“你会为这脚付出代价的，咱们法庭见。”

李星妍开车回家，程颖和她顺路。

程颖说：“想撬开他的嘴不容易。”

“对。不过他的肢体语言告诉我，他在做虚假陈述。”

“他的律师也很烦人。”

“没事儿，法庭只讲证据。”

“有些细枝末节我们还不清楚，没办法定罪。”程颖有点儿担心，“有时间限制，我们要尽快搞清楚案件细节。”

“嗯，多讯问几次，多走几趟证人家。”

正交谈时，李星妍接到高新远的来电。

高新远问：“怎么样，讯问犯罪嫌疑人有进展吗？”

“讯问犯罪嫌疑人没有什么进展，不过我发现对方的辩护律师蠢得有点儿可爱。”

“哦？”

“给所有检察官挨个发名片，介绍自己是天价彩礼案的辩护律师，他无非是想找出承办的检察官。”

“那你给了他提示？”

“当然。就我知道对手是谁好像有些不厚道。”

“蔡文星给你感觉如何？”

“他虚假陈述的可能性很大。”李星妍回答，“他说自己误杀父母的时候，左脸上有明显厌烦、愤怒的表情。当他说到过失致人死亡罪时，话语间的停顿很多，他在字斟句酌。当他表演完孝子的所有悲苦后，嘴唇抿得很紧，证明他不准备交代所有过程，或是害怕自己交代的过程与女友的供词出现某种纰漏。他是在趋利避害，准备顽抗到底。其实他全程的表演堪称经典，说谎时习惯性眨眼，一些肢体小动作，他都没有。可每次我想问关于案件更为详细的情况，他都在岔开话题，一直在试图引导我去相信他是失手杀人。”

“那你要加油了。”

“明天我准备带程颖去询问证人。如果有进展，我会再去看守所。”

“好的，等你的审查意见书。”

李星妍刚挂断高主任的电话，父亲的电话就打进来。

她犹豫了两秒才接。

她父亲李飞鸣问：“下班时间到了，准备回家吃饭？”

“先送同事回家，然后就回家。”

“星妍，我得先岔一个话题。刚才吧，我瞧见咱家楼下那条叫小白的单身狗，竟然找了条漂亮的母狗。你说像小白那种叫小白，却全身又黑又臭的‘单身汪，都能找到对象，你怎么好意思每天回家吃晚饭，回家睡觉呢？我觉得‘小白’是在侮辱你！”

第三章
“单身狗”只适合吃狗粮

“所以？”

“不巧，今天是本人与妻子的结婚纪念日，家里没人。”

“没饭给我吃？”

“那种26岁还没有谈过对象的‘单身狗’只适合吃狗粮。”

“爸，别闹了，我在开车。”她虽然戴着无线蓝牙耳机，但还是不习惯在开车时分神。

“不闹了，你爸我这语气多一本正经啊。拜拜。”

李星妍把程颖送回家后，掉头回检察院。检察院公诉科还有些同事在加班，她打电话叫完外卖，就坐在办公椅上翻阅蔡文星案的卷宗。蔡文星案的卷宗说少不少，有24页，里面有法律文书及诉讼证据。诉讼证据很充分，有物证、尸检报告、邓佳慧的询问笔录、蔡文星在警方的讯问笔录等。

李星妍翻到邓佳慧的供词。

邓佳慧的供词比较全面，她交代当天下午因为蔡文星暴打父母，所以深夜22点30分提着夜宵去给未来的婆婆请罪。结果刚进门还没吃一会儿，双方就因为彩礼发生争吵，争吵时蔡文星愤怒地将方丽萍推倒，方丽萍撞到家中石雕上受伤。蔡勇军见老伴受伤，拿着水果刀想捅邓佳慧，结果蔡文星在夺刀保护邓佳慧的过程中，失手捅伤他父亲。

蔡勇军与方丽萍受伤后，邓佳慧与蔡文星因为害怕，不敢报警送医，而是选择手足无措地守着他们。期间他们试过各种抢救，但受伤的两人最终死亡。死亡后，蔡文星报警自首，而邓佳慧惊吓过度躲到邻居郑大伯家中。

她翻看公安局对蔡文星的四次讯问笔录，想从中找出线索，来构建自己对该案的证据体系。

蔡文星在公安局那里的供词与邓佳慧一模一样，看不出纰漏。

这份供词很完美。

完全符合过失致人死亡罪。

过失致人死亡罪最高判7年，可故意杀人最高可判死刑。两种刑罚天差地别，蔡文星究竟有没有故意杀人？

如果案情就是这样发展，为什么自己讯问蔡文星，他会有意回避？是怕她问到某些细节上会有纰漏？如果有漏洞，什么地方是漏洞？

本案定罪的关键证据在哪儿？蔡勇军的尸检结果显示，他身上的防御性刀伤多达10处，胸口共3起致命性刀伤，肺、胃、肝全部被捅。

这绝对不是过失致人死亡应该有的！

李星妍一边吃快餐一边翻阅，两个小时后，她头疼地掏出手机买电影票。她特意找冷门电影，电影果然冷门，只有一场，而且手机屏幕上显示的已售座位就一个红点。

那红点还买在全场的中间位置。

李星妍点击隔他一个位置的并排中间座位，确认选座，结果系统提醒她：请尽量选择连在一起的座位，不要留下单个空置座位。

李星妍只好选红点旁边的座位。

检察院已经没剩下多少同事，她买好票后走出检察院，直接开车去电影院。电影还没有开场，她在电影院门口的候场区闭目休息时，再次接到父亲的来电。

父亲热情地问："吃饭了吗？"

"吃了。"

"快餐？"

"嗯。"

"我就知道。"李飞鸣郁闷地说，过了几秒，又美滋滋地道，"别太早回家打扰我跟你妈，我们正在过二人世界。"

"生弟弟？"

"我们正在吃烛光晚餐，我朋友圈发了照片，你没看？"

"没兴趣。"

“我还以为那张照片能对你造成一百万点伤害，让你想赶快找一个对象。”

“你想多了。”李星妍能理解父亲迫切想她找一个对象的心情，她找了个借口挂断了电话。

电影进场时间刚好到了，她走进去。

在电影院思考案件一直是她个人的癖好。

她走到正中间，看着坐在座椅上的男人，潜意识感觉不妙。男人刚好也抬头看到她，吃惊几秒后，笑容灿烂地问：“这么巧？”

她按所选的座位坐好。

身边的男人问：“我的名字？”

“忘了。”

“又忘了？季晋源，蔡文星案的律师。”

“你一直在重复你是蔡文星案的律师，无非是想向我强调你是该案的律师，以及试探别人得知你是该案律师后的反应。我说得对吗？”李星妍不急不徐地说完后，目不转睛地盯着季晋源。

季晋源微愣后继续笑道：“所以你知道我的意图？”

“就像看一个小丑表演，表演好坏不论，有人表演就顺便看看。”

“你跟别人说话也这么带刺？”季晋源继续用笑容掩饰，“其实我只是想认识你。”

“我们迟早会认识的。”

灯突然熄灭，影院内瞬间黑不见五指。李星妍以为是电影要开始，没在意，但等待个把分钟后影幕还没有亮起。

季晋源说：“停电了。”他以为身边的人会害怕，“电影院停电真麻烦，那感觉就像进了鬼屋。搞不好，黑漆漆的屏幕突然爆亮，真能吓死人。如果你觉得害怕的话，我的手臂可以暂时借你。”

“请用积极的言辞来修正你消极的自述。”李星妍根本不怕，她闭上眼睛。

“不好意思，因为月亮效应，所以我今天特别消极。满月真的能对人类产生消极的影响，这影响不可小觑。”

“这种不够耸人听闻，却因为自己的无知，觉得它很惊人的娱乐性趣闻，最好别轻易发表肯定的言论。”

“你们检察官说话都这么古板？”他在黑暗中笑着问，“看在咱俩这么有缘的分儿上，感性一点儿好吗？这不是法庭，咱俩也不需要辩论。”

“那要看对什么人。”

“谢天谢地，你终于说了句人话。”季晋源松了口气，试探性地问，“对了，检察官同志，你怎么看待天价彩礼案？”

“检察官的职责……”

“别说，别说了。我知道，知道。”季晋源急忙打断她，“你想说自己不能透露秘密，对吧？”

“没错。”

“那鄙人可不可以发表一些自己预设的观点？”

“你说不说跟我没关系，我可以充耳不闻。”

“好吧，我觉得蔡文星不是故意要杀害父母，他是失手。最多算过失致人死亡。其实故意伤害也有得打？反正他不是故意杀人。”季晋源问，“你觉得呢？”

她置若罔闻。

他再次强调：“故意杀人与过失致人死亡的刑罚可是天差地别，我希望判决结果别太差强人意。”

“你错了。”李星妍闭着眼睛说，“你用错了成语。‘差强人意’的意思如果按字面上去理解，是没有达到理想或预期的结果。但‘差强人意’的本意，是指‘大致上让人满意’。”

季晋源失声笑出来：“原来是我语文没过关。”

李星妍没有再理他。

手电筒的光束突然照过来，接着，有人在窃窃私语：“我刚进来，就听到这里有男女一直在对话。没来电，银幕也没有亮，为什么会有人说话？”

那束光刚好照在李星妍脸上。

季晋源这才发现，原来她一直闭着双眼。

电影院的两位工作人员冲他们喊：“你们是人？”

季晋源挥了挥手：“要不要过来摸摸？”

工作人员松了口气：“停电了，你们不出来，待在这里干什么？”

季晋源好气又好笑地回答：“我们好端端地看电影，结果碰到停电，孤男寡女你说能干吗？”

“供电局说要两个小时才能恢复供电，你们去退票。”

“没有下一场？”

“冷门的，只排这一场。”

李星妍睁开眼，起身往外走，季晋源急步跟了出去，一直在她身后唠叨：“你开车没有，载我一程呗？”

他不管她同不同意，直接随着她上车，坐到副驾驶座，厚着脸皮说：“青华路××花园，谢谢。”

第四章

关键证人翻证

李星妍没有赶他下车，直接启动，往家的方向开去。中途，她父亲来电。李飞鸣问：“什么时候回家？”

“现在。”

“刚干吗去了？”

“看电影。”

“又是一个人吧，真凄凉。”

“两个。”

“什么？”李飞鸣震惊地问，“两个人去看电影？不会吧？我，我要下楼迎接我可爱的女儿。”

季晋源没有吭声，他从这几句交谈中意识到什么，但没有问。

车很快到达目的地。

季晋源看着陌生的地下停车场，跟着李星妍下车。

李飞鸣刻意穿着西装、领带系得端正地在地下停车场等女儿。他看着下车的一男一女，惊讶得嘴巴都合不上。季晋源早就听说李飞鸣的大名，主动上前自我介绍：“伯父好，我叫季晋源，康辰律师事务所的律师。”

“康辰律师事务所的律师啊。”李飞鸣听说过这个律师事务所，不过同行评价不太行。

“久仰伯父大名，一直无缘得见。”季晋源掏出名片，“伯父，这是我的名片。”

“哦哦。”李飞鸣接过，看到自己女儿独自往楼上走，扯开嗓子问，“你回家？”

李星妍转身，轻耸肩反问：“不然？”

李飞鸣有点儿不好意思地提醒：“把他扔这儿？”

李星妍点头：“扔这儿就行。”

季晋源急忙说：“没关系，我自己回家就行。”

李飞鸣更不好意思了：“这是地下停车场，而且小区外面也不好打车，要不让星妍送送你。”他刚想吩咐女儿，结果李星妍已经不见人影。

季晋源笑着说：“伯父，真的没关系，我自己找出口就行。”

李飞鸣连忙说：“那我送你出停车场，接下来的路就靠你自己了。”

“谢谢伯父。”

李星妍回到家后在书房整理蔡文星案的相关资料，她一边整理，一边等她父亲拿资料来找她。不出所料，20分钟后，李飞鸣已经把季晋源的个人资料档案，以及从业以来打过的大大小小的案子全打印出来，拿过来。

李飞鸣唉声叹气地递给她资料：“女儿啊，这个人不行。”

李飞鸣是全国有名的律师，著名法制杂志的特邀评论员，撰写过大量文章在《检察日报》等刊物发表。他想调查一个同行，不过十来分钟的事。

李星妍接过他的资料。

李飞鸣指着资料上关于季晋源打过的案子：“你看看这个人打的都是些什么官司？帮强奸的犯罪嫌疑人辩护，帮杀人凶手开脱……我个人觉得，虽然所有公民都享有辩护的权利，但我们当律师的，也应该有所选择。你说对不对？不能什么案子都接啊！而且他在业内也没有什么名气，纯属小白类型。”

李星妍随意翻了翻，不在意地说：“他是天价彩礼案的辩护律师。”

“微博上过一次热门的那个？因为天价彩礼弑母杀父的案子？”

“对。”

“所以？”李飞鸣还是丈二和尚摸不着头脑，“你跟他的关系，与案子有什么关联？”

“我是该案的承办检察官。”

“你是故意的？其实跟他没什么特别关系？”知女莫若父，李飞鸣马上猜到她的意图。

“对，所以你不用太紧张，只是一个无赖想探我口风，并厚脸皮坐上我的车，被我载回家扔地下车库的曲折故事。”

“那我就放心了。”李飞鸣松了口气，“不过女儿，女人不能太聪明，太聪明的女人很难找到对象，要适当装傻充愣，懂吗？”

“这话应该对我妈说。”

“不要对一个老婆奴提这么高难度的意见，好吧？”

“好的。”

李飞鸣放心去睡觉。李星妍翻着季晋源的资料，看着他过往那些成功且用“无赖手段”减轻处罚的案例，突然有些担忧。

夜很深，陌生的街道上行人寥寥无几。季晋源一边走，一边打电话。他对电话那头的人说：“谢天宇，定位都发过去半个小时了，你怎么还没到？拜托，这里打不到车好吗？”他看着浓黑的夜，唉声叹气，“我让个女人耍了！真丢人。”

“就快到了。”

“天宇啊，你说我什么时候能火一把，什么时候能红？你知道吗？我现在迫切想出人头地！”季晋源等车等得不耐烦，忍不住跟好友诉苦。

“少接这种案子。”

“不接不行啊！你又不是不知道我的情况？我一没车，二没房，三是个‘月光族’！虽然租了套看上去高大上的房子，但那是租的！我就想出人头地买套房，好真正有个属于自己的家，可怎么就这么难？”

“好了好了，天天往我身上倒负能量。我到了。”

“那我挂了。”季晋源挂断电话，转身看着身后灯火辉煌的高档小区，一脸羡慕，“住高档小区真不错，父母双全……真好。”

李星妍第二天一大早就带着程颖找证人邓佳慧问询。她在邓佳慧家中见到她时，邓佳慧正脸色惨白地躺在床上。李星妍出示自己的证件，邓佳慧柔弱地问：“我算是控方证人吗？”

“对，你是本案的关键证人，且是唯一的证人。”

“定罪证人？”

“能定犯罪嫌疑人罪行的关键证人，当然，法庭还会结合物证等来综合考虑。”李星妍开门见山，“对于你在警方那里的笔录……”

“我能翻供吗？”邓佳慧直截了当地打断她。

李星妍和程颖对视一眼，震惊之余，力持平稳地回答：“犯罪嫌疑人才叫翻供，你是证人，叫翻证。”

邓佳慧苍白的脸上没有什么表情，很平静地说："对，翻证。我以前在警察那里的笔录，是说蔡文星失手推母亲导致他母亲撞死，以及为了保护我失手杀父。我听说证人在法庭上要接受控辩双方的询问。我知道我的证词有纰漏，所以我愿意如实交代。"邓佳慧看着李星妍，一字一句地说，"我能证实，蔡文星是故意杀父，他故意杀人。"

开庭前，此案的关键证人突然翻证，愿意出来指控未婚夫故意杀人，这在李星妍的检察官生涯中还是首次。她如愿地从邓佳慧口中听到关于本案的所有细节，邓佳慧所述的细节填充了李星妍构建的证据体系的空白。

蔡勇军的尸检结果显示，他身上的防御性刀伤多达10处，胸口共3起致命性刀伤，肺、胃、肝全部被捅。李星妍一直认为，这不是过失致人死亡应该有的。

现在，邓佳慧的新证词填补了这一空缺。

李星妍和程颖自邓佳慧家中走出后，开车去看守所。这次她们运气不错，没有等太久就在讯问室看到被提审的蔡文星。

蔡文星还是和昨天一样，面露明显的悲痛坐在讯问椅上。

李星妍坐到他面前，隔着铁窗盯着他，也没有先说话。蔡文星被她盯了好一会儿，不自在地问："你不发问？还是已经问完，不再需要我作答了？"

"不是作答，是交代。"

"我都已经交代了，我相信我和我未婚妻的供词你也应该看过。你可以说我是自卫过当杀人，或者过失致人死亡，这两种罪名，我都没意见。"蔡文星脸上的悲伤已经不见，只剩下平静。

他太冷静了。

也许能残忍到杀父杀母的人，都能有这样超乎常人的心理素质。

李星妍盯着他的双眼："你一直在引导我去相信你是过失致人死亡。"

"引导？我失手杀父母，难道我不伤心吗？"蔡文星刚说完，平静的眼里就涌上眼泪，那眼泪立刻掉下，"你以为我心里好受？"

"你知道这铁窗上的摄像头是用来干什么的吗？"李星妍指着铁窗上的摄像头，"除了录下我审讯你的整个过程，它还能捕捉到你任何细微的面部表情，以及肢体动作。你对我可以说谎，可你的表情不会说谎。"

蔡文星看了眼摄像头，泪流满面地问："到底要我怎么说，你才能相信我是过失致人死亡？"

“你怎么失手杀的人？整个过程，我要听到更详细的内容。”

“我怎么失手杀的人，详细的过程？”蔡文星生硬地重复，然后疯狂摇头哭泣，“过程警察不是都记录了吗？我是失手，我没有故意杀人。”

“你的未婚妻已经都交代了。”

“所以你更应该相信我是过失致人死亡。”

“不，她翻证了。你不如痛快点儿把事实交代清楚。”李星妍一直注意着他脸上的变化。

蔡文星咬了咬嘴唇，迟疑了两秒：“不管她说什么，我都是冤枉的。”

“你一共捅了你父亲 13 刀。”李星妍开始逼问。

“我记不清了。”

“你父亲身上一共有 10 处防御性刀伤，胸口共 3 起致命性刀伤，肺、胃、肝全部被捅。”

“我真的记不清我砍了他多少刀！我是自卫啊！是他想拿刀捅我，我只是自卫而已。”

“那你手上、身上怎么没伤口？”

“他没有我力气大。”

“那你根本没必要因为自卫而杀他。”

“我，我……”蔡文星不知道怎么作答，支吾了两句，干脆保持缄默。

李星妍将一切尽收眼底：“对，因为不知道自己的供词有没有纰漏，怕自己编得不够周全，怕会败在这些细枝末节上。所以昨天一直闭口不谈案发过程。我猜到了法庭不管怎么讯问，你都不会说一个字。因为你相信，保持沉默是你最好的武器。你准备让法庭根据现有证据，及邓佳慧能证明你是失手杀人的证词，还有主动自首的那通报警电话，达到从轻处罚的目的。”

第五章

这不是防备，这是……装酷

蔡文星看了她一眼，嘴唇紧抿。

李星妍看出他的变化："根据你们两人的供词，你是因为你父亲拿刀捅你，所以你自卫。那就让我们顺着证据来还原案发过程。其实事实不是这样，警察局有记录表明，当晚的 23 点 10 分左右，你父亲的手机曾经拨打过 110，但只有七八秒就被挂断了。所以事实应该是：案发当天深夜 22 点 30 分，你带邓佳慧买夜宵回家赔罪，一开始你父母很开心，觉得浪子回头金不换。你们一家人开开心心吃着夜宵，可期间再次因为彩礼发生争吵。你母亲甚至当着你的面辱骂你女友，你为了保护女友跟母亲动手。不料，你母亲撞到家中石雕后死亡。"

李星妍说到这时停顿了一会儿，她死盯着蔡文星。蔡文星死咬着嘴唇，紧紧握着双手，完全避开她的视线。

他开始不安、焦虑。

李星妍乘胜追击："你母亲死了，你当时很害怕，可你的父亲却打电话报警。你想阻止他报警，但他不听，于是你冲上去夺下手机挂断电话。你父亲想冲出家继续报警，于是你拿起桌上的水果刀拦住他。你父亲被拦理所当然和你扭打。扭打之中，你用刀，往你父亲身上捅。你父亲被你划了几刀，他意识到不妙想逃回房间，结果你丧心病狂从身后追杀他。所以他身上才有 10 处防御性刀伤。"

蔡文星再也控制不住情绪，失控冲她吼："你在编故事，这是你根据刀伤得出的逻辑！这不是事实！"

"当我说到证人翻证时，你无意识地咬了咬嘴唇，证明你的内心非常不安，非常疑虑，不知道邓佳慧究竟跟我透漏了什么。当我说你残杀父亲的过程时，你的眼神闪烁不定，几次三番都故意避开我的视线，并双手紧握。蔡文星，如果你真是失手，知道失手最多不过判 7 年，你害怕、不安、焦虑些什么？”

“你不能光靠这些谁都知道的什么动作逻辑将我定罪，我没有故意杀人！”蔡文星情绪失控，想从讯问椅上站起来，“你言之凿凿，以为自己铁证如山，你知不知道这样会害死人？”

“别以为掉几滴鳄鱼的眼泪，你就能逃脱法律的制裁。你杀父弑母，毫无人性。”李星妍就想通过言辞激烈的讯问逼出他的真实情绪。

蔡文星在讯问椅上剧烈晃动：“你的证据确凿，对我来说是毁灭性灾难。你是检察官，有百万分之一的错误，那都会改变我的人生！决定我的生死！你不能乱扣罪名给我！你听到没有！”他情绪越来越激动，不断拍打讯问椅嘶吼，“你不能光凭逻辑定罪，不能光凭猜测来定罪！你的过错会是我的灾难！”

“是，我的过错对你而言是毁灭性的灾难。同样，若因我的过错而让犯罪的人没有得到应得的惩罚，这对被害人，也是不公。”

“你没有权利撬开我的嘴！逼我说案发过程！”

“我现在是依法对你进行讯问！”

“你叫什么名字！我要投诉你！你这是逼供！诱供！你的讯问不合法，我要求律师到场，我要见我的辩护律师！”

“我叫李星妍，此案的承办检察官，投诉？我身边就是我的助理，她能向上司反应我到底有没有诱供、逼供行为。”

“你对我言语刺激，语言侮辱。”

“你想头撞南墙，我悉听尊便！”李星妍毫不在乎，起身往外走。程颖收拾好讯问笔录紧随其后。

走出看守所后。

程颖说：“李检，我能发表下自己的意见吗？”

程颖虽然小不了李星妍几岁，但毕竟是新人，加上性格内向，话一直很少。从来到检察院，一直表现得很文静。给事情就做好，从不发表自己看法。

李星妍停下脚步，点点头。

程颖拘谨地说：“其实我一直有个疑问，邓佳慧既然是蔡文星的未婚妻，为什么在警察那里作证蔡文星失手杀人，在我们这里却表示愿意翻证？她翻证的意图是什么？如果她的证词是伪证呢？有些人犯罪后，在警察那里，倾向于交代全部案情，可到检察官手里，却时常会翻证翻供。因为经过一段时间，他们能够清楚意识到发生了什么，或自己会被判什么罪。所以翻供翻证是为了更好地逃脱法律的严惩。”

“其实这点我也想过。”

“对，我个人觉得邓佳慧的翻证不简单。虽然新的证词更有利于接近我们的物证，但总感觉翻证指认自己未婚夫这事，背后一定有动机。如果她的动机只是因为怕自己过不了控辩双方在法庭上的询问，那太单纯了。”

“这点我会好好想想。”

“这只是我个人的小小意见。”程颖脸微红地解释，“你对蔡文星的讯问过程很精彩，所有的证物证词也对上了。但我总感觉邓佳慧背后另有动机。我不是想干扰你办案，我只是好奇。”

“好奇好啊！”一个慵懒的男声插话。李星妍看向插话的季晋源，警惕地问：“你刚刚听到多少？”

她怕这个“流氓”律师听到邓佳慧翻证的事。

季晋源轻耸肩：“你猜？”

“我问你答，不猜。”

“这就不厚道了。看守所通知我，说蔡文星接到讯问。我马不停蹄地赶来，还没来得及关心我的被告人，却要接受你的盘问。”

李星妍对他不配合的态度甚是反感：“我没兴趣和你争论，回答，你听到多少？”

季晋源嘴角含着浅浅笑意：“我不是犯罪嫌疑人，不必接受你讯问式的问话。如果你考虑把讯问式修正成询问式或请求式，我会考虑配合。”他双眼含笑盯着李星妍，双手交叉抱在胸前。

李星妍看着他的姿势，直言不讳：“嘴上笑，双手却交叉抱于胸前，其实你心里在防备我，在拒绝回答我的问题。”

“啊？”季晋源愣了几秒，哈哈笑起来，“原来你还研究人的姿势所表达的心理？哦哦，明白了，检察官的确需要学习这些来讯问犯罪嫌疑人。不过你说错了。我不是防备你，也不是想拒绝回答你的问题。”季晋源顿了顿，刻意压低了嗓门，“我是在装酷！”他眼里都是笑意，“惊不惊喜？意不意外？刺不刺激？”

李星妍气得够呛，往程颖那边靠了靠。

季晋源好不容易找到反击的机会，不气死她不罢休：“其实这种姿势解读最多有百分之八十五的准确性，就像你。现在身体无意识地往你助理那边靠了靠，这在心理学上是说，你不喜欢我、讨厌我。我应该赶快滚蛋，对吗？”

李星妍不再要他回答，绕过他往外走。

程颖也绕过季晋源，准备跟上去，结果被季晋源伸手拦住。

季晋源好心提醒：“你长得这么漂亮怎么跟着这么古板的上司？可要当心，近朱者赤近墨者黑，美女跟一个古板的女人久了，也会变成灭绝师太，到时就嫁不出去了。你不用说，我知道她肯定没对象，哪个男人敢要她？”

程颖红着脸跑开了。

李星妍坐到车上时终于发泄地骂了句“浑球儿”。程颖还是第一次听到李检骂人，以为是自己的错，急忙道歉：“对不起。”

“我不是骂你。”李星妍头疼地解释，“我只是在揣测那个浑蛋律师听到多少。”

“是我的错，不小心透露了我们证人的重要信息。”

“没关系，就算全部听到又怎么样？难道他敢去骚扰证人？”

“万一证人听了他说的，被洗脑，改变证词怎么办？”

“《刑法》第三百零六条有规定，在刑事诉讼中，辩护人如果威胁、引诱证人违背事实改变证言或者作伪证的，处三年以下有期徒刑或者拘役；情节严重的，处三年以上七年以下有期徒刑。”李星妍启动车，“我估计这种人，连证人也不敢见，怕司法机关起诉他妨碍作证罪。”

程颖还是很内疚：“不是说他手段流氓……我还是担心……”

“不怕。”李星妍开车，正颜厉色地吐出句，“他如果敢犯，我让他试试坐牢的滋味！”

第六章

一进公诉深似海，从此父亲是路人

邓佳慧翻证了？

季晋源看着走远的人，有打电话去骂那娘们儿的冲动，但没敢行动。邓佳慧是控方证人，除非自己能自证无妨碍唆使她改证的行为。否则，刑法第三百零六条可不是开玩笑的。

他思考个把分钟后往里走。

这次会见蔡文星的过程异常顺利，看守所的民警说蔡文星受了刺激，情绪不太稳定，口口声声称自己不会再接受检察官讯问。

民警让季晋源安抚安抚蔡文星。

蔡文星很快被带入会见室。他刚坐下就警惕地到处查看，提防地问："这里会有监听设备吗？"经过刚才的讯问，他已经对那些捕捉人细节的设备产生恐惧。

季晋源安慰他："放心，没有。"

"他们肯定藏起来了！你知道讯问室吧？讯问室能同步监听和录像。"

"《律师法》第三十三条有规定，律师在会见犯罪嫌疑人时，不被监听。所以你大可放心，我们进行正常的案情沟通，他们没有监听的权利。"

"我，我……"蔡文星还是心有余悸，"那个检察官太变态了，我不要再被讯问。"

"你可以向看守所提议被讯问时，需要辩护律师在场。"

"可以吗？"

"当然，江苏、广西都开始试运行了。"

"季律师，你救救我。"蔡文星情绪激动地说，"我不要被判死刑，我的未婚妻还怀着孩子，孩子不能没有爸爸。”

“她恐吓你而已，你既然已经对她产生心理恐惧，就有理由向看守所、检察院提出要求。”

“好！”

蔡文星对看守所提出要求，如果没有辩护律师陪同，将不再或不配合接受讯问。当李星妍从高新远主任嘴里听到这句话，很想骂脏话，她第一反应就是言辞激烈地拒绝：“不行，律师会妨碍司法，干扰讯问。”

高主任耐心地劝她：“不仅犯罪嫌疑人，辩护律师也提出这个要求，说他的嫌疑人被你讯问得精神崩溃，现在已经产生严重的焦虑与恐惧心理。如果律师不在场，就算再接受讯问，犯罪嫌疑人也可以拒绝回答你提出的任何问题。你要知道，犯罪嫌疑人的不配合对我们审讯工作影响多大。可能有律师在场，他会放松，放心交代犯罪事实。”

道理是这么个道理，但李星妍知道季晋源的套路，怕他再出“流氓招”帮嫌疑人脱罪，所以很抗拒：“他们要求辩护律师旁听整个审讯过程？”

“我们司法本就透明，有何不可？法律是治国之重器，只要我们公正执法，没有什么可担心的。况且让嫌疑人在无任何压力下自愿提供证词，这是司法的一大进步。检委会那边已经同意了。”

“那问我的意见干吗？”

蔡文星已经属于那种极不配合的犯罪分子，再加个不按常理出牌的律师。

李星妍头疼地下了班。

下班后，父亲再次拒绝接受她立刻回家的要求，让她去外面逛逛，好方便认识些男性。

李星妍无聊地在网上订电影票，再次选了上次那家电影院，选了个没有人看的冷门电影，座位选在全场正中间。

她需要放松，需要一个人安静地想案件，思考及填充她对蔡文星案所构建的证据体系。

她提前十分钟进入电影院，一个人在银幕前坐下。整个场地很大且安静，她闭上眼睛，再次思考案件。

控方证人已经翻证，如实交代蔡文星案的细枝末节，所有物证也指向蔡文星故意杀人，所以蔡文星合作固然好，他不合作也没关系。

她一定会凭所有证据让他得到应得的惩罚。

“嘿，好巧。”一个男声在耳边响起。

李星妍睁开眼，冷静地寻声看去。季晋源这无赖就坐在她身边，兴奋地跟她打招呼：“我们真有缘，每次看冷门电影都能凑对。”

李星妍没搭理他，看向银幕。

季晋源眉开眼笑：“你说这电影院搞什么鬼？每次我在网上订票时，总是出来那句讨厌的提示：‘请尽量选择连在一起的座位，不要留下单个空置座位’。为什么连电影院也歧视‘单身狗’？为什么看电影一定要凑对？我以前买票都买热门电影，结果每次去看电影，身边一堆情侣，你侬我侬的，每次都起一身鸡皮疙瘩。所以为了避免被‘喂狗粮’，我现在专看冷门！”

“闭嘴。”李星妍没买账，并且拒绝听他的唠叨，“律师应该言简意赅，不要废话连篇。”

“简而言之，很开心遇见你。”

“律师更不要说违心的言论。”

“我很擅长见人说人话，见鬼说鬼话！”季晋源将手中的爆米花递给她，笑着问，“你想听人话还是鬼话？”

李星妍淡淡瞥了眼他递过来的爆米花，没接，神情严肃地再次看向银幕。

这次没有停电，银幕上的故事开始上演。

季晋源见她不接，把大杯可乐递过去：“口渴吗？没喝过的。”

李星妍一言不发，专注地看向银幕。

季晋源不再自讨没趣，安静地吃着东西。

不愧是冷门电影，李星妍看了十多分钟也没记住主角的脸。她盯着银幕，思绪却游离到案件上。

她已经想好怎么写审查意见书了。

季晋源突然开口打断她的思绪：“你是检察官，真的连一点点错误都不可以犯。蔡文星案并不像表面那么简单。如果你写错了审查意见书，错误地提出控告，这对你自己也不利。”

他像她肚子里的蛔虫一样，熟知她现在的想法。

对，她是检察官，她的百万分之一的错误对于犯罪嫌疑人，都将是毁灭性的灾难。对国家而言，若因检察官造成冤假错案，那也会丧失司法公信力，引发民众质疑，影响深远。所以她一直小心再小心，避免犯任何错误。所以她才会一而再，再而三想撬开蔡文星的“铁嘴”，想从中找出定罪又让人信服的供词。

可现在，季晋源可以监视整个讯问过程，让她感觉压力如山。

干他们这一行，全年无休，每天三点往返跑已经累得够呛，还要跟犯罪嫌疑人、辩护人斗智斗勇。

李星妍突觉很疲惫。

电影播放到一半时，银幕突然熄灭。影院瞬间黑下来，不见一丝光线。李星妍安静地坐着，等待来电。

季晋源郁闷地说：“怎么又停电？”

“这是上天在示警。”她终于肯搭理他了。

“停电还跟老天爷扯上关系了？”

“对，在警告你离我远一点儿。”

“不，我觉得这是老天爷想让我们在黑夜里做某些不道德的行为，要不然它三番五次停电干什么？”季晋源笑嘻嘻地纠正她，并试着向她靠近，“你知道吗？老天爷的真实意图，是派我来修正关于你道德上的错误。让你意识到，身为一个女人应该温柔一点儿……”

他还没有说完，她的手肘已经撞在了他的胸膛上。

季晋源吃痛，闭上了嘴，只剩痛苦的呻吟声。

李星妍起身往外走，季晋源再次跟上去，厚脸皮地坐上她的车，装作人畜无害地笑道：“这次送我回家呗。”

李星妍没有回答他，径自开车。她自顾自地开回小区，在地下停车场扔下他，独自乘电梯上楼。电梯打开，她快速地走出，走到自家门前，却停下脚步。她精神恍惚地看着大门，一动不动地站着发呆。

她发了会儿呆，干脆闭上眼睛，开始思考案件的整个过程。

是的，不求有功，但求无过。检察官的职业性决定她们只能有这么低微的要求。她必须时刻想案件，在大脑里完善证据体系，这样才能在法庭辩论时击败对手，让犯罪分子无法逃脱法律的制裁，并受到应得的惩罚。

李飞鸣准备去扔垃圾，刚拉开大门，就被这一幕吓得连连退后，还不慎摔了个跟头。

他爬起定睛一看，才知道自己错了。他原以为是一个扎着马尾穿着检察官制服的女鬼闭着眼睛站在门口，结果是自己女儿。

李飞鸣走近她，开始父亲式唠叨："我就知道，进什么公诉科？你看，都累得站着就睡着了，我明天一定向你们领导投诉。"

李星妍听到声音睁开眼睛，不好意思地说："爸，对不起，我想案件想入神了。"

"我就知道不能进公诉科，一进公诉深似海，从此父亲是路人。"李飞鸣唉声叹气地绕过女儿去扔垃圾。

李星妍趁机钻进房，洗澡睡觉。

躺在床上的时候，她听到手机信息提示音，打开一看，是个陌生人发来的短信，内容如下：问朋友要到了你的手机号码，这是我的，存一下呗。

她直接删除。

第七章

讯问室的博弈

信息发送有五分钟了，但没有回信。季晋源在李星妍所在的小区溜达一圈后，打电话给好友谢天宇。

“天宇，来 ×× 小区接我。”

“又被美女戏弄了？”

“这次不是。这回我是想来这里体验下豪宅的环境，以及思考自己购买的能力，为将来做好准备。但你知道，这种豪宅门禁森严，所以找了个借口溜上‘灭绝师太’的车。”

“你可以找地产中介。”

“省车费。”

“……”谢天宇这才想起好友口中的“灭绝师太”，“师太是谁？很老吗？”

“蔡文星案的承办检察官，她那性格，真是一言难尽。年纪轻轻的，就像灭绝师太一样没有一点儿人情味。更造孽的是，她竟然是我偶像的女儿！”季晋源想起李飞鸣就痛心疾首，“我的偶像啊！律师界的翘楚！怎么有个禁欲系列的师太女儿？”

“……”

“当我看到她父亲时，我真是悲伤到无法自拔……果然，这世上没有完美的人。完美如我偶像，也会生下一个全身缺陷的怪咖。”

“……”

李星妍躺在床上翻看自己的手机，喷嚏不断。这表示有人在骂她？还是老天在提醒她，明天审讯蔡文星会被干扰？

既然无法避免，那就博弈吧！

就算被干扰，她依然坚信自己能让蔡文星开口交代案情，完成她所构建证据体系的最后一笔。

第二天一大早，李星妍就带着程颖奔赴看守所。她刚到看守所门口就看见在一旁等待的季晋源。

季晋源一改往日的嬉皮笑脸，一本正经地说："首先，别将讯问室当成一场博弈。辩护人跟检察官应该在同一阵线，审讯完后，我们可以交流，我可以给案子提意见，听不听你随意，这只是我个人建议。"

李星妍应付地点点头，走进看守所。

在英美等国家，辩护律师参与审讯是必须且必要的环节。但在我国，法律还没有具体的规定，虽然全国有许多律师参与审讯的案例，但在本市这还是第一次。

讯问室里，季晋源坐在一旁，李星妍与程颖同坐。

蔡文星很快被带到讯问椅上。这次有辩护律师在场，他原本紧绷的情绪有所缓解。

李星妍单刀直入："我们来继续昨天的话题。蔡文星，根据警方提供的讯问笔录，你在公安局供述了自己失手杀人的过程，但我发现这些过程与物证形成冲突。所以我想请你再回忆一下。"

"太伤心了，不想再回忆。"

"那我们再回到案发当天。"

"我不知道。"蔡文星出言打断她，情绪激动地表示反对，"我不知道，案发当天的情况，就是我在公安局那里供述的情况！其他的我全忘记了，我记忆，出差错了，记忆模糊了，为什么你还要反复问我？"

"你说这句时，在反复强调，中途有数次生硬地停顿，证明你在说……"

李星妍刚想反击，就被季晋源打断："检察官，我想提醒你，不要在讯问中，试图用肢体语言，以及细微表情的捕捉来诱导我的证人作供。他应该毫无压力地如实供述自己的犯罪行为。而且你所谓的肢体语言属于心理学内容，它并不是百分之百准确。这些只有百分之九十准确的内容，依然有百分之十的可能让你对我当事人的行为产生误解，误导。"

李星妍瞪向一旁的季晋源："你在干扰审讯。"

季晋源摇头，善意地提醒："我只是想提醒你注意分寸，把握尺度。"

"这里是讯问室，我有我做事的风格！我所有的审讯都是从前辈那里学来的经验。你的意思，前辈的做事方法是错误的？"

"我的证人对你所说的细微表情的描述，已经产生恐惧，我只是在避免不必要的麻烦，而好心提醒。"

李星妍深吸了口气，不再与对方纠缠，她准备调整策略。

"蔡文星，我们回到当天的场景，你和邓佳慧提着夜宵回家请罪，之后与父母发生争吵。争吵时，你是否说过，如果父母再凑不到钱给你，你就要跟他们同归于尽？你所指的同归于尽是什么意思？"

蔡文星有明显的紧张流露出来，情绪不安地避开她的视线，选择不作答。

"你紧张什么？"李星妍逼问，"因为你知道，这些内容是邓佳慧的新供词？还是因为这些就是事实？"

"咳、咳。"季晋源连重咳两声，再次提醒，"我当事人一时生气所说的话，不应该被刻意解读。"

李星妍瞪向他："闭嘴！"

季晋源解释："只是好心提醒。"

"你再干扰审讯，后果自负！"李星妍不想在他身上浪费时间，接着问蔡文星，"争吵期间，你妈骂邓佳慧贱货，未婚怀孕，死不要脸想赖在你家。对不对？你因为这些话很生气，与你妈发生争执。争吵期间，你搬凳子砸你父亲，掀翻饭桌，甚至不顾母亲阻拦，几次三番冲上去想跟父亲打架。对不对？"

蔡文星咬住嘴唇，痛苦地皱起眉头。

"对，你看你，又在咬嘴唇，你准备顽抗到底？"

"咳，咳。"季晋源再次轻咳，试图用这种方式打断她对蔡文星的行为分析。

李星妍气得指着他，怒目而视："你不要再干扰我审讯。"

"爆米花吃多了，嗓子疼。"季晋源一脸无辜，"嗓子疼也有罪？"

李星妍忍了再忍，干脆站起身，逼视蔡文星。

"街坊邻居说你很疼你母亲，没有找女朋友之前，对母亲很孝顺。我想也是，如果你不爱她，不会从头到尾都没有跟她动过手。每次你母亲骂你的未婚妻时，你都会冲上去揍你父亲，这表示你跟父亲关系很不好。"

蔡文星嘴唇动了动，恍惚地看了她一眼，但还是拒绝交代。

李星妍不管他作不作答，继续说下去："可案发当晚，你深爱的母亲骂你的未婚妻时，你选择跟她动手。其实你没打她，你只是推倒她，结果她不幸撞在石雕上。对，这时你还是失手。可在这个时候你的父亲看着受伤的母亲，愤怒报警，并扬言要你好看。结果你抢过手机，并丧心病狂地拿起东西砸他。你想砸倒他，然后行凶？"

蔡文星情绪激动地反驳："我没有用东西砸他。"

"你有，你觉得砸伤他，更利于自己行凶，所以案发现场一片狼藉。"

"没有！是他用东西砸我。"

"所以你直接拿起桌上的水果刀捅过去。"

"不，他想出门，我拿起水果刀去拦他——"蔡文星还没有说完就意识到这是个陷阱，立刻闭嘴。李星妍接下去："对，你没有用东西砸他，你直接拿起水果刀，甚至没有一丝犹豫地冲过去威胁他，不准他出去报警。之后你们扭打起来，你在扭打中想捅死他。因为你认为母亲已经死了，你害怕坐牢，害怕父亲报警。你和父亲长年的摩擦已经种下了深仇大恨的种子，所以你一直讨厌他，恨不得他死！"

蔡文星连眼皮都在发抖，最后狠狠地闭上眼睛。

"咳，咳。"季晋源再次想阻止。

李星妍却佯装听不到，按照自己的方式审讯："你知不知道，不仅你的母亲爱你，你的父亲其实也很爱你。他们为什么不肯再借 20 万给你结婚，因为为了付你新房的首付，他们已经跟银行贷款 20 万。他们觉得这么多钱，他们两位年过半百的老人没有能力偿还！蔡文星，父母已经为了你的婚姻耗尽家财，最后却还死在你手里。如果你尚有一点点良知，都应该坦白，都应该交代。"

蔡文星听到这，眼泪滂沱。他双眼紧闭，崩溃地开口："你说这些都是在诈我，在诱供！他们根本没欠一毛钱，他们只是不想借钱给我娶媳妇。"

"他们用老房子抵押借款 20 万。"

"你说谎！退一万步讲，就算借了 20 万又怎么样？为什么不肯再去借钱给我娶媳妇？为什么说不再管我？结婚不给我一毛钱？"

"所以这就是杀害父亲的动机？"

"我妈真是失手撞死的。"

"那你父亲呢？为什么毫不犹豫地拿刀捅他？你有没有想过，他被自己的亲儿子虐杀，会有多绝望？”

“我也不想的。”蔡文星彻底崩溃，泪流满面地号啕大哭，“看到我妈死了，我当时脑子乱了。我一激动就……就……捅……”

“就提起刀，毫不犹豫地捅死你父亲，宣泄你从小到大，因为种种隔阂与父亲产生的矛盾。”

“我……我……没有……”蔡文星虽然情绪崩溃，但还尚存半分理智，“你污蔑我，对，你污蔑我，我是失手杀人。”

“对你母亲而言，你是失手杀人。但对你父亲而言，你是故意杀人。”李星妍已经听到自己想听到的答案，“蔡文星，你！是！故！意！杀！人！”

第八章
“灭绝师太”太可怕

“不，我是冤枉的！你不能冤枉我！”

李星妍看了眼佯装镇定的季晋源，不顾蔡文星的哭喊，和程颖往外走。

季晋源追上来问：“听听我的建议？”

“无意义的狡辩就省省吧。”李星妍不给他面子，挑衅地问，“刚才听完整场审讯，感觉如何？对了，我们主任吩咐了，您要是对审讯满意，得签下字，表示我没有诱供、逼供行为。”

“好的。”季晋源接过程颖递来的笔录，爽快地签了。

“但这案子，就这样定罪了？”

“你说呢？”

“我只是提议，你别太笃定。如果这个案子的证据体系已经接近百分之九十九，可别忘了，还有百分之一的可能性。”

“你凭什么这样认为？已有证据加上刚才蔡文星的口供，以及他未婚妻的口供，已经足够将他定罪。”

“这案子不是线段，会有起点与终点。这案子在我看来，像射线，虽有起点，但从一个端点会引出无限可能。邓佳慧明明是蔡文星的未婚妻，她为什么轻而易举要翻证？要改口供？难道她不知道故意杀人对蔡文星意味着什么？”季晋源真诚地看着她，“相信我，这案子并不是表面所看到的。”

“你也说过，你可以发表你的观点，但听不听是我的权利。”

“对，但我希望你能听。不要因为我是辩护律师，所以觉得我所说的一切都是在替当事人辩护。”季晋源叹了口气，“你是检察官！对一桩案件——”

“对，我是检察官，我不可以犯百万分之一的差错！就像你说的，证据体系已经接近百分之九十九，也不可以笃定地相信。但是，如果证据体系已经完美到没有任何漏洞呢？如果所谓的百分之九十九，是百分之百呢？”

“你哪来这么强大的把握？”

“那就走着瞧。”

“行，走着瞧。”

季晋源知道自己劝不动她，也懒得再劝。他走出看守所，用软件叫了辆车。上车后，他打电话给谢天宇。

“天宇，我跟你说，娶什么女人都不能娶检察官，真的！相信我！我看了她们对犯罪嫌疑人的整场审讯，我绝对相信这类女人娶回家简直就是灾难。”

“娶回家我就会变成犯罪嫌疑人。”

“正确！”季晋源想起刚才那一幕，甚是绝望，“她不仅是禁欲系的灭绝师太，简直是恐龙系的传人。你说，她是不是从峨眉山溜出来的？”

“你对灭绝师太有很大的意见。”

“不仅是意见大。”季晋源对老友不停诉苦，“恐惧，恐惧你懂吗？灭绝师太为人严肃、刻薄，没有一点儿女人味，还不懂变通！我可怜的偶像面对这种女儿，应该有多头痛啊！”

谢天宇被他逗笑了：“你先考虑下自己的处境，我估计不久就会开庭。”

“放心，我会让她百分之百可以定罪的证据体系，出现百分之一的失误。我会成为她人生中不可排除的一颗钉子。”

“下手别太狠。”

“绝对让她生不如死！懊丧到怀疑自己。”季晋源信心满满。

谢天宇轻松道：“看来你有了应对的方法。”

应对的方法？她应该是告故意杀人与过失致人死亡吧？那自己应该怎么辩护？其实如果无法证实他的被告人是过失的话，他就必须找到整个案件的疑点，案件的疑点在哪儿？

季晋源轻耸肩：“说实话，我心里也没谱儿……”

“……”

“我调阅了全部案件材料。其实尸检报告很明确给出死因，说尸体死于直接刀伤。可是，整个报告中，不轻不重夹了句——胃和肠道有少许可见绿色液体和残渣。”

“液体也许是饮料？”

“不是我说，这就是法医在敷衍了事，因为明确了死因，所以尸检并不太全面，也许肉眼可见的死因掩盖了真相。”

“法医一般会进行毒物检验。”

“也许他没有。”季晋源想起了某些事，瞬间难过起来，“尸检报告的内容就像电影一样重叠，虽然是各种被捅伤，胃、肺、肝全被扎了，可是除了这个可见死因，尸检还有表述：肺局部萎陷，肝小叶中央细胞坏死……虽然提得不多，但你感觉像不像我妈的尸检报告？”

“别想太多。”

“好，不提了，等开庭。”季晋源挂断电话，闭目休息。出租车司机不过一会儿通知他到了。他下车，一路不停地走到自己租住的房子。他租住在本市的高档住宅，有三室两厅。他回到家，走到阳台的沙发上坐下。

当初看中这里的房子，就因为阳台够大，可以容纳两米左右的沙发。

他在沙发上坐着发呆。

不知道过了多久，天慢慢黑下来。他没有开灯，任凭黑夜将自己慢慢吞噬。

手机的响声突然打破死寂。

他没看来电显示就接听。

也许是因为他突然接听，对方显然吓了一跳，反而不知道应该说什么才好。

季晋源干脆利落地问：“谁？”

“晋源。”只有两个字，可对方鼓足勇气才说出来。

他听到这声音，厌烦地问：“什么事？”

“听朋友说你在A市？爸爸……爸爸……可不可以过来看看你？”

“看我干什么？”他突然咆哮，竭力嘶吼，“难道你不甘心，也想跑过来毒死我？”

“没，没有……晋源，你妈不是我毒死的……”

“法医鉴定报告上的一字一句，我到现在也没忘记。肺部纤维化，萎缩，肺泡大部分消失，剩下的肺泡有水肿液，肝小叶中央细胞坏死，心肌坏死，胃和肠道有绿色液体，消化道出现严重……”

“晋源，你不要再说了。”

“对，公安的物证鉴定上，也清楚明白地记录着，百草枯的农药瓶上，有你跟她的指纹。你到底用了什么办法，让法院判的自杀？我妈怎么可能会自杀？她一直是那么快乐的一个人，怎么可能自杀？疑点那么多，怎么会判自杀？”

“晋源……”

“以后接电话，我会看来电显示，我不会再让这种接错电话的事重演，你大可放心。我是你生的，既然我的人生是错误的开始，我就会尽力去纠正它。你放心，虽然你没有养过我，但抚养费我会一分不少地打给你！”

他挂断电话，舒了口气，尽量克制自己的悲伤。他低头看着地面，眼泪实在憋不住掉了下来。

他父亲因为老实，并且一贯疼老婆顾家，所以为无罪争取了很大的理由。

季晋源一直觉得，人性的好坏，从来都不应该成为法律的掣肘。因为通往地狱的路，是人心。

第九章

证人证词出现纰漏

“在远古传说中，女娲创造了人类，众神佑护人类，所以我们才会敬仰神灵。在现实社会中，父母创造了你，佑护你长大，所以我们才有血脉亲情，才更应该敬畏父母，听父母的话。”

当李飞鸣挡在家门口，洗脑式地说出这句时，李星妍头疼得要炸了。她知道父亲的下一句一定是：孩子，去相亲吧！

果然，父亲说完，停顿了几秒，痛心疾首地说：“孩子，去相亲吧！”

“等官司结束，有时间的话，我会考虑这个问题……”她想敷衍了事。

“不行。”李飞鸣态度很坚决地挡在大门口，“给句爽快的话，辞职或相亲？”

“爸，我手上还排了五个案件！”

“所以我就说，你在蒙我！一个案件要弄几个月，五个得多久？几年？”

“如果记忆没出差错的话，我乐意跟您回忆下，到底是我要求进公诉科，还是您逼我进公诉科？如果有时间，咱们也可以来辩论下我这年纪为什么不能住家里？”

“我不跟你辩论。”李飞鸣不再挡她，乖乖让开，他死心地叹了口气，甚是颓废，“随你去吧，老了，管不动了。”

李星妍进房，洗澡后坐在床上开始写《案件审查意见书》，她需要在意见书里写清案件全貌，用逻辑有条不紊地表述完案件事实。

每桩案件都有审查起诉期限。案件从公安机关移送检察院开始，每桩案件的审讯、调查事实只有一两个月的时间，检察官要在这短短期限内尽快调查清楚事实，完成审查意见书。

所以一入公诉深似海，科里每位同事都忙得人仰马翻。

她写着意见书，却因为邓佳慧的突然翻供，数次停下笔。

邓佳慧为什么要翻证？

事实真的就像她陈述的那样吗？整个案件就是这样？蔡文星故意兼失手杀人？

她决定暂停写意见书，明天再去邓佳慧家见见她。如果一个人说谎，她是无法做到天衣无缝。只要自己留意，肯定能找出其中的漏洞。

本案是不是真的没有漏洞？

李星妍第二天一大早就叫上程颖一块去邓佳慧家。这次邓佳慧的精神状态好了很多，不再像那天病恹恹地躺在床上。

邓佳慧对她们的再次造访没有表露出任何吃惊，而是熟练地泡好茶，招呼她们喝茶。

“蔡文星的辩护律师有没有来骚扰你？”程颖比较关心这个。

邓佳慧摇头：“没有。”

李星妍开门见山：“邓小姐，我想请你再说一次案发过程。”

“虽然你说‘请’字，但这种毋庸置疑的口吻，让我没有选择的权利。”邓佳慧不急不徐地倒着茶，面部表情看不出一丝说谎或心急的痕迹。

李星妍坐在她对面，一直紧盯着她：“根据你那天的供述，我去讯问蔡文星。你猜结果怎么样？”

邓佳慧淡定地喝茶：“请继续。”

李星妍咬字很重：“他供述故意杀人！”

邓佳慧微微一怔，手上的茶杯摔下。她不敢置信地看着李星妍：“你是说，他……”她思绪游离地重复问，“招供了？失手杀人也招了？”

李星妍将这一切尽收眼底，心里起了疑团：“对，所以我想请你再复述一次案发过程，好起诉。”

“他……”邓佳慧好像没听见她说什么，喃喃自语，“招供了……”她恍惚地看着李星妍，过了片刻才意识到不妥，恢复从容地问，“你还想知道哪些细节？”

“所有的情节，再说一遍。”

“那天我和蔡文星回家赔罪，和他父母吃饭时吵起来。吵架过程中不小心把他妈推倒，他妈撞到石雕上。然后……”邓佳慧很想从容不迫，她努力想把自己的思绪拉回现实，但无力地收住了话。她已经说不下去，甚是无力地说，

“对不起，今天恐怕帮不到你。我实在无法集中精神，可能大病一场，身体还没有恢复，一想到这事儿就头疼。”

李星妍起身告辞。

程颖上了李星妍的车，才问：“李检，第二次询问证人感觉如何？”

“她竟然没有用主语。”

“什么？”

“和他父母吃饭时吵起来。吵架过程中不小心把他妈推倒，他妈撞到石雕上。”李星妍看着程颖，有些不解地问，“这句话，如果分开来解释，第一句是指，她跟蔡文星和父母吃饭时吵起来。那么，第二句呢？吵架过程中不小心把他妈推倒？吵架过程中，是谁不小心把他妈推倒？为什么这里没有主语？主语应该是她还是蔡文星？”

“李检，这应该不能表示什么吧？也许她潜意识知道我们理解，她说的是蔡文星。”

“不只这里，更奇怪的是，当她听到蔡文星招供的消息，她表现得很吃惊！为什么她会吃惊？魂不守舍地摔碎手中的杯子？她既然翻证，应该知道蔡文星在我们的审讯下会招供。可当我说蔡文星会被控告，她没有一点儿反应。她全程都在想，蔡文星为什么会招供。导致她吃惊失魂落魄的重点都是蔡文星已经招供，这是为什么？”李星妍心中的疑团越滚越大，她觉得这一切都不太正常，可依照现场证据跟证词的佐证，蔡文星故意杀人又那么理所当然。

是不是邓佳慧还隐瞒了什么？

到底，邓佳慧在隐瞒什么？跟案件有关吗？

这个案件还是故意杀人吗？

程颖怕她陷进邓佳慧行为的逻辑圈，提醒道：“李检，一切已经真相大白。”

是的，本来已经真相大白的案件，这个时候证人出现不可思议的行为。而她也因为这种行为，陷入自己思维的逻辑怪圈。

检察官不可以犯一点错，所以她的压力真的很大。除了看冷门电影，没有任何舒解压力的方法。

“也许对蔡文星，我需要再讯问一次，确定这句话的主语是谁。”

李星妍开车前往看守所，这一次不凑巧，没有讯问室。她无聊地在门外等，程颖陪着她。

程颖说："你再次讯问，看守所会通知季晋源。"

"必须争取在他没来前，讯问完。"

"这，这不好吧？"

"这次至关重要，当然，也许无关紧要。这要看蔡文星的供词能不能撼动我的证据体系，完善我的逻辑框架。"

程颖不敢再发言，李星妍也一言不发地看着手腕上的手表，时不时严肃地皱紧眉头。

气氛相当凝重。

直到民警通知她们已经空出讯问室，尴尬的气氛才暂时消除。李星妍迫不及待地往里走，程颖在她身后小跑跟着。

李星妍走到讯问室，看着坐在讯问椅上的蔡文星，想努力平复自己的情绪。

可她做不到。

证据确凿的案件有漏洞，这让她很激动，甚至有些烦躁。

程颖坐在她身边，试图劝她："李检，先坐下。"

李星妍没理她，站着盯着蔡文星，问："再说一遍案发过程，这次你说我听。"

"忘记了。而且我的律师不在，我有不说的权利。"蔡文星极不配合，"我要等辩护律师到场再回答你的问题。"

"对，我忘记了你一直不肯配合。"李星妍迫切想知道答案，她要快刀斩乱麻，在对方律师来之间搞定他。

她直入主题："蔡文星，根据上次的审讯，当你和邓佳慧提着东西去跟父母道歉时，发生争吵。争吵期间，你母亲骂邓佳慧是个贱货，未婚怀孕，死不要脸想赖在你家。你因为这些话生气，与母亲激烈争执。搬凳子砸父亲，掀翻饭桌，甚至不顾母亲阻拦，几次三番冲上去想跟父亲打架。对不对？"

"你问过无数遍了？到底想干什么？"蔡文星不耐烦地反问。

"争吵一开始，你就跟你父亲打架？"

"我承认，我有！但并不代表我故意杀人！"

"你和你父亲打架，邓佳慧和你母亲继续在对骂？"

"那又怎么样？为什么要反反复复问这些？"蔡文星已经被她折腾得头疼。

李星妍已经猜出了某种可能，停顿了一会儿，在脑海快速思考本案的逻辑，完善所有证据。她静默了数秒，一针见血："邓佳慧和你母亲对骂时，推了你母亲？"

第十章

道歉要用心，你请我吃饭吧

这次不耐烦的蔡文星安静下来，他看着李星妍，以一种很冷静，且让她看不出破绽的表情说："没有。"

"当时你跟父亲在打架，而邓佳慧和你母亲在吵架。你父亲应该不会轻易被你打倒，他有还手之力。所以当时，你应该无暇顾及邓佳慧。所以正确来说，邓佳慧当时跟你母亲在吵架，并且失手推倒你母亲。"

"没有。"蔡文星很平静地看着她，"这只是你的猜测。"

"你的异常镇定，反而告诉我，你心里有鬼。"

"告我故意杀人还不算，还想把我未婚妻拖下水？检察官，你有没有良心？她是孕妇，有孕在身，她哪来那么大力气推倒我妈？是我看到我妈跟她吵，跑过去推倒我妈，失手致死。"

"不，就像上次说的，你很爱妈妈，从来都不忍心对她动手。"李星妍试图厘清关系。

"爱，要分情况！从彩礼引发我们家庭无尽无休争吵开始，爱已经被磨灭了。虽然对不起妈妈，但得罪也要说一句，是我失手致她死亡。是我把她推倒在地，不是我未婚妻。"蔡文星说完，一脸平静，他仿佛在陈述某件很稀松平常的事，没有一点情绪波动。

李星妍一直在观察他的一举一动，她在他身上完全捕捉不到以前所表露出来的种种说谎、心慌的痕迹。

这一刻的蔡文星，有着讯问以来，前所未有的冷静与镇定。

为什么这样的蔡文星，反而让她觉得反常，更让她觉得此案有问题？

可如果有问题，问题的症结在哪？

凶手，另有其人？可没有证据来证实失手推人的是邓佳慧，邓佳慧推人仅是她的猜测。

李星妍站定看着蔡文星，而蔡文星坦然地直视她。

两个人就这样僵持着，直到季晋源赶来，才打破这尴尬的气氛。

季晋源一来就质问她："为什么不等我来就审讯。"

"只是想确认上次的口供。"李星妍解释，她并不想得罪他。

季晋源吃惯了她这套，一语中的："此案的关键秘密不想让我知道？"

李星妍没耐心跟他客套："随便你怎么想，反正已经讯问完了。"

季晋源不好忽悠，直接伸手问程颖要讯问笔录，但程颖没敢给。

李星妍傲慢地提醒他："你想看就看？想看讯问笔录按流程来。"

季晋源不客气地反击："我有理由在上面签字！我有绝对理由对你刚才的行为表示怀疑！你有任何诱供行为，我同样也有理由，向你的上司检举你，投诉你。"

"欢迎至极。"

"注意态度。"季晋源很想撕她的嘴，犯错的人，怎么能一脸大义凛然。

李星妍不客气地指出："是你对犯罪分子大包大揽，告诉他你能替他减轻罪行。我警告你，不要做出一些超出自己职责的承诺。"

她的不客气让季晋源颇为恼火，再也不顾绅士风度地回怼："哈哈，你这话真好笑。我也警告你，你只是检察官，不要越俎代庖，做出一些超过自己职权的事。"

"你可以去投诉我。"

"我一定会去，不仅要投诉你滥用职权对我的犯罪嫌疑人突击审讯，更要投诉你没有职业操守。"

"蚍蜉撼树，悉听尊便。"

她扔下这句话，带着程颖扬长而去。

"蚍蜉撼树？"季晋源被气得够呛，一路追着她往外跑，"司法机关就牛？"

李星妍一路都不搭理他，视若无睹地快步往外走。

季晋源连"喂"了两声："李星妍，你能不能尊重一下别人？你尊重别人会死啊？我在跟你说话你听不到？"

李星妍横了他一眼，继续往外走。

季晋源简直要被气炸了：“你横什么横？你只是人民的公仆，我要求你向我道歉！”

她依旧不理他，一路快速走出看守所，走到自己的车门前。她刚想打开车门，季晋源已经跑过来，用身体挡住门，气急败坏地说：“道歉，我要求道歉，否则，你前脚一走，我后脚就会去投诉你。”

李星妍用手指戳着他的胸口，一字一句愤怒地说：“你们这些律师，最喜欢用一些冠冕堂皇的借口去质疑司法机关的公信力。我们是执法机关，你懂不懂什么叫执法？我们是代表国家来行使对犯罪分子依法起诉的权利，可你一而再，再而三地阻挠我办案！你是律师，所以觉得自己理所当然站在执法机关的对立面？所以冠冕堂皇地认为自己是正义的化身？既然如此，你做什么律师，你变蜘蛛侠，变超人得了。”

“你这是人身攻击。”季晋源跟她较真了。

李星妍收回手，努力平复情绪：“随便你怎么扯。”

“如果我待会儿心脏出现问题，你这叫——侮辱罪与故意伤害罪的想象竞合。”

“如果你死亡，我这叫故意伤害罪的结果加重犯，我认！满意了？”

“你咒我！”季晋源气急攻心，他担心自己再跟她争辩下去会吐血而亡，果断地走人。

他必须远离这个恶魔！灭绝师太！女人中的爷们儿战斗机！

他随手招辆出租车，跟司机说：“检察院。”

他要投诉她，给她吃点儿苦头，让她知道，他是她圆满人生路的绊脚石，他要绊死她！成为钉到她身体内的一颗拔不掉的钉子。

李星妍被高新远叫到跟前时，已经被气炸了！那流氓真敢投诉她？

高新远苦口婆心地劝她：“星妍，这次不是说好让辩护律师参与审讯？”

李星妍理直气壮地回答：“我对蔡文星新的审讯记录，主任您应该看了，我并没有越轨。”

“我看了！的确没有任何越轨。”

“并且，我有充分说服您的理由，这案子很敏感，我不希望辩护律师过多参与，因为法庭上，我和他必须就所犯罪行进行辩论。我觉得他知道我太多策略，真的会增加我工作上的难度！况且我国也没有强制要求，辩护律师在审讯时有在场权。”

“这个在场权，其实法律提过。”

“在我国，对辩护律师的审讯在场权并没有明确规定。只是有过在场的例子，并且司法部门在试着推广这种行为，仅此而已。”

“好吧，我说不过你。”高新远放弃了，“你下班后，好好去给人家道个歉。”

“我……”

“星妍，口头道个歉而已。”高新远太了解她了，知道她想拒绝，提前打断她，“被辩护律师投诉，影响始终不好，况且你也没按规定等他到场，就开始讯问犯罪嫌疑人。”

她思考了几秒，爽快地答应：“好，我去道歉。”

李星妍下班后，第一次不着急回家，坐在办公室慢腾腾地给季晋源打电话。她原本以为自己的懒散，能让自己心里舒坦，从而减轻道歉的分量。

结果季晋源这个浑蛋，随便她打电话，就是不接。

她反复打了他手机数次，每次都是响到自动挂断。

李星妍忍无可忍，决定不打他电话了。她走出检察院，开车回家。半路上却接到来电，是季晋源打过来的。

浑蛋开头就讽刺她：“不接你电话，感觉如何？有没有不被尊重的感觉？”

“还好。”

“道歉需要用心，这样吧，你先请我吃饭。”季晋源可不跟她客气。她今天对他的伤害是有着深远的影响，毕竟她在质疑律师存在的价值，她的价值观有很大的问题。他决定肩负起改正她三观的义务。

李星妍直接拒绝：“没兴趣跟一个陌生人吃饭。”

“啧啧。因为是陌生人，就一定有伤害你的理由？”

第十一章
那是因为我想拯救你

李星妍直接拒绝：“没兴趣跟一个陌生人吃饭。”

“啧啧。因为是陌生人，就一定有伤害你的理由？”

“没错。”

“非形式逻辑谬误。”

“说人话。”

“非形式逻辑谬误，是逻辑谬误的一种分类。表示你的前提错了，所以产生了一系列错误的推论。”季晋源第一次发现有她不知道的事，很有兴趣跟她解释，“首先，我不是陌生人。这一句能直接否定你后面‘一定有伤害你的理由’的推论。”

“诡辩。”

“跟你说话真累，姐姐，请我吃饭就原谅你！我急需一顿大餐来再度平衡跟你的关系。然后试图跟你的上级说，我原谅你了。”

“如果我不请呢？”

“那么试图就不会变成肯定式，而是变成否定式！”季晋源半带威胁与玩笑的口吻，李星妍也不跟他犟：“行，你选个餐厅，我过去。”

季晋源选的餐厅是全国连锁，甚有名的一家火锅店。李星妍开车赶到，停好车，在门口就看到已经久等的他。

两人入座，全程季晋源点餐。他也不客气，专点餐牌子上贵的菜。

服务人员很快端来火锅和菜式。

季晋源一边涮火锅，一边盯着李星妍，她完全没有开吃的迹象。

季晋源好奇地问："你不饿？请客只是为了看我吃？"

李星妍从随身包里翻出一份报纸，不回话，头也不抬地盯着报纸。

他只好自己找话题："好香啊，你真的不吃？"

她不为所动地盯着报纸，以一种冷酷到底的态度无视他。

"这真是诡异，两个人同座吃火锅，结果我吃，你看报纸不动筷。检察官大人，我可以理解为你在侮辱我吗？你的行为在告诉我，你瞧不起我，不想跟我一起吃。"

"我只是没有跟男人一起吃火锅的习惯。"

"你爸不是男人？"

"如果你想跟我抬杠的话，我很有兴趣跟你一本正经地在火锅桌上辩论下，吃火锅会上火这个问题！"

"谁都知道，不需要辩论。"季晋源一边吃一边说，"如果想我原谅你的话，先放下报纸。"

李星妍依言收好报纸塞回包里，然后双手交叉放在胸前，目光直直地盯着他吃。

季晋源被她看得全身起鸡皮疙瘩："先放下报纸，接着，一起吃。"

"我不饿！"李星妍刚说完，肚子"咕噜"响了一声。

"打脸真难看。"季晋源一脸幸灾乐祸，"跟你吃个饭都这么费劲，李飞鸣前辈吃饭肯定躲着你，受不了你吃饭还一本正经！我说检察官，放下你的包袱，下班后就应该是个人的自由时间。下班后，你就不是检察官，而是普通的都市老百姓，一个普通的女人。"季晋源吃了一大口，笑嘻嘻道，"对对，你不是女人，你是灭绝师太！"

躲着？有理啊！

李星妍茅塞顿开！难怪她爸每天一到饭点就打电话，让她出去吃。原来如此！可身旁这家伙为什么说她是灭绝师太？她哪里像师太？

李星妍拿起筷子，也不再顾忌地开吃。

"对对，这才对嘛！"季晋源很满意自己的劝说生效，"下班后，你就是一个普通的女人。"

"我下班后还要看卷宗。"

"天啊，地啊，苍天啊！要不要这么卖力？工作而已！"

“你这种没信仰的人肯定理解不了。”

“好，小人没信仰，小人知错。”季晋源继续大快朵颐。

酒足饭饱后，李星妍买单。

季晋源心满意足地走出火锅店，一边走一边提议：“接下来我们去看场热门电影？”

李星妍对这个提议大为恼火：“你说请你吃饭就行，可没说请你看电影！况且道歉为什么要去看电影？”

“我一直看冷门电影，憋死人了。况且道歉前，我是怎么说的？我的原话是‘道歉需要用心，这样吧，你先请我吃饭’。这句话代表的意思，你先请我吃饭只是道歉的前提而已。”

“我拒绝。”

“那么，我也拒绝接受你的道歉。”季晋源也直接。

“你到底想怎么样？我还有很多事要忙！我手上还有好几个案子！我警告你，不要浪费我的时间！”

“工作狂，现在是下班时间。”

“行！”李星妍拿出手机，按了录音，“季晋源，我陪你去看电影，是不是代表你接受我的道歉。”

“当然。”

“没有别的要求？”

“确定。”

“走，去电影院。”

李星妍开车载着无赖到电影院，买了热门电影。电影快开场了，两个人随着人群走进去。两人的座位还是老规矩，在正中间的位置，季晋源坐在她右边。

季晋源在开场前买了一堆爆米花、可乐之类吃的。

开场就殷勤地递给她：“吃。”

李星妍不接，警惕地问：“吃爆米花也在接受我道歉的要求里？”

“对。”

“第一，刚才我们已经吃过饭了。第二，我真的不想再讨论，我的身体已经无法负荷这么多容易上火的食物这个问题。”

“可乐？”季晋源再次递过来可乐，“可乐不上火。”

李星妍心不甘情不愿地接过，却没喝。

电影正式开场，李星妍闭上眼睛，双手交叉相抱。她不是抗拒融入这样的氛围中，她只是还没习惯跟一个讨厌的男人在电影院，而且因为两人颜值都较高，所以一直有人用眼神在打探，误会他们是男女朋友关系。

季晋源郁闷地看了她一眼，压低嗓音问："你就这么讨厌我？讨厌到连电影也不想看。"

李星妍干脆地回答："对。"

"啧啧。"季晋源听到回答笑了，"你知道吗，我也很讨厌你！"

"那还叫我请你吃饭看电影？"

"那是因为我想拯救你！如何让一个灭绝师太洗心革面重新做人，是我拯救你的主题。"

"灭绝师太？"李星妍睁开眼睛看着他。

这是她第二次从他嘴里听到这个词。

"对，这是我给你起的外号，满意吗？"

"可恶！"李星妍厌恶地瞥了他一眼。

季晋源笑容灿烂："我是可恶，可追我的女生一大把。你就……咳咳，我估计这辈子没人会要你。哪个男人想娶个老婆，自己就成犯罪嫌疑人啊？"

嫁娶这件事上，李星妍不愿意与他争辩。

她觉得他在故意浪费她的时间。

季晋源收住笑意，转而一本正经地对她说："对了，审查意见书，我劝你写的时候要注意。你的错误对于犯罪嫌疑人，可是灭顶之灾。虽然你一直想找出更多证据来夯实你的证据体系，但恕我直言，一点小小的疏忽，就让能本案翻盘。"

李星妍冷冷一笑："其实你整晚的目的，就是为了对我说这段话。"她看向他，轻松地问，"凭什么你觉得此案有疑点？我觉得就目前而言，我的证据体系已经完善。"

季晋源一针见血地问："为什么要背着我讯问蔡文星，你到底从证人那里发现了什么？你觉得我傻吗？"

"你不傻，你可聪明了。"

"彼此彼此。"

"季大律师，我想提前退场。"

“那可不行。”

“为什么我要听你的？”

“因为是你在向我道歉。”季晋源颇为得意，“我还没有原谅你。”

“别忘记了，我有录音。”李星妍突然站起身，走到季晋源座椅前，俯身，左手撑住他座椅靠背的右上角，用一种压迫的姿势俯视他，“你只是让我陪你看电影，可没说不准中途离场。”

“咬文嚼字。”

“所以，注意你说的每一句话，一次不严谨的要求，也能让人找出大堆漏洞。所以我很期待与你法庭见。希望在法庭上，你的每一句话都严谨到天衣无缝，让人找不出任何反驳的漏洞。”

“你更应该做到滴水不漏。”

“再见。”

她说完潇洒地离开。

季晋源看着她的背影，感觉头皮发麻：“灭绝师太，真希望我们再也不见。”

李星妍走出电影院后，松了口气。她把录音用微信发给高新远，还留言一句：已经完美道歉，对方律师愉快接受。

发完信息，她打电话回家。

这次惊诧的是李飞鸣：“这是你第一次没有主动提回家吃饭。而且已经很晚了，你今天究竟干吗去了？”

第十二章
弑父杀母案正式开庭

李星妍觉得应该给爸爸心里撒下点希望的种子：“和检察院的一个男生吃饭看电影。”

“什么？为什么没有通知我？对方是谁？多少岁？长得怎么样？检察院？等等！哪个部门？”

“不要侵犯个人隐私。”

“跟爸爸说有什么问题？”

“对了爸，我决定对蔡文星提起公诉，我今天会在检察院通宵写审查意见书，然后交给主任。”李星妍完美地岔开话题。她觉得自己已经厘清事实，找出了真相。

李飞鸣开心地打气：“加油，我们律师行也有很多人关注这起案件。我相信我女儿一定会公诉成功。”

公诉成功，这一次李星妍没有太大把握让犯罪之人得到应有的惩罚。

公诉流程走完后，法院很快定下开庭日期，并提前 3 天送来开庭通知书。

李星妍和程颖整理好资料，以备战状态迎接这次庭审。

不久后，法院开庭。

在法庭门口，等待进场时，李星妍再次碰到季晋源。季晋源主动和她打招呼：“检察官好。”

李星妍这一次很冷静，淡定自若：“希望你的证据充分。”

“一些违心的话实在没有必要说。我真诚地希望检察官注意逻辑谬误，也真诚地希望这次庭审能打破你对律师职业的认知障蔽。”

“期待。”

“千万别一叶障目。”

“你也是，千万别作茧自缚。”

“你自信满满的样子，真让我格外讨厌。”季晋源微笑着停顿几秒，慢慢道，“不过这次，只怕你会阴沟里翻船。”

“拭目以待。”李星妍不再跟他废话，走进法庭。她坐到公诉人席位，助理程颖坐在她身边，赶紧递来各种资料，争取让她最后再看两眼。

李星妍没有看，整个案件的证据，她早已熟记于心。

公诉人与辩护人的席位在法庭两侧。

季晋源望向正对面的李星妍，李星妍也挑衅地回望他。其实季晋源私下里分析过李星妍以前公诉的案例，就像她的讯问一样“快、狠、准”，他对她一会儿的讯问基本已经了然于胸。

开庭前，谢天宇还关心地问他是否找到应对之法。

如果李星妍是想把蔡文星钉死在故意杀人罪上，他就有办法让法官休庭，择期再审。

是的，想让一桩案子翻盘重审，有时候并不需要辩论，并不需要对质，只需要找到其中的疑点。

他会打乱她所有阵脚，给她检察官生涯痛苦一击。

让她知道一叶障目真正的含义。

法庭的书记员开始宣读法庭纪律，在请审判长、审判员进场时，让全体起立。李星妍跟着起立。

其实公诉科内部对于要不要对法官起立观点一致，检察官们一致觉得自己有权监督法官的行为，所以无起立必要。

李星妍是“起立派”，她觉得法律至上，起立并无不妥。整个检察院就这棵起立的独苗，为此，同事没少给她洗脑。

“星妍，你就坐着不动，让法官看看我们公诉科的骨气。”

“星妍，我们都统一不起立，你为什么要起立呢？”

反正不管同事怎么说，她觉得起立是对法律的敬仰，以及对法官的尊敬。

审判长坐到席位，让所有人坐下，宣布开庭。

审判长说：“A 市中级人民法院，对于 A 市人民检察院提起公诉的被告人蔡文星，被控故意杀人、过失致人死亡一案，现开庭审理。”

法槌敲响。

被告人蔡文星被法警带入场。

审判长向被告人问完一系列问题后，正式进入法庭调查，举证辩论阶段。

按照流程，李星妍必须就公诉的内容提供证据。

“审判长，在2018年3月7日，××花园小区2单元201室发生一起杀人案。被杀的是房主蔡勇军、方丽萍夫妇。警方接到被告人的自首电话后，迅速出动，将在场的两名涉案人员带回警局。经过审讯，证人邓佳慧供述了蔡文星因为父母不给他借20万彩礼，而失手杀母、故意杀害父亲的罪行。法医鉴定报告表明，死者蔡勇军全身共有10处防御性刀伤，3处致命性伤口。致命性伤口为刀穿透肺、胃、肝所致。经鉴定，现场的水果刀形状与死者身上的伤口一致，上面有被告人蔡文星的指纹。另，从凶案现场、水果刀，以及被告人、证人身上提取的血样，与死者蔡勇军相同。死者方丽萍死于后脑的伤口，死亡原因系失血性休克。经鉴定，凶案现场的石雕与伤口形状一致，从石雕上提取的血样与死者方丽萍一致。经审讯，被告人供述自己失手推倒方丽萍，导致她撞到家中石雕后死亡。综上所述，控方认为，凶案现场证据与证人证词已经相互印证，形成完整的证据链。故控方依法对被告人蔡文星提起公诉，控告被告人蔡文星，过失致人死亡罪、故意杀人罪。”

审判长问蔡文星：“被告人，你对公诉人宣读的内容是否听清楚了？”

蔡文星看了李星妍一眼，点头：“听清楚了。”

审判长接着问：“有无意见？”

“有。”蔡文星不服，“我没有故意杀人！我是在反抗中误杀我父亲。”

审判长问季晋源：“辩护人可有意见？”

季晋源起身回答：“有，辩方认为证据存疑，应当谨慎审理。”

审判长：“现进入举证、质证环节。”

法警带上证人邓佳慧。

站在证人席的邓佳慧尽量不看向蔡文星。

李星妍先发问：“证人，在凶案当天，你是否看到被告人杀人。”

“对。”邓佳慧点头，“那天蔡文星因为20万彩礼打了他爸。所以晚上我们提着东西去跟二老道歉，结果发生争吵。争吵期间，她妈一直骂我，什么没人要的贱货之类。文星听了受不了，跟父母吵架，甚至还掀翻饭桌，搬起凳子砸他父亲。她妈拦了几次，最后还是拦不住，文星跟他爸打了起来。最后争吵时，不小心把他妈推倒，他妈撞到石雕上。然后我们去推了推他妈，他妈没有任何反应，后脑出了很多血。他爸一见这个情况，立刻就要打电话报警，说要告我们杀人。文星当时也急了，让他爸交出电话。但他爸就是不肯给，还一直威胁要告我们，还不停地骂。文星一时激动，就冲上去拳打脚踢抢下电话，但他爸冲出家门想报警，文星一时失控拿起水果刀就冲上去拦他，扭打时捅死了他。”

李星妍问：“被告人捅死他爸时，你站在哪里？”

“阳台，我吓坏了，不敢靠近，一直躲在阳台看。”

“被告人杀害被害人后，有没有任何施救的行为？”

“没有。”

“为什么不马上报警？”

“我们当时都吓坏了，不知道要怎么办。最后我劝文星自首，他打了自首电话后，我就去邻居家等警察。”

“审判长，我已经询问完毕。”李星妍坐下。

季晋源起身问：“证人，如果我没记错，你的第一份供词是说被害人蔡勇军见老伴受伤，提着水果刀想捅你，结果被告人在夺刀保护你的过程中，失手捅伤被害人。你们还试过抢救，之后两人死亡，你才报警。对吗？”

“对。”邓佳慧点头。

“那么，这份证词与第一份证词大相径庭，是什么原因导致你翻证？”

“那份供词是文星跟我商量好的，他求我作伪证。”

“你现在是良心发现？”

“对。我觉得我不能欺骗法庭。”

季晋源再问邓佳慧：“证人，且不论你为什么翻证，就连你刚才的证词也有问题。‘文星跟他爸打了起来。最后争吵时，不小心把他妈推倒，他妈撞到石雕上。’请大家注意这里，这里并没有用主语！‘不小心把他妈推倒’的主语是谁？究竟是你还是蔡文星？如果‘文星和他爸打了起来’这句成立，那么，在和一个成年人打架的蔡文星，是怎么分神顾及和他妈吵架的你，还‘不小心把他妈推倒’？”

“我，我，我……肯定是文星。”邓佳慧有点儿慌神。

她的慌张在季晋源的意料之中：“你吞吞吐吐，一连用了三个我，最后却肯定是蔡文星，为什么？为什么跟他妈吵架的不能是你？”

“不是我。”

“你怎么肯定？我也可以理解为被告人因为想包庇已经怀孕的你，所以独揽了所有罪名。”季晋源咄咄逼问，“而且蔡勇军死于 23 点 30 分，你们在同一间房内待到凌晨 4 点，这中间有大把时间，足够你们伪造现场，毁灭证据。”

“我，我……”

“证人，案发当天，在没有发生任何争吵前，被害人方丽萍有没有切好水果招待你们？”

“有。”

“那么问题就来了。请大家看证物水果刀。这是一种家庭用的全不锈钢水果刀，当时被害人切完水果后，就将其和水果一起放在茶几上，所以蔡文星才能顺手拿起水果刀去捅他父亲。如果，被害人刚切完水果，为什么凶案发生后，水果刀上只有被告人的指纹？是谁清洗了刀柄？很明显，你们是在合伙伪造现场。现在，你又要用这种虚假的证供，来佐证被刻意捏造的真相？”

邓佳慧激动地反驳：“不，是蔡文星在故意伪造现场，但我一直躲在阳台……”

“躲在阳台？虽然凶案现场的血迹经过清洗，但死者周围的血迹上，有明显的脚印。警方只测出两个人的脚印。分别是被告人以及证人邓佳慧女士你的脚印。你说你在被告人杀害父亲时，一直站在阳台？很明显，你在撒谎，你一直在他身边。我很好奇，一个被吓坏了的女性，为什么会站在死者身旁。我们可不可以大胆推测一下，你也有参与杀人！”

“不，我没有！”邓佳慧情绪激动地反驳。

季晋源跟审判长说：“审判长，控方证人的口供有问题，法庭应重新评估控方的证据体系。也许此案的真凶另有其人。”

“我反对。”李星妍站起身，试图向法庭说明，“审判长，检察院对被告人的讯问笔录及现场证据已经能与证人的这份证词互相印证成证据链。被告人自己也承认拿起刀拦住要出门的被害人蔡勇军，而蔡勇军也确定被被告人划了 10 处防御性刀伤，捅了 3 处致命性伤口。所以结合凶案现场与物证，不难发现，是被告人故意杀人。”

季晋源想摧毁她的证据体系。油嘴滑舌，整天被她激怒而无力反抗的季晋源，向她展示了什么叫用理据来巧舌如簧地驳回所有证据。

审判长思考一会儿后，问李星妍："公诉人，是否还有新证人？"

第十三章

案件的新疑点

李星妍摇头："邓佳慧是现场唯一的目击证人，还有邻居郑大伯，但他只是听到一些声响，并且拒绝出庭当证人。"

审判长再问："公诉人，可还有其他证据呈堂？"

"审判长，"李星妍试图让法庭相信，"警方的物证鉴定，以及凶案现场的法医鉴定，都能证实这是一起故意杀人案。"

"没错，这是一起杀人案，但也许，它仅是一桩因为失手推倒母亲致死，却因为想要保护女友而自卫杀人的过失致人死亡案件。"季晋源越来越强势，"况且，本人对法医的尸检存疑。根据法医给出的被害人蔡勇军的尸检报告，里面有一句不被人注意到的说辞：死者的胃和肠道有少许可见绿色液体和残渣，肺局部萎陷，肝小叶中央细胞坏死。辩方分析大量尸检报告发现，这些绿色液体应该是百草枯的残留，刀伤引发不了肝细胞坏死，肺为什么会萎陷？是否有做毒物理检测？以上种种皆无答案。更可惜的是这并未引起控方及法医的重视。"他再接再厉，"因为死亡结果已经定论，所以法医找出致死伤后，没有对绿色液体及肝细胞坏死、肺局部萎陷给出解释。辩方希望申请再次尸检，查清绿色液体的由来。希望法庭不要被一些捏造的真相所蒙蔽，希望法庭查清所有疑点。"

"绿色液体的残留可以是饮料残留。"李星妍试着反驳。

季晋源都没看她："辩方将向法庭递交一份关于百草枯中毒后的尸检分析，审判长可以比对。"

审判长仔细翻看辩方提交的资料，看完后，望向李星妍："公诉人，可还有证据呈堂。"

李星妍这一刻前所未有地慌乱，她力持镇定，但手却在微抖：“没有。”

审判长与合议庭商议后，宣布休庭，择期再审。庭审结束后，大部分人都已经离开，李星妍坐在公诉椅上很久都回不过神。

程颖把蔡勇军的法医鉴定报告反复看了两遍，递给她：“李检，竟然真有这样一句关于绿色液体和肝细胞坏死的描述。”

“导致我们输的应该不是这句，而是证人口供有问题。”李星妍头痛地闭上眼睛，拼命在脑海里反复构建自己的证据体系。她努力想夯实自己的证据体系，可现在她脑海里的每一个证据，都有漏洞。

“跟证人无关。”季晋源也没有急着走，走过来说，“因为此案有疑点。相信我，真正的答案在绿色液体上。”

李星妍连跟他待在一处都感觉恶心，她起身往外走。

季晋源跟上去。

走出法院，李星妍在停车场拉车门时，一只手按上车门。她转身，季晋源双手撑着车门，将她堵在胸前：“你为什么这么讨厌我？我讨厌你的理由很充分，比如你像灭绝师太、工作狂、没有一点儿女人味。那你讨厌我的理由？”

“笑里藏刀，绵里藏针，算不算？”

“我不是阴险小人，每一个公民本来就有辩护的权利，这是法律真正的意义所在。”

“你过往有些案例，好像并不怎么光明正大。比如上一次，就把一桩故意杀人案打成过失致人死亡案。一个货车司机，撞上一辆婴儿车，但那孩子命大，婴儿车只是挂在轮胎上。只要司机下车，孩子就能得救。但司机不理睬路人的提示，加速逃离，导致最后本来应该活下去的孩子死亡。监控明明显示货车司机在刮倒婴儿车时，是有感觉的。他有摇下车窗往外看的行为，他也有可能认为孩子已经死亡，所以想逃逸。可硬被你扯成什么人家对于婴儿车的存在并不知情。最后判了个过失致人死亡。开了几年车的老司机，连撞到东西也会没感觉？”

“你分析我？”

“对，我很好奇人渣的手段。”

“你终于说人话了，不再文绉绉地说些让人费脑去理解的文字。”

“这桩案子，我一定会查清真相，不会让应得惩罚的人轻易逃脱。”

“我早就提醒过你，不要一叶障目，我真的很好奇，你哪来这么强大的把握。你知不知道自认强大到某一个极点就是自以为是？”季晋源也不再跟她客气，“李星妍，你所谓的证据体系，全部构建于证人的证词，以及一些可见的证据。但如果，这案子另有疑点呢？对，你猜对了！一开始，我就想到，如果要击败你，只要找出疑点就行。百草枯就是关键，我会用它来说服法官。但是我没想到，你证人的证词有那么多毛病，反而帮了我一个大忙。让法官这么轻易就决定休庭。”

李星妍没有回答。

季晋源笑了笑：“李星妍，从开始到现在你都认为自己是对的，认为这案子就是故意杀人案。你因为司法的强大而藐视我的存在，这就叫罪有应得。对，只用一个疑点，我就让本案翻盘，让你懊丧到想死！你万万没想到，我的手段，不是跟你辩论什么，我只要证实你这案子有疑点就足够了。疑点利益归被告人，这么简单的道理你都不懂，你当什么检察官？”

“臭流氓！”她再也扛不住，脱口而出。

“灭绝师太！”他也反击。

“你就是一只正在腐烂的肮脏的蛆虫。”

“你就是个圣！母！婊！”

他脱口而出。

李星妍一下怔住，因为自己跟父母都足够优秀，所以从小到大，没有人会骂她，她的人生路一直顺风顺水，可是今天……

此刻，她委屈愤怒，五味杂陈，目光向刀一样凛冽地杀向他。季晋源脱口而出的瞬间已经意识到自己不对，他动了动唇，很想道歉，但触及她的眼神又很快否定了自己。

他深知现在道歉，一定会被她反击，被她各种羞辱，他更相信强大的灭绝师太，绝对不会被“圣母婊”三个字轻易击倒，他太相信她强大的心理素质。所以他松开撑住车门的手，果断走人。

程颖一直在旁边站着，她小声喊：“李检。”

李星妍的嘴唇微抖着，气得说不出话。

这时手机响起。

她看了眼来电提示，是主任的，她接听。

高新远问：“怎么搞的？”

“对不起。”这是检察官生涯中首次道歉，因为她搞砸了。

“案件出现疑点，但身为检察官的你，却没有发现疑点。如果死者还有百草枯中毒，就证明这案子另有乾坤。星妍，我这次对你很失望。”

“对不起。”她只能道歉。

“我需要一份检讨。明天会召开小组会议，对你的案件进行全组讨论。”

“是，我会……”她说不下去，抿了抿嘴。

“你今天状态不好。”高新远虽然没有看到她却感觉到，“明天来我办公室，今天你可以先回家休息休息。”

“谢谢主任。”

“星妍，身为检察官，不能犯一点儿错。你犯一点儿错，对犯罪嫌疑人都是灭顶之灾，我希望你能更认真。”

“对不起。”

“好了，不说了。你还有时间去纠正自己所犯的错误。”

李星妍挂断电话，打开车门入座。程颖担心她，将所有卷宗袋递给她：“李检，今天就不麻烦你送了，你今天先休息。”

她接过卷宗袋，点头，开车融入公路的滚滚车流之中。

她一边开车，一边在思考整个案件的脉络。

是的，这个案子开始出现疑点。本来是铁证如山的因“天价彩礼”弑父杀母案，现场有唯一且关键的定罪证人。结果开庭前，关键证人突然翻证。法庭上，证人的证词被辩护律师推翻。而辩护律师也质疑死者胃里有农药“百草枯”的成分，要求重新尸检。

如果尸检出死者胃、小肠里真有百草枯的成分。那么，此案将正式翻盘，一些铁证将变成“不确定”的证据。关键的定罪证人，也可能变成信口雌黄的浑蛋。

李星妍突然右打方向盘，将车停在路边，头疼地伏在方向盘上，崩溃地眉头紧蹙。

圣母婊？

季晋源，你这个浑蛋！臭流氓！人渣！败类！

第十四章

师太，送你一首《凉凉》

季晋源坐出租车回律师事务所时一直喷嚏连天，他怀疑李星妍在咒骂自己。中途，他接到谢天宇的来电。

谢天宇说："检察院要求检测绿色液体，看来，你赢了。"

"检测的法医是你？"

"正确。前法医因为这点失误，正在面壁。其实也不怪他，死因已经这么明显的前提下，谁还会想到有疑点？其实他也做了毒物理，只是提取的东西不对，所以没有测出来。"

"天宇，我刚才骂了一个女人是圣母婊。"

"什么？"谢天宇很震惊，以他对季晋源的了解，他绝对是一个不骂女人，不打女人的绅士。

季晋源有点儿手足无措，郁闷地说："灭绝师太是绝对不会因为这点儿刺激自杀的。但，灭绝师太可能会哭吧？"

"应该会哭。"

"不会吧！她是灭绝师太啊！她那么强大，并且是时刻都在藐视我无知的女人，她会哭？那真见鬼了！"季晋源揣测，"她现在应该在骂我！人渣、臭流氓什么的！"

"对了，晋源，我昨天相亲了一个姑娘，下班后去看电影，一起去？"

"不合适吧？"

"没事，是李叔的电影院，我亲自点的一出小电影，非常有钻研价值。"

"不要啊！我不想去！"季晋源想到以往的经历就想拒绝，跟谢天宇一起看电影，一定会“惨绝人寰”！

“非去不可！就这么愉快地决定了！”

“喂喂喂！”季晋源很想再申诉申诉，结果只听到电话那头传来的“嘟嘟”声。哪里愉快了？谢天宇的相亲之旅，就好像在十八层地狱里一层一层往上爬，他爬了半年都还没钻出套路。

谢天宇，本市有名的法医，有房有车有身高，颜值也不差；在国家级刊物上发表过不少学术论文，是一个极端热爱解剖的人。

但就是这样一个人，找不着对象，常年靠父母、亲朋好友介绍。

据季晋源不完全统计，大学毕业后到现在，谢天宇的相亲对象应该不下百人。不少姑娘对他初见印象良好，但通常都阵亡在第一次相亲行为上。比如，天宇同学带人家去吃牛排的时候，熟练地用刀把牛排切割成N个薄片，最后对人家姑娘说：“以后你死了，我替你解剖吧。”

姑娘听完立刻惊吓逃离。

再举个例子，天宇约人家姑娘回家吃饭。姑娘以为是回家干某些限制级的事情。结果他单纯地只是带姑娘回家，拿出鸡，在厨房秀自己的解剖技巧。吃完饭后，姑娘以为理所当然应该发生限制级情节，于是脱光钻上他的床。

结果他看着姑娘的美好肉体说：“你这身体跟我昨天解剖的对象很像。”他不仅说，他还拿出笔，情不自禁地在姑娘身上画线条。

如果你看过杀猪，你一定能理解他画线条的意义所在。

季晋源每次听谢天宇说起这些经过，表现得都非常镇定。虽然他也不理解好友画线条的意义，但作为忠实听众，他很给面子地没笑，只是嘴角露出一丝让人摸不着头脑的微笑。

天宇每相亲失败一回，总会发表结案陈词：“我觉得我好像又做错了。”

是的，谢天宇事后总能发现自己的问题，并加以改正，但每次在相亲的约会上，又会出新的状况。

这次，季晋源给他出主意，相亲时，你要尽量言简意赅，争取少说少错，并且不要带姑娘单独约会。

所以这次约姑娘去电影院，谢天宇才会叫他。

季晋源本身长得又帅又高，穿一身律师正装迷死不少小姑娘，所以为了避免抢好友风头，他随意穿了件T恤搭牛仔裤就出发去电影院了。

谢天宇口中的“李叔”是一个电影院的小老板。因为天宇帮过他的忙，所以结下深厚情谊，经常私下给他放映一些他喜欢的电影。

谢天宇的口味很独特，惊悚恐怖的电影他都有兴趣研究。按他的说法，科学还没有办法证实灵魂的存在，所以看惊悚片、恐怖片，也是他对未知谜底的探求，具有高度的钻研精神。

这次，李叔放的是关于“尸体解剖”的电影。

相亲的姑娘跟谢天宇、季晋源并排而坐，姑娘看上去有男人般“魁梧”的身材，但看着这么血淋淋的场景，开头就受不了了，数次提议：“天宇，我们不如去吃饭？”

谢天宇安抚她：“很好看，我们先看会儿。”

安抚完后，谢天宇没有再搭理姑娘。姑娘数次催他走人，他都因为聚精会神盯着银幕而错过。

最后，姑娘说不清是因为愤怒还是惊吓，反正是气冲冲地走了。

谢天宇看完整部电影，才问一旁的季晋源：“她人呢？”

“走了。”

“我好像又做错了。”新一轮的结案陈词开始。

季晋源也很纳闷：“为什么要来看这个？”

“伪装太累了，我想她了解一个真实的我，毕竟我们是要过一生的人。”

这个理由太充分了！毕竟，谁都想找一个跟自己志趣相投的人。虽然茫茫人海里，遇到缘分的几率为大海捞针，但不展示真实一面给结婚对象看，你永远不知道她是不是你正在找的那个人。

谢天宇怕好友不理解，追加一句：“我只是喜欢解剖，这并不是犯罪。”

“过度的热爱，就像狂热的追星一样，都会影响你的人生，最后会不知不觉中变成犯罪。”

“好吧，我错了。”谢天宇是个知错就改的好孩子。

季晋源笑道：“下回不准看这么恐怖的电影。”

“可我就是喜欢。”

“当你的兴趣、个人爱好，不被主流大众所接受，就必须克制。好吧？”

“好的。”

谢天宇跟季晋源走出电影院，谢天宇开车送他回家。

公路上，坐在副驾座的季晋源突然发现熟悉的车牌及小车。他确认是李星妍的车后，吩咐开车的谢天宇："追上前面那辆车后，与她平行，我观察一个朋友。"

谢天宇追上李星妍的车，并排行驶。

季晋源盯着开车的李星妍，松了口气。她没有哭！这真是一个好发现！他备受谴责的良心终于好过点儿。

可能感觉到什么。

李星妍朝左边看了一眼，视线触碰到季晋源那张脸时，冷冷地收回。

季晋源受不了她的高傲，说："天宇，给她放首《凉凉》，我把车窗打开。"谢天宇播放张碧晨的《凉凉》。

季晋源按下车窗，朝右边并行的李星研大喊："喂，送你首歌。"

李星妍冷冷看向他，没有听清楚这家伙在说什么。她打开车窗，季晋源说："检察官同志，送你首《凉凉》。"

讽刺她?

李星妍关上车窗，懒得理会。

季晋源大受刺激："看到没，天宇，这就是我跟你提过的灭绝师太！这才是正宗的峨眉掌门灭绝师太！"

"可她根本不理你。"

"整天这样，好像谁欠她八九十万。"

两人说话间，李星妍已经猛踩油门，远远地甩他们几辆车的距离。

"跟上去。"季晋源吩咐谢天宇。

"真跟啊？"谢天宇不敢惹事，"她可是检察官，跟她不好吧？"

"不怕。"季晋源打包票，"出了事我负责。"

谢天宇无奈地跟上。两辆车一前一后驶出市区，到达郊外。这时，季晋源才发现天早已经黑得不见五指。

郊外的安静与城市的喧闹天差地别。

李星妍到达某处伸手不见五指的空地就停下车。

谢天宇将车停在她车后。

季晋源坐在车上左顾右盼，问："她停这里干什么？自杀？"

第十五章
蔡文星，你的良心被狗吃了

“不会吧。”谢天宇看了眼星空，猜测道，“可能是来郊外看星星。”

此刻郊外的星空很美，银河璀璨，星如雨。

“唉，我真不知道这女人矫情什么，星星有什么好看的？”季晋源下车，走到她车门旁边，这才发现，她又闭上眼睛在思考些什么。

变态吧？半夜三更跑到郊外来思考案件？

果然不是正常人。

季晋源灵机一动，突然趴到她车的引擎盖上，龇牙咧嘴地拍着挡风玻璃。他想吓一吓她，结果她过了好久才睁开眼睛，很冷静地瞪着他，瞪了数秒后，又将视线移到他身旁，眼神渐渐变得惊恐。

身旁？

季晋源看着自己身边，什么都没有！

他分析她的表情，太过逼真。

难道自己身旁有些什么自己不知道的东西存在？季晋源毛骨悚然地跳下引擎盖，迅速回到谢天宇车里，吩咐他：“回去。”

谢天宇摇头：“不行，我不能把一个女士单独扔在郊外。”

“放心，她有一颗强大的心脏，她不怕的。”

“再怎么强大也是女人，而且荒郊野外欣赏星空，也没什么不好。”

“……”季晋源突然发现，其实谢天宇和李星妍挺登对的，两个人都变态得很有特色！

李星妍自季晋源离开后，冷静地看了眼后视镜，设置好手机闹钟。她双手相交抱于怀，闭上眼，再次思考明天的讯问。

时间一分一秒地流逝，天刚亮时，手机闹钟响起，李星妍睁开眼睛，在车里再次拿起案卷翻看。看完案卷后，她再次仔细查看现场的照片，因为季晋源质疑被害人身边有邓佳慧的脚印，所以她每张照片都看得格外认真。这一看，还真看出了问题。她在这十几张照片里发现有张照片上，有一件刚刚清洗过的防辐射服挂在阳台。

她思考了一会儿后启动车离开。离开前，她还冷冷瞥了眼在后面的那辆车里沉睡的那两个人。

一入市区李星妍就通知程颖赶到看守所。

讯问蔡文星之前，她还故意发信息通知季晋源。但直到讯问开始，季晋源也没出现。

李星妍冷冷地看着镇定自若的蔡文星，脑里有很多疑团。她冷漠地盯着蔡文星，试图撬开他的嘴。

“通知了你的律师，但抱歉，他应该有事耽误，赶不过来。”

“没有律师在场，我不接受讯问。”

“讯问室少，如果不巧，讯问一次犯罪嫌疑人要等几个小时，所以，你多担待担待。这次不是我们故意想私自讯问，而是你的律师不知所踪。”李星妍的手指轻轻敲着桌面，态度没有以前的强势，而是带着懒散，她试图给犯罪嫌疑人一个错觉，也许用轻松聊天的方式能套出不少有用的线索。

她补充一句：“当然，如果对我的讯问不满意，你也没有必须回答的义务。”

蔡文星干脆闭上眼睛，不想听她重复问废话。

李星妍虽言辞松散，但一直紧盯他的一举一动：“新的尸检结果还没有出来，我们先聊聊你的未婚妻。”

“没什么好聊的。”

“你的未婚妻怀孕两个多月了，你一定很着急结婚。”她紧盯蔡文星，“20 万彩礼其实也不高，你的父母为什么不肯去借呢？是借不到，还是因为什么原因？”

蔡文星不回答，不配合。

“你真的很恨父母，好不容易找着女朋友，却又没钱娶她。你一定恨不得父母去死，所以才会几次三番殴打父亲。”蔡文星的不配合在李星妍的意料之中。她不管他，继续说，“邓佳慧数次跟你抱怨家人，说你妈骂她，不尊重她。她也数次教唆你站在父母的对立面。她的目的很简单，挟天子以令诸侯。肚子里怀了个宝贝疙瘩，她很轻易就得到房子百分之五十的产权，所以她和她的父母想再把她卖值钱点儿。20万彩礼，她知道你拿不出来，但你的父母因为那个宝贝疙瘩，一定肯给。可惜她失算了，20万让你们家鸡飞狗跳，20万让你的父母不惜翻脸悔婚。”

蔡文星的脸有明显的抽动。

“案发当天，你再次殴打父亲，邓佳慧急坏了，感觉你这样打下去，20万肯定会泡汤，到时一毛都捞不到。如果你没有一分钱彩礼，打胎又不好，生下孩子她父母又不肯，所以她才会要求你回家去道歉，并且！”李星妍说到这里加重语气强调，“邓佳慧要求你在饭桌上，连哄带骗让父母先借出20万来给彩礼，并假意同意，自己婚后也会一起还。”

蔡文星眼神复杂地看着她，不知道她为什么能猜出这么多细节。

李星妍严肃地盯着他：“刚开始吃饭，一家人都挺开心的。你的父母见浪子回头也格外开心。这就能解释为什么22点30你们进家门，23点隔壁邻居郑大伯才听到吵架声。短短半个小时，是什么让父母从浪子回头的惊喜变成愤怒。嗯，还是因为彩礼！虽然你们承诺婚后会一起还，但父母却告诉你，实在借不到。”

蔡文星连眼皮都在颤抖着，为什么她能统统猜出。

李星妍语速很慢，故意让他听清楚一字一句：“父母的那句‘实在借不到’激起你的暴怒！因为你不相信他们借不到！于是你再次提出卖掉老房子的要求。你觉得卖了老房子就有钱，大家都轻松，为什么父母就是不肯呢？”李星妍嘴角勾出一丝冷笑，“对啊，他们为什么不肯呢？因为老房子早已抵押给银行，从银行贷出20万交了新房的首付。但那20万，他们想自己扛，所以瞒着没告诉你。”她语速渐渐加快，“蔡文星，你却认为他们不肯卖房子，所以自此拉开以后的所有情节，你们发生争吵，可父母最疼你，所以你妈去骂邓佳慧，邓佳慧也不是个好惹的主儿，两人有数次肢体接触。你不想打你妈，又怕未婚妻受委屈，所以你冲过去跟你的父亲打架。与父亲打架的你肯定无暇顾及正在参加骂战的未婚妻，直到你听到一声惨叫。等你回头一看，你妈已经倒在血泊里。”

这是李星妍根据案件已有证据构建的思维，这个推理最贴近物证。

“这只是你的猜测。”蔡文星激动开口，他眼皮颤抖得厉害，“这都不是真相！佳慧不是帮凶！”

“为什么现场有一件清洗过的女式防辐射服？所以我还有一种猜测，邓佳慧证供上说，你杀父亲时，她因为害怕躲在阳台；但是防辐射服上应该有大量血迹。我相信虽然衣服经过清洗，但法医依然可以检测出来。是什么原因导致防辐射服上有大量血迹？那只有一个解释，邓佳慧在你杀父时，离你们很近。她明明害怕，为什么离你们这么近？她在恐慌下应该远离你们，或者出门呼救。所以，我有理由怀疑，邓佳慧也参与了故意杀人。”

不得不承认，这是浑蛋律师在第一次庭审时给她的灵感，她在顺着他的思路找出真凶。

“这不是事实！你之前怀疑佳慧失手杀人，现在还猜测她故意杀人。你有没有良心？你良心是不是让狗吃了？她是孕妇！你凭什么因为一件防辐射服就断定她有参与杀人？”

“对，这是我的逻辑。但，蔡文星，当我说起你的父母时，你没有任何反应，为什么只要我提起邓佳慧是帮凶，你就会激动紧张？”李星妍相信自己的直觉，她站起身，双手撑着桌面，咄咄逼人，“因为这才是真相，你的未婚妻也合伙杀人。但因为她怀孕，所以你想独揽罪名。这就能解释得通，为什么你的父亲死于 23 点 30 分，而凌晨 3 点 50 分你才报警自首。4 点，邓佳慧才去敲郑大伯的门。她之所以隔这么久才去，不是因为惊慌害怕。而是因为，在这期间，你们在想着怎么毁灭证据，逃脱罪行，甚至商量好所有的证词。但邓佳慧因为害怕自己会穿帮，所以临时翻证，把所有罪名强加在你身上。”

“你说谎！你说谎！这只是你自己的逻辑，不是事实！”

“蔡文星，对未婚妻，你真伟大。可你冤死的父母会怎么想？他们倾尽一切去给你买房，借遍所有亲友帮你筹来 10 万彩礼，可最后他们得到了什么？不理解、谩骂、殴打！他们甚至到死前也弄不明白，曾经那么好的孩子，最后为什么会变成这样？因为 20 万彩礼，就跟一个认识几年的女孩一起将他们虐杀！他们是真的想不到，30 年的养育之恩抵不过区区 20 万！”

“你说谎！你说谎！”蔡文星咆哮，试着从讯问椅上站起来，但被牢牢固定住。他疯了似的拍打讯问椅，“佳慧不是帮凶，她不是！”

对，失控的蔡文星说明白了很多问题。

邓佳慧也参与了杀人，或过失致人死亡。

李星妍吩咐一旁的程颖：“传邓佳慧来检察院，我要讯问她。”

第十六章

“灭绝师太”是打不死的小强

蔡文星激烈地反抗：“你不能冤枉佳慧。”他声嘶力竭地咆哮，“佳慧是冤枉的，她怀着孕，你们不能讯问她！佳慧！佳慧！”

李星妍冷静地看着失控的蔡文星：“我很想看看你的邓佳慧是不是真的冤枉！法律不会冤枉一个好人，更不会放过一个坏人！蔡文星，你因为20万就杀害父母，我绝对不会让你逃脱法律的制裁！”

“不！不！不！”

李星妍不再听他狡辩，走出讯问室。讯问室外，季晋源刚好赶来。他听着讯问室内蔡文星痛苦的咆哮声，眉头紧皱：“你又私自对他做了什么？”

“讯问前我们发短信通知你了，但你没赶来。”李星妍从容不迫。

季晋源不可思议地笑了笑：“所以你引我们去郊外的意图，是为了今天讯问？”

李星妍应付自如：“首先，我没有引你们去，是你们自己跟着我。其次，我们讯问前已经按照正规程序通知了你，很遗憾，是你自己没有赶到。”

“我不跟你争辩，我要看讯问笔录。”季晋源朝程颖伸出手。李星妍吩咐程颖：“尽快通知邓佳慧到检察院接受讯问。”

“检察院讯问邓佳慧？天哪！李星妍，你要对我的被告人做什么？”季晋源还在质问时，程颖已经溜之大吉，他再一次被李星妍完美转移话题。

李星妍也不再理他，疾步往外走。

季晋源跟在她身边唠叨：“李星妍，你可不可以依照程序来？你再这样，我向你上级投诉你！”

“托你的福，今天我还要写个检讨，以及参加小组会议，被所有人批评教育。”

“是我查出这案子有疑点，你要谢谢我。”

“我已经得到我想要的答案，并且我不相信绿色液体是百草枯。”

“所以你得到的答案是，邓佳慧也参与杀人？李星妍，你又从哪里来的这么大的把握。是，虽然我质问出邓佳慧可能也参与杀人，但我并没有实质证据。”季晋源苦口婆心地劝她，“你是不是要在阴沟里第二次翻船才肯相信一叶障目的真正含义？”

走出看守所。

李星妍站定，认真回答：“我会等法医再次的鉴定报告来佐证我的逻辑。”

“那我得不客气地提醒你，邓佳慧是孕妇。”

“多谢提醒。”李星妍走到停车场取车，前往检察院。

季晋源看着她驶远的车，快要崩溃了：“这还是女人吗？这就是一只打不死的小强啊！我昨天才给她这么沉痛的打击！她是从哪里恢复出斗志的？这女人太可怕了！”

话是这么说，但他想起“讯问邓佳慧”这几个字，还是担心。如果是证人，她最多是询问。可她提出“讯问”，那就表示，她已有证实邓佳慧也与本案有关的证据？就算邓佳慧与本案有关，但百草枯呢？为什么被害人会喝下百草枯？

他打电话问谢天宇：“鉴定结果什么时候能出来？”

“就这几天。”

“尽快。”

“这么急？”

“这份报告能让灭绝师太丧失的人性与理智恢复正常。”

“……”

李星妍开车回检察院，在办公室认真写检讨。她的字端正秀气，不像男同事的字潦草如鸡爪，所以高主任还挺喜欢看。

高新远看着她写的检讨，沉默了个把分钟，才问：“这就是你的检讨？”

“对。”

“本案可能为邓佳慧与蔡文星合伙杀人，我已申请邓佳慧前来接受讯问。”高新远叹了口气，“可有证据？”

“没有。”

“也就是目前仅停留在逻辑猜测？你就准备讯问邓佳慧？”

“对。”

“对什么对啊？”高新远头疼地问，“那百草枯呢？鉴定结果出来了？如果鉴定结果没有出来，你怎么能武断地认为，那些绿色液体不是百草枯？”

“主任，那些液体也并不一定是百草枯。”

“这种可证伪性的结论，可不可以不要发表？你这结论，不是百分百准确，就下断语？如果，那些液体是百草枯呢？告诉我，你怎么公诉这个案件？你怎么调查摸清事实？蔡文星和邓佳慧不是合伙杀人而是合谋杀人？合谋杀人，所以下毒又捅刀？从逻辑上也解释不通。”

“主任。”李星妍想申辩。

“不，星妍。”高新远语速很快地打断她，“身为检察官，你的逻辑体系在哪儿？你构建的证据体系已经被人摧毁，相同的，你的逻辑体系也已经坍塌。也许这个案件另有乾坤。”

“就算另有乾坤，蔡文星杀人也是事实。”

“那邓佳慧呢？”

“她……”

“对，你没有证据，却妄下断语。你这检讨书，就是一个可证伪性话题。证伪性，嗯，可以证实是错的。”

“主任需要的话，检讨书我可以写得模棱两可一点。”

“唉，我真拿你没办法。这样吧，等法医鉴定报告出来，你再写份检讨。小组会议先算了，等报告。”高新远头疼地打发她走。

李星妍走出检察院，带着程颖去凶案现场。凶案现场已经被封锁，她和程颖开门走进去。

屋内依然一片狼藉，桌椅倒地，碗碟碎片遍地都是，地上还有血污。她看着从大门口到屋内的长长血迹。

这条血迹能证明，邓佳慧第二次供词是正确的。

蔡勇军想逃出家门，但蔡文星拿起水果刀去阻拦，在扭打之中，他捅向他父亲。她在屋内寻找一番后走到阳台，阳台上赫然还挂着那件假两件套的防辐射服。这件衣服洗过几次，不是新的。

屋内没有邓佳慧的任何物品，可是阳台却挂着一件她的防辐射服？她从照片上就看出了端倪。

李星妍吩咐程颖："找公安局去跟本小区管理处要一份案发当天的监控。"

"公安局已经收集案发当天本小区的所有监控，但没有发现什么有用的线索。"

"只要能看到邓佳慧穿什么衣服就行了。"李星妍越来越肯定自己，"我想她应该穿的这件，把这件衣服带回去让法医检测血迹分布。"

"好。"

程颖戴上手套取下衣服，装进袋子里。

两人转道去公安局看视频。视频显示，案发当天邓佳慧正是穿着这件假两件套的防辐射服。

李星妍说："我们回检察院讯问邓佳慧。"

"你怀疑邓佳慧……"

"等衣服血迹检测出来后，对公安局发补充侦查文书，要求公安局对邓佳慧进行立案侦查。"

"有把握吗？"

"有。"

但等李星妍回到检察院，才发现邓佳慧没来检察院，她和程颖去邓佳慧的住处找，邓佳慧不知所踪。

这次是传唤邓佳慧前来，她不来李星妍也没有办法，只能耐心等她出现。

邓佳慧失踪三天后终于在住所出现，程颖把她请回检察院。

邓佳慧一出现就问："因为我的证词有问题，所以传我过来？"

"如果之前是询问，那么这次，我是对你进行讯问。"李星妍不跟她客套。

"讯问？"邓佳慧对这两个字相当敏感，一脸提防地问，"讯问我什么？我只是证人。"

"这次庭审让我有了新的想法。我怀疑自己之前一直陷进你们的逻辑里。因为你是证人，翻证指证蔡文星故意杀人，所以我理所当然认为你说的就是真相，并顺着你的逻辑完善了我的证据。"

"你到底想说什么？"

"如果你第二次证词是百分之九十正确却夹杂着百分之十的谬误。那么，我可能发现不了你谬误的地方。也就是说，律师在法庭上的质疑是对的，你每次在口述'最后争吵时，不小心把他妈推倒，他妈撞到石雕上。'这句时，都没有用主语。你应该不是故意没有用吧？”

“一个地方没有用主语，就能证明他妈是我推的？你可不可笑？”邓佳慧一脸镇定自若，淡定到让人觉得可怕。

李星妍把手上的照片推向她，指了指阳台上挂的防辐射服：“我调查了监控，想问你，为什么一件你当天穿的衣服，会出现在案发现场？并且还被清洗了？”

“洗衣服而已，有什么大惊小怪的。”邓佳慧口水猛咽，已经有点儿紧张了。

“注意我的用词，案发现场！清洗衣服！你看着未婚夫把他父母杀了，还有闲情逸致洗衣服？”

“我为什么不能洗？”

“你一直在重复我的问题，证明你心慌，不敢回答。让我来替你说说，为什么你要洗？案发后，你在警察那里作供，说蔡文星杀父亲时，你太害怕，躲在阳台。但从这件清洗的衣服来看。你当时，并不在阳台。我去过现场，阳台并无血迹，血液也溅不到阳台。那只有一种可能，蔡文星杀父亲时，你离他很近。要在一种什么情况下，让你无惧杀人？那只有一种解释，这个杀人案件，你也有参与。”

第十七章

你可不是什么善良货色

“你太可笑了。”邓佳慧双腿已经在颤抖，却强装镇定，“因为一件衣服，推测出我参与杀人？”

“那我要给你看另一样东西。”李星妍把衣服的检测报告递给她，“虽然衣服被清洗，但很可惜，法医已经用鲁米诺反应检测出衣服上的痕量血迹。这份报告能证实，你的辐射服正面，有大量血迹。你怎么解释这些血迹？”

“我，我……”邓佳慧在证据面前沉默了几秒，突然哭了，“对，我说谎了。其实蔡文星杀他爸时，我一直在旁边劝。”

“你撒谎！”李星妍很肯定，“你当时并非在劝！”

“你怎么肯定？你有证据？”邓佳慧反问。

“看到一个失控杀人的人，人类的本能是逃跑或躲起来。他已经杀红眼，你还跑到他身边去劝？你找死啊？你不怕他一个失心疯把你也杀了？”

“我知道他爱我，所以我不怕……”

“你到底在劝还是在拦着要逃走的蔡勇军？”李星妍正颜厉色，想从她脸上看出端倪来。

邓佳慧不再强势反驳，降低了声调：“你要相信我！也许，血液是不小心沾上的。”

“整件衣服的正面全是血迹分布，甚至连肩膀，胸口都有，你怎么沾上的？”

“我，我……”邓佳慧突然用手按着肚子，难受地说，“我肚子疼……我，我……”

“你别装。”李星妍才不相信她肚子疼。

“不，我真疼……”邓佳慧皱紧眉头，按着肚子的手都在颤抖，“是真疼……”

程颖见状心急地跑出去叫警卫送邓佳慧去医院。

送走邓佳慧后，程颖拿着一份报告走进来，说：“李检，新的尸检报告出来了。”

李星妍严肃地看着她，先不看报告：“公安机关对邓佳慧的补充侦查文书怎么回复的？”

岂料，程颖比她表情更严肃：“李检，不如先看尸检报告。”程颖的严肃让李星妍意识到不妙，她接过报告。

报告上证实：死者方丽萍与蔡勇军体内的确含有百草枯，并且剂量不低。

死者体内含有足以致死的百草枯剂量？百草枯口服中毒死亡率为90%以上，且会导致无法逆转的肺部纤维化。

李星妍攥紧这份报告，手都在发抖。

粉碎她所有逻辑、所有证据体系的证据终于出现。是的，一桩铁板钉钉的凶杀案，现场只有两个人，结果被人捅死的死者体内还检测出剂量足以致死的百草枯。

这个案件有疑点！也许还有潜藏凶手没有被发现！

如果百草枯是真的，那么她对蔡文星与邓佳慧凶杀细节的推断将被彻底推翻。

程颖说：“公安局已经交上补充侦查报告书，他们经过审查分析，拒绝对邓佳慧立案调查，认为证据不足。”

“可恶！”李星妍已经忍无可忍。

“李检，恕我直言，邓佳慧杀人只在你的逻辑体系里，但无实质证据证明她故意杀人，而且现在死者胃肠还发现百草枯。我们必须重新找证据。”

是的，这桩案件出现疑点，基于疑点利益归被告人的原则，必须找到百草枯的来源，才能对蔡文星加以定罪。

可能证实百草枯来源的证据在哪儿？

李星妍头都要炸了！她所有的逻辑与证据都已经被推翻！

程颖建议：“李检，你压力太大了，要不然，先休息两天？”

李星妍面无表情地离开，她去停车场取车，坐在车里的时候紧握方向盘，低声咒骂：“浑蛋！季晋源你这个人渣！”

手机响起，她接听。

季晋源轻松地笑着问：“你好，我刚才一直打喷嚏，是不是你在骂我？”

“你为什么会有我的手机号码？”

“我上回发短信给你时解释了，是问朋友要的。”

“你接近我到底有什么目的？”李星妍很想把所有火都发泄在他身上。

季晋源相当无辜：“你好像弄错一件事，是我找到这个案子的疑点，你应该谢谢我。”

“是，我应该谢谢你这只正在腐烂的蛆虫。”

“对，正是我这只蛆虫把你的人生搅得天翻地覆。还有，你那个什么逻辑，是我帮了你，我让你避免冤假错案，你不谢我还骂我？”

“我警告你，离我远一点儿。”李星妍直接挂断电话。

是的，按道理，李星妍要谢谢他，可也因为他，让她意识到自己之前那些自以为是的缺点。

可就算到现在，她还是不能推翻自己的逻辑。

她还是觉得，蔡文星与邓佳慧有故意杀人的嫌疑！

李星妍在车里熬到下班时间，打电话回家，可是电话响起却没有人接。可能真像季晋源说的，因为自己总是一本正经地训人，所以导致父亲也不大愿意跟她一起吃饭。她开车在城市乱逛，跑到一处酒吧。

酒吧里，正在进行火爆的歌舞表演，身穿比基尼的女人在台上放肆表演，让现场气氛燃到极点。

李星妍身穿检察官制服坐在角落里，冷冷地盯着所有人的一举一动。

虽然待在角落，但她冰冷的视线让周围人感觉不安，尤其是她没有脱下制服，所以更多人以为她是来办案的。

气氛开始凝重。

冰冷的气氛开始从她身边蔓延向全场，没过多久，所有人都不再晃动，都好奇且小心翼翼地盯着她。

全场人都弄不明白她到这里的意图，但都感受到她席卷一切的冰冷。

李星妍双手交抱地看了会儿现场不再随便晃动的男女，起身，走出酒吧。

她情绪低落地开车，这才想起今天下班忘记脱制服。她一直恪守成规，想不到现在接二连三犯错。

车在公路上突然熄火。

李星妍握紧方向盘，彻底爆发："搞什么鬼！"她甚是烦躁地拍着方向盘，最后下车，无力地靠着车蹲在路边。

她打电话给父亲。

李飞鸣问："什么时候回家？"

她嘴唇抖了抖，突然说不出话了。

李飞鸣感觉到她的异样："怎么了？出了什么事？"

她颓废地开口："我觉得我好失败。"

"一次失误算不了什么。"

"不，对犯罪嫌疑人而言，检察官犯一点儿错，就是他们的灭顶之灾。"她微微有些哽咽，"爸，我压力好大。"

"实在不行就辞职。"

"不，"她憋着泪，咬了咬嘴唇，"我一定要查出真相。"

他倔强不肯轻易服输的女儿，就算碰到困难也会迎难而上。不，是越困难就越能激发她迎难而上的决心。

李飞鸣不好再劝："那你加油。"

李星妍听着电话那头传来的"嘟嘟"声，眼里的泪越来越多。她用力地深呼吸，想压抑住内心那点儿蠢蠢欲动的柔弱感。

她只用了几分钟就平复好情绪，快速地找到拖车的电话，让一切恢复常态。

这个夜相当漫长，邓佳慧以为自己度过了一个世纪。自从案发以来，她每晚失眠，整天睡不好觉。

这套一室一厅是她租的。从小到大，父母重男轻女，所以她不太愿意待在家里。

手机突然响起，划破这死寂的夜。

她看着屏幕上"妈"的提示，迟疑好久才接听。

何姿劈头盖脸就骂："那个歪瓜裂枣的种你打了没有？"

"你就问这个？"邓佳慧声音有点儿冷。

"你弟可谈对象了，我告诉你，家里要用钱。你赶紧重新找个人嫁掉。彩礼钱少于 20 万别领回家。"

“你有没有关心过我？为什么你每次打电话都是跟我要钱！不是要钱就是要我去弄钱！我去卖，是不是来钱更快？”邓佳慧情绪瞬间崩溃，“你知不知道我今天被叫去检察院，撒谎说肚子疼才溜回家？”

“关心啥？把你这个丫头片子养大浪费我多少钱？我拿回点儿本钱不应该？而且贱丫头，这件事本来就是你的错！蔡文星既然拿不出 20 万，你跟他几年干啥？你怎么不一早分手？”

邓佳慧直接挂断电话，抱着抱枕坐在沙发上，披头散发地流泪。

门铃响起，她无力地走过去开门。门外是蔡海峰。蔡海峰是蔡文星的堂哥，常年寄住蔡文星家，直到近日才搬离。

邓佳慧一见蔡海峰就咆哮：“你终于出现了？”

蔡海峰迅速走进房间，关好门，还不放心地用背抵住。

邓佳慧烦躁地问：“今天检察院传唤我，他们怀疑到我头上，怀疑我也参与杀人。蔡海峰，这都怪你！我本来要证明蔡文星过失致人死亡，但是你让我翻证！现在好了！连我也被怀疑了！”

“你发什么疯。”蔡海峰一把抓住她的手腕，把她往怀里一拖，最后一个转身，把她强抵到门上，压低声音，咬牙切齿地骂：“邓佳慧，你疯了？不知道隔墙有耳？”

“是，我快要疯了！”邓佳慧背靠着门，也压低音量，嘴唇颤抖着，眼泪滂沱而下，“当我听到蔡文星认罪的时候，我真的快要疯了！我当时就想，我就想——”

“想什么？”蔡海峰怒斥着打断她，用手肘狠狠把她压在门上，咬牙切齿地说，“想再次翻证？邓佳慧，你可不是什么善良的货色，要不然你能逼得蔡文星家破人亡？”

第十八章
冤家路窄

“可现在检察院怀疑我！”

“那又怎么样？”蔡海峰咬牙笑道，“慌什么？你别忘了！案发当天，我也在现场！我也是目击证人！我能证实，是蔡文星一人下毒又杀人！我有证据坐实他！必要时，我会去公安局！我想控方很乐意发现新的证人！”

窗外的星光越来越暗淡，突如其来的乌云遮住圆月，席卷夜空，慢慢掩盖最后那点星芒。

夜越来越深，这浓重的黑夜压迫得监牢里的蔡文星喘不过气。

他枯坐在看守所的床上，在黑暗中伸出手掌，看着左手无名指的方向。

原本，那里有一颗让他倍加珍惜的婚戒。

可惜那枚戒指让狱警收走了。

他想起连番审讯下得到的真相，想起父母为他买新房，把老房子抵押给银行借的20万，痛苦地眉头紧皱。他仰头闭紧双眼，眼泪却还是从紧闭的眼缝中汹涌而下。原本，这世间最珍视他的两个人，都已经变成冰冷的尸体。

他失控地掩面而泣。

从小到大，只要犯错，妈妈总疼着他、让着他，总会说，他还是个孩子。

可现在，父母最珍视的孩子犯了弥天大错，又有谁能拯救他，原谅他？

不，不！

蔡文星很快擦干眼泪。现在的他不能软弱，不能愧疚，佳慧和孩子还在等着他出狱。

李星妍第二天回检察院第一件事就是写检讨。她看着空白的纸张，灵活地在手指间转起了笔，玩了半天，还是无从下笔。

上次那种写法主任明显不认同。

如何写得模棱两可一点，既能委婉地提出这是合伙杀人，又能让主任无法证伪？她开始动笔在纸上写现场证据。

已知：屋内只有四人，死亡两人，另两位中有一位主动供出自己失手杀人，但结合现场证据，我有理由证实他是故意杀人。

而另一位是在场的唯一目击证人。但证人的证词明显不可信。其一，证人说自己在阳台，但死者周围的血液里查出她的脚印，并且法医鉴定出她的防辐射服上分布有大量的血迹。

辩护律师在法庭用这些证据推翻她的证词，并质疑她是帮凶，质疑被告人为了帮她顶罪，所以独揽罪名。

另，关于百草枯，尚无法证实来源。

但下一场庭审，辩护律师可能又会往证人身上引。

通过以上判断，

我个人建议重点调查邓佳慧。

她写完这些，在上面写上大大的“检讨书”三个字，然后交给高新远。高新远看着检讨书上的内容，气得吐血。他说：“星妍，我给你一个机会重新组织语言。”

“不用组织，这就是最终检讨。”

“你把所有事儿全推到辩护律师身上？”

“没有，我写的都是事实。而且我也没有说邓佳慧是帮凶，是辩护律师说的，只是我个人建议重点调查邓佳慧。”

“……”高新远已经被她气得说不出话。

“你看，因为死者周围的脚印与防辐射服，辩护律师怀疑的理由很充分。”李星妍一本正经地告诉主任，“我们应该趁热打铁，在他没有调查出邓佳慧实质证据前，主动出击，对邓佳慧展开全面调查。”

“辩护律师知道你这么坑他，一定会很忧伤。”高新远拿她很头疼。

“主任坚持这么认为的话，我只能先去法医那里调查百草枯。”

“正确做法，去吧。”

李星妍转身收拾东西，顺便用唇语告诉在旁边办公桌认真写检讨的程颖：

推到辩护律师身上。

不料，高新远正好看见，轻咳两声，阻止她再犯错：“程颖会乖乖写出所有经过，你就不要操心了，等小组会议。”

李星妍轻耸肩离开。

她找到检察院内部的法医科，结果在外面就撞见季晋源。两人还真有点冤家路窄，到了打个喷嚏都能遇到的地步。

季晋源在她冰冷的视线下没有退避三舍，而是凑上前来找话题：“咱俩真有缘，到哪儿都能碰到。”

她冷冷地瞥了他一眼，不搭腔。

“法医鉴定报告看了吗？死者体内有足以致死的百草枯残留。你说死者会不会是死于百草枯？”

他故意提出疑问来激起她的反驳。

李星妍没有中招，而是快步走进法医科。

季晋源跟进来，一直在她耳边叽叽喳喳：“我有充分的理由怀疑他们死于百草枯，也许我的被告人失手捅死他父亲的时候，正好百草枯就毒发了。”

他简直在挑战她的耐心。

李星妍站定，冷冷地瞪着他：“你再学鸭叫我就对你不客气了！”

“鸭叫？”季晋源好气又好笑，“检察官同志，你对我个人的侮辱升级了啊！难道你们主任没有叫你写深刻的检讨？你是人民的公仆，这样对你的人民，真应该再写多几份检讨！”

“不要威胁我！”

“对，我就想威胁你，投诉你！”季晋源一副你能奈我何的表情。

“那么！”李星妍双手抱肩，严肃地盯着他，“你下次可能因为骚扰公仆而被警察逮捕拘留几天。”

“只是对我的忠实仆人提出点儿芝麻绿豆小的意见，就应该被拘留？信不信我检举你？”

“悉听尊便。”李星妍懒得再搭理这个无赖。

她刚走进法医科，就碰到穿着一身防护服从解剖室里走出来的法医。她走上前，自我介绍：“我是公诉科的检察官李星妍，也是蔡文星案的承办检察官。”

法医摘下口罩，李星妍这才发现他很眼熟。

季晋源笑嘻嘻地打招呼："谢天宇。"

她这才认出，原来是那天跟车的男生。

谢天宇急忙澄清："放心，案子是案子，私人关系另谈，我个人很有原则。"

李星妍从公事包拿出那份尸检报告："这是你出具的尸检报告？"

"对。"

"确认百草枯？"

"确定。"

"死者如果服用足够致死剂量的百草枯，喝下时间未定，也许是刚喝下就被人捅死，也能造成这么严重的内脏损伤？"

"就算死亡，百草枯在尸体内也有弥散性。"

"也就是说，也有可能是死后被人灌进嘴？"

"死后一个小时灌进嘴，几个小时后，百草枯就会弥散全身。但此案并不是。"谢天宇很专业地解答。

李星妍不解地问："那你怎么甄别？也可能是凶手杀死二老后，再灌入口中，用此来伪造证据迷惑法医。"

"这个死后分布，与死后弥散性分布是不同的。如果是先喝致死，百草枯在各器官中分布量是很高的，而且分布比较均匀。但如果是死后再灌入导致百草枯弥散，那么百草枯主要弥散在胃部，当然各个器官也可以检测到。"

"没错，死者胃、小肠有大量的绿色液体，所以他们——"

"不。"谢天宇打断她，"死者是先喝下剂量不低的百草枯，然后被人行凶杀害。我不仅采取了死者的胃、肺、心，还提取了死者的脑、肾、肝等进行定量分析。我能确定他们体内所含剂量超过致死量，并且是生前喝下。"

"那你是否有办法确认他们的死亡原因究竟是刀伤，还是百草枯？"李星妍追根究底。

"是刀伤，但同时，如果没有被人捅死，百草枯也会导致他们死亡。"谢天宇直言不讳。

李星妍复杂地看了他一眼，往外走。

季晋源屁颠屁颠地跟上去。

李星妍甚烦身边这个人，不客气地说："再跟着我，后果自负！"

季晋源眼里都是憋不住的笑意："我在等你道歉或感谢。"

“我为什么要道歉？凭什么感谢？”

“所以你认为，一个屋子里就四个人，现在死了两个人，那么，这两个人就是凶手的推断成立？那百草枯呢？死者身体里查出超过致死剂量的百草枯，你觉得凶手又应该是谁？”

“你认为呢？”

“会不会是他们受不了天价彩礼，所以喝百草枯自杀？”季晋源说出自己的推测，不料，李星妍用一种能冻死人的眼神瞪着他。

季晋源解释：“这只是我个人的小小推测。你可以不认同，可以反驳，我无所谓，这只是控辩双方的一次探讨。”

“这是你下次申请休庭的主要言论？”李星妍也开始试探他。

“可行性挺高，可以试试。”季晋源一副恍然大悟的表情。李星妍看着他，嘴角突然露出一丝怪异的笑容。

“呵呵呵。”季晋源朝她跟前走近两步，身体离她不过一根手指的距离。他暧昧地凑到她耳边问，“你奸笑什么？”

李星妍往后退三步，淡定地看着他，嘴角那抹怪异笑容的弧度越来越大。

季晋源受不了她怪异的举动，转身往法医科走。

结果他刚走进法医科，谢天宇就指着他下身裤子的拉链：“拉链！”季晋源一惊，这才反应过来。

原来是裤子拉链没拉。

他想起李星妍那怪异的笑容，尴尬得想钻地洞。

难怪灭绝师太会露出那么古怪的笑容，难道是看到了他的红色内裤？！

第十九章
出现新证人

季晋源懊恼地对谢天宇说：“难怪灭绝师太刚才笑得那么暧昧。师太就是师太，功力深厚，一个笑容就让人头皮发麻。”

“你对师太意见还是很大。”

“对，不是一般的大。”季晋源想起李星妍那张脸就气得想吐血，“不过，我发现你俩挺般配的，要不你赶快把她收服。”

谢天宇想起刚才那审讯似的问话，开始打冷战：“别害我，我还不想变成犯罪嫌疑人。”

“我真想看看，到底是哪个自虐的二货会看上她，喜欢她，并替天行道娶了她。”季晋源开始幻想李星妍跟男朋友在一起的场景，那绝对惨不忍睹。

啧啧啧，他真怀疑灭绝师太以后会嫁不出去。

李星妍回到办公室，再次翻开卷宗。程颖已经老实地写好了三页纸的详细报告，高新远严肃地看完这份报告，才问李星妍：“百草枯调查清楚了？”

“生前喝下足够致死剂量的百草枯。”李星妍简明扼要地回答。

“所以，你认为今后的重点是什么？”

“我会先调查百草枯，等百草枯弄清楚了，再审讯蔡文星和邓佳慧。凶案现场只有他们两个人，他们怎么也脱不了干系。”

“很好，我也赞同，但要抓紧时间，注意审查起诉期限。”

“我尽快。”

李星妍应付完主任，就带程颖出门。她嘴上说先调查百草枯，但拦到出租车时，却报上邓佳慧的租房地址。

程颖惴惴不安地问：“李检，主任说不准骚扰邓佳慧。”

“不是骚扰，是办公。”李星妍云淡风轻地澄清。

程颖哭丧着脸：“主任让我监督你。”

“我们之间本来就是相互监督的关系。”李星妍无所谓地耸肩。

话虽这么说，但程颖更想哭：“主任说如果你再敢骚扰邓佳慧，我还要写三页检讨。”

“写检讨能锻炼人的逻辑与文字能力，挺好的。”

“……”

出租车很快到达邓佳慧的租房地。李星妍径直上楼，也没有提前通知邓佳慧。她推开邓佳慧家大门时，意外撞到邓佳慧正被一个中年妇女毒打。

邓佳慧看到李星妍，立刻躲到她身后。

妇女指着邓佳慧臭骂：“我急用钱你不知道？”

“我现在上哪儿去弄钱？”邓佳慧红着眼解释。

“蔡家本来借到 10 万彩礼，我就跟你说先拿过来。你不听，还自作主张骗他们说，没有 20 万，我就让你打胎分手。我什么时候叫你打胎分手了？”妇女激动地指着邓佳慧，“贱丫头，祸是你自己闯的，你到处跟亲朋好友说是我非要 20 万彩礼，没有 20 万就逼你打胎分手，这才导致蔡文星杀父杀母。你到处唱衰我是什么意思？”

“妈，你讲点儿道理好不好？是不是你非要 20 万？”

“臭丫头，你不也想捞他们家 20 万？”

李星妍这才听明白，原来母女俩在狗咬狗。

何姿看到李星妍，就像遇见救星，说：“同志，你帮我评评理。我辛苦养大一个女儿嫁给他们家，20 万彩礼哪里多了？凭良心说，这价一点儿都不过分。蔡文星拿不出来就别娶啊，至于杀父杀母吗，他杀父杀母跟我有什么关系？结果周围亲戚都戳我脊梁骨。你说我冤不冤？”

李星妍没有回话。

何姿越想越生气：“我这个人真的很简单。你搞大我女儿的肚子，我就要 20 万！ 20 万都拿不出来的男人，还有脸杀父杀母？”

李星妍冷冷地瞥了她一眼。

邓佳慧说：“妈，你先回去，人家检察官找我有事。”

何姿打量李星妍、程颖两眼，命令邓佳慧：“你赶紧把那个歪瓜裂枣的种打了，然后重新找个男人嫁掉，听到没有？你弟急用钱！你当姐姐的不帮他，谁帮他？”

邓佳慧敷衍地点头：“您先走吧，我真有事。”

何姿走后，邓佳慧把李星妍和程颖请进屋。邓佳慧对那天的讯问还心有余悸，她小心翼翼地问：“找我有什么事吗？”

“我们是来看望你。”李星妍装作闲聊地问，“对了，案发当天，你们带了些什么吃的去赔罪？”

“就在他们小区外面的砂锅粥店，买了一份炒田螺，一份虾粥。”

“味道好吗？”

“好，我们都喜欢吃。”邓佳慧不知道她突然问味道干吗，追问，“你也想吃？”

李星妍紧盯着她的双眼，摇头：“不，我在想百草枯。”

邓佳慧莫名其妙：“百草枯？”她想起那天庭上辩方怀疑死者体内有百草枯，立刻领悟。

看来百草枯已经证实。

“对，”李星妍意味深长地问，“你觉得百草枯和粥有没有关系？”

“你怀疑我下毒？”

“不，我可没这么说。我只是好奇。房里只有四个人，结果却两死。活着的两个人，一个人是证人，一个人被指控为凶手。可更奇怪的是，证人口供被当庭质疑推翻，而死者除了被人杀死，还被人下了剧毒农药百草枯。对了，农药已经证实。”李星妍一直紧盯她的细微表情，想从中捕捉到蛛丝马迹，“你知道百草枯吗？口服中毒死亡率高达 90%，它会导致人无法逆转的肺部纤维化。也就是说，就算是被上帝抽中有幸活下来的 10%，也会因肺部纤维化而没有生活质量。也许拖几年，还是会死。不过，听说很少有幸运儿，死亡率几乎是 100%。”

“我怎么知道，又不是我。”邓佳慧被她盯得有些不安。

“对，毒不是你下的。因为你迫切想拿到他们家 20 万，所以你不可能下毒。没有深仇大恨，不会有人下百草枯。”

“也许，也许……”邓佳慧欲言又止。

李星妍看在眼里，笑了笑：“你想说，也许是蔡文星。”

邓佳慧点了点头："文星因为彩礼，和父母关系闹僵了，而且他跟父母关系本来就不好。他，他跟我提过，如果父母弄不到20万给他，他就毒死他们。"

李星妍目不转睛地盯着邓佳慧，开始分析她这句话。

本来就不好？跟未婚妻提及要毒死父母？

不，邓佳慧在试图引导她去相信，下毒与杀人的是蔡文星。可她为什么要引导自己？为什么迫不及待要坐实蔡文星故意杀人？

从翻证开始，邓佳慧的口供就有太多漏洞。她无法做到自圆其说，更没有办法自证她没有参与杀人。

李星妍感觉自己挖不到什么证据，于是带着程颖离开。

程颖拦了辆出租车，李星妍刚上车就对司机说去看守所。

程颖好奇地问："为什么又急着去看守所？"

李星妍靠着背垫，闭上眼，皱眉说："先别问，通知辩护律师。"她深吸口气，又开始构建自己的证据体系。

"文星因为彩礼，和父母关系闹僵了，而且他跟父母关系本来就不好。他，他跟我提过，如果父母弄不到20万给他，他就毒死他们。"

邓佳慧在说这句话时，眼神闪躲，表情也不自然，还有生硬的停顿。

很明显，她在说谎。

她为什么要一而再，再而三坐实蔡文星杀人？蔡文星好歹是她的未婚夫，就算不念旧情，她肚子里还怀着他的孩子。

是的，绕了一圈，又回到李星妍最开始的推断。

这是合伙杀人，邓佳慧想脱罪，所以才会迫不及待想坐实蔡文星故意杀人。

但又是谁让被害人喝下百草枯？

出租车很快到了看守所，这次提审蔡文星很顺畅，没有遇到什么麻烦。李星妍瞥了眼旁边坐的季晋源，故作轻松地对蔡文星说："我们这次不审讯，只是闲聊。"

闲聊？季晋源皱了皱眉，雷厉风行的检察官竟然有闲情逸致找犯罪嫌疑人闲聊？他信她才有鬼！

李星妍问："蔡文星，我很好奇，你私下有没有和邓佳慧透漏，如果父母筹不到20万给你，你就要毒死他们？"

蔡文星摇头："没有，我怎么可能说这样的话？"

是的，此刻的蔡文星很坦然，没有任何说谎的迹象。

那为什么邓佳慧要栽赃他？

李星妍故意慢吞吞地说："纠正一点，这是邓佳慧对我说的。"

蔡文星怔住，惊讶地看向李星妍。

李星妍注视着他，四目相对，她看到了蔡文星既惊讶又伤心的表情。

蔡文星明显很意外。

李星妍还想再问，手机响起。

她接听，是高主任打来的。

"星妍，出现新证人。"

"什么？"她不知道高主任这句话是什么意思。

"蔡文星案，原来除了邓佳慧，还有现场证人。"

第二十章
出现新证人（2）

“现场证人？”

“对。现场证人说自己有证据证实，是蔡文星下毒杀人。你赶快回检察院。”

李星妍震惊地挂断电话，站起身，双手撑着桌面。她直直地盯着蔡文星：“蔡文星。法庭上，辩护律师说蔡勇军夫妇体内有疑似百草枯残留。再次尸检后，证实他们尸体内的确有超过致死剂量的剧毒农药百草枯。你对此有什么看法？”

蔡文星同样震惊且不敢置信地看着她，摇头：“怎么会有百草枯？是谁对他们下毒？”他一直以为那是辩护律师为了让法官休庭捏造的。

他的表情太自然了，自然到让李星妍纠结。

下毒的会是蔡文星？

“蔡文星，为什么要对父母下剧毒百草枯？你这么恨他们吗？”李星妍再次想逼出他的真实情绪，她怕自己分析失误。

是的，她不愿意放过一个罪犯，同样，也不愿意冤枉一个犯罪嫌疑人。

蔡文星睁大眼睛摇头：“毒不是我下的。”

“现在我方有新证人，能证实，是你下毒杀人，与旁人无关。”李星妍目不转睛地盯着他，脑里在不断分析。

蔡文星失神地想站起来，但被讯问椅牢牢固定住，他一脸茫然：“他们体内怎么会有百草枯？是谁下的毒？”

是的，此刻蔡文星的表情和动作都很真实。他关注的重点，不是她那句‘我方有新证人，能证实，是你下毒杀人’。蔡文星失控的理由，是被他虐杀的父母，体内竟然还有百草枯的残留，而他迫切想知道下毒的凶手。

这个冷血并且一再抵赖想脱罪的凶手，对父母也会有关心、愧疚的一面。

李星妍没有料到。

可是新证人的证词……

李星妍带着程颖离开。

季晋源被那句新证人给震惊到了，他急忙跟上前，感觉自己应该去检察院看看。他一路追问李星妍：“新证人是谁？邓佳慧不是现场唯一的目击证人？怎么还有新证人？新证人靠谱吗？会不会是八卦群众前来作伪证？你要当心啊！”

李星妍冷冷地瞥了他一眼，回了句：“别啰唆。”

“你不会觉得很诡异吗？哪里冒出来的新证人？太不符合逻辑了！”

“我也想知道。”李星妍匆匆回答他，不想在他身上浪费时间。她走出看守所，拦了辆出租车，刚坐到后排座，季晋源也钻了进来。

程颖只好坐到副驾驶座。

季晋源厚起脸皮说：“我出车费，我也顺道去检察院。”

李星妍没空搭理他，头疼地闭上眼：“程颖，三人平均分担车费。”

“好。”

季晋源问：“你自己没开车？也可以开检察院的车？为什么不开，检察院不是有很多车？”

李星妍不理他。

他又把话题绕回案件上：“新证人……”

“闭嘴。”李星妍嫌他聒噪，打断他。

“我只是想说……”

“再说话信不信我把你踹下车。”李星妍睁开眼，冷冷地盯着他。季晋源识趣地闭嘴，怕她赶自己下车。

半个小时后，车到达检察院门口。

李星妍没有管季晋源，径自进入检察院，在接待室见到新证人。新证人身高 1.75 米左右，中等样貌。

高新远介绍：“从公安局过来的新证人。蔡文星的堂哥蔡海峰。星妍，接下来交给你。”

高主任介绍完走出接待室。

李星妍做了个“请坐”的手势。

蔡海峰坐下就迫不及待地发言："我父亲是文星爸爸的亲大哥，但小时候一场车祸导致爷爷奶奶、我父母全部遇难。所以从小我就寄养在文星家，直到最近才搬走。"

"案发当天你也在现场？"李星妍直入主题，并且紧盯他的一举一动。

蔡海峰点头："当天我也去看了叔叔婶婶。"

"时间？"

"22点。"

"记得这么清楚？有看手表的习惯？"

"对，因为我着急走，所以特意看了时间。"

"白天为什么不去？为什么选在半夜？"李星妍尽量找出他话里的漏洞，想从中剥离出真相。

蔡海峰微怔数秒："白天我要上班。"

"几点下班？"

"18点左右。"

"那也没有必要拖到22点再去看。"

"临时起意。"蔡海峰有点儿紧张。

"为什么紧张？"李星妍正颜厉色地盯着他。

"啊？"蔡海峰失声叫出来，他觉得自己已经足够镇定，但还是被眼前这个检察官看出紧张的情绪。他尽量放松自己："因为你太……"

"咳、咳。"一旁做笔录的程颖出声提醒，"李检，他是证人。"

李星妍故意笑了笑，以缓解他的紧张："对不起，讯问犯罪嫌疑人习惯了。"

蔡海峰终于松了口气。

李星妍却没有想让他放松："案发当晚的22点30分，蔡文星带未婚妻邓佳慧前去凶案现场。按你的证词，你在22点去的凶案现场，也就是说，这期间，你一直没走？"

"对，我和叔叔婶婶在喝茶闲聊。"

"你看见他们进屋？"

"我当时在自己房间休息，听见他们进屋了。"

"没有出去打招呼？"

"没有。因为之前和蔡文星闹了点儿矛盾，吵了一架，所以才搬走。寄居，始终不是自己家，搬走也正常。"

“你一直在重复一个词，寄居、寄养。”李星妍严肃地盯着他，“但蔡文星父母养了你很多年吧？”

“对，有 20 年。”

“20 年的养育之恩，你也从来没有把他们当成真正的家人。”李星妍直言不讳地问，“为什么？”

“寄人篱下始终是寄人篱下，再亲，也不是自己的父母兄弟。”蔡海峰心酸地笑了笑，“如果你寄人篱下，就会懂那种感受。”

“也就是说，之后你在房间看见他们吵架，甚至是杀人？”

“对。”蔡海峰点头。

“你看到了什么？”

“文星买了夜宵去看叔叔婶婶。之后，他们开始说起 20 万彩礼。虽然文星提出可以在婚后共同还借款，但叔叔不肯再出一分钱。说‘实在借不到一毛钱’。叔叔的话激怒了文星，他开始要求叔叔卖掉老房子。叔叔不肯，双方开始吵架，婶婶骂邓佳慧骂得挺狠的，什么贱货、未婚怀孕、死不要脸想赖她家之类的，还试图对邓佳慧动手。文星受不了，搬凳子砸父亲，掀翻饭桌。婶婶一看这阵势怕了，想拦住文星，但没拦住，文星冲上去跟叔叔打架。婶婶一急，也跟邓佳慧推搡。邓佳慧喊救命，蔡文星一急，冲过来推了一把婶婶，结果婶婶……”

“等一下，是蔡文星推的？”李星妍打断他。

蔡海峰点了点头：“是蔡文星推的。”

李星妍疑惑地看着他，说：“你继续。”

“婶婶被这一推磕到石雕上，文星和邓佳慧吓坏了，去推了推他妈，发现人没有任何反应，后脑还出了不少血。叔叔一见这情况，立刻要打电话报警，说要告他们杀人。文星当时也急了，让他爸交出手机。但叔叔不肯给，还一直威胁要告他们，不停地骂。文星冲上去拳打脚踢抢下手机，并且去拿农药瓶，往叔叔嘴里灌。灌完还灌婶婶。叔叔知道是农药于是想冲出家门报警，结果文星丧心病狂地拿起水果刀冲上去拦他。邓佳慧就冲过来劝，叫文星送叔叔去医院，但文星没有听，而是拿起刀捅死了叔叔。”蔡海峰说到这，松了口气，“之后他还胁迫邓佳慧一起伪造现场。”

“你为什么不去救你的叔叔婶婶？”李星妍问，眼神越来越凌厉，“事后你又是怎么逃走的？”

“第一，我不敢，我怕死。第二，我的房间跟厕所相连。我趁他们不注意溜到厕所，打开厕所窗户，翻出去，爬水管下了二楼。”

“是吗？”

这份证词让李星妍震惊，他的证词天衣无缝到没有任何漏洞。

凶杀与农药都完美结合，所有证词全部指向蔡文星。

这份证词不仅洗脱了邓佳慧，同时也澄清了所有疑点。

但，就因为太完美，所以李星妍反而心存疑惑。

她追问：“为什么蔡文星要下农药？他农药从哪里买来的？农药瓶他怎么处置的，现场根本找不到。”

“我记得杀了人后，蔡文星蹑手蹑脚地出去过一次。”

“出去过一次？”

对，郑大伯的证词上有一句：零点整，走廊响起轻微的脚步声。

也就是说，蔡文星在这个时间段出去扔了农药瓶？

如果还原时间线。

22 点 30 分，蔡文星和女友进屋。23 点郑大伯听到吵架声，23 点 10 分，蔡勇军打 110 报警。这 10 分钟时间，方丽萍已经发生不幸。而 23 点 30 分左右，郑大伯说隔壁已经安静。

也就是说，这 20 分钟，蔡文星杀死了蔡勇军。

郑大伯之后再听到家具倒地的声音，但并没有听见争吵。是蔡文星和邓佳慧在伪造现场，消灭证据。

而零点整，世界终于安静，走廊响起轻微的脚步声，是蔡文星出去扔掉一些不利于自己的证据。这些证据可能也包括农药瓶？

时间线与蔡海峰的证词也完全吻合，所有的证据再次指向蔡文星一个人完成灌农药，故意杀人。

对，证词没有任何漏洞，也没有任何不利于邓佳慧的地方。

这份证词推翻了她之前关于邓佳慧合伙杀人的猜测。

蔡海峰见她不再询问自己，主动提了句：“农药百草枯肯定是他在家附近买的，你们可以去查查。”

等等，终于出现漏洞。

李星妍眉头紧皱，正颜厉色地问：“你怎么知道蔡文星下的农药是百草枯？”

第二十一章

戏弄“灭绝师太”

蔡海峰怔住。

李星妍咄咄逼问：“百草枯目前只有控辩双方知情。当然，还有邓佳慧。你来这之前见过邓佳慧？”

蔡海峰镇定地摇头：“没有。”他停顿了数秒，接着说：“对不起，我认识的农药只有百草枯，我以为就是下的百草枯。”

不，这个解释不合理。

他最后这句“农药百草枯肯定是他在家附近买的，你们可以去查查。”根本就是画蛇添足。

他在试图诱导控方去蔡文星家附近找购买农药的证据。

蔡海峰大约意识到自己说错话，抬起手腕看了眼表，急忙说：“我还有事，先走了。我把我知道的都说了出来，如果还有需要，可以传唤我。我会尽我所能帮助你们。”

李星妍也跟着站起来：“你去哪儿？”

“回家还有点儿事。”

“行，我们送你回家。”李星妍不容置喙地说，“别拒绝我的好意。”

这种独断的口吻，的确是不容他拒绝。

蔡海峰点头同意。

李星妍开检察院的专车送他，一路上发现后面有辆出租车鬼鬼祟祟地跟着。她把蔡海峰送到租住的房屋楼下，目送蔡海峰上楼后，走去敲停在后面的出租车的后座车窗玻璃。

玻璃滑下，季晋源笑着说了声：“你好。”

李星妍懒得跟他客套，问：“跟着我们的目的？”

季晋源推开车门下车，笑嘻嘻地狡辩：“没有啊，我就是顺路回家。”

“你家是这条路？在附近？”

“没有，绕了个大弯。”

“想跟踪新证人？”李星妍直截了当，不想在他身上浪费时间。

季晋源依旧笑容满面：“什么证人啊？没有，天气太好，顺便逛逛。没想到随便逛也能碰到你，真是太有缘了！”

李星妍冷冷地瞪向他，那种凛若冰霜的眼神让季晋源受不了。他一本正经地坦白：“对，我说谎了。”他故意将嘴凑到她耳边，暧昧地压低声音说，“其实是因为，我，想，你了。”

他说完又吊儿郎当地站好，带着满满的诚意与她四目相对，一字一句地说：“奇怪，是不是被虐得太狠了，所以皮痒想你了。想一直跟着你，跟到天涯海角。”

这些暧昧的话没有引起李星妍任何情绪上的波动。

她心如止水地继续瞪着他。

季晋源正经到不能再正经：“你知道吗？在车上，我一直在想。我的出租车，和检察院的车就是一条线段。由我这点到你那点，简直就是一条可以看到终点的直线距离。我当时一直在想，我要怎么才能追上你呢？我一紧张，就叫司机赶快追上前面的车。追啊追，追啊追……我终于追到你。”

李星妍也很认真地回应他的胡扯：“恭喜你，追上了。”

“对，追上了，所以我需要向你告白。大概因为被虐太狠了，所以不知不觉中，我发现自己对你，一日不见如隔三秋，我天天都盼着见到你。我做梦都……”

“你再胡扯试试看？！”李星妍冷漠地打断他这些肉麻的话。

季晋源张了张嘴，想继续编，结果忍不住自己笑起来。他一边大笑，一边说：“对，我编不下去了。想你？天啊！地啊！对，对，对！我要把自己给笑死了！”他笑得单手撑着出租车门，拼命冲她摇手，“你可千万别当真！我真对你没兴趣！”

李星妍出言警告：“敢骚扰证人，我对你不客气。”

“好好，我一定离他一丈之外。”季晋源笑得有点儿喘不过气，“你快走，我一想到自己跟你告白，就想笑。”

李星妍回到检察院车上，准备开车离开。

程颖在副驾驶座小心翼翼地提醒："李检，你脸红了。"

"什么？"李星妍摸了摸自己的脸，的确有点儿滚烫。

程颖想起刚才那一幕，忍不住脸红地笑起来。

李星妍轻咳了声，微抿嘴开车，嘴角却不知不觉上扬。她开出很远，忍不住嘀咕一句："流氓。"

季晋源回到出租车上，跟司机说今天包下他的车，司机很乐意。

季晋源想起刚才跟李星妍瞎扯告白的那一幕，又忍不住笑起来。

跟灭绝师太告白？

对，自己一介凡人，配不上师太。

他坐在出租车上无聊，于是发短信骚扰李星妍：师太，我与你之间，就像线段。从我这端往你那端，就是线段上的两点。我一直在追啊追，努力地向你追啊追。追到终点才发现，这哪是线段啊？这简直就是直线。在这灭绝人性且无限延伸的直线爱情下，我决定洗心革面，重新做人，重回端点。

他点发送，过了十几分钟，她都没有回，于是又追加了一句：直线爱情是指，永远没有终点，永远不可能有交集。

结果对方还是没有任何回复。

季晋源被她打败了，开始盯向蔡海峰的楼栋门口。

蔡海峰租住的地方是类似棚户区的住宅，但比破破烂烂的棚户区要高档一点。这里规划整齐，道路干净宽敞，唯一不好的是，车辆可以随便进出。

季晋源等了将近两个小时才看到蔡海峰出门。蔡海峰出门时装扮没有变，所以季晋源一眼就认出了他。

蔡海峰钻进路边的出租车，季晋源一路跟着，却没有发现什么特别的地方。蔡海峰一整天除了上下班，再无任何外出甚至消遣。

季晋源跟踪一天后甚感疲惫，于是和出租车司机商量："师傅，我出 500 块一天，你什么都不用做，就替我跟着他，你干不干？"

司机好奇地问："你跟他干啥？"

"实不相瞒。"季晋源唉声叹气，"就是这个小白脸，他偷我老婆！"

"这么下作。"司机很气愤，但又不解，"不对啊，你看上去比他帅啊，你老婆没理由偷他啊！"

“这正是我奇怪的地方，我帅得这么惊天动地，惨绝人寰，老婆竟然还瞒着我偷人。师傅，你这车有行车记录仪吧？您帮我跟十天，十天内不管他去哪儿，见什么人都不用您管。十天后，您把行车记录仪里的内容拷贝给我就行。”

“这样就可以拿5000元？”

“不，师傅，讲下价吧，一起3000元？”

“那我亏大发了。”

“4000元成交！但我要完整无剪辑的记录，如果您有任何剪辑就当不了证据。”季晋源心疼自己的钱包！

“我肯定不剪。”师傅同意价格。

季晋源保险起见，付了1000元订金，另外3000元商定好拿到视频就成交。

他交代完后，另外打车回家。

李星妍下班后，把蔡文星父母小区的视频复制回家，一直盯着屏幕看。果然，快接近22点时，蔡海峰从侧门进入小区，00点20分有蔡海峰从侧门走出的身影。

视频能佐证蔡海峰的确在这时间段进入小区。

李星妍继续研究，小区内的视频显示蔡海峰一路的确是往蔡文星家所属的楼栋走，但一路上蔡海峰的外套都搭在手臂上。

他为什么不走正门？案发当天是3月7日，夜晚的气温只有11度，他为什么不穿外套？

可惜楼栋门口没有监控，李星妍看不到他进去出来的身影。

时间线已经证实，那么证词呢？

邓佳慧被推翻的证词里并没有蔡文星灌农药这个情节。

除了推人、灌农药、杀人等不同，蔡海峰证词的大部分与邓佳慧的几乎一模一样。

难道凶手真是蔡文星？

李星妍带着疑问睡觉，第二天一大早就接到程颖的来电。

她说：“李检，你让我去蔡文星所住小区附近的农药店转转，果然有收获。有一家农药店老板认识蔡文星，并且确认蔡文星在案发前两天来他店里买过百草枯。”

这个结果在李星妍意料之中。

李星妍冷静回答："带回检察院，我要询问他。"

"李检，农药店对面的小卖部装有摄像头。案发前两天，蔡文星的确来老板这里买过农药。"

"不可能！"李星妍脱口而出。她一直认为是蔡海峰引自己去蔡文星小区旁寻找证据，他大可以捏造证据，找人一起作伪证。但让她没想到的是，竟然还有摄像头拍到蔡文星购买农药的一幕。

第二十二章
季晋源，我也不一定会输！

“老板愿意当证人。”

“我说过不可能！”

“李检，事实已经很清楚。是蔡文星一人灌农药又杀人。”程颖耐心劝她。

李星妍根本不领情：“别忘记了，邓佳慧在凶案现场留有脚印，她的防辐射服上还有大量血迹。而且蔡文星傻啊？他先灌农药再杀人？他灌完百草枯，知道喝下百草枯必死无疑。他还用得着再捅几刀？他完全可以推脱，说父母是被天价彩礼逼得喝农药自尽。”

“因为物证与口供冲突，所以你可以合理怀疑邓佳慧也参与杀人。但李检，现在所有的证据已经能排除你的合理怀疑。是蔡文星一人灌农药又杀人。因为蔡文星失手杀了他母亲，并且他很早就有杀父母的意图，所以干脆一不做二不休，先灌农药再杀人。也可能是他灌完农药怕二老不死，所以再补刀。”

“这都是你的猜测！”

“李检，邓佳慧参与杀人，又何尝不是你的猜测。”

“我的猜测有证据印证，并且符合逻辑。”

“我的猜测也有证人口供印证，并且符合案情。”

“程颖，你在跟我对着干！”

“李检，我只是觉得你不能一错再错。”程颖苦口婆心，“案件所有脉络都已经清晰。”

李星妍直接挂断电话，快速穿好衣服回检察院。她回到办公室，见到程颖正在跟高新远报告案情。

高新远把她叫过去，问："下一步你有什么打算？"

"建议法庭延期申理。"李星妍坦白交代。

"公诉人建议延期申理有几条，你准备用哪条？"

"我还没有排除合理疑团，不掌握定罪量刑证据，需要调查核实。"

"荒唐，你手上的证据还不够多？"

"那就换一条，我需要追加起诉。"

"追加谁？邓佳慧？"

"对，就是邓佳慧，我无法排除她没有参与杀人。"李星妍据理力争，"主任，我们应该对邓佳慧补充侦查，对，还有新证人。我要求查农药店老板，所有亲朋好友的银行户头，查他最近接触过什么人。还有蔡海峰。他出现得莫名其妙，又一再引导我们，我觉得我们不能被这些证词牵着鼻子走。我们应该化被动为主动，或者干脆，从蔡文星的有罪推定，变成无罪推定。再顺着所有证据，逻辑，组成全新的证据链。"

"你疯了。"高新远有点儿不耐烦，"星妍，你要冷静。现在所有证据已经串成证据链。"

"查！查！"李星妍烦躁地吩咐程颖，"你去给我查农药店老板所有亲朋好友的银行账户，查他有没有被人收买过的痕迹。"

程颖说："我查过了，没有。并且我已经查过视频，证实蔡文星案发前两天的确去购买过农药。"

"我要去看守所！"

李星妍愤怒地往外走，程颖急忙跟上。

是的，现在所有证据都指向蔡文星一个人灌农药又杀人。

她是检察官，她理所当然应该相信证据。

可是一切证实蔡文星有罪的证据又那么巧合与完美，完美到让人生疑。

李星妍开着检察院的车赶往看守所，她想听听蔡文星怎么交代。这次等季晋源一到，看守所就安排进讯问室。

她走进讯问室，看着被带入的蔡文星，站着，直接问："蔡文星，3 月 5 日当天，你去过什么地方？"

程颖拉了拉她的衣袖，示意她坐下。

她不理，双手撑着桌面，眼神凌厉地盯着蔡文星。

蔡文星想了一会儿，回答：“我去过 ×× 街道买农药。”

李星妍手心发紧：“什么农药？”

“草甘膦。”

“什么？”李星妍没料到他会回答这个，不敢思议地重复问，“你再说一遍，你在 2018 年 3 月 5 日当天，前去 ×× 街道的农药店，买了什么？”

“草甘膦。”蔡文星很轻松地回答，没有任何说谎的迹象。

李星妍眉头紧锁：“不是百草枯？”

这个答案出乎她的意料。

蔡文星摇头：“佳慧打电话告诉我，说她妈想种菜，可是菜地草太深，所以让我去买草甘膦。”

李星妍紧攥的手慢慢松开，松了口气：“案发当天，你在杀你父亲之前，有没有往他嘴里灌过东西？”

“没有。而且我说过，我杀他只是意外。”

“蔡文星，你知不知道现在所有证据都指向你故意杀人。不管你是不是下了百草枯，也不管你怎么狡辩，你都逃脱不了法律的严惩。我之所以想肯定是不是你下的毒，想确定邓佳慧有没有合伙杀人。不是为了私欲！而是因为，不管是谁犯法，国家都有权力对他追责。没有任何人可以捏造证据逃脱法律的制裁！犯法必究，它不是一句空谈！我绝对不会让犯罪的人逃脱法律的严惩，同样，我也绝对不会冤枉一个好人。”

李星妍说完就想走，走之前，她问蔡文星：“蔡文星。记得我第一次讯问你时，你跟我说过什么？你说父母就算被你失手杀死，他们也一定希望你能活下去。不，我觉得对于冤死的他们而言，将真正杀害他们的凶手绳之以法，才是他们最大的心愿。”

说完，她潇洒地走人。

季晋源三步并两步追上去，问：“所有证据都指向他故意杀人？”

李星妍没回答，只是快步走出看守所。

季晋源问：“哪来这么强大的证据？”

李星妍走到停车场，拉开车门。季晋源厚脸皮地跟着坐到副驾座。

程颖追上来说：“李检，我今天还有点事儿，就不跟你一路了。”

李星妍点头启动车。

季晋源看着一脸严肃的她，忍不住嘀咕："整天死板着脸，谁愿意看？"

她没回应。

季晋源问："不过也得赞你一句，你刚才说那些话的时候，我都差点儿被你正直的精神感动了。不过……"

"季晋源。"这好像是她第一次正儿八经地叫他。

他看向她，没有出声。

她把车停靠在路边，握紧方向盘，认真地看向他："你知不知道，我已经进入逻辑黑洞。"

他洗耳恭听。

不知道为什么，这一刻她很想向人倾诉些什么："对，现在所有证据与我的逻辑都冲突，甚至是背道而驰。所有的证据与证词就好像被人刻意设计过，设计的人想让我遵从着他的逻辑线索走。"

他安静听着她的诉说，没有插嘴。

她也许急需向人说明些什么，所以才会选择跟最讨厌的人说出心里话。

"你知道黑洞吗？黑洞有非常强大的吞噬力，它会把所有东西全部吸收，让所有事物全部遵守它制造出的旋涡，与它一起循环出它想要的结果。这个案子最新出现的证据链，就是黑洞。它想让我遵守它的规律，提起控告。它已经替我准备好逻辑与证据，想让我的控告达到他想要的结果。"

"我的逻辑与证据体系已经完全被它击溃，所以我进入了逻辑黑洞，我必须遵从它。虽然我抗拒，但是我没办法。"

"哦。"季晋源听了半天，终于出声。

他也非常认真地凝视她，轻松地笑了笑："那就遵从它。"

"什么？"

"遵从它。"他朝她挤眉弄眼，笑容灿烂，"因为，我也不一定会输啊！"

第二十三章

邓佳慧打胎

面目可憎的季晋源，好像也没有那么讨厌。

李星妍表情复杂地看了他一眼，继续开车。

是的，现在有很多证据全部指向蔡文星故意杀人，但完美的证据间，总会出现几个小漏洞。那些漏洞在提醒她，这些过于完美的证据链根本经不起推敲。

只要合理疑团没有被推翻，就不能轻易定罪。

李星妍将季晋源送回律师事务所后，立刻去找农药店老板。她刚到就碰到程颖。程颖显然有些内疚 :“李检，我想再调查清楚一些。”

李星妍没有理她，走进农药店。

老板走上来自我介绍 :“我就是这个店的老板。”他身高 1.8 米左右，体重目测超过 180 斤。

李星妍抬头看他有点儿吃力。

“我是检察官李星妍。”她掏出证件给他过目。

老板热情地招呼她们坐下，自我介绍 :“我叫姜明。”

“首先，非常感谢你能跟检察院配合。”

“当然，本人很正义，有什么问题，你们就问吧。”

“百草枯水剂在 2016 年已经禁售，你这里怎么还会有？”李星妍也不跟他客套，直截了当地问。

“百草枯好啊！对土壤无毒，灭草效果又快又好，最主要很便宜，所以人人都想买。我偷着卖也不稀奇。而且这玩意又不是给人吃的，国家凭什么禁售。”

“姜先生——”李星妍严厉地盯着他。

姜明被她看得直起鸡皮疙瘩，嘿嘿地干笑了两声："你别这样看着我，看得人心里挺毛的。"

"你真的——"李星妍拿出蔡文星的照片，"你真的卖了百草枯给他？"

"当然，我记得他。"

"你确定？"

"怎么不确定？我又不是三岁小孩。"

"这样就好。我是想告诉你，偷卖百草枯致人死亡，有严重后果，你已经犯罪。"李星妍认真地说，"姜先生，犯法可不是儿戏。"

"我又不是卖给人吃的，犯什么法？"

"《农药管理条例》第三十六条规定，任何单位和个人不得生产、经营和使用国家明令禁止生产或者撤销登记的农药。如果销售，情节严重的，就按《两高关于办理危害食品安全刑事案件》第九条第二款处理。"

"罚款？"

"不。如果导致人受伤，你适应刑法第一百四十四条，但是因为你销售百草枯导致两人死亡，所以，你适应刑法第一百四十一条规定。"

"罚多少钱？"

"致人死亡或者有其他特别严重情节的，处十年以上有期徒刑、无期徒刑或者死刑，并处罚金或者没收财产。"李星妍盯着他，"姜先生，来这儿之前，我已经报警，并提议对你立案侦查。"

"什么……你骗我吧？我卖个百草枯这么严重？"

"的确这么严重。"

"我不信。"姜明摇头，面露恐惧，"我卖个农药怎么可能还犯罪。"

"不知法所以犯法，很正常。"李星妍再次拿出蔡文星那张照片，递到他面前，"姜先生，你确定是他来你店里买的百草枯？"

"他是来我这里买过农药。"姜明有点儿慌神。

李星妍声色俱厉地重复问："我是问你，他是否来你店里买过百草枯！"

"这……"姜明惊慌地说，"您别这样，您这样我吃不消。"

"这是两条人命！"李星妍声色俱厉，不容他思考，咄咄逼问，"我想问你，是不是真的卖了百草枯给照片上的这个年轻人。"

"我……"

“你吞吞吐吐是害怕担罪？你吞吞吐吐是因为你的确卖的是百草枯，所以害怕了？”

“不不不……我卖给他的不是百草枯。”姜明彻底崩溃，“只是草甘膦。”

“我凭什么相信你？”

“我有账本记录，而且你可以叫警察来搜，我店里一瓶百草枯也没有。”姜明放弃抵抗，完全交代。

“是谁让你作伪证？”

“是一个女的，她说事后给我 10 万元，并且预付了 1 万元给我。”姜明怕她不相信，急忙跑去抽屉拿钱，他掏出一沓钱递给她，“您看，这就是她拿给我的钱，这是赃款，我迷途知返，幡然醒悟，决定上交！”

程颖接过钱。

李星妍问：“那女人叫什么？”

“这我真不知道。”

“如果见到她能认出？”

“能。”

“如果你想洗清自己，跟我们去趟检察院。”

“可以，可以。”

“把邓佳慧带到检察院，我要审讯她。”李星妍吩咐程颖，程颖立刻照办，出去搭出租车找邓佳慧。李星妍将姜明带上检察院的专车，一路急驰。她到检察院时，程颖已经带来了邓佳慧。

邓佳慧看到姜明，脸色倏地惨白。

姜明指着她，连忙说：“就是她，是她给我 1 万元做假口供。”

李星妍交代程颖给姜明补录新口供，自己带邓佳慧去检察院的询问室。

邓佳慧局促不安地问：“你又叫我来做什么？”

“询问证人有规定，必须有两名侦查人员在场，所以你稍等，程颖很快就会过来。”李星妍语气不急不慢，但视线一直没有离开过邓佳慧。

邓佳慧坐立不安：“我有点儿不舒服，我想先回家。”

“这里是检察院的询问室。但，如果你想去公安局的讯问室，我悉听尊便。”

“你什么意思？”

“《刑事诉讼法》有规定我们可以进行询问，询问时间长短由我们决定。但今天，询问的时间长短，由你来定。”

“你的意思我不交代就不让我回家？你这是逼证，拘禁！我可以上法院告你，可以检举你！”

“询问室有同步录音录像功能，到时可以呈上法庭。”

“你……”邓佳慧有些惶恐，“我想回家……我，我……我……”她用手摸着肚子，又想喊疼。

李星妍打断她：“我还没开始问，你就崩溃了？”

邓佳慧伏在桌子上抽泣：“不，我真的肚子疼，我是孕妇。”

“那好，我陪你去医院，我在病床前，在医生的配合下，对你进行询问。”李星妍站进身，抓住她的胳膊，“来，我们走，让医生给你好好检查检查，看看是不是胎儿不稳。”

邓佳慧突然站起身，一把推开她，哭着问：“你到底想干吗？大家都是女人，你何必盯着我不放。你以为死了人我就好过？我每晚都失眠，有时候好不容易睡着，梦里又是那两张人脸。”她哭着号啕，“你不就想我交代，好，我坦白！是我失手杀人，你满意了？”

李星妍不动声色地看着她。

邓佳慧泪流满面地对她哭诉：“我是个孕妇，你却一再为难我？执法机关就牛？你是想要我交代，想定我的罪。好，我认罪行了吧？就算没罪，为了肚子里的孩子能活下去，我也认罪。对，我失手杀人！”

“你有没有打胎？”李星妍一语破的。

激动的邓佳慧瞬间安静下来。

她潜意识地摸向自己腹部，平静地看向李星妍，摇头：“没有。”

邓佳慧虽然表面镇定，但手指在微抖。

对，邓佳慧在害怕。她在害怕什么？为什么提及打胎，激动的她会迅速冷静下来？

李星妍紧盯着她，心中明了，显然是自己那句“你有没有打胎”直中要害。如果先前那句打胎，只是根据邓佳慧的行为而产生的分析，有 10% 的概率。那么现在，李星妍有 50% 的把握，邓佳慧可能已经打胎了。

她在什么时候打的胎？李星妍迅速回忆自己对邓佳慧的几次询问。

第一次？第一次询问邓佳慧，她正脸色惨白地躺在床上，是那次吗？

如果是第一次询问时就打胎了，那么面前这个女人就太可怕了。

她可能在蔡文星前脚刚入看守所，后脚就跑去打胎，之后迅速翻证指证蔡文星。

换而言之，邓佳慧对蔡文星并没有什么感情。

询问室的门被人推开，程颖拿着口供走进来，说：“李检，姜明的口供已经写好，可以开始询问邓佳慧。”

“不，”李星妍摇头，“我们先带她去医院。”

程颖一脸茫然：“医院？”

“对，”李星妍死盯着邓佳慧，“我们先带你去医院检查检查。上次询问时，你也说肚子疼，我们去好好查查胎儿，胎儿为大，证人的身体才是最重要的。”

邓佳慧张口结舌，一个字都说不出来。

李星妍带着邓佳慧开车去医院。

一路上，邓佳慧一声不吭，与刚才在询问室的撒泼形成强烈对比。

李星妍在医院停下车，直接带她进去检查。检查结果很快出来，李星妍捏紧检查报告，不给邓佳慧任何喘息的机会，直接赶回检察院。

快到检察院时，一直沉默不语的邓佳慧终于弱声问：“你是怎么发现的？”

第二十四章

闲聊可以，别碰瓷儿

“你刚才在询问室用胎儿大做文章，其实也没什么。可是，哭喊太过，那叫撒泼。你为什么要撒泼？因为你看到姜明，知道自己收买人作伪证的事暴露，所以只能用撒泼来抗拒审讯。你上次是装肚子疼，一个母性的柔弱理所当然。可是一个母亲，明知自己怀孕，却用胎儿来撒泼，你觉得正常吗？所以我潜意识就想问，你有没有打胎？而之后你的反应，更证明你心里有鬼。”

“什么反应？”

“如果第一次问你打胎，只是条件反射地询问，那么接下来你那些迅速平复情绪，装作镇定的表情就出卖了你。而且你在我的询问下手明显在发抖，证明你很害怕。一句打胎而已，如果你没有打胎，大可以理直气壮地反驳我。但可惜，邓佳慧，你在害怕。你为什么害怕别人问你是否打胎？那只有一个解释。”

“我……我不是打胎……而是胎儿没保住……我……”邓佳慧还想替自己狡辩几句。

“你吞吞吐吐到连自己也无法说服，又何必强行狡辩。”李星妍在检察院停好车，拉开邓佳慧那边的车门，面无表情地说，“请吧！证人！”她故意加重证人两个字。

邓佳慧走下车，跟她进询问室。

李星妍让程颖帮邓佳慧倒了杯水，三人坐好。

邓佳慧脸色惨白，慢吞吞地喝着水。

李星妍问：“什么时候打的胎？”

“这与案件无关。”

“不，这与你翻证有关。”

“我忘记了……我哪记得……”

“那让我来帮你回忆回忆。”李星妍开门见山，“我第一次询问你的时候，你脸色惨白，躺在病床上。其实那次你不是生病，而是已经打胎。”

邓佳慧没有否认，只是慢吞吞地喝着水。

“未婚夫为你杀父杀母，正被羁押。而你呢？为什么他被羁押，你就立刻打胎翻证，理由是什么？”

李星妍等着眼前这个人回答，但她不说话，只是抿着那口水，半天也不动。李星妍双手交抱地背靠着座椅，很有耐心跟她耗下去。

时间一分一秒地流逝。

程颖渐渐没了耐心，提醒她：“李检，还有姜明。”

“行。邓佳慧，刚才助理提醒我，对，还有姜明。你给姜明钱作伪证，要证实蔡文星故意杀人的动机又是什么？”

邓佳慧早就喝完水，一直低头坐着，一声不吭。

李星妍早就料到她不会坦白交代，邓佳慧要比蔡文星冷静克制。如果通过刺激讯问，能讯问出蔡文星的真实情绪。

那么对邓佳慧，这一招并不太好用。

是的，明显不好用。

邓佳慧在顽抗到底，拒不交代。

“沉默是你最好的武器？你准备扛到什么时候？我跟你说过，这场询问的结束时间由你来定。你愿意扛着，那么我们奉陪。一天？两天？半个月？我必须告诉你，上一次庭审已经彻底摧毁我方的证据体系。这次，我将构建全新的证据体系。虽然法院复庭迫在眉睫，但放心，为了你，我可以向法庭申请延期，直到证据确凿。”李星妍说完，依然紧盯着邓佳慧。

邓佳慧在她注视下终于抬起头：“什么叫证据确凿？我的口供？我不说你能拿我怎么样？逼供？”

“零口供也可以入罪。”

“什么罪？你准备告我什么？你有证据？证据在哪儿？我看看？”

“你想我告你什么？”李星妍故意说慢每一个字，好仔细观察她，“故意杀人？过失致人死亡？”

邓佳慧继续低下头，闷声不答。

她一直在拒绝与李星妍目光接触。

她明显有些恐慌。

李星妍故作轻松：“不回答，没关系，我想，蔡文星对你打胎又收买人栽赃他这件事，肯定有兴趣。你觉得，一个男人疯起来，会发生什么意料之外的事？你对他感情没那么深，那么他对你呢？经得起考验吗？他会不会一激动，什么都招了？”

邓佳慧再次抬起头：“你在威胁我？”

“如果你心里没鬼，怕他招供什么？”李星妍拿起刚才在医院的检查证明，“蔡文星到底是爱打胎的你多点儿，还是爱冤死的父母多点儿？我们赌赌？”

邓佳慧再次低下头，双手交叉紧握。

李星妍说：“行，根据法律，检察院和公安局都可以补充侦查。如果你拒不交代，我只能给公安局发补充侦查文书，让他们对你立案调查。我相信公安的讯问室可不比检察院的询问室轻松。”

她说完走出去。

程颖很快跑出来，内疚地说：“李检，我向你道歉。”

李星妍跟程颖斗气半天，终于解气：“程颖，我们是检察官，如果明知道证人的证词有漏洞，却不去排除，那么很容易产生冤假错案，导致司法公信力的丧失。你跟了我快一年，这么简单的道理你都不懂？”

“我只是没想到。”

“我们不能被证人的证词牵着鼻子走。如果证人作伪证呢？”

“李检，你给我上了一课，我以后会谨慎。”

“那我这次原谅你。”李星妍终于笑了。

程颖松了口气：“我还以为你会一直怪我。”

“我的确怪你，因为我信任的助理的质疑，导致我差点儿……”她想起季晋源，自动收住话。

为什么别人不相信她时，她会对流氓律师说那些话？不对劲！

她怔了几秒，急忙岔开话题：“走，去看守所。”

看守所审讯蔡文星很顺利。

季晋源赶到时，她们一直在讯问室等候他。

“表现不错，没有提前审。”季晋源进去就夸她。

她面无表情地瞥了他一眼，开始审问蔡文星：“这次，我们还是闲聊。”

“闲聊可以，别碰瓷儿。”季晋源首先说明。

“谁碰瓷儿？”李星妍冷冷地看向他，“碰什么瓷儿？”

“你每次跟我的被告人闲聊，聊着聊着就会试探他，接着就想摧毁他的意志力。”季晋源经过这几天的连番审讯，已经摸清她的套路。

“那我有没有逼供、诱供？”李星妍眼神越来越冷地瞪着他。

季晋源被她看得吃不消：“这倒没有。好了，是我不应该提些智商欠税的话，您请继续。”

他觉得自己不应该在这个话题上跟她纠缠下去。

李星妍也懒得在他身上浪费时间，开门见山地对蔡文星说：“行，咱们不闲聊。这次，我主要是想告诉你，我们已经查清楚，你在 2018 年 3 月 5 日当天，前去 ×× 街道的农药店，买的是草甘膦。”

“本来就是草甘膦。”

“那你知道为什么农药店老板要栽赃你？指证你买的是百草枯？”

“为什么？我买的不是百草枯。”

“因为邓佳慧出 10 万元让他作伪证。”

“什么？”蔡文星愣住，突然吼道，“不可能！”

“是的，你并不相信。”李星妍示意程颖把邓佳慧的 B 超（B 型超声波检查）报告拿给蔡文星过目。她并不想给对方喘息的机会，“对，这是邓佳慧的 B 超报告，报告里显示她并没有怀孕。”

“不可能！”蔡文星情绪激动地尖叫，“佳慧明明怀了两个多月的身孕。”

“对，我们能证实她的确曾经怀孕两个多月。那么现在，孩子呢？孩子去哪儿了？”

“不，不，不……”蔡文星再笨也能猜到。

佳慧打胎了？

“没错，我想你应该猜到。邓佳慧在你入狱后，第一时间就去打胎，并且翻证指证你。”李星妍目不转睛地看着蔡文星，“蔡文星，得知这个消息，感觉如何？还是拒绝相信？”

“对，我不相信！”蔡文星快要崩溃了，“你在撒谎，是你伪造的 B 超单。

对对对……”他很肯定自己的想法，“你伪造B超单想我招供，一切都是假的，都是你在说谎骗我！”

“你的过激反应让我很好奇。一个对父母都能痛下杀手的人，怎么听到邓佳慧打胎的消息那么震惊，并——痛苦！”

“那是我的孩子！我当然痛苦。”

“那我要告诉你，这张B超单是真实的，邓佳慧指使人栽赃你也是真实的。我们已经决定对她立案调查。”

“我绝对不信。”蔡文星冲她咆哮，并且情绪激烈地拍打着讯问椅，“放我出去，我要见佳慧！你们放我出去！”他激动到眼泪迸出，“我要见她！我要问她是不是真的！我的孩子没有了！没有了！佳慧为什么要这么做？我要问问她！”

李星妍有些不可思议：“蔡文星，听到邓佳慧打胎的消息，你竟然会流泪？是的，你很爱你的孩子。全天下的父母都很爱自己的孩子，包括你的父母。可是蔡文星，你怎么会这么丧心病狂，对年迈的父母痛下杀手？你父亲临死前，被自己最爱的孩子给杀死，心应该多痛？”

“不要再说了！”蔡文星撕心裂肺地嘶吼，“你不要再说了。”

“为什么我不能说。”李星妍站起来，站到审讯桌与讯问椅之间的铁窗前，逼视他，“你有悖人性，良知泯灭，因为父母借不到20万彩礼，所以对他们殴打、谩骂，甚至痛下杀手。就你这种人，还会爱自己的孩子？你配吗？”

“我求求你不要再说了。”蔡文星泪流满面，最后瘫坐在讯问椅上，只剩抽泣。

“蔡文星，我很好奇。你父亲被你杀死倒地时，究竟有没有像你一样掉泪。你失去自己的孩子，你很心痛，你会哭。那么他呢？在他死前最后那一眼，眼里是不是满满的痛苦与绝望，甚至还有眼泪？”李星妍想到那一幕就受不了，“蔡文星，如果你尚有良知，就说出真相。”

第二十五章

“二”得挺有价值

“我……我要回监牢。”蔡文星已经魂不守舍，“我要回去……回去……”

“明天，我再来。希望明天，你能给我个完美的答案。”

李星妍说完往外走。

季晋源在讯问笔录签字后立马追上来问：“邓佳慧真那么渣？”

她疾步往外走，坐到检察院的车上，准备开车。

季晋源溜到副驾座：“这里打车真麻烦，顺路载我一程。”

程颖坐到后排座位。

李星妍开车。季晋源好奇地问：“邓佳慧现在在检察院？”

“对。”

“那我也去检察院。”

“想干吗？”

“给她发名片，我想她也需要一名律师。”

“法律规定，律师不能帮同一案件的两名犯罪嫌疑人辩护。”李星妍还是以前那样不客气。

季晋源不耐烦地点头：“我当然知道，我是给她推荐我师哥康辰。”

“你今天不能去。”李星妍拒绝他的提议。

“为什么？”

“她今天还出不来。”

“啧啧啧。”季晋源摇了摇头，叹了口气，“不要变相拘禁她。”

“询问证人不受时间限制。而且她自己有腿，可以随时走，我一不敢拦她，二又不敢抓她。”

“她哪懂这些？我估计她以为自己现在是犯罪嫌疑人，不配合就不能走出询问室。”

“那是她自己的问题。”

“所以，我认为询问完毕后，她会需要一名律师。”

“晚了，询问完毕，我会建议公安局逮捕她。”

“公安局也许会因为证据不足，拒绝逮捕。”季晋源有点儿幸灾乐祸，“除非你现在的证据已经足够。”

“对，已经足够。我会要求检察院直接给出逮捕决定，送公安局执行。”

“有证据就是牛，本人没什么好说的了。”季晋源唠叨完，突然好奇，“奇怪，以前跟你说超过三句，你就会不搭理我。这次咱俩的对话有点儿多，你发现没有？”

李星妍这才反应过来。

季晋源恍然大悟，一脸警惕地看着她：“你不会……你不会喜欢上了我吧？我告诉你，千万别。我这个人缺点一箩筐，而且，我真的，真的，真的，真的，对你没感觉。”他一口气重复几个“真的”，他觉得她能理解自己重复的意思。

他真是在非常用心良苦地提醒她，自己是真的讨厌她，不喜欢她。

李星妍冷冷地瞥了他一眼，没搭理他。

“你看，又来了。你这样含情脉脉看着我，我压力好大！求你了，千万别对我抱任何幻想。虽然不可否认，本人长得帅，身材又高，又气质非凡，辩论厉害。但你真的不是我的菜。”季晋源恨不得掏出心肺给她看，“如果你误会之前我在车上听你的黑洞理论，向你挤眉弄眼，是对你有意思的话，我非常乐意澄清。”

李星妍猛地朝旁边一拐，停下车。

季晋源恨不得发誓：“咱俩不是一路人，我的智商欠费，而你的智商一直在充值中。咱俩就像直线，永远不可能有起点、终点，永远不可能有任何交集。千万千万不要喜欢我。”

“滚下车。”李星妍没有耐心听他放屁。

跟他多说几句话就是喜欢他？他是不是有受虐的特殊爱好？她虐他，他才开心？她稍微和颜悦色一点，怎么就变成喜欢上他？

季晋源看了眼车窗外：“还没到律师事务所。”

对，这是中途，但李星妍已经没有耐心跟他纠缠，目光凛冽瞪向他，语出威胁：“再不滚，信不信我把你踹下车？”

“好吧，我滚。”季晋源果断下车，准备远离她。

他下车后，李星妍面无表情地继续开车。

她开了会儿车，想起他刚才那些自吹自擂的话，突然笑了笑，骂了句：“神经病。”

程颖问：“李检，我们一会儿真的准备申请逮捕邓佳慧？”

“伪证罪，就已经够条件逮捕她，够她喝一壶。不过时间上来不及，我只是诓律师。先让公安刑事拘留，这样要省时间。”

“好，我尽快走完程序，将拘留决定书送到公安局。”

季晋源下车后，叫辆出租车回律师事务所。他在车上打电话给谢天宇，语气略带夸张地讲述：“我一点都不夸张地说，灭绝师太脑壳长包了。我问她什么问题，她都回答。天宇，以前她可不是这样，以前还没有说到三句，她就一个横眉冷眼扫过来，然后瞪着我，非常拽地说一句闭嘴。她今天是怎么了？不骗你，我怀疑她看上我了！要不然，她怎么可能对我说这么多话？太不符合科学逻辑了！”

“你被她虐得不轻。”谢天宇感慨道，“她不过跟你多说几句话，你就想入非非。”

“哈哈，反正师太不是我的菜。智商欠费的我，配不上智商强大的她。”

“欠费可以充值，充值一下还是配得上。”谢天宇忍不住调侃。

“别来，千万别！只有二货才会看上她！谁想娶了她把自己变成犯罪嫌疑人？你又不想想灭绝师太那气场，啧啧，不是我说，她这辈子都得单着。”

“好了，我妈把我逼到相亲广场来了，你来不来搭一把手？”

“马上到。”

季晋源立刻吩咐司机去城中有名的相亲广场。说这里是相亲广场一点儿也不夸张，本来是城中一处偏僻的广场，结果不少单身男女的父母每天挤在广场，替自己的孩子找对象。一时从偏僻广场变成热闹场所，连旁边的房价也跟着升值不少。

季晋源来到广场，在汹涌的人潮里找谢天宇。他找了半天没找着，正想打电话给谢天宇，结果听到熟悉的声音响起。

“对，我女儿，检察官，人长得漂亮，性格温柔，年纪也不大，还没有谈过男朋友。谁娶回家，那就是一名标准的贤内助。不是我自夸，我女儿真是好到不能再好。”

这声音真的很耳熟。

季晋源循声望去，结果碰到了正在广场积极推荐自家女儿的李飞鸣。

李飞鸣看到他愣住，脱口而出：“这么巧？”

前辈此刻正站在一张 1.6 米左右的纸牌旁，而纸牌上有李星妍的照片，还有工作、性格介绍等。

季晋源认真地看着李星妍的介绍，笑得肚子疼：“叔，不带您这么坑人的。”

“我坑谁了？”

“温柔善良乖巧？娶回家就变成标准的贤内助？叔，平心而论，我对您非常尊敬，但对您这种不顾客观事实，强行编造甚至是捏造自己女儿是贤内助的行为，实在不爽。”

“年轻人，怎么说话？我女儿怎么了？”李飞鸣受不了别人诋毁自己的爱女，准备跟他辩论一下。

季晋源继续笑着问：“叔，您凭良心说？自家女儿有多温柔善良？她是不是最喜欢一本正经地训人，最喜欢面无表情，让人猜不透，看不出情绪？”

“谁说的？”他说对了，不过李飞鸣还是睁着眼说瞎话，“你有跟我女儿相处过？”

“相处的时间实在太多了！”

“你了解她？”李飞鸣气得吹胡子瞪眼睛，“不了解下什么结论！”

“您别生气啊，我只是讲述客观事实。”季晋源火上添油，“她一个灭绝师太，所到之处寸草不生，寒风四起，跟温柔能扯上什么关系？叔，我凭良心建议您，不要玩虚的。就算哪个二货被您骗去跟李星妍相亲，处不了三个小时，我保证立刻会逃跑。”

李飞鸣扫了眼大庭广众那些看八卦的群众，不服气地说：“打赌！”

季晋源非常爽快：“行，赌一千！”

“就赌一千！如果你能跟她相处超过三个小时，我付你一千！”

“什么？我跟她相处？不，绝对不可能！我跟她待不到半个小时就已经感受到阵阵杀意！相处一个小时，就有自刎的念头。”

“如果你能跟她处一晚，我付你 3000 元。”

“叔，你这是在引诱我，我个人意志力薄弱，有点儿扛不住这么大的诱惑。”3000 元的诱惑有点儿大，季晋源有点儿承受不住。

李飞鸣一脸无所谓：“你可以拒绝。”

“成交，但必须加多一样东西！”季晋源趁机讨价还价。

“什么东西？”

“您上回是不是出了本刑事律师如何辩护的书？送我本签名书。”

“成交。”

李飞鸣和季晋源非常爽快地互相加微信。

季晋源告别李飞鸣继续去找谢天宇，突然发现不对劲。

“就算哪个二货被您骗去跟李星妍相亲，处不了三个小时，我保证立刻会逃跑。”

这句话是自己说的。

现在他同意李飞鸣去跟李星妍相处三个小时，甚至是一晚，那他岂不是成了自己口中的二货？

不过一晚 3000 元，“二”得还挺有价值。

第二十六章

邓佳慧正式被刑拘

季晋源打电话问谢天宇具体地址，对了半天才找着他。

谢天宇也站在父母身边，他身边也同样立着 1.6 米左右高的纸牌。季晋源看着纸牌上的介绍，更想笑。

姓名：谢天宇。

本市著名法医，身高 1.78 米，名下两套房，一辆车，月薪 1.5 万。

性格：温柔、善良、大方，同时阳光灿烂。

爱好：喜欢陪女生看正常的电影。

季晋源笑喷了，他一把拉住谢天宇指着纸牌上的“正常”两字，问：“为什么要特意说是正常的电影？你这样突出自己看正常电影，不就表示在昭告天下，自己心里有鬼吗？”

“此地无银三百两。”谢天宇也相当气馁，“我提过，但父母不同意。怕姑娘误会我们法医专爱看解剖电影。”

“李星妍父亲也在，我觉得，你们两个人真是绝配，要不要考虑和她约会试试？”

“不要。”谢天宇想起李星妍那能冻死人的气场就心惊胆颤，“你别害我。”

“那你得帮我一个忙。”

“什么忙？”

“查一个人的底。”

“谁？”

“蔡海峰。”

李星妍和程颖回检察院后，发现邓佳慧还在询问室。看到她和程颖，邓佳慧站起来笑了笑："我在等你。"

"等我回来讯问你？"

"我在询问室想了半天，发现一件事。这是询问室，我是证人，你没有权力拘禁我。同时，我也思考了你说的每一个字，你说，询问时间的长短由我来定，本来我误会你是想关住我，但后来想想不对。你的意思是，我随时可以走，因为你根本没有权力拦我！"

"如果我说蔡文星招供了？你还走得出去？"李星妍坐到椅子上，准备诈她。

邓佳慧也不是吃素的："咱俩又不是没打过交道，如果他招供了，你现在会这么好说话？"

"你收买证人作伪证，你以为我真不能把你怎么样？"

"那试试看。"邓佳慧往外走，一边走一边说，"我等着你们拦我。"

李星妍坐在椅子上没有动。

程颖看着邓佳慧走出询问室，着急地问："要叫警方来拘留她吗？"

"拘留也要领导签字，她现在走，来不及。"

"那怎么办？"

"让我想想。"李星妍闭上眼睛，脑里快速思考，突然起身，疾步往外走。她在检察院大门口拦住快要走出去的邓佳慧。

"邓佳慧，蔡文星说明天就会招供一切，我希望你还能嚣张得过明天。"

"你诓我。"邓佳慧不为所动。

"呵呵，诓你？你的未婚夫已经知道你打胎，找人做伪证冤枉他，你以为他还会维护你？我真好奇，他明天的口供是不是你的世界末日。"

"拭目以待。"邓佳慧深吸口气，走出检察院。

程颖追上来问："李检，怎么办？"

"明天早上，拘留决定书必须让领导签字，迅速送去公安局，让他们出拘留证。"

"这么急？"

"当然，刚才我诓她，说蔡文星明天会招供，如果她心里有鬼，她一定会跑。"

"那我去盯她。"

"不用，我亲自去盯她。"

李星妍和程颖分开行事。检察院的车太显眼，李星妍制服都没脱，直接在检察院门口拦了辆出租车。她钻进车吩咐司机跟着邓佳慧乘坐的出租车。

车行驶到半路时，李星妍接到陌生来电。

季晋源问："你现在在哪儿？"

"有事？"

"对，有重要的事与你商议。"

"邓佳慧家门口，找出租车。"

她简单说明就挂断来电，坐在副驾驶座专注地盯着前面的出租车。前车的路线很奇怪，这条路并不直通邓佳慧家，明显绕了一个大圈。

邓佳慧没到家就下了车，在便利店买东西，一边买还一边和收银员在说什么话。

李星妍认出收银员——蔡海峰。

两人情绪激动地说了些什么，说了大约二十分钟，邓佳慧才叫出租车离开。李星妍一直紧跟。这次邓佳慧中途没下车，直接回到家。

李星妍停在邓佳慧所租小区外，目不转睛地盯着出口。

车窗玻璃突然被人敲响。

李星妍滑下车窗。

季晋源问："你在这干吗？"

"什么重要的事？"

"小人能不能上车再说？"

"为什么要上车？"李星妍严厉地盯着他。

季晋源开始打退堂鼓，想起3000元钱，又硬着头皮说："你坐到后排，我跟你慢慢聊。"

李星妍狐疑地下车，换到后排座位。

季晋源坐到她旁边："你还没有下班？"

"不要说废话。"

李星妍专心盯着门口，看都懒得看他一眼。

"你在盯邓佳慧？要盯多久？"

"整晚。"李星妍答完，终于怀疑地看向他，"你问这些干吗？想干扰我办公？你最好想清楚再回答。"

“没……就是突然特别想你……”他说完，忍不住笑起来，“就是突然想见见你。”

李星妍不为所动，继续瞪着他。

季晋源受不了她的眼神，狡辩道：“想见你也犯法？”

李星妍一脸严肃：“我希望你接下来要说的话，能让我没有把你一脚踢下车的冲动，能让我在群众面前保持检察官的良好形象。”

季晋源认真思考了一会儿：“一个女孩子整晚在车上很危险，我陪你。”

他这番话换来她一记白眼。

“我啥事也不干，就陪你坐一晚，但你也别误会，我对你没有任何意思。只是单纯觉得你不容易，而且一个女生大晚上在出租车里，也实在太危险。所以我临时决定留下。”

季晋源必须重点说明，天知道她会不会误会。

如果他真要对一个女生说怕她有危险什么的，也是跟一个瘦弱、温柔的女生说，而不是跟一个冰冷，整天严肃瞪着他的检察官说。

李星妍没有再理他，盯向车窗外。

时间一分一秒地流逝，天色渐渐暗下来。

季晋源发微信和李飞鸣简单说明情况，趁李星妍不注意，偷拍她将视频发给李飞鸣看，用来证明自己的确跟她在一起。

李星妍目不转睛地盯到快零点时，终于露出疲态。她刚打了个哈欠，竟然看到蔡海峰的身影。

蔡海峰径直往邓佳慧居住的小区里面走去，但走了没几分钟，又折回出口。蔡海峰在大门口四处张望，蹲着抽烟，抽了几根后起身离开。

李星妍皱眉看着蔡海峰离开的背影，心里又起疑团。

蔡海峰为什么会在这里？为什么没有进去？他和邓佳慧明显认识，认识到什么程度？身边突然响起鼾声。

季晋源已经坐着睡着了。

她厌恶地瞥了他一眼，电话响起。

是爸爸的来电。

她接听。

李飞鸣明知故问：“你在哪儿？”

“我今天有事，不能回家。”

“大半夜的跟谁在一起？”李飞鸣故意问。

“没有，我在盯人。”

“你一个人？”

“对。”

“那我就更不放心了。”李飞鸣直嚷嚷，“一个人太危险，我来陪你。”

“真不用，我，我和同事。”

“你刚才说是一个人？哪个同事，你拍照片给我看看。”

“爸，别闹了，我正在办公，你想妨碍我办公？”李星妍可不敢拍，赶紧转移话题。

“好吧，那你自己小心。”

李星妍挂断父亲来电，总算松口气。她继续盯着车窗外，一刻也不敢松懈。早上五点时，大门口开始出现清洁工，六点开始，大门口的行人络绎不绝。挨到六点半时，人群里终于出现邓佳慧的身影。

邓佳慧穿着牛仔裤、女式衬衫，戴着口罩，鸭舌帽，把自己包裹得严严实实。她拖着行李箱，拦辆出租车，直奔火车站方向。

李星妍一路紧跟，打电话催程颖：“拘留证出来没有？”

“刚送到公安局，还没这么快。”

“要抓紧，邓佳慧在去火车站的路上。”

“我马上催。”

她挂断电话后，季晋源刚好被电话吵醒。他迷迷糊糊地看向身边坐的人，蒙了好久都没有反应过来。

什么情况？他在哪儿？

李星妍直接当他不存在。

季晋源睡眼惺忪地看了眼车窗外，疑惑地问：“我们去哪儿？”

李星妍没有理他，只是吩咐司机：“一定要跟紧，不要跟丢。”

季晋源还是丈二和尚摸不着头脑地傻坐着。

出租车很快到达火车站，李星妍火急火燎地给司机车费后下车，三步并作两步跑向火车站。

她在安检前拦下邓佳慧，问：“你想去哪儿？”

邓佳慧没料到她会追来，惊讶地看着她，但很快恢复镇定："关你屁事，难道我还不能去旅游？"

"你不能离开。"

"你有什么权力阻止我离开？"

"你是这件案子的关键证人，马上要复庭，你——"

"呵呵。我查了，就算我不出庭，你们最多对我训诫，或短期拘留。法律规定，拒不出庭的证人，你们不能追究刑事责任，所以我无所谓。"

"我可以强制你出庭！"

"你省省吧！别再想吓唬我！我可不是吓大的！有本事你拘留我！不过，你有什么权力拘留我？"

邓佳慧快速穿过人群，过安检，走向火车候车室。

李星妍看着进入候车室的邓佳慧，急得打电话催程颖："拘留证拿到没？"

"拿到了，现在和警察一起赶来火车站。"

"快，时间紧迫。"

"好。"

她挂断电话，立刻向火车站安检人员出示证件，说明紧急情况，安检人员放行。

李星妍在候车室找了十几分钟才找到邓佳慧。

邓佳慧坐在凳子上，有些焦急地不断抬起手腕看表。

李星妍躲在一旁观察着她，不停发信息催程颖，程颖沿路用微信发送位置。

8点35分，邓佳慧起身，朝火车站台入口走去，在汹涌的人潮里排队等待检票入站。

李星妍再次一个电话轰向程颖："到了没？人都要跑了。"

"马上到安检处。"

"我现在到安检处，你把拘留证递给我，我先拦她。"李星妍一边说一边疾步跑向安检处。

"好。"

安检处，程颖带着几名警察刚好赶到。

李星妍接过程颖递来的那张写着"拘留证"的纸，跑向邓佳慧所在的检票口。

刚好轮到邓佳慧，检票员验完票，示意她可以进去。

李星妍步履如飞地冲到她身边，伸手拦住即将走出检票口的邓佳慧：“你不能走。”

邓佳慧脸色瞬变：“你一而再，再而三纠缠是什么意思？我想去旅游也犯法？”

李星妍把拘留证举到她面前：“你正式被刑拘，所以，你不能走。”

邓佳慧尚在震惊中，公安已经赶来，直接将她抓捕。

李星妍说：“邓佳慧，蔡文星案你涉嫌伪证罪，现正式将你刑拘。”

第二十七章
不按套路出牌

依法拘留是公安局的职责，检察院只是辅助。所以等邓佳慧被警察羁押，李星妍没有再管，和程颖走出火车站。火车站外，季晋源正慵懒地背靠出租车，他现在还没有真正清醒过来，搞不明白师太无端跑来火车站干吗。

到底发生了什么事？季晋源看到邓佳慧被警察押着走出火车站，他才大致明白灭绝师太待在出租车里一整晚的意图。

李星妍走到他面前，挑眉问："怎么，很震惊？"

"师太您高高在上，一直视我如无物，现在您肯主动开口，我真是受宠若惊。"季晋源已经半醒。

"过奖。"

"谦虚一点儿不会死。"这是夸奖？季晋源给了她一记白眼，问，"为什么拘留她？"

"跟你有关系？"

"如果你想我在法庭上递交'突袭证据'的话，你可以选择隐瞒。"

"拭目以待。"

李星妍说完和程颖一起坐出租车离开。

季晋源看着远去的车，摇头叹气。他给李飞鸣打电话："我已经和她相处了一晚，3000 块转账过来。"

"所以这就证明，只要诱惑够大，还是有人肯跟我女儿共处一室超过一晚。"

"叔，不瞒您说，我在遇到她的第一分钟就想逃，第五分钟就已经想撞墙自尽。跟她相处一晚后，我简直能感受到什么叫几不欲生。"

“别这样，我女儿还是很乖的。要不然，我再给你 3000 元，你介绍个朋友跟她相亲？”

“别别别，千万别！您要想嫁女，南少林北武当，随便去挑。”季晋源皱紧眉，一脸嫌弃。

李飞鸣试着引诱他：“年轻人就是这样不诚实，这样，4000 元，你帮忙介绍个朋友跟她相亲。”

“我个人意志力之前虽然薄弱，但经过这一晚的相处，已经变得坚如磐石，你诱惑不到我！”

“如果他们相亲成功，5000 元的红娘钱。”

“你别来这套，我这次非常坚定。”

“10000 元！”

“叔，您真是不按套路出牌。从 5000 元直接飙升到 10000 元。其实我有个法医朋友，和您女儿绝配！如果他们在一起，那画面肯定清奇，肯定独一无二。”他突然有点儿期待李星妍看解剖片的场景。

“好，就这么愉快地决定了。”

“成交。”

李星妍没有回家睡觉，直接搭出租车赶往看守所。季晋源本来已经准备回家补觉，结果接到看守所的通知，说检察官又要讯问蔡文星，只好匆匆搭车赶到看守所。见到李星妍时，他怨气颇重：“你不用睡觉的？”

他以为她通宵拘人，会回家补觉，结果她掉头就来到看守所。

他知道她雷厉风行，办起案来不要命，但要不要这么拼？工作而已。

李星妍没有理他，直接进讯问室。

季晋源颓废地跟着她走进去，之前以为她只是自以为是，其实刚愎自用才更适合她。

讯问室里，蔡文星明显没有睡好，双眼通红，浓重的黑眼圈。

李星妍坐好，声音温柔不少：“想通了？”

蔡文星想确认一件事：“佳慧真的打胎了？不是你们诓我？”

“对。她在你入狱后马上打的胎。”

“我，我……我能不能见见她？”

“按照规定，你不可以见她。”

“我，我……”蔡文星用双手捂着脸，来回狠搓。

“蔡文星，为了冤死的父母，说出真相。”李星妍满眼期待，她觉得自己可以撬开他的嘴。当一个男人得知未婚妻在自己入狱后立刻去打胎，并找人栽赃冤枉他，想置他于死地，他绝对没有理由再偏袒她，会没有任何隐瞒地说出所有事实。

蔡文星双手紧紧捂着脸，用力地吸了几口气后，把手放下。他看着李星妍，苦笑：“好啊，我交代。”

他说完这句，停顿下来。

所有人屏息静气地等着他继续说下去。

蔡文星面无表情：“对，是我一个人下百草枯又杀人。”

“什么？”李星妍震惊地问，“你说什么？”

“对，是我一个人下百草枯又杀人。”蔡文星这一刻非常从容，“你讯问我这么久，执着这个案子这么久，不就为了把我定罪吗？现在我坦白交代。是我一个人失手推倒我母亲后，再残杀父亲，并且灌他们喝百草枯。”

李星妍没有料到他会说这些，站起身，失控地朝桌上狠狠一拍，吼道：“你说谎！”

“一开始你讯问我，不就想确定我是不是故意杀人。现在听到这些，你反而不相信？”

“对，我不信！蔡文星，案发当晚，你是先杀人还是先灌农药？你在什么情况下灌的农药？农药瓶呢？”

“我先杀人，再灌的百草枯。”

“你杀了人再灌百草枯？为什么要多此一举？”

“不对，我是先灌百草枯再杀人。”

“你到底想清楚了没有？！”李星妍气愤地问，“你的每句话都经不起推敲，你当控方法官是傻子？蔡文星，老实交代。”

“我，我忘记了，反正全部是我一个人干的，跟邓佳慧无关。事到如今，我没有必要袒护她。”

李星妍听到这，拳头往桌上使劲一捶，转身走出讯问室。

程颖跟上来，问：“李检，怎么办？我们目前拘留邓佳慧的理由是伪证罪，并不是杀人。”

李星妍快被蔡文星折磨疯了："我以为只要把邓佳慧打胎又找人栽赃他的事告诉他，那么他就会说出真相。我以为万无一失——"

"结果百密一疏。"季晋源在身后替她说下去。

李星妍转身瞪着他。

季晋源立刻领悟到她接下来想说什么，急着辩解："事先声明，身为他的辩护律师，听到他向控方坦白自己罪孽深重，我比你还心急。你别怀疑我在背后耍了什么花样，我确实没有。"

"你可以教唆他故意认罪，然后在庭上继续翻供。"李星妍狐疑地盯着他，想从他脸上找出蛛丝马迹。

"天啊！你想象力这么丰富，怎么不去当作家？你完全可以去写一本曲折离奇的审案小说。"

"你别让我揪出尾巴。"李星妍警告他。

季晋源感觉自己很冤："我哪里有什么小尾巴让你揪？我现在急着去和我的当事人面谈，因为我也被他吓傻了。从一直呼冤到主动认罪，他脑袋是不是被门夹了？"季晋源摇头叹气地绕过她去会见室。

会见室里的气氛有点儿沉重。

季晋源愁眉不展地看着蔡文星，苦口婆心："有什么委屈，你可以跟我说，何必弄成这样？认罪好玩吗？不好玩对不对？那就如实交代，邓佳慧究竟有没有合伙杀人？"

"这跟你没关系。"

"怎么没关系？我是你的辩护律师，除了我谁肯帮你辩护？文星，你是我的当事人，我会尽全力帮你。"季晋源恨不得对他掏心掏肺。

蔡文星沉默地低着头。

季晋源突然说出自己的怀疑："难道，邓佳慧也参与杀人？控方的怀疑是正确的？你的确为了帮她，独揽罪名？"

"这只是你的怀疑。"

"不，文星，我得告诉你。现在出现新证人，他能证实是你一个人下农药兼杀人。同时，新证人与邓佳慧有串供嫌疑，他们想合伙整死你。你就这么心甘情愿地去死？她真的打胎了，她对你没有任何感情！检察官并没有说谎。"

“我，我……”蔡文星突然激动地抽泣，“我也不想死！我杀父母真的只是冲动，为什么我会犯浑？真的，就冲动了十几秒，我就捅向我爸。对，我爸是我杀的，是佳慧让我捅，佳慧也捅……”

第二十八章

时光从不负你

他突觉自己说错话，迅速擦干眼泪，把剩下的话全部咽回肚子。

季晋源听出了大概。

邓佳慧也参与了杀人。

也就是说，邓佳慧让蔡文星残杀他父亲，之后也参与了捅人。蔡勇军身上的三处致命伤口，可能是他们两个人造成的？所以自己更有理由怀疑，方丽萍的死，是邓佳慧造成的！

因为失手推死方丽萍，所以邓佳慧叫蔡文星拦着要出门的蔡勇军，再合伙把他残杀？

天哪，季晋源不敢再想下去。

没错，冲动不过十几秒，但有人却因此付出生命。

冲动真是魔鬼。

季晋源起身走出会见室，他感觉自己浑浑噩噩，无法集中精神。到底要在什么情况下，才能听信他人之言，将自己父亲残杀？

那百草枯又是谁下的？这是案中案，控方显然没有百草枯的线索。

看所守门口，李星妍正背靠出租车，双手交抱等他。

季晋源想绕开她，她却主动打招呼：“一起？”

真是活见鬼，整天讨厌他的检察官，竟然叫他一起坐出租车？

季晋源走到她面前，笑道：“不敢呀，我哪敢跟您一起拼车？”

“我认真想了想，我之前对你的态度是不对的。”李星妍进行深刻的自我检讨，“检察官和辩护律师，不应该是对立的角色，其实他们应该是互补的。如果检察官肯在开庭前听取辩护律师的意见，听取他的怀疑之处，那么——”

“那还辩护什么？”季晋源不客气地打断她，吊儿郎当地问，“还有事吗？没事我先走了，我得回家补觉。”

“当然有。”李星妍拉开出租车后座的门，“我们一起走，拼车便宜点儿。”

“行。”季晋源坐到后座。

李星妍问：“我先送你回家？”

一个女人跟一个男人说，我先送你回家？这不太符合绅士风度吧？不，她不是女人，她是师太！

季晋源心安理得地跟司机报上自家的地址。

李星妍不放弃给他洗脑：“之前是我的错，我应该跟律师配合。这样，你想办法叫蔡文星开口，他比较信任你。”

“咳，咳，咳。”季晋源嘴角抿起，心里乐开花。

为了骗他的当事人招供，检察官真是用心良苦。

李星妍柔声问：“怎样？邓佳慧是有明显的杀人嫌疑，关于这点，你我心知肚明。她煞费苦心想坐实蔡文星杀人，就是想蔡文星死刑。只有蔡文星从此不再开口说话，她才能脱罪。你不觉得她太无法无天了？”

“我更愿意邓佳慧有罪，这样我的当事人就能从轻处罚。这点不用你说，我也懂。只是，他不说我有什么办法？你也听到他的口供，他说是他一个人下毒又杀人。”

“你我都知道，这不是真相。”

“你定不了邓佳慧杀人罪，我有什么办法？你逼我也没办法！”

“零口供我也可以将她入罪！”

“那你就去实施啊！”季晋源好笑地回答，“赶快去将她定罪，我也等着你将她定罪。”

“行了，你闭嘴。”李星妍给了他一记白眼。

“又来这套。”季晋源挪到车窗旁，尽量跟她保持距离。

李星妍冷冷地瞥向他：“你别以为我会害怕复庭。”

季晋源真诚地给她提意见：“我劝你，在没有百草枯任何线索前，别轻易提起控告。否则，我会让你输得很难看。”

“所以？”

“静观其变。是谎言总会有漏洞。”

“等待不是我的风格。”

“那您随意。”

季晋源说完不再理她，闭目休息。李星妍本就一晚没睡，刚闭上眼，就沉入梦乡。半个小时后，到达目的地，司机叫他：“先生，到了。”

季晋源自从母亲喝百草枯死后，总睡得不沉，随便一个响动都能惊醒他。

他睁开眼看着司机，问：“到哪儿了？”

“您报的地址。”

他拉开车门，刚想下车，想起李星妍还在车上。他看向她，本来是想跟她告别，结果发现她已经沉睡。

他推了推她：“喂，起来了，我到家了，我下车了啊！”

她没有反应。

季晋源不放心地再推了几下，给李飞鸣打电话。李飞鸣却说自己下午有个电视台的访谈，脱不开身。

季晋源问：“那怎么办？就丢车上不理？让司机送她回家？”

“实在叫不醒的话，先带回你家。”

“孤男寡女，不好吧？”

“我都不怕，你怕什么？”李飞鸣感觉奇怪，“身为她父亲，我都不怕女儿跟你共处一室，你怕什么？”

“叔，您当然不怕啊！但我怕！天知道她会不会垂涎我的美色！所以我拒绝！要不就让司机载回去。”

“万一出事信不信我告你？”

“叔，您别学您女儿不讲理。”

“那你试试看！”

“我——”季晋源还没说完，对方已经挂断电话。他再次试着推醒李星妍，但她实在太累了，睡得相当沉，怎么推也推不醒。

季晋源只好抱着她下车。

他吃力地抱着她乘电梯回到家，甚是艰难地把她弄上床，累得上气不接下气。他喝了满满一大杯水，在沙发上躺着睡下。

他跟她一样累，所以很快进入梦乡。

这次梦境很熟悉。

季晋源又回到八岁那年。这是一个晴空万里，甚是炎热的午后。奶奶家门口的空地上，他正和同学打篮球。

奶奶突然跑来告诉他：“晋源，快回家，你妈喝农药投井了。”

他拔腿就跑，那时候小，腿脚没力，跑了一段路就开始上气不接下气。他永远忘不了那时的自己，一边哭一边跑。跑累了，就跪地叫“妈妈”，叫完又有力气爬起来继续跑。

奶奶家跟自己家相距二三公里路。

他用了大半个小时才跑到家。

家里很热闹，邻居把他家的房子围得水泄不通。他红着眼奋力挤进去，到处找妈妈的身影。

有好心人告诉他：“晋源，你妈被你爸抱到屋里去了。”

他跑到屋里，一眼就看到他妈全身湿漉漉地躺在冰凉的席子上。他走过去推她，她已经全身冰冷，那寒冷像刺一样扎得他全身发抖。出乎意料，他没有哭，只是跪在妈妈身边，一动不动地发着愣。

大概在回来的路上，眼泪已经哭干。

死了？死亡？

八岁的他已经清楚死亡的定义。

死亡是指一个人永远离开自己，消失在世界里，你再也寻不到她，再也找不回她。

季晋源不知道自己跪了多久，警察来了。有法医检查妈妈的身体，他被随后赶来的奶奶拖出去。

身边有邻居在窃窃私语。

“喝了百草枯还跳什么井？我怀疑她是被人杀死的。”

“谁？”

“老季啊，还有谁？他们俩天天吵架！”

“以前不是挺好的？”

“晋源妈妈想离婚，老季不让。”

“死得可疑。”

是的，死得可疑。

年幼的季晋源知道妈妈死得可疑，所有邻居都怀疑这是凶杀不是自杀。可最后爸爸被法院判决无罪释放。

为什么会无罪?

季晋源不懂！公安局的物证鉴定写着：百草枯的农药瓶上，有爸跟妈的指纹。杀人的动机也有，但为什么会无罪?

这是伴随他整个成长期的难解之谜。

自从母亲死后，他一直待在奶奶家，避免跟父亲见面。他有意识地躲避着那个人，躲到现在。

这个梦太长，太让人难受。

季晋源从梦里挣醒时，天色已黑，外面已经入夜。

他竟然睡了整个白天。他坐在沙发上，刚在茶几上倒杯水一饮而尽，屋子里就响起脚步声。

李星妍出现在客厅，皱眉问："这是你家？"

她的表情虽然诧异，但勉强镇定。

季晋源点头："对，你睡着了，我本意是想送你回家，但你父亲不在家。"

"你也可以亲自送我回家，而没必要来你家。"

"大姐，我太累了。昨天在车上睡了一晚，早上又被你折腾进看守所，实在不想再坐车。"他实在受不了她整天找漏洞，抠字眼儿。

"行，那我先走了。"她很淡定地走出他家，出大门时，才记得说，"谢谢你这个正人君子。"

"不客气啊。"这句评价很高，季晋源很受用。

他故作轻松地看着她走出去，看着大门关闭。

屋内再次陷入死寂，他随着这死寂，眼泪突然涌出。他声音嘶哑地低声叫了声："妈……"

瞬间泪如泉涌。

你是不是也像他。

只有在一个人时，才能卸下防备，卸下一身盔甲。

你是不是也像他。

只能在无人时，才能不再对抗自己的脆弱。

但是没关系。

伤痛的记忆虽然无法删除，但始终会淡去，会被时间抚平。
在岁月的磨砺下，你我终将强大。
纵使伤痛逼迫，时光从不负你。

第二十九章

孩子，我好疼。

李星妍从季晋源家里走出来，已经是晚上九点，她匆忙拦出租车回家。回家时，李飞鸣正坐在沙发上研究资料。

李星妍主动凑过去问："看什么呢？"

"季晋源。"

原来爸爸在看季晋源从业以来的各种官司，甚至还有他从小到大的经历。李飞鸣说："其实他人还可以。"

"他是个人渣。"

"别太轻易下定论，我在圈内各种打听，听说这小伙子挺不错，就是供职的律师事务所不咋样。"

"你上回可不是这么评价的。"

"上回太急。你要知道，他给人的第一印象就是他打的官司，但说句良心话，他打官司每次都剑走偏锋。好像是迫切想红，迫切想出名。"

"小白嘛，肯定想红！"李星妍虽然刚刚对季晋源有那么点儿好感，但还是从心底抗拒他。

"女儿，世上哪有那么多高富帅？小白完全可以逆袭。"

"好了，不讨论他，反正我讨厌他。"

李星妍说完，回房洗澡睡觉。

李飞鸣看着女儿离开的方向，陷入沉思。

第二天一大早，李星妍直接传唤蔡海峰来检察院。蔡海峰依约前来，还特意帮她和程颖带了些水果。

他客气地坐在询问室，淡定地问："还有什么需要我补充的吗？"

李星妍不跟他打马虎眼，直接问："你跟邓佳慧关系如何？"

"见过几次。"

"有没有吵架？"

"没有，我跟她吵什么？"

"一次都没有？"李星妍想起自己跟踪邓佳慧回家，所见一幕，越发觉得眼前这个人可疑。

"当然。"蔡海峰不急不慢地回答。

李星妍想从他脸上看出端倪："案发后，你们见过吗？"

"没有。"

"我们在蔡文星家附近找到他买农药的证据。"

"哦，"蔡海峰从容不迫地笑了笑，"恭喜你们。"

眼前这个人镇定到让人感觉可怕。

李星妍问："你到时会出庭作证？"

"我会配合，放心。"

"但我可能不会申请你出庭，因为我质疑你证词的可信度，并且，你的证词与我们的证据链条形成冲突。没有经过法庭质证核查的书面证词，不能成为定罪量刑的证据，你的证词在法庭上站不住脚。"

"怎么形成冲突了？"

"依你所指，蔡文星可能在他家附近购买农药。没错，但他买的不是百草枯，而且邓佳慧前几次证词完全没有灌农药这一情节。也就说，死者体内有百草枯，只是第一次庭审后才得知，所以她之前的证词应该是可以采信。再者蔡文星根本没有任何灌百草枯的证据及动机。所以你的作供动机值得斟酌。"

"法庭不会采纳，对吗？"

"对。"李星妍一直盯着他，突然问，"你确定是蔡文星一个人灌农药再杀人？"

蔡海峰微怔两秒，点头："我确定。"

她紧接着问："你和邓佳慧在案发后，真的没有联络过？"

蔡海峰若有所思地看着她，迟疑了几秒，摇头："没有。"

"那你可以走了，以后也不需要你来了。"

蔡海峰再次怔住，没有想到她这么爽快就让他走。他没有起身，而是问：

“要怎样才能出庭指证蔡文星？我不想给凶手脱罪的机会。”

刚才那句让他走，李星妍纯属想诈他。

现在他急于表态正中下怀。

蔡海峰怕她不信自己，竖起三根手指，对天发誓：“我只是为了叔叔婶婶，想报答他们这么多年的养育之恩，所以才会想指证蔡文星。而且人是他杀的，百草枯也是他灌的。你们不可以放过他。”他急迫地追加一句，“如果证词你觉得有问题，可能是我记忆出了差错，我可以再改。”

这个人果然有问题。

李星妍没有再理他，站起身往外走。

程颖一直在旁边听着，把水果还给蔡海峰后，追上来问：“李检，现在要怎么办？”

“查蔡海峰的底。你再找下蔡文星父母所有借过钱的亲戚，让他们复庭时出庭。还有邻居郑大伯。”

“不再申请延期？”

“原本我打算开庭前一天申请延期，但现在蔡文星不肯说出真相，而蔡海峰的证词真假值得斟酌。还有邓佳慧，明显撬不开她的嘴。公安局那里没有好消息传来，现在的情形，只能上法庭。如果有突发状况，在庭审中建议延期。”

“那我立刻准备诉讼。”程颖着急去办，想起什么，又问，“那蔡海峰是否作为证人出庭？”

“他的口供并不能与我们的证据链相互印证，虽然我搞不清他的意图。但如果他不出庭又说不过去，毕竟他是主要证人。”李星妍拿蔡海峰很头疼。

程颖还是很担心：“但蔡海峰不利于我们，他会被质证，会被推翻。”

“不出庭不行。我们不让他出庭，季晋源也一定会申请他出庭。你放心，一切不利于控方的证人，季晋源都会不遗余力让他们出现在法庭上。其实这样也好，让蔡海峰接受控辩双方质问，更有利查清真相以及他背后的动机。”

“好，我照办。”程颖急忙去办事。

李星妍走出检察院，刚想去找找证据，结果刚上车就接到季晋源的来电。

他问：“喂，快复庭了，你会不会玩什么花样？比如庭前几分钟来个刺激的，建议延期审理。”

“放心，我不是你。”李星妍也不忘记回敬他，“又想搞什么突袭证据？当心是非法证据。”

“放心，我不是你。”季晋源不甘示弱。

“拭目以待。”

“我可不可以翘首以待？”

“不要乱用成语。”

“好吧，我期待与你再一次交锋。”

李星妍挂断，和他多说一句都感觉烦。她开车准备去证人家，着手准备第二场庭审。

再过两天就是第二场庭审。

李星妍在开庭前一天还被高新远叫去做思想工作，主任好心和她一起商讨案件应该怎么公诉，并询问她具体有哪些策略。主任听完她的策略后一度愁眉不展，并数次深叹，但因庭审迫在眉睫，更换公诉人来不及，他只能放手。

法庭上书记员照流程宣读法庭纪律，请审判长、审判员进场。

审判长交代完上次的案件后，宣布开庭。

法警带入邓佳慧和蔡文星。

审判长核对两人信息时，邓佳慧突然冲蔡文星大喊：“文星，我不想死。”她哭着喊他，“文星，我不想死，我想活下去。文星，我对不起你，可我真的怕死。”

审判长阻止她：“被告人邓佳慧，请保持安静。”

邓佳慧恍若未闻，乞求地喊：“文星——文星——你救救我，我怕死。”

审判长敲法槌，警告：“被告人邓佳慧，保持安静。”

邓佳慧摇头哭喊：“文星，救救我——你救救我——是你先灌农药又杀人，跟我无关，文星——”

审判长吩咐法警：“先将被告人邓佳慧带下去。”

邓佳慧被带离，审判长核对完蔡文星信息后，李星妍宣读起诉书：“审判长，在 2018 年 3 月 7 日，×× 花园小区 2 栋 201 室发生一起杀人案。被杀的是房主蔡勇军、方丽萍夫妇。警方接到被告人的自首电话后，迅速出动，将在现场的唯一两名涉案人员蔡文星、邓佳慧带回警局。

“本案由 ×× 公安局侦查终结，于 2018 年 3 月 27 日移送检察院。经控方依法讯问被告人，查实所有案件材料，现查明：2018 年 3 月 7 日晚，被告人蔡文星、被告人邓佳慧因 20 万彩礼，与被害人蔡勇军、方丽萍夫妇发生争吵时致二人死亡。

“被告人蔡文星涉嫌故意杀人罪，已审查起诉，请依法判处。

“证人邓佳慧在案发后翻证，并指使农药店老板姜明陷害蔡文星有购买百草枯的行为。控方结合证人辩解与供词、现场物证。于 2018 年 4 月 × 日以伪证罪拘留‘证人’邓佳慧。警方侦查结束后，移送检察院。

“控方结合现场物证，法医鉴定，以及作伪证等行为动机，有理由合理怀疑邓佳慧也参与凶杀。现提起公诉，请依法判处。

“公诉人：李星妍。”

审判长看向蔡文星的方向：“被告人蔡文星可以就起诉书内容进行陈述。”

蔡文星站起身，摇头。

审判长：“还是什么都不想说？和上次一样，不做陈述？”

蔡文星迟疑了好一会儿，他若有所思地看向李星妍，突然开口：“我招供，是我下百草枯又杀人，跟别人无关。”

审判长示意李星妍：“公诉人可以开始讯问被告人。”

李星妍站起身，问：“被告人，你承认故意杀人？”

“承认。”蔡文星低下头。

“我是说故意杀人！”

“对。”

“百草枯在哪里购买的？”

“网上。”

“警察没有在你手机上找到购买记录。”

“是拿朋友手机买的。”

“哪个朋友？”

“我忘记了。”蔡文星始终低着头。

李星妍冷冷地看着他：“那杀父母呢？在法庭上说说详细过程。”

“这个不用说。”蔡文星抬起头，装作无所谓，“有什么好说的？他们是我的父母，出 20 万彩礼给我娶老婆也不愿意。如果他们肯出去帮我借 20 万，那么这一切就不会发生。”他停顿了一会儿，眼里突然有泪光，“没错，我是故意杀他们。我真的很讨厌他们，整天唠叨，整天没完没了地哭穷。他们无非就是不想出钱给我娶媳妇，觉得佳慧怀孕了，所以不用钱也能娶回家。”

“你的父母是很节省的人，他们天天掐准时间去买半价蔬菜。所以他们不是哭穷，是真穷。”

“你骗谁？每次我回家都是大鱼大肉，哪有什么半价蔬菜？我们家旧房一套，新房一套，能穷到哪儿去？你看看在城市里有两套房子的人，哪个兜里没个几十万？他们有 20 万，只是不肯拿出来而已，还假装去借。”

“他们为了买你的新房，的确已经把旧屋抵押了 20 万。”李星妍试着说服他，“被告人，他们为了你真的已倾家荡产。”

“抗议。”季晋源突然举手，“公诉人的这些问题与本案无关，已经严重偏离主题。她应该讯问跟定罪量刑有关的内容，而不是跟被告人在法庭上打伦理牌。”

审判长赞成：“公诉人，你应该就犯罪过程展开讯问，一些无意义的话题可以跳过。”

李星妍冷静了一会儿，再次讯问：“被告人，你是先灌百草枯还是先杀人。”

“先灌百草枯再杀人。”

“你之前还不确定，现在为什么这么肯定？”

“因为……”

“让我来替你说。”李星妍打断他，“因为这是邓佳慧刚刚在法庭上提醒你的。她说‘文星，救救我，是你先灌农药又杀人，跟我无关’，所以你才这么肯定自己是先灌百草枯再杀人。”

“我……”蔡文星开始吞吞吐吐。

李星妍根本不给他喘息的机会：“被告人，之前一直辩称失手杀人的你，为什么现在全揽罪名？”

“我……我……”蔡文星哑然。

“你一共捅了父亲多少刀？”

“为什么你又要重复问这个？”刚才还算冷静的蔡文星提起残杀父母，又再次激动，“我捅了他很多，很多刀……他不给我钱还要报警，所以我才会想杀死他。生下我又不管我，凭什么他还这么理直气壮——我恨他，恨他——”

“你父亲临死前说了什么？”

“他临死前说——他说——”蔡文星想起父亲临死那一幕，眼泪掉下，“他抓着我的衣袖，说‘孩子，我疼’——他说，‘我好疼——’”蔡文星几乎崩溃，“你不要再问这些，我什么都招了，你还要我怎么样？枪毙我啊，快点儿枪毙我！我愿意以命抵命！”

第三十章
孩子，我好疼（2）

李星妍对审判长说：“我已经讯问完毕。”

季晋源有点儿看不懂李星妍的套路，她全程的问题都绕开凶杀过程，她的讯问重点不明，全程称呼被害人蔡勇军为父亲，没有用法言法语。

并且就这样结束了？

审判长对季晋源说：“辩护人，你可以向被告人发问。”

季晋源站起来，问蔡文星：“说说凶杀过程，邓佳慧当时在干什么？有没有呼救？”

“她叫我住手。”

“她到底叫你住手，还是叫你赶快杀了被害人蔡勇军？你最好如实回答。”

“住手。”

“被告人，你为什么没有听她劝告？”

“我杀红了眼。”

“你用左手杀的，还是右手？”蔡文星一心求死，这不利于季晋源的辩护。他必须找到突破口。

“右手。”

“邓佳慧在你左手边，还是右手边劝你？”

“右边。”

“你确定杀被害人蔡勇军时，邓佳慧没有躲在阳台，而是在你右手边劝你？”

“确定。”

“整个凶杀过程，她都一直在你右手边劝你？”季晋源越来越严肃。

蔡文星肯定地点头：“对。”

“你撒谎！邓佳慧明明在你左手边，死者周围的血迹上，留有你们两个人的脚印，但女式脚印在左边方向。”

“这说明不了什么，可能是我记错了。”

“不，这能说明很大问题。按照你们的行凶路线，是从大门到客厅。如果我们以同一凶杀方向模拟方位，大门是在人的左手边。也就是说，邓佳慧一直在拦着要出门的被害人蔡勇军。她当时说了什么？”

“我……”

“邓佳慧当时是不是说，文星，快把他给杀了！快杀了他！”

“你……”

“但你是不是没有动，因为那是你父亲，你的大脑会陷入数十秒的空白。所以邓佳慧让你把刀扔给她？当她拿着刀和被害人纠缠时，你瞬间失去意识，冲过去保护她，失手捅死了被害人蔡勇军。”季晋源尝试着还原所有过程，并诱导他。

“抗议。”李星妍举手，“抗议辩护人诱导被告人作供，况且辩护人猜测的内容，无实质证据的言论，不应该轻易在法庭发表。”

审判长赞同：“辩护律师，不要诱供。”

季晋源争辩：“审判长，我只是在试着还原案发过程，并且，当我说那句，‘邓佳慧当时是不是说，文星，快把他给杀了！快杀了他！’时，我的被告人并没有否认。也就是说，这案子的主凶，另有其人。”

李星妍冷冷地看着季晋源，彻底服了他。为了给自己的嫌疑人辩护，他真是使尽手段。

不过，仔细推敲他的猜测，好像不无道理。

审判长示意他继续讯问。

季晋源说：“我的讯问也已经完毕。”他不能再问下去，再问下去就算是事实蔡文星也会否认。

审判长与合议庭商议后，问：“合议庭主张由两名被告人同时上庭对质，公诉人与辩护律师有无意见？”

季晋源、李星妍对视一眼后，异口同声：“没有。”

法警带上邓佳慧。

审判长问："被告人邓佳慧，为什么拒绝请人替自己辩护？"

"我没罪，为什么要辩护？"邓佳慧说完，急迫地问蔡文星，"文星，你招了没有，你招了没有？"

审判长严肃地盯着她："请克制。"

邓佳慧畏惧法官，总算安静下来。

审判长说："公诉人，可以开始讯问。"

李星妍站起身，问邓佳慧："被告人邓佳慧，你在案发后，为什么马上打胎翻证？动机是什么？"

季晋源眉头紧皱，不明白她今天怎么净问些不着边际的话，这实在不像她的风格。

邓佳慧很想让自己冷静下来，她咬了咬唇，点头，眼里含泪："我没有打胎，是保胎没有保住。"

"有没有去看医生？"

"没有。"

"没有看医生，哪里来的保胎这一说法？"

"我没有钱……我实在穷……看不起医生……"

"你有正常工作，工资去哪儿了？会窘迫到没有钱去看医生？"

"我……我……"

"不如，我来替你说。3月7日，蔡文星涉嫌杀父杀母被刑拘，但是你在3月29日，迅速去医院咨询打胎，并且要求医生马上为你动手术，我有×××人民医院妇科医生刘小英的证词为证，并且当日你在人民医院用银行卡结算费用3000元。请问，有3000元打胎，为什么不用来保胎？"

"我……"邓佳慧哑口无言。

"再者，你和蔡海峰在案发后有没有见过？"李星妍乘胜追问。

邓佳慧摇头："没有。"

"那么本年4月×日当晚，你离开检察院后，去了哪里？"

"回家。"

"中途没有停留？"

"没有。"

"那就奇怪了。当天，你绕远路专程去了一家便利店，并且和里面的收银员蔡海峰大吵一架。现在，你竟然说没有见过面？”

“我……我……”邓佳慧没想到她跟踪过自己。

“还有，为什么出10万元让农药店老板做假证，栽赃蔡文星去购买过百草枯？你对此有何解释？”

“我……我……”邓佳慧答不上，焦虑地看向蔡文星。但这一刻的蔡文星很反常，他一直平静地看着邓佳慧，看不出任何情绪波动。

李星妍感觉他是知道自己罪孽深重，干脆想以死赎罪。

但一心求死的蔡文星，并不是她想看到的。

季晋源举手：“审判长，公诉人今天的问话与量刑定罪无关，她应该围绕犯罪事实展开讯问，而不是问这些。”

李星妍还没有等审判长说话，就抢先说：“审判长，我讯问完毕。”

审判长示意辩护律师发问。

季晋源准备大展拳脚，他问邓佳慧：“被告人邓佳慧，案发当天，蔡文星有没有对父母灌百草枯？”他指着蔡文星，目光严厉，“看着他，摸着良心说。因为在没有明确被害人体内是否有百草枯前，你的证词里并没有灌农药这一情节。”

邓佳慧没有看，而是焦急地承认：“对，有，之前我太慌，忘记了。”

季晋源问蔡文星：“她说的是不是真的？你有灌百草枯？”

蔡文星复杂地瞥了邓佳慧一眼，点头：“是真的。”

季晋源问：“百草枯哪里来的？”

“网上买的。”

“农药店买的。”

邓佳慧和蔡文星同声，但内容却大相径庭。

季晋源不等他们思考，再问：“凶杀案发生时，你说你站在他身边劝他，是左边还是右边。”

“肯定是右边劝他。”

“左边。”蔡文星其实是想提醒邓佳慧，但她明显更迫不及待想将他定罪。所以两个人再次说出截然不同的证词。

季晋源追问：“第一刀是谁捅的？”

邓佳慧不假思索：“蔡文星。”

“佳——”蔡文星自动闭上嘴。

第三十一章

第二场庭审

季晋源说："审判长，我讯问完毕。"

审判长说："接下来，举证质证。"

对凶杀案的现场证据双方并无异议。

出示完证据后，审判长宣布："传证人方利新出庭作证。"

蔡文星错愕地看着走上证人席的二舅，不明白二舅跟这案子有什么关系。

李星妍对证人进行询问："您跟被害人方丽萍是什么关系？"

"方丽萍是我大姐。"

"2月28日，方丽萍有没有找过您？"

"有，她去我家，求我借1万块给她，说儿子娶媳妇实在没钱。我也没什么钱，问她怎么不把老房子卖了，她说老房子跟银行抵押借了20万，卖掉还完银行还是要借。而且卖了房子两个老的又要还债又要租房不现实。"

"所以您借了多少钱给她？"

"1万。"

"好，我询问完毕。"

李星妍坐好，季晋源瞬间明白了她的意图，他怀疑后面还有一长串类似的证人。

审判长看向李星妍，盯着自己手中这些证人名单，无可奈何："辩护律师如果没有问题，我们就传下一位。"

"没有。"季晋源觉得自己应该配合她，毕竟击垮蔡文星的心理防线，让他老实交代案情，对自己辩护也有利。

他很期待李星妍如何能从谎言中剥离出真相。

审判长宣布："传证人方利庆出庭作证。"

蔡文星激动地看着上庭的三舅，动了动嘴，想喊声什么，但没有胆量喊出口。

李星妍对证人进行询问："您跟被害人方丽萍是什么关系？"

方利庆回答："方丽萍是我大姐，我是她三弟。"

"3月6日，方丽萍有没有找您？"

"有对，她说蔡文星把蔡勇军给揍了，要20万彩礼，问我能不能借一点儿给她。其实2月25日那天，她来借过一次，可我家里实在没钱，当时就没有借给她。那天听说蔡文星为了彩礼把老爹都揍了，我凑了5000元给她。"

"心疼大姐吗？"

"心疼。"方利庆突然抹泪，伤心地看向蔡文星。蔡文星触及他的视线，马上侧过脸避开。

李星妍将这一切看在眼里："谢谢，我询问完毕。"

审判长看向季晋源："如果辩护律师没有什么要问的，就请下一位证人。"审判长生无可恋地看着手上这多达十五位的证人，意味深长地跟李星妍说，"希望公诉人注意，证人出庭应该尽量控制数量，不要滥用职权。"

李星妍没回话，她已经准备好庭审后写检讨。

审判长宣布："传证人邓自珍出庭作证。"

蔡文星看着走上证人席的外婆，慢慢低下头。

李星妍问证人席的邓自珍："3月5日，被害人方丽萍找过您？"

"对。"邓自珍已有七十高龄，想起死去的女儿，眼泪顺着布满皱褶的脸流下，"那天她跑过来求我借钱给她，说彩礼还差十几万，我把2万块钱棺材本拿给她。她拿着那些钱跪在我面前，说'妈，对不起，您这么老了，我还要您操心。'她说我会尽快还给您。她为了给文星买房，老房子都抵押给银行了，又借这么多钱，她拿什么还啊？我当时冲她摆了摆手，说钱不用你还了，你先把儿媳妇娶进家再说。"

"之后，还有联系过您吗？"

"有。3月7日下午她打电话给我，说'妈，不行，彩礼钱还是不够，文星把他爸打得很惨。'我说，我还有些黄金首饰，你看能卖多少，你先卖了应应急，反正这些东西，死了带进棺材也浪费。"

“谢谢您，我没有问题了。”李星妍越问越感觉心酸，她看向蔡文星，蔡文星一直低着头，看不到表情。

但愿这场审判能质问出他的良知。

审判长宣布：“传证人李小玉出庭作证。”

证人李小玉四十来岁，是方丽萍的朋友，菜摊老板娘。

李星妍问：“您跟被害人方丽萍只是朋友关系？”

李小玉点头：“对，丽萍光顾我的菜摊有两三年，每天下午4点来我这里买些卖不出去的半价菜，回家跟老伴凑合吃。我家还卖肉，下午4点的肉有点儿不新鲜的味道，都是半卖半送给她。一来二去的，成了朋友。”

“3月1日，她找过您？”

“对。说儿子结婚实在差钱，一把鼻涕一把泪哭着求我借点儿钱给她。我儿子也刚结婚，我太清楚这天价彩礼有多祸害，所以我借了5000元给她。”

“他们经常吃半价菜？”

“对，不过有时候也会大鱼大肉，当然，如果她买好菜，一准是蔡文星回来吃饭了。”

“不要再说了！”蔡文星哭着站起来，竭力嘶吼，“你们不要再说了！”

李星妍走向他，跟着咆哮：“为什么不能问，他们是证人，但凡知道案情的，都有出庭作证的资格。”

蔡文星彻底崩溃，泪流满面地咬牙朝她吼：“你不要再说了！”

审判长敲响法槌：“公诉人，法庭不可以随意走动。”

李星妍不理，走到蔡文星面前，逼视他：“你是人吗？父母为了你的彩礼东拼西凑，总共借了15家，他们厚着脸皮借到的10万元，已经是他们所能承受的极限。你呢？你干了什么？除了殴打、谩骂、强迫他们去借钱，你还能干什么？娶媳妇是你自己的事，你凭什么强迫他们去给你借20万？给你买新房？”

蔡文星双手捂耳，泪如雨下：“我求求你，不要再说了。”

“蔡文星，你的父母已经借无可借！山穷水尽！他们不是舍不得掏那20万，是实在拿不出来。你怎么可以厚颜无耻，丧尽天良到如此地步？”李星妍听着这些证词，心里难受，所以她没有办法克制自己的情绪。

审判长再次敲响法槌：“公诉人，需要克制，回到座位上。”

“对不起，请让我说完。”李星妍悲痛地盯着蔡文星，“案发当天，你对被害人蔡勇军痛下杀手，你说，他临死前说，孩子，我疼，我真疼。对，你没说谎。但有一点你误会了，他不是身体疼，而是心疼。他捧在手心爱了这么多年的孩子，呵护了这么多年的孩子，最后却因为他实在凑不足20万彩礼，因为他实在借不到20万，所以对他痛下杀手。蔡文星，你知道吗？他真的很心疼！他死不瞑目！”

“我，我，我……”蔡文星失声痛哭。

“我背后还有十几位证人，能证实你的父母是怎么辛苦借钱，你还要听吗？”

“不，不——不——”

“为什么要痛下杀手？”

“不是我杀的，第一刀是佳慧捅的，是佳慧——”蔡文星崩溃地号啕，完全丧失理智，“佳慧推倒我妈后，让我杀了我爸。我，我——她让我拦住他，把他给杀了——我一时蒙了没动，她就自己拿刀去拦……我一时冲动失去理智才会去帮她——”

第三十二章
这些，算不算爱？

邓佳慧听到这已经完全蒙掉。

她冲蔡文星咬牙喊："蔡文星，你说谎，你说谎！为什么要拖我下水？是你失手推倒你妈，杀了你爸，你自己禽兽不如，跟我有什么关系？"

"我——"

"人是你杀的，为什么要往我身上推？"邓佳慧面容扭曲，"蔡文星，你凭什么冤枉我？"

李星妍走到她面前："你既然否认人是你杀的，那么我们来谈证据。死者血液旁有你的脚印，你的防辐射服正面有大量血迹，你在凶案现场清洗防辐射服，清理案发现场。事发后，你打胎翻证，并找人栽赃蔡文星灌农药。邓佳慧，以上种种，你是否有合理解释？"

"我……我……"邓佳慧语塞。

"是的，你根本回答不出来。但我们却可以把你这些行为串成完整的证据链。因为你失手推被害人方丽萍致死，所以让蔡文星虐杀想逃出去报警的蔡勇军。蔡文星其实一开始很犹豫，因为那个人始终是他父亲。可是你毫不犹豫地拿起水果刀冲过去，还一边大叫蔡文星来帮你。蔡文星一时昏了头，和你一起残杀他爸。最后，你们合伙伪造、清理案发现场，再商量好让蔡文星一个人顶罪。你说服他顶罪的理由有两点：一，你怀孕了，而蔡文星想要这个孩子。二，你们商量好过失情节，蔡文星也自认天衣无缝，所以同意这个方案，他也觉得这个方案万无一失。但究竟是什么原因让你打胎翻证，并找人作证想坐实他故意杀人？因为你害怕自己暴露，所以干脆一不做二不休，让他替你扛下所有罪名去死。”

李星妍说完，紧盯她。

邓佳慧脸色惨白地摇头，她哑口无言。

“但蔡文星对你的爱超过我们的预料，在得知你打胎找人作伪证，依然肯独自背负所有罪名去死。邓佳慧，死的是别人父母，你当然感觉不到心疼。但扪心自问，被害人对你好不好？房子直接给你写了一半的名字。彩礼拿不出20万，但尽他们所能去借了10万元！只差10万，你们两个人一年的工资而已，但却要了两条人命。他们真的到死也想不通，10万彩礼而已，怎么能和人命相提并论，怎么能让你们两个人有勇气杀母杀父。”

“我，不是……我没有杀人……”邓佳慧低声哭喊，“我没有……”

“也许我还要告诉你一个更不幸的消息，方丽萍不是被你推倒就马上死亡的。根据法医检测，她是撞击后脑导致失血昏迷，死亡时间不是11点10分，而是凌晨1点左右。也就是说，如果在她被推倒后，你们立刻送医院，这一切都会逆转。”

李星妍对这一切甚感无力，原本可以避免的悲剧，结果因为人一时的冲动而导致伦理悲剧。法律将人的行为约束在框架之内，道德想博弈人性恶的一面。结果，人性依旧不可控。

“我……我……”邓佳慧摇头，想说些什么，但她却不知道自己能狡辩些什么。

审判长再次敲响法槌：“公诉人，请先回到座位上。”

李星妍听话坐回去。

反正要说的都已经说了，要招供的人都已经招供了。

结案近在眼前。

审判长说：“由于案件比较复杂，今天先到此为止，明天早上10点继续开庭审理。”

紧绷的李星妍和程颖终于松了口气。

所有人鱼贯而出。

季晋源收拾好后，走到她座位前，调侃道：“不谢我？”

“为什么要谢你？”李星妍不知道自己要感激他什么。

“证人环节我可没有打断你。”

“行，表扬。”

“不如请我吃饭？”季晋源得寸进尺，趁机提出要求。

“凭什么？”李星妍收拾好后，起身走出法庭。

季晋源在她身边唠叨：“这个时间你赶回去都下班了，不如一起吃个饭？嗯？怎么样？好主意吧？吃完饭，咱俩再去看个小电影。”

李星妍走到停车场，找到停放的车，拉开车门坐好。

季晋源心安理得地钻进副驾驶座坐好。

她没有赶他，等程颖上车后开车。

季晋源说：“话说，百草枯是谁下的，你有线索？现在的庭审只是证实了，是蔡文星、邓佳慧有合伙杀人的嫌疑。况且邓佳慧杀人这事儿的证据还是有所欠缺，你觉得法庭会根据你的想法判？证据链真的完整了？”

“我对迫切想蔡文星轻判的你有信心。”

“呵呵。”

“一呵就知道你有突袭证据。”

“如果我有证据能证实邓佳慧和蔡海峰串供，证实邓佳慧杀人的话，蔡文星死缓还是有希望的。”

“有证据不早点儿提交？”

“关键证人没出庭，明天轮到我发挥。”季晋源眉开眼笑，“你今天的表现不错，够本事成为我的对手。”

“看在你那天的君子行为上，今天请你吃饭，想吃什么？”

“真是受宠若惊，你确定要请我吃饭？”季晋源喜笑颜开。

李星妍瞪了他一眼：“倒数10秒，10、9、8、7、6……”

“火锅。”季晋源抱怨，“多说一句就倒数？太不近人情。”

电话突然响起。李星妍看了眼来电显示，接听。

高新远问：“怎么样？”

“明天还要开庭。”

“你的15个证人导致庭审进行缓慢，两天也正常。”

“因为这些证人，蔡文星招供了，我觉得明天没有意外的话会当庭宣判。”李星妍自信满满，“主任，明天终于能结案了。”

“审判长刚才给我打电话。”

“投诉我？”

“对，藐视庭审纪律。你是不是律师电视剧看多了？庭审哪能按照电视剧演的那么走动？审判长说你未经他允许，闲庭信步，影响很大。”

“明天结束后，立刻写份检讨。”李星妍赶紧表示。

“写检讨写上瘾了？”

“没……”

“好了，言归正传，虽然邓佳慧拒绝任何律师辩护，但法院已经替她指定了辩护人——季晋源那个律师事务所的老板康辰。”

“明白明白，这种可能判无期死刑的，法院肯定会指定辩护律师，不会让她自己辩护。”

“就这样。”

“主任再见。”

李星妍挂断电话后刚松口气，结果又接到看守所来电。

民警说：“蔡文星想见你。”

蔡文星想见她？这是好事。李星妍立刻掉转车头往看守所开去。季晋源看着这条熟悉的路，撑着肚子，可怜兮兮地说：“刚才我们讨论的焦点好像是去吃火锅，为什么又去看守所？”

“蔡文星想见我。”

“他想见你，我不用去啊，麻烦你在路边放我下车。”他一脸生无可恋，“我饿惨了。拜托，今天开庭就开了大半天，连口水都没喝。我抗议啊，我不去。”

“你确定不监督整个过程？”

“确定。”

“行。”李星妍二话不说，直接靠边停下。季晋源下车后，提醒她：“别忘记你还欠我一顿火锅。”

“啰唆。”李星妍开车走人。

半个小时后到达看守所时，天都快黑了。民警见她带着助理前来，不好意思地说：“刚才可能没说清楚，他说他想单独见你，跟你聊聊。你知道他一直不肯跟别人交流，所以我们觉得机会难得，也许更有利于他打开心结，交代案情。”

“可以。”李星妍同意，同时让民警带着程颖先去吃饭。

民警一路把她带进看守所的监牢。这是李星妍第一次在监牢跟被告人见面，她在单间见到正枯坐在地上的蔡文星。

民警为防意外守在外面。

李星妍在地上盘膝而坐，问："你找我？"

蔡文星背靠着冰冷的墙壁，抬起头看着她，眼眶微红。他面前摆着一本相册，问："这是你让民警拿给我的？"

"对。我想这场庭审结束后你会需要。"

"我看完了。这是从小到大，父母为我拍的照片，里面还有几十张我和妈妈的合照。"

"感觉如何？"

"其实说实话，"蔡文星深呼一口气，"之前，我一直讨厌他们。"

"为什么？"李星妍知道他这一刻不需要被讯问，他只需要一个可以倾诉的人。所以她尽量平静，像个朋友一样跟他聊天。

蔡文星苦笑："小时候，他们很疼我，因为是独生子，所以他们什么都依着我。我喜欢吃什么菜，他们就做什么菜；一年级的时候我成绩不好，他们很穷，但还是拿钱给我去请补习老师。我在学校打了人，他们也第一时间安慰我、维护我。这些，算不算爱？"

"溺爱，过分的爱。"

"对，他们不敢责骂我，不敢打我，什么都顺着我。初中开始，我学习就完全跟不上，到处玩，混网吧，他们也不敢管。那时候开始叛逆，捏碎超市的饼干、方便面，被人当场逮住。可我妈赶到，骂超市的人，说小孩子不懂事，他们大人却为难我。那时候我都比她高，可她一个劲儿骂别人跟小孩子计较。你说可不可笑？"

"……"李星妍不知道要怎么回答，干脆沉默。

"从小到大，他们对我的索取，有求必应；从小到大，我犯任何错误，他们都会说，我还是个孩子；从小到大，每次惹一堆麻烦事，都是他们替我收拾；从小到大……"蔡文星难过得说不下去，看着她，哽咽地问，"我是不是从小就做错了……"

第三十三章

这些，算不算爱？（2）

李星妍想起自己父母，苦笑："我家里挺有钱的，父母都是律师。从小条件就好，不愁吃不愁穿，小时候想学什么就能学什么。父母在生活上对我也是有求必应，可是在道德行为上，却管教甚严。6 岁那年，我在地上捡到 10 块钱，等了半天也没等到失主，于是拿回家，结果被罚站 3 个小时。父亲罚我站其实也心疼，但他会告诉我：不是你的东西，掉地上也不能捡。就算捡了，也要找到失主。不是自己的东西，绝对不可以占为己有。"

"你父母真好。"蔡文星手足无措地翻开相册，迫切想让她看看曾经的自己，"其实小时候，我一点儿都不坏……我也不知道自己是从什么时候开始跟父母对着干……我现在后悔是不是太晚了……我现在还能后悔吗？他们还会原谅我吗？等我死后跟他们相聚，他们还会不会认我？我，我……"他翻相册的手停下，眼泪突然涌出。他看着李星妍，惊慌失措地抹着眼泪，再仰起头忍了忍。

"蔡文星，只有你能安慰他们的在天之灵。"

"我……我……"蔡文星惊慌地问，"他们，会原谅我吗？"

他急需一个肯定的答案，想让自己愧疚的心好过点儿；他急需一个答案，能让自己摆脱自己的罪恶。

李星妍却不是那么虚假会安慰他的人："要看你给他们一个怎样的交代。我觉得对于冤死的他们而言，责备你已经没有任何意义。对于他们而言，让杀害他们的人得到应有的惩罚，才是最大的慰藉。但是蔡文星，如果你想明确要一个答案，我可以违心地说：不管孩子做错了什么，父母都会原谅他。"她停顿了一会儿，站起身，接着问，"但你觉得，他们会原谅一个杀害自己又百般狡辩的人？就算你此刻后悔，对于已经死去的人而言，又有什么意义？你求他们原谅你，又有什么意义？蔡文星，你应该早就带着一颗救赎的心去忏悔，而不是在知道父母为你倾家荡产却被你杀害后，才知道后悔。”

蔡文星突然伸手拉住她的裤子，呜呜地哭了：“那我究竟能不能后悔？我可不可以后悔……他们会不会，不原谅我……不要我了……”

“你妈十月怀胎生下你，历经千辛养大你，倾家荡产为了你，都没有感动你。你现在知道父母为你付出一切，甚至低声下气到处去借钱，所以才会这么迫切地奢望他们能原谅你。蔡文星，你的惺惺作态只是想自己良心安宁。我想，他们不是想听你反复自问，以乞求自己心安。”

“我……我……”

面对他的纠缠，李星妍没有再理，而是起身往外走。

蔡文星冲她的背影大喊：“你还没有回答，你告诉我，要怎样做他们才会原谅我？”

李星妍走出监牢，透过铁栏杆看着他，冷冷地反问：“你觉得呢？”

“我不知道才找你来，我想他们原谅我。”蔡文星哭着大喊，但李星妍径直走出，没有再理他。

蔡文星看着空无一人的过道，疯一样冲到铁栏杆前，泪流满面地大喊：“他们真的会原谅我对不对？我后悔了，我真的后悔了！李星妍你回来，你告诉我，他们已经原谅我了对不对？”

心口在慢慢发紧，紧到让他有点儿窒息。

他沿着铁栏杆跪下，双手紧紧地攥住栏杆，号啕：“妈，我真心忏悔你就会原谅我吗？妈，你究竟会不会原谅我？”他想到母亲为了20万元去借遍亲朋好友那一幕，眼泪滔滔。

“妈……妈……”他跪在地上，右手撑着胸口，感觉那里有撕裂般的疼，“我想你，我后悔了……妈，我真的好想你……你别不要我……”

可任凭他怎么呼喊，也没有人应他。

小时候真好，可以肆无忌惮地喊一声妈妈，不管是疼了、哭了、摔了，还是开心了，只要喊一声妈妈，那个至亲的人就会出现。

小时候真好，父母对自己的爱永远是独一无二，并永远以自己为中心，而自己也会在享受这种爱的同时，给予他们最热烈的回应。

为什么长大以后就不行了？为什么长大后就开始叛逆疏远父母，并无视他们的关心；为什么长大之后，面对父母付出的爱，那么理所当然地接受，并无理取闹地想要索取更多。

小时候对父母那种予取予求的爱，长大后，怎么会变质到腐烂生蛆？

当我们长大，父母老了，那些担心变成唠叨，那些关心变成多事，那些老人需要的陪伴变成矫情。

是的，停下那些冠冕堂皇去斥责父母的借口。

你不过是在爱的给予中习惯了贪得无厌；你不过因为给予的爱太多，变成习惯，所以觉得理所当然。

是的，面对任你索求的父母已经死去，你连一句“后悔”也没有必要再说出口。

因为父母已去，人生再无陪伴，你连归途路也只剩寂寞。

李星妍走出看守所时，程颖已经吃饱。两个人坐上车，程颖问：“李检，看守所的饭菜也不错，要不要去试试看？”

“我还有事。”

李星妍打父亲的电话。

李飞鸣很快接听：“闺女。”

“爸，我想你了。”李星妍温柔地说。

“真肉麻。”

“爸，”李星妍问，“如果我真的嫁不出去……”

“没事儿，不要有太大压力，爸爸会养你。”李飞鸣飞快地打断她，避免她胡思乱想。

“但你不是最反感我不谈恋爱？”

“再怎么反感，你也是我女儿，难道能把你丢掉不管？”

“爸，你真好。”李星妍笑着撒娇。

“星妍，你到底咋了？无端端演什么亲情戏？你不是最反感这些肉麻的话？等等，发生了什么事？”

“没有，不要乱想。”

“闺女，虽然爸爸会养你，你不要有心理负担。但，爸爸必须得说一句，如果你对别的男生有刚才那么温柔，他们肯定不会避之不及。”

“我尽量试试。”

“一定要试试，你可以找个人练练手，那个季晋源就不错。好欺负，好上手。”

“知道啦！”李星妍挂断电话，启动车。

她先把程颖送回检察院，再搭出租车去取自己早已修好的车。一通折腾下来，等她提到车，已经是晚上 21 点。

她早已经饿得前胸贴后背，急忙找家火锅店涮火锅。火锅店里全部坐满，桌桌都成群结队，只有她这桌是一个人。

她给季晋源打电话：“我请你吃火锅。”

“真的假的？”

“真的。”李星妍干脆利落地报上地址。季晋源挂断电话，立刻坐车赶到火锅店。火锅店离他家也就 20 分钟，等他赶到时，李星妍已经叫了一大桌子菜。

季晋源急步跑去坐好，问：“这么好心？不太符合你的风格！”

“不是欠你一顿火锅？”李星妍等他到才开始吃。

季晋源扫了眼成群结队的人，嘿嘿笑了笑：“因为你一个人，所以感觉孤独寂寞冷？”

“无聊。”李星妍给他一记白眼。

“好吧，只吃不说。”季晋源不客气地开吃。

李星妍斯文地吃了会儿后，突然正儿八经叫他：“季晋源。”

“嗯？”他停止夹菜，看向她。

“你认为，不管孩子做错了什么，父母都会原谅他吗？”她很认真地询问，“会吗？”

季晋源微怔，面无表情地看了她一会儿，才声音嘶哑地回答：“不会，就像父母如果做错了某些事，孩子也无法原谅他们一样。”

“蔡文星想从我嘴里听到一句话，但我给不了他。”

“干得漂亮！”季晋源片刻就已恢复从容，笑嘻嘻地拿起茶杯跟她碰杯，“祝请我吃火锅的你旗开得胜、马到成功、早日凯旋。”

“我发现你这个人，跟你对立就怼死人；一但对你有利，仇人也能变亲人。”李星妍向来不耻他的人品。

季晋源也不客气：“对，人与人的格局，就像世界格局，有利者，大家皆朋友。如果有一天，我们俩再打官司，那你可要当心，这点儿吃火锅的情谊维系不了多长时间，我随时会无情翻脸。”

她不屑地问：“我会怕你？”

第三十四章

肉体可以侮辱，灵魂不允许

季晋源本来是想调侃几句，立刻被她一句拉回现实。面前这个人是检察官，不是可以随便开玩笑的朋友。

“对，我知错，一时口误，太得意忘形，请您见谅。”

“虚伪。”李星妍不急不慢地啐了句。

季晋源立马反感，不爱听这两个字：“你怎么说话的？谁虚伪？李星妍，立刻、马上向我道歉，否则你就惨了。”

“做作。”

“你必须向我道歉！”

李星妍不理，置若罔闻地继续吃菜。

季晋源伸手要了瓶啤酒，几杯喝完后，趁着酒意跟她叫嚣：“咱俩去外面好好辩论辩论虚伪、做作四个字的用法。”

李星妍买单往外走。

季晋源一把挎住她的胳膊，把她拖到饭店门外人少的地方。他把她推抵到墙壁，双手撑在她头的两侧，仗着身高的优势逼视她：“首先，虚伪的意思，不真实，做作，虚假。请问鄙人哪一点符合？如果我不符合，你要不要跟我道歉？随便攻击人的品行，这点好吗？”

“你先是限制我的人身自由，再是肆意挑衅，活腻了？”

“任何人跟你相处超过半个小时都会翻脸吵架，你不反思反思自己？”

“10 秒内滚开。”

“你道歉我就放过你，我要听到你说‘对不起’三个字，否则的话……”

他语气带着威胁。

李星妍不是吓大的，挑眉问："否则怎么样？"

"李星妍，你为什么一直无视我、鄙视我外加作践我？我就这么好欺负？"他将唇凑到她侧脸，作势要吻她，她却纹丝不动。

他看着近在咫尺，却分外冷静的她，实在亲不下去。

她是师太，讯问1.8米的大男人，那气场都能吓得人抖几抖。他实在没有勇气亲下去。

他失控地笑出声，忍了半天，再次鼓足勇气想亲下去。

结果她伸手一把抓住他的衣襟，头一偏，手使足了力往前一拉，让他的额头跟墙壁完美结合。

"咚"的一声，季晋源捂住受伤的额头，还没来得及回过神，她的手肘已经朝他的胸膛顶过来。

他吃痛地惨叫一声，略弯腰捂住胸口蹲下。

她蹲在他面前，冷冷地问："还需要解释吗？"

他的头摇得像拨浪鼓。

"我跟你多说三句话，并不代表你就可以非礼我。我叫你吃夜宵，是感觉欠的债越早结清越好，并不是对你有什么特别意思。"

他不答，只是拼命点头，事到如今，师太说的都对，师太说什么就是什么。他怕了她。

李星妍瞪着他："怎么不说话？"

他揉着胸膛："我准备在法庭上教训你。"

"拭目以待。"

"李星妍，你下手会不会太狠了一点？"

"对付人品不端的人，不用手下留情。"她起身，懒得搭理他，往自己停车的地方走去。

季晋源也跟着起身，拦了辆出租车回家。他半死不活地躺在后座，接到李飞鸣的来电。

李飞鸣问："这个案子审完，你就给我的女儿介绍个相亲对象？"

季晋源半死不活地摇头："没戏。"

"反悔？"

“对，我不能坑朋友，那是我唯一的好朋友。”

“你怎么一点契约精神都没有，不是说好的，你介绍个人，成了，我给你10000元。”

“您的宝贝女儿啊，真的，只能配和尚，和尚才能收拾得了她。请问，和尚您同意吗？同意的话我立马给她找一个。不，我真怕和尚也胆怯。”季晋源想起刚才那一幕，头疼地劝李飞鸣，“叔，您女儿这辈子注定是嫁不出去了，别再挣扎了。”

“10000元都不要？”李飞鸣试着引诱他。

“不要，友谊是无价的，我不能坑朋友。”

“15000元怎么样？谈恋爱立马转账给你。”

“我这次意志力非常坚定，却被她摧残得了无生趣！”

“20000元。”

“你这个人，真是……真是……好吧，成交。”季晋源听到20000元，头也不疼了，立马生龙活虎地坐起来，“叔，庭审后，我立刻把我的朋友介绍给她，成不成得看天意。如果我的朋友变态成那样都不要她，那她真是无药可救了。”

“你不是说对方是法医，房子两套，车一辆，月薪15000元？无不良嗜好。怎么说是变态？”

“就是太完美，所以才称呼为变态，条件这么好找不到对象，不是变态是什么？”

“行吧，我介绍的相亲她都不肯去，小季，全靠你了。”李飞鸣叹了口气。

“放心，我一定会撮合他们的。”

季晋源真心觉得谢天宇跟李星妍是绝配，这两个人如果不成为一对，不谈恋爱，那真是没天理。

李星妍开车时感觉自己心跳有点儿加速。他刚才把自己固在手臂间，微俯身把嘴唇凑到她侧脸那一幕，让她感觉脸越来越烫。

他喝了酒，鼻息都是酒味，那味道钻入她的鼻孔，会让她有一种前所未有的慌乱感。

手机突然响起。

她接听，是程颖打过来的。

程颖说：“李检，蔡海峰的资料我传给你了。”

“有什么发现？”

“蔡海峰的确长年寄居在蔡勇军家，是蔡勇军一手把他养大。但郑大伯说，事发前几个月，蔡海峰跟蔡勇军夫妇经常吵架。”

“吵架的理由是什么？”

“郑大伯听到蔡海峰骂蔡勇军夫妇骗了他 18 万元，还听到蔡勇军夫妇骂蔡海峰忘恩负义，禽兽不如。早知道就不养他，让他饿死什么的。蔡海峰也回击，说蔡勇军夫妇把他供到初中，就让他打工赚钱养他们全家之类的。”

“18 万？”李星妍皱眉，“蔡海峰是初中毕业就去打工？”

“对。”

“他打工 10 年了？”

“差不多，十一二年。”

“那存 18 万理所当然。”

“对。”

“如果真如郑大伯所言，蔡海峰也有杀人动机，但却没有实质证据。也就是说，蔡文星的新房首付是 60 万，其中 20 万是老房子向银行抵押借的，剩下的 40 万中，有 18 万是蔡海峰的？”李星妍吩咐她，“去银行要一份关于蔡勇军夫妇银行账户的流水账，明天开庭前必须给我。”

“好，我明天一早就去。”

“另外，还要蔡海峰的，让警方协助你。”

“明白。还有吗？”程颖很有耐心地问。

李星妍想了想：“郑大伯明天必须出庭，如果他拒绝，强制出庭。”

“好。”

这么乖的程颖，反倒让李星妍不好意思：“程颖，这段时间辛苦你了，跟着我到处跑，到处找证人搜集资料，等一审结束，我请你好好吃一顿。”

“分工合作，李检你讯问犯人，上法庭辩论，比我更累。”

“那你先睡，明天还有一场庭审。”

“好的。”

挂断电话后，李星妍正好到家，手表指针已经接近 23 点。她打开家门，蹑手蹑脚回到房间，洗澡睡觉。

她刚洗好澡躺到床上，翻了会儿微信，发现有人加她。

她打开一看：头像是季晋源，微信名却叫“晋哥哥”的人加她微信。她点通过验证，结果微信开始响个不停。

晋哥哥：师太，你加我了？

晋哥哥：是不是真的？我在做梦？铁面无私的师太竟然加我了，来来，我得录个视频跟群众道个喜，顺便拜拜菩萨，我加了师太好几个月，师太终于加我微信了，谢天谢地！

晋哥哥：喂喂，灭绝，你怎么不说话？难道刚才你对我那么高度的侮辱，还不够解气？难道你还想加深对我的侮辱？肉体可以侮辱，灵魂不允许。

晋哥哥：师太，作为一个好不容易通过你好友的凡人，明天我一定得进庙里去拜拜。

李星妍想都没想，直接把絮聒的他拉入黑名单。

晋哥哥？这是什么微信名？自己的微信名就叫李星妍，这样多干脆。

晋哥哥？李星妍笑了笑，刚想把手机放在床头柜睡觉，无名号码打进。

季晋源愤怒地问：“李星妍，你几个意思啊？加了我又拉黑我？你知不知道，这是我第一次被人拉黑！士可杀不可辱，你这是对我精神层面的高度侮辱。你对我个人的摧残侮辱再次升级了啊！”

“啰唆。”

“什么啰唆？李星妍，你太不尊重人了。”

“麻烦！”

“什么？”季晋源气得吐血，“你觉得拉黑微信是个小事？”

“不是吗？虚拟世界而已。”

“而已？李星妍，我真应该肩负起拯救你三观的责任！我说，你能不能——”

他还没有说完，她已经挂断，并且关机。

明天还要庭审，她需要早点儿睡觉，养足精神来对付他。

第三十五章

我怕你惊醒我的善良

第二天，季晋源早早就守在法庭门口，李星妍临近开庭才到。两人互相没打招呼，没看对方，都沉默地站在门口，等开庭。

季晋源站了10分钟后终于按捺不住，看向李星妍。她穿着一身检察官制服，还是以往的面无表情。

感受到他火热执着的目光，她冷漠地与他对视。

他一脸挑衅："别这样看着我，我怕你惊醒我的善良。"

她挑眉，不明所以。

他故弄玄虚地移开视线。

法庭门打开，双方走进去，书记员宣布开庭。审判长入座后，看向李星妍，重点说明："法庭不可以随意走动，希望各位严守法规。"

今天她等季晋源发挥，不走动了。

法警带出蔡文星和邓佳慧。

审判长陈述了昨天的案件进程后，宣布继续审理。

蔡文星经过一晚，憔悴不少，他说："我老实交代，愿意对我以下供词负责。当晚，我和邓佳慧走进屋后，双方发生争吵。我当时正在跟我父亲打架，突然听到一声惨叫，等我回过神，我妈已经倒在血泊中。我……"

"蔡文星，你个疯子，你含血喷人。"邓佳慧惊慌地打断他，她试图阻止他，"文星，你不能这样对我！人是你一个人杀的！"

蔡文星没有看她，只是继续陈述："我父亲见我妈倒在血泊中，急忙报警。是的，是我主动去抢的手机，我怕他报警。结果他一边骂我，一边往外逃。邓佳慧拿起水果刀去拦他，并且一直叫我杀了他。我……我……”蔡文星眼中涌上泪光，语调伤感，“他们当时已经打成一团，邓佳慧还划了我父亲几刀。我在一旁蒙了，最后冲上去帮邓佳慧……我们……”他声音渐渐低下去，“我们一起杀了我父亲。”

“蔡文星，你个疯子！你乱说些什么？”

审判长敲响法槌：“被告人邓佳慧，不要扰乱法庭纪律。”他看向季晋源和李星妍，“辩护人和公诉人可以开始讯问。”

李星妍起身问：“被告人蔡文星，被害人蔡勇军身上的三刀致命伤，你捅了几刀？”

“一刀，邓佳慧补了两刀。”他相当配合，但整个人看上去毫无生气。

“你前几次讯问笔录一直自称过失致人死亡，之前庭审陈述自己一个人故意杀人，这次为什么截然不同？法庭为什么要信你？你翻供的理由是什么？”

“我……我……”蔡文星突然哭了，哽咽着说，“我是真的很爱邓佳慧，我原本想就这样算了，一个人担下所有罪名，让她活下去。就算她翻证、打胎，我都不怨她。可是……”他眼泪滂沱，“我对不起爸妈，昨天我已经想得很清楚，不管他们会不会原谅我，不管他们还认不认我，我都要说出实情。”

邓佳慧已经绝望，咬牙问：“蔡文星，那么我呢？你置我于何地？”

季晋源站起身：“对，被告人蔡文星，你置未婚妻于何地？”

蔡文星含泪苦笑：“邓佳慧，为什么要步步紧逼？我们当晚已经设计好，由我一个人顶罪，你证明我失手杀人。你为什么要翻证？为什么要打胎？扪心自问，我可有对不起你？我一直以为，只要你帮我作证失手杀人，我就会被轻判，坐 7 年牢就会被放出来，我们还能有将来……可是邓佳慧，为什么那么迫不及待想置我于死地，你知不知道，直到昨天我都在拼命维护你，还在拼命提醒你，可你呢？你只想我死！”

邓佳慧跟着掉泪。

蔡文星悲伤一笑：“对，所有人都在骂我不孝，为了 20 万彩礼杀父母。但我不在乎，我只想跟你有将来。看到你跟我爸用刀在拼，我怕你受伤，毫不犹豫去帮你，帮你杀了我爸。邓佳慧，为了你，我什么都做了。但这并不表示，我可以在得知爸妈为我倾家荡产，像乞丐一样去借钱，去下跪后，还无动于衷，还帮你隐瞒！我已经不孝，罪大恶极，我不想死后还无颜见父母。”

邓佳慧向审判长流泪哭喊："不，我没有杀人！他冤枉我！栽赃我！他只是想我陪他一起去死，你们千万不要信他。"

季晋源岔话："审判长，我想请下一位证人蔡海峰。下一位证人能证实，被告人邓佳慧有参与杀人。"

审判长同意。

蔡海峰被带上庭，站在证人席。

季晋源发问："证人，你有一份证词，是说自己亲眼所见，被告人蔡文星一人杀人灌农药，对不对？"

"对。"蔡海峰点头。

"你在案发后，作证前，是否跟被告人邓佳慧见过面？"

"没有。"

"那么作证后呢，有没有见过面？"

"没有。"蔡海峰还是摇头。

邓佳慧急得喊："有，有，有。我们有见过的，蔡海峰。"昨天她已经被李星妍问出来，所以拼了命去提醒他。

蔡海峰眼神复杂地看向她，一头雾水。

审判长阻止："被告人邓佳慧，请保持安静。"

季晋源恍若未闻，接着问："你真的确定当晚在案发现场，是被告人蔡文星一人灌农药兼杀人？"

"我确定。"蔡海峰不慌不乱。

季晋源笑了笑："那就奇了怪了。"他对审判长说，"审判长，辩方将向法庭提交一份证据。"

审判长同意，当庭播放，并在播放时说明："这些视频取自行车记录仪，无任何剪辑，但由于原视频太长，我们只播放重点画面。声明，视频已经经过鉴定，无任何加工剪辑痕迹，符合证据规则。"

视频当庭播放。

审判长播放第一段视频：蔡海峰去银行取出一笔钱，交给乘出租车赶到的邓佳慧。

第二段视频刚播出，李星妍就想起了这一幕。这应该是自己拘留邓佳慧前一晚，跟踪她回家，结果她绕路跑到便利店，和收银员蔡海峰情绪激动地大吵。

当时她离得远，听不见他们吵些什么，但这视频拍摄者就停在便利店门口。他们吵的一字一句都能听得清清楚楚。

视频里，邓佳慧咆哮问："蔡海峰，现在怎么办？"

蔡海峰一直站在收银台："别来这里找事，有事我们回家再说。"

"你当然能安稳，是你让我翻证，你说计划天衣无缝。可是检察官又缠上我了，她已经知道我打胎翻证，她说明天蔡文星就会招供。怎么办？他招供我就完了！"

"我说过回去说！"蔡海峰到处张望，咬牙切齿，"这里人来人往，你想吵什么？"

邓佳慧看了眼便利店："除了我还有谁？"

蔡海峰朝外面望了几眼，没搭理她。

邓佳慧急得快哭了："是你让我翻证。蔡文星根本就没有灌农药，你让我去买通证人。现在出事了，准备不理我了是吧？蔡文星招供我就完了！你也知道，那天我也有杀人！是我推的他妈，是我——"

"你给我闭嘴。"蔡海峰打断她，警惕地盯着便利店门口，"晚上我去找你！你现在什么都不要说，立刻马上给我滚！"

"我要一大笔钱，你晚上给我带一大笔钱过来，否则，咱俩吃不了兜着走。"

"我叫你先走！"蔡海峰咬牙。

邓佳慧气愤地走到门口，招手拦辆出租车走人。

……

视频播放完毕，邓佳慧脸色已经死灰。

李星妍也没有料到，那晚自己没有听到的内容这么劲爆！所以之后，她才在邓佳慧家小区门口看到蔡海峰，但蔡海峰为什么没有进去？

有猫腻！

她在脑里快速分析蔡海峰，重新组织证据链。

蔡海峰的所作所为始终只有一个目的，证实蔡文星灌百草枯。为什么他要煞费苦心去证实这件事，为什么他要急着跳出来指证蔡文星？为什么要让邓佳慧去收买农药店老板？

对，那只有一个理由。

下百草枯的是——蔡海峰？！

第三十六章

我怕你惊醒我的善良（2）

下百草枯的是——蔡海峰？！

如果下百草枯的是蔡海峰，那晚他是怎么下的百草枯？对，案发当天是3月7日，夜晚的气温只有11度，蔡海峰从侧门进入蔡勇军所住小区，一路上把外套搭在手臂上。

把外套搭在手臂上？是在掩盖什么？

李星妍恍然大悟，在桌上翻找档案资料，她拿起案发现场的照片，一张一张翻看。

当晚桌椅全部翻倒在地，桌上的食物全部撒在瓷砖上。

地上除了邓佳慧、蔡文星买的炒田螺，虾粥残余，还有……米粉。对，照片里显示，案发现场的地上还有米粉残留。

如果米粉是蔡海峰买的？他完全可以把它藏在外套里。

李星妍震惊于自己的发现，她将所有推测填充进本案的证据体系，发现这些已经能相互印证。

是的，蔡勇军夫妇吞了蔡海峰18万，所以他有杀人动机。

因为他狗急跳墙出来指证蔡文星，所以将自己暴露。

季晋源根据视频，质问邓佳慧："'蔡文星招供我就完了！你也知道，那天我也有杀人！是我推的他妈，是我'你可不可以向合议庭解释这几句话的意思？'是我'后面，是不是还有一句"杀他爸"没有说出口？"

邓佳慧脸色惨白，嘴唇颤抖着，久久不能言语。

季晋源也不催她，不急不慢地问："也就是说，被告人蔡文星刚才交代的都是真相？被害人方丽萍的确是你失手推倒致死？而蔡勇军，是你先动手？蔡文星只能算是帮凶？”

邓佳慧完全说不出话来。

李星妍很佩服季晋源，时刻在想着替蔡文星减轻罪刑。

季晋源有条不紊：“案发现场，死者血液的左边有你的脚印。你的防辐射服正面有大量血迹，而蔡文星指证你才是主凶，他是帮凶。加上视频为证，我想已经足够组成完整的证据链。”他盯着邓佳慧，一字一句，“被告人邓佳慧，你才是杀人凶手！”

邓佳慧哑口无言，失魂落魄地看向蔡文星。她仿佛还在幻想蔡文星能替自己辩解几句，但蔡文星无动于衷。

是的，这个男人在她翻证打胎，找人作伪证污蔑他后，还能维护自己，为什么自己要步步相逼？

到如今这田地，都是她罪有应得。

邓佳慧心酸地苦笑，看向蔡海峰：“都怪你！是你让我翻证，是你让我去找人做伪证，事情发展到这种地步，我不怕跟你鱼死网破。”

蔡海峰站着没动，也没有说话。

季晋源火上浇油：“对，都怪他，但他为什么要这样做？”

“蔡文星父母骗了他 18 万，他怀恨在心。”邓佳慧干脆利落，不管不顾。

李星妍也站起来询问蔡海峰：“辛苦打工十几年，好不容易存下 18 万，结果却被用于蔡文星买新房，你一定很不甘心。”

蔡海峰到了此时此刻，还很镇定：“那是我孝敬他们的。他们养大我，没什么甘不甘心。”

“不，你很不甘心。你跟蔡文星差不多同龄。可是他买新房娶老婆。你呢？你什么都没有！你无父无母，连仅有的 18 万也被他们骗走！所以，你怀恨在心，干脆——”

“我没有！”蔡海峰情绪激动地打断她，跟刚才的冷静判若两人，“你不要污蔑我！他们养大我，给他们 18 万又如何？你不要随便猜测，这样会害死人。”

“没有不甘心？法庭可以传下一位证人，邻居郑大伯当庭对质。”李星妍向审判长建议。审判长同意，邻居郑大伯被传上庭。

李星妍问：“郑大伯，证人蔡海峰跟被害人夫妇关系如何？”

郑大伯摇头："很不好。案发前几个月，他们经常吵架。蔡海峰骂蔡勇军夫妇骗了他18万元，蔡勇军夫妇骂蔡海峰也骂得挺难听的，什么忘恩负义，禽兽不如。早知道就不养他，让他饿死。"

"还骂过什么更难听的话？"

"有。"郑大伯叹气，"他三天两头就去吵，最后一次还诅咒蔡勇军夫妇不得好死，断子绝孙，结果没几天就出事了。"

季晋源跟着问："也就是说，蔡海峰和被害人夫妇关系并不好？"

"以前还可以，自从蔡文星买新房开始，他们的关系急转直下。"

季晋源问蔡海峰："为什么要教唆邓佳慧去收买农药店老板，你的目的是什么？"

蔡海峰没有回答。

李星妍接过话，逼问："为什么要出来指证蔡文星当晚一个人灌农药又杀人？为什么要作伪证，你的目的究竟是什么？案发当晚为什么要去被害人家？"

"因为百草枯是你下的？"季晋源和李星妍异口同声。

蔡海峰很冷静："你们有什么证据吗？"

李星妍看向已经彻底崩溃的邓佳慧，突然提出："控方觉得虽然被告人邓佳慧与被告人蔡文星合伙杀害父母一事，已经能组成完整的证据链。但证人蔡海峰以及死者体内的百草枯，依然让本案的定罪证据缺少'唯一性'，现控方申请延期审理，要对蔡海峰补充侦查。"

审判长和合议庭商议后同意，但提醒她："要注意审理期限、次数，不要滥用。"

李星妍下庭后，火急火燎地往外走。季晋源跟了过来，并在她准备上车时，用手按住车门。

他问："有没有什么话想对我说？事先声明，如果你的语气温柔，态度诚恳，我考虑告诉你另一件关于蔡海峰的事。"

李星妍知道他偷拍了蔡海峰，听他说的话，除了庭上公布的，应该还有其他。她急迫地问："说，你还偷拍到了什么？"

"纠正一点，不是偷拍，而是光明正大地拍。"

"好，你跟拍到了什么？"

"态度不诚恳，语气也不温柔，我拒绝相告。"

"好，请问，你究竟拍到了什么？"李星妍现出笑脸，心里却越来越急躁。

季晋源皮笑肉不笑地回答："不告诉你。"他说完就走，李星妍突然伸手拽住他的衣袖。

他看着她的手，眉头微皱。

她的笑容前所未见的温柔："说说呗。"

她的笑容让他怔住，灭绝师太竟然也能笑得这么可爱迷人？他立刻否定自己。光头师太跟迷人能扯上什么关系？铁面检察官能跟可爱挂钩？

可是，他冲她笑了笑："原本我准备死都不说，憋死你。但你的笑容真的惊醒了我沉睡的善良。"

"嗯？"

"视频显示，蔡海峰多次去过被害人所在的小区。但审判长觉得这跟案子无关，无须播放，你觉得呢？"

话刚说完，她就松开手，头也不回地上车，带着程颖走人。

季晋源直到她离开才反应过来，刚才发生了什么？他原本计划引灭绝上钩有兴趣之后，死都不说，要憋死她。

可刚才为什么会如实相告？

他中魔了？她昨天才拉黑他微信，挂断他电话。为什么今天自己的报复还没开始就被击垮？

他急忙给谢天宇打电话："天宇，过几天给你介绍个对象，你可以带她去看解剖片，我相信以她的功力，一定会淡定无比。"他急不可耐要将她推销出去，"温柔、善良、可爱，她简直就是男人梦想中的贤妻良母。相信我，娶了她，你很快会走上人生'癫峰'。"

谢天宇可不上当："这么好，你自己不追？"

"天宇，你知道吗？我每次跟她相处完，都感觉你俩会是天底下最完美的一对。这世上绝对没有任何人和事物，有你们如此般配。天造地设、天长地久、情投意合这些成语简直就是为你们量身打造。试试看呗？"季晋源觉得自己不是为了2万元人民币才介绍的，他是替天下人解决祸害。

只有谢天宇跟李星妍彼此祸害，才不会去祸害其他人。

谢天宇颇无奈："那试试吧。"

"太棒了。"季晋源总算松口气。

他越来越期待李星妍和谢天宇相亲的场景，那场景肯定会"惨不忍睹"！

只是，师太刚才，真的……笑得好温柔！

季晋源想起刚才她的笑容，竟然心跳有点儿加速。他迅速伸手往眼前一挥，嘴里念叨："我有被虐待的爱好吗？"

为什么心跳会加速？嗯，一定是生病了！

第三十七章 林子大了，什么鸟都有

李星妍载着程颖开车赶回检察院。她一路不忘记吩咐：“通知警方对蔡海峰拘留，并立案侦查。”

“好。”

“教唆、栽赃，串供，还作伪证，足够对他立案侦查。让警方动作快点儿，如果送来了立案决定书，记得一定要监督催促。”

“好。”程颖应了声后，问，“李检，证据够吗？”

“什么？”

“蔡海峰下百草枯。”

“说实话，目前还只在逻辑层面。第一，视频没拍到他拿米粉进蔡家。第二，缺少物证、人证，没有任何人看见他下百草枯，也找不到物证。但，伪证罪拘留后，只要警方立案，总能找出线索，比如百草枯的来源。他的购买渠道是哪？实体店？说实话，因为国家禁止，实体店已经很少能买到。这不是偏僻的农村，购买的概率大概为5%。那么，他的购买渠道主要是上网。网络四通八达，不费脑就可以在某些网站购买到。”李星妍分析完，叮嘱，“要警方重点查他的通讯设备，我觉得可以找到线索。”

“好。”

李星妍说完，安静地开车。

程颖突然笑着说：“季律师这次帮了我们一个大忙。”

“他只是想蔡文星能判个死缓，死缓还能有减刑的机会。直接执行死刑，可就什么机会也没有。所以只要蔡文星能判个死缓，某种意义上说，他还是赢了。”李星妍虽然也很欣赏他今天的所作所为，但还是嘴硬地评论，“某方面来说，他还是自私。只是好巧不巧，我们跟他是同一目的。我是想让案件水落石出，他是确认案件水落石出后，蔡文星还有机会死缓。”

“那也要谢谢他，如果没有他的视频，邓佳慧还要打嘴仗。摆出视频，她直接晕菜。”

“那是。”李星妍漫不经心地回答。

两人刚聊完，李星妍的手机有陌生号码打进。

她接听。

季晋源直嚷嚷：“李星妍，我突然想起一件事，我发现我完全让你整蒙了。刚才在法庭上，我漏了一件很重要的事没做。”

“什么事？”李星妍皱眉。

“关于蔡文星故意杀人的事。我觉得还是应该争上一争，也许他捅中蔡勇军的那一刀，并不是故意的。”

“看到邓佳慧跟蔡勇军用刀拼，他怕未婚妻受伤，毫不犹豫地去帮她杀了自己父亲。这样还不是故意杀人？这还有什么好争的？”李星妍真服他，刚才对他那点儿好感已经磨灭。

“话不可以这样说，官司都是用来打的，只要辩护得当，蔡文星依然有失手杀人的可能。”

“下次庭审期待你的辩论，能如长江之水滔滔不绝。口若悬河，如黄河之水般源源不断。”

“李星妍，你几个意思？”季晋源郁闷地问。

“夸你啊！”

“听不出来。”

“林子大了，突然发现花也能百日红、千日红，因为小鸟多了。”

“什么意思？”

“慢慢琢磨。”李星妍挂断电话，啐了句，“还杀人那刀是失手，神经！”

手机不过两分钟又响起。

季晋源又说：“李星妍，你拐着弯骂人？‘林子大了，突然发现花也能百日红、千日红，因为小鸟多了。’是‘林子大了，什么鸟都有吧？！’”

李星妍表扬他：“猜对，奖你 10 分。”

“咱俩的友谊彻底玩儿完，下次庭审你给我等着。”

“我们什么时候有友谊这种珍贵的东西？”

“行，你给我等着！”这次是季晋源先挂断。

程颖笑着问：“李检，季律师不会在法庭上报复吧？”

“不会。只要对他的辩护人有利，他就会不顾一切。这是律师的职责，跟报复无关。他人品虽然不好，但忠于职业，这点值得赞赏。”李星妍发现自己还挺了解季晋源。

“希望下个案子不要碰到他。不过李检，季律师好像经常被你气得够呛。”

“是吗？”

李星妍想起这段时间与季晋源交手的细节，嘴角微扬。

蔡海峰庭审后被公安局刑事拘留，立案侦查，并向检察院申请逮捕。警察速度很快，虽然蔡海峰已经删除购买记录，但警方还是在短短两天就查到了记录。

记录显示，蔡海峰在网上购买的是一款名叫除草剂的产品。他很聪明，买产品前，除了跟卖家打过一通电话，就再也没有任何文字记录。

警方怕卖家下架产品，用普通人身份购买了一份。并在网上询问卖家关于除草剂的成分。卖家很聪明，没有说是百草枯，只是回答只能用来除草，其他不行。

警方等快递到后，立刻送法医检测，结果证实网上这款除草剂主要成分为百草枯。于是派人封铺抓人。卖家被捕后招供，蔡海峰打那通电话是问除草剂的成分，而自己在他再三要求下，明确告诉他，除草剂的成分是百草枯，只能用来除草。

警方证据确凿后移送检察院。

李星妍和程颖在看守所讯问室见到蔡海峰时，他坐在讯问椅上，浓浓的黑眼圈，神情很憔悴，想必是知道自己暴露，彻夜未眠。

“你知道吗？蔡文星第一次见我，比你好不了多少。”李星妍心情有些复杂。

蔡海峰冷冷一笑：“是吗？”

李星妍直入正题：“蔡海峰，我们来说说百草枯。”

“对，我是买了百草枯，但并不表示是我对他们下的百草枯。”

“案发当晚，你去看被害人，是请他们吃夜宵吧？”

“我没带任何东西进去，监控看得清清楚楚。”

“米粉在外面小店买的？需要查沿路的监控吗？查查你是否有购买米粉？”

“什么米粉，我不知道！”

“案发当天是 3 月 7 日，夜晚的气温只有 11 度，你从侧门进入蔡勇军所住小区，一路上把外套搭在手臂上。说说，为什么不穿外套？你里面只穿了很单薄的一件衣服。”

“我怕热。”

“你说谎！”李星妍渐渐加快语速，“你当晚在外面购买米粉后，将百草枯倒进去。之后一直藏在外套里带进去，再哄骗被害人吃下。”

“你没有证据！物证呢！物证在哪儿？难道现在凭逻辑就能判决？”蔡海峰从容不迫。李星妍跟蔡海峰打过交道，知道他难搞。如果蔡文星可以用情感来击溃，那么自小无父无母的蔡海峰根本不会被任何情感所影响。

一个连养了自己十几年的叔叔都能下百草枯，这种人根本没有感情可言。

蔡海峰见她不说话，冷笑：“其实关我什么事？我叔是被刀捅死的，他们的死跟我没半点儿关系。”

“那你承认下百草枯？”

“承认怎么样？不承认又怎么样？法医鉴定上面写得明明白白，他们一个死于刀伤，一个死于失血性休克！他们的死跟百草枯没有任何关系！你们纠缠我干吗？他们死因是因为百草枯？而我被批捕的理由是伪证罪！你们没有任何关于我杀人的证据！别跟我说逻辑，逻辑能定罪？”

“那你承认是你下的百草枯？”

“你老纠缠这个干吗？我承不承认有什么关系？人是蔡文星和邓佳慧杀的，跟我没有任何关系。”

“说到底，你就是没种承认。你叔叔养了你这么多年，结果养出一条白眼狼。”李星妍故意激怒他。

蔡海峰果然上当，愤怒地回答：“是他先骗我 18 万！我辛辛苦苦存了 12 年。他骗我说替我保管存折，说等我存到 20 万，他就借我些，让我付个首付，买个小房子，有个属于自己的家。我信他了，所以才交给他！结果呢？结果蔡文星要买房，他们一口气取走我辛苦存了 12 年的钱！不是 1 年、2 年，是整整 12 年！也不是 1 万、2 万，是整整 18 万！”

第三十八章
人性的卑劣不是原罪

李星妍听到这，有些同情。

蔡海峰咬牙切齿："我做错了吗？从小到大，所有人都只会跟我重复一句：蔡海峰，是你叔叔养大你，你以后要报答他。你以为我想寄人篱下？我父母出车祸死了，我迫不得已才在他们家。人人都以为他们是好人，其实他们哪里是什么好人？从小到大，家务我必须抢着做，怕婶婶不开心就赶我走。我不敢跟蔡文星抢任何东西，就算是我的东西被他看上，我也只能忍让，因为我没有任何人可以依靠。初中毕业，没有人问我还要不要读书。他们把我供到初中毕业就理所当然地让我失学。"他说到这，愤怒的情绪变成痛苦，"我成绩很好，如果他肯出钱供我继续读书，我考大学没有任何问题。而蔡文星呢，成绩差，可因为是他们的亲生儿子，所以就算不是读书的料，他们也会让他混个好学历。他们口口声声说把我当儿子，其实我算什么东西？他们在我身上用过什么钱？我是脚底泥？从小到大我就知道，我只能靠自己！可连我最后存的那点儿希望，也被他们骗走！"

李星妍一声不吭。

蔡海峰绝望地看着她："我从初中毕业就去打工，因为年纪不够，所以只能去当学徒，一分钱也没有，给别人打免费工，就这样混到大点儿，才能赚份工钱。我就这样一块两块辛苦存了整整12年，他们说跟我借18万，用一个月就卖房还我！结果呢？他们一分不留地全部取走！却在一个月后告诉我，那18万，是他们养大我的抚养费！他们还理直气壮地说，我应该给他们18万！就算他们不供我读书，就算我帮他们做了十几年家务！就算我曾经掏心掏肺地认为他们真是我在世上能相依为命的家人，但他们还是欺骗了我！我四处打工，便利店、超市、搬运工，不怕苦不怕累，每天最开心的事就是看着银行卡上的数字，结果被他们一分不留地全部骗走！这世上还有王法吗？他们不该死吗？”

李星妍一言不发。她曾经看过很多犯罪的人，他们有很多冠冕堂皇去犯罪的理由，他们身上有着人性的各种阴暗面。

可这次，她在蔡海峰身上看到的，不是阴暗，而是绝望！

蔡海峰坐在讯问椅上捏紧拳头，竭尽全力在克制，好让自己能有条不紊地说下去：“邓佳慧也不是个好东西！新房的首付是蔡文星交的，可她却占了一半，并且还要20万彩礼。当晚明明是她失手杀人，主张杀人，可是她骗蔡文星一个人揽罪，自己却跑去打胎。其实翻证这事儿，我没有怎么诱导她，我只是跟她说，根据案发现场的证据，这案子不可能简单判个过失致人死亡。”他想起某些可笑的事，一脸鄙夷，“我还跟她说，只要蔡文星一死，蔡家的新房老房，所有财产全是我的。结果她急不可耐地想攀上我，说她愿意翻证钉死蔡文星，但前提是，蔡家的财产她要一半，她可以为这一半的财产跟我结婚。她算什么东西？我会要她？但我必须拿回我应得的东西。18万，一毛都不可以少！所以我同意了！蔡文星死，对我们都有利，我为什么要拒绝她？我本来打算蔡文星死后，再一脚踹开她，结果她成事不足，败事有余，把自己给暴露了。”

李星妍说：“其实你也一早把自己给暴露了。”

蔡海峰沉默不语。

李星妍起身，走到铁窗前，同情地看着他：“蔡海峰，你一直在说他们对不起你。对，没错，他们骗走你18万，不肯在你身上用一毛钱，却又要别人歌颂他们肯养自己侄子。他们虚荣，好面子，溺爱蔡文星。为了替蔡文星买房，抵押旧屋，骗人钱财！但蔡海峰，人性的卑劣不是原罪，不是你可以杀人的借口。也许你身世凄凉，孤苦长大，也许他们真的很对不起你！可这都不是你可以对他们下百草枯的借口！你完全可以把他们告上法庭，法庭肯定会公正审判！为什么不相信司法？”

“司法？有用吗？像他们那种无赖！司法管什么用？”

“犯罪就有用？亲手杀掉他们就有用？你这样只会让亲者痛仇者快！如果你父母在天有灵，他们一定不会希望你走上这样一条不归路。”

“我父母早就死了。”

“死了，不代表不爱你。蔡海峰，你总在重复你自己有多孤苦，没人疼，没人爱。这只是因为，你从来都没有试着去爱过别人。之前我就说过，你一直在重复一个观点，说自己是被收养，寄养。其实从一开始，你就排斥那个家庭，从一开始，你就认为自己不是他们中的一员。你叔叔肯定能感觉到你对他们的防备。试问，从一开始，你都没有对别人推心置腹，别人又怎么能对你真心实意。”

“这都是借口。我防备他们，他们就应该这样对我？”蔡海峰皱紧眉，极力在忍住自己的眼泪，“我防备这个世界，这个世界就要对不起我？”

“蔡海峰，难道蔡文星跟他父母一样，也从小就欺负你？”

“文星……不同……文星其实一开始对我很好……他对我还可以……可是……”蔡海峰陷入回忆里，眉头反而舒展。

其实一开始的蔡文星对他很好。总是跟在他身后屁颠屁颠叫着哥哥，虽然会抢他的东西，但也会把自己的玩具、零食送给他。只是，他从小就习惯性防备。防备身边接近的每个人，防备所有善良的、善意的爱。

所以习惯性拒人于千里。

是啊，因为自己从来不对人敞开心扉，不对人推心置腹；别人又怎会对他真心实意。感情如此，生活亦如此。

老天从来都很公平。

当爱不能成为你人性的底色，又怎能奢望自己获得对等的爱。一个从来都没有试着去爱过别人的人，又怎能祈望别人会来爱他。

李星妍看着他的神情，知道时机已到，直截了当地问：“当晚你下百草枯，不会心疼吗？”

“心疼？为什么要心疼？对，是我下的百草枯，我当晚把百草枯带进去的时候还在挣扎，究竟要不要倒进米粉里，我在厨房纠结了几分钟，最后还是掺了！可他们也没吃多少！我才下了半瓶，小半瓶而已！他们吃着感觉味道不对，就没再吃！所以他们的死跟我一点儿关系也没有！他们死于刀伤！死于失血性休克！跟百草枯完全没有关系！就算我认了，你们也定不了我的罪！”

“不。”李星妍目光直直地盯着他，一字一句告诉他，“蔡海峰，故意杀人罪，不是结果犯，而是行为犯。”

蔡海峰一脸茫然。

李星妍不急不慢地告诉他：“只要实施了故意杀人，就是故意杀人罪。不管结果如何，是否死亡，都会被追究。”

蔡海峰攥紧拳头往讯问椅上的方形小桌狠砸，眼泪伴随着咆哮飞出：“为什么……为什么要这样对我……”

“我虽然同情你，可这就是事实。蔡海峰，百草枯就算随便喝一口都致命，而死者体的百草枯已经超过致死剂量。”

蔡海峰用双手撑着脑袋两侧，痛苦地嘶吼：“是他们对不起我！”

“对，是他们对不起你！可你却用最笨的方法惩罚了他们，同时惩罚了自己。”李星妍也替他感到难过，“蔡海峰，如果一开始，你把他们告上法庭，可以光明正大的拿回属于自己的18万。但可惜，你用了最笨的方法！虽然我也很同情你，但同情仅止于同情！我没有任何办法能帮你！同时，我会向法院起诉你，故意杀人！”

她说完，转身离开。

程颖写好讯问笔录，追上来问：“要准备起诉吗？”

第三十九章
气人的功力棋逢对手

李星妍点头："可以开始准备第三次庭审。"

"万一蔡海峰当庭翻供怎么办？如果能找到农药瓶就好了。"

"农药瓶？"正在走路的李星妍停下脚步，是的，如果能找到农药瓶，那么这场诉讼将真正具备唯一性。

她突然想起季晋源说的那句：视频显示，蔡海峰多次去过被害人所在的小区。但审判长觉得这跟案子无关，无须播放，你觉得呢？

蔡海峰三番五次回案发现场？是回去干什么？现场已经被封！

难道，农药瓶还留在案发现场？不对，已经搜过很多次，没有任何农药瓶。

可除了这个，她想不到他去凶案现场的理由。

李星妍没有再想，先和程颖一起回检察院。她刚开车回到检察院，就冲出来一个人拦住她的车。

拦车的人是邓佳慧的妈妈，她见过一面。

何姿拍着引擎盖，蛮横地逼停她的车，指着车里的李星妍骂："我记得你，你是我女儿案件的承办检察官，你给我下车！"

程颖劝她："李检，别下去，跟这种人没法讲道理。"

李星妍什么凶悍刁蛮的人没见过？于是下车。

何姿冲到她面前，一把抓住她的手臂，咬牙切齿地问："我的女儿到底要关多久？你知不知道我们家很缺钱。我儿子马上要订婚了，她现在出了这档子事，我怎么凑钱给儿子买房？"

李星妍冷冷地看向她，没回答。

何姿火冒三丈："快把我的女儿放出来！我真的急用钱！"

李星妍声音更冷地回复她："她放不出来了！她涉嫌故意杀人！正在公诉！"

"什么？"何姿蛮不讲理，"她敢杀人？你捏造的吧？她是不是出不来了？"

"她的确杀了人，我们已经有完整的证据链。至于能不能出来，要看法庭怎么宣判。"

"故意杀人？会被判死刑吗？"何姿开始紧张。

"也许。"

"什么！"何姿大失所望，"她死了我怎么办？她值20万啊！这个死丫头，为什么不结了婚再杀人？她脑壳被门撞了，她杀什么人？完了完了！我的20万没有了！"何姿松开她，突然坐在地上哭闹撒泼，"不，你们冤枉她！她一个女孩子，平时杀鸡都不敢，怎么敢杀人！肯定是你们冤枉她！你们快点儿放我女儿出来！你们不放她出来，我就坐在这儿不走，喊一群人来拉横幅，说你们找不到凶手，就拿我女儿顶罪！对，就是这样！"

李星妍皱紧眉，大惑不解："为什么在你心里，女儿只是一件可以卖钱的商品。她是一个活生生的人，一条人命没有20万值钱？"

何姿哭着嘶喊："你懂什么？我养大她用了多少钱？我供她读书吃穿，哪个不用花钱？再说了，她嫁出去就等于泼出去的水，反正迟早是别人家的人，我干吗要心疼她？那贱丫头，打工几年才给我攒几万块不说，现在连到手的房子、20万彩礼也打水漂了。"她用手捶地，痛苦得无以复加，"现在我儿子要结婚，我上哪儿去弄20万！贱丫头！这个贱丫头！让我20万打水漂！就算关几年出来，谁会要她！难不成我还要养她一辈子啊！她别想！我连家门都不让她进！"

如果蔡海峰犯罪是因为人性的卑劣，那么邓佳慧纯属原生家庭的过错。

李星妍简直看不下去，想绕开何姿进检察院。

何姿却用手拽住她的裤脚，不让她走，捶胸顿足："你不准走！都怪你！如果你不给我20万！我死在检察院门口！你前脚一走，我后脚就找根绳吊死算了！"

李星妍可不是吃素的，立刻回她："这绝对是一个好主意！"

闻讯赶来的高新远刚好看到这一幕，立刻训斥："李星妍，你怎么对人民群众说这种话！你是人民的公仆，怎么能教唆群众去上吊？"

"我——"

"闭嘴！"高新远严厉地打断她，蹲下来，安抚何姿，"我都听说了，邓佳慧这个案件还没有判，最后是不是杀人得依法律来，不是检察官说什么就是什么。你千万别听她一派胡言。”

“还有希望？”何姿哭丧着脸，“我女儿还能回来？”

“法律怎么判，我们就怎么执行。如果判无罪，肯定立刻释放！”高新远最擅长安抚人，做群众的思想工作。

李星妍不服气：“法院若判无罪，我一定抗诉！”

高新远狠狠地瞪了她一眼：“就你能！进去给我写检讨去！”

李星妍心不甘情不愿地走进检察院，坐到自己办公桌前写检讨。写检讨书对李星妍来说是个大学问。她的检讨书，一般就是一个主题：如何能气死主任，又能理直气壮地自我辩解？

检讨书

身为一名检察官，我对刚才的事情进行深刻的自我检讨。

第一，就算人民群众说，女人都是用来卖钱的，我也不应该反驳！群众为大，万万不可刺激！

第二，不管别人怎么泼妇骂街，身为人民的公仆，一定要像根冰冷的木头，做到武林高手的境界！不管她怎么刺激，都应该纹丝不动，以雄厚的内力与之抗衡！

第三，就算群众威胁说要上吊要自杀，要死在检察官面前，也要厚着脸皮去安抚，去拯救！就算被群众吐口水、抽耳光，都应该忍受，群众是最大的！

第四，我深刻意识到上述错误，并决定进行自我检讨与面壁反思！

检察官 李星妍

高新远好不容易安抚完何姿，刚坐到办公桌，就发现这份检讨书。他一口气看完，感觉自己心脏的位置隐隐作痛！一口气憋在胸口出不来！

他捶了两下，感觉自己会被李星妍活活气死。

他抖动着检讨书，叫她："李星妍。"

"到。"李星妍立刻蹦到他面前。

高新远撑着胸口，怒声问："这就是你的检讨书？"

她明知故问："对！主任满意吗？"

高新远连骂她都力不从心："我没有什么好说的，放你半天假，限你三秒内从我眼前消失。"李星妍仿佛得到大赦，迅速溜出办公区，然后开车回家，准备跟父亲一起度过这半天。

李飞鸣接到她电话时，十分抗拒："女儿，主任好不容易放你半天假，不如到处去转转？你没有朋友吗？难得放假，为什么要找我？你看哪个姑娘放假还缠着自己爸爸的？"他痛心疾首，"闺女，你也老大不小了，不要老惦记着回家，不要老惦记着爸爸。我们楼下的'小白'，母狗换了一拨又一拨。我不要求你有'小白'的魅力，但实在不应该被它三番四次侮辱。"

李星妍挂断电话，思考还有什么人可以约。

她翻着手机里的联系方式，清一色的检察官。大家都很忙，实在不应该打扰。她突然想起季晋源，他的手机号码不在她的通讯录里，但最近通话里有。她在最近通话里对着那些数字号码琢磨了很久，最后凭着残存的记忆，尝试着拨打了其中一个看似熟悉的号码。

没想到真是他。

他接听，惊诧地问："师太？你找我？"

她轻咳了两声，想缓解主动打电话的尴尬。

但他明显兴奋地惊叫："天啊，你打电话给我干啥？有何贵干？"没过两秒，他迅速从惊吓中反应过来，开始讥讽她，"像我这种鸟人，怎么配高贵的你亲自打电话？"

她说："陪我去一个地方。"

语气独断到不容他质疑。

他反问："凭啥？咱俩可连一丁点儿的友谊也没有。"他故意拿她前几天的话气她，"我们什么时候有友谊这种珍贵的东西？能友好到陪你去一个地方？"

"男人不应该太记仇。"她很想放下姿态，可他句句堵她，让她没有办法心平气和地对话。

"不，我是男人，同时，我也是小人。你忘记了，我可是个大流氓，而且，我重新自我定义，我其实是一个非常记仇的大流氓。”

“我很高兴你能有这种自我认知，你的自我点评非常到位。”她渐渐不耐烦。

他啧啧数声：“看，耐心不超过三句话。”

她懒得跟他废话：“去凶案现场，你去不去？去就接你，不去拉倒。”

“凶案现场？”

“给你三秒钟考虑，三秒后挂断。”

“你——”

“1、1.5、2、2.5——”

“行，我去！”他迫不及待地答应她，“不过我有个要求！”

“有屁快放。”

“我朋友吧，想找个女朋友，过几天你帮我应付应付。”

“我倒是没问题，不过怕你朋友相处不到三分钟就会崩溃。”

“哈哈，这点你大可放心。”季晋源乐不可支，“你们气人的功力棋逢对手。”

“成交。”

第四十章

李星妍，很高兴认识你

李星妍调转方向盘去接季晋源，她在律师事务所顺利接到他。季晋源上车还在给各位老板打电话。

“对对，我是季律师。汪小姐，您那个案子需要我代理吗？我的收费跟实力挂钩。”

“我是季律师，陈先生，您那个案子需要我代理吗？当然，我的收费可是业内出名的又便宜又好，错过我，您找不到第二家。”

“孙小姐，对，是我，还是我。您哥那个案子不是请代理吗？我手上的官司快打完了，对对，您那边有需要可以随时给我电话。”

……

李星妍一边开车，一边听他自我推销，等他忙完后，才问：“缺钱？”

季晋源点头：“可不，像我们这类在业内没什么建树的小白，纯粹靠自己、靠实力。其实有时候我也纳闷，像我这种完全可以靠颜值、靠内涵、靠气质的人，为什么还要靠实力？”

“当心脸不见了。”李星妍给他一记白眼，真是自恋到一定程度。

季晋源嬉皮笑脸：“不过我真缺钱，你看啊，为了节约，我连女朋友也不谈。谈女朋友多费钱啊，吃饭、约会、逛街，只要出门就得花银子。”

这是她听过最奇葩的不愿意交女朋友的理由。

季晋源畅谈道：“我算了笔账，女朋友这种高贵的物种，从谈恋爱到结婚，最少要花费数十万。我现在房租、父亲的赡养费，已经要一大笔开支，实在无力承受。而且吧，要找个跟自己一辈子的女人，要对她一辈子负责，还是得有经济基础。所以等我买了房，再慢慢找女朋友。总不能让她跟我一块儿奋斗，一块儿吃苦受穷吧？我现在为了省钱，基本都不出去吃饭了！”

“所以让我请你吃饭看电影？”

“你是师太，你不是普通女人。而且我请你吃，你敢去吃吗？不怕别人说你接受行贿？你一个车费都要均摊的师太，怎么可能让别人请你吃饭看电影？况且你不是我的菜，让你请我吃饭，纯粹是为了慰问你，没有朋友相陪的惨状。”

“闭嘴。”她懒得再听他碎碎念。

他抗议：“你看，又来这一套。”

她没有再搭理他，专注地开车。很快到达蔡文星家所在的小区。两个人顺利进入蔡家，李星妍进门后，从兜里掏出双手套递给季晋源。

季晋源接过，正式陪她勘查。

其实他挺佩服她，一般女人进入凶案现场，总会提心吊胆，害怕得惊叫。她像个没事人一样到处翻，到处找。

季晋源其实对凶案现场有点儿胆颤，一直站在离门口最近的地方，不敢走进去。

李星妍走进房间翻找，叫他：“你杵着干吗？人呢？”

他不想在她面前丢面子，壮着胆子走进去，也开始帮忙。

两个人找了半个小时后，还是一无所获。

季晋源提议：“不如走吧，实在不行叫警察来。”

李星妍没理他，走进厨房查看一翻后，再走进厕所。厕所里一眼可以看到四周，除了一个可以通向外面的窗户，没有其他东西。案发后窗户被锁死，所以这是蔡海峰往返几次的理由？

他进不来？

按照蔡海峰的供述，他当晚把百草枯带进蔡家时，还在厨房挣扎到底要不要在米粉里掺百草枯！

也就是说，农药瓶他带进来了，如果从厕所翻窗时他没有带走，农药瓶应该还没有被处理，还留在蔡家。

可他会藏在什么地方？

他的行动轨迹只有他自己的房间、厕所、厨房。房间那么显眼，他不可能把农药瓶藏在房间。厨房和厕所并不大，一眼就可以看到尾，这里没有地方可以藏农药瓶。

假设蔡海峰要藏农药瓶。

那么……

李星妍顺着他的逻辑抬头寻找。

厕所的吊顶是很便宜的正方形铝扣板，她走出去吩咐季晋源拆开厨房的吊顶，上去看看有没有农药瓶。

季晋源迫于她的威胁，找了个吸盘吸下吊顶，上去看了，回答："没有。"

她把他逼进厕所，再拆吊顶。吊顶拆下一块，离拆开的吊顶不远的地方，正好有一个农药瓶藏在里面。

季晋源惊喜若狂："有，这里有一个农药瓶。"

李星妍命令他："别动，等我报警，交给警察处理。"

季晋源简直要膜拜她："吊顶上，你怎么想到的？"

"逻辑！他当晚在这里下的百草枯，但他离开了监控，我从头看到尾，没有他扔东西的动作。而且，你说他往返多次，凶手冒险往返案发现场的理由只有一种，案发现场有能证明他犯罪的东西。他当晚在蔡家只在自己房间、厨房、厕所停留过。所以，如果东西没有在他房间，那么只能在厨房、厕所。厨房、厕所一眼可以看到尽头，没有任何地方适合藏东西。除了——"她指了指吊顶，"这里。"

季晋源情不自禁地拍手叫好："你真牛！"

接到报警后，警察很快赶来，拿着农药瓶去检测指纹及成分。

李星妍开车载季晋源回律师事务所，兴致勃勃地提议："需要我请你吃饭？"

有免费食物，季晋源当然同意。

她带他去吃火锅，亲自点了一大桌。季晋源一边吃，一边感慨："这案子折腾这么久，现在总算能结束了。"

李星妍没回应。

"我们以后见面的次数会少吧？估计见不上几面了。"

"对。"李星妍点头，"不打官司，见什么面？"

"还挺遗憾的。"

"嗯？"她挑眉看向他，不明其意义。

季晋源想起这段时间，两个人相处的场景，颇有感慨："你这个人吧，虽然顽固，难相处，像冰山，性格灭绝人性，全身上下无一优点；但我还是从你众多缺点中，找到可以与你共处的芝麻优点。"

“嗯？”她很期待他接下来的说辞。

季晋源喝了口茶，笑容灿烂：“正直。其实现在很多人打官司，有证词、证据就够了，可你却要求定罪证据与理论互相印证的同时，还要‘唯一性’。你要知道，唯一性，可比合理排疑难多了。”

她心情大好，也愿意跟他多说两句：“这是对重刑犯最基本的尊重，所有的证据唯一，是我们司法致力去实现的，也是我国司法的一大瓶颈，因为唯一太难了。但我们每个检察官，都在尽力，去做到‘唯一’。”

他专注地看着她，眼神炯炯：“李星妍。”

在她印象中，他一本正经叫她名字的次数屈指可数。她目不转睛地看着他，期待他接下来要说的话。

他微笑：“很高兴认识你。”

从开始到现在，他们之间，都缺少一句：很高兴认识你。

他笑容可掬：“怎么就没早一点儿认识你。”

每个人都对她避之不及，连她父亲也不太愿意跟她相处太长时间。

可现在，却有人告诉她：怎么就没早一点儿认识你。

李星妍难得眉开眼笑：“看来我也没那么讨人厌。”

他刚点头，手机响起。是老板康辰打来的。康辰说：“晋源，好消息，巨星宇航天价离婚案，我和你一起。”

“宇航？”

“别说你不认识。街知巷闻的大明星。”

“行，谢谢师兄。”

“蔡文星的案子你反正要收尾了，先接这个官司。他老婆索赔两亿离婚费，如果我们能打得一毛钱都不用出，那么豪宅豪车任你挑。”

“太好了，我立刻赶回去。”

季晋源挂断电话，急忙起身说：“我先走了啊！”

李星妍很淡定：“请便。”

“对了。”季晋源起身还不忘记告诉她，“蔡文星那案子我到时还是要争上一争，万一是失手杀人呢？官司嘛，律师请得好，完全可以扭转局面。”

“欢迎。”李星妍不动声色，但看他离开的背景，竟然有小小失落，她独自吃了一会儿后，感觉冷清，买单走人。

第四十一章

李星妍，很高兴认识你（2）

过了几天，第三次开庭。

这次开庭几乎毫无悬念，李星妍猜测应该不会当庭判决，只会定期宣判。因为可能涉及死刑，还要上报最高人民法院核准。她和程颖出席，季晋源开庭时和指定替邓佳慧、蔡海峰辩护的律师差点儿迟到。

邓佳慧、蔡海峰的辩护律师和季晋源都是同一间律师事务所的律师。《律师法》第四十二条有规定，律师、律师事务所应按国家规定履行法援。

李星妍重新写了起诉书，把蔡海峰加了进去。

经过前两次的庭审，邓佳慧与蔡文星的犯罪事实基本认定。而蔡海峰，农药瓶上已经验出他一个人的指纹，讯问时他已经招供，并且在法庭上，对于审判长询问是否就讯问笔录所作供词有意见时，他都摇头，面对铁证完全认罪。

所以接下来走程序即可。

李星妍就建议量刑想了几个通宵，虽然对蔡文星很遗憾，但她还是建议判死刑，并就三人罪行制定建议量刑方案交主任与检委会决定，现正式向法庭提出建议。

李星妍说："对被告人邓佳慧涉嫌过失、故意杀人一案。被告人蔡文星、蔡海峰涉嫌故意杀人一案。经检察院审查，其三人行为已经触犯我国《刑法》第二百三十二条之规定。三人犯罪事实清楚，证词与物证能互相印证成'排他'且'唯一性'证据链。其证据收集完全符合我国证据规则，无非法证据收集。

"控方认为，被告人邓佳慧、蔡文星，犯罪动机是因天价彩礼，邓佳慧在过失致人死亡后，要求蔡文星合伙将被害人蔡勇军残杀。而蔡文星明知被害人是其生父，依旧听信于女友，手刃亲生父亲，社会影响恶劣。被害人身上共有10处防御性刀伤，胸口3处致命伤，两人作案手段残忍。虽然被告人蔡文星辩护律师试图以从犯替其减轻处罚，但经控方分析认为，被告人蔡文星在残杀过程中，对被害人有数处防御性刀伤，以及1处致命伤，在其行为认定上，不属于从犯。两人更无法定、酌定从轻处罚情节。建议对二人处以死刑。

“被告人蔡海峰，杀人动机是因被害人夫妇骗走其18万元存款。被告人蔡海峰自小父母双亡，信任被害人，却惨遭被骗；加上其无犯罪前科，有酌定从轻处罚情节，建议无期徒刑。”

她说完坐下。

季晋源明显不服，举手发言：“审判长，辩方认为，被告人蔡文星作案动机并不是因为天价彩礼。而是看到未婚妻与父亲打斗，一时失去判断，所以前去帮助未婚妻。从主观上，他无故意要杀害被害人的动机。其二，被害人蔡勇军身上的那处由被告人蔡文星所捅的致命伤，也应该是缠斗过程中失手而为。其三，被告人蔡文星在案发后有自首认罪情节，就算其行为无法认定为从犯，也应该有法定、酌定从轻处罚的情节。辩方认为，死刑应该慎判。”

离他不远的另一名辩护律师康辰举手发言。康辰，年约30岁，长得高高大大白白净净，外表斯文。

“审判长，辩方也认为，被告人邓佳慧，犯罪动机是因为被害人谩骂侮辱。她无预谋犯罪，推倒被害人方丽萍为过失致人死亡，因为被害人方丽萍死亡，蔡勇军一直言语侮辱谩骂，才导致被告人邓佳慧激情杀人，辩方也认为，应慎判死刑。”

蔡海峰的辩护律师也发言：“审判长，虽然被告人蔡海峰犯故意杀人罪，虽是预谋犯案，但本性不坏。被告人蔡海峰的杀人动机，是因为自己辛苦存了12年的18万元被两名被害人骗走。两名被害人在骗走他的钱财之后，还对他进行谩骂，谩骂内容有‘忘恩负义，禽兽不如。早知道就不养他，让他饿死。’这类词句。我的被告人从小父母双亡，视养父母为亲生父母，所以两名被害人的所作所为，对他的打击可想而知。加上被告人蔡海峰无犯罪前科，无伤人记录，其他同事，也愿意出庭作证，证明他人品非常好，每天准时上下班，与同事相处融洽，从不与人争吵。故，辩方认为，我的被告人情有可原，不宜判无期徒刑。”

这三位律师水平都不可小觑。

李星妍起身反驳："审判长，控方认为，被告人蔡文星因为失去判断去帮助未婚妻杀人的理由不成立。他在明知道女友与父亲用刀相搏时，帮助女友残杀生父，已经有主观上的故意。其行为认定上，不应该是过失致人死亡。他在案发后的自首认罪，是因为他与另一名被告人邓佳慧已经商量好如何脱罪。并且两人在杀害父母后，为了减轻罪刑，一直在捏造事实，虚假作供，没有任何法定、酌定从轻处罚的情节。"

审判长一直在认真分析各方陈述。

李星妍说完，休息了5秒，在脑里快速分析辩护律师关于邓佳慧的辩护词，继续反驳："没错，邓佳慧的犯罪动机是因为被害人的谩骂侮辱，她也无预谋犯罪。但在过失推倒被害人方丽萍致死后，她面对蔡勇军的言语刺激，首先想到的不是报警送医，而是执水果刀杀人。根据邻居郑大伯的证言，23点郑大伯听到吵架声，23点10分，被害人蔡勇军打110报警。这10分钟时间，方丽萍已经发生不幸。而23点30分左右，郑大伯说隔壁已经安静。也就是说，这20分钟，两名被告人合力杀死了蔡勇军。"她顿了两秒，铿锵有力地继续，"用20分钟去残杀亲人，我方并不认同这属激情杀人，这20分钟，完全有冷静期。她之所以杀人，是因为她害怕暴露自己失手杀人，所以干脆斩草除根。她在主观上，有很强烈的恶性。因为要隐瞒一桩罪，所以毫不犹豫去残杀另一个人。而被害人蔡勇军身上的防御性刀伤高达10处，只要两名被告人中途有所悔意，凶案根本不会发生。但很可惜，他们用人性的极恶来告诉大家，一个人究竟可以恐怖到何种程度。故控方认为，在如此卑劣的犯罪动机下，所谓激情杀人，不能是轻判的理由，所谓激情杀人，根本不成立。"

"对于被告人蔡海峰。"李星妍说，"被告人蔡海峰在明知是百草枯的情形下，依然对被害人施以毒手。百草枯这种农药，死亡率几乎高达99%，所以我国已经禁售。它一旦被服用，会产生无法逆转的肺部纤维化，并且对内脏有非常强的腐蚀性。而且公安部门提交的讯问笔录里能证实，被告人蔡海峰的手机里有搜索过'百草枯'，也就是说，他已经知悉百草枯会造成的严重后果，并且经过深思熟虑而故意为之，他完全不给被害人任何活命的机会！故控方认为被告人蔡海峰在主观上的恶意极深。不可否认，他的杀人动机的确是因为被害人夫妇骗走他18万元人民币。但我方认为，人性的卑劣不可以作为残杀一个人的借口。故在极恶的主观下所犯的杀人罪，不能因为杀人动机值得同情，所以作为减轻刑罚的借口。故控方认为，蔡海峰应该判以无期徒刑。”

审判长听完各方辩论，宣布择期宣判。

这在李星妍的意料之中。

她收拾好资料和程颖走出法院，准备上车前，有人叫住了她。

“李星妍。”季晋源一路小跑过来，问，“宣判当天你来吗？”

“不到庭也不影响判决。”

“你的意思是会坐在检察院等法院送判决书？”

“都是这样做的，没什么不妥。”

她拉开车门，坐上车。

季晋源对身后跟来的两名律师说：“师兄，你们先回去，我坐她的车走。”他堂而皇之地坐上副驾座，又开始喋喋不休，“官司打完，我们应该很难见面了吧？答应我去相亲的事别忘记了。我最近接了巨星宇航的离婚案，等这案子搞定，约你和我朋友一起聚聚。”

“你记得初次见面，你在我旁边唠叨，我一直闭着眼睛吗？”

“嗯，你在思考。”

“不，因为你太啰唆，所以讨厌你，不想看到你，不想跟你有任何视线上的交流。”

“……”她的坦白让季晋源傻眼。

她意味深长地瞥了他一眼：“所以，话不要太多，简明扼要，简单陈述。”

“李星妍！”他不服气，“咱俩以后可能都见不着了，作为对手，说话能不能客气点儿？好歹我们还有一同寻找农药瓶的友谊。”

她简单直接地回答：“不能。”

卷　二

明星天价离婚案

第四十二章

你的英明神武让我感到沮丧

“好吧，算我怕了你。”

送季晋源回到事务所后，她带程颖赶回检察院。高新远对这一次诉讼很满意，让她休息一天后，派给她几个好打的小案子。

李星妍又恢复每天的三点工作模式，不过却听到季晋源更多的消息。他现在代理当红巨星宇航的“天价离婚案”，“天价离婚案”全国瞩目，数月都占据全国搜索榜榜首。

李星妍偶尔也会关注，所以大概知道全情。巨星宇航被记者拍到夜宿老婆闺密妮小燕家，还传出亲热画面，引起舆论讨伐。宇航老婆段美琳聘请律师起诉宇航2亿天价离婚赔偿费，而季晋源完全符合他的风格，再次助纣为虐。所以季晋源、康辰身为宇航的代理律师，也被网友及其粉丝“人肉”，扒了个干净。

舆论对他们非常不利，网友也对他们群起而攻之。

李星妍中途接到法院对蔡文星案的宣判通知后，于判决日前去法院。她屏息地听完整场判决。

如她所料。

蔡文星和邓佳慧被判死刑、蔡海峰被判无期徒刑。

审判长判决后把她叫去办公室，其实审判长一直很欣赏她，觉得她办案有始有终。现在多数检察官都不出席判决，但李星妍每次必来。

两人闲聊时，审判长说：“听说季晋源那个小伙子了吗？”

“嗯，正在助纣为虐，帮出轨明星打官司。”

“不，你没留意昨天的新闻？案件反转。一审开庭后，季晋源和康辰全盘否认出轨，还拿出妮小燕和段美琳串通一气想敲诈宇航2亿的证据。那个妮小燕也反转成为证人，证实段美琳往她的账户上打入巨款，甚至还有一段能证实她跟段美琳串通陷害宇航的录音。我估计这2亿离婚赔偿得黄。”

“人性太复杂了。”

“季晋源那小伙子还不错，只是不知道打着打着刑事，怎么又跑去打民事了。”

“缺钱。”

“哈哈，看来你很了解他。”

“审判长应该不是找我来聊他。”

“对，有一个人想见你。”

“蔡文星？”李星妍一下就猜到了。

审判长沉重地点了点头：“说实话，这案子的前因后果，让人感觉心凉。我想，在他行刑前，你去见见他，开导开导，会更好，他有心结需要解。你要知道，他放弃了上诉，而邓佳慧还在坚持上诉。”

“我不会开导人。”

“你可不要小觑自己。高主任每次在你违规，被我们法院投诉的时候，都会把他存放的你写的检讨书，特意念给我们听，以证实他在管束你方面，实在无能为力。我很看好你给人洗脑的本领。”

“好吧。”

李星妍告别审判长后，去了看守所，死刑犯通常在看守所等待行刑。她在民警的陪同下去了蔡文星的监舍。因为是死刑犯，他独立一间，戴着手铐，靠墙角低头而坐。

气氛有些沉闷。

她在民警的陪同下走进监舍，站在他面前问：“听说你想见我？”

蔡文星缓慢地抬起头，目不转睛地盯着她，颓丧地说：“李星妍，你知道吗？以前我在看守所，总害怕见你，因为每次见你就是被讯问。其实每次见你我都很胆怯、很害怕。因为你坐在椅子上讯问我的时候，我感觉你知道一切。你只用眼睛盯着我，就好像能把我整个人看穿，就好像有洞穿一切的力量。可这一次见到你，我很高兴。”

她面无表情地等待着他继续说下去。

他的双眼绝望地看着她，问：“这一次，你能不能告诉我，他们会原谅我吗？”他口中的“他们”是指父母，李星妍知道，但不知应该如何回答。

他甚是绝望地重复：“李星妍，他们会不会原谅我？”

李星妍蹲在他面前，说：“他们在等你。”

“等我……”蔡文星迅速红了眼眶，“他们从小到大都很疼我，他们一定会原谅我……你说过的，只要真心忏悔，他们就一定会原谅我。李星妍，我真心忏悔了。我都没有想上诉。”

“我知道。”

“我……”蔡文星泪流满面地笑了笑，“我知道错了，我真的知道错了。”他眼泪奔涌，依然笑着问，“行刑会疼吗？”

“只有数秒，忍忍就好。”

“好……李星妍，人人都说等待执刑，是一个痛苦的煎熬过程，但我不觉得。因为这能一家团聚，所以我日日祈盼。死亡不是一种结束，对我而言，它更像开始。只是我害怕团聚了，他们也不愿意认我，不愿意见我。我不想连死亡路也只剩孤独。”

“放心。”李星妍心里纠结，安慰他，“他们会等你。”

“谢谢，你可以走了。”

李星妍听到这句，起身，头也不回地离开。她不能回头，害怕自己会同情他，会可怜他。

是的，每个人出生都纯如白纸，是社会给我们染上了五颜六色，是成长将人逼出各种阴暗面，这不可否认。

可是人的价值观不应该被社会坏的一面潜移默化。

李星妍走出看守所，坐到车上时，突然想给季晋源打个电话。她刚拨打他的号码没两秒，又迅速挂断。

为什么要打给他？她找不到答案，思考了个把分钟后开车，继续自己的工作模式。

没过几天，李星妍在报纸上看到宇航的天价离婚案宣判：法院不支持2亿离婚赔偿费。季晋源赢了，一下名声大震，连高新远主任都开始提起他。

但不过三天，段美琳在自己住所被人杀害，而妮小燕和宇航一前一后进入。警方迅速将有重大嫌疑的两人拘留逮捕，并搜集齐证据移交检察院。

高新远把宇航案子交给她，同时叮嘱：“对方请的律师又是季晋源，我非常认可你的能力，相信你一定会审查清楚。”

李星妍接到案件卷宗后，迅速与程颖一起去看守所讯问嫌疑人。

好巧不巧，没讯问室，她和程颖又被迫在外面等。

这次，看守所外没有律师送水，但她无聊等了一会儿，季晋源开着他的新车前来。他下车，在众人羡慕的目光中走到她面前，主动打招呼："好巧！"

"不巧。"

"啧啧。"季晋源听她说这两个字，就猜到了，"不会吧，你是宇航案的承办检察官？"

"对。"

"我私下跟你透露，这个离婚案我一直打到结束，宇航赢了。他不可能在赢了后杀段美琳。你知道法院怎么判的吗？因为宇航大部分财产为婚前财产，所以法院判宇航离婚，并赔段美琳一千万人民币。但宇航心善，念段美琳跟过自己两年，主动提出可以给段美琳五千万。这样一个情深义重的男人，怎么会是杀人凶手？一定是警察弄错了！"

"言之尚早。"

"他赢了还杀人，脑袋秀逗了？还有，你们主任是不是故意的？知道我是该案的律师，所以故意派你来？"

"你一定会因为我们主任的英明神武而感到沮丧。"李星妍淡淡地瞥了他一眼，听到看守所工作人员叫她，顺势往里走。

季晋源不服气地喊："李星妍，那你要多多指教啊！"

李星妍没回话，直接带程颖走进讯问室。

她看着坐在讯问椅上的宇航，面无表情地问："你是宇航？"宇航身高约莫1.85米，剑眉星目，五官十分好看，身材也好。虽然穿着囚服，但帅气依旧。

宇航点头："对。"

李星妍冷漠地盯着他："警察有没有对你逼供？"

他摇头。

"我是该案的承办检察官李星妍，案发当晚——"

"我是被冤枉的！"宇航突然激动，看不出虚假，"杀人的不是我，是妮小燕。"他恳求，"你救救我，我真是被冤枉的，我没有任何杀人的理由——我很爱美琳，可是她串通妮小燕栽赃我，并且想诈我2亿。我是受害者，你救救我——我不想被羁押，我想出去——"

第四十三章

季晋源，谁稀罕！

他在讲述这段时，看不出任何破绽。

李星妍冷静地问："案发当晚妮小燕和你一前一后进入房间，你们进入房间后，发生了什么？"

"我进去就看到妮小燕拿刀捅美琳。人是她杀的，跟我没关系。她一边杀还一边叫嚣我也跑不了——"

"但是刀柄上有你们三个人的指纹。"

"那是我家啊，有我的指纹不是很正常吗？但妮小燕就不同了，为什么刀上有她的指纹？自从记者拍到我跟她共处一室后，她和美琳就闹翻了，就没去过我家，所以她的指纹是案发当天，持水果刀杀害美琳时留下的。"

"她一边杀还一边叫嚣你也跑不了，然后呢？"

"我立刻跑出去报警。我手机里还有报警记录，你们应该查到了。何况我赢了官司，为什么要杀人？我没有杀人动机，但妮小燕就不同，她和美琳一起串通设局，找记者拍我的出轨视频，想害我身败名裂，想坑我2亿人民币，结果在法庭上，这些肮脏事被我的律师揭发，妮小燕迫不得已，只好作证指证美琳。"

"所以案发当天，已经翻脸的段美琳约妮小燕去家里，两人发生争吵，从而杀人。"

"对对。"他迫不及待地点头，面露欣喜，"我是被冤枉的。"

这些供述的确天衣无缝。

不过……

李星妍问："为什么你全程称呼你太太为美琳？"

“要不然呢？”宇航情绪低落地反问，“我应该怎么称呼她？老婆？她配吗？就因为她想要2亿人民币，所以串通闺密设局害我，想让我身败名裂，这样的女人，配做我老婆吗？”

“死者段美琳死亡时间是下午17点整，但报警时间是17点15分。所以你不是在看到凶杀后，立刻出去报警。”李星妍直接揭穿，皱眉问，“为什么你的供述前后矛盾？”

他的双手在讯问椅前的方形桌上互搓着，面色凝重地试图说服她：“是我记错了，我们争了会儿再报的警。”他坐立不安地问，“能不能给我杯水，我口渴。”

李星妍点头。

程颖倒了杯水透过铁窗递给他。

他接过水，慢吞吞地喝了将近两分钟。

李星妍冷冷地问：“你们争吵的内容是什么？”

“我指责她为什么杀人，并说要报警。”

“她什么反应。”

“她也说要报警，但据我所知，她对警察说人是我杀的。”

“你们吵了15分钟，应该不止这点儿内容！”

“对，还有。她一直指着我骂，说我下流好色，勾引她之类的。拜托，官司不是已经很清楚了吗？是她接受美琳的贿赂勾引我上床，设计害我，想诈我2亿。”

“所以之后你冲出去报警。”

“对。”

“但还有一点。”李星妍有条不紊地问，“你进入房间的时间。根据警方提供的证据。你是16点40分进入的房间。也就是说，你进入房间20分钟后才发生的凶杀。”

“是吗？难道我记错了。”宇航也开始疑惑，“我进去的时候看到妮小燕跟她一边吵一边捅刀子。我在一旁很着急劝她们住手，我有没有站20分钟？可能没有——”

“对不起。”李星妍慢条斯理地翻了翻警察之前的讯问笔录，“我看错了，你是16点50分才进去。”

“你——”宇航欲哭无泪，“能不能认真点儿？大姐，人命关天！”

“好了，今天就到这儿。”

李星妍带程颖走出去。

程颖收拾好讯问笔录追上来问："李检，有什么发现？"

"他从开始就在主动供述，非常配合。看来被羁押了这么多天，他已经构建好所有谎言。所以你看，从开始供述到最后，他都从容不迫，并且主动供述事情所有经过，还帮我们做好了分析，并且把自己推得一干二净。"

"我不太明白，主动供述所以有问题？"程颖有很多疑问。

"他一开始就有非常大的把握，相信自己在这场讯问的博弈中占了主动权，就等同于抢占赢的先机。所以他才会主动供述，可是再强大的谎言始终只是谎言，它总会有破绽。在为什么没有第一时间报警这个问题上，他难以自圆其说。并且在我揭穿他后，他出现焦虑。他双手互搓，坐立不安，口渴，表情僵硬，这些都说明他十分焦虑。他为什么会焦虑？因为之前他认为自己能侥幸说服我，结果发现露出马脚。所以他非常焦虑，并且在喝水时，故意拖延时间，在他喝水的这点儿时间内，他已经想好怎么圆谎。所以为了让他露出破绽，我故意说错进入时间，结果他没有露出破绽。也就是说，他的确是进去就看到段美琳和妮小燕在夺刀。但是夺刀 10 分钟之后才发生凶杀，这就值得怀疑。这 10 分钟时间如果他没有成功劝阻，他有足够的时间报警。为什么要等杀人后 15 分钟才报警，这中间他和妮小燕谈了些什么？有必要谈吗？人的第一反应不应该是夺门而出，或马上报警吗？"

李星妍想起称呼一事，补充道："而且他一直称老婆为美琳，这真让我好奇。他恨她，所以拒绝称呼她为老婆，但为什么又要称美琳，而不是直称段美琳？恨一个人，不应该直呼其名吗？我发现他每次在称美琳时，语气都带着愧疚，而不是愤怒。也就是说，他并不恨段美琳骗了他，但为什么又要强调她设局害他？对，他全程都在强调这件事，这短短的时间内，他重复强调 4 次来提醒我，段美琳设局诈骗他 2 亿。他越强调这件事，证明这件事本身就有问题。"

"你的意思，段美琳联手妮小燕设局陷害他这件事，有另一种可能？"

"对。"

"那我们现在去讯问妮小燕？"

"不急。她是个麻烦的对手，我得回去把案件所有的证据先串联。他既然用了足够多的时间去构建他的谎言体系，我也需要时间去构建我的证据体系。"

两人交谈间已经走出看守所。

季晋源看到她出现，主动凑上前问："有什么发现？需要交流交流？"

她停下脚步，意味深长地问："帮明星打场官司发财了？"

"可不，车已经一步到位，只差房子了。"季晋源甚是得意，"小白也能逆袭，对了，晚上约？我们谈谈案件，你说的，检察官应该认真听取辩护律师的意见。"

"以前看你狗模人样，现在是人模狗样。"

"这么久不见，开口就骂人？"

"这么久没联系，一出现案子就约人。你真是个唯利是图、自私自利、利欲熏心的小人。"李星妍其实也搞不懂自己为什么会骂他。

季晋源却听懂了，不可思议地问："因为我这么久没有联系你，所以你生气了？师太，不是吧？咱俩什么时候有了可以私约那种高贵的交情？我连打你电话都不敢！等等。"他认真想了想，一脸提防地看着她，"你不会是想我了吧？事先声明，我对你没有任何感觉。"

"谁稀罕跟你联系？"

"别否认啊！你这样子太像一个女人了！一个正常女性会因为她喜欢的人长久没有约她，所以吃醋生气！你现在这样子太像女人了！你别吓我！我对你一点儿感觉也没有！我可不想变成犯罪嫌疑人！"

"神经。"她瞪了他一眼，朝外走。

坐上车的时候，程颖在副驾座上笑着问："李检，你真的——"

"没有。"她没有等程颖说完就打断，急于撇清，"我对他一点儿意思也没有，别误会。只是他说等他忙完离婚案后，就介绍个朋友给我认识，结果食言。"她像是在特意说明些什么，"我最讨厌人食言。"

"明白明白。"程颖不敢再调侃。

李星妍看向看守所大门口的方向，不知道为什么，心里竟然有些喜悦在炸裂，那些被炸裂的喜悦流向四肢百骸，渐渐遍布她身体的每个细胞。

她心花怒放地微抿起嘴角，喃喃自语："谁稀罕。"

第四十四章

我想你们彼此祸害！

李星妍带程颖回检察院仔细翻看宇航案所有的卷宗，不知不觉中天色已黑。她在晚上 20 点整接到来电。

季晋源问："你在哪儿呢？"

"检察院。"

"不是吧，都什么时间了？姐姐，下班了！这样吧，我去检察院接你。"

"接我？"她挑眉。

"对，你吃饭了没有？没有我请你。"

"吃了，为什么要来接我？"

"我认真想了想，你今天对我的态度实在诡异。这样吧，为避免咱俩的误会加深，我先把相亲对象介绍给你认识。"

"可以。"她没有拒绝，收拾好资料走到检察院大门口。

等了十几分钟后，季晋源开车赶到。

她上车，一路沉默着。

季晋源嬉皮笑脸地问："我的新车如何，坐着舒服吗？"

"说说妮小燕，一个原本和宇航出轨的女人，最后却翻证，证实是他老婆收买她。法庭上她主动翻证？理由？"李星妍对他开什么样的车没有兴趣，只对案子有兴趣。

"对，证据很充分，她和宇航被记者拍到的三天前，银行有段美琳转入的两百万。"

"段美琳怎么回答？"

“说是借款，但她拿不出任何证据。而妮小燕又拿出一份录音，录音内容为：段美琳叫妮小燕跟宇航睡觉，并愿意支付她巨款。录音内容经过鉴定，是段美琳的声音，没有任何造假处理。”

“段美琳什么反应？”

“她说录音是开玩笑，她当然只能这么说。”

“现在段美琳死亡，他们一前一后进入，并互相指证对方为凶手。”

“对，这就是全案。”季晋源试探地问，“你对宇航讯问完，感觉如何？妮小燕准备什么时候讯问？我得声明，她的辩护律师不是我，是我师兄陈世佳。上回庭审宣判，一位是老板康辰，另一位替蔡海峰辩护的就是陈师兄了。”

“哦。”她淡淡地回了句，对那个人有印象。

对手是谁，她根本没放在心上。

他好心提醒：“我师兄可不比我差。”

她不在乎：“你也没强到哪儿去。”

“你——”季晋源很想争辩几句，但心不甘情不愿地把一肚子话全咽回去。他太了解她了，懒得跟她逞口舌之快。

车很快开到目的地。

这是一家小型的电影院。季晋源找老板说了两句，老板立刻安排他们进去看电影。

观众厅里只坐着一个人。

季晋源小跑过去打招呼：“天宇，这么快。”

谢天宇？李星妍早已经料到他会介绍什么人给自己。

她一言不发地坐到谢天宇身边。

季晋源跟着坐到她身边，把她夹在自己跟谢天宇的中间，热情地介绍：“天宇，这是李星妍，你认识的！”

岂止认识，简直是久仰大名，如雷贯耳。

谢天宇想哀号，但不动声色地打招呼：“你好。”

季晋源忙不迭地说：“大家都很熟，就不相互介绍了。我觉得你俩啊，真的可以处处看，你们绝对是灵魂高度契合的一对。”

两人一起瞪向他。

季晋源感觉头皮发麻，立刻起身说：“我去找李叔拿些吃的。”他一溜烟不见人影。

银幕上的电影开始上演，是一部解剖片。

李星妍在考检察院前，就自我训练，看了海量的解剖片和鬼片，来锻炼自己的胆量，所以这类小儿科的东西吓不到她。

她淡定地看着屏幕上那些恶心的场景。

谢天宇小心翼翼地打量她，见她面无表情，像座冰山一样盯着屏幕，松了口气。如果知道来的是她，借他十个胆也不敢看解剖片。

季晋源过了十几分钟才拿进来一堆零食，他热情地将东西递给正在观影的两个人。

两人没接，都沉迷于电影，集体无视他。

季晋源被电影恶心到了，侧着身体窝在坐椅上一边吃东西，一边玩手机。

电影播放时长一个半小时，三人都集体沉默。好不容易熬完这一个半小时，季晋源看着片尾总算松口气，率先打破沉默："天宇，你送她回去？"

"不是吧。"谢天宇脸都快扭曲了，拼命眨眼示意他，"还是你送吧。"

"处处呗？难道你觉得这世界上，还有哪位女性能陪你看完整场解剖片。"季晋源掏心掏肺，热情地推销她，"像星妍这么好的女孩，真是绝无仅有。你错过这个村，可没那个店！"他绝对不是因为李飞鸣那2万才介绍的，他是真的觉得李星妍和谢天宇是绝配！

"不是。"谢天宇感觉很尴尬，"我怕……怕……""怕她"两个字，他礼貌地没有说出口，但李星妍却听懂了。

她冷冷瞥了眼季晋源："你不是说只是来敷衍敷衍你的好友？为什么又要逼着我们处处看？"

"行行，我送我送。"季晋源认命了。

他带李星妍走出电影院，上车后，李星妍才抱怨："你介绍的都是些什么歪瓜裂枣？有相亲带女生看解剖片的？"

"你怎么不自我检讨？"季晋源脱口而出。

她视线冰冷地盯着他，语气透着威胁："我检讨什么？"

"你为什么每次都要这么让人怕——"他迎向她视线的刹那，迅速打住，昧着良心说，"这么让人怕你，感觉到你优秀的存在？你为什么每次都让人感觉到你有超高的智商，非凡的气质。这点很不好……你应该适当收敛收敛自己的优点，否则，我介绍再多相亲对象给你也白搭。”

“我也很奇怪，你为什么要介绍谢天宇？”她不打马虎，直截了当地问，“你的目的是什么？”

“你看你，又来这套！”季晋源受不了她讯问式的问话，“拜托姐姐，你能不能把讯问式的交流改成和平式。你每次都把别人当成犯罪嫌疑人，这辈子也交不到男朋友。为什么介绍他？难道你觉得这个世界上除了他，还有人要——”

“你”字还没有说出口，他就焉儿了：“你这么优秀，智慧与美貌并重，气质出众，家世又好！除了谢天宇这样的解剖高才生，天才，谁敢和你交朋友？你站那儿，就对所有女性形成威胁！所以我才想你们彼此‘祸害’！”

“祸害？”她挑眉盯着他。

她凛冽的眼神让他心里发毛，急忙否认：“不是，口误，彼此恋爱。”

“我不用你管。”

“我才懒得管你。”他嘀咕着开车，想早点儿把她送回家。

时间指针已经指向 22 点。

李飞鸣不放心，打电话来问：“女儿，今天回家有点儿晚。”

“马上到家。”

“跟谁在一起？如果是男生，通宵也没有关系。”

“季晋源介绍朋友跟我相亲。刚处完，他送我回家。”她老实交代，希望能缓解父亲对她人生大事的焦虑。

“什么？我去迎迎你。”

李飞鸣本来已经躺在床上，一骨碌爬起来，迅速穿衣去地下车库。他等了十几分钟后，看到熟悉的人脸出现在面前，露出一抹“慈爱”到让人头皮发麻的假笑。

他跟车里的季晋源打招呼：“小季，买车了啊。”

季晋源下车，笑容灿烂：“可不，叔，您知道吧，我之前每次去看守所，为了省那点儿车费，经常赖上您女儿的车。结果她经常开到半路就叫我滚，限我 3 秒从她眼前消失。为了争回那口气，我咬牙买了台。”

李飞鸣高深莫测地笑了笑：“买车好，买车方便。”

李星妍懒得搭理这两个人，下车，独自上楼。

季晋源等她消失不见，才轻声说：“叔，介绍了，处不了，人家看到您女儿就怕。”

“没关系，一个不行，还有第二个，第二个不行，你介绍一打。我可打听了，你人际关系不错。”

“不，叔，我想通了。就算您给我 3 万也没有戏，您女儿是什么人啊？看解剖片，都能眉头不皱地看完！虽然我想买房，我缺钱，但帮您女儿相亲这事儿还是算了。再说了，您可以去正规的相亲网站，何必让我给她介绍呢？对吧？”

“5 万。”李飞鸣一脸严肃。

“什么？”

“只要你介绍的朋友被我女儿看上，两人恋爱了。我给你 5 万。”

“这……叔……平心而论，就您女儿那性格，我真的无能为力，看好她有成为尼姑的潜质。不过——既然您这么父爱如山，我怎么艰难也会成全您。一个不行，没关系，我后面还有 100 个在等着您女儿过目。”

“对，年轻人就应该有上进心！有困难要克服，创造条件都要挣钱！这点我很欣赏你！”

“那一言为定。”

“加油。”李飞鸣给他打气。

季晋源跟他告别后，开车离开。

李飞鸣一直目送他，等小车拐弯不见，才喟叹：“贪好，贪才接地气。为了改变自己的人生，贪得光明正大，贪得理所当然。这么好的孩子，星妍怎么看不上？”

第四十五章

我想你们彼此祸害（2）

李星妍回房后立刻洗澡，躺到床上，却翻来覆去睡不着。她拿起手机点开微信，搜索联系人，翻到“晋哥哥”的微信，取消他的黑名单。

她翻看他的朋友圈。

果然，他发了个朋友圈，图片是她家花园的夜景，应该是在大门口拍的。他屁颠屁颠地写上一行字：未来3年我的目标是买这里。

图片下她看到熟悉的人名。

李飞鸣：有志气！一定会实现！

这两个人是什么时候加的微信？

她把手机放在床头，又开始闭眼梳理整个案子，在脑里模拟明天讯问妮小燕的场景。

妮小燕与宇航鬼混，却在法庭反咬一口，说段美琳出巨资收买自己陷害宇航。之后段美琳起诉失败，妮小燕却和宇航一前一后进入段美琳的住所，并且将其杀害。

宇航说自己进去就看到两个人在掏刀纠缠，妮小燕在打斗中杀了段美琳。

妮小燕在警察那里的讯问笔录是说自己去向段美琳负荆请罪，切西瓜时碰到宇航闯入。宇航跟段美琳因为陷害一事吵架，争吵之际抢过她手里的刀刺向段美琳。

而刀的手柄有3个人的指纹。

到底是谁在说谎？

妮小燕说段美琳向自己账户转入200万，但段美琳说那是妮小燕所借之款。

妮小燕放出录音，录音内容为：段美琳让她跟宇航睡觉，并愿意支付她巨款。

段美琳却说是开玩笑？

现在段美琳已死，妮小燕口供的真假已经无法确定。

所以明天的讯问至关重要。

李星妍梳理好所有关系后，调闹钟睡觉。天刚亮，她就精神抖擞地去接程颖赶到看守所。

因为去得挺早，所以看守所门口没什么人。

她们顺利地在讯问室见到妮小燕。妮小燕 25 岁，长相清纯，虽然穿着囚衣，但好身材还是遮不住。

“妮小燕，我是该案的承办检察官李星妍，这是我的助理程颖。”李星妍简单的自我介绍后，问，“首先，警察有没有对你逼供？”

妮小燕摇头。

李星妍翻了翻警方的讯问笔录：“你在警方那里的讯问笔录是否真实？”

她脸色憔悴地点头。

“也就是说，你在切西瓜时碰到宇航闯入。宇航跟段美琳因为陷害一事吵架，争吵之际抢过你手里的刀刺向段美琳。”

“对。”妮小燕凄惶地开口，“他当我的面把美琳给杀了。”

“你拿日式料理刀来切水果？”

“切肉切西红柿都行，为什么不能用来切西瓜？”

“那把刀是段美琳的？”

“对……”她猝不及防就哭起来，“美琳是我的好朋友，我怎么也想不到……”

“我还没问呢，你哭什么？”李星妍最怕碰到哭哭啼啼的犯罪嫌疑人。

妮小燕哭得更大声：“你当然理解不了我的心情，我和美琳是三四年的闺密。她死在我眼前，我每晚做梦都会梦到她站在我面前，说‘小燕，我死得好冤，是宇航杀了我！你要为我报仇！你——’”

李星妍淡定地打断她：“妮小燕，你应该看看医生，这不叫做梦，这叫心理错乱！简而言之就是脑子出现问题，看到幻象！”

程颖听完憋着笑，李检每次骂人都能不带脏字。

妮小燕停止哭泣，擦干眼泪，愁眉苦脸地坐着。

李星妍继续发问：“说说案发当天。”

“我说了呀，我很配合警察，把所有知道的全部告诉他们了。”

“妮小燕。”李星妍面无表情地冷眼看她，“你说你前去负荆请罪，那么，段美琳怎么可能会轻易原谅你，并让你在她家切水果吃？先且不论是否她收买你，就拿你在法庭翻供，导致她拿不到2亿这件事来说，一个正常人都不会轻易原谅你吧？”她正颜厉色地问，“所以说，你在警察那里的口供全是捏造的。案发当天，是你前去找段美琳争吵，吵到失控，拿起刀想恐吓她！结果碰巧宇航也进来，于是你们——”

妮小燕打断她：“你凭什么说我捏造？你信鬼魂吗？她跑到我梦里来诉苦，你还说我杀人——”

“灵魂这东西的存在还是一个谜团。我很高兴，你能亲眼见证这个谜团的真假！”

“你如果敢冤枉我杀人，信不信我做鬼也不放过你？”

“我也很想见证谜团。”

“大家都是女人，你不能帮那些臭男人欺负我。”

“不要再岔开话题，我没有耐心听你说这些乱七八糟的。我再问你一次，案发当天，是不是你跟段美琳在争吵，而宇航推门而入？警方收集的证据显示，案发当天，地上有你和段美琳凌乱的脚印。从脚印的分布可以看出，你们有进行缠斗。单从这一项证据来说，你脱不了干系。”

“你……”妮小燕一脸无辜，眼泪又往掉下，“你欺负我！检察官了不起啊！检察官就可以为所欲为，就可以刺激人？信不信我投诉你？你凭什么说跟我有关系？我是弱女子，我哪有力气杀人？我连杀鸡都不敢……我一定要检举你！投诉你！”

“这里有摄像头，能同时记录我们的一言一行。你要感兴趣的话，我可以把它向法庭公布，也可以给你备份，作为检举我的证据。”李星妍冷漠地问，“你需要吗？”

“你——”妮小燕语结，干脆坐着号啕，拒绝再跟她交流。

李星妍不动声色地看着她哭。

她就不信一个人能持续哭两个小时。

妮小燕哭了半个小时后，总算停下，眼神涣散地低下头。

李星妍没有立刻发问，双手交抱地靠在椅子上，等她继续撒泼。

双方僵持了10分钟左右。

最后还是妮小燕按捺不住，含着眼泪委屈地说：“我没有杀人。”

李星妍不作声，正颜厉色地盯着她。

妮小燕也没再吭声，呆滞几分钟后，再次哭泣："我要见我的律师……检察官太可怕了……我要见我的律师……你太可怕了……"

李星妍拒绝："现在还不是会见律师的时间。"她严肃地看着妮小燕，"你进门和段美琳发生争吵，之后到底发生了什么？现场没有任何清理痕迹，也就是说，警方所掌握的证据是真实的。单从足迹分布来看，你与段美琳在纠缠。纠缠中，宇航推门而入，之后呢？"

妮小燕哭得快要喘不过气："我要看医生，我心脏疼。"

"是的，现在司法很人性。对付犯罪嫌疑人，不能诱供、逼供，所以你可以为所欲为。"李星妍收拾资料起身，临走时警告她，"但是妮小燕，我有大把时间跟你耗！你能避一时，避不了一世！"

程颖拿好笔录跟出去。

李星妍吩咐："叫看守所带她做个全身检查，确保身体没有任何毛病。"

"行。"程颖问，"李检，根据现场证据，妮小燕杀人嫌疑比宇航大。脚印、指纹、作案动机，我觉得宇航应该做不起诉处理。"

"宇航也脱不了干系。"

"我不懂，现在的证据链，好像跟他没什么关系。"

"如果只从脚印、指纹上面来思考，当然没有能证实他杀人的证据链。"李星妍疾步往外走，一边走一边说，"但，公安的刑侦不是吃素的。根据刑侦部出具的痕迹报告，指纹都是新鲜提取。根据小区的监控记录，段美琳家，他们最少 7 天没去过。也就是说，杀人当天，两个人都有握刀。宇航并非只是在劝而已！至少他目前全部抵赖的供词对他很不利！段美琳家的电视柜旁边的墙壁，有段美琳带血的手印。不少摔在地上的东西，都能检测出段美琳的掌纹、指印。它们能证实，段美琳在被捅伤后，还进行过一系列的反抗与自救。而且水果刀也不是普通的水果刀，是极其锋利的日式料理刀。但第一次讯问，我发现宇航对刀的种类没有任何反应，并且认为那就是普通的水果刀。而妮小燕却对这把刀了如指掌。这表示什么？刀可能是妮小燕带去的，也可能是段美琳的，这点还需要查证。如果是妮小燕带去的，她是有预谋地杀人。但以上种种，都足以证实，这两个人都在撒谎。"

第四十六章

师太！这借口真蹩脚！

“你之前没有当场反驳宇航，我还以为……”

“对，我是想看他怎么替自己辩解。他是明星、是演员，我认为他能较快地进入角色，并且演绎出自己想要的，包括肢体语言。所以所有对他不利的底牌，都不能轻易亮出，而是要留待日后击溃他。”

“妮小燕呢？”

“她的确让人头疼，一直在用哭来干扰拖延。不可以逼供、诱供，又不可以强迫她说出你想听的，只能慢慢来。”

李星妍叹了口气，走到停车场坐到驾驶座。

程颖坐上副驾座，打趣道：“看来李检还憋了大招没用。”

“我得从他们的反抗手段来分析出攻破他们的方式。”

“就怕妮小燕扛不住。”

“我也有点儿担心。”李星妍启动车，“回去我得找法医了解个事儿，你先去跑跑看。尽量给我查清料理刀的来历。”

“好。”

李星妍开车回到检察院后，立刻去内部的法医科。谢天宇正穿着一身防护服在解剖。

李星妍在外面等了他一会儿。

他脱掉防护服出来时，抱歉地说：“对不起，出来晚了，你找我有事吗？”

李星妍拿出段美琳的尸检报告：“看看，死亡原因是否确定，是否做了毒物理？毒物理提取得对？别跟上次一样。”

谢天宇接过，一边看一边盯着最重要的念："死者防御性刀伤20处，分布在背部、胸前、手臂。陈旧缝合伤疤三处，额头2.1cm×1.9cm，左手臂处2.2cm×1.8cm，右手臂处2.3cm×1.9cm。心脏穿透伤致命伤，伤口宽约3.2cm，深约18cm，推测凶器为3.5cm宽，长约22cm的尖刀。根据血凝程度推断，伤口在2018年5月 × 日17点刺入。死亡原因系急性心包填塞。"

李星妍安静等他看完。

谢天宇看完后还琢磨了一会儿，点头说："无可疑，心脏被尖刀刺入，引发急性心包填塞，快速死亡。毒物理也做了，放心，这次死亡原因确认无疑。"

他看完递给李星妍。

李星妍接过，不客气地警告："你要确定无可疑，有可疑我找你麻烦。"

"确认确认。"

"不要打着打着，又来个下毒之类的。"

"放心，那种案子碰到的概率为万分之一，你不巧撞上案中案而已。但结局不是令人欣喜吗？听闻高主任向检委会表扬了你。"

"行，没可疑就好。"李星妍准备走。

谢天宇突然叫住她："有没有兴趣一起吃个饭？"

"咱俩？"李星妍挑眉。

"对。"谢天宇点头，真诚地说，"一起吃吃呗？反正到饭点了。"

"行。"

谢天宇的饮食习惯跟季晋源简直南辕北辙，他带她去吃的粤菜，全部清淡。

李星妍想起季晋源，笑着问："你跟他怎么成为的朋友？口味不同，职业各异，估计爱好也凑不到一块儿。"

"对。"谢天宇点头。

李星妍懒得再客套："言归正传，你约我吃饭的动机是什么？如果我没有理解错的话，你应该是怕我的，首先声明，我对你完全没兴趣，咱俩不能处处看。"

谢天宇急忙解释："不是，我是因为晋源。"

"季晋源？"

"对。晋源其实不是你表面看到的那样，他其实是一个非常不错的人。"

"有自我认知意识的流氓，理念是让所有公民平等接受辩护的权利，执念是想尽一切办法改变自己贫困的人生，并为此不择手段。"

“不，别这样评价他。其实……他幼年就母亲早逝，痛恨父亲。认为是父亲下百草枯毒死他母亲，所以算是无父无母的环境下长大。不过他并不灰心，并不痛恨人生，他一直觉得，人穷没关系，只要努力就好，只要肯上进，肯去争取，那么总有一天能改变人生。就算机会渺茫，就算人生从一开始就错位，但不试试怎么知道？”

“哦。”李星妍听到这些，心里有些难过，故作轻松地笑了笑，“这都是他给你洗脑时说的？”

谢天宇惊讶地问：“你怎么知道？”

“你的后半段，完全符合他的风格。”李星妍慢条斯理地吃着菜，“但是，我想他一定不想别人同情他。”

“对，你怎么知道？”

“因为这些惨况，从未听闻。也就是说，他并不想别人以此来同情他。”

“对，只有我知道，他师兄康辰也不知道。”

“所以喽，我也不需要同情他。”李星妍看似轻松，其实心里很酸。她不明白这种酸楚从何而来，就是感觉心里不是滋味。

可能因为从小在无菌的环境下长大，所以她并不能体会季晋源受过什么苦，更没有办法想象他是怎么独自一个人长大。

但她能肯定，他已经把他的心固入一个不想挣脱的牢笼。

她想，这世上最深的恐惧，是有人将自己封锁之后故作轻松地面对这个世界，他想别人拯救他、接近他，甚至拥抱他。

但他在牢笼布满尖锐的刺，别人不敢进去，他也不想出来。

李星妍和谢天宇吃完饭后，开车回检察院的途中绕路去康辰律师事务所。她在停车场停好车，滑下驾驶座的车窗，却并没有下车。

吃午饭刚回来的季晋源一眼就看到她的车，看清车牌号后，不敢置信地叫：“师太，我没眼花吧？你来，来找我？”

“顺路回检察院。”

“顺路？你确定？这借口真蹩脚。”季晋源才不信她，“难道你是想来打听我师兄的情况？”他一股脑儿全说了，“陈世佳，妮小燕的辩护律师，为人善良、正直、斯文，常年戴着眼镜，老实！但你别欺负他！欺负他我跟你绝交！”

“我们什么时候有友情？”李星妍问他。

季晋源给她一记白眼：“我就知道你会回答这个，算了，懒得跟你扯。”他转身往事务所走。

“喂。”李星妍叫住他。

他转身。

她微笑着说：“我把你的微信从黑名单里放出来了。”

“啊？”季晋源目瞪口呆。

她的笑容很温暖：“如果你再敢在微信上啰唆，那么——”

“嗯？”

“就各行其是，各走各路，各找各妈！”

她说完开车回检察院。

为什么会专程绕路来跟他说这些？为什么会有丧失理智的冲动行为？

可能因为同情吧？是的，她开始有一个正常女人最泛滥的同情心。这不是她！身为检察官，她应该时刻保持理智克制，时刻冷静看待所有事物，她不应该有任何逾越。

但情感恰恰最难掌控。

回检察院的路上，她不停深呼吸，试图摆脱掉那该死的同情心。

第四十七章
不仅仅是喜欢。

季晋源站在律师事务所门口没有动。

刚才发生了什么？师太冲自己笑？而且笑容还挺温暖迷人？他情不自禁地看着远去的车，感觉自己有点儿无所适从。

他迅速拿出手机翻开微信，试着给她发送一个笑脸。

果不其然，发送成功！

再也不会提示那句：消息已发出，但被对方拒收了！

他好奇地点进她的朋友圈，想看她从前发布的内容。结果发现没有，她连个人相册也没有，这表示，她一个朋友圈也没有发过？

不愧为禁欲系师太，没有凡人的七情六欲。

他佩服得五体投地。

乘电梯上三楼时，同事提醒他："晋源，有人在办公室等你。"

等他走到办公室门口，助理也跟着提醒："季律师，有一位自称你爸的老人在办公室等你。"他放在门把手上的手微微颤抖着，迟迟不推开办公室大门。

他深吸口气，面无表情地推门而进。

很多年不见，面前这个人还是能一眼就认出，除了鬓角布满的白发，脸上众多的皱纹，他的外貌没有太大变化。

季国强本来坐在办公桌前的椅子上，看他进来，小心翼翼地站起身，关切地问："你回来了？"

季晋源关好门，坐到办公椅上，若无其事地问："大叔，有什么事？"他不愿意叫这个人，毕竟 8 岁到 27 岁，自己人生最美好的年纪全部用来恨他。

“我……”季国强迟疑了，这么多年不见，他猜不出儿子是故意不认自己，还是真的忘记了。

季晋源翻开文件，一边看一边说：“没重要的事你先离开，我很忙。”

“晋——”

“我说了，我很忙。”季晋源冷冷地打断他要说的话，头也不抬，“如果没有特别的事，请你离开。”

季国强迟疑地站着，犹豫地说：“我就想来看看你。”

季晋源盯着文件，烦躁地翻动着：“我很忙。”

“晋源。”他苦苦哀求，“这么长时间没见，我就想来看看你……我……”

“你能不能走？”季晋源终于抬起头，愤怒地问，“你到底想干吗？你看不到我很忙吗？”

季国强动了动唇，没有再说，转身往外走。

季晋源瞥了眼地上留下的几大袋子东西，声音冰冷地提醒：“地上的东西别忘了。”季国强一声不吭地拿起东西往外走。

门缓缓关上，季晋源翻文件的手停下，办公室瞬间陷入死寂。他起身走到窗户口，看着楼下。

那个人用了数十分钟才出现在楼下，出现在自己的视线里。

季晋源看着那个苍老的身影，突然有些难过。他心酸地张了张嘴，想喊声什么，但没有喊出口。

自从8岁开始，父亲这个词已经消失在他的世界里，随之而来的怨恨占据他整个成长期。

他看着父亲沧桑的背影，急步往外走。他一路快速地下电梯，穿越人群，走到父亲面前说：“我送你去火车站。”

“不用。”季国强还跟他犟。

季晋源抢下他手里的东西，蛮横地要求：“我要亲眼看着你上车，还有，我不准你再来。”

“我自己走。”

“你闹够了没有？别逼我发火！我不想旧事重提！”

“晋源，我没有下毒！我——”季国强想解释，但季晋源根本不听，冷冷反问：“她喝了百草枯还有必要投井？你当我傻吗？”

“我——”季国强还想辩解，季晋源没有打断他，很有耐心地等着他继续说下去，甚至是希望父亲能有个说服自己的理由。但可惜，季国强并没有说下去。

是的，他无法解释，就像季晋源无法相信一样。

季晋源沉默着把东西提上车，将父亲送到高铁站，买好票，送他进候车室后离开。等折腾完，已经入夜。

他心情不好，打电话给李星妍："师太，出来，我请你吃饭。"

李星妍当然拒绝："太晚了，没空，我现在还在检察院翻卷宗，明天还要讯问嫌疑人、找证据。"

"工作狂，人要适当休息，我去接你。首先声明，难得我肯请客，不给面子的话，这辈子甭想我再请你。"

李星妍同意了，但感觉今天的他不太正常。

他接到她时，一路无话地把她带去吃火锅。他叫了一大桌子菜，自己却不吃，光顾着喝酒。

这太反常。

李星妍不习惯这样的他。

还好季晋源也感觉到不好意思，主动开口："我从小就知道，快乐、悲伤都是需要克制的东西，人生如果想继续走下去，就必须把自己的悲伤嵌入快乐的缝隙里。可是记忆却会将这些邋遢角落的东西统统翻出，不管你愿不愿意，它都会逼你去正视，让你拼尽一切力气藏住悲伤的城墙土崩瓦解。"

"其实……"李星妍慢腾腾地吃着，"为什么不把悲伤嵌入烟花里，炸了就没了。"

季晋源一口气干了杯酒，苦涩地笑了笑："哪有这么好炸？"

"不试试怎么知道？"

"师太，你今天很反常。"

"嗯？"

"多了点儿女人味！还好今天我是找你，不是找的谢天宇。天宇那个人啥都好，就是你向他倒苦水的时候，他整天唠叨那一句，别往我身上倒负面情绪。哥们儿，理解不了负面情绪也是需要发泄的。在哥们儿眼里，没有一杯酒搞不定的东西。"季晋源接二连三地喝着酒，"看来，我要找一个女朋友了，有没有好姑娘介绍？”

李星妍问：“哪种？”

“我喜欢那种温柔体贴，整天一张笑脸的可爱女生。如果你有类似的好朋友，可以介绍给我。你看，我也不差，对吧？”

她认真想了想：“还真有，我有一个堂妹，跟你说的情况差不多！改天让我爸给你牵线。”

“太好了，这顿饭没白请，来，咱俩干一杯。”

他拼命喝酒，全程都想把自己灌醉。最后，他有七八分醉意时，醉醺醺地买单往外走。

李星妍跟上去。

走到他车旁时，他动作粗鲁地使劲抓住门把手大力往外拉。

李星妍皱眉问：“车钥匙在哪儿？”

他这才想起车钥匙，从裤兜里掏出来递给她。李星妍想去拉后座的车门把手，把喝醉的他塞进去。

他却突然踉跄欺到她面前，把她整个人抵到车门上。

季晋源双手撑着车身，看着近在咫尺的人，这一刻，在酒精的刺激下，竟有些心跳加速。

你有没有在哪个瞬间，会对某个人意乱情迷？感觉她的一颦一笑都那么吸引人。就算从前毫无察觉，但在那个瞬间，会让自己跌入时间与空间折叠的旋涡里，对她变成惯性的离心旋转。

而短暂的时间也因此被拉长，一分一秒都仿佛被静止，被赋予特别的意义。

如果酒精是抵达另一个人心灵的光。

那么荷尔蒙的刺激，将会是媒介桥梁。

它们会让你重新定义对另一个人的感情，会让你放弃自我评估的价值，会让你捡起曾经摒弃的人生。

季晋源身上的酒味甚浓，他醉眼蒙眬地看着她的唇，感觉就像看到了被囚生命里突然出现的某一个点。不，这并不是光点，而是光，能带他逃离被囚的人生，能带他从痛苦的旋涡挣脱。

他情不自禁地缓缓凑了过去。

很想亲吻，很想拥抱，很想依靠。

第四十八章

只要你的人，不要钱

李星妍看着越来越接近的嘴唇，虽面无表情，但手心湿漉漉的全是汗水。她摒弃杂念，很想保持理智，但感觉到他正专注而炽热的目光，感觉到他火热的温度已经透过肢体的接触，到达她的四肢百骸。

她正被沦陷，连呼吸也开始灼热。

他全神贯注地盯着她，唇已经欺到她唇前。

她用手指甲狠狠戳着手心，一个激灵，彻底清醒，脸一偏，他的唇落在她侧脸。

仅蜻蜓点水。

却让双方的内心开始波涛汹涌。

季晋源用自己残存的半分理智挣回现实，松开门身上的手，深呼吸。

李星妍趁机拉开车门，把他推进去，然后不动声色地坐到驾驶座替他开车。她中途抽空打电话给谢天宇，言简意赅地通知："季晋源喝醉了，你迅速赶到他家。"

"好。"

李星妍瞥了眼后视镜里的季晋源，低声咒骂："借醉行凶！"

季晋源却听清楚了，醉了还不忘记跟她抬杠："行什么凶啊？哪里又有凶杀案。"他躺在后座，头疼欲裂地哀号。

李星妍将他送到目的地后，连车带人扔给赶过来的谢天宇，自己搭出租车回家。她一路不停地上电梯，回到家。

客厅里，李飞鸣正在看杂志，问她："今天又约了朋友？"

"嗯。"她本来想敷衍两句就回房间。

但李飞鸣感觉她神色有异：“怎么了？感觉你今天怪怪的？”

“爸。”她想起刚才那一幕，想起他轻轻的那一吻，说，“堂妹不是没男朋友吗？我觉得她跟季晋源挺般配的，你抽空给他俩拉拉线。”

李飞鸣蒙了。

“这事就交给你了。”她叮嘱，“越快越好！”

还越快越好？

他看着女儿回房的身影，感觉不对劲儿，摸出手机走去阳台偷偷打给季晋源。电话响了好久才接通。

他压低声音问：“季晋源，今晚，是你跟我女儿在一起？”

那边的季晋源醉醺醺点头：“对。”

李飞鸣听着这声音就知道他喝了不少酒，趁机诈他：“发生了些让人心跳加速的事？”

“叔。”季晋源已经被谢天宇扶到床上，“叔，一时高兴，自我膨胀了。”

“干吗了？”

“我亲了你女儿——我——”

“挺好。”李飞鸣喜出望外，“这不叫自我膨胀，这叫顺势而为，干得漂亮！”

“叔，我是穷人，自我膨胀得太厉害了，我得改。”

“没事，叔大把钱。只要你的人，不用你出钱。”

“叔——我才薄智浅，没啥出息，我——”季晋源头脑不清地按断电话，拿着没人说话的手机，拼命地“喂”了半天。

谢天宇拿来毛巾给他擦脸，一边擦脸，一边问：“干吗喝这么多？晋源，你很少喝这么多酒。”

季晋源仰躺在床上，醉眼蒙眬地看着天花板明亮的灯，眼眶微湿。

租这里的时候，房间的灯都是昏黄的，全被他换成明亮的灯。他一个人住这么大的房子，其实要开的灯很少，但每次回家，他都会把灯一盏盏打开。他喜欢待在明亮的家里，那样的亮度能带给他短暂的温暖。

他微侧过身体，慢慢蜷曲，分不清自己是真醉还是假醉，只觉这一刻分外清醒。他疲惫地说：“天宇，那个人出现了。”

谢天宇微微一怔，没敢接话。

季晋源眼中的泪在灯光下越来越闪亮：“其实我都快忘记妈妈的样子了。她的脸越来越模糊，我快记不清她究竟长什么样子了。其实记不起，反而更容易释怀。可他今天的出现，又让我的记忆鲜活起来。”他尽力蜷曲着身体，将脸贴在枕头上，“天宇，我想她了。”

谢天宇没敢再问。

季晋源闭上眼，一滴泪悄无声息地顺着脸滴落在床单上。

李星妍第二天起床，没有异常。她照常在家里吃过早餐后，赶去上班。回检察院报到后，她接程颖赶往看守所，一路都不发一言。

快到看守所时，她接到季晋源的来电。

他问："我昨天喝醉了，没干什么出格的事吧？"

她简明扼要地回："没。"

"那就好。"季晋源还是不放心，"我很少会失控喝醉，我——"

"放心，你醉了我没醉，我很少会失控。"她很冷静，可心如止水的心池却仿佛被人投入一颗石头。

石头不大，但溅起不小的水花。

是的，她一直很理智很冷静，他真是白操心。

季晋源回："那就好。"

挂断电话后，她正好开车赶到看守所门口。这次很顺利，没有等就进入讯问室。她看着坐在讯问椅上的宇航，思绪却总跟她做对，一直游离到那个吻，让她没有办法思考案件。

李星妍闭上眼睛，开始摒弃杂念，集中思绪来构建案件的逻辑体系。

宇航见她不开口，焦急地问："检察官，我什么时候能出去？"

程颖替她回答："如果洗脱嫌疑，我们会做不起诉处理，警察会放了你。"

"谢天谢地。我肯定没嫌疑。"宇航松了口气。

程颖可不这么认为："有没有嫌疑，要我们查证属实了才能确定，至少目前的证据对你很不利。"

"我没有杀人动机，我很爱她，报纸上有不少关于我俩的新闻，你们看了没有？"

"有没有杀人，得我们查证，你不要急，行吗？"程颖先替李星妍挡他。

"我怎么不急？我是当红明星，你知不知道我被你们这样关起来，一天损失多少钱？你们关我一个月，我可能损失上千万——"

“宇航。”李星妍睁开眼，目光犀利地盯着他，“对你而言，段美琳的性命算什么？你口口声声最爱的人死了，而你却急着洗脱嫌疑出去赚钱？这不是自相矛盾吗？”她的发问开始尖锐，“案发当天既然你不肯说，那我们来说说天价离婚案。记者明明拍到你跟妮小燕在一起的视频，如果没有妮小燕的翻证，那法庭判上亿也不为过。那么，妮小燕究竟为什么翻证不帮自己的好友，而要帮你？”

宇航没料到她会突然问天价离婚案，一时愣住。

他的发愣在李星妍的意料之中，因为之前他一直在构建案发后的一切，却忘记了本案是因何而起。

李星妍咄咄逼人，追问：“你声称妮小燕受段美琳指使诱惑你出轨，那么，深爱老婆的你，又是怎么会被她引诱上床？如果我们假设，段美琳在法庭说的都是真的，她真是借了巨款给妮小燕，也是开玩笑让妮小燕跟你睡觉。那么，自称好男人的你，是怎么在出轨后还对她倒打一耙？甚至在置她于死地后还在继续表演好男人？以上种种，你能否给我答案？”

“我……”宇航被问住。

他的反应更让李星妍断定天价离婚案有问题。

“你们为什么会去她家？”

“是她叫我们去的。”宇航回答。

“一个陷害你的女人叫你们去她家？你就不怕这其中有诈？你倒是抱着一种什么心情去的？同情吧？对，就是同情！同情她被全国人民唾骂，同情报纸每天对她的卑劣狂轰滥炸。为什么你会同情她？”

“我当然同情她，我爱她——”

“不，这不是理由。”李星妍冷冷地盯着他，一字一句都加重语气，“理由是你出轨，但她却诉讼失败，还被众多网友谩骂成毒妇，陷害自己的老公，天天被你的粉丝攻击。这才是你同情她的理由，所以你和妮小燕才会去。以一个胜者的姿态去怜悯一个原本委屈的女人。”

“我——”他答不上来。

“对，你进去后看到妮小燕在对她捅刀，妮小燕为什么要这样做？段美琳身上的防御性刀伤有20处，你是16点50分进去，她是17点整才被杀害。这10分钟的时间，口口声声称自己深情的你，一直看着老婆被她闺密虐杀，而不帮她。理由是什么？”

第四十九章

美人你在身旁

“……”宇航紧张地低下头，不敢跟她的视线相接触。

“对，理由很充分，因为天价离婚案中，段美琳的供述是真的，你的确出轨，而不是她找人栽赃陷害你出轨！所以委屈的她叫你和妮小燕前去，不，她不是叫你们前去——”李星妍突然想到另一种可能，“她是威胁你们前去。她手上一定有你二人的把柄，所以你们不得不前去查验真假。这把柄应该关系到你的演艺事业，所以，你才会漠视妮小燕对她捅刀，有可能，你也参与进这场残杀中。因为只有段美琳死了，才能不对你们造成威胁。死人，才不会开口说一个字，会带着一切谜团从此消失。”

宇航低声说：“我拒绝回答你的问题，因为你没有任何证据。你这些纯属猜测，不能因为逻辑上我犯了罪，我就应该是罪犯。”

“对，证据。你之前一直在说，刀上有你的指纹理所当然。那么我问你，你多久没有回过家？”

“我……”

“你的粉丝真的很爱你，把你的行程一直记录在网上，我昨天晚上去下了份你两年内的行程。”

李星妍看向程颖，程颖急忙从文件包拿出那份行程表，走到宇航面前高举，方便他看清楚。

李星妍问：“去年一整年，你在家里待的时间不足半个月。而今年，才回家三天！第一次是和妮小燕被拍到后，回家一天。另一次是案发七天前，而最后一次，是在案发当天。”

“那也说明不了什么，家里到处都有我的指纹。”

“对，没错，你上次就是用这个理由搪塞我。我觉得在排除这七天内段美琳没有洗刀柄的前提下，你还可以在百度搜索一个话题，法医能否区分陈旧指纹与新鲜指纹，以及法医如何区分新鲜及陈旧指纹。”

“你——”

“法医可以通过各种试剂来证实，你的指纹是否新鲜。而且整个屋子内，你的指纹都很少。这点毋庸置疑，警察把所有能提取到的指纹，全部固定了。这让我很好奇，一个自称深爱老婆的人，在媒体面前做好男人人设的明星，很少跟自己的老婆共同生活，却有时间，去跟她的闺密上床？去跟她打官司？”

“我没什么好说的。”

“因为你根本回答不了，因为我的推断完全正确。”李星妍冷漠地看着他，“为什么一直心虚不敢抬头？你心虚什么？为什么对案发后一直滔滔不绝的你，对天价离婚案，却闭口不谈？还要回去构思怎么应对？需要我教你？”

宇航不管她怎么刺激，就是低头不语。

“是的，沉默就是你最好用的武器。好好把握这武器，希望它真能救到你。”

李星妍坐着盯了他数十分钟后，带程颖离开。

程颖问：“李检，有收获？天价离婚案真有问题？”

“对，段美琳找的律师太渣了，这么多问题也没有打赢。”

“也许是季律师太厉害了。”

“他厉害？”李星妍挑眉笑了笑，疾步走到看守所大门口。大门口，季晋源刚到，正在等着会见当事人，看到李星妍时，立刻凑过来，问：“这么早就讯问？他没崩溃吧？他有透露什么相关信息？介意让我知道吗？也许跟上个案件一样，我能提供给你最有效的证据，能给你停滞的逻辑带来一些启发。”

李星妍停步，冷冷地反问：“我为什么要告诉你？”

“喂，昨天我们明明……”季晋源提起昨天，又自动收住话。是的，他记得昨天的一切，那些场景历历在目。为什么醉酒后，有些事有些人会记得格外清楚？为什么有时候醉酒，心反而跟明镜似的。

似醉未醉的后果？

嗯，他记得昨天，记得自己怎么凑近她脸的每分每秒每个过程。那过程现在回味起来，都十分美妙。

她给了他一记白眼，出言警告：“有些事该忘就应该忘，懂吗？”

他俯下身体，故意又将唇凑到她耳旁，轻声回：“懂。”他站直身体，大声说，“啊，我昨天跟你清清白白，什么邪恶的事都没有发生！我们就像雪花一样纯洁无暇，别人千万别想歪。就算有肌肤接触，但我们真的什么也没有做！”

这种欲盖弥彰的恶搞让李星妍气得瞪向他。

他迎向她刀似的眼神，嬉皮笑脸地调侃：“辰时春风乍起，掌上白玉亮无瑕，而美人你在身旁。”他看向程颖吃惊的脸，笑眯眯地解释，“诗意到了，突然想吟诗献丑。”

李星妍咬牙：“想死？”他在故意向人明示些什么？

他笑容灿烂地解释：“不，我跟你说啊，这是我自己编的，突然灵感一到，就想吟诗一首。真看不出我还有诗人的潜质！不行，我太佩服自己了！我简直就要变身为自己的迷弟。”他一本正经地说，“诗名就叫晋妍心动？”

她目光似箭射向他。

他笑容人畜无害地继续：“不对，我应该全部弄成七言才够诗人的意境，这样吧，我改改。辰巳时春风乍起，街道边天凉气爽，万里星河璀璨下，掌上白玉亮无瑕，而美人你在身旁。怎么样，够意境吗？等下找人用毛笔字写下来，然后挂到我家里！这是本诗人第一次大作！”

她继续死死地瞪着他。

他讪皮讪脸，一脸欠揍的模样：“昨天……”他慢慢重复昨天的一举一动，微俯身体，将唇凑向她的唇。

她没动，冷漠地板着脸。

他将唇凑到离她咫尺才停下，乐不可支：“不知道为什么，早上起床的时候有点儿想你。想你的一本正经，想你的傲慢，甚至想你的正颜厉色！你有没有想我？”

她冷冷地看向他：“闹够了没有？”

民警刚好叫他的名字。

他也不再闹，抬步往里走，走了几步还不忘记回头给她做个打电话的手势：“美人，晚上打电话给你，约你出来吃饭啊！千万别拒绝！”

李星妍脸色铁青。

程颖不敢作声，这八卦来得太震撼，她还没消化完。这两个人昨天晚上在一起？不会吧？李检这性格跟季律师南辕北辙！不搭啊！

李星妍对程颖重点说明："我跟他什么也没有！别瞎想！"

程颖觉得有点儿欲盖弥彰的嫌疑。

李星妍对季晋源刚才的举动，真是感觉又好气又好笑，那家伙，真是一个标准的臭流氓。这世上怎么会有男人拿这种事来开玩笑？对，除了臭流氓，没有别的解释！只有流氓才会漠视道德！

她气冲冲地走到停车场，坐上驾驶座，手握紧方向盘准备开车。

可是，静如止水的心，却仿佛有些东西在蠢蠢欲动冒出。她想起刚才的一幕，嘴唇微抿，脸上微烫。

她感觉这一切就像折叠空间，让原本不可能的两个人，瞬间变成零距离，甚至会让人遐想，会让人憧憬某种可能。

不！

她瞬间清醒，发现自己被季晋源带歪了！她已经有点儿不能克制，没办法做到完全的清醒。她必须找回她的理智与逻辑，而季晋源，让他见鬼去！

第五十章
美人你在身旁（2）

是的，理智与逻辑。

她闭上眼，再次思考全案。这个案件的突破口就是已经宣判的“天价离婚案”。只要找到证实是段美琳借钱给妮小燕的证据，就能反转“天价离婚案”，也能击溃这的两个说谎人。

问题是去哪儿找证据！如果有证据，段美琳当时的律师就不会输。

段美琳的律师？

她立刻给父亲打电话，问：“爸，替段美琳打离婚案的律师是谁？”

“星空的老板。”

“能约见一次吗？”

“当然，我立刻给他打电话，让他挤出时间给你。”

李飞鸣立刻照办。

因为李飞鸣的关系，李星妍顺利在星空律师事务所见到程逸明。50 岁的程逸明说起段美琳的官司，还是十分避讳：“真不想说。输给一个小毛孩，真是丢脸丢到家，现在他出名了，我成为同行耻笑的反面教材。”

“法官是依据妮小燕的翻证来判决的？”

“可不，段美琳拿不出任何证据来证明自己，妮小燕所说的一切能成为完整的证据链。法官不这么判能怎么判？”程逸明叹了口气，“其实说来也奇怪，段美琳跟我保证，那笔钱是借给她的。200 万啊，段美琳竟然连个借钱的证据也拿不出来，有可能吗？转这么大一笔钱款没有任何借钱证据？甚至连转账留言也没写。微信也没有任何能证明是借钱的记录！你说她是不是傻？”

“她给你的感觉如何？”

“天真、单纯。嫁给大明星，人生还像白纸一样！什么生活阅历也没有！而且她真的很爱宇航，说十句，就有八句是他。”

“那怎么还提出要两亿？”

“两亿其实不是她提出的，而是我算出来的。她当时哭着说老公出轨了，要离婚，要告他，要让他身败名裂！我这不就提出告两亿吗？两亿是有点儿多，我预计法庭会打个对折，判个一亿什么的，但结果怎么也没料到，他们之前离过一次婚，段美琳在那次自愿放弃一切财产，所以再婚后，再打离婚官司，法官不认同。而且她还跟我说，打这个官司，不图钱，只是想让宇航身败名裂。宇航有没有身败名裂我不知道，我自己倒身败名裂了，沦为同行笑柄！之前离过婚干吗不告诉我？我知道这么个情况就不会接了！”

李星妍听程逸明说完，心里已经有了大概的想法。

程逸明说：“不过对判决，我是不服气的，不赔两亿，几千万也应该有啊！一桩摆明的出轨案，让那个啥啥啥，季、季晋源和康辰打成了陷害案！我有时候真怀疑，宇航和妮小燕是不是算计好了！出轨被拍到前几天让段美琳转入一大笔钱，然后提前录音。你想啊，正常的闺密，她录这个干吗？”

是的，算计。

如果所有的逻辑成立，这就是算计！

李星妍告别程逸明后，直接去段美琳家勘验，她需要夯实证据体系，需要更多证据来反驳。

而凶案现场，段美琳的住所将能提供更多的证据。

她带着程颖在警察陪同下到达案发现场。案发现场还被封锁，一切原封不动。她小心翼翼地进入，避免破坏现场，戴着手套在书房开始翻找。

程颖问：“李检，你在找什么？”

李星妍说：“帮我找日记。”

“段美琳的日记？”

“对，有些人，会有写日记的习惯。宇航长年在外，段美琳写日记的概率还是很高的。”

果不其然，在书柜的最上方，摆着厚厚一本带锁的日记本。

李星妍拿下，准备走出凶案现场，却在客厅停下脚步。

她将头脑里的物证，与现场进行对比，那些凶杀场景一幕幕被还原。被人拿刀追砍绝望在客厅躲避的段美琳，站在门口观看残杀的宇航，与正在行凶的妮小燕，都在她眼前浮现。

客厅不仅有妮小燕与段美琳凌乱的脚步，还有宇航在客厅分布的很有规律的脚印。那些脚印能证实，他是一步一步走近段美琳，他也有握那把日式料理刀！

到底，宇航有没有参与凶杀？致命那刀到底是谁捅的？

妮小燕砍了段美琳20刀？他再捅那刀致命的？还是他也有砍她几刀？这案子的真相到底是什么？

李星妍捏紧手上的日记本，感觉这本日记本能给自己答案。她迫不及待地离开现场，回到检察院，试着打开这本日记本。

这是一本复古型的棕色皮面的日记本，上面有三个数字按键，数字从0转到9。李星妍开始试密码，宇航的生日中选取几个数，段美琳的生日，试了十多次也解不开。

她沮丧地用手机搜宇航的资料。

除了生日……还有宇航的幸运数字。

他跟粉丝说他的幸运数字是105，因为10月5号那天认识他的太太。

李星妍试着输入105。

密码解开，她打开日记本，白色的纸张上面，满满都是黑色的文字，字迹娟秀，每行字都很整齐。

日记记录的时间从2012年10月5号开始。

2012年10月5号，刚步入社会在外面闯荡的段美琳在这一天认识了还在酒吧驻唱的宇航。一个月后，两个人恋爱了。当时两个人没什么钱，租便宜的地下室，吃着馒头和咸菜，却很快乐。

她陪他挨了两年穷苦日子后，2014年10月5号，宇航求婚了。她纯裸婚嫁给他，除了一枚黄金戒指什么都没有，但宇航承诺会给她幸福的生活，会为她努力。

2015年10月5号，宇航不再唱歌，为了改善两个人的生活，跑去演电视剧，并且在好友导演的帮助下，在电视剧里出演一个配角。结果那个不知道是N配的配角却意外走红，成为当年最尴尬的剧。

因为那是部雷剧，所有主角、女二、男二从台词到人设上都天雷滚滚。

这个 N 位的配角，是剧里唯一正常的。

宇航因为这点走红。

刚开始只是走红，但宇航很会把握机会往上爬。随着他不断出演的角色讨喜，加上唱歌好听，他越来越红，粉丝越来越多。

2016 年 10 月 5 号，宇航开始向电影圈发展，大获成功，票房一部接一部创造奇迹。2017 年初——

李星妍有些错愕。

2017 年初，段美琳已经很少写日记，只言片语的记录也是在抱怨，两个人从年初开始吵架。

她质问他为什么不陪她，而他被问多了，开始出现打人的情况。

2017 年 3 月，段美琳开始出现抑郁，而宇航依旧没有陪她，到处忙。忍无可忍的段美琳在 6 月叫宇航回来，结果双方爆发冲突，宇航用酒杯砸了她。她去医院缝针，缝合后，冷静地决定离婚。

她在日记本里说，自己做了这么多年唯一正确的选择。而财产方面，她不贪财，只要两千万。宇航同意，两个人秘密地把婚离了。结果报纸开始报道宇航家暴段美琳，两个人已经离婚的事。

当时媒体的传播，对宇航事业打击很大。公司股价直线下降，不少代言被人抢走。宇航哭着求段美琳复婚，并且保证自己会爱她一生一世，保证绝不会再离婚。心软还爱着他的段美琳同意。

李星妍看到这，才明白为什么宇航会打赢官司，对，因为这一次离婚段美琳自愿放弃财产，所以再次复婚后，她索赔 2 亿失败。

2017 年 10 月，段美琳在日记本里抱怨，宇航复婚时的承诺都是狗屁，并说自己因为抑郁，开始出现躁狂抑郁症，就算宇航仅有的几次回家，两个人也基本在吵架中度过。

2017 年 11 月 2 号，段美琳记录：今天去小燕家玩，意外看到你，希望没有什么。

2017 年 11 月到 2018 年 2 月，并无记录。

但 2018 年 3 月 1 日，段美琳写到：很多人羡慕我嫁给大明星——宇航，最开始我也羡慕自己能跟你携手走进婚姻，我觉得自己是世界上最幸福的人。对，曾经是——但现在我每天一个人吃饭，一个人睡觉，一个人生活，一个人拼命对着黑夜笑着流泪。你说我到底幸不幸福？

我其实还爱你，却再也说不出口。

2018 年 3 月 5 日，段美琳：宇航，你是想让我彻底心死吗？为什么宁愿和朋友出去玩，也不愿意回家陪陪我？我不是想跟你吵，我只是太孤独，只是太在乎你。还好，小燕整天陪着我、安慰我。那次看到你去她家玩，应该只是意外。

2018 年 5 月 × 日。

死亡的前五天，段美琳记录：宇航，从认识你到现在，整整 5 年半，你在我人生最精彩的年月出现，却带给我最致命的打击。

很多人问：如果回到十年前，你会做什么？

如果真能回到十年前，我一定会警告十年前的自己，千万不要在 2012 年 10 月 5 日去 ×× 酒吧，千万不要相信闺密的甜言蜜语，千万不要认识你——

官司还没判，但我知道自己会输。其实我要两亿只是想出一口气，因为我看到了妮小燕的小号。

我很不甘心。

如果你们的相爱是天意注定，那我跟你之间算什么？可怜我，是最后知道的那个人。

日记没有再记录。李星妍用了整整三个小时看完，心情很复杂。爱情这种东西，真是能甜如蜜糖，毒如砒霜。

男人太可怕。

能爱上一个女人，却又很快移情别恋。

手机突然响起，她翻开一看，晋哥哥发来短信：美女，约晚饭？

她移到他的头像，点开省略号，看着大红字的删除图标犹豫了，最后还是放弃删他。

晋哥哥：怎么不说话？

她点开表情，在对话框里发送十把刀和十个炸弹 .

晋哥哥：哇，原来你也会用表情啊！我以为像师太你这样的高人，在微信上，会以一种冷酷到底的态度不回复。

第五十一章

和师太惨绝人性的约会

她没有再回。

晋哥哥：还在吗?

她看着他发送过来的信息，陷入沉默。

晋哥哥：灭绝?

她只是看着，不说话。

晋哥哥：师太?

她微抿嘴。

晋哥哥：妍妹妹?

李星妍扑哧笑了，把手机扔到一旁，沉重地合上日记本。

段美琳身上整整有 20 处的防御性刀伤！对普通人来说，十分钟，也许是坐在电脑面前发呆，或吃个早餐的时间。

可对段美琳来说，那十分钟，一分一秒都难熬。

她也许到死也不知道，为什么宇航进来看到她被妮小燕伤害，不帮她。毕竟两个人曾经狠狠地爱过。

同患难，却不能共富贵。

女人都喜欢把爱情当赌注进入婚姻。其实婚姻无法证明爱情，因为人永远无法证实人心能险恶到何种地步。

每件惨案发生的时候，我们总以为人始终会有下限，结果总有些人一再跌破底线。

程颖在办公桌前发现了她的异常，问：“李检，怎么了？”

“去看守所。”

“还有一个小时就要下班了。”

“现在就去。”李星妍拿起日记本出门，径直走到停车场，坐上车，启动。

程颖跟过来坐到副驾座，疑惑地问：“我们不是刚讯问了宇航吗？这次又是去讯问他？”

“不，妮小燕。”

“是掌握了什么信息吗？我觉得段美琳的日记做不了证据，律师如果想推翻她的日记太容易了。

“日记是一个支点，足以撑起整条线。”李星妍开车，脑里在不断整合证据链。是的，很明显，段美琳被自己最亲近的两个人算计了。

她打给妮小燕的 200 万一定是借款，可要怎么才能撬开妮小燕的嘴呢？

下班前二十分钟，她赶到看守所，提审妮小燕。

妮小燕愁眉苦脸地坐在讯问椅上，双手搁在讯问椅前的小方桌上，不停捏搓。

李星妍没有坐，双手撑在审讯桌上，严厉地盯着她，叫了声：“妮小燕。”

妮小燕面无表情地抬眼看她。

程颖试着拉了拉李星妍的衣角，想让她坐下。她没理，只是死盯着妮小燕，严肃地问：“说说，2017 年 11 月 2 号，宇航上你家干什么了？”

“你怎么知道的？”妮小燕脱口而出。

李星妍拿出日记本，给她看：“这是段美琳的日记本。”

“她还写了啥？”妮小燕双手紧握，并且时不时互相捏搓，脸部有明显的焦虑。

“从认识宇航开始，直到死前，所有的事她都写了。”李星妍诈她，“说，为什么跟她借两百万，在法庭上却翻证，说是她收买你。”

妮小燕慌张地看着日记本，沉默了片刻，突然又哭起来。

李星妍不买账，翻开日记本，说：“我随便念一段给你听。2017 年 11 月 2 号，今天去小燕家玩，意外看到你上去，希望没有什么。2018 年 3 月 5 日，宇航，你是想让我彻底心死吗？为什么宁愿和朋友出去玩，也不愿意回家陪陪我？我不是想跟你吵，我只是太孤独，只是太在乎你。还好，小燕整天陪着我、安慰我。那次看到你去她家玩，应该只是意外——2018 年 5 月——”

“你不要念了！”妮小燕哭泣着打断她。

“妮小燕，别装了。”李星妍把日记本扔在审讯桌上，冷冷地笑了笑，“你装什么痛苦、自责、内疚？段美琳身上总共有20处的防御性刀伤，背后胸前密密麻麻全是被你砍的伤痕。能砍一个好朋友20刀，你现在矫情什么？”

妮小燕泪流满面地摇头：“人，不是我杀的……是宇航。”

“那200万呢？是宇航授意你去借的，还是你自己？”

“是宇航。”

“也就是说，你承认那200万是借的，而不是段美琳用来收买你？”

“对，我承认，我现在愿意配合。”妮小燕迫不及待地说明，楚楚可怜地问，“你愿意相信我吗？我不哭了……”她抹干眼泪，委屈地说，“我不哭了，我全程配合。”

“借钱给你有证据？”

“没有，我口头跟她说的，但我有人证能证实是我借的钱，而不是买收的。”

“谁？”

“景行街的星期九酒吧老板。”

“说说录音，录音也是假的吧？”

“对，是宇航，他让我录的，我跟美琳聊天的时候选了这段。其实她是开玩笑一样跟我说的，但宇航拿去给人掐头去尾，制成音频来陷害她。”妮小燕双手轻握着，头转向一旁，躲开她的视线。

“我相信你说的都是真的。”

“肯定是真的。”妮小燕挠了挠左右手臂。

李星妍满意地往外走，程颖追上来问：“李检，你相信她说的？如果她说的都是真的，那么收获不小。”

“你信她？”

“我看你很相信她。”

“她说的一半真一半假。”李星妍一边走一边说，“其实一开始进去，她根本不准备配合，她看到我拿出笔记本，其实心里也不相信这日记本是段美琳的。所以她才会问，日记本里还写了什么。她当时双手紧握，并且时不时捏搓，脸部有明显的焦虑。这些表情证明虽然她不相信是真的，但仍害怕万一是真的，自己要怎么应对！所以我干脆给她念了两段，让她确认无疑。”

"那之后呢？"

"之后她开始装可怜，推卸责任，装作自己很配合，把一切全部推到宇航身上，目的是想坐实宇航的杀人动机。但她又害怕我不相信，所以头转向一旁。这是她怕自己的谎言被揭穿，非常不安。为了鼓励她之后继续配合，我特意告诉她，我相信她不会骗我！其实我也有自己的小算盘，因为为了脱罪，为了让我相信她，她必须说出一些半真半假的东西来证明自己。所以她的供词，半真半假。真的部分就是为了证实她没有说谎的部分，而假的部分就是，所有一切全是宇航干的。所以你可以放心去找酒吧老板，他一定能证实那 200 万是她借的。"

"我还以为你真的相信她。"

"我什么人没见过？别以为她外表清纯，看着无辜，就真的清纯。她的外表最容易迷惑别人。不过，如果我们想得到真相，在找不到足够证据的条件下，只能让她配合我们。就让她跟宇航狗咬狗，而我们从他们相互的推脱中抽丝剥茧出真相。"李星妍走出看守所时，已经接近黄昏。

她看向那快落幕的残阳，松了口气："总算有些进展了。"

她刚坐上车，就接到季晋源来电。

季晋源问："师太，真不请我吃晚饭？"

"对，我正想找你麻烦。"

"什么麻烦？"

"段美琳案子的事，我们约个吃晚饭的地方面谈。"李星妍直截了当。

她说了地址后挂断电话。程颖今天来了两趟看守所，累得上车就睡着了。她把疲惫的程颖送回家后去赴约。

她约在一家中餐馆。

季晋源早到 15 分钟，已经拿笔在菜单上选菜。他一边选挑，一边问："要不要过目？不贵，最多三百。"

"随便叫。"李星妍也刚好饿了。

顾客挺多，两个人一边等菜一边聊。

李星妍开门见山："天价离婚案有猫腻。"

"不可能。"季晋源根本不信。

"季晋源。"她一本正经地叫他，严肃地问，"你觉得我在说笑？看我的样子，像笑话吗？"

她严肃到他有点儿慌，赶紧摇头："没有没有，我完全不会质疑你！你肯定有证据才会这样说！"

"对。已经有证人能证实，段美琳给妮小燕的200万是借款！妮小燕也亲口承认，那些录音是跟段美琳开玩笑时录的。"

"不会吧？"

"你说呢？"她正颜厉色地反问。

季晋源心里有点儿急："下班时间能不能别聊案子？"

"我约你来就是为了聊案子！"

"李星妍，你能不能把工作和生活分开？难道你真的只会工作？你每天24个小时只用来工作吗？你的人生就是为了破案而存在？"

"季晋源。"她认真地看着他，"你有点儿慌，有点儿不安。你表面是在斥责我，其实是想掩饰内心的不安与慌张！天价离婚案因为你才变成冤案！这点让你无法接受！"

"不想跟你说话！"季晋源想岔开话题，极力撇清自己，"这个案子，问心无愧。只是做了当律师应该做的，替每个公民辩护，替原告或被告人争取他们应得的权益。"

"你全程都在规避用主语'我'。"

"你是在审犯人？"

"为什么不用主语？"李星妍揭穿他，"因为你想撇清自己。你觉得这案子不管出现什么问题，都与你无关，因为你只是尽力做了你应该做的。所以你不用主语，不想跟'天价离婚案'再有牵连。"她盯着他，"你想让自己心安理得，甚至在心里一直自我安慰。但在情感上，却有些恐慌。"

第五十二章

母猪变貂蝉

季晋源双手交抱，瞪着她，一言不发。

李星妍继续："你内心的不安让你对我十分抗拒，所以你双手交抱，瞪着我，沉默。为什么你会不安？因为我说中你所有心事。"她说完，冷静地替自己倒杯水，慢吞吞地喝着，"季晋源，你有没有想过？如果天价离婚案她没有输得那么惨，也许这一切都不会发生。"

季晋源还是不说话。

服务员刚好端上菜，缓解了双方剑拔弩张的气氛。

季晋源不管她，自顾自大吃。

李星妍事先声明："不准喝酒。"

季晋源没搭理她，一口气吃下三大碗饭，然后不停地夹菜吃。

李星妍也懒得再跟他废话，斯文地开吃，可是却感觉有点儿局促。这家饭店不算小，有十张桌椅，周围也坐满了前来吃饭的人。

也许正因为人多，她感觉这地方很逼仄，让她无所适从。她其实一直不喜欢讯问室逼仄的空间，每次去审讯犯罪嫌疑人，她都感觉到一种负面情绪在与自己博弈抗衡。而现在，在这里，她又有这种感觉。

季晋源等她吃饱后，疾步往外走。

她买单后，跟在他身后，不急不慢地朝前走。

饭店门口不远，他正背靠着车等她。她缓步走过去，解释说："我自己开车了，不用坐你的车。"

他点头，一声不吭地上车，开车离开。

李星妍看着远去的车，突然产生一种负疚感。不，这不是她。她以前把无数人送上死刑、监牢，但从不会有负疚感。

可这次，这种内疚来得莫名其妙。

她上车，深呼吸，然后开车。

手机响起，她接听。

季晋源说："跟着我。"

换作以前，她一定不理他，可这一次，她鬼使神差跟上去。仿佛怕她跟丢，他开车的速度并不快。

二十分钟后，他在江边停下，她也跟着下车。

已是深夜，江边人烟稀少，路灯井然有序地排列在整条江岸，照亮江边的每一处。

从这里可以看到灯火璀璨的高楼大厦，这些鳞次栉比的高楼所透出的光，与江边的灯光汇聚成光的海洋。

季晋源双手插在裤兜，问她："这里怎么样？"

"很漂亮。"

"岂止漂亮？高楼大厦，壮观的建筑，用财力堆出的江岸与这些高楼的璀璨交相辉映，这就是大城市。"

"我从小就生活在这里，并没有感觉到什么特别。"

"可我用了很大的力气才在这里扎下根。"季晋源轻耸肩，"对，一些对你而言轻而易举的东西，普通人却要用数倍的力气才能得到，有时候甚至是努力也得不到，他们只能仰望你的生活，仰望大城市的繁荣。"

李星妍皱眉问："这跟案子有什么关系？"

"当然有关系。"季晋源深吸了口气，"李星妍，你知道吗？因为你从小生活在真空环境，所以理所当然漠视我们的努力，无视我们的付出。因为你的起点就是我们的追求，所以可以理直气壮地说教，每天开口闭口都是正义公道！但是普通人的生活，并非只有公道正义！小时候，因为家庭原因，我的理念是天下无冤案，可时间却把最初的梦想给浇灭了。如果可以，我也想像你一样，去考检察官，光明正大地站在正义的一方，高举正义的旗帜去斥责讯问别人。可是李星妍，我没有你那么好的运气。为了生存，我只能当个律师！"

"当律师也不一定要颠倒黑白。"

“你错了。身为律师，我当然不希望有冤案！可是李星妍，律师与检察官的职业不同，分工不同，所以理念也不同。对律师而言，冤案跟他们没关系！他们只要维护当事人的权益就够了！只要让全民接受法律的公正审判，对律师而言，这样就足够！只要没违法，只要没捏造，凭本事赢的案子，就是胜者！”

“说到底还是为了钱，因为钱，所以任由金钱支配良知。”

“不，这是职业追求，而你从未打破你的职业障壁。”

“我真不懂。”

“我希望你能尊重我的职业，就像我从头到尾都很尊重你的职业。我希望你不要口口声声说我们是为了钱，每天横眉冷对，戴着有色眼镜看我们，认为我们就是站在你的对立面！”

“不是吗？”李星妍终于找到话柄攻击他，“法庭找出漏洞来攻击辩论，只是想替自己的犯罪嫌疑人脱罪或减轻罪行。这种行为，很难让我不戴着有色眼镜！季晋源，只有法律才是正义的绝对保证，任何人任何事都不能僭越。”

“不，你错了。”季晋源反驳，“屡禁不绝的刑讯逼供，是对法律的极大侮辱。所以只有在足够正义的程序下，法律才是正义的绝对保证。而我们律师的存在，就是推行监督正义的实施。”

“冠冕堂皇。”

“哈哈。”季晋源慷慨激昂地说完，也忍不住笑了，“对，我故意说些冠冕堂皇的理由，实际上监督正义实施的是你。而我们，单纯来讲，只是让所有人有辩护的基本权利。”

“我手上的案子，不会让任何人有刑讯逼供的可能。而且现在逼供已经快要灭绝了，公众一直拿着放大镜在盯着，国家也犯错必究。谁敢？”

“我知道，我国司法会越来越进步。”

“我很高兴，你终于赞同我了。”李星妍也松了口气。

季晋源笑问：“刚才一直憋着？”

她突然有点儿不开心，她不明白这种情绪从何而来，但一路上让她甚为烦恼：“对，第一次有人不理我。”

“哪有，我没有不理你，我只是在想怎么说服你。”

“吃饭的时候——”

“暂停——”季晋源做了个停的手势打断她，“李星妍，我跟你，我对你，没那种——”“感觉”两个字还没说完，他却怔怔地看着她。

她不过穿着普通的白色打底，外面套了件黑色的休闲西服，而下身穿着黑色小脚长裤。这样一身职业女性的装扮，却让人心跳加速。在这一瞬间，他感觉璀璨的光点都聚集在她脸上，惊艳得让人移不开眼睛。

“我——”季晋源晃了晃脑袋，“我可能病了。”是的，为什么他会觉得灭绝师太其实很好看？她那鬼性格——为什么自己会有这种感觉？

“嗯？我送你去医院？”

“不用。李星妍，也许啊，我需要快点儿给你介绍个相亲对象。”季晋源丢下这句，上车离开。

他开车，飞快逃离。

脑里却闪现跟她相遇的一幕幕。

他突然喃喃自语：“晋妍心动……辰巳时春风乍起，街道边天凉气爽，万里星河璀璨下，掌上白玉亮无瑕，而美人你在身旁。”他把车迅速往路边一停，懊恼地自问，“不是玩儿吗？不是玩笑吗？怎么把自己给玩进去了？不行——”

他摸出手机，打电话给李飞鸣。

季晋源跟他抱怨：“叔，为什么不催我给你女儿找对象？”

李飞鸣问：“怎么了？”

季晋源头疼：“再不找的话，万一把我自己搭进去了，不是——”

“那敢情好啊！”

“不，叔，言归正传，我对你女儿没——”“感觉”两个字很容易说，但他竟然说不出口，“反正就是要早点儿替你女儿找到对象。”

李飞鸣爽快地回答：“你怎么样我都没意见！你有什么招儿就往她身上使！我先挂了啊！忙着看球赛呢！”

“叔——”

他还想再说些什么，对方已经挂断。

季晋源在车里靠了一会儿，打开微信，找到她的头像。

微信名：李星妍，个人头像是法庭的锤子，个人相册全无。

他看着她的微信名，喃喃自语：“是不是因为太久没有交女朋友，所以母猪看成了西施？这种可能性还是挺大。肯定是因为上次醉酒，所以让她母猪变貂蝉！不行！我不能再这样堕落下去，我要恢复我的审美！”

话虽这么说，他却主动打电话给她。

响了两下她就接听。

他问：“你还在江边？”

“没，回家路上。”

“哦，回家干吗？”

“有事？”她疑惑地问。

“没事就不能给你打电话？”

“没事为什么要打电话？”

“好吧，再见——”刚说完，她已经挂断。干脆利落，毫不拖泥带水。

是的，这种女魔头，有什么好担心的？就算她一个人在江边，就凭她那气场，犯罪分子都会畏惧！

是的，因为醉酒的影响，母猪已经变成西施！他必须纠正自己的审美观！人生观！

没有任何人想找个女朋友，把自己变成犯罪嫌疑人！

第五十三章
案件出现转机

第二天一早，程颖就带回酒吧老板，并给他录口供。酒吧老板供述妮小燕收到 200 万后，曾经跟他炫耀，而他也在当天，发了条朋友圈。

朋友圈上传了他跟妮小燕的照片，还有一句话：真羡慕张嘴就能借到 200 万的人。

李星妍固定好证据后，刚想去看守所，高新远就拿了份报纸走过来。报纸是宇航案的专题，还有他公司海川国际老板的专访，以及各大名律师对此案的见解推测。大家围绕着凶手的杀人动机各诉理由，甚至对凶杀过程起了争论。

可这争论之中，有一点是一致的，他们一边倒地认为妮小燕为杀人疑凶。

大家都觉得宇航没有犯罪动机。

高新远提醒她："网上关于宇航还是妮小燕杀人，也争论不休。舆论呈一边倒的形势，大家认为警察既然已经调查清楚事实移交检察院，检察院就应该对宇航是否上诉做出最快的反应。所有人都在指责检察院办案速度慢，并且还出现不少谣言，有言论引导网友误以为妮小燕在检察院有人，所以才抓着宇航不放。"

"我个人觉得，这报纸的发行，及网上的谣言跟海川国际脱不了干系。他们想操控舆论来影响审判决。"

"我也是这么想的。"

"不能再让他们操纵舆论，我们是政府机构，应该给他们点儿颜色瞧瞧。"

"不搭理会不会好一点儿？别乱来。我告诉你这些事，只是想提醒你注意办案进度。"

"不乱来。"

李星妍敷衍主任后，用手机上网查看。

果然，宇航案已经发酵，不仅新闻满天飞，从贴吧到微博都在讨论。微博针对他的案件做了个专题，每天都在持续报道追踪。本来大家都在等消息，粉丝因为相信偶像，所以也都很平静。

可是不知道从哪里出来一条小道消息，说检察院羁押超期，说法定羁押期限是半个月。还言之凿凿地说妮小燕在检察院有人，宇航会被控告故意杀人。

这本来是一个小号随便发的，可因为有海川国际打了个问号的转发，所以非常火爆。

这条消息转发数千，评论里粉丝都被洗脑，一致认为检察院拿不出证据证明宇航有罪，但因为妮小燕在检察院有人，所以才羁押他。

程颖看完忍不住嘀咕：“审查起诉的羁押期限最少有一个月好不好，不懂还抹黑？”

“可不是！吃了熊心豹胆。”

李星妍火急火燎地带程颖走出检察院，开车去海川国际。结果车刚到他们公司，就被堵在大门口。不少宇航的粉丝手持海报蹲在大门口。

这些人见到检察院的车，一拥而上。

他们敲着玻璃，问：“是不是为了宇航的案子来的？”

“宇航怎么样了？你是负责这案子的检察官吗？”

“为什么还不放了他？不是说找不到证据就会释放吗？”

不仅有粉丝，还有大批记者。

记者也将检察院的专车围住，纷纷发问。

“宇航的案件有进展吗？你们为什么来他们公司？”

“宇航是不是真的犯罪？人究竟是他杀的还是妮小燕？”

“是不是妮小燕？听说妮小燕的嫌疑最大！你们会不会释放宇航？会提出控告吗？”

“你们是不是为了包庇妮小燕？”

李星妍和程颖没有滑下车窗，看着外面失控的情势有些头疼。但目前的情形，回头已无可能。

两个人干脆下车，刚打开车门，就被人海挤得寸步难移。

他们问：“宇航是不是被冤枉的？是妮小燕干的，对不对？”

李星妍面无表情：“对不起，无可奉告。”

“你们会控告宇航故意杀人吗？人是妮小燕杀的，为什么不放了宇航？”

“我们正在查证，如果查证属实跟他无关，会立刻释放。”李星妍艰难地往海川国际的大门走去。她想起程颖，回头一看，程颖被堵在不远处完全动不了了。

李星妍提醒：“我才是该案的承办检察官，她只是我的助理，大家不要为难她。”

围着程颖的粉丝一听，纷纷朝她围了过来，里里外外围了数十层。

程颖没见过这样的阵势，吓得叫她：“李检。”

李星妍毫无惧色，冷漠地盯着挡路的人，一步一步往前走，一边走一边提醒：“希望大家保持冷静。”挡路的人受不了她严肃的目光，都主动让开。

李星妍轻松地穿越人群，走到海川国际门口。

程颖追上来，急得满脸通红：“李检，刚才——”

“有什么好怕的？不做亏心事，不怕鬼敲门。”李星妍气定神闲地打断她，跟前台出示证件，对方立刻领她们去见老总。

在老总办公室见到康辰和季晋源，这让她始料未及。康辰和季晋源坐在待客的沙发上喝茶，李星妍和康辰没有见过几次，但每次都感觉这个人不简单。

海川的老总约莫五十五岁，身材、皮肤都保持得很好，一看就经常健身。

“检察官好。”老总方致明客套地招呼她。

李星妍瞥了眼康辰和季晋源，问：“有时间吗？有些事想找您了解下。”

方致明看向康辰，见康辰点头，才回：“行，你有什么想了解的？”李星妍坐到单人沙发上，程颖不敢坐，站在她身边。

她坐好，不忘记吩咐程颖：“对了，我看到了网上那条造谣妮小燕在检察院有人的传言，那条谣言已经转发好几千。诽谤国家机构是重罪，要追其刑责，一会儿去警察局报案。”

程颖点头说：“好。”

李星妍微笑问康辰：“不介意我坐这里吧？”

“这是方总的地盘，我当然不敢有意见。”康辰微笑。

方致明坐过来，问：“什么谣言？”

康辰笑道：“对，方总，我特意过来跟您说这件事。网上谣传检察院羁押超期，说什么妮小燕在检察院有人，要控告宇航故意杀人。其实啊，这些人不懂法瞎传的。检察院审查起诉的羁押期限最少有一个月。”

李星妍却不认同，似笑非笑地问：“方总，贵公司还带头转发了，您竟然不知道？”

方致明一脸茫然：“转发了吗？谣言也转发？我不知道啊！我回头一定查查！严肃处理转发的员工。”他问，“检察官，你今天来就因为这件事？”

“我今天前来，主要想了解宇航家暴一事。”这是她临时找的借口。

“家暴？什么家暴。宇航可是疼爱老婆的好男人，千万别瞎说。”方致明装傻充愣地想敷衍了事，“其实吧，我也很忙，如果你不介意的话，可以让康辰和季晋源跟你聊。康辰是我们公司的法律顾问，也是宇航‘天价离婚案’的律师。”

李星妍可不想放过他，一脸冷漠：“2017 年 6 月，段美琳被宇航用酒杯砸伤去医院缝针，这是导致他们离婚的导火线。”

“小道消息瞎传，这你也信？我们宇航可是好男人。离婚是因为宇航工作太忙，没有照顾到老婆的情绪。”方致明跟康辰交换了一个眼色。

康辰替她泡茶，帮腔：“对，‘天价离婚案’开庭时，我已经举例宇航如何善待他老婆。所以法官才会拒绝两亿天价赔偿，而是判宇航赔一千万。但宇航心善，官司结束后，愿意给段美琳五千万。这样一个好男人，媒体眼中的好老公代表，怎么可能会家暴？”

“康律师说这些话时，双手交叉紧握，频繁眨眼，装作泡茶，拒绝与我视线交流。而方总，你是明显带着不安的情绪去示意康律师来接话。这么明显的暗示行为，咱们能不能省省？”李星妍不喜欢客套，“对了，贵公司应该有处理录音的地方吧？宇航案的录音掐头去尾，我很疑惑，不是完整录音，为什么法庭没有当非法证据排除？”

“因为有与它相互印证的其他证据，它是证据链的其中一环。”康辰不慌不忙地解释，一脸淡定，“你觉得‘天价离婚案’有猫腻？”

“对，有猫腻！”李星妍肯定地回答。

康辰温和地笑了笑：“看来检察官对这桩案子有自己的见解，也在质疑法庭错判。但同时，我也想说明，不完整的录音，并不代表它就是非法，就是捏造。只要相互印证，它就是铁证。这个案子，你想折腾也折腾不起来，不如听听大众的声音。”

“没错。法庭认为，录音与转入钱款互相印证成证据链，这两点都是主导本案判决的重要铁证。但换而言之，只要击溃其中一环，整个证据体系将会坍塌。多米诺骨牌效应，对世人从来都是警告。小小地基，能使百米高楼坍塌成碎石瓦砾，千里之堤能溃于小小蚁穴。如果你所谓的铁证出现问题，那么，铁证也能变成支点，撬起整个案件，并将之颠覆。”

康辰上次辩护已经跟她交过手，知道她厉害，也不想跟她多费口舌：“那我期待你用你的支点撬起整个案件。”

“拭目以待。”

第五十四章

案件出现转机（2）

“呵呵，这个——”方致明感觉检察官这架势不好惹，做和事佬，“检察官，如果需要我协助，我会尽力协助。”

“对，把你忘了。”李星妍看向他，“我这次前来，除了想了解宇航家暴一事，同时想让贵公司别转载一些捏造的言论。”

方致明急忙点头：“一定一定。”

李星妍看了眼坐在旁边一直沉默的季晋源，起身说：“那我先走了。”

方致明忙问：“用不用我陪你转转，尽尽地主之谊。”

“不必。”

她带着程颖走出办公室。

办公室里的康辰和方致明同时松了口气。

方致明问：“她这是来示威？”

“立威比较妥当。”

“不管是示威还是立威，反正我的要求是，宇航必须无罪释放。你要知道，因为他出了这种事，所有他参演的电视剧、电影都面临换角的命运，广告商都在盯着最终结果，如果有罪，我们公司将面临巨额赔偿。”

“当然。”康辰点头。

季晋源突然起身说：“你们慢慢谈，我先去找她套套话。”他刚说完，一溜烟地跑了。

他在外面的电梯口找到正在等电梯的李星妍和程颖，凑过去问：“立威呢？”

她看都不看他：“网上舆论的发酵你也有分吧？”

“绝对没有。”他拿声誉担保，“如果我有，让我变小狗！”

“你敢说你没有出谋划策？”李星妍可不信他。

季晋源不好意思地挠了挠头：“有是有——”

“承认了！小狗？！”李星妍给了他一记白眼。

“别闹。”季晋源解释，“出谋划策并不代表煽动舆论发酵。”

电梯到了。

李星妍和程颖走进电梯，季晋源连忙跟进去。

他问：“你真的找到支点了？”

“无可奉告。”李星妍面无表情地盯着电梯下移的数字。

“你以前说过，检察官应该多听听律师的意见。”

“对，我也说过，你说不说是你的权利，我听不听是我的选择。”

“女人要温柔一点儿，不要这么——”他还没说完，电梯已经到达一楼，她懒得听他废话，快步走出。

季晋源追上去，想替她挡开门口的粉丝和记者。但他还没来得及行动，她已经昂首挺胸往人群里走去。他看着她走进人群，无人敢拦李星妍，叹了口气。

对，连犯罪分子都被她吓哭，这些人她当然不会放在眼里。

康辰不知道什么时候来到他身边，问：“晋源，这次官司有没有把握？我可是全权交给你了。”

“师兄放心。”

“如果你能让宇航无罪释放，房子基本到手。”康辰知道他缺钱，想买房，“晋源，警方移交检察院，证明他们一定掌握了一些证据。就像她说的，证据链是可以因为一点小问题而坍塌，但同时，证据链出现洞漏，就可以让案件翻盘。就像蔡文星案，小小的百草枯就能扭转全局。”

“明白。”

“这个检察官不好对付，但师兄相信你可以打赢。”

“一定。”

季晋源看着远去的人，问：“师兄，你感觉她怎么样？”

“她？”康辰眉头紧皱，“死板、冷漠，有强大的逻辑与观察力，强大的分析推理。如果是男人，肯定是个优秀到站在顶峰的男人，可惜是女人。身为一个女人来说，女人的优点，她基本全无，实在可悲。”

“我不认同啊！”季晋源反驳，“男女平等嘛！”

“这种女人不是你的菜，也不适合你。”康辰断言。

“也是——”季晋源像是要说服自己，“我还是喜欢温柔善良顾家型的女人。”嘴上这么说，但心里总感觉有些不是滋味，甚至有些失落。

他不懂这种失落感从何而来。

是的，我们总会在大脑里，带着强迫性地构建关于未来另一半的蓝图。我们从对两性有感觉开始，就梦想将来要找哪一种人，这种梦想占据整个青春成长期。

但有些人，总会猝不及防闯入我们预设的未来里。梦想自她/他进入就开始推倒重建，开始往不可控的方向发展。

八零后主宰世界时，被九零后击溃。

九零后改变世界时，被零零后更替。

他的世界无人主宰时，被她所占据。

一个人会被另一个人吸引，就像时代更迭一样理所当然，根本不需要去逃避。

李星妍和程颖淡定地走上检察院专车，开车离开。在回检察院的路上，李星妍不断在思考家暴一事，她突然想起法医报告里的那些文字。

“死者陈旧缝合伤疤三处，额头 2.1cm×1.9cm，左手臂处 2.2cm×1.8cm，右手臂处 2.3cm×1.9cm……”

陈旧性缝合伤三处。

2017 年 6 月双方发生冲突，宇航用酒杯砸了她，她去了医院缝针……那次一共缝了几个地方？

如果有三处缝合伤，证明她至少受到三次伤害。

可是日记里就记录了这一次。

是不是还有别的没记录？如果能证实宇航有持续家暴的行为，可以作为切入点去击溃他。

李星妍掉转方向盘，马不停蹄地赶往看守所。

程颖问：“又要讯问宇航？”

“来个难度系数大的，两个人在同一时间讯问，形同于法庭对质。”李星妍突然有了想法，“敢不敢试试？”

“那我让看守所方面安排安排，不过李检，逻辑思维方面能扛得住？我不担心他们，我担心你。”

“挑战挑战。”

“我陪你。”

李星妍开车赶到看守所，看守所方面表示要同时空出两间相邻的审讯室需要时间，她坐在车里等，顺便闭眼小憩，她需要放松自己来对付两个说谎的人，从谎言中抽丝剥茧，难度可想而知。

一个小时后，看守所通知她已经准备好。

李星妍带程颖下车，走到讯问室。

她先讯问妮小燕，妮小燕见她就问：“找到证人了？”是的，想坐实宇航有杀人动机的妮小燕一定会用尽全力配合她。

李星妍点头。

妮小燕松了口气：“那太好了，还有什么需要我配合的吗？”

“宇航家暴过吗？”

“有。”妮小燕痛快地回答，“2017 年整年，他打了段美琳几次。”

“具体几次？”

“五六次吧。”

“具体点！”

“六次，光去医院就缝了三次，还有几次是用脚踢她后背。”

一年在家不足半个月，却殴打段美琳 6 次？！还不是家暴？

李星妍问：“你有没有什么想坦白交代的。”

“有，案发当天。”妮小燕双手的手指互相掐着，“案发当天吧，其实我没有切西瓜，西瓜是段美琳一早切好摆放的。对，她不肯原谅我。我骗了她，她哪有这么容易就原谅我。所以我进去后，一直在和她吵。”

“吵了多久？”

“我大概是 16 点 30 分到她家花园，这个你们可以看监控，没有什么好隐瞒的。16 点 35 分左右，我应该进她家了。所以吵了 15 分钟左右。”

“吵了些什么？”

“她说我身为她的闺密，不仅抢她老公，还陷害她。她说要让我身败名裂！”

“她怎么让你身败名裂？有什么手段？有东西威胁你？”李星妍抓住最重

要的讯问。

妮小燕双脚不停地上下左右轻轻搓动着，眼神闪烁不定："她说她有证据，至于是什么证据，我也不知道。

"吵完后，你做了什么？有没有拿刀砍她？"

"没有。"妮小燕双手手指不停地互相搓着，桌下的双脚互相踩着，踩完又把双腿交叉，她明显无所适从，双眼频繁眨动，"没有，是吵得很凶，她掏刀想砍我，我躲无可躲，为了自卫，只能抢过刀假装袭击她，我恐吓她让我出去，如果不放我出去就砍她，但她不肯。这时宇航进来，就以为我是拿刀在砍人，其实他误解了。"

她明显在说谎。

第五十五章

凶案现场遗留的重要线索

李星妍不动声色：“你身上怎么没有任何伤痕？”

妮小燕急忙解释：“我力气比她大。”

“行，你继续。”李星妍冷静地分析她哪句真哪句假。

妮小燕用手指擦了擦嘴唇，视线游离地瞥了她一眼后，低下头说：“宇航进来后，我跟他说，段美琳有证明他出轨的材料，要让他身败名裂，他一听气坏了。跑过来夺过我手上的刀就把段美琳往死里砍。”

对，这段也是谎言，她有明显说谎的肢体语言。而且根据痕迹鉴定科送来的材料已经确定，宇航的脚印分布为走，不是跑。

人在跑时，脚印的着力点与走不同。

公安的步法追踪不会有错，他们能证实，宇航当时是直接走向段美琳，他的脚印距离都能证明。

“你确定是跑？”李星妍追问了一句。

妮小燕很肯定地回答：“对，跑。”

李星妍没有点破，反而表扬她：“你配合得很好，为了表扬你的配合，我决定让你休息十分钟再继续，好好把握这十分钟，把所有能记起的都告诉我。”

“我会的。”妮小燕抿唇点头。

李星妍带程颖离开，去隔壁讯问室审讯宇航。

她进去就开门见山问：“关于上次讯问的内容，你已经构建完整了吗？想好说服我的方法吗？”

宇航装糊涂：“你说些什么我都忘记了。”

“那我们从头开始。说说‘天价离婚案’后，为什么要指使妮小燕去录那样一段录音内容，再掐头去尾。”

“我不知道。”

“看来你还没有构建完整，没关系，我帮你构建。”李星妍翻出包里的日记本，“知道这本日记本吗？”

宇航一头雾水：“什么日记本？”

“你老婆，当然，如果你介意，我可以称她为前妻，或直称段美琳。是她的日记本。”

“你别诓我，她哪里会写日记。”宇航一脸不信。

李星妍不废话，直接翻开念：“2012 年 10 月 5 号，今天，我在 ×× 酒吧，认识了一位驻唱歌手，他叫宇航，不知道为什么，我特别喜欢看见他的笑容。很灿烂很阳光，很具感染力，那种笑容能让你的心随之融化。就像冬季的雪碰上春天的阳光，温暖的照耀下，雪开心地一点一点融化，与春合为一体。

2012 年 11 月 5 日。我每天都会去看宇航，终于，今天他主动跟我搭讪，说注意我很久，如果不介意他穷的话，可以做他女朋友。

是的，我同意了。

因为冬天的雪从来都是心甘情愿消融在春天，就像女人，会赴汤蹈火沉溺于爱情里。

2014 年 10 月 5 号，宇航求婚了。他说他没有钱，身上所有的财产只够买一枚黄金戒指，问我愿不愿意嫁给他。这个傻瓜怕我不肯，求完婚还背过身去，害怕我会拒绝。宇航，你知道吗？从认识你那刻开始，我就决定奋不顾身都要跟着你。不管你是富贵贫贱，不管你是健康疾病，将来会不会成为油腻中年大叔。爱情，从来都没有理由，不管将来我们会不会富贵，我都甘之如饴。嗯，我还是冬天的雪，消融进你心里，就算每天贫困交加，都像喝蜜一样甜，因为你就在我身边，因为我们彼此相爱。

2015 年 10 月 5 号，宇航说不再唱歌了，唱歌挣不到什么钱。为了改善生活，他去演电视剧，还是网剧。其实那部剧好雷人，从主角到配角，故事情节，都雷得亲戚朋友过来取笑我。可是我想努力告诉全世界：宇航很认真在演戏，他扮演的角色不雷人。我每天让朋友亲戚闺密看，强迫他们看完还要拍照发给我。结果剧播到一半，宇航意外红了。他打电话告诉我：‘老婆，有很多导演、

制片人联系我，你说老公是不是要发达了？’

嗯，不知道为什么，我反而会有些失落。

他红了，就不能时时刻刻待在我身边，就没有那么多时间陪着我。但不要紧，他怎么样我都开心，因为他是我独一无二的爱人。

2016 年 10 月 5 日。你开始拍电影，开始很少在家。我要从电视新闻上才能知道你的情况，我每天在百度，跟个粉丝一样搜索你的名字，想看到你的行踪。可是老公，你已经连结婚纪念日都忙忘了。

不过没关系，我还是一样爱你——”

“你不要再念了。”宇航听着这些，有些崩溃，失口喊出，“你不要再念了，我知道这是她写的，那又怎么样？”

“说，为什么要家暴她？你家暴的理由是什么？”李星妍合起日记本，死盯着他，“这样一个对你情深义重，同甘共苦走过来的女人，你为什么要打她？”

“我没有家暴！”

“段美琳身上有陈旧型三处缝合伤，分别在额头，左右手臂。日记本里已经清楚记载你怎么打她，记载你们从认识到她死亡前的内容。你还想狡辩？”

“我，我一时冲动……”宇航脸上很悲伤，双脚却无所适从地交叠、分开。

他的悲伤半真半假。

半真是因为听到她的日记，所呈现出来的片刻的悲伤。是的——片刻，因为现在他来不及悲伤，他在想办法脱罪。对他而言，与其为死去的人伤心，不如尽快离开监狱。

“那就是说，你承认家暴？”

“我承认。”

“为什么还要栽赃陷害她，你跟妮小燕明明是出轨，为什么要妮小燕录下那段音频来陷害她！还有妮小燕所借的 200 万。没错，她承认是她所借，并且有人证。”

“我没有陷害她。”他痛苦地狡辩，“我并不知道她借给妮小燕 200 万，录音也不是我用来陷害她的，录音都是妮小燕向法庭提供的。”

表情虽痛苦，但说的每个字都在推脱。

“承认出轨？”

“对，是妮小燕勾引我的，我一时鬼迷心窍。”

“是，你把所有过错全部推到妮小燕身上，200万是她借的，录音是她向法庭提供的，出轨也是一时鬼迷心窍！你知道她说什么？200万是你授意借的，录音也是你让她录的？告诉我，我应该相信谁？你一句鬼迷心窍就置家庭于不顾，一句鬼迷心窍就要了一条人命，现在犯法了两个人却都在拼命推脱！这是一条人命！不管是谁犯法！法律都不会放过他！不管你是大明星还是有多位高权重！”

“真不是我。”宇航痛苦地喊！

“你能一时鬼迷心窍出轨，为什么不会鬼迷心窍杀人？”

“我没有杀她。”

“那说说凶杀过程。”

“事到如今，没什么好隐瞒的，既然妮小燕交代了，我也交代。当天我进去，看到妮小燕正拿刀威胁她，美琳想抢，她们在争夺，争夺中妮小燕划了美琳几刀。我本来是叫妮小燕放下刀，但是没用，妮小燕踹倒美琳，还主动抱着我亲了口。美琳气不过叫我们滚。但妮小燕堵到门口，说她不交出……”他停顿下来，迟疑了几秒，“不交出东西就不会放过她。”

他供述这段时，没有任何说谎的肢体语言，信得过。

李星妍追问：“交出什么东西？”

宇航欲言又止：“我忘了。”

是的，妮小燕也说有一件证据，她也忘记了是什么证据。

怎么这么巧？都忘了？

不，他们恰好说明同一个问题：有一件东西遗留在凶案现场。那件东西至关重要，可能关系全案，所以两个人可以在杀死段美琳，彼此推罪的同时，还能共同隐瞒。

到底是什么东西让两人在说谎的同时，共同维护？

李星妍准备让警察去案发现场再进行细致的搜索。

“好，我们继续。妮小燕拿刀威胁段美琳，并划了她几刀，看到你进去，主动亲你刺激段美琳，段美琳叫你们滚，但妮小燕堵在门口，说不交出某些东西就不会放过她。然后段美琳不肯，于是妮小燕拿刀追砍她。”

“对。”

“那你呢？为什么袖手旁观？”

“我……我……”

“如果你肯帮她，这桩凶案根本不会发生，为什么看着妮小燕杀她，你会无动无衷？”李星妍愤怒地扬起日记本，“这个女人跟了你五年多，从你身无分文到你成为巨星，她用她最美好的时光陪伴你成长，陪你吃苦。可结果，别人杀她，你袖手旁观？对，你给不出理由，但我可以给你理由。因为你和妮小燕早就勾搭上，你是明星，害怕公众会因此对你口诛笔伐，但还是不顾一切跟妮小燕在一起，这证明你对段美琳早已经没有了感情。名利让你膨胀，让你忘记了陪你吃苦成长的段美琳，你心心念念的只是妮小燕，所以你早就想离婚，也在2017年频繁对段美琳家暴，家暴的目的是想逼她跟你主动提离婚。你太清楚段美琳的性格，知道就算家暴离婚，以她的性格，绝不会到处乱说。而且只要她主动想离婚，就不会要你的财产，她会赌气净身出户。对，你家暴的目的不光是为了离婚，还想保全财产。最后你成功了，她妥协了，她终于提出离婚，你也顺利达成心愿。”

宇航没有说话，却有种被猜中心事的惊慌。

第五十六章
爱你却说不出口

李星妍咄咄逼人，继续道："但有件事让你没有想到，你家暴离婚的事开始四处传，知道这件事的人应该很少，段美琳不会说，那会是谁？也许是医院给她缝合伤口的护士，也许是正义的路人甲。不管是谁传出这件事，报纸开始争相报道，他们的报道让你背后公司的股价直跌，害你不少代言被人抢走。于是你厚脸皮地哭着求段美琳复婚，并且保证自己不会再打她，会爱她一生一世。段美琳是真傻，她相信了你，所以你们又复婚。但让她没有想到，你的承诺全是狗屁，于是她开始抑郁躁狂。而你继续不归家，你知道，只要不离婚，那个女人怎么样都无所谓，你根本不在乎！于是段美琳更多的是和妮小燕在一起，妮小燕是她闺密，天天安慰她陪着她，所以妮小燕一张嘴，她就转账两百万。但借款三天后，记者拍到你跟妮小燕鬼混的画面，段美琳终于崩溃。对，她不是死心，她是狂燥崩溃。她信任的闺密背叛了她，她所深爱的人和最信任的人出轨！她受不了这个打击，所以要索赔两亿。她索赔两亿的目的很简单，闹大这件事，让舆论来审判你！让你身败名裂！但没有想到，她输了。"

宇航低下头，不敢看她。

对，这是李星妍根据日记梳理的全案，日记就是她撬动全案的支点。

李星妍想起了一个问题："对，还有录音，究竟是什么时候录的？我听了录音，内容是让妮小燕跟你上床。但语气是半开玩笑半无奈，还带着失落。那么，这段录音应该是在复婚后，复婚后被冷落的段美琳不能跟你在一起，过着丧偶式婚姻，于是开玩笑让妮小燕跟你上床。她以为只是玩笑，却没有想到，这段录音在法庭上成为最有力的佐证。不得不说，你和妮小燕都用尽心机，会时刻录一些能威胁到她的话。那么让我猜猜，这样的录音应该不止一段，你们应该放在某个地方。所以这次审讯后，我会提议公安全力调查。”

宇航始终不抬头，桌下的双脚却一直在动。

“对，通通被我猜中。这样吧，我再给你念一段。2018 年 3 月 1 日。很多人羡慕我嫁给大明星——宇航，最开始我也羡慕自己能跟你携手走进婚姻，我觉得自己是世界上最幸福的人。对，曾经是——但现在我每天一个人吃饭，一个人睡觉，一个人生活，一个人拼命对着黑夜笑着流泪。你说我到底幸不幸福？我其实还爱你，却再也说不出口。”

“你不要再念日记了。”宇航受不了，“不要再念了。”

“不要猫哭耗子，你现在所做的一切忏悔、可怜，甚至是哭泣，都是想让人同情，想脱罪。宇航，如果你真对她有一丝怜悯，就不会眼睁睁看着妮小燕砍杀她而袖手旁观，无动于衷。”李星妍皱紧眉问，“难道最应该哭的不是段美琳吗？她何错之有？她只是单纯地爱上一个人，嫁给他，想着跟他一生一世，难道这也错了吗？她临死前应该很绝望吧？跟你说过些什么？你有亲手杀她吗？”

“我真没……我是不小心的，我当时走向她们，是想夺刀，我真没想杀她。”宇航急切地解释，“相信我，我真没！是妮小燕杀她！”

“你想夺刀？你现在很内疚！也就是说，刺中心脏那刀，可能是因为你过去夺刀，而导致她被刺中？”

“我……”宇航说完这个字，愣住。

李星妍听到自己想要的答案：“对，所以你的脚印是直线稳步。”是的，这才是能和证据链相互印证的过程。他过失，而妮小燕故意杀人。

宇航摇头，面露惊慌：“不，刺中心脏那刀不关我的事，我夺刀是划伤了她……我……不能坐牢，坐牢我就毁了……我没杀人，人不是我杀的。你不能冤枉我！刚才是诱供，我要投诉你！我要见律师！”

“不，你已经坦白了！‘我是不小心的，我当时走向她们，是想夺刀，我真没想杀她’，这段你无意透露的话，已经告诉我，你很后悔夺刀时误杀了她！”

“你不能这么曲解！我要见律师！我要投诉你！”

李星妍没理她，带程颖走到隔壁。

是的，这就是真相！

妮小燕自我酝酿了很久，见她们走进来，立刻掉下泪，哭着说：“我还有事要报告。”

“嗯？”李星妍坐好，示意她说。

妮小燕迫不及待：“我刚才认真思考了你说的话，感觉我还有案件细节要补充。对了，我们刚才说到哪儿了？我给忘记了。”

对，因为是说谎，所以不会记得自己说过哪些细节。

但李星妍记得清清楚楚，妮小燕刚才供述自己是因为自卫，所以才夺段美琳的刀。而宇航在此时进来，听说有证明他出轨的材料，要让他身败名裂，夺走妮小燕手上的刀把段美琳往死里砍。

李星妍故意诈她：“你刚才说，宇航进来时看到你正拿刀威胁段美琳交出证据，但段美琳上来抢，抢夺中你划了她几刀。而你力气大，踹倒段美琳，抱着宇航亲了几口刺激她。段美琳受不了刺激叫你滚，你堵在门口，威胁她，不交出证据就让她好看。”

“对，就是这样。”妮小燕明显已经混乱。

她之所以承认，是因为这才是案发事实。她在捏造虚假证供后，与真实情节混淆，而陷入自我混乱阶段。

李星妍说：“我们继续，之后呢？”

“我想想。”

“不交出证据就让她好看。”妮小燕认真地想了想，“哦，对，之后宇航抢过我的刀，追杀她。他下手可狠了，一刀一刀下去，我都被吓傻了！”

她明显在说谎。

李星妍面无表情地说：“继续。”

“没了啊，我都交代完了。”

“继续编。”李星妍揭穿她，“你认为办案人员都是傻子，会让你蒙混过关？”

“你刚才不是还相信我吗？”

“行，我来问你。宇航进门时，你有没有砍段美琳？”

“我……”妮小燕认真想了想，“没有。”

“你砍了她几刀？”

“我说了没有。”

“刚才你承认了！进门口我问你的那些话，认真回忆回忆。”李星妍死盯着她，“妮小燕，隔壁关着宇航，他全招了。”

“你阴我？”妮小燕脸色难看，干脆撒泼，“我要求见律师！你们公务员没有一个信得过！我给你交代了那么多！结果你就为了套我的话！”

“什么叫阴？我合理取证。”

“合理，是吗？我要投诉你，往死里投诉！”

“欢迎投诉！现在我们说回凶杀当天！”

“不管你说什么，我都不会再回答！因为我信不过你！我要求换检察官！”妮小燕嘴唇都气得发抖。

李星妍哭笑不得，但言辞冰冷：“我有时候也想，如果这是小孩子过家家应该有多好！没有凶杀，段美琳还是宇航的妻子，还是你最好的闺密！可是妮小燕，你杀了人，出卖设计自己最好的闺密，却连一点儿悔恨之心也没有！是的，很多人在犯罪后，会对被害人表现出百分之一的悔过，但他们说谎求生想脱罪的本能却高达百分之九十九！对他们而言，一切不利于自己的口供可以想方设法推倒重来！可是，对被害人所造成的伤害，却永远无法重来！妮小燕，在你身上我看不到人性，看到的是不择手段的自私！不管你再怎么狡辩，我一定会将你绳之以法！”

妮小燕失控咆哮：“我要见我的律师！你快给我滚！我不相信你！我要见律师！你诱供！逼供！”

李星妍带着程颖离开。

程颖问：“李检，怎么不再让她多提供点儿线索？”

“没用，能提供的她都提供了。案发现场的情况，她说了也没用。因为都是谎言，我实在懒得听。”

“估计又要被投诉了！”

“这次投诉得会狠点儿！但理论上我并没有违规。”李星妍也很无奈，“除了这个方法，我想不到别的方法能撬开他们的嘴！”

程颖忍不住笑了笑：“主任又要发飙了！”

“如果主任愿意看我的检讨的话，我可以回去写检讨！”

“主任已经收藏了你一大沓检讨，法院如果有人投诉你，他就会一张一张念给人家听！”

两人交谈间已经走到看守所门口。

门口还如往常，站了很多律师和检察官。李星妍往人群里扫了扫，没有看到季晋源。

他的被告人已经失控，势必得来。看来，他正在赶来的路上。

李星妍失落地走到停车场开车，回检察院的路上接到季晋源的电话。

“喂，李星妍，你又对我的被告人做了什么？”他语气不太好，“人家可说了啊，一定要我向检察院投诉你诱供陷害。而且我师兄陈世佳也说了，妮小燕也说要投诉你。”

“你会怎么做？”

“屁话，肯定去投诉你啊！”

“我在职责范围内对两名犯罪嫌疑人进行正常的讯问，是他们做贼心虚，关我什么事。”李星妍耷拉下脸，一脸不高兴。

“话是这样说，但我得对我的被告人负责，虽然咱俩的友情——不对，咱俩还没有那么高贵的友情，反正，我先投诉你，剩下的，如果你乞求、哀求、苦求我，咱俩约个饭局慢慢谈。”

“为虎作伥！”

“千万别人身攻击，好了，晚点儿再说，我先和师兄去检察院投诉你。”

他挂断电话。

李星妍听着忙音，心里有些不是滋味。从小到大，因为内心跟家世都足够强大，所以她永远像座不能让人靠近的冰山，面对万事都能泰山崩于前而不动。但现在感觉自己有了正常人的喜怒哀乐，甚至会计较、会失落、会迷茫、会惆怅。

虽然这些都没有溢于言表，但她能感觉到。

李星妍气愤到极点，但装作不以为意：“谁怕谁。”

话虽这么说，但她开车的手使劲往方向盘上一拍，铁青着脸一路开往检察院。程颖不敢多言，但感觉李检非常生气。

为什么生气，因为季晋源投诉她吗？李检从来不怕别人投诉，对她而言，法院、看守所、律师的投诉就像吃家常饭一样普通，这不应该是引起她愤怒的理由。

难道……程颖猜到某种可能，但不敢点破。

第五十七章

淡定地耍流氓

刚回到检察院坐下，高新远就找过来，问：“你今天去了海川国际和看守所同时讯问两名犯罪嫌疑人？”

“对，讯问是同时，但两个人有分隔开！我认为只有这样形成对质，才能找到线索。”

“那你知道海川国际的老总打电话来投诉你，去他们公司耀武扬威？还有宇航、妮小燕的辩护律师也正在赶来投诉你的路上？”高新远生气地问，“你准备怎么解决？”

“首先，海川国际涉嫌诋毁国家机构。其次，我的讯问没有任何问题，主任可以查看完整的讯问笔录，或讯问室的同步录像。”以前面对主任的训斥她就算生气，但都没有气到这分上，连她自己也搞不清为什么会这么生气，这么抗拒，“主任，我抗议，国家公务员就可以随便被投诉？我自认没有违规，我拒绝接受投诉！我也是升斗小民，不是皇权富贵！”

“星妍，身为人民的公仆——”

“我不吃这一套！”她说完气冲冲地往外走，结果刚走到检察院门口，就碰到赶来的季晋源和陈世佳。

季晋源看她气势汹汹地冲过来，心里有点儿慌，一脸提防地问：“干吗？”

她走到他面前，死死地瞪着他：“听说你们专程赶来投诉我，特意带你们去见我们主任。”

“这么好？”季晋源还是抗拒跟她走，她话虽这么说，但表情像要吃人。

李星妍吩咐：“跟紧了，别丢了。”

“我来过，丢不了。”

“那走吧。”

她说完真带他们去办公室见高新远，并热情地介绍：“主任，这就是季晋源和……”

她挑眉看向陈世佳。

陈世佳笑容温和地自我介绍：“妮小燕的辩护律师，陈世佳。”

高新远狐疑地看了她一眼，带两个人去会客室。李星妍随意地跟着进入，然后坐在一旁，安静地听着他们寒暄。

这表现太不正常了！太不像她了！高新远寒暄完，问李星妍：“你不是要走吗？”

“不，我觉得身为公诉人，还是要听听辩方律师的建议。公诉人不应该跟律师站在对立面，应该站在共同维系推动国家法律正义进行的一面。”她乖得像变了一个人。高新远忍不住在心里打了个问号。

以前的李星妍碰到投诉就据理力争，一脸不服气，然后不甘心地写气死人的检讨，现在这么乖？

季晋源也感觉到她的反常，惴惴不安地说：“我的被告人宇航投诉李星妍检察官逼供、诱供。”

陈世佳也忙说：“我的被告人妮小燕投诉检察官诱供！并且证据确凿。她在骗取我被告人的信任后，诱使我的被告人按她的推断进行供述。”

高新远说：“关于这两件事，我们检察院会调查，查证属实的话，将会对李星妍检察官做出惩罚。”

李星妍却不认同：“我想问问两位，什么叫逼供？什么叫诱供？从司法上解释，逼供应该有精神上的折磨或肉体上的虐待，请问我有没有？关于诱供这点，我也是很不认同。诱供的法律解释应该是诱惑被告人按我的推断来进行供述，请问，你们两位的被告人，谁按我的推断来进行供述了？他们都没招！并且我的推断不是主观故意，而是全部站在证据链上分析推理全案，请问，我何错之有？如果不按证据链，我应该按什么来从两个互相推脱的犯罪嫌疑人嘴里知道真相？凭空猜测推断那才叫无理推断！我有理有据，哪里是诱供？”

高新远狠狠瞪了她一眼：“就你能！”他就知道她不会乖乖让人投诉！

李星妍放低姿态：“到饭点了，咱们不如一边吃饭，一边就我国的司法进行切磋！”

季晋源、陈世佳没敢动，他们很清楚自己此行是来干什么的！必须投诉她！

高新远命令她：“你先出去，我先和他们谈谈。”李星妍心不甘情不愿地走到检察院门口等。

过了大约20分钟，两个人才走出来。

李星妍冷冷地问：“吃饭？”

“行吧，我和师兄给个面子听你解释。”

“行。”李星妍开车载他们去吃火锅。其实从小到大，她都不太喜欢吃火锅，所以吃火锅的次数屈指可数。但自从遇到季晋源，总会先想到火锅。

三人坐下，季晋源点完菜，顺便叮嘱她：“不要欺负陈师兄。”

陈世佳勉强笑了笑：“谈不上欺负，一个女人，哪能欺负到一个男人。”

“对。”李星妍横眉冷眼，“有些男人天生小肚鸡肠。”

季晋源、陈世佳同时挑眉看向她，季晋源知道她说的是自己，聪明地不作声。

陈世佳尴尬地笑着问：“什么叫男人天生小肚鸡肠？”

李星妍没回答，转移话题：“说回正题，什么叫诱供？什么叫证据确凿，你所指的证据确凿是什么？妮小燕对你的说辞？”

“对，她说你先是假装认同她，套了不少线索后再翻脸，逼她承认莫须有的罪名。”

“翻脸？莫须有？”她一脸严肃，“你身为这件案子的辩护人，没有看资料？”

陈世佳扶了扶眼镜：“我看了，我——”

“看了还说莫须有？”她毫不留情面，“你听风就是雨，没有主见？没有弄明白就随便投诉？”

季晋源想帮陈师兄说几句，但刚张嘴就被李星妍的视线杀了回去。他爱莫能助地开始吃火锅，给陈师兄夹菜，想借此缓和气氛。

李星妍根本不买账：“陈律师，我知道你会质疑我们的办案手段，就像塔西佗陷阱，因为有些案件出现诱供逼供、或冤假错案，所以司法机关公信力下降，形成塔西佗陷阱，不管我们怎么解释，你们都不会相信，都怀疑！所以，我也想说——你们爱信不信！反正我问心无愧！”

陈世佳用纸巾擦额头的汗滴，虽然没有到夏天，但他感觉浑身不自在。

李星妍看出他的紧张，还是不客气地说道：“悉听尊便！尽管投诉！但我希望你身为一名律师，最起码要有一个律师应该有的职业素养与三观！”

陈世佳刚好电话响了，接听后，抱歉地说：“有急事，我先走了！”

季晋源看了眼陈师兄近乎狂奔的背影，再看了看李星妍双眼发直地瞪着自己，感觉有种在砧板上的感觉。他聪明地不开口说一个字，默默地埋头吃菜。

李星妍也没有说话，更没有动筷，只是双手交抱地看着他吃。

气氛太诡异了，有种敌不动我不动的僵局。

季晋源被她盯得头皮发麻，吃了一半后，终于扛不住：“如果你要训我的话，我洗耳恭听！绝不顶嘴！”

“我有逼供、诱供的可能吗？”李星妍冷若冰霜地盯着他，一字一句都快把他冻僵，“拿出证据来！”

“他说——”

“还说不顶嘴？”她故意抬杠，态度冷淡得如初见那时，“被告人说什么就是什么？你没有一点儿明辨是非的能力？你是幼稚天真的儿童？”

“不要人身攻击！”

“你不是吗？”

“要不约个地方脱裤子让你看看我是不是儿童？”季晋源一脸淡定地要流氓，他根本不生气。

李星妍愣了几秒，骂：“臭流氓！”

“习惯从你嘴里听到这个不尊重人的称呼，能不能换一个？”他继续吃。

“人渣！”

“呵呵，”他被这两个字逗笑了，心平气和地说，“李星妍，你真应该改改你这臭脾气！你看，连陈师兄这么老实的人，都被你欺负到怕！我真的不敢想象以后你的男朋友跟你相处的画面，那一定很悲壮！不对，是十分悲壮！将来如果有男人肯娶你，真有种为全世界除害的英雄气概！”

她面无表情地瞪着他，不吭声。

他笑眯眯地边吃边说：“开诚布公地说，女人应该温柔，不要这么咄咄逼人，你要知道，太凶的女人从古至今都很难找到男人！你的外形——”

她干脆闭上眼睛，懒得听他的唠叨。

男的滔滔不绝，女的坐着不动，闭着眼睛仿佛已经睡着。

这真是诡异的一幕，隔壁桌的食客纷纷朝他们看过来。

季晋源说了半个小时后，终于把所有菜全部吃完，叫她："喂，李星妍，李星妍！"

她慢慢睁开眼睛。

他问："睡着了？"

她叫来服务员买单，他不敢置信地追问："不会真睡着了吧？我可说了足足半个钟头，把我对你的偏见、意见，你个人的缺点全说完了。"

她结账走人，坐到车上才回答："小憩！"

季晋源一脸抱怨："你真不尊重人！"

她开车，一脸冷漠地回答："不想听废话！"

季晋源无言地看向窗外。

她把他送到家门口，车刚停下，他还是忍不住念唠叨："李星妍，你脸皮厚三丈，从来不怕别人投诉你！现在这么生气应该不会是因为我投诉你吧？莫非你贪图上我的美色？"

"下车。"她气定神闲。

"被我猜中了？"

"限你三秒从我眼前消失。"

"好吧。"季晋源拉开车门，走下车，突然想起一件事，回头叮嘱，"如果你对我有什么非分之想的话，可以适当透露透露，我也好防备防备。"

她给了他一记白眼，开车离开。

第五十八章
淡定地耍流氓（2）

李星妍回到家已经半夜，她刚想溜回房间，结果看到李飞鸣还在客厅看电视。她走过去叫了声："爸。"

李飞鸣笑眯眯地问："跟小季约会去了？"

李星妍漫不经心地笑了笑："没，他投诉我，我批判他去了。"

"闺女，爸爸必须跟你透露一件事！小季最近在律师业很抢手，最近这十天，跟我打听他人品的人有十几个！尤其是我的那几个老友还跟我说，他们的闺女对小季有兴趣！不过你放心，爸爸拼命抹黑小季，不仅从他所接官司上，还从跟你交手的情况，添油加醋地警示他们了！放心！关于他的名声，很快会在圈内散播！"

"当心他找你麻烦！"

"说事实而已，怕什么？"

"诽谤罪！"

"放心，我有分寸！"

李飞鸣拍着胸脯保证，可是话音刚落，他手机就响了。他看了眼来电显示，跑到阳台接听。

季晋源问："叔啊，最近听到一些不好的事。"

"嗯？"李飞鸣装傻充愣！

"刘辰宇律师您认识吗？今天白天有幸打了一照面，他竟然问我，为什么不对您女儿负责？还不娶她？我问他为什么要这么说。他说您说的，我跟您女儿正在处男女朋友，您的宝贝女儿还在我家里过夜，并且，我跟她亲个嘴还跟您汇报！叔，有这种事？我怎么不知道？”

“有吗？”李飞鸣无辜地问，“刘辰宇是谁？”

季晋源无奈地说：“叔，您别装了！刚才我跟您女儿吃饭的时候，没忍心告诉她！但是因为您这样散播谣言，我狠狠地痛斥了她半个小时，对她的缺点、偏见全说了！”

“她一定没搭理你！”

“您——”季晋源语塞，只能换话题，“现在不说她！说说这个谣言的问题！我什么时候跟她在处男女朋友？叔，您可真厉害！我还掏心掏肺地替您女儿介绍对象呢！你转身就把我给卖了！”

李飞鸣提防地看向客厅，没看到女儿的身影，才放心质问：“你们有没有同居一室过夜？”

“天地良心，您知道的，我们什么都没干！”

“你就说有还是没有！”

“有！”

“你喝醉了有没有亲她？”

“亲脸！”

“那就是有了！这些都是事实，我说了什么假话？我跟老刘也是这样说的！我说你们不知道是不是正在谈男女朋友，但有共处一室，有亲吻行为！这只是成年男性对儿女的吐槽！”李飞鸣反问，“我这样说，请问，有什么问题吗？”

季晋源头都疼了：“叔！您还对外说我人品值得考量！”

“我是说，做我女婿的话，我需要考量你，没错啊！”

“反正不管怎么说，您都不能对外这么传了！最好再澄清澄清！”

“除非你帮我女儿找到男朋友，要不然，你就变成她男朋友。二选一，你看着办！”

“叔！”季晋源生气地问，“您祖上姓赖吧？她找不到男朋友关我什么事？”

“现在都知道她跟你谈恋爱，没人敢追她，怎么不关你的事？”

“叔！您不跟别人乱传，别人会误会我跟她谈恋爱？我真是跳进黄河也洗不清。”

“小季啊，黄河有什么好跳的？这样吧，十万！一口价，替她找个男朋友，给你十万！”李飞鸣趁机引诱他上钩。

季晋源有点儿心动：“说话算话？”

“决不食言！”

“我师兄陈世佳其实人品不错！为人老实，肯定是您的菜！”

“小季，你放手去试试。”

“行。”季晋源挂断电话，这才想起自己怎么又被李飞鸣带歪了？等等，刚才应该是自己质问李飞鸣为什么要抹黑他！结果又变成了要给他的女儿介绍对象？李飞鸣每次两万、三万、五万、十万的，总说得特别痛快！但现实是，自己总共才收了李飞鸣 3000 元，却一直不停地在替李星妍找对象？

这中间是不是有哪儿不太对劲儿？

把陈师兄介绍给李星妍，看刚才两人相处的情形，好像有点儿不厚道。

季晋源躺在床上翻开微信。

他看着李星妍的头像，那把法庭的锤子，忍不住笑着给她发送微信语音：能不能换个头像！哪有人用法庭的锤子当头像？姐姐，都什么年代了，不要这么一本正经好不好？

李星妍秒回：？

季晋源瞬间激动了：师太，您在线啊？还没睡啊！

李星妍：什么头像？

季晋源：比如个人照什么的，反正别用锤子！

李星妍一分钟后发送过来一张私人照，问：这种？

这张私照是她唯一一张镇山之宝，照片上的她背靠大树，脸上露出浅浅的笑容，穿着白色休闲小西装，里面一件灰色打底，下身难得地配了条牛仔裤。

季晋源看着这张照片，心狠狠地往喉咙口一撞，感觉五脏六腑有一种甜蜜的东西在缓缓流淌。他回了句：漂亮。

李星妍简短回：哦。

不到一分钟，她的头像换成了这张私照。

季晋源看着她的头像，情不自禁地发微信给她：师太这张照片还可以！

李星妍没有回。

他追问：无聊睡不着，我们来分析分析案子如何？

李星妍：哦？

他噼里啪啦发过去一大段文字：我觉得啊，宇航肯定无罪，如果你再找不到证据，记得释放他。

李星妍：哦！

他说：真不希望跟你再在法庭针锋相对，你是不是很害怕我成为你的对手？其实怕也正常，案子嘛，不是输就是赢。

李星妍：哦？

季晋源郁闷了：你怎么老回复一个‘哦’字？

李星妍：88

季晋源傻眼了！她这算什么态度？会社交吗？会聊天吗？真是聊天的杀手！不愧为师太一枚！他躺到被窝，也准备睡觉。但临睡前，还是忍不住翻开微信，看着她的头像，有种异样的情绪在躁动。

喜欢一个人，是不是从无意识开始。当你无意识地开始接纳一个人，无意识地开始为她（他）作出改变，无意识地经常想起她（他），经常看着跟她（他）有关的一切，感觉甜蜜的时候。是不是表示，喜欢就这样开始，爱情，就这样来了。

李星妍第二天上班的时候，还会偶尔掏出手机来看微信。这种反常的举动引起了程颖的注意，毕竟像李检这种一本正经的人，上班都会埋头看案卷。

程颖问："李检，微信上有什么吗？"

李星妍笑着问："微信上我那张照片怎么样？"

"很漂亮，很迷人。"程颖的回答很中肯。李星妍心里受用地再看了两眼。

高新远拿着资料找过来，问："案件进展得如何？"

李星妍收起手机："已经达到起诉标准。"

"宇航是明星，有一定的影响力，所以你的证据链一定要充分完整，不要让辩护律师钻空子。"

"主任放心，不管他是谁，都不能让真相成为奢侈品！"

"警察在段美琳家里没有找到什么可疑的东西，不过根据你的提示，他们查看段美琳的电脑，发现她在案发前几天，一直在浏览微博。不知道你说的妮小燕的小号是不是她的微博小号，但目前也没有任何进展。"

"好，我知道了。"

"星妍，这次不准出错，一旦决定起诉，一定要有绝对的把握。"高新远叮嘱。

李星妍点头："主任放心，我再去讯问讯问。"

“对了，纪检监察部门会觉得应该杜绝这种律师、犯罪嫌疑人投诉检察官的事，为了司法审讯的透明性，他们已经决定让律师提前介入审讯。你要知道，要想你的逻辑达到逻辑自洽，就必须充分听取各方的建议或意见。你觉得呢？”高新远见她一脸抗拒，耐心劝说，“该案因为两个犯罪嫌疑人互相推诿，你只能凭证据链去推理。但如果你的推理逻辑失去了自洽性，那么证据链将不攻自破。星妍，不要拒绝。”

“好吧。”李星妍勉强答应，收好桌上的资料，“那我就借力打力！先去撬开妮小燕的嘴。”

“期待你的好消息。”

李星妍告别主任后，带程颖直赴看守所。

程颖想到妮小燕就头痛：“李检，她完全不配合，有办法吗？”

“嫌疑人不肯配合很正常，这次我们借她的律师一用。”

“怎么用？律师能让她开口。”

“别的律师不可以，但陈世佳一定行！”李星妍很有把握。

程颖还是一头雾水：“我不懂！”

李星妍高深莫测地笑了笑：“一会儿你就懂了。”

第五十九章
妮小燕招供

两人到达看守所时，陈世佳已经赶来。

李星妍在门口就给他一个下马威：“希望一会儿陈律师不要干扰我审案。”

陈世佳点头：“一定一定。”

三人走进讯问室。讯问室里，坐在讯问椅上的妮小燕看到辩护律师，总算放松，没有再无理取闹。李星妍坐好，一边翻看资料一边问坐在一旁的陈世佳：“陈律师，如果觉得我有错误的地方，可以指出。不用怕干扰我，我希望能跟辩护律师一起，查清这个案子，还无辜的人一个公道。”

刚在门口说不要干扰她审案，进来又说自己可以指出？

陈世佳如坐针毡地点头。

李星妍微笑着问妮小燕：“可以开始了吗？”

妮小燕再次看了眼陈世佳，点头。

李星妍直入主题：“警方查到你有一个微博小号，我特意去看了看里面的内容。很深情，尤其里面有一句话，我特别有感触。你说和宇航的爱是天意注定。”是的，微博小号目前警察还没有查到，不过这只是时间问题。她可以利用段美琳死亡前五天写的这篇日记的内容诓妮小燕。

妮小燕虽然深信不疑，但还是抗拒跟她说话：“这些没什么好说的。”

“我其实很同情你。”

“切，谁信啊？”

“如果之前我的言行伤害了你，我对你说声抱歉。”李星妍假装同情她，“你不过晚几年认识宇航，就成为小三。时间对人真不公平，如果你早几年认识他，你和他会是最幸福的一对。”

“可不是，不过说什么都太晚了。他把所有罪名全推到我身上。”

“恨他吗？”

“说不恨是假的！我为他付出整整三年！为了他身败名裂也不怕！结果他呢？他为我做了些什么？”妮小燕提起宇航情绪有些激动，瞬间红了眼眶，“我一直以为他为了我玩那些浪漫的事，是真的爱我，可现在才知道，到了危急关头，我只是他想苟活的一颗棋子。”

陈世佳看着妮小燕陷入情感陷阱，忙提醒她：“检察官，我们应该重点聊案件，而不是聊这些内容。你应该重点针对我被告人那天的凶杀情况进行引导性提问，而不是就这些陈年旧事，进行引诱性提问。”

李星妍指责他：“你完全不懂女人。妮小燕虽然是被告人，但在某种程度上而言，她也是情感上的被害人。”

“对，我也是被害人。”妮小燕点头。

“对，你也是被害人。”李星妍带着目的地重复。

妮小燕想起前尘往事，难过极了：“我真的很讨厌段美琳，凭什么啊？她早认识宇航几年，陪他吃苦，所以宇航只要想离婚就是对不起她？爱情没有先来后到，爱情就是两个人喜欢就可以在一起。我跟宇航偷偷摸摸几年，想转正不是很理所当然吗？她段美琳连个孩子也怀不上，凭什么不让位？如果我先认识宇航，段美琳能做的，我也能做。我甚至还可以不惜一切为宇航生孩子，我可以陪他吃苦，陪他享受人生的喜怒哀乐！她段美琳算什么？”

妮小燕已经陷入自己的逻辑里。

主任一直在说逻辑自洽，逻辑自洽这四个字刚好提醒了李星妍。自洽是说，你对一件事的逻辑是正确的，没有任何矛盾的地方，能说服自己跟别人，它完备且完整。

所以，包括一个人犯罪，她也能有说服一部分人的逻辑，达到自我欺骗的逻辑自洽。

这就是李星妍这次审讯的目的。一般检察官会在微表情分析下，分析犯罪嫌疑人的哪句证词为真，哪句为假。但这种分析局限于证据链为基石。

你了解这桩案件，心里有了大概逻辑，就能从一个人的表情、动作去分析。如果没有证据链为基石，那么这种分析，其实错误率很高。

这也表明，单纯用肢体语言的逻辑，它无法达到自洽性，它会有矛盾之处。所以这次，李星妍不以案件本身为主去刺激妮小燕，她以妮小燕自以为是的逻辑开始。

妮小燕在律师的陪同下，会放松自己，会更放心自我投入。情到深处她可以平铺直叙，李星妍也可以适当让她倒叙，从中找出破绽或定罪的陈述。

让一个神经误以为自己是神，让她陷入自己神的思维里，她才会试着用这思维去说服所有人，让大家认同她的思维体系，这才是最好的找出答案的方法。

妮小燕陷进自己的情绪里："段美琳整天就会装柔弱，装不在乎。事实上，爱一个人，怎么可能不在乎？宇航有花边新闻，宇航跟同剧女明星传出绯闻，她竟然都不在乎？但我不同，我会缠着他问个究竟，会让他给我个交代。这才是真正爱一个人。爱一个人就是不择手段地占有，爱一个人就是想要变成他的唯一，爱一个人就是要冲破伦理。我何错之有？你看，天价离婚案后，所有网友都支持我跟宇航在一起。他们在网上留言说：'小燕，段美琳既然手段卑劣，你就干脆跟宇航在一起，我们支持你'。是啊，这才是天理，这才是天意注定的爱情，这才是所有人支持的爱情。"

"呵呵。"妮小燕说到这情不自禁地笑起来，眼神虚浮地看着李星妍，"但段美琳不这样认为，她觉得我就是小三，宇航就是出轨。事实上，他们已经和平离婚了。为什么段美琳会和平离婚？因为她根本就不爱宇航。爱一个人怎么可能会轻易提离婚？如果我跟宇航结婚，我会自始至终都站在他身边，不管他变成什么样子都不会轻易提离婚。但段美琳做不到！"

"可是他把所有罪推到你身上。"李星妍适时提醒她。

"对。"妮小燕恍惚地笑了笑，"他把所有罪全推到我身上！这让我没有想到。当天是他要求我去见段美琳，看她到底有些什么证据！结果他看着我砍她，竟然不帮我……我有好几次都在喊，宇航，她不死我们就完了！到了这样的地步，他还在迟疑，还在犹豫。他不动手！就是逼我动手！"

"对，因为他懦弱，他的懦弱辜负了你，伤害了你，所以你才会拿起刀。"

"没错，所以我拿着刀，一直追着那贱人砍，我就是想她死！"妮小燕想起那些经过，再次红了眼眶，"但我没有想到，宇航会过来抢刀，有什么好抢的？难道不应该让段美琳死吗？他到底在想什么？"

李星妍看向张口欲言的陈世佳，用眼神警告他闭嘴。

妮小燕已经完全陷入那天的情景："到底有什么好抢的？她死了不应该是天意吗？是天意让她不要再阻碍我跟宇航，我们才是最般配的一对。只要她死了，我跟宇航就能光明正大在一起，宇航不用给她一毛钱！对，她的存在对于这个世界就是浪费，她没有任何存在的价值。一个不争不抢天真到完全丧失最基本生活能力的女人，她活着有什么用？我只是在替天行道！"她自嘲地笑了笑，"宇航竟然一时良心发现，过来抢刀，可是没想到，反而把她给杀了。哈哈哈，这是天意，你知道吗？这就是老天爷注的！注定像她那么蠢的女人，不配活在这个世上，她注定要让最爱的人背叛抛弃！所以说，万般皆是命，半点儿不由人。"

李星妍已经听到所有答案，她觉得自己手上的证据已经足够开庭。

第六十章
李星妍，你喜欢我吗？

妮小燕说完，还在恍惚之中，她呆坐看着李星妍半晌才反应过来，条件反射地问：“我刚才——”

“对。”李星妍打断她，“我要谢谢你，你向我陈述了案发现场所有的事，谢谢你的信任。”

“我——”妮小燕不敢置信，“我承认了？”

“对，你的律师可以作证？”

“我——”妮小燕看向陈世佳，“我认了吗？”

陈世佳站起身，点头：“对，你认了。”他认为刚才的一切都太恐怖了，这个检察官竟然有各种方法让犯罪嫌疑人招认。她刚才对妮小燕大打友好牌，让妮小燕放松，再从逻辑上认同妮小燕。

而妮小燕也陷入这种奇怪的逻辑体系，把一切全招了。

对，在没有任何逼供、诱供的前提下招了！

这太可怕了！用一种温柔的方式击溃人心，她就像能看透人心，主导思维逻辑的怪物！

妮小燕瘫坐在讯问椅上，突然冲陈世佳咆哮：“我叫你来干什么的？你为什么不提醒我？”

“妮小燕。”李星妍说，“不关他的事，只要你犯了罪，检察官总有办法让你说出案件的详细过程。站在个人角度，我很同情你，但站在人性角度，我不太赞同你刚才的言论。其实很多事，你连自己也无法说服，你的言论解释不了自己本身的行为。因为爱，所以不顾一切强占？因为爱，觉得原配罪该万死？

因为爱，所以犯罪犯法都理所当然？这是逻辑谬论或诡辩，你的言论能迷惑一些人，能让一些人认同你。但这些都能被击碎。依你的言论，你爱宇航，所以就算杀人也理所当然。那么，就算你和宇航在一起，还会有别人爱上他，别人是不是也可以理所当然地伤害你？我们在诡辩的同时，总忘记了设身处地。”

李星妍说完，往外走。

程颖让陈世佳签字后，跟了出来，一脸崇拜地说：“李检，我快五体投地了。”

李星妍也颇为得意：“神和神经只是一字之差，我很高兴，她在神经的角度进行了神的陈述。

“这就是你说的借力打力？”

“对，陈世佳因为接触过，熟知他的人品，知道他不会像季晋源一样难对付，但因为他老实，被告人可以放心把自己交给他。所以主任说让辩护律师参与审讯时，我反而感觉这挺好的。如果是季晋源，他一定阻止我四五次了，我完全不可能套出真相。”

“季律师——”程颖调侃，“李检好像三句不离季律师。”

“哪有？”

“明明就有。”

“我只是觉得像季晋源那种人渣，才最难对付。”李星妍叹了口气往外走，走到门口又习惯性地在人群里寻找。

季晋源没来。

她开始习惯一个人，开始想念一个人，这种习惯让她苦恼，让她不知所措。

你会不会突然想到一个人，这种突然真让人慌乱无措。

陈世佳走出看守所，还心惊胆战。他打电话给季晋源，说：“晋源，我刚出审讯室，这是我第一次见检察官讯问嫌疑人。”

季晋源打趣问：“心灵受到创伤？”

“回去说，我现在双腿还在发抖。”

“等你回来都下班了。这样吧，晚上我约了个朋友去酒吧，介绍你们认识认识。”季晋源为了10万元而奋斗！ 10万！可不少！

“行，酒吧好，我需要那么刺激的环境来刺激刺激大脑。”

陈世佳除了公司聚会偶尔去酒吧，平时一般不去。可今天破天荒地答应了，还马不停蹄地坐车赶到。

他提前半个小时到酒吧，坐着等季晋源。

酒吧里很喧闹，季晋源赶到时音乐已经震天响。

陈世佳喝着啤酒，闷闷不乐地说：“晋源，快开庭了，我有点儿慌。”

“嗯？”季晋源很好奇他慌什么。

“那位检察官太可怕了。”陈世佳提起李星妍还心有余悸。

“不怕。”季晋源安慰他。

“不。”陈世佳想起李星妍还十分畏惧，“她只用一个眼神，我就完全不敢说话。”

“这样啊？”季晋源面露难色，“我还约了她来。”

“她来了？”陈世佳条件反射地站起身，马上就想往外冲，但已经来不及，李星妍已经迎面走过来。

季晋源见气氛尴尬，当和事佬：“其实也没啥，对吧？大家都是朋友。”

李星妍冷冷地看了他一眼，没吭声，坐到陈世佳旁边的位子上。季晋源给陈世佳使了一个眼神，陈世佳坐好，不安地问：“这是做什么？”

“给你介绍对象，你看星妍她其实私下啊，温柔、大方、善良，师兄你不知道，她——”

季晋源还没说完就被陈世佳打断。

“我其实有喜欢的人了。”陈世佳焦急地解释。

季晋源压根没听说他有对象，刚想再问，陈世佳已经落荒而逃。他看着陈师兄的背影傻眼了，师兄这是什么反应？

李星妍有这么可怕吗？

“你今天对他做了什么？”季晋源好奇地问。

“没什么，只是讯问嫌疑人让他旁观了。”

“你讯问也没那么可怕啊！”季晋源帮她要了杯果汁。李星妍喝了两口，漫不经心地回答：“谁知道？”

“既然来了，咱俩去跳个舞？”

“不会。”李星妍看了眼舞池里那些疯狂的男女。

“那去电影院吧？看看冷门电影？”季晋源继续提议，“这案子应该快开庭了吧，不用放松放松？”

“行。”

她习惯地自己买单往外走。

季晋源追上来说：“我把自己那一半发红包给你，哪能让你天天请客。”

“行。”她不多言，走出酒吧后用手机买了电影票，然后开车载他去电影院。到电影院门口时已经开场，两人走进去。

虽然是特意买的没人看的电影，但显然没有冷门到以前那种地步。放映厅里已经坐了五六个人。

他们按买票的位置坐到最中间。

电影甚是无聊，季晋源没心看，时不时地看向同场的那些男女。

这些人都是情侣，稀稀落落地坐在角落窃窃私语。

季晋源压低声音：“说说案子呗。”

“嗯？”李星妍盯着电影，脑里却在想今晚要写的审查意见书。

“你准备起诉吗？”

“不能透露。”

“跟我还隐瞒？”季晋源套话，“今天讯问出结果了？妮小燕招了吧？”李星妍猜到他的意图，靠着椅背，双手交抱着慢慢合上双眼。

季晋源彻底服她：“李星妍，你又来这套。”

她没回他，在脑里构思完整的证据链和证词。

他抱怨：“你以前说只要讨厌我就会闭上眼睛，我有那么讨人厌？”

她没睁开眼，笑了起来：“没，我那是在骗你。”

“什么？那么一本正经，是在骗我？”

“我思考跟讨厌别人都会闭上眼睛，但跟你聊天的时候，百分之八十是在思考案件。”

“有个正义的职业，骗人都像真的。”季晋源还挺羡慕。

“还有个优点，因为我几乎从不说谎。你要知道，一个从不说谎的人说谎，所有人都会深信不疑！”

“所以你偶尔也会说谎？”

“正确。”

“那我问你一件事。”季晋源笑容满面地凑到她耳边，暧昧地问，“你对我，有没有心动过？有没有感觉？”

她睁开眼睛，看向他。

双方距离很近，几乎随便再凑近点儿就会碰到一起。

放映厅的灯光很昏暗，他双眼炯炯有神地看着她，像是黑暗中唯一那点儿光芒，能照到她心里，让她所有心思都无所遁形。

“你，究竟有没有喜欢我？”季晋源半恶作剧半认真地问。连他也说不出来自己对她究竟是哪种情愫，像喜欢却又害怕接近，像心动却又抗拒跟她过于亲密。

他充满不安，所以才会不停地给她介绍对象，可别人讨厌她，自己又会开心。

是的，为什么会不安？为什么会抗拒？为什么害怕跟她接近？为什么又会开心？只因为察觉到了自己那点儿蠢蠢欲动的心思吗？

第六十一章
李星妍，你喜欢我吗（2）

李星妍没有回答，换作以前，她一定毫不犹豫地说："不喜欢。"

但这次，她没有说。

自己并不抗拒跟他见面，反而更享受跟他见面。

这是习惯吗？习惯成自然？因为习惯一个人，所以才会想见到他，因为习惯一个人，所以才会不抗拒与他的每分每秒。

她犹豫半晌，才违心地说："没、没感觉。"

"没感觉？"季晋源指出，"你说这句话时，有生硬的停顿，眼睛眨动的次数非常多，并且眼神有闪躲。这按你的话来说，是说谎？"

她认真地想了想，看了他一眼，目光撞到一起后，又飞速移开，装作若无其事："我想一个人对另一个人的喜欢，不应该是我们这样的，你误解了。"

他饶有兴趣地跟她探究："你说这句经过深思熟虑，措辞严谨，有字斟句酌的嫌疑，并且视线不肯跟我长时间对视。这其实是一种心理作用，叫潜意识维系谎言，所以导致自己露出马脚。"

"这种辨别只有百分之八十的准确性，你的话送你。"

"不。"他很认真地跟她抬杠，"如果把这种理论建立在一个已有的条件或基石上，准确性应该达到百分之九十。"

"还有百分之十的误差。"她已经被他带离逻辑，顺着他的话题去反驳。

他的笑容更灿烂："不对，如果假设我喜欢你为'你是否喜欢我'的基石，那么，这个问题，我们可以好好谈谈。"

"有什么好谈的？"

“谈恋爱。”他一半真一半假，眼里笑意更深，“如果‘你喜欢我’和‘我喜欢你’都是这次话题的基石，那么身为主导者的我，想让这基石建成摩天大楼；如果单纯只是‘我喜欢你’而‘你不喜欢我’，我也想建成云巅之宫，因为基石不会坍塌，你可以顺着‘我喜欢你’这块基石爬上宫殿。”

李星妍目不转睛地看着他，分不清此刻他说这些究竟是真情还是假意，但不管真假，她已经心跳如鼓。

“为什么不回答？”

“因为这是逻辑陷阱。”李星妍面无表情，但心里已经掀起惊天骇浪，“这是陷阱。从你问我是否喜欢你开始，到最后，这是一连串的逻辑陷阱，我怎么回答，你都能揭穿我。因为从一开始，你就让我先入为主地认为自己说谎了。所以不管你怎么问下去，我怎么回答，答案都只有一句。”

“一句什么？”

“我喜欢你。”

“谢谢你的坦白，我很受用。”季晋源高深莫测地看着她，眼里笑意更浓，“最后你还是掉进陷阱了！李星妍，看了你几场讯问，跟你学的，送给你。”其实心里很失落，就是想用一个蹩脚的借口知道她的心思，但最后还是失败了。

逻辑陷阱？不，这不是陷阱，这只是试探。

就像你喜欢上一个人，就算内心抗拒，但还是会在言语、行为甚至眼神上试探对方。你会迫切想知道她的心意，知道她的一举一动。你会情不自禁被她所吸引，却又在心里知道双方的不可能。

理智与情感互相较量，互不退让。

理智会占据上风，但偶尔，情感会冲破理智的束缚，让你冲动失控。

李星妍说：“下回不要乱介绍相亲对象给我。”

“行。”

“下回不要再试探我。”

“行。”

“下回不要再——”

“李星妍。”他打断她，“下回记得想清楚再回答，你究竟有没有一点点喜欢我。”

“这个答案很重要吗？”她心里有点儿欣喜与纠结。

“对啊！”他笑得不露痕迹，“如果你喜欢我，我可以预防预防嘛！就当打预防针！”

“我是病毒？”

“对，病入膏肓。”季晋源说，“膏肓之疾，除人力外，不可扭转。”

“什么时候研究文言文了？”

“瞎扯呗，对了，刚才都是玩笑啊，别当真。”

“行了，我要回家写审查意见书了。”李星妍起身往外走，季晋源疾步跟上，一边走一边问，“这么快写审查意见书？”

李星妍找到自己的车，上车启动，季晋源坐到副驾座。

她说：“对，刚才和你谈情说爱间，已经想好全部内容。”

“什么？”他脱口而出，“这么浪漫的场景你也分心？李星妍，你能不能有点儿约会精神？”

她启动车，一路都面无表情，看不出喜怒哀乐：“约会精神？浪漫？季晋源，下次不要再问我这些奇怪的问题，也不要再跟我开这种玩笑。”

“你有意见？”

“对。”刚好一个红灯，她停下车，看向他，认真地说，“我会当真。”

我会当真……

会当真……

季晋源怔住，这句话是什么意思？会真的以为自己喜欢她？她这是在明示、暗示或提示些什么吗？

有没有可能，她也喜欢他？

季晋源若有所思地笑了笑，没有再说话。

她把他送回家后，立刻赶回检察院写审查意见书。她条理分明，清晰地列了整个案件的前因后果，把天价离婚案也加上去。

写完审查意见书后已经凌晨五点。

李星妍伸个懒腰，走出检察院。凌晨天色已经渐渐明亮，夜晚安静的大街小巷开始复苏。

她看向天空那慢慢出现的红日，喃喃自语：“段美琳，要控告了，所有伤害你却又百般狡辩抵赖的人，一定会得到他们应得的惩罚。”

是的，控告开始。

一切是非曲直交与法律去审判，法律才是国家运转的基石，没有任何人能在犯罪后，逃脱法律的惩罚。

一个星期后，正式开庭。

这次开庭很热闹，法院外早已围满了记者和粉丝，这些人将法院门口里里外外围了七八层。

粉丝在等消息，声援宇航。而记者在法院外追踪报道一手资料，还有个别记者没有带器材想混去庭审旁听，结果扑了空。宇航早已在季晋源的提醒下，对法院呈了封不公开审理的申请书。因为宇航是明星，此案涉及大量个人隐私，不管案件公诉结果如何，季晋源认为这都会严重影响宇航声誉，对宇航造成巨大影响，法院在权衡之下批准。

李星妍带程颖走进去，又是熟悉的一系列开庭流程，季晋源坐在她对面，脸上少见的稳重与严肃。

他这次看来没少做功课，临开庭前还一直在不停地跟助理讨论，不停地看文件。离他不远是另一辩护人陈世佳，他更卖力，整颗脑袋几乎埋进了资料里。

李星妍也没闲着，不停地反复看资料。

她必须排除一切突发性可能，把所有证据夯实，让季晋源辩无可辩。

第六十二章

明星杀人案正式开庭

审判长进入法庭，一切准备就绪后开始审理。

按例先核对宇航和妮小燕的资料，避免被告人串供，两名被告人是前后进入法庭。核对完资料后，李星妍读起诉书。

“审判长，在 2018 年 5 月 × 日，× × 花园小区 16 楼 1601 室发生一起杀人案。被杀的是业主宇航的妻子段美琳。警方在接到被告人宇航、妮小燕的自首电话后，迅速出动，将在现场两名涉案人员控制，并封锁了现场。

“警方将两名被告人带回警局后进行侦查。经警方侦查，确定两名被告人都有杀人嫌疑。警方的证据来自案发现场的脚印、以及料理刀的指纹，还有双方的口供。

“警方侦查终结后，于 2018 年 5 月 × 日移交检察院。经检察院依法讯问被告人，已查实：

“2018 年 5 月 × 日，被害人段美琳被人残杀，而妮小燕、宇航都有作案动机，并且此案有故意杀人的嫌疑。动机证据为：已经一审结束的‘天价离婚案’中的录音材料、能证实段美琳收买妮小燕的 200 万元为借款。这些证据皆为妮小燕与宇航伪造，妮小燕已经认罪，有讯问笔录做证。

“其二，根据法医检测报告：被害人段美琳身上的防御性刀伤有二十起，分布在背部、胸前、手臂。陈旧缝合伤疤三处，额头 2.1cm × 1.9cm，左手臂处 2.2cm × 1.8cm，右手臂 2.3cm × 1.9cm。其中心脏穿透伤为致命伤，伤口宽约 3.2cm，深约 18cm，推测凶器为 3.5cm 宽，长约 22cm 的尖刀。根据血凝程度推断，伤口在 2018 年 5 月 × 日 17 点刺入。死亡原因系急性心包填塞。

“以上法医检测报告能够证实：被害人是被人故意杀害，所以身上刀伤多达20处。警方的痕迹分析也能证实，被害人在被杀前，有进行激烈的反抗和挣扎。另，被害人身上的陈旧缝合伤疤为被告人宇航家暴所致，被告人宇航已经承认，有讯问笔录为证。

“而凶器为3.5cm宽，长约22cm的尖刀。经警方查实，凶器为案发现场的日式料理刀。日式料理刀所造成伤口与被害人身上的伤口相符，另，料理刀的刀柄，能检测到两名被告人及被害人的指纹，两名被告人身上，能检测到被害人的血迹。

“控方结合双方的供词、凶案现场的证据等，认为，此案为妮小燕故意杀人，宇航过失致人死亡。

“请依法判处。

“公诉人：李星妍。”

审判长问宇航：“听清楚了吗？是否需要陈述？”

宇航激动地喊：“没有，我没有失手杀人，是妮小燕故意杀人，我是被冤枉的——陈述什么？你们冤枉人——”

审判长责令他冷静。

审判长问季晋源：“是否认同公诉人的起诉书？”

季晋源看了眼李星妍：“辩方反对指控，辩方认为被告人宇航并没有过失致人死亡，应该无罪释放。”

审判长问妮小燕：“被告人妮小燕有没有听清楚公诉书？是否需要陈述？”

妮小燕也激动地反驳：“没有，我没有故意杀人！人是宇航杀的！检察官的讯问不合法！她一直诱供、逼供，我要投诉她！我要抗议！陈述？对，我要举报她！我要求法庭彻查她的讯问是不是合法！”

审判长问陈世佳：“辩护律师，你是否认同公诉人的起诉书？”

陈世佳起身：“我方认为被告人妮小燕并没有故意杀人。”

审判长让法警带下妮小燕，先对宇航开庭审理。

李星妍出示证据，双方对于基本证据并没有什么分歧。

审判长示意李星妍：“公诉人可以开始讯问被告人。”

李星妍站起身，问：“被告人宇航，你承认过失致人死亡吗？”

“我肯定不承认！”宇航还是难以克制情绪激动，“我没有罪，为什么要承认？”

“你有没有对被害人家暴？”

“有。”

“为什么家暴？”

“压力大，一时失控。”

“跟被告人妮小燕出轨让你压力很大？所以暴打原配？导致她去医院缝了三针？”李星妍冷冷地问。

“一时鬼迷心窍才出轨。”

“是，我看你真是鬼迷心窍！”李星妍瞬间提高音量，“你跟被害人妮小燕不仅出轨，还因为她对跟了自己5年半的妻子动手，不仅家暴、出轨，还会时刻想着录下她一些开玩笑甚至是对你不利的言论。再用这些录音掐头去尾，对被害人栽赃陷害，对她倒打一耙。你不是鬼迷心窍是什么？”

宇航狡辩：“录音跟借款的事我真不知道。”

“好一句不知道，就把一切栽赃陷害推得干干净净，把自己说得何其无辜。”李星妍不跟他纠缠这件事，“我问你，案发当天为什么回家？为什么你跟妮小燕相约一起？”

宇航怔住，他拼命去回忆检察官以前的几次讯问有没有问到这点，怕自己说错什么让她抓到把柄，但他没有回忆出来。

他思考了片刻，如实回答：“是妮小燕约我去的，说段美琳有什么证明我们说谎和出轨的证据。”

李星妍一直紧盯着他。这个问题，自己之前并未问过。但他说这段时，她完全看不出破绽。

“证据是什么？”她追问。

“证据……”宇航沉默了片刻，低下头不看她。

是的，他知道证据是什么，但抗拒对她说。是怕警方找出证据吗？到底是什么样的证据？

“到底是一份什么样的证据。”她锲而不舍地追问。

宇航干脆不作答。

李星妍与他僵持了几秒，只能换个话题：“恨被害人吗？”

“不恨。”

“不恨怎么会眼睁睁看着她被人杀害也不帮她？”

“……”宇航继续沉默。

“案发当天被害人有没有向你求救？”

“有。”

“为什么不救她？”

“……”他又选择不答。

李星妍冷冷一笑：“因为她死了对你有好处，对吗？只要她死了，那个所谓的证据就能随之消失，她就威胁不到你。所以当你看到她被妮小燕残杀，第一反应不是救她，而是看着她被妮小燕追砍。可最后你良心发现，想起这些年来她跟你的一幕一幕。你好意前去夺刀，但在夺刀之时，却意外刺死被害人。对，你不是故意的，你是无意的。可就算无意你也不敢承认，因为这影响到你的演艺事业，你知道自己一旦入狱就完了，你——”

“我反对，公诉人所有推断都过于武断，她过分自我投入，并且投入到让我的被告人都差点儿当真了。”季晋源起身，反驳，“公诉人，请说说你觉得被告人宇航过失致人死亡的证据，而非推论。注意，我是要证据，一切幻想的不切实际的内容就不要陈述了。”

李星妍面无表情：“首先料理刀的刀柄有被告人宇航的指纹。”

季晋源点头：“对，我的被告人承认了，自己是过去夺刀，不想惨剧发生，当然会有他的指纹。”

“其次，他的脚印是呈直线并且稳步行走的状态。”

“这就是所谓的证据？审判长，我的被告人推门而入，看到另一名被告人妮小燕追砍被害人时，没错，他进门后怔了十来分钟，之后才反应过来，所以不顾危险走向正在纠缠的两个人。可让他万万没想，自己还是迟了一步，他走到被害人段美琳身边时，另一被告人妮小燕已经捅了致命的一刀。”

“被告人宇航身上也有被害人的血迹，并且血迹呈喷射状。也就是说，他是在捅人之前接近被害人。”李星妍不认同他的诡辩。

第六十三章

明星杀人案正式开庭（2）

季晋源很肯定："不，他是在被捅时，刚好走到被害人面前，他迟了一步。"

"迟了一步刀柄上怎么会有他的指纹？你完全是在狡辩。"

"因为他深爱他的妻子。就像你说的，虽然他家暴，诬陷她，但亲眼看见她被人砍杀，一时良心发现。他为什么会良心发现？因为他发现自己还爱着她！他看着被料理刀捅中的被害人，不敢置信地把手放到刀柄上，他本意是想抽出来，可又意识到自己不能这么做。于是想到报警。"季晋源声情并茂地描述了案发现场。

李星妍冷静地反驳："你说的这些都是不成立的推论。"

季晋源不慌不忙地答："可公诉人你刚才所说的一切，也全是可证伪的推断。"

"我有人证。"

"妮小燕吗？"季晋源冷笑，反问，"一个想办法脱罪的犯罪嫌疑人，连公诉人自己也认定的凶杀者，她的言论可信度有几分？别跟我扯你的讯问已经厘清了事实。法庭不看推断，只看实际证据，如果你有实证能证明被害人被捅的那刀是我被告人宇航所为，我无话可说。可公诉人所说的一切仅仅都是猜测，猜测而已，谁不会？"

"请审判长查看被告人宇航最后一次的讯问笔录。他已经坦白！原话内容是'我是不小心的，我当时走向她们，是想夺刀，我真没想杀她'，这段他无意透露的话，已经表明，他很后悔夺刀时误杀被害人！"

"对，我的被告人最后也在吼，你不能这么曲解！他要见律师！要投诉你！也就是说，他已经意识到你曲解他！"

“那不叫曲解，那是无意流露的真情。”

“前几天，我对公诉人也做了一个有趣的实验。就是预先设置一个逻辑陷阱，追问她是否喜欢我，结果公诉人承认了。审判长可以看看公诉人审讯被告人宇航的完整讯问笔录，那就是逻辑陷阱。公诉人先是向我的被告人大打那些感情牌，而我的被告人一时真情投入，顺着她的陷阱逻辑，给出了她要的答案。辩方认为，那些讯问不能当真。就像公诉人承认她喜欢我一样，难道她真的喜欢我？”季晋源全程看着法官，都没有看她一眼。

李星妍不敢置信地看向他，不敢相信他竟然当庭用这些来反驳自己。原来一切都是为了今天的辩论，他为了赢不择手段！

她狠狠地吸了口气，力持镇定地继续：“我反对辩护律师的言论，这都是他的臆想。”

“我有足够支持我言论的证据。”季晋源说，“辩方将向法庭呈上厚厚一沓证据，这其中不乏被告人宇航对被害人段美琳娘家的转账证明，也有不少娱乐头版报道我被告人对老婆从来都是大方又深情。”

审判长翻看证据。

李星妍冷冷地反问：“深情到出轨？”

季晋源不动声色：“男人在情感上，都想对自己的老婆情有独钟，可是我的被告人是长期与老婆分居的明星，有不少女人对他投怀送抱，他能克制一时，但不能克制一世。一时冲动而已，就像他自己承认的，一时的鬼迷心窍。而且，出轨跟本案有什么相关？本案是杀人！就像公诉人说的，从‘天价离婚案’开始，所有证据都是伪造。我的被告人宇航也一直在说他对那些伪造的事并不知情，也就是说，这全是被告人妮小燕的阴谋。她迷惑了我的被告人，策划了所有的一切，我的被告人被一时蒙蔽。直到他亲眼看到被告人妮小燕杀人，这才幡然醒悟，知道她的人品，但已经不能回头。但他还想挽救，所以跟妮小燕争吵之后报警。”

“控方反对这些言论，报纸报道完全是明星为了做人设而写，一个深情的好男人，怎么会动不动家暴并诬陷妻子。”

“辩方建议法庭不要再纠缠宇航不放，而要及时审查另一名被告人妮小燕。只要妮小燕的证词被击溃，一切不利于被告人宇航的指控将全盘瓦解。”

审判长支持，叫法警带下宇航，带上妮小燕。

季晋源坐好，趁这间隙看向李星妍。

李星妍在等待的过程中，感觉有道火辣的视线在紧盯着自己，但没有顺着视线看过去，而是装作心无旁骛地整理资料。

可是不知道为什么，她很难过，这种难过完全无法克制。她尝试着稳定情绪，但没有用，难过这种情绪很快就席卷她每个细胞，她身体的每一部分都在告诉她：李星妍，你想哭。

可她没有理由哭。

这只是法庭辩论而已，她是公诉人，他是辩护律师。两个人从开始就划分了楚河汉界，从一开始就站在对立面。

法警带上妮小燕。

审判长说："公诉人可以开始讯问。"

李星妍深呼吸，调整好心态，问："被告人妮小燕，案发当天——"

"我什么都不会说。"妮小燕直接打断她。

她的辩护律师陈世佳站起来，说："被告人应该尽量配合法庭。"

"我什么问题都不会回答，你们直接判吧。"

陈世佳劝她："被告人应该跟法庭合作。"

"有什么好合作的？人是宇航杀的，为什么要控告我？对，我是砍了段美琳，但我并没有杀死她。最后那刀是宇航捅的，跟我有什么关系？为什么要告我故意杀人？"妮小燕很不服气。

李星妍站起来："被害人身上有20处的防御性刀伤，你不是故意杀人，会追着她砍？"

"我再重申一次，人是宇航杀的。他想过来抢刀的时候，无意把段美琳给杀了，我没有故意杀人，我最后还后悔了，主动报警。而且我砍的那些刀伤，并不致命！"妮小燕还在费尽心机狡辩。

季晋源突然举手："审判长，我方有新证据呈堂。"

突袭证据？李星妍和陈世佳同时看向他。

季晋源站起身："因为事发突然，没有先向法庭提交，只能现在申请提交，还请法庭允许。"

审判长问："开庭前没有向法庭提交的理由？"

季晋源回："因为证据今天才拿到手，是一份有关被告人妮小燕购买日式料理刀的实证。这份证据能证明，被告人妮小燕是预谋杀人，她为了杀人做足了准备。”

审判长同意提交，不过在庭后也准备训诫他。

证据提交上法庭，这是一份关于妮小燕的闺密在案发前三天，在网上购买日式料理刀的证据。

季晋源说：“审判长，被告人妮小燕指使自己的闺密去网上买日式料理刀，并且向其闺密谎称自己是用来做日料。她的闺密看到报纸报道本案后，一直遭受良心的谴责，昨天找到我，向我提供了证据。”

这么巧？李星妍不信他。

“她不仅提供了网上的购买记录，还提供了一份家中的监控，监控能证实，她亲自把刀交给被告人妮小燕。而被告人妮小燕接过放进了随身的包里，刚好凶案现场也有她的包及那把日式料理刀。我方认为，这已经形成完整的凶杀证据链。这些证据能有效证明，被告人妮小燕做足了杀人的准备，并且在凶杀过程中，砍了被害人整整 20 刀，她是有目的，并且是有预谋的故意杀人。这一切与被告人宇航无关，被告人宇航只是在不恰当的时间进入，然后被栽赃而已。”季晋源条理分明地说明。

审判长当庭播放证据。

果然，季晋源说的都是事实。

证据播放完毕后，审判长问：“公诉人，还有什么证据向法庭提交？”

李星妍回：“因为出现突袭证据，控方申请延期审理，要补充侦查。”

审判长和合议庭商议后同意，但仍叮嘱她：“注意延期审理时间及次数。”

审判长宣布休庭。

李星妍等到休庭两个字终于松了口气，她快速收拾资料往外走。季晋源一边追，一边问：“李星妍，一路？”

她没有搭理他，疾步走到停车场，找到车，拉开车门。

季晋源厚脸皮地钻到副驾座，若无其事地问：“干嘛吗？庭审一次就成仇人了？”

第六十四章

对不起，我喜欢你。

她狠狠瞪向他，冷漠地命令：“下车！”

“干吗？庭审本来就是这样，你为了被害人全力以赴，我为了我的被告人不顾一切。这不应该成为你生气的理由。”

“滚。”

“李星妍。”

“我叫你滚下车！你听不到？！”

“李星妍！”

“我跟你不熟！就像你说的，你为了你的被告人不顾一切，我为被害人全力以赴。从一开始，我们就站在对立面，我们身前早已经画好了楚河汉界，理应井水不犯河水，理所当然应该形同陌路！所以，给我滚！”李星妍不仅被难过侵袭，还隐约感觉到心疼！为什么会有这种情绪！她不懂，但也不需要再懂！如果犯罪不能推倒重来，但自己的心却可以推倒重来，可以把一切还来不及发生的当粉笔字抹掉，让它彻底消失，像从来不曾发生过一样。

是的，她可以的。

季晋源无奈地再次叫：“李星妍！”他感觉到她失控的情绪，感觉到她的悲伤，这一刻突然有些心疼。

他突然说：“对不起。”如果一句“对不起”能让她的悲伤中止，他可以一直说下去。

“滚。”她却不领情。

“我知道我有一段话过分了，要不然，我请你——”

“我跟你没有任何关系！”她冷冷地打断他，横了他一眼，“你到底滚不滚？”

“好吧，我滚。”季晋源知道再说也是徒然，不再纠缠。

李星妍等他下车后，快速启动车，飞速驶离。

程颖一直坐在后座不敢吭声。

中途李星妍接到高新远的来电。

高新远稍有怒意：“审判长给我打电话了，星妍，你又失败了。”

“对方出现突袭证据。”

“审判长说就算没有突袭证据，你的证据体系也有很大问题，无法排他。李星妍，你怎么搞的？没有夯实证据体系，你怎么贸然控告？”

“我并不觉得自己做错了。”

“还嘴硬？”

“我根据已有的证据提起控告，如果主任想追究失败的原因，应该追问妮小燕的闺密为什么没有把证据交给检察院、警察，却交给季晋源那个浑蛋！”李星妍把气通通撒了。

高新远怒气冲天：“你错了还狡辩？”

李星妍装作满不在乎：“那我写检讨好了。”

高新远听完更愤怒：“怼我你就行，在法庭上怎么不怼怼律师？怎么让人家律师说得哑口无言？李星妍，你的辩论失利，是否应该想想自身原因？你的证据体系不够排他，才会出现这一连串问题！你知不知道宇航不是普通人？如果这次庭审传出去，对我们检察院很不利！”

“不管他是谁，犯错必究！这是法律，没有任何原因可讲！”

“说服我，你有能耐？你的能耐就只够说服你的上级？”

“我不想再解释。”李星妍直接挂断，把车往边一停路。她紧紧攥着方向盘，看向前方，感觉眼眶越来越火热。她数度深呼吸，最后重新启动车，却没注意到，后面有辆车一直跟着她。

李星妍将程颖送回检察院后，默默地换掉制服，一言不发地开车走人。她找了家饭店简单地叫了两样菜，一声不吭地独自吃完。

她看着若无其事，但却让一直在外观察她的季晋源很担心。

为什么会一直跟踪她？他也不懂，只是担心她。在庭上辩论是对职业的尊重，他理应不对她感到愧疚，但不知道为什么，看着此刻的她，他感觉到心疼。

李星妍吃完饭，用手机订票看电影。

她这次选的不是冷门影片，而是铺天盖地宣传的热门悲剧片。她走进电影院，看着黑压压已经快挤满的人群，找到座位坐下。

她的座位在最后排的角落，与坐满的前排不同，这里没什么人。她目不转睛地盯着银幕，银幕上却浮现出庭审那一幕。

“前几天，我对公诉人也做了一个有趣的实验。就是预先设置了一个逻辑陷阱，追问她是否喜欢我。结果公诉人承认了……辩方认为，那些讯问不能当真。就像公诉人承认她喜欢我一样，难道她真的喜欢我？”

有趣的实验？难道她真的喜欢我？

李星妍盯着银幕，眼泪涌出，顺着脸颊滑落。

其实他一早说明那全是开玩笑，但为什么她会这么伤心？仅是因为他当庭踢爆？还是因为，她蠢动的心思早已经开始失控。

“如果假设我喜欢你为‘你是否喜欢我’的基石，那么，这个问题，我们可以好好谈谈。”

“有什么好谈的？”

“谈恋爱。如果‘你喜欢我’和‘我喜欢你’都是这次话题的基石，那么身为主导者的我，想让这基石建成摩天大楼；如果单纯只是‘我喜欢你’而‘你不喜欢我’，我也想建成云巅之宫，因为基石不会坍塌，你可以顺着‘我喜欢你’这块基石爬上宫殿。”

为什么不能单纯当成玩笑来看待他的每句话，为什么会这么伤心难过？为什么会哭？会失控？

李星妍已经找到答案，却不想再顺着答案的逻辑线往前爬。

她看向银幕上哭泣的女主角，拼命说服自己，是的，只是因为看着剧情所以悲伤哭泣，并不是因为某个人。

她还是以前的李星妍，一点儿都没有改变。

同排隔她几个座位的季晋源一直盯着她。

是因为银幕上的故事悲伤哭泣？还是因为其他？他很想厚着脸皮像往常一样走过去喊她，放肆而骚扰地凑近她，可这一次却没有勇气。

他看着她哭泣，看着她悲伤，感觉到自己的心疼。不得不承认，有些人，有些感情，你一开始觉得不可能，觉得抗拒，但情感早已在两人相处中潜移默化，把‘不可能’变成‘可能’，把‘不喜欢’变成‘喜欢’。

季晋源等电影快结束时，起身离开。

李星妍看完电影后，开车离开。她回到家所在的花园，却没有急着进家门，而是在楼下的花园闲逛。

她家是本市有名的豪宅，环境很好。她找了条长凳坐下，很想平复情绪，但脑里纠缠的都是跟季晋源那些乱七八糟的事。

“所以不管你怎么问下去，我怎么回答，答案都只有一句。”

“一句什么？”

“我喜欢你。”

“谢谢你的坦白，我很受用。”

李星妍拼命摇头，想把脑海间挥之不去的这些片断彻底去除，却无能为力。

手机突然响起。

她没看提示接听，传来季晋源故作轻松的声音：“李星妍，你在干吗呢？”她刚想挂断，他像是她肚里的蛔虫，急忙补充一句，“先别挂，我找你有急事。”

“说。”

“对不起。”

“什么急事？”

“李星妍，我想把基石建成摩天大楼。”

“听不懂，重点。”她明知故问。

“我……我好像……有点儿，有点儿……”

“以后不要再跟我开这种玩笑，我玩不起，你也赔不起。”她不等他说完就直接挂断，本来想平复的心，结果更乱。

她直接把他的手机号码拉入黑名单，阻止来电，拼命深呼吸后，淡定地上楼。李飞鸣早就听说法庭的事，怕女儿难过尴尬，早早就躲进房间。

李星妍洗完澡，躺到床上时，微信已经有十来条提示，发件人全是季晋源。

季晋源：李星妍，打不了你的电话，你是不是把我拉黑了？

李星妍，对不起，对不起，对不起。

李星妍，不要生气了好不好？这只是正常的辩论，我并不觉得有什么问题。

李星妍，我以前一直喜欢从言语上打击你，一直把你当成一个击不倒的对手，对不起，我错了，我忘记了你也是个女人。

李星妍，你会不会从此以后都不再理我了？我们还能……还能做回朋友吗？

李星妍，我好像真的有点儿……有点儿……我，我……

她冷静地看着这些消息，直接把他微信拉黑，钻进被窝睡觉。可却在床上辗转反侧，脑里只有那些乱七八糟的东西。她起床去客厅喝水，刚走到客厅就看到父亲坐在沙发上。

李飞鸣有点儿尴尬："我起来喝水。"

她给自己倒了杯水，坐到沙发上："我也是。"

"星妍啊，今天的庭审我听说了。"

"消息传得真快。"

"对，网上有人实时更新。今天的庭审在网上也大热了，大家都在议论，我想无视也难。"

"大家说些什么？检察官弱爆了？"

"差不多吧，反正是一些很难听的话。"李飞鸣不想瞒她，她迟早会看到。

李星妍神情自若："放心，我扛得住。"

"这样最好。"李飞鸣其实很担心，"女儿，如果难过的话，想哭就哭，想骂就骂，千万别跟季晋源客气！有什么气统统撒到他身上！"

第六十五章

对不起，我喜欢你（2）

“我跟他不熟。”李星妍听到这个名字就反感，一口气喝完水，站起来说，“太晚了，我先睡了，明天还要去检察院。”

李飞鸣看着她的背影，走到阳台打电话给季晋源。他在电话里把季晋源好一顿骂：“都怪你，我女儿今天不太正常！季晋源，庭上发生的事，网上描述得不太详细，你到底怎么她了？把她打击成这样？”

“叔。”季晋源无奈地说，“她很伤心？”

“你说呢？”

“我很担心她，你有空替我说几句对不起。”

“真的假的？”李飞鸣忍不住扬起了嘴角，火气全消，“你担心她？你不会喜欢上我的宝贝女儿了吧？”

“这个以后再说。”

“我可不可以理解你的担心为喜欢？你不喜欢你担心个什么劲儿啊？”

“叔，我也很担心你！”

“呸——”李飞鸣哭笑不得。

“她把我的微信和手机都拉黑了，叔，有空给她洗洗脑，让她恢复我的好友。”

“少来，我女儿拉黑你，肯定有拉黑你的理由。”

“行吧，反正我也不指望你，就这样吧。”季晋源的声音很颓废。

李飞鸣追问：“你在庭上除了官司是不是说了别的？就算没有控告成功，按理说星妍这点儿承受力还是有的啊！”

“我用了种错误的方法去反驳她，我当时没有想那么多。”

“我第一次看到星妍这个样子，就像失恋了，我想你说的话一定非常过分。”

“叔，别提了，我面壁检讨去。”

李飞鸣听着忙音，愁眉不展地去敲李星妍的房门，听到一声“进”后，他才走进去，担心地问：“乖女儿，需要跟爸爸诉苦吗？”

李星妍正半躺在床上，目不转睛地看杂志，头也不抬地回：“我没事。”

“真没事？”李飞鸣看着她拿倒的杂志，小心翼翼地问，“如果有事可以跟爸爸说说，也许爸爸能开解，爸爸是过来人，什么都懂。”

“爸，我累了，要睡了。”她放下杂志，钻进被窝。李飞鸣没办法，只能走出去。

房间里安静下来，李星妍躺在床上还是睡不着。她神经紧绷着，内心非常烦躁。她几次三番都试着闭紧眼睛，命令自己快快睡着，但思绪却一直跟她做对。

她再次起床，随手拿起一本杂志，坐在地板上翻看，却怎么也无法集中精神。最后，她把杂志使劲一扔，眼泪再次夺眶而出。

李星妍整晚的睡眠都很糟糕，她破天荒地晚起床，爬起赶到检察院，才发现自己不幸成了名人。

原来昨天的庭审过程让人发布在网上，虽然没有详细到庭审上一字一句的辩论，但她不利于宇航的言论都被人放上了网。宇航的粉丝对她群起而攻之，在网上试着人肉她。

昨天是不公开审理，庭审现场就那么几个人。陈世佳很老实，不会做这种事，她怀疑始作俑者是季晋源。

李星妍翻看网上那些攻击讥笑自己控告失利的评论，不动声色地把微博卸载。卸载完后，她大笔一挥，继续写检讨。

检讨书

针对这次控告失利，我进行反复的自我检讨与自我究责。对，我应该被问责。因为办案不够严谨，导致辩护律师辩护得力，虽然及时启动延期审理，但我还是犯了大错！

因此，我决定以后经常把律师叫来检察院的律师接待室，请他多多指教，多听听他的看法意见，真诚沟通。争取下一次庭审时不再失利。

检察官——李星妍。

高新远抽屉里有厚厚一沓她写的检讨书，但唯有这份他很满意。他语重心长地说：“对，要多沟通，如果你跟律师早早沟通，就不会发生这么多事。要多听听他的想法意见，透过他知道被告人的一切举动，这不是很好吗？”

“对对，您说得都对。”

“这就对了。”高新远很满意，看来这丫头经过这一次，工作态度都发生了很大的改变。

挺好。

李星妍按照程序约见律师，季晋源依约前来检察院的律师接待室。他面前的李星妍看不出任何负面情绪，但他总感觉有些地方不对劲儿。

为什么要在这里见面？

李星妍翻着手中的资料，甚少看他：“季律师，这次约见你，是想谈谈宇航案。”

季晋源说出疑问：“为什么要约在这里？”

李星妍面无表情地看向他：“对了季律师，我必须跟你明确一件事。检察官私下约见律师可是很容易出问题，万一你投诉我收了你什么好处，我怎么自证清白？万一别人说你走后门，你如何自证？”

“哪有？我们很少谈案件，而且都是碰到，很少约。”

“不，按照正规程序来说，律师跟检察官私下见面是禁忌。还好，你也没有走过后门，我也没有司法腐败。所以以后，我们的见面必须按程序来。检察院的律师接待室有同步录音、录像，这种会面对你我都有好处。”

“李星妍。”

“说回案件。”她冷冷地回他，把手中的资料递给他，“这是法庭送过来的关于妮小燕闺密的证供。你看看，跟你掌握的情况是不是一致？”

季晋源叹了口气，接过随意翻了翻：“对。”

“程颖已经去传唤她来检察院，相信关于刀的来源应该已经确定，这是妮小燕带去的。”

“对。”

“以后如果有证据的话，希望不要再弄什么突袭证据，我们应该沟通，律师跟检察官不应该站在对立面，我会适当听取你的建议。”

“行。”季晋源想了想，“宇航没有杀人，就算刀柄上有他的指纹，但是妮小燕也说他是想过来夺刀，也就是说，从主观或行为上，他都没有任何故意的成分。我希望你能采纳我的意见。”

“这事儿我们以后再谈。”李星妍说完起身，突然又想起一件事，“对了，律师应该负有保密义务，我希望如果碰到媒体采访，你能知道什么应该说，什么不应该说。”

“好。”

“谢谢你的配合，你可以回去了。”她丢下这句，头也不回地离开。季晋源看着她离开的背影，也跟着起身往外走。

长廊，她朝右走，他向左，就像以此为端点各自走向不同方向的射线，此生除了奔向未知看不见的目的地，好像并无交集相遇的那天。

季晋源停下脚步回头看向她，她脚步干脆，没有任何留恋地离开。

他看着这样的她，突觉有点儿失落。

当你恍然察觉自己习惯了一种相处模式，习惯了一个人后。她猝不及防的改变会让你措手不及，会让你很失落。

你能清楚明白地察觉到，对方已经壁垒分明地在双方关系上画清了楚河汉界，这种由亲密转为陌生人的关系会让人一时无法适应，形成巨大的心理落差。

季晋源很担心，李星妍已经在心里画了四象限，而他就处在被抛弃的第四象限。他突然不喜欢这样的设定，不喜欢她的疏离与冷漠，不喜欢她在谈案件的时候，一本正经到连笑也不会笑。

他试着打她电话，是的，她已经把他拉黑。

他试着给她发微信，又是冰冷的红叹号。

她已经把自己从她的世界里删除，而他却在被删除后，才开始怀念。

可自己又做错了什么？法庭上就是这样，律师必须对自己的被告人负责，替被告人辩护。

他只是履行自己的职责，他觉得自己并没有做错。

季晋源走出检察院，发现外面有几个人鬼鬼祟祟。这几个人看到他出来，蜂拥而至，热情地问：“你就是季律师？”

“对。”

“我们是宇航的粉丝，法庭上你的辩论太精彩了。”

“这是不公开审理，按理，你们应该不知道我是怎么辩护的。”

“网上已经传疯了，你不知道？”

“我不知道啊！”季晋源一头雾水地掏出手机，一边往停车场走，一边翻看。果然，明星杀人案的庭审过程被人发上网。这个神秘发布者是一个微博小号，自称待在庭审现场，把所有他跟李星妍的辩论过程发布在网上。而且发布者的微博号在网上已经是热门，他所发布的每条消息都有好几万人回复。

这个人是谁?

第六十六章

再次讯问得重要线索

季晋源翻看网上那些流言，百分之九十的人在骂李星妍，还有宇航的粉丝偏激地人肉出她工作的地点与职位，以及她的背景，甚至有粉丝信誓旦旦地说，李星妍是靠走后门进入检察院。也有人趁机造谣李星妍和妮小燕带了些亲戚关系，所以她才会袒护妮小燕，一心想将罪名推到宇航身上。

季晋源立刻掉头往回跑，他跑进检察院，顺利地找到李星妍上班的地方。李星妍坐在椅子上整理资料，见他进来，微微错愕数秒后，面无表情地问："还有什么事？"

他火急火燎地问："你看到微博的那些爆料了吗？"

"没看。"她根本不当回事儿。

"那个微博小号不是我。"

"你可以走了。"她看不出任何情绪，只是冷漠地翻看着资料。

他还是很担心："李星妍，谣言传播太广，这对你很不利。"

"跟你没关系。"

"我可以帮你澄清，如果你允许的话。"

"谁稀罕？一件不公开审理的案件详情被人发布在网上，这是故意泄露国家秘密罪，追究起来，轻则停职吊销律师证，重则判刑！"她愤怒地瞪向他，眼神像要吃人一样，"最好不是你。"

"你怀疑我？"

"不管是谁，追究起来都没好下场！"

"你就是怀疑我！"季晋源很想解释，但知道自己说什么她也不会相信。

李星妍站起来，眼神再度杀向他："我凭什么不能怀疑你？谣言传播的目的是什么？无非是想宇航无罪释放！想让他无罪释放，当天又在庭审现场熟悉一切的是谁？别跟我说是陈世佳。"

"不是我！"

"你最好祈祷不是你！我警告你，宇航过失杀人就要付出代价！不管你用什么手段，我都会亲手把他送进监牢。"

"原来你一直不信我。"季晋源很失望，"那我先走了，你慢慢查。"他说完快步走出办公室。

李星妍愤怒地将资料狠狠地往桌上一砸，心里五味杂陈。她扫了眼四周看八卦的同事，给程颖一个眼神，带她离开检察院。

程颖问："是去讯问妮小燕吗？"

"她闺密的证据是真实的？"

"对。"

"那就去讯问她。"李星妍开车赶往看守所。程颖小心翼翼地问："李检，舆论会影响案件吗？"

"会。"她不跟程颖绕弯，"如果处理得不好，还会引发群众事件。我需要一份证据，一份坐实凶杀真相的证据——但去哪儿找证据？屋里就三个人，所有凶杀过程的推断都无法做到唯一性！公说公有理，婆说婆有理，我上哪儿去找证据——"她突然想起妮小燕和宇航的供词。

"证据，凶案现场有证据！那份证据能证实宇航和妮小燕出轨栽赃陷害？除了这个，还能证明什么？"

"警方在凶案现场一无所获。"

"不，妮小燕和宇航在共同维护那件东西！那件东西一定就在凶案现场，到底是什么？至关重要吗？"李星妍突然往右边打方向盘，停下车，闭上眼，深呼吸，开始串联所有证据链。

宇航和妮小燕出轨被拍后，反而栽赃段美琳。段美琳庭审失败，叫宇航、妮小燕前来。他们肯乖乖前去，证明段美琳手中一定握有什么至关重要的证据。因为这份证据，妮小燕带刀前往，有意杀人。宇航也看着她被杀，却不救她。

对，这才是真相。

坐在后座的程颖一直在网上刷新时时动态，看那爆料小号还有什么耸人听闻的言论传出。

果然不负众望，小号又开始造谣。

程颖说："李检，小号又开始在网上发布整个凶杀过程。"

"念来听听。"

"他说真相应该是这样：段美琳和妮小燕做局陷害宇航，勾引宇航出轨后，两人想索取两亿天价赔偿，结果因为分赃不均，妮小燕才当庭翻证。段美琳设计叫他们两人前去，是想陷害两人，想在二审时翻盘。结果妮小燕和段美琳狗咬狗，想置对方于死地，岂料，宇航在这时候走进案发现场。宇航一直在旁边劝他们停手，妮小燕不听，捅死段美琳。之后宇航报警，却因为一些表面证据被抓。抓他的证据是脚印、指纹和妮小燕的供词，现在已经被律师季晋源一一推翻。"程颖念完，又补了一句，"他最后说，你不释放宇航，其实并非因为和妮小燕的亲戚关系，是因为你想红……你想通过控告宇航名利双收……"

李星妍面不改色："就这些？"

"就，就这些？"程颖很佩服李检的心理素质，"李检，转载人数38000人。点赞11万！舆论的发酵对这案件没好处。"

"我知道，背后的人就是想利用舆论来向检察院、法院施压。关注的人越多，造谣的人越多，才是他们乐于见到的。他们想让宇航无罪释放！可证据链摆在那里！连宇航自己作供的时候都不小心透露了。我敢肯定，妮小燕故意杀人、宇航过失杀人。这就是真相！不管他们怎么打压我，怎么造谣生事，怎么无法无天，我偏不让他们如愿！"

"就怕法院压力大。"

"对，就怕法院压力大而迅速判决。所以下次庭审，我们如果拿不出实质性能击溃季晋源言论的证据，基本输了，杀人凶手会无罪释放。"李星妍想起季晋源就头疼。

程颖说："我不担心这些，就怕他们对你做出什么恐怖的事。"

"他们哪敢？"李星妍不以为意。

两人交谈间已经到达看守所。李星妍看到在门口的陈世佳，疾步走过去。脊陈世佳一见她就感觉背传来阵阵寒意，但还是主动打招呼："你好，接到通知，又要讯问吗？"

"对。"

“我可不可以问个事儿？”

“嗯。”

“频繁讯问的理由是什么？我觉得我的被告人不应该接受这么高强度的讯问，这有逼供的嫌疑。”

“理由？”李星妍微挑眉，“我是检察官，国家赋予我的职责就是查清案件真相。所以讯问，是国家赋予我的权力，这是你要的理由。至于逼供？你不是在一旁监督吗？如果你觉得我有任何不妥的行为，可以马上阻止。”

“我觉得妮小燕需要休息，她刚庭审完。”

“所有案件的审查上诉都有期限，我们必须在期限内完成我们分内的工作，所以请配合。”

“行，我没问题了。”陈世佳只能同意。

三人走进讯问室。

妮小燕经过一场庭审更不配合，李星妍不管问什么她都不回答。程颖急了：“妮小燕，你必须回答！”

妮小燕傲慢地给了程颖一记白眼：“我可以拒绝回答，这是法律赋予我的权利。”

“对，《刑事诉讼法》有规定，不得强迫任何人自证其罪。”陈世佳打岔。

“行。”李星妍也不逼她回答，反而闲聊似的问，“那聊聊买刀、捅刀的过程。”

“不如继续上次的话题，聊聊我跟宇航的恋爱史？哎呀，随便问，我们恋爱细节过程相当浪漫，也许这中间有你需要的。”妮小燕顾左右而言他，一心想岔开话题。

李星妍不上她的当：“为什么买刀？从一开始就准备置她于死地？闺密一场，至于吗？”

“要你管？”

“带刀去段美琳家，是想威胁她交出东西？你一开始的目的只是威胁吧？还是一开始就想置她于死地？”

“我有拒绝回答的权利！”

“对。”李星妍站起身，走到铁窗前，目不转睛地盯着她，“你有拒绝回答的权利，但我也有讯问你的权力！我们继续。你拿着那把刀，追着段美琳砍，短短 10 分钟砍了 20 刀，会不会很有成就感？”

妮小燕不回答，干脆不看她。

“法医鉴定那些伤痕，划破衣服，刀刀见血，刀刀穿透！一刀都不落空！整个尸体伤痕累累！妮小燕，你觉得自己下手会不会太重？你就这么想她死？”

妮小燕还是拒绝回答，但嘴唇却颤抖着。

“现在所有证据都指向你故意杀人，你承不承认我们都可以将你定罪。我们来说说最后那刀，你握着刀直接捅进段美琳的心脏，她死前肯定很恨你吧？不过对她而言，这也算解脱。被你追砍了 20 刀，浑身上下惨不忍睹，一刀毙命未尝不是一个好结果。她痛苦了 10 分钟，但最后，应该很欣慰。因为临死前，宇航好歹醒悟了，会过来帮她。临死前，她终于知道宇航还是爱她的。”

“不，她不是欣慰，是怨恨。怨恨最后那刀是宇航刺进去的。哈哈哈哈……”妮小燕被她搅动情绪，“你说对了，我一开始买刀就是想威胁她，可她贱，她不信我会砍她！那就砍啊！还有，她欣慰什么？宇航亲手杀死她，她有什么欣慰的理由？”

“你为什么非要砍死她不可？”

“因为她贱啊，我说过只要她交出来，就不会砍她。但她不肯。所以，被我砍的 10 分钟，她每分钟都在哭喊，叫宇航救她！可宇航根本不在乎，宇航在乎的只有那样东西！她在叫他救她，他却一直要她交出东西！东西比她重要！她什么都不是！什么爱情，什么深情，全是狗屁！”妮小燕情不自禁地笑道。

“然后呢？宇航杀完人后悔了吗？抱着段美琳哭？”李星妍故意刺激她。妮小燕冷笑：“后悔什么啊？杀完她，他拼命找东西，我也在找。对，我们找不到东西才吵架！”

“怎么找不到呢？到底藏在哪儿？她放哪儿了？”李星妍心在急跳，顺着妮小燕的话给她下套。妮小燕果然上当，也很纳闷：“对，都找遍了，可怎么也找不到！那贱人把录——”她没有再说下去，自动收住话，看向李星妍。

第六十七章

找到杀人证据

李星妍装作没听清楚，岔开话题："再之后呢，宇航就走出去报警？"

"可不，他找不到东西，以为自己完了，吓得发抖地走出去报警。哈哈哈，胆小的男人。其实我去门边偷听了，他报警栽赃我，连话也说不利索，你可以去听听我的报警录音，字字清楚。反正呢，人不是我杀的，对，我是砍了她，但那些刀伤并不致命！最后那刀致命伤，是宇航捅的。"

"你们一起捅的。"

"不，我没捅，宇航捅的。"妮小燕一口咬定，"我上次被你讯问也应该坚持了这一点，自始至终我都坚持这一点，人是宇航杀的，我只是砍了她 20 刀，就算故意杀人，我想量刑也不会很重。"

"只是砍了 20 刀？妮小燕，你说得好轻松。"

"那些刀伤并不致命！为什么要沉重？人是宇航失手杀的，跟我没关系。"

"不，人是你们一起杀的，你们在抢刀的过程中，一起握刀刺向她。你是故意捅她，而宇航是失手。"李星妍也很坚持这个理论。没错，现在妮小燕承认自己故意砍了段美琳 20 刀，但拒绝承认致命伤她也有分。而宇航，不承认自己失手杀人。两个人狗咬狗，都拼命想让罪名轻些。可是段美琳呢？她招谁惹谁了？

妮小燕还想狡辩："我说过，最后那刀不是我捅的！"

"你一直在暗示自己，致命那刀并不是你造成的。有的人，一个谎言说久了，就从心里长出幻象来，谎言也成了臆想的真相。"

李星妍说完带程颖离开讯问室。

陈世佳追上来劝告："我希望不要频繁审讯我的被告人。"

李星妍不客气地回他：“我们会有分寸。”她说完，急迫地带着程颖往外走，两个人坐上车，程颖才敢问：“李检，查到什么了？”

“我知道能定罪的证据是什么了。”

“哦，她说过？”

“对。她原话是‘对，都找遍了，可怎么也找不到！那贱人把录——’，她没有说完，但我们可以猜出来，她想说什么。”李星妍信心十足。

“录？录什么？”程颖坐在副驾座认真地思考。

李星妍看向她，略得意：“对，顺着她的话说下去，那贱人把录——录，把录音笔藏哪儿了？”

程颖睁大眼睛：“录音笔？”

“对，要不然呢？录音机？目标太大，找到很正常。录像？如果真有摄影的东西，一定能找到。而且这个录音笔应该不是普通的录音笔形状，所以他们没找到。也有可能是类似钢笔、钥匙扣之类的录音笔，或是迷你型的。”

“对，我怎么没想到。”程颖恍然大悟，急忙问，“我们现在去找。”

李星妍摇头：“不，她还提醒了我一件事儿。”

“嗯？”

“宇航跟她的报警录音。”

“不明白，报警录音为互相栽赃陷害，好像没有什么线索。”

“她说，宇航是吓得发抖出去报警。我们正常人看到杀人，报警的正常反应就是诉说凶案现场，把自己看到的一切告诉警察。但，如果他是凶手呢？也许他会在恐惧间透露某些事。”李星妍顺着妮小燕给她的线索，按自己的逻辑整理下去，“所以我们用设备听听录音。”

“行。”

程颖立刻打电话联系公安局，准备去物证鉴定中心，做个声纹鉴定。两人赶到公安局时，警察已经将一切准备好。她们走进物证鉴定中心，工作人员操作声纹机器，给她们听报警时的录音。

根据先后顺序，先听宇航的。

录音内容为：

电话接通，接警人员：“您好，我是 ×× 市报警中心”，对方一开始没声音传出来，三秒后才紧张地说：“不，她杀了人。”

接线员："听不太清楚，是谁杀了人？地址在哪儿？"

宇航迟疑了两秒，声音颤抖地报上地址，最后说："妮小燕杀了我老婆。你们快来，她疯了，她神经病！"到此结束。

接下来听妮小燕的。

妮小燕的声音很冷静："对，杀人了，怎么办？"

"谁杀人了？"

"宇航把他老婆给杀了。"

"地址。"

"××花园小区16楼1601室。他疯了，你们快来，你们再不来，他会把我也给杀了。"

"我们立刻派人过去，你先保护好自己。"

李星妍听完这些对话，的确，就这样一听，没有任何可疑，这就是互相推罪的报警电话而已。

鉴定中心的工作人员说："并没有可疑。"

是的，没有任何可疑。宇航在慌张状态下，还在说妮小燕杀人。所以自己的推断是错误的？那么，报警开头，他为什么说'不，她杀了人'。

我们可以推断。一个人要在一种什么情况下报警说'不'，这句'不，她杀了人'明显是在推翻自己之前的论述。那他之前说的是什么？而且这中间间隔了三秒！也就是说，这三秒内，在一种紧张的状态下，他可能潜意识地说清了杀人凶手？

宇航会不会说了：我杀了人？

李星妍问："我能不能再听一遍宇航的？声音放大一点儿。"

工作人员同意，操作声纹仪，进行语音信号增强，这样操作能将微弱的声音放大。果然，这次不一样。

录音内容变成：

接警人员："您好，我是××市报警中心。"接着，传来一阵噪音。噪音里夹着一些听不太清的语句，但明显有人说话。三秒后宇航才紧张地说："不，她杀了人。"再听下去，那些是相同的。

李星妍皱紧眉："回放，回到最开始。能降噪吗？"

工作人员点头："声纹仪有降噪功能。"

降噪后，这次能听得稍微清楚。

接警人员："您好，我是 ×× 市报警中心。"对方传来一句喃喃：×× 了人。三秒后宇航紧张地说："不，她杀了人。"

李星妍面色沉重："回放，再扩大，加到最大。"

"行。"工作人员操作声纹仪的语音信号增强功能。

这次报警记录的一切声音听得清清楚楚。

接警人员："您好，我是 ×× 市报警中心。"

传来宇航的一句喃喃：我杀了人。三秒后又紧张地提高音量说："不，她杀了人。"

接线员："听不太清楚，是谁杀了人？地址在哪儿？"

……

程颖脱口而出："他报警时承认了？"

对，宇航在报警时，潜意识喃喃自语一句：我杀了人。那句声音太小，也许说那句话时离手机太远？反正不管什么原因。

已经有实证证明，捅死段美琳的那刀，他也有份。

李星妍怕有错，让工作人员再放一次。她闭上眼睛，认真地听着录音。

接警人员："您好，我是 ×× 市报警中心。"

宇航："我杀了人。"很快又否认，"不，她杀了人。"

……

听完后，李星妍吩咐程颖："快速固定证据，提交法院。"

程颖面露欣喜："行，李检，是不是足够证据了？"

"就凭这个，他会抵死不认，季晋源会有很多理由狡辩。比如一时紧张说错了，你能拿他如何？如果想要夯实证据体系的话，最好还要找到录音笔，找到更多证明他有分杀人的证据。只要组成排他性的证据链，再狡辩也没用。"她往外走，一边走一边嘱咐，"可以请求警察补充侦察，做全面搜寻。"

"好。"

两人分工进行。程颖和警察详谈，李星妍先赶回检察院。开车回检察院的路上，李星妍想起网上发酵的案件，心情有点儿烦躁，她无意看了眼汽车的倒视镜，发现有辆车有跟踪自己的嫌疑。

疯狂粉丝？

她时不时看向那辆车，它明显也是开向检察院的方向，一直尾随。

李星妍警惕地盯着它，在快到检察院的最后一个十字路口。她停车等红灯，后面那辆车的司机没有踩刹车，而是朝她的车尾，慢慢撞上来。

第六十八章

突然出现的新证据

车被追尾，李星妍虽然有所防备地用双手紧抱自己，但脑袋还是一个不稳地磕向方向盘。她冷静地迅速把车开往旁边停好，一个箭步下车。后面撞她的那辆车也跟着停在她的车尾。

车上走下来一个熟悉的人——康辰。

康辰惊慌失措地问："你的车没事吧？不对，你看我，一急就说错话，你人没事吧？"

李星妍瞪向他，一脸提防："你故意的？"

"冤枉啊！"康辰说，"我怎么可能故意撞你？"

"你一路都在跟踪我。"李星妍揭穿他。

康辰哭笑不得："绝对没有，我也是刚好这条路。"

李星妍不信他："你的律师事务所跟检察院不同路。"

"我去检察院。"

"去干什么？"李星妍懒得跟他客套，"约了谁？我打个电话问问。"自己一路都看得清清楚楚，他跟踪自己，还故意追尾！

"你这追根究底的，是在讯问犯罪嫌疑人呢？"

"对，你目前就是犯罪嫌疑人。"李星妍一脸严肃，"说，约了谁？几点。"

"好吧，不招不行了。我约了高新远，时间是半个小时后。"

"为什么不刹车？"

"对不起，看到红灯，我刚才的确放慢了速度，准备停车。但我想事情，一时失神忘记踩刹车。"

没有可疑。

李星妍盯着他，一直在分析他的肢体语言，看不出任何破绽。他的表情真实得不能再真实，没有说谎的痕迹。

真的只是意外？

康辰怕她不相信，掏心掏肺地说：“我没必要跟踪你，更没必要故意撞你，对不对？不过你还是要小心，宇航粉丝在网上发表的言论很过激。什么给你制造车祸啊，放毒蛇咬你等等。”

李星妍不屑一顾：“键盘侠谁不会？”

康辰点头：“对，我知道你不怕，但适当注意注意。这样吧，我现在叫交警，是我的责任，全赔。要不我们私下解决？你看多少钱，我直接赔现金给你。”

“报保险，应该多少赔多少。”李星妍才不敢私下解决，身为公务员，她时刻注意这些，不授人以柄。

两人叫了交警，等保险人员来检查。这一折腾下来又两个小时过去了。李星妍把车送去修理，还好只是车尾的防撞钢梁变形，损坏得不是特别严重。再加上自己额头的伤也不太重，于是继续回检察院上班，她一路都在怀疑刚才那场事故，回到检察院问主任，才发现康辰的确约了主任见面。

高新远跟她聊完康辰，愁眉不展地问：“案件怎么样了？找到证据了？”

“有，凶案现场应该遗留了录音笔。另外，我找到报警的录音，去公安局的物证鉴定中心听过了。宇航报警的那通电话录音里，他承认杀人。”李星妍如实回答，“主任，这个案子——”

高新远打断她：“网上闹得沸沸扬扬，检委会那边一会儿就你这个案件，做一个讨论。你整理好证据链，详细做一个大纲，一起参加。”

李星妍一脸不高兴：“是想施压吗？”

“网上闹成这样，这也是实在没办法。法院向检察院施压，检察院只能向你施压，如果你的讯问实在讯不出结果，我们准备更换此案的承办检察官。”高新远提起这个案件相当头疼，又怕惹得她不高兴，补充道，“不是我们不认可你的能力，而是这案子实在比较棘手。”

“我知道了。”李星妍不再多说，回到办公桌开始整理资料。程颖忙完录音的事，已经回到检察院，得知要开检委会，也开始整理资料做笔录。

检委会由院领导组成。

李星妍和程颖进入会议室的时候，压力很大。如果一件案件被摆上检委会讨论，证明内部有严重分歧。

所有人入座后，面对一大群领导，程颖有点儿退缩，基本不敢出声。李星妍的策略是等领导发问，在得知所有领导的想法后再逐一辩论。

检察长汤镇南约五十三岁，扫了眼在座的人，说："大家应该看了网上闹得沸沸扬扬的明星杀人案，现在可以就该案畅所欲言。"

有人问李星妍："我在网上看了详细的证据链，网友罗列的细节也言之有理。你对宇航的控告是否存在事实不清，证据不足？"

李星妍毫不退缩："从宇航被警方移交开始，我就对宇航、妮小燕进行过多次讯问，根据两人的口供，结合现场的证据，我组成了完整的证据链。我并不认为此案证据不足，如果每个检察官都依据网友整理的线索去办案，那还要检察官、法院干吗？可以把庭审变成网审。"

"现在民情激愤，我个人提议更换检察官，补充侦查——"

领导还没说完，李星妍就站起来，打断他："我反对。"

汤镇南问："反对的理由？"

"我在合法合理的情况下讯问了两名犯罪嫌疑人，同时，利用口供的疑点找到最新证据。"她播放早已准备好的报警录音，"这是案发当日，宇航的报警录音。录音里，有他清楚的自述'我杀人了'。"

程颖将讯问笔录递给领导看。

李星妍说："从他们两人的供述中，我还发现了凶案现场遗留有重要证据。"

检委会成员问："证据找到了吗？"

李星妍摇头："还没有，但我相信这只是时间问题。"

"虽然动用了延期审理，但再次开庭迫在眉睫，所以，时间本身就是一个问题。我的意见也是更换检察官。"领导们都在质疑她。

汤镇南问高新远："身为检察官主任，你觉得如何？"

高新远虽然平时被李星妍气得半死，但关键时刻还是仗义保她："既然开庭时间迫在眉睫，现在更换检察官，就等于让案件回到起点，这样会消耗更多的时间去了解案情，了解犯罪嫌疑人，所以我不太赞同。而且李星妍脑筋灵活，讯问合法合理……"

高新远还没说完就被检委会成员打断："合理合法还经常被投诉？"

李星妍为自己争几句："每次讯问都有同步录音、录像，检委会如果质疑我的手段，可以派专人检查。另外，我觉得检委会的分歧在于宇航到底有没有失手杀人。虽然现场的鞋印、指纹、口供，全被推翻，但也可以在推翻的基础上重建。只要我们找到足够排他性的证据，所有被推翻的证据也能重组成致命的证据链。比如这段录音，比如遗留在凶案现场的重要证据。"

汤镇南问："就目前而言，你的证据链足够排他？"

李星妍神色自如地回答："不够。所以我还有个打算，在法庭上，辩护律师用明星的人设及对'天价离婚案'妮小燕陷害一事，宣称宇航毫不知情。如果从这点下手，找到他知情并参与陷害段美琳的证据，再加上录音，有百分之六十的把握能控告成功。"

"应该尽快让宇航、妮小燕如实招供。"汤镇南给出意见。

"检察长，这很难。这两个人为了自保，从一开始就拼命推罪，他们有各自的小心思，想让他们如实招供基本无望。"李星妍故意停顿了两秒，"不过，经过我连续多场的审讯，基本已经探出真相，厘清事实。不管他们认不认罪，就算零口供，只要证据链成排他唯一性，就能对两人定罪。我有信心能处理好这起案件，有信心堵住悠悠众口。"

检委会听完，相互交流讨论。讨论了半个小时后，汤镇南说："我们让你再试试，但形势不能再恶化下去。你要知道，社会舆论给政府机构造成很大的压力。虽然说我们讯问合理合法，检察官一身正气想为人民服务，但群众容易被人煽动情绪，我们要顾及群众的情绪。"

"行。"

李星妍和程颖走出会议室后，同时松了口气。李星妍不敢松懈："我们必须重找'天价离婚案'的线索，找到宇航知情的证据。"

"去哪儿找？"

"聊天记录？比如微信？"

"警方找过，宇航和妮小燕的微信聊天记录很正常，甚至连暧昧的话也没有说。"

"手机通讯记录呢？"李星妍皱眉。

程颖也觉得诧异："这也是让人好奇的一点，他们手机互通的记录其实并不多。"

李星妍认真想了想："那么，他们应该有共同传话的人，这个人，应该跟明星走得很近。比如经纪人？助理？让警方调取宇航、妮小燕和宇航经纪人、助理两年内的微信聊天记录。”

程颖点头：“行，我立刻去。”

“下班时间到了，可以明天再去。”

“行。”

“我先送你回家。”

李星妍伸了个懒腰，和程颖一起换衣服下班。她刚开车出检察院，就碰到一个姑娘横冲直撞跑过来拦住她的车。

她急踩刹车。

那个姑娘从车窗扔进来厚厚的文件袋，立刻拦出租车消失。

李星妍拿起文件袋，文件袋里装有很多照片，而照片的主人公是……宇航和妮小燕。

第六十九章

心已死去怎缱绻

这让李星妍没有料到，她以为是粉丝的恶作剧，结果文件袋里厚厚一沓宇航在夜店，或宇航跟妮小燕亲昵的照片，更难得的是每张下面都有手写的日期，并在写下日期后再过胶。

这些照片的跨度长达两年。

翻完最后一张照片，底下还有一封手写信。

李检察官，您好。我是宇航的粉丝，很抱歉只敢用这种方式把证据交给你。你一定很奇怪，我怎么会有宇航这些照片。抱歉，因为我真的很喜欢他，所以每次打听到他去哪儿，都会疯了一样跟过去。有段时间，我甚至着魔一样跟踪他，所以才有这些收获。原谅我一开始没有拿出来，因为真的很喜欢很喜欢他，喜欢到无药可救，无法自拔。

直到这桩案件发生，我才知道自己喜欢的是一个什么样的人。他和妮小燕在两年前就已经勾搭上，就算他百般抵赖也没用。一个大明星，在媒体面前对妻子表演他的深情，可背后却早就跟另一个女人出轨。说实话，案发前，我还找了无数借口替他狡辩。就算‘天价离婚案’，明知道段美琳是被冤枉，我也没有拿出这些东西。因为我知道拿出来就意味着会亲手毁掉自己喜欢了几年的人，我不想当情感上的背叛者，却当了人性的背叛者。我一边看着粉丝声讨段美琳，一边在替宇航找万千借口。

直到这一刻，我终于找不到借口。

我拼尽力气去喜爱的明星，在心里当作未来老公楷模的明星，结果这么不堪。

对了检察官，我还知道妮小燕的微博小号，不知道对你有没有帮助。她的账号——YH 的燕子。这个账号每次都给宇航留言，不仅留言还炫富，你可以去查查。

期盼能还段美琳一个公道。

——宇航曾经的粉丝。

李星妍激动地看完信。

宇航 2015 年 10 月 5 日后才开始走红，结果在 2016 年就出轨？

她问程颖："季晋源向法院提供的那些报纸，报道宇航对段美琳家人多好的好老公人设，是什么时候开始报道的。"

"2016 年他电影成功后。"

"呵呵。"李星妍嘴角微扬，"不是人设是什么？深情？纯属狗屁！他就是一个装深情的伪君子！"

她把照片递给程颖看，启动车，先送程颖回家。

程颖一边翻看一边替段美琳抱不平："这不是人渣是什么？"

"记住她微博的小号，明天立刻取证。"

"好。"

"等警察找出微信记录，我跟宇航好好聊一聊。"

"去看守所讯问吗？"

"不，法庭讯问。"李星妍信心满满，"这次我要让姓季的满地找牙。"

程颖忍不住笑着调侃："李检以前碰到这种人，从来不生气！总是以一种冷酷到底的方式冻死对方。可是季律师，很容易让你生气，难道——"

"像那种放荡不羁的人——"

"李检，我不得不打断你，放荡不羁有褒有贬。"

"是这样吗？"李星妍装糊涂。

"对，不知道在李检眼里，他是行为放纵不检点，还是打破常规，不被世俗所拘束。”程颖乐不可支，“不过李检，听说季律师在微博上有少量发言，还挺热门的。他大意是说，宇航目前只是疑犯，只要没有判决，他就只是嫌疑人。他这种说法被很多网友认同转载，大家都觉得，他是一位称职的律师。”

“哗众取宠。”李星妍想到季晋源就不耐烦，“他还说了些什么？”

“他对网友说，每个人都有说话的权利，都有辩护的权利，律师只是替人说话的嘴而已。”

“一张利嘴。上次他的突袭证据就影响了司法效率，还好我及时要求休庭。”

“嗯。”

“甭理他。”李星妍想起季晋源还是很恼火，她把程颖送到家后，开车回家。家里，李飞鸣不知道去哪儿了，她钻进房间打开电脑，开始搜索“YH 的燕子”。

YH 的燕子在微博关注仅一人，就是宇航。

发微博 730 条，两年间，平均每天一条的频率，而且每条微博都跟宇航有关。连晒富都是我亲爱的 YH 送我的 ××××。发自拍照不是露锁骨就是露胸，要不就刻意暴露自己的好身材，暴露之余都会写上：YH 最喜欢的。

YH——宇航名字拼音的第一个字母，这么露骨的表白加偷情，她当别人瞎？李星妍一路翻看，终于翻到那句：我们的相爱是天意注定。配图是网上疯传的拉着男友手的照片。妮小燕笑靥如花地拉着一个戴着钻戒的男人的手。

这句话下，有一个人的留言。

李星妍点进去，留言的人是段美琳。她写了一首诗：

六年回忆悲满天，青丝两缕缠指间。

今生已错毁半生，心已死去怎缱绻。

李星妍看着这四句，心里微疼。段美琳在 2018 年 5 月 × 日的日记里，刚好有这一段。

“其实我要两亿只是想出一口气，因为我看到了妮小燕的小号。我很不甘心，如果你们的相爱是天意注定，那我跟你之间算什么？”

原来段美琳被杀前几天看到的，就是这段。她当时看到这个，一时感触于是在回复里写下她六年来的经历回忆。

李星妍用了几个小时才看完微博，真不敢相信，妮小燕和宇航竟然能无耻到这种地步，一个背地里偷情，一个试图昭告天下。

看完妮小燕的微博后，已经到了凌晨。

电话响起，是程颖。

程颖问："李检，你是不是也没睡，在看妮小燕的小号？"

"对。"她简短回。

程颖说："我差点儿气哭了，替段美琳感觉不值。为什么宇航和妮小燕这么无耻的人，季律师还替他们辩护？"

"律师的工作就是替所有人辩护，在没有判决前，一切嫌疑人，真的只是嫌疑人。没有判决就没好坏之分。"李星妍其实也能理解季晋源，因为父亲本身就是律师。但理解并不代表认同，并不代表自己就要与他理念合一。

她跟他注定是对立面——他辩护，她控告。

和程颖聊完电话后，李星妍上床睡觉。这一觉睡得甚不安稳，开始是翻来覆去有很多心事睡不着，等凌晨两点好不容易睡着，结果又是一个接一个的噩梦。早上七点，李星妍就被噩梦惊醒。

她潜意识地跳下床，直接走到客厅。

习惯早起的李飞鸣被吓了一跳。他女儿正穿着一身睡衣跑去开门，想往外走。李飞鸣急忙叫她："这么早，你去哪儿？"

"看守所。"李星妍握着门把手，有点儿茫然。

李飞鸣皱紧眉头："我就知道不能当检察官，一入检察深似海，从此父郎兼路人就算了，还把自己变成了梦游侠。"

她晃了晃脑袋，这才清醒过来，跟着皱眉问："父郎是什么？"

"父亲和女婿的统称。"

"其实单身也挺好，可以一辈子孝顺你。"

"少来。我辛辛苦苦养大一个女儿，目的不是为了养老闺女。我是为了，为了——"李飞鸣很想咬自己的舌头，养她究竟是为了什么，自己竟然没有答案。

李星妍感觉好笑："爸，千万别往下说。你看你，眼珠急转，在动什么洗脑的小心思吧。你这狰狞的表情已经很明显说明，你知道自己说服不了我，所以在思考说谎的可能性。但又害怕被我反驳，怕自己不是我的对手，所以只能重复'为了'这两个字。嗯，为了什么呢，其实我有答案。"

"说！"

“其实人类的繁衍，从科学角度来说，单纯是因为想要儿女给自己养老送终。但是，对于人类为什么要生孩子，我有更好的答案。我觉得人类生孩子不应该是为了自己，生孩子，应该就是为了‘孩子’。生下一个生命，想把最好的给他 / 她，想让他 / 她有更好的人生，而父母，为了成全他 / 她最好的人生而努力，而去爱。这才应该是人类繁衍的最终目的。”

“所以？”

“所以你要做的并不是逼我去交男朋友，而是顺其自然，并努力成全我不想结婚的梦想。”

“少来！辩论结束，下次见。”李飞鸣不想理她，坐到阳台看着天空陷入抑郁中。他女儿明确说不结婚是她的梦想？苍天啊！大地啊！要不要把这种事当作梦想？年轻人的思想真是难以琢磨！

他愤怒地掏出手机，发微信给季晋源：小季，10 万！抓紧！

季晋源过了几分钟才回复：目前连话都说不上，现在会面都是去检察院的律师接待室！

李飞鸣很想哀号：10 万在手，天下你有！ 10 万在手，智谋你有！想想，这世上有比钱更难赚的东西吗？没有！既然钱这么难赚，而你又能轻易赚到，还不努把力？

季晋源：叔，没干律师前，你是干啥的？

李飞鸣：叔以前是……

季晋源：传销？

李飞鸣：嗯，传销……才怪！

第七十章
心已死去怎缱绻（2）

李星妍七点半就出门去检察院，刚到办公室，发现程颖比她更早。程颖顶着黑眼圈，也整晚没睡好，痛苦地说："李检，实在睡不着。我想抓紧时间固定好微博内容。"

"嗯。"李星妍也重复翻看卷宗，试着把所有证据线再重组成能击溃季晋源辩言的证据链。

有了录音、照片、微博的内容，只要等宇航、妮小燕和他们经纪人、助理的聊天记录调取出来，她就有信心在下次开庭时击败对手。

看完卷宗后，已经下午。

程颖突然急匆匆地从外面赶来，说："李检，不好了，段美琳的父母来了检察院，正在接待室。"

李星妍立刻赶到接待室。

接待室里，段美琳父母坐在沙发上，相互依靠着哭泣。尤其是段美琳母亲，双眼肿成一条缝隙。

高新远坐在一旁安抚，给他们做思想工作。丧女之痛，岂是三言两语能安抚好？

李星妍走过去，自我介绍："我是段美琳案的承办检察官。"她以为段美琳父母前来检察院是投诉她，或是哭闹。结果没想到，段美琳父母看到她，立刻哭着想跪下，幸好高主任一把拦住。

段母嗓子都哭哑了："检察官，你要为我女儿主持公道……宇航当年一无所有，我女儿跟了他五年多，结果……结果让我们白发人送黑发人……"

“我会的。”李星妍坐到她们身边。

“美琳她很孝顺，心地很善良，要不然不会让他们合伙欺负。”段父说起自己闺女，眼泪哗哗往下掉，哭得上气不接下气，“我好不容易养大的孩子，就让他们这样祸害了……我想不明白，宇航以前那么好，结果却出轨找小三，还污蔑我女儿陷害他！我女儿哪里会陷害人……”

段母泪流满面：“我就想我的女儿活过来……我什么都不求，就求他们把我的女儿还给我……美琳是家中独女，我只有这一个女儿……他们不是要了她的命！他们是要了我全家的命啊！”

段父抹了抹红肿的双眼：“20 刀，他们捅了我女儿 20 刀，他们还是人吗？整整 20 刀！每一刀都捅在我心口……我宁愿我女儿一刀毙命，也不愿意她被人这样杀死。”

老两口说着又哭到一起。

其实有时候真的不明白，不害人，为何被人害？

人性，从来都不可预见，不可预估，不可直视，且防不胜防。虽然我们习惯地替一些坏人的‘坏’找一些借口。但其实，你根本追究不出人性‘恶’的根源。有些人艰难困苦，但就算做乞丐也不愿意犯罪。有些人被人羞辱，被人辱骂，但依旧不会犯罪。

是的，就算身处两难境地，有些人依然可以坚守人生本善的一面。

而有的人，怨恨社会，憎恨同类，他们作恶，也习惯性把“恶”的原因归咎他人，归咎社会。他们理直气壮地抉择善恶，用自己的世界观去分析每一个人，再用自己的准则去强加于人，伤害他人。却在被捕后，用虚假廉价的求同情心理去诉说自己的无辜。

从什么时候开始，同情会成为廉价的容器？

从什么时候开始，犯罪也能变得有据可依？

希望这些“从什么时候开始”永远都不要开始，因为犯罪，从来没有任何借口能奢求原谅。

送走段美琳父母后，李星妍抓紧催促警方传聊天记录。因为涉及隐私，所以手续一大堆，难度相当大。还好是刑事案件，等审批齐全就可以查。两天后，警方传来聊天记录。

时间跨度为两年。

有宇航、妮小燕和他们的经纪人、助理的记录。

李星妍和程颖抓紧排查，分析哪些为重要内容，哪些可以忽视。两个人分析一整天后，终于找出其中的重点内容。宇航和妮小燕出轨，都是经纪人在传话。比如宇航约妮小燕出来见面，几点，什么地址，都是经纪人告诉她。而助理也在其中扮演重要角色。

两个人整理完资料后，李星妍立刻让程颖传唤经纪人和助理到检察院问话。宇航的经纪人和助理传了两三次才姗姗前来。

两人先把经纪人叫进询问室。

经纪人黄曼文是一名女性，四十三岁，身材很好，看来经常保养，脸上皱纹都少见。

李星妍请她坐好后发问："今天请你过来，是想问下关于宇航、妮小燕两个人出轨的具体情况。"

黄曼文态度很好，笑着问："具体情况网上不是都有吗？"

"从什么时候开始勾搭上的？"

"就这几个月。"

"不止吧？"

"天地良心啊，这话可不能乱说，真的就这几个月才开始。"黄曼文一点儿都不着急，说话都慢条斯理的。

李星妍面无表情："那你在一年半之前，也就是2017年初叫妮小燕去×××宾馆是怎么回事？"

"2017年初？"黄曼文的脸色渐渐不好。

李星妍冷漠地点头："对，还有2016年5月8号、7月6号、8月9号、10月12号、12月15号。最近的，2018年2月16号。"

黄曼文开始慌乱，思考了一会儿后，镇定下来，不急不慢地问："所以，这代表什么？"

"他们在一起两年？"

"对。"

"宇航对妮小燕借款和录音知不知情？"

"不知情。"黄曼文挺从容，脸上一点儿说谎的痕迹都看不出来。看来在社会摸爬打滚这么多年，她已经很老练。

李星妍冷冷地问："2018年5月×号，段美琳死亡的前五天，妮小燕在微信问你，说段美琳知道了她的微博小号，还给她留言了。你当时的回答是：官司快宣判了，段美琳是故意留言想刺激妮小燕，但最好删掉留言。结果妮小燕没听你的，她没有删。"

黄曼文还是很淡定："那又如何？"

李星妍很佩服她的冷静："2018年4月，你们还有一次交谈。你问她，怎么这么不小心被记者拍到，并问她，知不知道段美琳索要两亿天价赔偿。而妮小燕的回复是：放心，我还有录音，还借了她200万。之后，你约她拿录音过来面谈。谈了些什么？"

黄曼文犹豫地看着她，没说话。

李星妍严厉地问："要不要我来替你说？4月×日，妮小燕和宇航被人拍到出轨，段美琳火速提告，索赔两亿天价离婚费。而在5月的庭审，两名律师，当庭拿出妮小燕和段美琳串通一气想敲诈宇航2亿的证据。妮小燕也让人大跌眼镜地反转成为证人，证实段美琳往她的账户上打入巨款，甚至还有一段能证实她跟段美琳串通陷害宇航的录音。而就在拍到出轨的当天，庭审之前，你早已经约她面谈，并且知道200万为借款，还有一段详细的录音。"

到这种地步黄曼文依然没有慌乱，只是冷静地点头："对，我知道这一切，但宇航并不知道。"

"录音是谁掐头去尾？"

"是我。"

"宇航究竟知不知情？"

"他完全不知道。"

"那助理是怎么回事？你的助理姜小冬在4月×日当天也给你发了一条内容：曼文姐，我把录音和200万的事儿告诉宇航了，会不会有事？"李星妍有条不紊，一步一步打乱她阵脚。

黄曼文脸色大变，不再说话。

李星妍说："你已经涉嫌民事伪证罪，根据《刑法》第三百零七条，帮助当事人毁灭或伪造证据，情节严重的，处三年以下有期徒刑或拘役，我已经报警。当然，如果你转作证人，有立功表现，可以从轻处罚。"

"你不是有证据了吗？还要我在法庭上说什么？"

“宇航的所有事，所有你知情的。”

“这样说吧，就算你有证据，也全部是天价离婚案的证据，而宇航现在被控告的是过失致人死亡。就算宇航知道妮小燕借了200万、录音是掐头去尾，又能如何？这是两个案子！你不能因为我为一件民事案做了假证，就断定宇航参与杀人。”黄曼文反而替她分析，冷笑道，“你可以控告我民事伪证，大不了关一两年，我无所谓。但宇航没有杀人！你不能冤枉他！”

“你很聪明。”

“恕我直言，你查错了方向。就算击败宇航人品，那又能如何？”

“有些证据我不便告诉你。但目前你的态度是，完全不配合！”李星妍没有告诉她自己手上还有宇航承认杀人的录音，击败宇航人品只是证据链的其中一环，在她想夯实宇航有罪的证据体系里，它只是佐证而已。

“对，我不可能当证人指证自己的明星，这样做对我完全没有好处。”

“行，那到此为止。”

李星妍带程颖走出询问室，走进另一间。这间关押的是宇航的女助理，27岁的姜小冬。

姜小冬的外貌不出众，挺高，大约有1.7米。

年纪小，好吓唬。

李星妍坐下就直截了当地问她：“你在4月×日当天给经纪人发送一条内容：‘曼文姐，我把录音和200万的事儿告诉宇航了，会不会有事？’既然宇航录音伪造的事你知情，为什么不告诉法官？”

姜小冬直接蒙了：“你调查了我们的聊天记录？”

第七十一章
“灭绝师太”太惨无人道

“这是刑事案，我们有权调查。”李星妍严肃地盯着她，“天价离婚案中，你的聊天记录表明，你也参与伪造证据。你知不知道这是民事伪证罪，要判刑？”

姜小冬慌了：“没，我没怎么参与。”

“录音掐头去尾时，你没在现场？”

“我在，但是……但是……是曼文姐叫我去的。”姜小冬忐忑不安，一再强调，“有时候我会帮妮小燕联系宇航，我是隐瞒了宇航老婆，他们开房也知情。可、可伪证罪真的跟我没关系。”

“你说说伪造录音的详细经过，我才知道跟你有没有关系。”

“我说，我都说。四月几号啊，我忘记了，反正就是拍到妮小燕和宇航出轨后，段美琳提告了才发生的。本来拍到出轨视频也没什么大不了的，我们可以把已经离过婚这事拿出来做文章。但曼文姐没这么做，她先是去托人问记者，结果记者说是有人给他写匿名信，说几号去就能拍到宇航出轨的画面。曼文姐其实心里也有底，这事儿八九不离十是妮小燕自己设计的，她肯定是想正大光明地挑破关系，逼宫段美琳。但曼文姐去质问妮小燕时，她没承认，只是说自己手上有录音和200万借款，让曼文姐看着办。这事太明显了，就是妮小燕设计的。她事先和段美琳借款、录音，再找记者拍出轨。你想啊，这是不是一条完整的线？妮小燕摆了条道让我们走，我们不可能拒绝。曼文姐干脆一不做二不休，把录音掐头去尾，把200万借款说成收买款项。再拿已经离过婚，不是共同财产为由，让段美琳申请的两亿赔偿费败诉。所以法官最后判决支持离婚，但不支持两亿天价赔偿。”

“你继续。”李星妍听到这，已经明白。是的，录音与借款，再加上偷拍，就是一条完整的线！做小三久了的妮小燕想逼宫，于是设计这出戏。也如她所愿，宇航离婚了，她眼看就能上位。结果段美琳突然冒出神秘证据，于是被恼怒的妮小燕想带刀前去威胁段美琳交出证据，最后两人争吵，干脆动了杀心？！

姜小冬惴惴不安：“曼文姐和妮小燕的原版录音都删了，但我私下存了一份，你要听吗？如果举报有功，我是不是就不用坐牢？实不相瞒，我和男朋友就快订婚了，不想多生事端。”

“我听听。”

姜小冬急忙把手机掏出来递给她，果然，有一份录音文件。李星妍按播放：

段美琳：小燕，虽然我跟宇航离婚又复婚，但他跟以前已经大不同。

妮小燕：怎么了？

段美琳：他几乎不再碰我。

妮小燕故作夸张：不是吧？为什么他不碰你？

段美琳很苦恼：我也不知道，可是我们几乎不同房。

妮小燕嘻笑：亲爱的，他不要你，我要你。只要为了你，做什么我都肯。

段美琳半笑半无奈地叹气：那你去勾引我老公上床好了。你陪他上床怎么样？

妮小燕：确定让我跟他上床？

段美琳：怎么，不愿意？

妮小燕：这个，这个……

段美琳：吞吞吐吐，一听就不愿意。

妮小燕：真的啊？

段美琳：别当真？开玩笑的。可能是他太忙了。刚才纯属笑话，真的别当真！我很爱他，绝对不准任何女人染指他。

……

录音到这儿就结束了。

果然，和李星妍猜测得一模一样。复婚后被冷落的段美琳不能跟宇航在一起，过着丧偶式婚姻，于是开玩笑让妮小燕跟他上床。她以为只是玩笑，却没有想到，这段录音搅得天翻地覆。

早就想离婚的宇航和想逼宫的妮小燕不谋而合。

姜小冬问："还要什么证据吗？我这儿还有宇航自己录的几段。"

"宇航录的？"李星妍皱紧眉头。

姜小冬点头："宇航出轨也怕事情败露，所以偶尔会录一些。"她说完继续播放。

内容是：

段美琳：宇航，我一年才见你几面？

宇航：我真的很忙。

段美琳：忙？事业比我重要？

宇航：不要闹了好不好？你每天闹，我真的筋疲力尽。

段美琳：我每天闹？我一年才见你几次？

宇航：就我们见面这几次，也要在争吵中度过，你说呢？我工作本来就很忙，连睡觉也是稀罕事，你不支持我，还整天跟我吵？

……

宇航自己的录音有四段，内容都偏向对自己有利的一面。李星妍一边听一边琢磨自己的证据链。

她已不畏惧再次开庭。

是的，只要姜小冬转作证人，加上已经知道的证据链，是可以扭转乾坤。季晋源会怎么辩论？从录音着手？还有偷袭证据？庭审的延期审理有次数限制，不能滥用，所以这次一定要夯实好证据体系，争取控告成功。

询问完姜小冬后，李星妍等警察搜寻段美琳家，等得有点儿心急。她干脆自己开车前往。结果刚到小区，就碰到在门口的季晋源。

几天不见，两个人虽打照面，但都没有搭理对方。

李星妍兀自上楼，刚到段美琳家门口，就看到里面还有警察在忙。警察看过证件后，把她放进去，说："我们倒是搜出了一大堆类似什么钢笔之类的东西，反正跟录音有关形状的东西全搜出来了，但就是没有找到你所说的录音笔。"

"很感谢警方的协助。"李星妍真心感谢。

警察回："别客气，对案子有利就行。再说了，你们检察院补侦得补到什么时候，有时候互相帮助也是应该的。"

李星妍告别警察后下楼，大门口，季晋源还站在那里。

李星妍走过去警告他："律师不准进凶案现场！"

"你不是带着我进去过一次？"

"壮胆的陪衬而已。"

"你这么说就过分了啊！"季晋源靠近她，"说说，怎么个情况？"

"无可奉告。"李星妍冷冷地横了他一眼。

"你不是说律师跟检察官应该互相沟通，相互信任？友好互助？"

"那你先说说看，你准备怎么辩护？"

"你没有实证证明他杀人。"

"你所谓的实证是什么？"李星妍语气渐渐带点儿不好惹的苗头，"刀上有他的指纹，有他走向被害人的脚印，他自己也承认失手杀人，还有妮小燕的口供，还需要其他证据？"

"第一，他没有杀人动机，第二，他没有任何杀人的理由……"季晋源很想争辩几句，但还没说上两句就被她冷冷地打断，"害怕自己出轨、诬陷老婆的证据被曝光，所以杀人。"

"目前你所说的诬陷也仅仅是妮小燕的个人行为，宇航根本不知情。"

"拭目以待。"

"还想庭审争一次？"

"试试看。"李星妍轻蔑地看了他一眼。季晋源抓住这个眼神不放，纠结地说："你看你，又来了！你这是在轻视、藐视我！你不怕我再次让你怀疑人生？"

李星妍不理他，往外走。

季晋源追上来，在她准备想拉开车门时，用手按住车门："李星妍，送我一程呗？"他的嘴故意凑到她耳边，气息暧昧地问，"几天不见，我有点儿……"

他还没说完，李星妍已经用手肘朝他肚子狠狠顶过去。

季晋源吃痛地按着肚子蹲下来，她趁机拉开车门，头也不回地开车离开。季晋源看着远去的车，眉头纠结地皱紧："惨无人道啊！看来要叫回她的外号，'灭绝'才行！"

他吃力地摸出手机想打电话给她。

嗯，打不通，他的号码还躺在她的黑名单里。

他试着发条微信！嗯，还在黑名单。

师太狠起来真的不留情面，看来第二次庭审，刀光剑影、唇枪舌剑已经在所难免。

隔天，法院定下再次开庭的时间，各方积极准备证据。一个星期后，段美琳被杀案再次开庭。

季晋源和李星妍不可避免地再次对垒。

这次和上次庭审情况一样，法院大门口的记者、粉丝已经里里外外地围了好几层。季晋源、陈世佳和助理在一阵掌声中被拥入法院，而李星妍、程颖在死寂中被人瞪入法院。

被挡在法院外的记者自他们进入后又开始直播："各位观众大家好，全国瞩目的段美琳被杀案今日再次开庭……"

映入记者镜头的还有春末夏初的好天气，风和日丽，碧空如洗。偶尔还能看见柳絮、蒲公英随风飘荡。

记者播完上回庭审的全过程，最后说："希望今天的庭审跟天气一样让人觉得美好，我们都期待一个公平、公正的好结果。"

第七十二章
针锋相对的第二次庭审

庭审还是不公开审理，走完一系列流程后，审判长入座宣布开庭。法警带上宇航，宇航比上次看到的情形好点儿，接受问话没有情绪激动、失控等行为，他全程都很配合。

他配合的态度来源于上次庭审，以及网上发酵的粉丝抗议事件。一个认为自己稳操胜券的犯罪嫌疑人所表现出的配合，不过是为了脱罪而已。

审判长把审讯交给她。

李星妍自上次庭审后没有去讯问宇航，因为她一早决定把讯问室搬到法院。她站起来看着宇航，沉默片刻才问："先前的讯问，你一直在重复一个话题，就是自己对另一被告人妮小燕借款200万以及录音掐头去尾毫不知情，对吗？"

"对。"

"现在还坚持这样的说法吗？"

"坚持。"

"我们有人证，能证实你是知情的。"

"不可能。"宇航脱口而出，情绪又开始激动。

李星妍面无表情地盯着他："你的助理姜小冬是不是曾向你透露录音和200万的事？"

宇航听到"姜小冬"三个字，冷静下来。

李星妍步步紧逼："姜小冬不仅透露了你知情，还给我们提供了原版录音。除了这些，还有你私下录的被害人跟你的录音。审判长，我要求当庭播放这些录音。"

审判长同意，播放证据，录音用了十来分钟播放完毕。

宇航听完录音，低下头，不再说一个字。

李星妍正颜厉色地问：“你现在承认知情吗？”宇航没作声，她也不给他机会开口，“你对妮小燕借款的事完全知情，甚至录音还是你的经纪人让人掐头去尾用来栽赃。你会无时无刻录一些不利于被害人的言论，怕有朝一日自己出轨的事让人揭发，害怕公众会因此对你口诛笔伐。所以你录下这些不利于被害人的录音来防身。5年半的感情，结果你一直在算计她。你早就决定离婚，对被害人早已经没有了感情。于是2017年频繁对被害人家暴，家暴的目的是想逼她跟你主动提离婚。你清楚她的性格，只要她主动提离婚，会赌气不要财产。对，你家暴的目的是想保全财产。恭喜你最后成功了。在被害人被你用酒杯砸得数次去医院缝合伤口后，她终于心灰意冷提出离婚，并放弃了巨额财产。可是没有想到离婚的事会有人知情，舆论开始发酵，于是你复婚。复婚后更没有料到，另一被告人妮小燕并不甘心与你只是见不得光的关系，她找人来偷拍，妄想把自己扶正。”她说完这些，死死地盯着宇航。如同自己预料，宇航心虚地低着头，不敢言语。

十秒后，她继续：“你跟妮小燕偷情的事迅速发酵，公众开始口诛笔伐。被害人也因此提告离婚并追赔巨额精神赔偿。可你万万没料到，从偷拍到离婚，这一切全在妮小燕的算计之中。之后，她向你的经纪人透露自己手上有段美琳的200万借款及录音。经纪人为了挽回你的声誉，干脆颠倒乾坤，伪造证据。法院也因此判离婚，并不用你支付巨额赔偿，你心安理得地向媒体夸下海口，说自己会给被害人五千万人民币。媒体都说，你是一个情深义重的好男人。可所有人都没料到，段美琳竟然会邀你和妮小燕前往，直到发生命案。”

季晋源站起来：“审判长，辩方反对公诉人的言论，就算这些她都有证据，但也跟杀人案无关。现在我们主要是庭审杀人案，而非我被告人的道德问题。我觉得她这些证据、推断都与本案无关。本案不是离婚案！”

李星妍针锋相对：“审判长，‘天价离婚案’才是本案的根源，只有追根究底，才能翻出谋杀案的真相，它们息息相关。而且通过这些证据能证实，被告人一直在说谎，并且有足够想被害人死亡的理由。”

“那辩方请问，在公诉人眼里，足够想被害人死亡的理由是指什么？”

“被害人手里有证据，他害怕自己名誉扫地。”

“证据在哪儿？”季晋源言辞激烈地问，“公诉人所谓的证据，据我所知，并没有找到。也就是说，被害人约被告人宇航前去的理由根本不成立。”他看向审判长，“审判长，请详细查看公诉人之前的第三次讯问笔录。在第三次讯问时，公诉人对宇航说‘那我们从头开始。说说天价离婚后，为什么要指使妮小燕去录那样一段录音，再掐头去尾。’注意，这里，公诉人是说我的被告人指使妮小燕去录音。而到了今天的庭审，又变成了‘妮小燕故意偷拍并录音’。从这里可以看出，公诉人所有的指证全是推断，而这种推断的结果漏洞百出，毫无根据可言。

李星妍没有想到，他对自己的讯问笔录会研究得这么透彻。她反对：“审判长，我所有的推断都是根据证据来，在证据不清楚的情况下，推断有所差错也正常。”

季晋源立刻反驳：“请注意公诉人的言辞‘推断有所差错也正常’，何谓正常？这是杀人案，任何的差错对于被告人都是灭顶之灾。而公诉人这种言论，对我的被告人已经形成灾难。因为公诉人的武断，也许会发生冤假错案。”

“这些都是你的臆想。”李星妍反击，“你不可能根据我一句话来推断出这么多歪理谬论。”

“对，我根据一句话来推断是歪理谬论，那么，公诉人根据两名被告人的证词所推断出的，并没有实证支撑的言论，是不是歪理谬论？”

“你无赖。”她脸色难看地脱口而出。

季晋源没料到她会说这样一句，一下怔住，不好接词儿。

审判长敲槌：“这是法庭，公诉人请注意言行。”

李星妍干脆坐下。

季晋源瞥了她一眼，继续：“据我被告人描述，真相应该是这样，被害人说自己手里有所谓的证据，但我的被告人宇航并不相信，但因为对被害人愧疚，所以前去想跟她谈补偿五千万的事。结果没料到，一进去就看到凶杀发生。看到凶杀，他很吃惊并头脑空白地杵在原地动弹不得。直到他反应过来后，已经迟了，被害人已经被人杀害。他看着被捅入的刀，看着流血即将死亡的被害人，走过去想拔出刀，结果又怕拔刀会加速她的死亡，只能作罢，于是在痛斥了妮小燕后，选择报警。”

“控方反对。”李星妍站起身。

季晋源迅速回击："反对的理由？"

"片面之词，不足为信。控方还有宇航的出轨证据，请审判长查看。"李星妍等证据递交到审判长手里，才说，"这是两名被告人长达两年的出轨记录。有照片、有妮小燕的微博为证。"

"辩方也反对。"季晋源很冷静，"就算有长达两年的出轨，也与杀人案无关。公诉人好像搞错了一件事，就算我的被告人是做人设，虚情假意，人品恶劣的人，你也不能就此推断他杀人。杀人需要实证。辩方依旧是上次庭审的结论：我们已知被告人妮小燕买了日式料理刀，故意想杀段美琳，她是有预谋的故意杀人。而宇航只是在不恰当的时间进去，再被栽赃。"

"对，杀人需要实证，控方有足够的实证。"李星妍说，"审判长，被告人宇航在报警时，已经向接线员陈述，自己才是真正的杀人凶手。控方要求当庭播放，让辩方听听他需要的实证。"

季晋源没吭声，在想应对的方法。

第七十三章
针锋相对的第二次庭审（2）

审判长同意播放。

录音当庭响起：

接警人员："您好，我是 ×× 市报警中心。"

宇航："我杀了人。"很快又否认，"不，她杀了人。"

……

录音播放完毕。

季晋源听完，感觉真实性可以确定，没有任何可以反驳的理由。李星妍见他坐着没动，站起来说："审判长，这是凶杀当日，宇航的报警录音。他在报警时，因为惊慌，无意识说出了真相。这段录音结合双方口供，以及料理刀上的指纹，现场脚印等证据，再加上'天价离婚案'的前因后果，已经形成了完整的可以定罪的证据链。"

"辩方反对。"季晋源还是不服气。

审判长问："辩方反对的理由？"

季晋源停顿了数秒，快速思考："人在碰到杀人案时，惊慌失措的言论不应该作为定罪的证据。"

李星妍冷冷地问："什么叫惊慌失措的言论？人在看到凶杀，大脑受到刺激，一时间失去判断的能力，才最容易在慌张的心理下无意识地表述真相。而这种真相是没有进入心理活动，才是事实。"

"惊慌下表述的才是事实？"

"没错，那些没有经过心理活动伪装的话，才是事实。宇航打电话，无意说自己杀人了。控方觉得结合所有证据，已经成为完整的证据链。”

李星妍还没说完，就看到对面一道人影快速朝自己跑来，她还在蒙的状态，那人已经欺身到她眼前，并朝她脸上亲过来。

她往后退一步，呵斥：“你神经病啊？”

来人正是季晋源，他一脸从容地面向审判长：“对不起，我只是做个示范，看人在紧张、惊慌的情形下，到底会说出什么真言。大家看到了，公诉人说‘你神经病啊’。如果这句‘你神经病啊’可以作为判断我精神状态、判断我行为的根据，我无话可说。”

李星妍迅速冷静下来：“审判长，两者不可以混为一谈。如果全靠法庭上耍赖就可以扭转乾坤——”

“等等，什么叫耍赖？”季晋源站在她面前，死死地盯着她问，“我只是在质证。既然你说的结论我反对，我就有必要质证。”

李星妍面无表情地瞪着他：“审判长，辩方是在扰乱庭审秩序。什么时候法庭可以允许人随意走动，并骚扰公诉人了？”

季晋源乖乖回到座位上：“抱歉，刚才做了一个错误的示范，但大家也可以因此看出公诉人的言论并不成立。人在惊慌失措的情况下，第一反应千奇百怪，但有一个共同点。如果碰到凶杀，我们第一时间会自保。所以被告人宇航才会特意走出门，去外面打报警电话。他为什么要自保，因为他亲眼撞见了凶杀，而且凶手还恐吓他，会把罪名推到他身上。所以为了洗清自己，他才刻意出门去报警自保。可报警时，却因为激动说错了话，以致这段说错的录音成为呈堂证供！”

李星妍继续反对：“控方不赞同，如果——”

季晋源强势打断她：“审判长，如果仅凭这样一段录音就判罪，辩方不服！辩方认为公诉人至今没有拿出足够定罪的证据。”

“被告人宇航进入到报警用了足足 25 分钟时间。在这 25 分钟时间内，他和另一名被告人妮小燕皆承认，在他们二人进入后，被害人还在世。也就是说，被告人宇航进入后，亲眼看着自己妻子被人杀害，并且跟人争执了 15 分钟才报警。用此时间点来结合‘天价离婚案’的前因后果，凶案现场的脚印，以及料理刀上的指纹，还有讯问时，他无意透露的自己失手杀人的供言。控方认为，这些已经组成完整的证据链。”李星妍说，“审判长，两名被告人身上都溅有被害人的血液，并且血液呈喷射状。这说明，被告人宇航不是在被害人死亡后才走上前，也不是被害人被捅之后才凑上前。他的确是在被害人被捅之前接近被害人，并且距离很近才被溅一身血。如果将所有证据串联，被告人宇航是在无意夺刀时，和妮小燕一起误杀了被害人。”

“辩方反对，因为在上次庭审时，公诉人就提出了血液喷射状的问题。辩方已经详细解释。如果公诉人忘记，辩方可以再说一次。我上回庭审反驳血迹的原话是‘可让他万万没想，自己还是迟了一步，他走到被害人段美琳身边时，另一名被告人妮小燕已经捅了致命一刀。’请公诉人仔细回忆。另外，辩方认为，这些都不是足以定罪的理由，这些理由无法排他。”季晋源的职责就是辩护，让所有公民享有辩护的权利，所以不管对手是谁，在法庭上他只能尽全力去抠字眼反驳。

虽然他一直都很强势，但李星妍丝毫不受他影响，还是气势如虹：“控方也反对。屋内只有两个人，无人知道发生了什么，两个人又互相指证。这时候，只有证据才能说话。而控方的证据已经形成完整的证据链。不管是录音，还是足迹、指纹，以及被告人宇航进入后，有能力施救，却看着被害人被杀害，这都已经是完整的证据链。辩方律师只能用证据链的某项引发的无限可能去反驳。但面对完整的证据链，我希望他能给出足够反对的理由。”

她的义正词严让季晋源感觉压力很大，但还是驳斥：“一项无法排他的证据链不能轻易用来定罪。再者，被告人妮小燕砍了被害人足足 20 刀的防御性刀伤。20 刀，是什么概念？是一种非要置被害人死亡的凶残！但因为同是女性，所以就算刀刀见血也不致命！但不致命并不代表被告人妮小燕的杀人动机可以忽视。在被告人妮小燕有着如此强烈的杀人动机及杀人准备的前提下，以及一心要砍死被害人的杀人情况下，公诉人还盯着我的被告人宇航不放，用所谓的表面证据链来强行加罪，辩方对此坚决反对！”

“审判长，”李星妍字字铿锵有力，“并不能因为被告人妮小燕有足够的杀人准备及杀人动机，而忽视现场证据链轻易定罪。犯罪终究不应该成为一句空谈。就像辩护律师质疑控方所说的一切皆为猜测，他所说的整个过程又何尝不是猜测。控方尚有完整的证据链，他却拿不出任何一点能证实宇航无罪的证据。”

“审判长，公诉人的立场有严重问题。法律明确规定，任何犯罪嫌疑人不得自证其罪，并罪不自证。我的被告人并没有义务要自证其无罪。”季晋源看了她一眼，“若公诉人无法证明我的被告人有罪，有两个选择。可以宣布无罪释放，或更换公诉人。”

“控——”

李星妍刚想辩驳，季晋源冷冷地打断她：“任何公民没有经过宣判，都不应该是罪犯，也不能视其有罪。而公诉人的态度有很大问题，她一直在主观上认定我的被告人有罪，而不是一开始就实行无罪推定。如果公诉人可以一开始就对我的被告人宇航做无罪推定，那么，她所谓的完整的不能排他的证据链就根本经不起推敲，她所谓的控告根本就不会进行。辩方经与当事人商议，申请更换公诉人。”

审判长看向已经张口结舌的李星妍，心有不忍地问：“公诉人，还有什么需要补充的？”

李星妍调整心态：“审判长，这是杀人案，并不是更换检察官的案件。我的立场没有任何问题。两名被告人就算从一开始就实行无罪推定，但所有结合的证据已经足证其罪。辩方律师的更换公诉人之举，无非是想替自己争取时间。控方不认同。”

季晋源不服气地怼她：“对，这是杀人案，但公诉人却一直在揪住‘天价离婚案’不放。”

李星妍已经跟他争得脸红脖子粗：“‘天价离婚案’的发生才导致了杀人案。”

“不存在这个问题。这是不同的案件，并没有共通点。就算没有‘天价离婚案’，已经动了杀心的被告人妮小燕迟早还会再动手。‘天价离婚案’顶多算是一个诱因，并不能作为主因。”

“辩方一直都在诡辩。”

“公诉人一直在强辩。”

两人争执不下，都互相瞪着对方，有大打出手的局势。

第七十四章
我们是天敌

审判长见两人争得面红耳赤，做和事佬："公诉人和律师请控制自己的情绪。今天对被告人宇航的讯问到此结束。因为辩论了太长时间，暂时休庭，明天再讯问另一名被告人妮小燕。"

听到休庭李星妍总算松了口气。

这次开庭相互僵持，谁也说服不了谁，这让她很失望。她整理资料，想快点儿离开法庭。结果季晋源已经跑过来问："一起吃饭再聊聊。"

她把资料狠狠往桌上一摔，态度恶劣："请按检察院的正规程序约我。"

季晋源试着解释："法庭辩论都是针锋相对，我不觉得有什么问题。"她不理他，收好资料，刚准备走，法警就过来叫她，说审判长想见她跟季晋源。她把资料交给程颖，去审判长办公室。

审判长是本市有名的法官，叫陈毅。

季晋源刚进办公室就自来熟地上去握手："法官好。"

陈毅的办公室很简陋，配套的办公桌办公椅，另外办公桌前还配置了两张椅子，算是招待人。

两人在椅子上坐下。

季晋源见李星妍一路都没吭声，替她说："审判长别介意，她不太爱说话。"

陈毅跟李星妍已经很熟，也适当开玩笑："检察官是我的老熟人，我审案子经常碰到她，上一个'天价彩礼案'也是。也算是有缘人。"

陈毅见李星妍横了一眼季晋源，温和地说："这次只是案例研讨。检方、法院和辩护律师，我们三个人可以进行一次商讨。我知道刚才在庭上两位针锋相对，恨不得把对方打个落花流水。但现在，我们只是进行和平的研讨，希望两位不要激动，万事都能商榷，不管谁理屈词穷，我们都不能穷追猛打。”

季晋源点头：“适可而止，我懂。”

陈毅说：“首先，季律师，我很理解你的职业立场。你的立场就是不顾一切替人辩护，替人减轻刑罚或脱罪。我知道宇航这案子，一旦无罪释放，将是你职业生涯上非常漂亮的一笔，说不定还能在律师界留名青史。所以你不顾一切去辩论，并力求在口才上击败检察官的这种心态，我懂。但懂归懂，对于公诉人，我们也应该有必要的尊重。公诉人的立场，是为了维护公正、公义，你不应该用一些，诸如‘公诉人还盯着我的被告人宇航不放，用所谓的表面证据链来强行加罪’的词语。你也应该替她的形象考虑。”

季晋源想了想，点头：“但我并不觉得自己做错了。”

“这样说吧，你的更换检察官，强行加罪等说法，已经涉嫌人身攻击。”陈毅耐心地对他说，“季律师，你应该针对案子，而不是检察官本身。可能你觉得我这种说法有偏袒检察官的嫌疑，但检方与律师，不应该成为对手。你们完全可以配合，完全可以惺惺相惜，完全可以对案件进行友好交流。也许私下里还可以成为好朋友，对吧？”

“我是很想跟她成为朋友，但她说律师跟检察官私下不应该见面。”

“下班了谁管你们？只要不涉及行贿等，正常的接触没人管你们。记住，季律师，你的态度要友好一点儿。这不是交锋，你和她也不是两军对垒。你们完全就是为了案件而争执，这不应该涉及人身攻击。”陈毅说完季晋源，看向李星妍。这丫头一声不响的，用沉默来抗议法庭上的不公。

陈毅也是个心直口快的人：“李检察官，不是我说你，你的确有先入为主的嫌疑，首先，他是犯罪嫌疑人，既然是嫌疑人，法庭没有判决，就不能是罪犯。季律师要求你的无罪推定是成立的。”

李星妍态度很强硬：“我并没有错，我一直把他当成嫌疑人，并在证据的基础上进行逻辑分析，进行全案分析。我所有的设定，所有的逻辑体系，全部构建于证据。这样何错之有？如果我像法官这么温和，那么不用审讯了，哪个嫌疑人会开口说出真相？有时候做恶人，并不是恶人。我们也有自己的言不由衷！”

“理解理解。”陈毅一时被她顶得哑口无言。

季晋源也趁机说：“对对，你肯定不是恶人。”

李星妍给了季晋源一记白眼，不搭理他。

陈毅说："那我们研讨研讨案件？两位对这案件怎么看？"

李星妍说："目前的证据链已经摆在眼前，宇航有过失杀人。不管从警方的录音，还是指纹、脚印等现场证据，都能证实他过失杀人。"

季晋源还是不认同，也发表自己的观点："一条射线能引发无限可能。就像指纹，就算料理刀上有，但也不能成为定罪证据。还有录音，人在惊慌失措的情况下，说什么都有可能。"

"如果这么明显的证据，都不能定罪，如果凭着辩护律师的三言两语就放过犯罪嫌疑人，我对我国的司法表示担心。"

"如果凭着这样的证据就入罪，如果凭着公诉人所掌握的片面证据，就能判决我的被告人过失致人死亡罪，我也对我国的司法表示担心。"

两人唇枪舌剑，互不相让，又有大打一架的气势。

审判长头都大了："这样吧，你们先出去，关于这个案子，我跟陪审团会好好研究。"

两人同时起身，一前一后走出办公室。

季晋源亦步亦趋地跟着。

走到法院停车场，李星妍没有找到程颖，只能自己开车先走。结果刚坐上车，季晋源已经厚脸皮地坐在副驾座。

她启动车，一言不发地开着。

季晋源沉默了好一会儿，才尝试着解释："对不起，我庭审时竭尽全力去辩论，也从来不会顾虑别人。我没有对人手下留情的习惯，如果——"

"看我丢盔弃甲、狼狈不堪的样子，是不是很过瘾？"李星妍冷冷地打断他，突然把车往旁边一拐，停在路边，面无表情地命令，"下车。"

"李星妍，不要把法庭和现实混为一谈行不行？我一直在劝你打破对律师的职业障壁，你为什么一直不理解？"

"你什么时候能打破对检察官的职业障壁？"她渐渐加大音量，厉声问，"你什么时候考虑过别人的感受？季晋源，你整天在重复说律师有多无奈，你有没有考虑过检察官的立场？"

他说："这只是法庭辩论，下了庭，我们应该回归到正常关系！"

"什么叫正常关系？"她咄咄逼人，火冒三丈地瞪着他，"我们的正常关系，不就是律师跟检察官的天敌关系？除此之外，还有其他？”

他深吸了口气：“有。”目不转睛地看着她，却没有再说下去。

她似乎读懂了他眼中的千言万语，也吸了口气，语气还是冷厉：“下车。”他不再强辩，乖乖下车。

她头也不回地开车离开，半路接到高新远的来电。

高新远还是问案件：“怎么样了？胜算如何？”

她佯装镇定地回答：“法官没有给你去电？”

“打了。”高新远叹了口气，“星妍，我不知道应该说什么。”

她勉强稳定的情绪再度失控，突地把车往路边一停，声音哽咽：“主任，我也不知道为什么，已经形成完整的证据链，可控告失利。”

高新远听着这哭腔，一下心软了：“没关系，还没有判决，明天还会继续。”

“可我们所有的证据已经摆上去了。”李星妍很无助，很茫然，“这已经是完整的证据链。主任，宇航绝对有过失杀人，这不是武断，这是我根据证据所作出的推断……可是……”她眼中的热泪滚烫落下，“可是好像全世界都跟我为敌。”

“你没做错什么，也许是证据链有所欠缺。”高新远安慰她。

李星妍摇头，眼泪泛滥，却忍住哭声：“不，我要重组证据链，我必须重新构建逻辑体系。到底是哪里错了？”她失控地往方向盘上狠狠一拍，眼泪纷飞地咆哮，“我不知道哪里错了！我不知道……我只是想犯罪的人得到应有的惩罚，却被网友攻击；我从头到尾只是想维护司法公正，却被律师攻击。主任，我是不是哪里做错了？‘天价离婚案’可以被推翻，所有的证据链已经成形，连犯罪嫌疑人也亲口说他过失杀人。可为什么是这样的结果？”

高新远说：“不是还没判吗？只要没判就不能算失败。”

李星妍挂断电话，紧紧地攥住方向盘，仰头，拼命忍住眼泪。

是的，一桩摆明的案件，却让辩护律师有千万的理由脱罪。证据确凿也变成武断推定。

她不服。

李星妍擦干眼泪，深吸口气，往检察院的方向开去。她打电话问程颖：“你去哪儿了？”声音已经听不出异常。

程颖回：“李检，我先去凶案现场附近查查，看有没有目击证人。”

“行。”她想起季晋源，吩咐程颖，“离姓季的远点儿。”

“好。”程颖担心地问，“李检，你还好吧？”

“明天，”李星妍看着前方的车辆，“明天还要出庭，你早点儿回家休息。”

“好，”程颖担忧问，“万一明天……”

“不，绝对不能再发生任何意外或可能！要不然，宇航会被判无罪释放！”

第七十五章

我们是天敌（2）

是的，明天的庭审绝对不能有变数，她必须尽一切可能找出真相。

李星妍赶回检察院已经黄昏，检察院内还有不少同事在加班。她坐到办公室，看着桌上垒得高高的案卷，强打起精神一卷卷翻开。

段美琳案的卷宗比蔡文星的还要多，凶案现场的照片就拍了三十张。李星妍一张一张翻看，想找出某个角落隐藏的蛛丝马迹，可研究了一个小时，还是一无所获。

到底还有什么能坐实的证据？为什么段美琳家里会一无所获？录音笔究竟藏在哪里？为什么会找不到？

门卫突然进来通知她："李星妍检察官，有人找你。"

她潜意识怀疑是季晋源，坐着没动。

门卫急了："一对老夫妻，你快去看看。"

"老夫妻？"她疑惑地跟着门卫走到检察院门口。

已经入夜，门口的昏暗灯光下，一对老夫妻相互依偎着坐在台阶上，背影看着很凄凉。

段美琳的父母？

老夫妻听到脚步声回头，站起身，满脸憔悴地走到她面前，紧张地问："怎么样了？有结果了吗？法院判了吗？"

李星妍内疚地回答："明天还要审，还没有判决。"

段父惴惴不安地问："我们明天想去旁听庭审。"

"你们之前放弃民事诉讼，所以开庭照例不能旁听。"

“不，我们已经向法院提起了附带民事诉讼。法院受理了，说明天我们可以出庭。刑事和民事会一并审理。”

“既然已经申请了刑事附带民事诉讼，可以去旁听，但我不建议去旁听。”李星妍心里很酸，她觉得这对夫妻是没有办法接受自己女儿被人捅了二十刀，最后毙命的事实。庭审是对这些凶杀细节进行数倍放大，再反复讨论。到时，犯罪嫌疑人所说的每一句话都势必像刀一样扎进他们的心脏。

所以这之前的庭审，她一直在避免他们是否要参加这个问题。而段美琳的父母也在极力避免参加庭审，为了让被告人重判，他们甚至放弃了民事索赔。

是什么让他们改变想法?

段母哭着说："我申请索赔，只是想进法庭去旁听。他们说只有这样，我们才能去法庭，才能发表意见。我就想跟法庭说，我们放弃民事索赔，我们就想杀害美琳的人以命偿命！别的我不求！我就想他们以命抵命！想他们重判！"

段父也跟着落泪："我们就想让女儿回来……就想让她活过来……"

李星妍劝他们："我可以代你们向法庭……"

“不。”段父很执着，“我就想去听听，这两个刽子手是怎么狡辩，是怎么不要脸。我就想听听，听听……”段父哽咽地停顿了数秒，按着胸口，泪流满面地看着李星妍，眼里满是期盼，“哪怕是听听忏悔声也好。我想如果这两个人庭审完，能有万分之一的悔过，我女儿也能安息。”

李星妍难受地摇头："只怕事与愿违。"

“检察官，你就别劝了，明天我们一定要去。”

“行，我来安排，你们随我进入法庭。”

李星妍知道自己劝不动他们，只能随他们的意愿。送完段父、段母后，李星妍继续回检察院看案卷，翻看到凌晨三点，才躺在椅子上休息。这一觉睡得不好，接二连三的噩梦仿佛某种预兆一样压得她喘不过气。

早上七点她从噩梦中惊醒，回家洗了澡，收拾好自己后去接程颖、段父、段母一起前往法院。

虽然不到早上九点，但法院门口已经人潮汹涌，所有人都在等判决。李星妍带段父、段母走向法院时，人潮迅速围过来。

记者纷纷发问："宇航案今天会判决吗？是不是真如网上传的一样，你因为宇航是明星，故意盯死宇航不放？"

李星妍冷脸回答："无可奉告。"

记者不放弃追问："因为被揭穿老底，所以不想回答？"

李星妍停下脚步，面无表情地盯着记者，冷漠道："还是无可奉告。"网上早就有传言，说这检察官态度恶劣。记者一早就知道她这秉性，只能放弃。

李星妍带着身后的人，好不容易钻出人群，来到法院。刚站稳脚，就听到阵阵掌声。季晋源、陈世佳及两人的助理已经被粉丝媒体欢送到法院。

程颖对此很不服气，压低嗓门说："李检，我们才是代表正义啊！网友们是不是欢迎错了对象。"

"这些对我们没有意义。"李星妍说完，沉默着上楼，走到法庭门口。离开庭还有 15 分钟，她耐心等待。

段父、段母刚才经过媒体、粉丝身边，看到那架势，听到粉丝在议论检察官，并且讨论宇航无辜，已经气红了眼。

段父说："我们没有请律师，可是有个律师一定要帮我们免费代理。"

李星妍没有想到，他们的民事索赔律师是先前见到的，星空的老板程逸明。程逸明在开庭前 10 分钟赶到，一脸不服气地说："听说'天价离婚案'被翻案，我真是心有不甘，所以又凑过来。"

"但这次民事诉讼是个幌子，他们只是想旁听，您根本没有必要代理。"

"我知道，他们都跟我说了。但你是不了解我的纠结，不了解这些日子我被同行耻笑有多屈辱。只有参与庭审，我才能顺风翻盘。"

"我没有绝对的胜算。"李星妍心里也着急。顺风翻盘？她这叫逆风行驶！

"没关系啊！破鼓任人捶，我无所谓了！"程逸明已经看开，"我跟你父亲差不多大，在江湖也有传说，结果输给'小毛头'！虽然说前浪只会被后浪拍死在沙滩上，但他拍得太狠，我这死状太惨！前浪我不干了！"

李星妍被这说法逗乐，微笑间看到季晋源走了过来。季晋源走到她旁边，看着她身边的人，礼貌地打招呼："你们好。"

程逸明见到他瞬间气得吹胡子瞪眼睛："你瞅着我过得很好？"

季晋源说："官司输赢不代表任何问题，程律师还是江湖的传说。"

程逸明轻哼，不再搭理他。

季晋源跟李星妍亲密地打招呼："星妍，庭审完一起吃个饭？"

李星妍装聋作哑，熟若无睹。

季晋源挤到她身边，担忧地问："还生我的气？"她的视而不见让他很郁闷，"我可以负荆请罪吗？"

刚好开庭时间到，李星妍一言不发地带他们走进法庭。

程颖一边递资料给她，一边问："李检，真不理他了？"

"言不入耳，多听无益。"李星妍简短地回答。

程颖追问一句："以后再也不来往了？"

"我跟他本来就没有任何关系。"

"可是律师界都在传，你是他女朋友。"

"八竿子打不着。"

"好吧。"程颖知道李检这次是真的生气了，也不再多说。

一系列开庭的流程走完后，审判长宣布开庭，这次法警带上妮小燕。妮小燕满不在乎地扫视庭上的人。

李星妍起身问："被告人妮小燕，再详细说说凶杀过程。"

妮小燕重点声明："我再说一次，凶杀跟我没关系。没错，我是砍了她 20 刀，但那都不是致命的！致命的一刀是宇航捅的！你们不能因为他是明星，他是公众人物，就把所有罪名全赖在我身上。"

李星妍担忧地看向旁听席的段父、段母。他们刚开始就已经扛不住，已经泪流满面地抱头痛哭。

宇航当初头破血流地挤进段美琳的世界里，占据了段美琳最美好的人生，却让她的父母在悲伤的江河里泅渡。从此以后，白发人送黑发人的父母，无法挣脱桎梏，只能悲伤着踽踽而行。从此以后，一切跟美好相关的东西，都将变成回忆。从此以后，只要看见有关孩子的新闻，就能激起他们的眼泪。

他们此生身陷囹圄，他们生不如死。

但对于世人来说，这仅是一桩让听者悲伤的案例而已。

李星妍盯着妮小燕："你一直在重复自己砍了她 20 刀'而已'。"

"没错，我拿着刀，一直在追着她砍，但我毕竟没有多大的力气，所以正确来说，我划了她 20 刀而已。但宇航就不同了，我应该一早就向你交代了，他跑过来抢刀，一刀刺进了她心脏！哈哈哈！是宇航！知道吗！杀人的是宇航！不是我！"

面对自私的妮小燕，李星妍已经没有办法担心坐在旁听席的段父、段母。

她必须强势出击，让妮小燕交代全部真相。

李星妍调整好心态，问："你带刀进去的时候，是想吓唬她？带刀的那一刻，你没有主观上的故意杀人？"

"对，我就是想吓吓她。"

"你进去后，跟她吵架？"

"早就交代过了。"妮小燕有点儿不耐烦。

李星妍盯着她，冷冷地问："你在和被告人宇航偷情被记者拍到的三天前，没有写匿名信，而是打电话约了张姓记者，跟他说只要在4月×号前往你家，就能拍到宇航的出轨画面。也就是说，被记者拍，宇航被迫离婚，包括借款、录音，全是你设计的。你用尽心机毁了别人家庭，怎么还有脸去吵架，并动手杀人？"

妮小燕怔住，没有想到她找到了记者，但很快就若无其事地回答："这个世界本来就是这样，所有人都在追求爱情。段美琳跟宇航已经完全没有爱情，宇航不止一次对我抱怨，他想离婚，但又不敢抛弃糟糠之妻。他给不了我名分，所以只能给我爱情。但没有婚姻的爱情注定是偷情，就算再怎么相爱，也不是正大光明。"

"所以你就炮制出这一场出轨风波？"

"对。事无不可对人言，我和宇航光明正大。但段美琳说什么？她竟然骂我们不要脸！不要脸的是她好不好？五年半，她没有替宇航生下一子半女，她锦衣玉食，养尊处优，而宇航却一直在为生活奔波。这样一个女人，她凭什么幸福？拥有这么好的生活和老公？"

"所以你跟她吵架？还动了杀心？"

"这得怪她自己，更要怪社会。为什么宇航第一次离婚，媒体对他群起而攻之？逼得他不得不复婚。如果他没有复婚，我也不可能绝望，炮制出这一连串的事件，最后还惹上杀人案。这都得怪社会，为什么不能抛弃糟糠之妻？为什么没有爱情还硬要两个人生活在一起？爱情才是婚姻的全部！没有爱情的婚姻就像嚼蜡一样无味，有什么意思？"

"你当时满屋子追着她砍？"李星妍已经听不进去她的歪理谬论。

妮小燕知道事到如今狡辩已经没用，检方掌握了不少线索，干脆破罐子破摔："对，其实我只是吓吓她，我开始真的只是吓吓她……我根本没想杀她。可宇航从外面进来刺激了我。只要她不死，我跟宇航永远没有可能，媒体、粉丝会没完没了地提起他的前妻，提起他们曾经多不容易。我跟他更不容易啊，为什么没有人替我着想？”

“一共砍了 20 刀，刀刀见血。”

“对，才 20 刀而已。”妮小燕根本不当一回事。

李星妍担心旁听席的段父、段母，深吸口气，追着问：“宇航就在一旁看着你砍他妻子 20 刀？”

“纠正，是前妻。”

“如果宇航中途阻止，你会停手吗？”

“如果他阻止，我一个女人，力气没有他大，会有能力当面杀他前妻？所以，他根本没有阻止，一直在旁边看着我们，就像看电视剧里编排的剧。他也想她死！”妮小燕提起这一幕，略有得意。

李星妍冷漠地问：“他也想她死，是你的主观，还是他有说什么话？”

季晋源举手抗议：“辩方反对，公诉人这是在诱导被告人作供。”

审判长认同：“公诉人应该注意询问方式。”

李星妍继续问：“你砍段美琳时，宇航说了什么？做了什么？”

“段美琳一直在求救，叫宇航救救她。而我一直在喊他‘宇航，她不死我们就完了！’”

“他什么反应？”

“他除了一个劲儿地叫她交出东西，没有任何反应。”

“‘宇航，她不死我们就完了’，你在砍她时说了这句话，这表示你一开始只是威胁，但追着段美琳满屋砍的时候，是想置她于死地？而宇航也知道你是想杀死她？”李星妍不急不慢地问。

妮小燕还是狡辩：“不管我是不是想置她于死地，最后那刀是宇航捅的，我砍的那些刀根本不致命。”

李星妍逼问：“那你承不承认，你追着她砍的时候，是想置她于死地？而宇航也知道你是想杀死她？”

“是。”

“你说‘你追着段美琳满屋砍’，这么说，她一直在躲。”

“是。”

“她有没有躲到宇航身边去？”

“有。”

“宇航做了什么？”

“迅速退回门边，并劝她交出东西。”妮小燕出奇地配合，她心里已经明白，只有说出全部事实，才有活下去的希望。

李星妍突然问：“也就是说，宇航并非一直杵着不动？”

“当然，他躲得远远的，一直在躲着我们。”

“也就是说，他一直在有意识地躲着你们？”

“对。”

“在你砍了 20 刀后，宇航终于过来抢刀？”

“对。”

“他抢刀的时候说了什么？”

“他说不能出人命，事情没这么严重，叫我放手。”

“段美琳听到这句有什么反应？”

“她当然开心。”

“那你呢？不肯把刀给他？所以也在抢刀？”李星妍开始紧张，呼吸有点儿急迫地盯着妮小燕。

妮小燕点头：“当然，杀红了眼，我可不愿意放过段美琳。”

李星妍心跳开始加快：“段美琳当时在做什么？”

“那个贱人帮宇航抢我的刀！呵呵，看到宇航帮她，她有底气了，两个人都在抢我手中的刀！”

“所以刀上有你们三个人的指纹，是因为当时宇航和段美琳都在抢刀。”

“对。”

“之后，抢夺中，刀不小心插进段美琳的心脏。”

“对。”

“之后，你们松开了手。”

“对。”

“妮小燕，我再问你一次。争抢中，是你们三个人一起握刀，插进段美琳的心脏。”

“对。”妮小燕回答，但很快又意识到不对，“不对，是宇航和段美琳握着刀，一起插进段美琳的心脏。我当时松手了！”

李星妍呵斥：“你撒谎！正如你所说，当时你们三个人一起抢刀，而你主观恶性极大，一心想置段美琳于死地。所以你怎么样也不可能松手！如果你松手了，段美琳、宇航根本不用抢刀，因为宇航想段美琳活下去，而段美琳之所以不顾生命危险抢刀，其实是怕宇航涉险！怕你跟宇航在争抢中发生意外！所以她才会傻傻去帮助宇航抢刀。”

“我，我……”妮小燕干脆哭泣，“不是这样的，你冤枉我！是宇航和段美琳抢刀时，不小心扎进去的，你冤枉我。”

李星妍咄咄逼人：“不，这才是事实！一直躲避的宇航突然良心发现，让你不要杀人。之后，因为害怕出人命，所以上前夺刀。而在你们三人的纠缠中，刀不小心插进段美琳的心脏。

季晋源趁机反对：“审判长，辩方反对公诉人的讯问，她一直在把所有罪名往我被告人宇航身上引。而且全程的讯问中，为了增强被告人妮小燕的主观意识，她全程没有用法言法语。而是直呼被告人、被害人全名。其二，公诉人刚才的提问是‘之后，刀不小心插进段美琳的心脏’，请大家注意，在这里，她并没有用主语。辩方认为，这是故意用逻辑诱导。”

陈世佳也反对：“审判长，辩方也反对。公诉人明显违规，在法庭的称呼比较随性。”

李星妍强辩：“审判长，刚才的讯问太投入，所以一时忘记了称呼的问题。还请各位原谅。”

季晋源说：“公诉人是故意的。”

“说我‘故意’的证据在哪儿？就像辩护律师昨天在庭审时，突然跑出来吓我，那才叫故意。而我，只是太投入，所以把这里当成了讯问室。”李星妍怼他，“而且控方认为，称呼上的失误，并不能推翻所获取的结论。”

陈世佳说：“审判长，辩方对所谓的结论表示反对。被告人妮小燕是有故意杀人的动机，但正如公诉人所说，她买料理刀是想威胁被害人，在主观上没有恶意。之所以会临时想杀人，是因为吵架后产生的冲动，她也承认自己‘是杀红了眼’。辩方认为，她犯罪是因为情绪上受到影响，符合‘激情杀人’的行为。而且公诉人在讯问时，的确是问‘刀不小心插进段美琳的心脏’，公诉人之后再快速使用主语，而我的被告人妮小燕只能顺着她的讯问回答。这就是诱供。并且，我的被告人妮小燕发现自己上当后，提出反对意见，却没有被公诉人采纳。辩方认为，已经诚实供出杀人过程的被告人妮小燕，根本没有必要撒谎。我的被告人一直在重点声明，最后那刀是宇航无意捅进去的。我的被告人虽有‘激情杀人’，但实属杀人未遂。”

李星妍态度很强硬：“审判长，控方反对辩护律师的言论。‘激情杀人’应该是精神上受到刺激，或受到人格污辱。在与被害人的争吵中，被告人妮小燕始终处于强势地位，而被害人一直处于弱势，而且所谓的‘激情杀人’在时间上来说，应该是在短时间内，大脑失去意识，因此愤怒杀人。所以，不管从哪方面而言，妮小燕的行为都不应视为‘激情杀人’。再者，被告人已经如实供述了自己的罪行，并且所供述内容与现场证据成为完整证据链。控方认为，被告人之所以如实作供，是因为知道自己逃无可逃，她只能供出完整的犯罪过程，才有机会将最后一刀推责到被告人宇航身上。”

陈世佳有点儿吃力：“我方反对。”

“反对的理由？”李星妍依旧强势。

第七十六章

互相推罪的两人

陈世佳皱紧眉头，不知道要说些什么，他对这种形势有点儿无力，吞吞吐吐："审判长，在争夺过程中，被告人妮小燕手中的刀脱手的可能性很大。她脱手后，被告人宇航不小心刺中被害人。如果是这样，量刑就应该有所考量。"

季晋源问审判长："辩方很想知道，没有经过质证的单方被告人的供述，是否作为判决依据？"

李星妍回答："可以带上另一名被告人当庭对质。"

季晋源看向李星妍："但问题是，公诉人所称的完整的证据链是有缺陷的，它的一些环节根本不成立。第一，有利害关系人的供述，这类证言对质也解决不了根本问题，它的证明力度很低。第二，公诉人的证据链无法排他，她的证据链能引发无数个可能。致命那一刀，可能是被告人宇航失手捅的，也可能是另一被告人妮小燕捅的，也有可能是被害人自己误杀了自己。证据链无法唯一，更无法排他。所以，辩方认为，就算叫上另一名被告人宇航出来质证，其意义也不大。"

审判长也头疼。

陈世佳提议："公诉人最好有让人信服的证据。"

审判长问李星妍："公诉人可还有其他证据呈堂。"

李星妍点头："有，被告人宇航的助理愿意出庭指证他。"

季晋源不客气地问："指证的内容是什么？"

李星妍回答："宇航伪造录音等一系列事。"

"辩方反对。"季晋源看了她一眼，对审判长说，"录音的证据已经呈堂，辩方就算认可证据，那录音又跟杀人案有什么关系？公诉人反反复复在翻案‘天价离婚案’。就算‘天价离婚案’是冤案，但现在是在刑事法庭，我们审的是杀人案，两个案件根本不相干。”

“既然录音是伪造，借款等一系列事实全是伪造、陷害。那么，控方所有的推理完全合理。”

“那又如何？就算公诉人对‘天价离婚案’的推理完全正确，与杀人案到底有什么相关？公诉人重复提及前案，无非是找不到实证。”

“报警录音里，被告人宇航亲自供述杀人，这不叫实证？被告人宇航还在讯问时，亲口说自己失手杀人，这不叫铁证？辩方是怕证人出庭对质会引发某种蝴蝶效应？”

“辩方认为，让‘天价离婚案’的证人出庭，完全是浪费彼此时间。”季晋源毫不退让。

审判长与陪审团商议后，决定带被告人宇航上来与妮小燕当庭对质。

宇航被带上法庭时，李星妍特意看向旁听席，一直在旁听席听女儿被残杀过程的两位老人已经哭成泪人，在宇航走出的那一刻，强撑的情绪直接崩溃。

宇航扫了眼旁听席的人，低下头。

审判长把时间交给李星妍。

李星妍问：“被告人宇航，另一名被告人向法庭指证你插入致命一刀，对此，你有什么想说的？”

宇航看向妮小燕，距离很近，这一眼夹杂着太多情绪。

有怨恨，有憎恨，有厌恶。这个女人，先是指证他下狠手杀人，后来被检方审讯出真相后，一直就把罪名往他身上推。

他冷漠地摇头：“不是我，是她故意捅的。”他顿了数秒，补充，“她一直叫我一起杀了美琳，但我没有动。我怎么可能为了她杀老婆？”

“但你看着她杀被害人，没有施以援手。”李星妍很想他招供，如果他能当庭招出自己失手杀人，这案子就能完结。

但宇航身上牵扯的利益太多，他承担不起坐牢的后果。

妮小燕当庭尖叫：“他撒谎！人是他失手杀的！我就砍了段美琳区区 20 刀而已。”

宇航皱紧眉：“20 刀而已？她被你追得满屋无处可躲，整件衣服都成了血衫。就换来你一句‘区区 20 刀而已’？妮小燕，你知道美琳把你当成亲姐妹，什么都跟你分享，你要借 200 万，就凭着一句话，她就给你转账 200 万！”宇航说这些还挺让人刮目相看，不过他接下来说的话，却让李星妍反感，“妮小燕，如果你有种，就爽快承认真相。人是你杀的，跟我没关系！我只是在不恰当的时候，看到你刚好捅了她。”

表面上维护段美琳，实际上还是想脱罪。

妮小燕冷笑：“你不是说，只要跟我在一起，死也愿意？忘记了你那些山盟海誓？要不要我帮你回忆回忆？花前月下，我们躺在床上的时候，你说‘小燕，我给不了你名分，但能给你爱情；我给不了你婚姻，但能把心掏给你。从今以后，我这条命是你的，只要你要，我为你赴汤蹈火绝不皱眉。”她冷哼，“宇航，还没有赴汤蹈火呢，你就这么迫不及待让我一个人担罪？”

宇航不回答。

妮小燕满脸失望：“那天是你叫我去的。”

“我没有叫你买刀。”宇航对她已经很反感，语气、态度都不好。

“可你叫我吓吓她！让她交出东西，我这才买刀的。”

“我叫你用刀吓？我进去看到你杀她，我也一脸蒙好吗？”

“我进去她就跟我吵，我有什么办法？我一时冲动就想弄死她。”

“我叫你别杀她，你听不到？”

“你一开始根本没叫我停手，你一直在旁边看戏，一直在叫她交出东西。你什么心思啊？谁都知道你想干吗。在我杀人杀得停不住手的时候，你才叫我住手？那时候我除了想弄死她，已经没有任何想法了。可你在这个时候还帮她？宇航，你什么意思？你这样一帮她，我就更想弄死她！是的，我恨不得她死！她不死，你们就会旧情复燃，而我会因为砍伤她坐牢。我不想成全你们！”

“所以你干脆杀了她？”宇航铁青着脸，“杀了她，还把罪名栽赃在我身上？”

妮小燕鄙视他：“你别这么恶心好吗？是你失手杀了她！我是无辜的！”

“妮小燕，敢做不敢认？”

“我怎么没认？我都认了 20 刀！可那一刀，我没法替你担。”

“妮小燕，你真让我觉得恶心。”

是的，不需要李星妍问，做贼心虚，想脱罪的两个自私人，就这样吵得不可开交。李星妍担忧地看向旁听席的两位老人。他们听到这些，实在控制不住，开始号啕大哭。

季晋源说："审判长，你听到了，他们是利害关系的人，所作口供根本不能作为证据，根本证明不了真相。"

旁听席的段父再也撑不住，站起来，指着宇航骂："你就是个禽兽、畜生！"他泪流满面地号啕，"我女儿跟了你五年半，从你一无所有到今天。结果你看着她被人杀，不帮她，现在还想脱罪。"

段母也控制不住情绪，哭着骂："妮小燕，你也不是个好人，我女儿对你掏心掏肺，结果你勾引她老公，逼得她离婚。你砍了她 20 刀，嘴里却在叫'区区 20 刀而已'。你知不知道，我宁愿你的刀砍在我身上，也不愿意你砍在我女儿身上。她被你砍的时候，得有多疼，我想着就心痛！我有时候真宁愿你一刀就捅死她，也好过虐杀了 10 分钟，砍了 20 刀！ 20 刀啊，整整 20 刀！你到底有没有人性。"

审判长敲槌："被害人父母，请注意情绪，这是法庭。"

段母流泪怒斥："法庭又怎么样？我女儿被人这样砍死，你们审出个所以然没有？他们在互相推罪，你没有看到吗？还有没有天理？"

审判长命令法警将两人带离。

段母出门前还不放弃地哭喊："我放弃索赔，我只要求法庭重判这两个杀人凶手。我不要一分钱，我只要求他们把我女儿的命还给我。你们把我女儿的命还给我，我要我的女儿活过来……"

这种锥心之痛没有任何人能感同身受。

第七十七章
在击碎的梦想里，正视自己

因为庭审被干扰，审判长与陪审团商议后，宣布休庭，择日再审。

李星妍收拾资料准备离开时，法警带来审判长的原话："审判长让你再夯实夯实证据体系。"

李星妍收拾好东西，一声不吭地带程颖离开。

程颖略担心："为什么有录音还不判决？"

李星妍很明白现在的形势："舆论让法院有压力，不敢轻易判决。"

"会无罪释放吗？"

"同案犯的口供用来判罪，风险很大。而且妮小燕的口供明显不靠谱，一直在洗清自己。"

"但我们有相互印证的实证。"

"法院不敢轻易判，希望我们再找到唯一、排他性的证据夯实夯实。但我相信，就算没有找到，判有罪的概率还是很大。"

两人说话间已经走到法庭外，季晋源正被媒体包围，在闪光灯下和观众打招呼。李星妍在人群里找段家父母。段家父母突然冲到季晋源身边，一把揪住他，哭着质问："你到底有没有良心？帮坏人脱罪！你还我女儿，你还我女儿……"

季晋源张嘴想反驳，却不知道应该说些什么。身为被害人的父母，他们的痛苦自己虽无法感同身受，但猜想，大概就像他当年失去妈妈一样难受。

当年妈妈下葬后，他经常跑去坟地陪她，跟她说话，还会傻傻地把耳朵贴着墓碑，幻想里面能传出声响，幻想死亡只是一场梦而已，等梦醒了，妈妈依旧会在家里等他。所以无数次在坟地睡着后，他醒来第一件事就是跑回家，可大门一直紧闭，没有任何人在家里等他。但他总不死心，日复一日重复着这样的过程。

父亲忙着外出打工赚钱养家，而奶奶年老无力，根本管不到他，也没有人管他平时会去哪里，没有人在乎他。

村里的人在墓地看到他，总会摇头慨叹一句：没有妈的娃娃真可怜！

没错，很可怜。病了没人疼，伤了没人照顾，无数黑夜，只能掏出妈妈的照片放在床上，当作她还在陪着自己睡觉，当作还在她怀抱里。

有妈的孩子像块宝，没妈的孩子像根草。

他这根野草顽强地生长，顽强地扎根，只是想把妈妈的样子印在记忆深处，只是想将来名正言顺地告诉妈妈，没有了她的保护，他也能活得很好，她不必过分担心。是的，小时候很傻，相信灵魂之说。害怕妈妈担心，害怕妈妈难过，所以再艰难的生活也会咬紧牙关。再难受，也会在开家长会时，装作若无其事地跟老师说，妈妈去了天堂，爸爸外出打工，家里只有奶奶。

长大后才发现，妈妈已经去了，再也不会担心他，再也不会难过。

长大后才发现，梦想总会破灭，现实会让你在击碎的梦想里，正视自己。

长大后才发现，别人永远给予不了母爱，就像残缺的书页，再怎么粘贴，也有碎裂的痕迹。

也是在长大后，他才真正会在孤独的黑夜里，心疼地捧着这颗破碎的心脏，守着这破碎的人生，明白自己活得有多苦。

也是在出来工作的同年，他回到老家，再次跪倒在母亲坟前，绝望地哭泣。绝望地告诉她，自己长大了，可以照顾好自己，让她不要再担心。他那天没有再躺在坟前睡觉，但依旧重复着小时候做过的傻事，走去家里看看大门是否紧锁。

一路上，山茶花开得烂漫，小鸟在天地间飞翔。邻居家的院子里，孩童正在玩闹，欢声笑语让人感觉心情特别好。

那天大门出乎意料地开着，屋里隐约传出人声。他站在家门口，走出来一个陌生女人。女人问他：“晋源？”

他警惕地看着女人，就像看着一个突然闯进生活的入侵者。

女人说：“我跟你爸生活在一起。”

她真是入侵者，李晋源皱紧眉头，一脸敌意。

女人温和地笑：“你爸给我看过你的照片，可惜是你初中的毕业照。现在比初中帅多了，你不介意的话可以拍张新的给你爸爸。”

他没吭声，转身就走。

身后父亲在叫：“晋源是你吗？”

他没有回头，而是加快脚步，却又要装作若无其事地逃离。他每走一步都很难受，很想回头看看那仓皇声音下已经老去的人。但父亲没有追上他，他成功地再次避开了父亲，然后平静地从 B 市坐车到 A 市来工作。

思念的时间太久远。

季晋源看着身前崩溃号啕的老人，看着泪流满面，歇斯底里骂自己的段家父母，突然就感觉到心疼。

大概白发人送黑发人，就是这种痛苦。

段父哭着咆哮问：“你说啊！为什么要替坏人辩护？他无辜，那我女儿呢？我女儿就该死？”

季晋源没有替自己辩解。

律师的责任就是替所有公民辩护。不管他是什么人，不管他所犯何罪。

段父越来越激动，号啕着质问：“白发人送黑发人，你知道我们有多心痛吗？自从我女儿死后，我整宿都睡不着觉，就算好不容易睡着，在梦里总会梦见她哭。她跟我们说，她死得好冤枉，她很疼！我很想替她疼，谁给我机会替她疼？你给我机会吗？”

季晋源没有动，只是任他们揪住自己哭喊，发泄。

妈妈刚死的日子，他也整宿整宿睡不着，因为梦里没有她，因为害怕她会来找自己，所以宁愿在黑夜里睁着眼，也不敢睡。

命运从不放过任何人，它的齿轮严丝合缝到让人感觉惧怕与无奈。他压抑地看着眼前崩溃失控的人，在闪光灯下开口：“对不起。”

段父突然一巴掌打向他。手掌还没有碰到他的脸，就让李星妍一把抓住。李星妍冷淡地瞥了季晋源一眼，对段父说：“伯父，律师的职责就是辩护。”

“他好坏不分。”

“所有人都有辩护的权利。这是法律赋予我们公民的基本权利。”李星妍冷静地劝他，“先跟我离开。”

记者却不放过她，把话筒直接递到她面前：“这次庭审感觉如何？感觉检方的赢面有多大？”

“无可奉告。”她冷漠地挡回他的话。

记者不放弃地问：“你是觉得庭审对自己无利，所以不想透露更多？检方还有其他证据吗？证据链的不排他，是不是表示宇航是无辜的？”

李星妍尝试着带段父段母走出人群，人群却压了过来，大家都想听八卦。

记者一直在絮叨：“李星妍检察官，你到底害怕向大众公布什么？案件的详细情况网上都有，其实你说不说都一样。也就是说，犯案的到底是谁，你们检察官凭着已知证据链无法找出，所以宇航也有超期羁押的可能，对吗？”

李星妍冷漠地说：“还是一句，无可奉告。”

记者仍不愿意放过她：“从逻辑层面来说，这案子有三种可能，对吧？法院会采用哪种？妮小燕故意杀人？宇航失手杀人？还是段美琳自杀？”

“到底是鸡生蛋，还是蛋生鸡？”李星妍再也忍不住，直接怼他，严厉地问，“你讲得通吗？”

“你们这案子跟鸡蛋有什么关系？”

“任何东西从逻辑层面，如果失去证据支撑，都会产生双向或多向逻辑。所谓鸡生蛋或蛋生鸡，虽然从佐证或许可以辩解一二，或许可以证实的确是先有鸡后有蛋，但也有另外的逻辑去认同蛋生鸡。检察院和法院都不可能单凭逻辑去认定或裁决。但辩护律师却一直在试图用这种可以产生多种逻辑的定论，去推翻证据本身。”李星妍故意说得复杂。

记者一脸蒙：“我听不懂。”

“既然我说的话你听不懂，就证明咱俩的智商逻辑不在一条水平线上，所以一句无可奉告，不是更简单直接？”李星妍冷冷地瞥了眼记者。

记者被呛得无话可说，不再纠缠她。

第七十八章

季晋源被抓？

没有记者纠缠的李星妍总算带他们安全走出人群，她先把段父、段母送回家，再带着程颖赶回检察院。这次高主任没有打电话问她结果，她猜测又有神秘人把庭审的过程传上网。

果然，她在法庭上跟律师的所有辩论全部被上次那个微博小号传到网上，小号又直播了案件全方位的详细信息。

这次转载点赞人数又创高峰。

网友再次对她群起而攻之，义愤填膺地声讨她。这次更离谱，有粉丝发起了一个网络追杀令，指名道姓说要教训她。

李星妍犹豫了数分钟，拿起手机报警。

她对警察说："2015 年 8 月 29 日第十二届全国人大代表常务委员会第十六次会议通过了《中华人民共和国刑法修正案（九）》，《修正案（九）》内第三百零八条后增加一条：司法人员、辩护人、诉讼代理人或者其他诉讼参与人，泄露依法不公开审理的案件中不应当公开的信息，造成信息公开传播或者其他严重后果的，处三年以下有期徒刑、拘役或者管制，并处或者单处罚金。"

警察一边听她报警，一边翻看微博的内容。

她说："此方案于 2015 年 11 月 1 日起已经施行，现在，检方要求找出幕后推动舆论的人，并拘役。"

她报完警后，坐在椅子上半天都没有动，心情很复杂。

程颖看在眼里："李检怕是季律师？如果真是季律师披露的……会被吊销律师执照吧？还会被判刑。李检为什么要报警，这通电话会毁掉他的人生。"

“没有人可以挑战法律，法律不是儿戏。犯法必究，不管他是谁。”李星妍说完，抬起手腕看了眼表盘。

已经到了下班时间。

她换好衣服后下班，开车回家。程颖这次要出门办事，没有跟她同路。她一个人在公路上开车，在滚滚车流中，总感觉异常烦躁与恐慌，甚至还有……悲伤。

半路上，警察传来好消息：“微博与手机号码绑定，我们已经查到手机号。”警察报出长串的数字，李星妍把车往路边靠停，仔细听着警察嘴里的那些数字。

季晋源的手机号虽然被她拉黑，但她仍能流利背出，他的号码与警察报的不一样。

她松了口气。

警察说：“这个小号还留有邮箱，我们查到邮箱的主人叫季晋源。我们会尽快把他请到公安局核实。”

李星妍挂断电话，瞬间崩溃，一拳砸到方向盘上，然后痛苦地伏上去。她早已料到这个结局，但心拧着疼。

季晋源，季晋源！那个混蛋！果然是他！

她坐好，摸出手机给他打电话。

电话刚接通，就听到季晋源惊讶的声音：“李星妍？”

她仰起脸，质问他：“为什么还要继续爆料？”

“爆什么……”

“为什么你要挑战我的底线？”李星妍咬牙切齿着打断他，“你知不知道，我已经饶过你一回！上次我就警告过你，微博用小号爆料是违法犯罪，为什么你不听？我上回就可以报警，但我没有那么做，你为什么要一而再，再而三爆料，为什么要逼我？”

“李星妍，我……”

“我不想听你任何解释。季晋源，别怪我。”她的声音哽咽，“穿上制服，我就是一名检察官，我的义务是替国家，把所有违法的人送进监牢。不管那个人是谁，只要他犯了罪，我就必须铁面无私，我必须忠于我的职业。”

他说：“我知道。”

“不，你不知道。”

“李星妍，你冷静点儿听我说，我想找你谈谈。”

“事到如今，没什么好谈的。”

“不是谈公事。”季晋源低声重复，“不是公事。”

“我跟你没什么好谈的。”她一直靠在背椅上，拼尽全力仰起脸，“警察快来找你了。”

季晋源问：“你是在紧张我吗？”

“重要吗？”

“重要，就像我打击完你，也会紧张你，但这些日子，我联系不上你。你一发脾气就不留一点儿余地地消失在我的世界里。”

“这些不重要，我先挂了。”

“等等，李星妍，请让我说完，我是真心想负荆请罪。”他着急地叫住她，“我还有一些话想说，我想你认真听。李星妍，时间它很调皮，它一直在尝试着把我往你的世界里融化，或让你住进我的世界里。虽然我一直抗拒，但潜移默化间，却不小心让你融进了我的生命里，并且将之照亮。如果你这次的担心，我没有理解错，那么，在官司结束后，我们试着谈……”

他还没有说完，她已经挂断。

李星妍看着车旁滚滚的车流，手指微抖。

我们试着谈？谈什么？谈恋爱？谈爱情那件事？还是谈情说爱？他是想说这些？手机再次响起，她忐忑不安地盯着来电号码，不敢接，没有勇气再跟他说下去。她按断来电，拨通父亲的电话。

李飞鸣以为是闲聊，问：“几点回家？”

“爸，微博的事，我报警了。”

“哦。”李飞鸣也是微博事件的追更者。

李星妍努力平复情绪：“警方查到微博小号的注册邮箱，注册人是季晋源。”虽然很想平复，但她分分钟更想掉泪，声音也开始哽咽，“爸，穿上制服，我就必须对得起那身制服，必须忠于自己的职业。不管他是谁，我都有报警追责的义务。”

“我知道。”李飞鸣叹了口气，还是不敢相信，“小季脑子转得很快，不像会干这种事的人啊！他知道这是犯法，还注册小号去爆料一个不公开审理的庭审。智商没这么低吧？这可能性很低啊！哪有人明知道挖坑会埋自己，还义无反顾去挖？他这么做的理由是什么？”

李星妍肯定地回答：“替宇航脱罪。”

李飞鸣摇头：“宇航就算过失致人死亡被判罪，也关不了几年。为了这几年，为了这点儿小钱，他会搭上自己的前途？这不是纯属智商有问题吗？纯属人们口中的‘脑残’患者？我觉得警方是查错了。”

“爸，警察打电话告诉我的。”

“行，既然你不想听我分析，那么，你打电话来是求安慰？求父亲表扬你的正义？那种对朋友也不手下留情的决然？果敢？”

“犯罪必究，不管是谁，如果有一天你犯罪，我也能亲手送你进去。”

“唉，当你父亲真惨。”李飞鸣再次深叹，“必须时刻警告自己别犯错，别让你有大义灭亲的借口。我每天啊，只恨不得把‘不要犯罪’这四个字刻在脑门。上回跟程法官吃饭的时候，他送我一盒茶叶。这可让我犯难了，我当场就给婉拒了，他面子挂不住，使劲瞪我，说十几年老友，一盒茶叶也不能送？他为这事恼我很久，现在还没消气。”

李星妍说：“爸，不聊了，我今晚不回家。”

李飞鸣点头：“行，你忙，我找老朋友问问季晋源的事。这么好欺负的小伙子，一眨眼就没了，我心甚痛，甚痛！”

李星妍挂断电话，开车重回检察院。她坐在办公桌前，一直盯着摆在桌面的手机，却不敢联系任何人。她就这样从天黑坐到深夜，从深夜坐到天亮。好不容易挨到天亮，警察打电话通知她去认人。

她开车前往公安局，在公安局门口徘徊了二十来分钟，才下定决心进去。警察带她去看的时候，还在叹息：“大好的前程这一造谣，就结束得差不多了。”

她听完感觉喉咙干涩，有点儿心酸，开始举步维艰。

警察在一扇门前停下，说：“你来看看，就是这个人，是他在网上造谣生事。”

李星妍艰难地移过去，刚走到那扇门前，就听到身后有人叫她的名字：“李星妍。”

这个人的声音很熟悉。

第七十九章 季晋源被抓？（2）

她睁大眼睛，手指抖了抖。

身后的人重复叫她："李星妍。"

是季晋源的声音。她回头，他正站在她身后两米外，脸上带着浅浅的笑意。她控制住自己的情绪，疾步走向警察所指的那扇门前，透过门上特制的玻璃窗看到造谣的人。

是一名年轻的小伙子，看着很眼熟。

季晋源不知道什么时候已经走到她身后，喟叹道："我助理，一名实习律师，可惜了，前程算毁了。"

李星妍冷静地问："为什么邮箱是你的？"

"律师的邮箱让助理管理，有什么出奇的。每天那么多信件，我不可能每封都亲自查。"

"怎么查出来是他。"

"他注册微博的手机号没有登记，所以警察直接把我请进警察局。不过，他们因为邮箱而确定是我这件事，让我大为怒火，把他们一顿狠怼，最后告诉他们，使用这邮箱的除了我，还有我的助理华晖在用。拘役一个人怎么能这么草率？训了他们一顿后，他们去查华晖，结果刚好在出租房碰到他正在上网更新案件流程。"季晋源又是一阵叹气，"其实华晖人不错，他跟警察说不关我的事。天地良心，我是真的不知情，他这次剑走偏锋也实在让人惋惜。"

李星妍对警察说："希望你们秉公办理，应该关就关，应该判刑就判刑。"

警察点头。

她说完往外走，准备回家补个觉。季晋源一路跟着她走出公安局，在公安局门口，她快要上车时，他用手按住车门，轻松地问：“李星妍，我们好像还未完待续。”

两个人身侧是车，身边是五颜六色的各种霓虹灯，各种光汇集交织在他们身上，就像舞台正中央最耀眼的那束光。

他紧盯着她，一本正经地问：“你紧张我，对吗？你打电话是担心我会被抓？所以，你对我……”

她不客气地打断他：“别问废话。”

“我现在心里藏着太多想说的话，你不让我说出来，我会发疯。我知道先前是我错了，我不应该在法庭上用我们私密的事进行反驳攻击。李星妍，我希望你能原谅我，因为我习惯在法庭上去攻击对手。对，用尽一切方式去攻击，不管那个人是谁。以前我从不后悔，但这一次，攻击你的方式让我感觉后悔内疚。”

“做律师的，要言简意赅，不要废话连篇。”

“我想见你，我在习惯了一种相处方式后，不希望做太多改变。”

“可我不想见你。”她颇冷静地看着他。他还有很多话，但来不及说，就在她冰冷的视线下咽了回去。

李星妍知道他想说什么，她甚至已经感觉到了他对自己产生了一种暧昧的情愫。但她惧怕这种东西，因为这种东西会让她慌乱无措，会让她失去自我。身为检察官，她必须时刻保持理智，不能让情感占据上风。

而且对于他的人品，她还需要考量，她不可能轻易接受一个人。

所以她只能冷冷地回拒他，希望他也可以适可而止。

季晋源挣扎了一会儿，却不想放弃：“我就想知道，喜欢有没有可能成为对等公式。”她一向很聪明，肯定能猜出他话里的意思。

李星妍猜到了，只是没料到他直接点破。有些人，一旦点破某些东西，最后的结局通常是连朋友也没法做。

她看着眼神深情款款的他，有点儿手足无措，有点儿悲喜交加，心更如小鹿乱撞。

眼前的环境不怎么样，两个人别扭地站在公安局门前。但交织在身上的炫眼灯光，周围路人投过来的羡慕眼神，都让她清楚地明白，这一刻，她是站在舞台正中央最耀眼的那个人，不再是学生时期，永远在舞台下观看‘爱情剧’

的观众。

原来她也会有人喜欢，就像大自然最正常的规律，异性相吸，阴阳互补。这种铁律不以交配繁衍为目的，而是以“爱情”，以“喜欢”为目的。

李星妍抗拒地说：“现在我如芒刺背，烦躁不安，不知道要怎么回答。”

“不是吧？正常的女人是惊慌失措，小鹿乱撞，带着欣喜却又带着怀疑未来的心态脸红。李星妍，咱们换个词，要不然，不好继续问下去。”

“不管是喜欢还是爱情，抑或是婚姻，都不可能是对等公式。每一个人只有遵守能量守恒定律，才能不被任何外在的事物干扰影响。只有保持他最基本的东西，保持能量总和不变，在遵守这个定律的基石上，才能敢于接受另一个人。而你所谓的对等，当一个人对我付出百分之百的真心，我恐怕没有这么多精力去对待他的真心。因为我顾忌的太多，你明白吗？”

她希望他能听懂这么复杂的讲述，她不敢简单直接。

季晋源皱紧眉头，疑惑地问：“这是热力学？”

她点头。

他无奈：“李星妍，电源分正负极，人也分男女，就算太极还有个阴阳鱼。你怎么可能用‘能量守恒定律’一概而论呢？况且你所说的，只是你在主观空间对于未来幻想的，或因为现在的社会形势推演的所谓‘能量守恒定律’的爱情生活。这样吧，咱俩一起去吃午饭，来讨论讨论这个哲学命题，聊聊正负极和阴阳学，聊完之后，我相信你对人生、对爱情、对婚姻，有不一样的看法。首先声明，这只是智商与学识的切磋，不管谁输谁赢，千万别生气。”

李星妍同意，两人上车，找了家饭店，滔滔不绝地从热力学聊到哲学，再从哲学聊到太极阴阳，甚至还聊到国际形势和宇宙，就是忘记聊“爱情”这件事。

华晖被抓了？康辰料到会被抓，但没有想到会这么快。在第二次舆论声讨刚进行时就变成监下囚，这对下一步很不利。

他正在郁闷时，海川国际的老板方致明来电。

方致明问：“怎么搞的？下一步怎么办？宇航会不会无罪释放？宇航是我公司的摇钱树，不能坐牢。”

康辰建议：“让公众号发文，就说华晖被检方举报，被抓的全部细节，让网友去质疑检方的动机，带带评论。”

“这样管用吗？”

“怎么不管用？检方拿到录音还判不了罪，还不是因为顾忌网上的声讨声太大？其实上回我都故意开车撞那个检察官了，我以为她在重压下会有所避讳，没有想到她一头扎进泥潭。”

“实在不行就你去辩论。”

“相信我，晋源本事在我之上，这次多亏他，有实证法院也不敢轻易判。当下之际，不如收集一些更利于宇航的证据。”

“宇航进去这些日子，我们公司的股价狂跌，好不容易靠着这些谣言稳定股价，让股民们相信他是冤枉的。万一他判有罪，我真不敢想象后果。”方致明对于前景感觉茫然，“康辰，这么多年朋友，别对不起我。”

“放心，为了你我都骗华晖去网上爆料了。”

“他会不会供出你？”

“一名实习律师而已，他说的话谁信？而且他也没胆供出我，供出我，他这辈子都别想在圈内混。”

方致明叹气：“但愿吧，反正这事我得做好最坏的打算。”

“那个检察官真让人讨厌！上回开车，我怎么没撞死她！”康辰一边聊电话，一边走到阳台。

他家视野很好，特意选在二十五层，从阳台可以一眼看到城市的大半景色。这种高高在上的感觉真好，仿佛身处云端，万物都在脚下，万物都要避他，尊重他。

外面艳阳高照，天气非常好，但炎热的风呼呼刮来，让人感觉到了急迫到来的夏季。康辰讨厌夏季，夏季绝对是一个烦人的季节，所有人只能在高温下乌龟似的缩在空调屋内。没有人敢出来反抗烈日，没有人敢跟它叫板，因为结果只能是被灼伤。

可他偏不。

他要反抗所有的守恒定律，反抗社会体系，反抗条框制定下的法律。

法律是什么？如果法律是用框架来固定人的思想行为，那么律师是可以在别人打破这种常规后，用行动来教训法律，用语言当作武器来攻击法律的条框。如果法律是社会体系运转的根本，那么律师是让你走在这个体系之上的，唯一实施的人。

他坚信自己的理论。

第八十章

喜欢你是一个不停循环的过程

李星妍跟季晋源吃完午饭后，赶回检察院。检察院里的同事都在忙案件，每个人手上都一大堆案件，个个忙得焦头烂额。高新远正坐在她座位上看段美琳案的卷宗。他时摇头，时叹气。她安静地站在一旁，没敢打扰他。

高新远看了半天，才反应过来身边有人："你回来了？造谣的人被抓了？"

李星妍回答："抓了。"

"你太冲动了。现在网友都在骂你故意抓人，让你放人。风口浪尖的，怎么就直接报警了？"

"主任在帮我组证据链？"李星妍懒得搭理网上的动态。高新远点头："可不，我就想着，帮你组组证据链，看看有没有什么铁证或遗漏之类的。目前看来，只有录音能算。估计法院已经有了把尺，希望判决结果能差强人意。"

"不错，用对了词儿。"

"差强人意，勉强让人满意。"高新远头疼地说，"再努力夯实一个实证，也能给法院一个台阶下。要不然，他们也为难。"

"明天我会去讯问宇航，希望他能给出一个较满意的答案。如果他肯主动认罪，跟蔡文星一样迷途知返，法院的判决就不是问题。"

"可取。"高新远表扬她一番后，回到自己办公桌。

程颖见高主任走开，忙递过来一份快递，李星妍接过，收件人和电话都是她的。她打开，里面是一沓沓照片，有她开车或步行的，有检察院门口的，还有在公安局门口，甚至包括刚才她跟季晋源吃饭的照片。照片没有过胶，她翻到照片背后，写着一行字：不放手，死期将至。

程颖看着照片，已经慌了：“这是恐吓吗？网上的追杀令开始实施了？竟然有人跟踪你？李检，报警吧！”

李星妍见同事看过来，为避免造成恐慌，把所有照片扔进垃圾桶。她走出检察院，故意到大门口打电话去快递公司问：“我是 ××× 检察院的检察官李星妍，我想请问你今天有一个关于我的快递，是否可以找到寄件人？”

快递公司回复：“快递上应该有名字。”

“你觉得张三是真名？寄件不是实名制吗？我需要他的身份证号码。”

“这些客户的资料我无法给你。”

“行，我明天让助理联系你。”

她挂断电话后，又碰到一个快递员前来送快递，快递员问：“您是李星妍吗？”

她心里一个急鼓，点头：“我就是。”

快递员取出一个快递递给她：“这是你的快递。”

她看着寄件人名，又是张三，地址是同城，但详细地址没填。李星妍小心翼翼地拆开，里面还是照片，这次照片上的人不是她，而是她的父亲。照片依旧没有过胶，她翻到背面，依旧写着一行字：不放手，死期将至。

这次除了这行字，还别出新裁地画了个骷髅头。

手机铃声响起，她接听，是父亲焦急的声音：“星妍，不知道是谁在咱们家门口做恶作剧，放了一条死蛇，我的天，现在的人疯了吗？”

她皱眉：“除了蛇还有什么？”

李飞鸣对刚才所见一幕还心有余悸：“对，还有一张你的照片，背面写着，不放手，死期将至。不行，我得跟你主任打电话，你不能再继续宇航案了，我让他更换检察官。”

又是这句？恶作剧吗？还是真的警告？目的应该就是想逼她自动放弃段美琳案，更换检察官吧？如果是这样，那应该对她构不成生命威胁。

李星妍逐渐冷静下来：“不急。”

李飞鸣火急火燎地说：“火烧眉毛了还不急。对了，你也别住家里了，爸下午就去找房子，你先搬出去住。你警惕点儿，别人不会找到你租房的地址。”

父亲太慌了，一时乱了分寸。李星妍可以理解，从小到大，身为独生子女，她受点儿小伤父亲都会紧张几天。比如手指割破了，父亲会买好消毒药水，每天用护士所使用的消毒程序给她消毒，放云南白药粉，还一直问她有没有什么不适，想带她去打破伤风疫苗。一些她自己都不在乎的小磕碰，父亲都会拿出药酒帮她消肿。

李星妍心软了："我走了，你呢？我们不应该妥协，你先去叫保安查查监控，小区到处都有监控，安保甚严，对方是怎么混进去的？"

"首先不是查监控，而是你的安危。他们的主要目的是对付你，爸爸没关系。"李飞鸣心急如焚，还不忘记安慰她，"只要你没事就好。好了，爸爸不说了，爸爸先去给你找房子。"

李星妍回到检察院，还好，直到下班，也没有再收到快递，或发生什么意外事件。

她刚开车想走，父亲给她急电，让她写下一个地址，并且嘱咐她钥匙在邻居手里，让她去领。李星妍疑惑父亲为什么把房子的钥匙交给一个素不相识的邻居，开车到达父亲所说的地址才发现这个小区很眼熟。

环境不差，也算本市的高档小区。

李星妍找到父亲所说的房号，这里一层有四户，两两正对。她敲了敲隔壁的房门，房门没一分钟就打开了，季晋源眉开眼笑地跟她打招呼："好巧！"

李星妍惊讶地问："你住这里？"

"很惊诧？"

"对，我没有想到。"

"我也没有想到。"季晋源眼里的笑意更浓，"伯父问我要地址，说要给我寄粽子，我还纳闷呢！结果他要地址，是为了替你租房子。伯父真是用心良苦，你知不知道我隔壁这房子比市场价贵了上千，所以一直没租出去，结果他一口气付清一年的房租……"

"一年？"李星妍很吃惊。老爸这是什么意思？让她在这里住一年？

季晋源喜笑颜开："他问我付了多久的，我说一年，他就跟着付足一年的房租。"

李星妍伸出手："钥匙给我。"

季晋源递给她，问："晚上一起吃饭？"

李星妍不置可否，接过钥匙，走去开门。房间里家具齐全，并且已经打扫干净，可以直接入住。

季晋源钻进来，把手机屏幕给她看："你爸更新了朋友圈。"

李星妍一看，眉头紧锁。父亲七点不到就吃晚餐，并且煮了五菜一汤，把每个菜拍上图片的同时，还写了一段文字。

内容是：庆祝女儿搬出去住。盼了二十几年，终于把她给盼走了。女儿不在身边打扰的日子真舒服！真自由！身后的“拖油瓶”没有了，庆祝庆祝。

……

李星妍很无语，她离开家，是这么值得高兴的事？她是“拖油瓶”？

她当季晋源的面不客气地打电话问父亲：“为什么替我交一年的房租？”

李飞鸣嘿嘿笑：“女儿啊，你要独立了。你看啊，二十几岁的女孩，哪个还回父母家睡的？租房最适合你，放心，如果一年时间到了，你没嫁人，爸爸会继续替你续约。如果一年内，你嫁人了，也刚好不用回来了。”

“我是‘拖油瓶’？你不怕这么说我，我受伤？”

“天地良心，闺女，你二十几岁还没有谈恋爱，爸爸才受伤呢！尤其逢年过节，亲戚邻居的孩子都带着男女朋友到处串门，我简直受到一万点的伤害。不，那不叫伤害，简直叫暴击。”

“行，挂了。”

“拜拜，再见闺女。”李飞鸣喜滋滋地告别，仿佛看到了女儿嫁人的曙光。

季晋源趁机再问：“需要一起吃晚饭吗？我可以……”

“没必要。”她毫不犹豫地打断他，目不转睛地看着他，“季晋源，知道我为什么会原谅你吗？”

“嗯？”

“在闪光灯下，在媒体包围的中央，你对段美琳父母说了声‘对不起’。这是我原谅你的主因。但原谅你并不代表其他。刚才吃饭也纯属辩论。”她盯着他的双眼，很冷静地说出每一个字。

季晋源不在意她的言辞，笑了笑：“好像渐渐明白喜欢一个人的感觉。就是会不停地，小心翼翼地试探、试探、再试探。想知道她对自己的感觉，想知道她是不是也会喜欢自己。对，会不停地试探，不停地解疑或怀疑……就像中毒一样，无法停止，也不想停止。会在乎她说的每一句，会抠住她所说的每一个字去想，去揣测，她喜欢自己的概率。这就是一个循环的逻辑思维，不，它不是循环。喜欢一个人就是一个简单的逻辑思维，会不停推断她说某句话的意思，不停去想，在没有得到确切的结果前，会反反复复推理和试探……李星妍，喜欢一个人原来是这种感觉，我现在才知道。李星妍，这只是我对‘喜欢一个人’的逻辑研讨，你别代入。或者，咱们可以探究探究，喜欢一个人，到底会有什么举动或心思。”

她没有动，也没有说话，只是安静地看着他。

他在试探，从白天开始，或从昨天的那通电话开始，就在一直不停地试探。不，再往前想，好像上次走出审判长办公室。她怒问他经“我们的正常关系，不就是律师跟检察官的天敌关系？除此之外，还有其他？”

而他肯定地回答了一句“有”。

他的试探到底从什么时候开始的？好像可以追溯到很久以前，好像可以一直追溯下去。

最开始是什么时候发生的？是从那个吻开始的吗？

第八十一章

找到凶案现场的重要证据

与她的谨小慎微相比，他表现得那么肆无忌惮，肆意张狂。

李星妍好不容易从思绪里抽离，冷静地岔开话题：“对了，网上对我下了追杀令，不要对别人透露我的地址。”

“好。”他爽快地回答。

“就这样吧，明天我准备再次讯问宇航，今天要早点儿睡。”

“那也要吃饭吧？”

“叫个外卖。”李星妍打量新房，漫不经心地回复。

季晋源说：“这样不好，不如我请你吃。”

她双手交抱，不客气地拒绝：“请出去。”

“我纯属好意。”

“你已经打扰到我。”她目光严厉，审犯人一样盯着他。他吃不消这样的眼神，只好退出去，并替她关紧大门。

李星妍看着关好的大门，松了口气，跑到房间打量。房间里有两个行李箱，她打开，是她的衣物。父亲想得很周到，她想回家一趟也省了。

李星妍叫了外卖，缩在出租屋里继续啃案件。

法庭建议她再夯实案件证据，她再次想到妮小燕口中的“录”。凶案现场遗留的重要证据还没有找到，那证据她推断是录音笔，但因为一直没有找到，所以，会不会有其他可能？也许不是录音笔？录像？是迷你型录像设备？如果是录像设备，那可以缩小寻找范围。

吃完外卖后她早早就躺下，准备养足精神去对宇航做最后的讯问，力求打破僵局。

她第二天一大早就在家门口碰到季晋源，季晋源有自己的生物钟，晚上十点前如无意外，基本会睡觉，力求在十点半左右进入深度睡眠，早上七点半醒。他的生活规律与李星妍很合拍，李星妍也严格执行这一标准。

季晋源见她出门，追上来问："去看守所？"

她疾步走，点头。

两人到达停车场，她找到自己的车，上车启动。季晋源坐到副驾座，说："一起吧，我懒得开车了。"

她没管他，打电话通知程颖在家门口等她。

车一路风驰电掣，李星妍迫不及待想赶到看守所验证心中的想法。程颖上车的时候，几乎不敢出声，本来还拼得你死我活的两个人，现在又亲密地共乘？三人到达看守所，顺利见到了被羁押的宇航。

因为上次季晋源投诉，所以又特意允许他参加审讯。

讯问室里，宇航见有律师在，不管李星妍问什么都不配合，只是反复追问："什么时候会判？什么时候能放我出去？超期羁押是犯法的，你们找不到实证的话，必须放我出去。"

"急着出去赚钱？"正在记笔录的程颖心急地出声呵斥他。

宇航说："你们知道关我一天，我要损失多少钱？"

"钱钱钱，就知道钱，你老婆被人杀了，你不配合调查，还急着出去。"程颖平时讯问不插话，但这次心急于案件的僵局，怕李检有意外。李星妍没有打断她，反而放任她继续呵斥宇航。

宇航弱声回："杀人的是妮小燕，关我什么事？"

"报警的时候你都承认杀人了，还抵赖。"程颖厉声道，"快点交代。你早点儿交代，对谁都好。"

李星妍双手交抱地靠着椅子的靠背，目光冷厉地反复打量宇航的一举一动。宇航面对程颖的追问，继续狡辩："我全都交代了，我是无辜被冤枉的，这已经是法庭上呈现的事实。"

程颖想起李星妍被威胁的事就心急如焚："你的粉丝攻击李检，你知不知道这是犯法的？"

宇航说："我也没有办法，我人在牢里，哪里管得了这么多。如果我现在在外面，还可以叫网友停止攻击，我……”

“录像的她会藏在哪儿？”李星妍猝不及防地打断他。

宇航条件反射地回答：“我哪知道她藏在哪？”

他没有反驳！而是表明自己不知道她藏在哪？这代表她的推断是正确的？不是录音？而是录像？

李星妍回忆段美琳家的场景，在记忆里翻遍每个角落。

会藏在哪儿？这东西一定藏在隐秘的地方。如果真是迷你录像设备，藏再深也容易找。

李星妍问：“你当时在现场找了多久？”

宇航面对自己刚才脱口而出的回答已经懊恼不已，干脆沉默不语。

李星妍站起身：“没关系，我自己去找。”她记起了刚才在车上那通电话，“对了，有个事要跟你分享，来的路上，我接到段美琳妈妈的电话，说段父昏倒在家，被送去抢救。宇航，其实就算过失致人死亡，也关不了几年，为什么你就是不肯认罪？你觉得自己的名誉与金钱，比一个陪伴了你五年半的女人重要？她陪你吃苦走过来，不嫌弃你身无分文嫁给你。但如今落到惨死的下场，你却连承担责任的勇气也没有。只要你一句话，就可以替她洗冤，就可以让枉死的人感激你。为什么你可以这么冷血？”

宇航一声不吭地低头不敢看她。

这个男人没有一点儿担当，段美琳当初真是看走了眼。

李星妍说完走出审讯室，程颖追上来：“季律师还申请了与宇航单独聊，让我们先走。李检，确定是录像设备吗？”

“对，并且是迷你型的。”

“可以断定吗？”

“八九不离十。如果真是录像，你知道那代表什么？”李星妍开心地看向程颖，程颖一头雾水地摇头：“录下了妮小燕和宇航的出轨视频？”

“如果真是录像设备，我必须推翻我们最开始的结论。为什么段美琳会叫宇航、妮小燕前去？如果她手上没有证据呢？她叫他们去的目的是？”李星妍得意地提醒她。

程颖震惊地看着她，失声叫出：“你的意思，段美琳叫宇航、妮小燕前去，其实手上没有证据，而是提前摆了迷你摄像头？目的是为了录下与他们争吵的内容，好在上诉时翻案？”

李星妍心花怒放：“没错。”

程颖高兴坏了：“也就是说，摄像头可能录下了凶案现场？清楚录下了，到底是谁杀的人？”

李星妍乐不可支地点头：“只要找到，这案子就解决了。”

程颖迫不及待地说：“那我立刻去找警察协助。”

“行。”

李星妍和程颖兵分两路，她回检察院，而程颖和警察去凶案现场寻找。李星妍在办公桌前整理案卷，感觉结案已经八九不离十，她跟高主任报告了这一好消息。高主任自然开心，却发愁地告诉了她网上的动态。

原来有网友跟踪她，并往她父亲家门口放死蛇，她搬走的事已经人尽皆知，网友对‘恶作剧’者的这一行为疯狂点赞，还有网友提议更恶毒的，比如扔死老鼠到她车内，动她车的手脚，让她出车祸死亡。网友已经疯狂在找她租房的地址，觉得死蛇等行为太小儿科，他们誓要找到她，进行升级报复。

高新远说：“我们已经要求警察追查，星妍，要不然这案子咱们先不跟了？我换一个检察官？”

第八十二章
找到铁证

“然后呢？换了人，他们就会停手？相信我，宇航一天没有无罪释放，他们就一天不会停手！更换检察官，只会换来新一轮的网络暴力。”李星妍不妥协。她觉得自己没错，不应该遭受网络暴力，可网上键盘侠太多，网上的形势已经失控。

高新远叹了口气：“那只能祈祷警察这趟有所收获。”

“如果今天没有找到，明天我亲自去。主任，相信我，这案子已经离真相大白不远了。”李星妍信心满满。

她回到办公桌，看了眼网上那些恶毒的话，没有理会，继续工作。下午，程颖回来，但并没有好消息，她说警察已经找遍了宇航家，把可疑的物品再次带回去检测，但没有找到录像设备。

下班时，李星妍特意晚半个小时出检察院，但车在检察院门口被人拦停。有陌生人拿鸡蛋砸向她的车，并逼她下车。

李星妍冷静地看着这些人，不开窗，也拒绝下车，而是打电话报警。警察抓走了袭击的人。但网上的形势再次失控，网友因为微博禁得厉害，跑去自建论坛，并在论坛上文字直播她的一举一动，对警察叫器报复会升级。

这通折腾下来已经天黑，李星妍回到租房处，好不容易吃完饭，准备睡觉，门铃疯狂响起。

她从猫眼看外面的动静，外面只能看到疯狂逃跑的背影。她没有想到网友已经强大到如斯地步，能在短短一天内找到她的租房地址。李星妍不理会门铃，蒙脸睡觉，结果半夜，手机疯狂炸响，她拿起一看，全是陌生人的来电，一个接一个地对她狂轰滥炸。

她关机，凌晨的时候门铃隔三分钟响一次。她忍无可忍下床，打开大门。门外没有看到人，隔壁的季晋源也跟着开门，睡眼惺忪地问她：“怎么回事？”

“有人骚扰我。”她警惕地回答。

“不是吧？他们这么快找到这里？”季晋源问，“你要不要先睡我家？”

李星妍往楼梯处走：“他们会躲在哪儿？躲在楼梯里？还是电梯里？”楼梯里她查看了上下层，没有人。她回到电梯处，准备搭电梯下楼查看监控，季晋源担心她的安危，跟了进来。

她按一楼，说：“我去管理处的监控室查监控，这里安保森严，按理说不能轻易混进来人。”

季晋源同意。

电梯门关紧，行至五楼时，电梯突然停了，然后急速下降。

李星妍吓得发出一声尖叫。

季晋源急忙一把抱紧她，背靠墙壁。电梯急速在一楼停下，李星妍将头埋在季晋源怀里，不敢动，大气都不敢喘。她很少经历这样的场面，所以被吓得够呛。

季晋源看着打开的电梯门，急忙把她拉了出去。

一楼走廊里没有人，李星妍冷静下来，铁青着脸到处寻找，她大吼：“出来，你给我出来！”

季晋源安慰她：“电梯应该是意外。”

李星妍怒不可遏：“你知不知道他们整晚都对我做了什么？按门铃不让我睡觉，电话骚扰，现在还让电梯出现事故。”她一边找人，一边咬牙切齿地说，“我做错了什么？我只是想寻找真相！我只是在已知的证据链上发现了真相，并坚持而已。这样做错了吗？”

她情绪失控，狂躁地从大厅找到外面花园，一边找一边控诉：“凭什么啊？是明星就可以为所欲为，是明星就可以脱罪？我不服！我不服！藏在哪儿？有种做，没种承担吗？”

她返回电梯里，怒气冲天地踅回自己住的楼层。

季晋源怕电梯再有意外，急忙跟进去。电梯一路正常运行，季晋源安抚她：“你看，刚才真的只是意外，现在什么事也没有。”

电梯已经到达她所住的楼层，她走出电梯，刚好看到有陌生人在她家门口喷漆。她跑过去，一把抓住这人的手臂，看着家门口被喷的“贱人”两个字，怒火万丈地质问：“你到底受谁唆使？海川国际？康辰？还是季晋源？”

这人正气凛然地回：“我是宇航粉丝，就是看不过去，所以想出手教训你！”

“看不过去什么啊？”李星妍手指紧紧地攥住他，眼里都快喷出火，“我到底做错了什么，要让你们这么憎恨，厌恶？”

“你是非不分。”

“是非不分的是你们，你们只是键盘侠，你们知道什么啊？”李星妍已经让愤怒占据，失去了正常的思考能力，“你们审讯过宇航？你们讯问过妮小燕？对，你们什么都没有干过，什么都不知道，却在这里为非作歹，胡作非为，无法无天。”

“那你报警抓我啊，我不怕坐牢。你们这些检察官，不就只会报警抓人吗？抓了我一个，还有很多人来修理你。”这人还是嘴硬。

“对，我就要报警抓你，你骚扰我，我凭什么不能报警抓你。”李星妍已经失去意识，怒火中烧地吼，“我凭什么不能报警抓你？公务员就可以随便你们作践？检察官怎么了？我怎么你了？对，我就要抓你！”

“李星妍，你冷静点儿。”季晋源知道她已经情绪失控，掰开她的手指，让网友赶紧走。

李星妍把苗头对准他：“你凭什么帮他？他们这样胡作非为，你为什么不让我教训他？”

“冷静下来！这事儿没有这么严重！你报警抓他，对你自己不利！”季晋源用双手紧紧抓住她的胳膊，不断安抚，试图让她安静下来，“你那无敌的逻辑呢？你那过分冷静的自控情绪呢？李星妍，看着我，冷静下来。抓他不过住几天牢而已，却会让更多人非议你。”

她心力交瘁，但情绪依旧失控：“他们想弄死我，我只是追求正义，他们就想弄死我。对他们而言，舆论可以操控一切吗？”

“电梯只是意外，相信我，没有任何人敢弄死你，我会保护你。”季晋源不断劝慰，“不管怎么样，我都会保护你。”

李星妍从小到大都足够强大到不需要别人的保护，她今天也是第一次听别人说：我会保护你。

这五个字，充满力量似的让她冷静下来，重新平静回当初的自己。

是的，她要冷静下来，不能崩溃。她是检察官，代表国家行使正义的权力，她是代表国家，她不能任性，更不能失控崩溃。

李星妍声音嘶哑地开口："谢谢。"

"不如我们说点儿开心的。"季晋源还是拼尽全力抓紧她的手臂，"李星妍，其实上回我的话没有说完。有个人，他不停地试探你，只是想说四个字，他希望有机会可以说。"

她微怔后，推开他，掏出钥匙打开大门，独自进门。

她背靠着大门，不停地深呼吸，调整心态，然后若无其事地上床睡觉。可翻来覆去总睡不着，她坐在床上，翻了翻网上的动态。她现在就像只过街老鼠，人人喊打喊杀。

手机再次被人狂轰滥炸，又在每分每秒地响起，李星妍干脆关机，拿出卷宗，开始翻看凶案现场的照片。

客厅就这么大，会藏在哪儿？

门铃突然响起，她跑去猫眼查看，是季晋源。

她打开门。

季晋源说："我睡不着，不如我们一起研究下案件？交流交流各自的想法？"

她放他进来，拿出凶案现场的照片给他看，两个人坐在沙发上分析。

她问："如果是你，你会把录像设备藏在哪儿？"

段美琳家的客厅挺大，东西也挺多，季晋源看着照片，一时无甚头绪。李星妍闭上眼睛，在脑海里模拟自己进入段美琳家的客厅，甚至把凶杀的过程也在脑海里进行模拟。

疯狂砍人的妮小燕、求救奔跑的段美琳、站在旁边只会叫段美琳交出东西的宇航。

所有的人和场景在她脑海里活了过来。

季晋源看了遍所有照片，突然震惊地问："你有没有发现，她一直在小范围内跑，她……"

是的，李星妍在脑海模拟凶杀场景，也同样发现了。段美琳的死亡路线，挣扎、求生路线，一直在小范围内进行。客厅的酒柜、沙发都是靠近的，而段美琳没往房间逃，没往洗手间逃，一直被一种无形的东西困在某个点。而这个点——

李星妍睁开眼睛，看向季晋源，两人异口同声："灯。"

第八十三章
段父、段母跳楼身亡

对，就是灯。

李星妍肯定地翻看照片，所有的血迹，甚至三人的争吵都局限在客厅这一角。而这一角基本已经被翻遍，但没有找到任何偷拍设备。如果能藏偷拍设备，还没被人发现的，只有灯。

段美琳的原意是手上没有任何证据，但又想弄死渣男、小三。于是提前在灯里装好偷拍的迷你摄像头，再把那两个人叫过来，在三人争吵对质间问出真相。如果是这样，她偷拍的摄像头应该带录音功能。

但也有可能只是录音笔！

如果不是录像，而是录音，那么只能听天由命。

李星妍立刻打电话给协助的警察，还好警察凌晨也愿意去。她开车前去接程颖，一行人风风火火赶到段美琳家。

警察用梯子拆下灯具。

这是复古的浮雕枝型灯具，雕花的底托，但没有找到摄像头。

程颖头疼地问："李检，会不会是你推理错了？这里没有藏摄像头。"李星妍试着扭开灯具的底托，一枚摄头像震撼入眼。

段美琳把灯具底托凿穿一个小洞，用摄像头对准那个洞。所以她全程被人砍杀，逃亡的路线也局限于摄像头能拍到的地方。

其实她原本有机会可以逃回房间，不管摄像头。她不肯的原因是什么？因为相信宇航会救自己？对宇航还抱着一丝残存的念头？

警察捡起摄像头查看，终于露出笑容："没错，这是迷你摄像头。"

李星妍也跟着笑："最重要的是，它还能录音。"

"李检，你怎么知道它能录音？确定吗？"程颖问。

李星妍点头："当然，段美琳原本也料不到他们会带刀前来，她本意只是想录下他们出轨，诬陷她，并亲自承认的铁证。所以她买的摄像头必须同时兼备录音功能。只是她没有想到，这会录下自己死亡前痛苦挣扎的每分每秒。"

程颖拿好迷你摄像头，摄像头已经没电关机，程颖说："我们立刻去取出存储的画面，希望没有被覆盖。"

"这应该是新的，放心，不会被覆盖。"

一行人下楼时，天已经微微亮。李星妍走出小区，看到季晋源正在段美琳小区门口面满脸愁容地徘徊。

她难得对他笑："找到了。"

季晋源总算松口气："是非恩怨总算清楚了，我也不用再狡辩，你也不用强辩。"他好奇地问，"不过，李星妍，如果是拍到妮小燕一个人杀人呢？"

"就算没有摄像头，我已有的证据链就算无法排他，但也是证据确凿。法院没有轻易判，只是顾忌舆论，或想找到更多证据来夯实。但相信我，法官也认为他有罪。"李星妍在这一刻对他推心置腹地讲出心里话。

"也就是说，你们都认定，我一直在强辩。"

"不，是诡辩。"李星妍真诚地说，"我很高兴，因为你不是操控舆论的幕后者，但你的老板，不一定能洗脱嫌疑。我的直觉告诉我，他跟网上的舆论发酵脱不了干系。季晋源，良禽择木而栖，贤臣择主而事。希望你能有所改变。"

"康辰是我师兄，一直很关照我。"季晋源试着替师兄辩上几句。李星妍微皱眉："但愿。"

她说完和程颖一起走人，两人回检察院。拿出摄像头上的储存卡，提取视频，固定证据。

检察院不少关注这个案件的领导也在一起看视频，包括检察长汤镇南。

视频开始是妮小燕与段美琳吵架，内容是关于妮小燕和宇航出轨，还一起栽赃陷害段美琳的所有事。妮小燕爽快地承认了，但她认为段美琳不能拿她如何。段美琳情绪激动地说自己正在录音，妮小燕这才掏出刀，问她录音的东西藏在哪？段美琳不肯交出，妮小燕失心疯似的追着她砍。两人纠缠间，宇航进来了。

妮小燕抱着宇航刺激段美琳。而段美琳再次叫嚣：我不光录音了，还录像了。

这才导致妮小燕再次对她进攻，她被妮小燕追杀时，一直向宇航求救，但宇航一直没有动，只是反复叫她交出东西。绝望的段美琳拿东西砸向妮小燕，一直在悲惨地跟宇航说，自己不想死，让他看在往日的情分上救她。

宇航终于心软，叫妮小燕停手，但妮小燕不肯，进攻的行为更猛烈。最后，宇航前去，想夺刀，但在三人的纠缠中，刺中了段美琳。

重点是视频显示得很清楚：是宇航和妮小燕一起握刀刺进了段美琳的身体，而且正是因为宇航前来抢刀，段美琳才会不顾自身安危，没有逃避，而是怕他涉险，帮着抢刀，这才导致她被刺中。

汤镇南看完视频，十分感触："李星妍受了这么大的委屈还能坚持真相，这种精神值得学习。事实证明，这就是过失致人死亡和故意杀人。我们的检察官没有错。马上向法院提交新证据。"

其他领导也跟着感慨："应该召开记者发布会帮李星妍同志澄清下。"

"澄清就不必了，我想去看守所再看看宇航。"李星妍其实已经没有必要再去，但很想再听听他说些什么，或是想质问他：为什么段美琳死亡后，那么迫不及待地到处翻找录像设备？为什么他老婆躺在地上，已经鲜血满地，生命气息全无，他还会一心顾着找录像设备。

领导爽快地批准了。

李星妍带着程颖前往，她这次不是去讯问，而是想去听到一声忏悔，想看到那个人内疚。

到达看守所见到宇航时已经下午。

讯问室里没有空调，炎热的天气让宇航光坐着就满头大汗。

他急迫地问："我什么时候能出去？连空调也没有，你知不知道，我离不开空调。二十六度以上，我就必须用空调。"

程颖和李星妍都没有说话。

宇航不耐烦地催促："什么时候能放了我？牢里根本不是人住的，吃的都是些什么东西啊？我受不了了，我真的受不了了。"

李星妍不急不慢地说："2012 年 11 月 5 号，段美琳和你恋爱了。当时你们没什么钱，租住在便宜的地下室，吃着馒头和咸菜，但很快乐。那时候，也没有空调吧？"

宇航听到往事微怔，也乖乖地不再闹腾了。

“挨了两年穷日子后，她嫁给了你。当时你除了一枚黄金戒指，什么也没有给她。但她守着你的承诺，坚信自己会幸福。”李星妍慢腾腾地勾出他的回忆，突然大声提高音量，“你跟妮小燕都没有猜错，段美琳的确在现场放了录音录像的设备，现在这东西已经被我们找到了。”

“不可能。”他潜意识反驳她。

“有什么不可能的？你出轨，跟小三对她倒打一耙，冤枉她，栽赃陷害她。你最后看着她被人残杀，一声不吭地只顾着找东西。宇航，你怎么忘了最开始自己对她的爱和承诺。爱就像屁一样不值一文吗？承诺只是骗她共苦的谎言吗？”李星妍情绪略激动地站起来，双手发狠地按着桌沿，“宇航，我恭喜你，视频终于找到了，我夯实了所有证据体系，法律会严惩你，会教训你什么叫罪有应得。只是让我心痛的是，明明已经去抢刀的你，为什么看见她死亡，竟然能那么冷静地首先想到找录像设备。为什么不先报警？”

“我不能坐牢。”宇航突然慌了，“我不能坐牢。只要坐牢，我就完了，我这一生都毁了。以后没有人会关注我，粉丝都会远离我，我会过气，会失去这一切……我不想坐牢……”

“你只是毁了前途，爱你的人却丢了性命。”

“她都死了啊，都已经死了为什么还要害我……我最后是去帮她，那一刀，鬼知道是怎么回事？妮小燕才是杀人凶手，为什么我会被判刑，我不服！我告诉你！我不服！我要上诉，就算上诉到最高检我也不服！”

“那是你的权利。”李星妍感觉面前的人已经无可救药，“宇航，段父还晕倒在医院，我来这里是希望你能跟他们道歉，我……”她还没有说完，手机响起。

她接听。

手机那头传来高新远焦急的声音：“我们本来是派人去告诉段美琳父母，出现新的证据，案件有新转机。可是，还没来得及告诉他们，他们就在医院双双跳楼了。”

“什么？”李星妍怀疑自己听错了。

“他们承受不住打击，双双跳楼了。”高新远焦虑地说，“网上有他们的跳楼视频，星妍，证据找晚了一步。”

第八十四章

李星妍出车祸

李星妍不敢置信："抢救过来了吗？"

"11 楼跳下，当场死亡，不说了。检察长派我去和法院沟通。星妍，千万别内疚，你已经努力了。"

高新远安慰完，挂断电话。

李星妍紧紧攥住手机，茫然无措地告诉宇航："段美琳的父母跳楼了。"

宇航睁大眼睛，震惊地喃喃自语："跳楼了？"

"对。"李星妍艰难地说下去，"双双遇难。"

宇航不知所措地问："又要怪到我头上？他们跳楼了，你不会又怪到我头上吧？"

李星妍突然失控地指向他，怒不可遏："你真没人性。你岳父岳母死了，第一反应是怕自己担责。对，他们的死的确跟你没关系，他们是自杀，是自己跳楼。但，是谁造成的？"

"不是我。"宇航大声驳斥，"你是不是又想说是舆论逼得他们自杀，而我又理所当然成为你口中的间接刽子手？你摆明了是针对我！我不服！"他情绪激动，不断在讯问椅上挣扎，"我告诉你，谁死了都跟我没关系，我没有杀任何人。"

"行。"李星妍懒得跟这种不知悔改的人多说，收拾资料准备出讯问室。宇航剧烈地挣扎："为什么我的律师今天没有来，我要投诉你！"

程颖鄙视地回答："我们跟你的律师说了今天不讯问，他来干什么？李检只是想让你跟段父段母道歉，结果还是晚了。宇航，你这种人怎么会有粉丝，他们到底喜欢你什么？粉丝不应该喜欢自己的偶像有正能量吗？你瞅瞅你，披着人皮的禽兽。”

“我要投诉你骂人，我要投诉你！”宇航虽然在激烈挣扎，但眼泪迸出，“我要投诉你们！”

他的哭腔让李星妍停下脚步，她回头看着他。

宇航没有再闪躲，而是直视她，咆哮：“跟我没有关系。”他的眼泪珠子似的滚落，突然哽咽，声音弱下去，“跟我没关系……”他停止挣扎，号啕起来，“我也不想的……我不想的……我能不能后悔？他们对我很好，一直把我当亲儿子……我也不想他们死……更不想美琳死……我招了，都招了，没错，是我跟妮小燕失手刺死美琳。我都招了，我后悔了……”

段美琳父母的死对他打击很大。

李星妍重新走回讯问桌。

程颖急忙做笔录。

宇航失控痛哭：“我错了……想听什么，我都招了……我赎罪，我想赎罪……只求他们能活过来，我不想一错再错……我不要一错再错了……我后悔了……不应该一心想着出狱，我应该一早跟你们透露真相，应该一早帮美琳报仇……”

程颖声色俱厉：“晚了，我们已经掌握了视频，你——”

“让他招。”李星妍打断她，吩咐，“你记下他说的每一个字，每一句话。到时让领导批准，把讯问笔录复印一份，烧给段美琳父母。”

“好。”

宇航终于哭着全招了，但这一切来得太晚。

程颖和李星妍录完笔录后，天色已晚。李星妍走出看守所，翻看网上的舆论，虽然段美琳父母已经跳楼死亡，但网友没有准备放过她，而是把矛头通通对准她。

现在炒得最热的是，网友们放出的“网络追杀令”。网友们想了很多方法对付她，比如将她的车动手脚，在路上直接找大货车撞她，在她出租屋前放火。反正每条建议都触目惊心。

虽然视频已经找到，但正向法庭补交证据，还没有办法向外界透露。李星妍相信再撑几天，等真相大白，所有人都会理解自己。

只要不威胁到生命，受些网络暴力她能容忍。

她害怕出意外，没有载程颖，而是分开回检察院。李星妍开车好几年，一直很稳妥，可今天有点儿心神不宁。

人类总有神秘的第六感，经常在某些灾难来临前，能隐约感觉到，会不安。

她尝试着给父亲打电话来排解这种不安。

李飞鸣问：“女儿，怎么样了？新房住得习惯吗，有没有人来骚扰你？”其实他是明知故问，因为网上有人专门播报他女儿的一举一动，他经常上去当卧底，有时候还会帮女儿用小号申辩几句，结果是刚发出去，不到十分钟就能收到几百条谩骂。

网络暴力太恐怖，他虽然想用自己的账号去呵斥，但女儿却一再要求他不要插手。女儿相信时间能洗清自己，依旧相信网友不过被有心人煽动。

李星妍若无其事地回答：“放心，没有任何人骚扰我。爸，你呢？有没有人骚扰你？如果有，一定要报警。”

“放心吧，爸爸挺好。”李飞鸣声音很沉重，虽然他也想轻松一点儿，但心里实在不好过，疲惫地说，“爸爸担心你……爸爸昨天庆祝是以为他们找不到你，但今天……爸爸很担心你。”

“我没事儿，我……”

她还没有说完，车身就被狠狠一撞。手机脱落，瞬间，她的头撞向方向盘，慢慢闭上眼。蒙眬间，她感觉到了车窗碎裂，那些玻璃碴儿扎得她全身都是。她很想伸手拨开这些玻璃碴儿，但胸口传来阵阵剧痛，连带呼吸也有点儿急迫起来。

她听到了各种尖叫、喇叭声。那些嘈杂声尖锐入耳，让她更加痛苦不堪。

眼皮越来越重。

她听到手机里父亲焦急的喊声：“星妍，我听到了一声巨响，乖女儿，你还好吗？星妍，回答爸爸，你回答一下爸爸。”

她很想抬起手，去捡电话，但全身无力，动不了。

爸爸的声音渐渐从焦急变成哭泣。

“女儿，你别吓爸爸，爸爸可受不住，爸爸老了……爸爸扛不起……如果你出了事，爸爸可能也会从楼顶跳下去……”

她听着父亲的哭声，很想做点儿什么，但实在无能为力。

蒙眬间，她看到空中有个自己。

她问：“李星妍，如果维系司法的正义，需要付出生命为代价，你还愿意吗？”

当检察官，容易被别人误解，被公众质疑。还有犯罪嫌疑人，他们总在想方设法脱罪，想办法减轻罪行。

对所有人而言，维系国家公正是司法要做的事。而推动司法的公正，正是检察院的职责。对于检察院而言，检察官必须肩负起这一职责，并一丝不苟地完成，当成终身的使命。

但这一次，她在问自己：如果维系司法的公正，需要付出生命，你还愿意吗？

不，她不愿意。

如果维持一个国家的基石是法律，她更愿意用一生去维护这个国家，维护法律的至高无上；如果要让民众彻底相信国家，相信法律的公正无私，她就必须站在阳光下接受一切质疑；如果要让法律更有尊严，让司法的权威高于一切，她就必须坚守检察官的信仰。

是信仰。

对法律的信仰，对国家的忠诚，对民众的无私。

她愿意为此付出一生。

她不愿就此死去。

第八十五章

季晋源告白

救护车在轰鸣，穿白大褂的医生、护士急匆匆地把病人推进医院手术室。有网友在时时更新这一消息，并蹲点在医院进行时时播报。

好消息，李星妍，伤情严重，半死不活地躺在 ×× 医院。

好消息，医生说李星妍的情况不乐观。

李飞鸣和季晋源看着网上真假参半的消息，忧心忡忡地来到医院，高新远与程颖等同事也纷纷赶了过来。

肇事的人也受了伤，在医院检查。李飞鸣通过警察才了解，这次只是意外。那名司机开着运动型汽车，车上还载着孩子，结果刹车失灵，不可控制地撞向李星妍所开的车。司机和孩子受了点儿轻伤，伤不重，但司机一直内疚想过来看看李星妍，被警察阻止。

警察鉴于网上的形势，先对他的动机做深入了解。护士把司机包扎好后，警察就把司机和行车记录仪一并带回警局。经过警察对行车记录仪的分析，这次实属意外，跟所谓的“网络追杀令”无关。

高新远要求警察介入网上的所谓“追杀令”，想办法平息网上的事态。警察抓回几个造谣的人，准备关几天，抓回才知道，造谣的是宇航的死忠粉。粉丝刚被抓，网上的事态就向不可控制的地步发展，大家对李星妍的谩骂升级，认为李星妍出车祸跟粉丝无关，要求释放粉丝。

检察长汤镇南和法院商议，将开庭的时间提前，并准备召开记者发布会，澄清事实。法院却反对，认为如果还没有开庭就召开记者发布会，那么会引起民众更大的质疑，民众甚至会质疑证据的合法性，所以法院要求检察院先稳住，等法院审理判完。

外面吵得不可开交，所有人都在为李星妍忙来忙去。李星妍在医生的抢救下，昏迷了两天才醒来。

断了五根肋骨，肝、肺有严重挫伤，伤情不轻。她躺在床上，胸口剧痛着动弹不得。

程颖站在一旁哭："李检，过几天开庭，我和高主任出庭。高主任已经接手了你的案子，你放心，所有的证据，都已经足够证明宇航有杀人。你的推断是正确的，正义不会输。"

她张了张嘴。

程颖仿佛是她肚子里的蛔虫："不是'网络追杀令'，李检，他们没有那么坏，都是些键盘侠。撞你的人是过失，不是故意的。你放心，你父亲也没事。"

李星妍轻轻点头，悬的心这才放下，她虽然无法动弹，但很欣慰这只是意外，并非人为。

一直站在门外忐忑不安的季晋源听到里面传出声音，走了进来。程颖见状走出病房。

李星妍身上还插着各种监护设备。

季晋源看着脸色苍白的她，这一刻很心疼。他站在床边，一声不吭地盯着她，那双眼里已经含有千言万语。他坚信自己和她心有灵犀，深信自己就算一个字都不说，她也能懂。

两人沉默了好长时间，最后还是李星妍疲惫地先开口："要不说话，要不滚。"

就算声音虚弱，就算全身伤痛，她依旧还是她。没有被任何人打倒，没有屈服于舆论，甚至是命运。

季晋源说："我不知道应该说些什么。李星妍，你怎么就这么倔，不服输，不认输，认死理。你爸已经去检察院帮你申请离职了。"

李星妍胸部更痛，皱紧眉头。

季晋源也皱眉："行，我不说了，你好好休息。"他停了片刻，突然深情款款地盯着她，"还好你没事。"他用手指轻抚她的额头，"李星妍，听到你受伤的消息，我慌得要命。一个普通的电话，要了我半条命。"

她横了他一眼，不搭理。

他嗔怒："你看你，又来这套。"

她干脆闭上眼睛。

他看着闭眼的她，安静地站在床边，静静地就这样看着她。

她还活着，这真是一件值得庆幸的事。他收到消息赶往医院的路上，一路都祈祷她不要出事。就像当年，他听到妈妈出事的消息，一路哭着狂奔。这次他没有哭，但心拧着疼，好像被人生生剜走了什么东西。

还好赶到医院的时候，医生说她没有生命危险。

他突然俯下身，绕开那些烦琐的仪器，对准她的额头轻轻一吻。额头传来柔软的带着温度的触摸，她睁开眼睛，一脸提防地看着季晋源。

季晋源将唇凑到她耳边："李星妍，以为你死亡的那刻，我突然很后悔。后悔没有告诉你，我喜欢你。李星妍，嗯，我郑重地告诉你一次——我喜欢你。"

她冷静与理智地偏头看向他。

"是的，上回我说有件重要的事，希望能和你谈谈，但你挂断了，而我也一直没有勇气再提起。现在，我们重新来谈谈爱情那件事，谈谈恋爱那码事。李星妍，我这次很认真，想找你谈情说爱。"季晋源声音低沉，一字一句都让她平静的心渐渐加速跳动，"一开始我没能喜欢上你，但时间却调皮地在将我往你的世界里潜移默化。不知道从什么时候开始，它把你融进了我的生命里；也不知道从什么时候开始，它让我想到你从头疼变成甜蜜。我曾经说过，如果我们互相喜欢对方为基石；如果你也觉得爱情可以是很简单的对等公式；如果你上回的担心，我没有理解错，是对我的喜欢……那么，我们试试在官司结束后，谈情说爱，好不好？"

她没吭声，但渐渐手足无措，有种前所未有的窘迫与慌乱感。

长这么大，这是第一次有人向她告白。而对这个人，她虽然曾经有所厌恶，但现在并不反感，还有些心动与向往。

她不敢再看他，干脆闭上眼装睡。

他没管她，继续道："我曾经说，谁娶了你就会变成犯罪嫌疑人。其实犯罪嫌疑人挺好的，会有自我约束意识，避免真正犯罪。我知道娶了你就像娶了我国的《刑法》，我能看到自己的未来，预见会被囚禁在某个圈子里，做个安分守己的公民，但我不介意过这样的生活。因为在我被囚的黑暗生命里，你已经带着光明闯进。"

她心慌意乱，感觉自己脸颊发烫，心跳快得要蹦出胸腔，只能闭着眼，装睡，装作听不见。

他没有再说话，病房里陡然安静下来。

他出去了吗？

过了很久很久，她感觉病房里已经没有人时，小心翼翼地睁开眼睛。结果他正用手撑着床头，俯身在距离她很近的地方，安静地、专注地、一声不吭地看着她。

四目相对的瞬间，连空气都仿佛碰撞出火花，连空气都带着暧昧的香甜。这是爱情的感觉吧，四目相撞所产生的热量，仿佛能融化彼此。所产生的炙热的高温让双方开始心跳加速，面红耳赤。

他慢慢地，一个字一个字地重复说出那四个字："我喜欢你！"

躲不过去，她只好硬着头皮回答："我知道。"

这三个字很冷静，也很理智，她并没有被他冲昏头脑。

季晋源不喜欢她这样干脆冰冷的回答，就像官方似的客气语调。他笑着问："这么敷衍？我真想把你放在胸口焐热。"

胸口有点儿痛，她皱眉说："你觉得现在是说这话的时机？"

"时机太对了。"他笑容更深，"你一动不动，我可以为所欲为。李星妍，你到底喜不喜欢我？"

她眉头皱得更紧。

他继续俯低，唇往她唇边凑。

她理智地警告他："这是性骚扰，可以报警，要慎重。"

他果然停下，重新站好，拿她的话怼她："能简单直接，言简意赅吗？喜欢两个字，不喜欢三个字，我都能接受。"

她反问："你不怕我尖酸刻薄，不好相处吗？"

"我能包容你的一切缺点。"

"我脾气也不好。"

"我脾气很好。"

"我不知道要怎么跟别人相处，也没有尝试过要跟人亲密相处。"

"我可以带着你重新学会社交。"

"我对你的人品、动机有所保留。"

"我可以让你重新认识我。"季晋源信心十足，"我们可以从零开始。"

“我累了，再议。”李星妍疲惫地闭上眼，再次装睡。

季晋源拿她无可奈何，走出病房，替她关好门。病房里终于安静下来，她听着自己渐渐粗重的呼吸声，听着自己加速的心跳声，慢慢地睁开眼，看向门口。

大门紧闭，但原本属于她内心的某一扇门却被人推开。

我喜欢你——只是四个字，却有魔力地让人听着感觉到甜蜜，听着就心跳加速，身不由己甚至是失控地想起对方。

我喜欢你——嗯，她也是。

第八十六章
季晋源告白（2）

季晋源在李星妍住院期间，开始应对宇航第三次庭审。检方找到了视频，视频内容他大致可以猜出！宇航可能真是过失致人死亡。所以他做足了过失致人死亡的功课，有信心就算是这个罪名，也能将判刑减到最低。

季晋源前去找康辰了解情况时，在他办公室撞到一个陌生女人。女人年纪约莫四十五岁，一头干净的自然卷短发，身穿休闲小套装，属于气质类女人。康辰开玩笑似的介绍："晋源，这位是幼儿园园长陈兰女士，需要学位找我。"

季晋源礼貌地打了声招呼后，把自己整理的卷宗递给他看。

陈兰知道律师这行要为被告人保密，聪明地退出办公室。

康辰翻了翻他准备辩护的内容，眉头紧皱："过失致人死亡，有三个必备的因素，第一，有实际后果，这条目前成立。第二条，必须实施了过失致人死亡的行为。第三点，过失行为必须与被害人的死亡成因果关系。"

"对。"季晋源点头。

康辰不满意他的辩护方案："你的方案是如果庭审时，确定宇航参与失手捅段美琳那一刀，就力争把刑罚减至一年。关于这点，我不太认同。过失致人死亡第二条，必须实施了过失致人死亡的行为，致命那刀为什么不是妮小燕捅的？如果是妮小燕抓住宇航的手捅的呢？这也怪到他头上？"

"所以有减轻情节，我计划的是判刑一年。"

"不，海川国际的方总明确要求，宇航必须无罪释放。宇航如果被判一年，之前所有的努力全部瓦解。你知不知道为了这个案子，我下了多大的血本？从舆论上造势帮你，让海川国际公司的微博号帮你转造谣的微博。甚至我还故意开车去撞那个该死的检察官，包括你的助理，他所披露庭审的每一个细节，你以为是谁授意的？”康辰对他推心置腹，一股脑儿全说了。

季晋源震惊地看着他，很长时间都开不了口。

康辰见他眼神怪异，笑了笑：“晋源，为什么用这种眼神看着我？我认为你猜出了所有的事都跟我有关，你没有点破，是默认而已。你也想赢这场官司，你也想名垂千古，功成名就。既然如此，用些手段算什么？”

“前几天撞她的司机，是不是你安排的？”

“放心，没有绝对的脱罪方法，我不可能以身试法。那个司机没有任何人安排，还真的纯属意外，那丫头命大没死。”康辰不以为意，劝他，“晋源，再想想办法，这个案子你一定可以打赢。如果宇航能无罪释放，你可以得到一套梦寐以求的房子。”

“师哥。”季晋源摇头，“我真的没有想到。”

“你也想赢。”

“但我从来没有不择手段。”

“只要没有犯法，或犯法没有被逮，我觉得这些都不是问题。你看我，行走在法律之上，挺好。公检法本来就是一家，你要做的是打破他们牢不可破的关系，挑战他们的权威，把不可能脱罪的案子，尽全力去脱罪。而不是想着认罪再减轻罪刑。”康辰尽量去说服他认同自己。

季晋源不以为然：“我以前认为师哥是正义的守护者，是这个世上最正直的律师，虽然有时候会逾越，会出线，但本意是好的。”

康辰不认同地笑了笑：“你开什么玩笑？谁不是为人民币服务？这污浊的世界，谁又比谁高尚？谁想去当检察官？拿着那点儿固定薪水，每天忙碌得昏天黑地，打着为国家为人民服务的招牌，在庭上假装正直无私地呵斥人。他们私底下有没有收贿赂？对，应该让人查查李星妍的底，说不准她收了不少钱。为什么要咬死宇航？是不是被海川国际的对手公司收买？这都很难说。”

“师哥，宇航案子我会尽力去辩。但接下来，我接的所有案件都需要经过我的同意，你不能帮我接。”季晋源听到康辰亲口说的这些很失望，他没有等师哥回复就走出办公室，头晕脑涨地走出律师事务所。

他坐在车上发了一会儿呆，突然厌恶这辆车，因为接手了“天价离婚案”，他才买得起这辆车，结果“天价离婚案”所有证据全是伪造。虽然在庭上，自己推翻“离婚案”和“杀人案”没有因果关系，但其实只是自欺欺人而已。

因为他打赢了“离婚案”，段美琳才会孤注一掷地把宇航和妮小燕叫去家里，想借录像翻证，这才发生了命案。

是的，所有的一切全是他造成的。

季晋源打电话给李飞鸣，说：“叔，我犯罪了。”

“年轻人，叔经不住吓。我女儿还在病房呢，你就这么迫不及待想进牢房了？”李飞鸣让女儿的事弄得疲惫不已。

季晋源干脆直接问：“叔，段美琳的案子你怎么看？”

“检方既然已经掌握了新证据，证明这证据足够排他且唯一，你觉得呢？”

“那一刀，如果是妮小燕握着宇航的手刺进去的呢？”

“其实不存在这个问题，故意杀人是行为犯，不是结果犯。就算妮小燕没有捅最后那刀她就能脱罪？这不可能！她还是故意杀人！而过失致人死亡是结果犯，因为宇航去抢刀，没有预见到这样的行为会造成死亡的后果，所以导致段美琳死亡。”

“宇航没有抢，可能段美琳也会被杀。”季晋源提出这个假设。

李飞鸣反对：“你都说可能了！”

他却不想放弃，还想争上一争：“宇航是好意去抢刀，他是不想发生命案，如果判他有罪，感觉法律很不公。他也可以不抢的，放任凶杀发生，但他并没有那么做。他没有预见自己抢刀可能造成的后果，他一心不想别人死亡。”

“这样说吧，罪与非罪，很难认定。其实有争议的案件很多。比如抓捕小偷至死等等，但民意不代表法律，不是你认为没罪，他就没罪。放心，法官会公正裁决。”

“也就是说，只要尽力去争取，自己问心无愧就行，结果交给法官。”

“没错。”

“叔，听你一席话，茅塞顿开，谢谢。”季晋源想起另一件事，问，“叔，我喜欢你女儿，你对此有什么看法？”

李飞鸣憋住笑：“小伙子很有勇气，勇气可嘉，叔支持你。”

“行，那我奋斗去了。”

季晋源和李飞鸣打完电话后，给李星妍的微信留言。其实被她拉黑的这段日子，他经常会无聊给她发信息，当然，迎接他的都是‘不是好友’的红叹号提示！他在她的黑名单里躺了很久，已经不再奢望她能加他为好友。

但这一次，出乎意料地收到她的回复。

季晋源：李星妍，我要开庭了，快祝福我！

李星妍：不要强辩。

季晋源：哇，你竟然加回我的好友了，我要昭告天下，要谢主隆恩。

他说完等了半天，李星妍也没有再回复。是的，这就是她。永远带着理智与冷漠，永远能冷静地对待任何事，包括他的告白。

接到法院通知的开庭日期后，季晋源和陈世佳前往。这次开庭在季晋源的意料之中，因为李星妍重伤，检察院更换了承办检察官，由高新远全权负责。已经找到视频，所以双方没有做过多较量，案件非常顺利地进行。

视频已经经过质证，合法性毋庸置疑。

根据视频显示，妮小燕故意杀人已经辩无可辩，但陈世佳还是想方设法替她求情。妮小燕宽大处理的可能性很小，没有任何轻判的理由。

但宇航不同。

季晋源替宇航尽力争取，包括最后那刀，即使视频已经显示是宇航和妮小燕一起握刀刺进段美琳的身体。季晋源还是把罪责往妮小燕身上推，认为妮小燕在这场凶杀案中，占了主导地位。宇航只是想去帮人抢刀，避免凶杀而过失致人死亡。

季晋源力争无罪释放，法院也没有当庭宣判。

这次庭审完后，高新远去医院看望李星妍，眉飞色舞地提起季晋源在法庭的每一句辩论。他认为季晋源口才了得，辩论十分精彩，不愧为一个难缠的对手。高新远最后还轻叹：这种人才怎么不是检察官？如果他是检察官，我这个主任给他当。

高主任临走时还给病重的她提了一个要求：星妍，可以引导他去报考检察官。

说曹操，曹操到。高主任前脚刚走，季晋源后脚就摸上门。

李星妍虽然休养了十来天，但行动还是不便，胸口依旧阵痛，所以习惯地躺着不动。但她躺着也没闲着，买了个懒人手机支架，让程颖把新案件拍照片发给她，然后一张一张翻看，认真研究。

季晋源进病房看到这一幕已经习惯，仍忍不住打击她：“伤筋动骨一百天，你这个没有半年好不了。”

李星妍满不在乎：“最多三个月。”

“行行，你是宇宙最强，难怪伯父替你辞职，检察院还不肯放人。”季晋源故意又把话题引到段美琳案，李星妍对已经审完的案件没多大兴趣，随便打发他后，睡觉。

当晚新闻就有几位专家开始推测今天的庭审，并说得到内部消息：段美琳案检方已经找到重要铁证，证实是宇航与妮小燕共同杀人。网络再度风云四起。网友被这反转直接整蒙，纷纷打听消息，各种小道消息又开始在网上疯传。

李星妍所属的 ××× 检察院，为了止谣，直接在网上发了则公告，内容是：推理正确，犯罪嫌疑人已经如实招供。

只是这一句话，就让网友风中凌乱，网友这才发现“天价离婚案”大有内情，他们终于扒出宇航与妮小燕合伙陷害段美琳的事。宇航粉丝干脆直接反水扒宇航之前的事迹，结果扒出耸人听闻的各种真假参半的黑幕。

宇航一夜之间，由男神变成“渣男”，形象全毁，签约公司也因疑似造谣，股票大跌。

宇航的死忠粉，还在网上给李星妍写了一封上万字的道歉信。

一夜之间，天地巨变，天翻地覆，李星妍见识到了网络的力量。

季晋源第二天来看她时问：“道歉信你看了没？宇航的粉丝在求你原谅。”

李星妍看完了那上万字，冷漠地回答：“我不准备原谅他们。”

“身为国家公务员，还能记仇？女人千万别小心眼，不如网上发个公告，说原谅他们了，也让他们宽宽心。”

李星妍冷冷地拒绝：“我心眼小。”

没有睚眦必报已经够好了，还让她轻易原谅？她不是圣人。

卷　三

幼儿离奇死亡案

第八十七章
幼儿园突发幼儿死亡事件

“嗯，你心眼是真小。”季晋源笑了起来。

她没有笑，只是淡淡地瞥了他一眼。

季晋源脸上的笑容渐渐凝固，语气沉重地问：“我能道歉吗？”

她看着手机，没有回答他。

他说：“段美琳的案子，我想道歉。李星妍，对不起，我错了。我现在才知道，固执的不是你，有障壁的不是你，而是我。因为小时候母亲死亡，心里认定父亲是凶手，认为法院判决不公，所以才不会轻易相信司法部门的任何话。如果当初我肯听你的，不自大的话，事情也不会弄成这样。”

他几乎不会对外人提及母亲的事，自己也没有想到会在这样一种场景下讲出来。

“我母亲喝了百草枯又跳井，父亲被警察捉进去，却又被法院判决无罪。我不服，所以我很努力想当律师，想给母亲报仇。任何冤死的人，都应该有人替他们伸张正义，任何案件都应该可以被翻出来在阳光下暴晒。我其实很多次想要求法院重新申理我母亲的案件，但是……我没有勇气。”

季晋源表情很痛苦，她看向他，没有说话，只是安静地倾听。

“我从小失去母爱，没有父爱，没有人会爱我，而我也丧失了去爱一个人的能力。我其实并不是舍不得用钱在女孩子身上，我是没有勇气去爱一个人，没有勇气让完美的人接受一个残缺的自己。我表面嘻嘻哈哈，其实很自卑。自卑就算了，还强撑，要面子。”他目不转睛地看着她，说，“但，李星妍，我喜欢你，我会努力对你好。”

还好没有吃东西，否则李星妍怀疑自己会被他呛死。明明在说他的父母，剖析了自己后，猝不及防向她告白？

他吃错药了？

她很想当作什么都没有听到，但又很窘迫地与他四目相对。还好在尴尬间，程颖敲门而进。

程颖进门就问："李检，你听说了吗，出了个大案子。"

她趁机转移视线，看向程颖。

程颖看了一眼季晋源："听说中心幼儿园有幼儿被虐致死，孩子爸爸逮住园长和老师一顿揍，现在双双被拘。这事闹得很大，街头巷尾都在议论。"

两人的视线彻底被转移，都紧盯着程颖，等她继续说下去。

程颖说："那孩子好惨，被虐待了好几个月。家长去外地打工，家里的爷爷奶奶每次都被老师忽悠过去。说孩子身上的伤是被别的小朋友打的，这次父母听到孩子的死讯当天赶回家，妈妈看到尸体直接晕过去，爸爸抄家伙去找园长算账，结果被拘。"程颖说完，把手机递给李星妍看，"就是这个女人，看着挺和气，结果人面兽心，你看，叫什么陈兰。"

"等等，叫什么？"季晋源突然打岔。

"陈兰。"程颖怕他没听清楚，"左耳刀，加个东，陈。兰是兰花的兰。"

季晋源掏出手机，在网上搜索这件事。

果然，本地的论坛有前因后果，里面有园长的照片。就是康辰办公室见到的那位——陈兰。

师哥和陈兰是什么关系？普通朋友？

他本来想进一步在网上查陈兰的资料，结果接到康辰的来电。

康辰简单直接："事务所接了个案子。"

"幼儿园虐童案？"他直觉就是这个。

"对，我准备分给你。"

"师哥，你忘记了我那天说的话？"

"晋源，你知道师哥一直对你很好。"

"我知道。"他一边接电话，一边走出病房，到外面才敢冲师哥发脾气，"在没有了解全部案件前，我拒绝。"

康辰若有所思地说："晋源，你以前从来不会管我派给你什么案子，问都不问就接。你变了。"

“我至少有拒绝接案子的权利，有选择的权利。”

“替所有公民辩护也是你的职责。”

“别用这个来忽悠我。上一个案子，你也这样说。师哥，天价离婚案我们真的没错吗？”季晋源情绪略激动。

康辰觉得好笑，问：“哪里错了？晋源，不管你怎么认为，这一次，你无从选择，你必须接，咱们是有合同的。”康辰想缓和两人关系，“对了，有个女人托人带来口信，说你父亲身体不好，让你回去看看他。”

女人……

季晋源挂断电话，蹲在医院门口的台阶上。四周人来人往，不少男女老少经过时，都会好奇地多看他两眼。他颓废地蹲了半天，脚麻了才起身，开车回家。

他在车上魂不守舍，一直在想，那个人有多老了？身体不好？病了吗？

他特意开车去找谢天宇，让谢天宇打电话给他父亲。

电话接通。

那头的人声音很轻地“喂”了一声。

谢天宇说：“伯父，是我，我是晋源的好朋友，谢天宇。”

“哦，我知道你。”季国强的声音透出点儿虚弱，但又紧张地问，“晋源没事吧？你找我是不是他出了什么事？”

谢天宇急忙安抚：“他没事，挺好的，伯父你呢？”

“我也挺好的。”季国强虽然这么说，声音却很不对劲，“对了，我自己种了稻谷，味道不错，我托人带一些给你，你帮我转交晋源，好吗？”

“可以，可以。”

“你就说自己在农家买的，千万别提我，你一提我，他八成得扔了。”

“行，行。”谢天宇满口答应，挂断电话后，担忧地说，“你爸身体好像不好。”

“跟我没关系。”季晋源烦躁地往外走。

谢天宇追上问：“你就这样走了啊？万一伯父打电话来问你的情况，我怎么回答。喂，季晋源——”

季晋源没理，直接开车走人。今天除了李星妍，所有人和事都让他感觉到压力如山，莫名地狂躁不安。

病了？有多严重？一听声音就是在强撑，为什么不看医生？

他突然打方向盘，在路边停下车，掏出手机，将微信自己发的相册拉到最底端。最底端有他加密的三张照片，是小时候跟父母的唯一合照。其实工作后他曾经请假回了趟家。那天家里没有人，他原以为进不去，邻居却把钥匙拿给他。说父亲怕他回家进不了门，所以把钥匙放在邻居家里。

他进屋翻到父亲珍藏的照片，把照片拍了下来，毫不留恋地走了。

季晋源不喜欢那个冰冷的房子，同样也不敢明目张胆地思念家人。他其实心里抗拒翻看这几张照片，因为照片是三人的合影。

合影上妈妈笑靥如花，而父亲连照相也一本正经，不苟言笑。

每次翻看这张照片思念母亲，他会连父亲也一并看在眼里。日子久了，他发现自己对父亲的恨意越来越淡，淡到几乎消失。

他惧怕这样的消失，因为消失代表遗忘。而他怎么也无法忘记，父亲出狱时，自己曾跑到父亲面前质问，为什么要下毒。

而父亲沉默着，没有给任何答案。

他期盼父亲能说些什么，但父亲却连骗自己也做不到。只是一言不发地盯着自己，然后沉默地低下头。

只有内疚的人，才会有这种举动，所以季晋源更肯定，父亲才是杀害母亲的凶手。

季晋源看着这三张照片，不知不觉泪流满面。他突然退出微信，拨打那个熟悉的号码。电话接通，那边的人小心翼翼地问：“晋源？”

其实季晋源的号码，季国强早就有。虽然晋源没有给自己打过电话，但儿子的号码，季国强还是一眼能看出来。

季晋源力持气息平稳，语调也尽量冰冷：“对，是我。”

季国强说：“有，有事？”

季晋源冷漠地问：“我最后再问你一次，下百草枯的人，到底是不是你？”

电话那头的人瞬间沉默下来。

是的，沉默，不肯给自己答案。从小到大，父亲都是用这种方法来应对他的询问。

季晋源突地声嘶力竭：“我只是想要一个答案。一句‘不是’有那么难吗？为什么你一个字都不肯回答我？是或不是，真的有那么难回答？因为是你下的毒，所以你不忍心对我这个没妈的孩子说谎，所以才沉默？我的理解没有错吧？”

季国强依旧不吭声，安静地听着儿子的咆哮与质问。

季晋源咬牙切齿：“对不起，我打错电话，我以后绝对不会再跟你说一个字。”他挂断电话后，伏在方向盘上，肩膀剧烈耸动着。

小时候真好，可以肆无忌惮地哭，放肆地打闹撒欢，肆意地仇恨一个人。可是长大后，这些功能统统退化。长大后，我们开始小心翼翼地哭或者强忍；长大后，我们藏起悲伤，只敢避开人群来宣泄；长大后，我们连是否应该恨一个人，都开始千百次自问或在心里推翻重组最初恨的因果。

幼儿园虐童案的各种内幕开始甚嚣尘上，已经闹得满城风雨。李星妍心疼那孩子，所以会刻意关注这起案件。

听说幼儿园有个小黑屋，专门用来惩罚孩子，哭闹的孩子一般会被关一关，吓一吓。当然，这种小黑屋也没有装监控，还是独立在长廊一角。幼儿园有四层，分四个年级，而每层的长廊都有这种所谓的小黑屋。

把幼儿关进这种所谓的小黑屋，真让人不寒而栗。

第八十八章

突发幼儿死亡事件（2）

也有网友爆料，园长陈兰有后台，开幼儿园长期虐童，自己的孩子就被她毒打过。

这些谣言半真半假，不可全信。

警方在案发后，拘捕了园长及三位老师，也发表了一纸声明。警方是以故意伤害罪逮捕园长，以虐待被看护人罪拘留的三位老师，具体的内情还在审查当中。

而季晋源当了陈兰的辩护律师。季晋源在“天价离婚案”中，本来积攒了部分好感，现在都只剩反感，连程颖都会讨厌地说：“这个季律师！真是什么案全城关注，他就追热点接，没有一点儿基本的道德。”

后来季晋源再来医院，程颖就横眉冷眼，一副与他不共戴天的架势。

在李星妍住院期间，段美琳案一审判决了。这次李星妍没有出席，被父亲完全禁锢，不准碰与工作有关的事。程颖替她出席了判决，检察院建议了量刑，但法院没有采用。判决宇航过失致人死亡，但因罪有可原，所以判刑一年。妮小燕故意杀人罪，刑期 20 年。

三条人命，这个判决结果，李星妍心里不是滋味。听说妮小燕也不服，坚持上诉，甚至撂下狠话说自己是被检察官算计，检察官、法院跟宇航是一伙的，所以宇航才判一年，自己却要坐 20 年牢。

李星妍在医院折腾差不多一个半月后，终于出院回家休养。李飞鸣开始研究炖汤，骨头应该煲什么汤都被他研究了个遍。

李星妍在家休养期间，又听到了妮小燕的趣事。

大言不惭的妮小燕说二审法院有自己的老乡，自己能被轻判，结果让人大跌眼镜。二审的法官觉得妮小燕主观恶意极重，20 年太轻，改判无期徒刑。妮小燕面对这个结果，也不敢闹了，她怕自己再上诉的话，会弄个死刑出来。

妮小燕虽然不闹，但在监狱也没有闲着，到处跟狱友说起自己跟宇航那点儿情事。媒体对此也感兴趣，成批去采访妮小燕出狱的狱友，慢慢地，她跟宇航那点儿破事经过媒体的大力宣传，全国人民都知道了。宇航也光荣地在坐牢期间就被媒体标为'娱乐圈的负面教材'，声誉扫地不说，追债的代言商已经快踏破海川国际的大门。

李星妍在家休息了一个半月后，终于提出要去上班。

她胸口还没有完全恢复，偶尔还是会有些疼痛。但医生说已经休息足三个月，可以做些最基本的活动。李飞鸣拗不过她，在给女儿洗脑辞职这件事，洗脑三个月还没有成功后，他痛心疾首地放弃了，并自告奋勇接送她上下班。

李星妍上班第一天，就听说幼儿被虐案警方已经审理完毕，正式提交检察院。高新远见这案子简单直接，没有那么多歪的绕的，就把案子批给李星妍。

李星妍这才有机会阅卷了解内情。

跟传闻还是很有出入，传闻是这所幼儿园的所有老师都有魔鬼式虐童。但李星妍看卷宗，发现虐童的只有四个人，一个是园长，另三位是：配班老师肖晓，生活老师于丽红，及班主任莫琪。其他班的老师都恪尽职守，并没有任何虐童的行为。

这证明坏人只是个别，幼师整体还不错，这个世界还是充满希望的。

而这四个人中，班主任莫琪和生活老师于丽红，只是在幼童哭闹时罚站或用尺子打几下手心，别的虐待行为没有发现。这次虐童最关键的人物是园长和肖晓。肖晓向警方供述，园长经常进小黑屋训斥被关幼童，偶尔特别调皮的小、中班孩子，还会打骂。她也供述了案发当天的情况，案发当天，肖晓因为三岁半女童李小紫午睡哭闹，所以将其关进小黑屋，责骂后就退出。而园长随后进去，之后发生死亡事件。

肖晓在儿童死亡时，已经回到班级内，基本可以排除嫌疑。

但园长陈兰的口供却不一样，她一直呼冤，说进去就看到李小紫从小黑屋的桌子上跌落到地死亡，跟她无关。她看到李小紫跌倒，还跑去抱起，掐人中，但毫无反应。

法医鉴定，李小紫后脑的确有伤口，确实是摔倒撞击所致。死因也的确是后脑勺着地，头部因剧烈撞击，脑挫裂伤，小脑蚓部出血死亡。

到底是陈兰的行为导致李小紫摔倒，还是李小紫自己摔倒跌落，警方有确切的结论。警方证实，李小紫左胳膊有陈兰的指纹，是拉扯所致，不是抱的表现。前额损失一绺头发，而小黑屋恰巧找到一绺头发，经化验，为死者被人大力扯掉的那部分头发。小腿有一处瘀青，经法医证实为高跟鞋尖踢伤。综合陈兰当天的穿着，警方基本锁定，是陈兰的行为导致李小紫摔倒死亡。所以以故意伤害罪刑拘，但也不排除"故意杀人"或"过失致人死亡"。

当然，陈兰不服，一直喊冤。

李星妍拿着尸检报告，习惯性地再次找谢天宇。

谢天宇看着报告，一边看一边点头："对，死因无可疑。"

"毒物理准确？"李星妍自从蔡文星案后，每次必问毒物理。

谢天宇哭笑不得："放心，没有其他致命死因。"他认真地重看报告，突然皱眉，"但有一点——"

李星妍紧张地问："什么？"

"死者除了后脑，前额也有一处摔伤伤口，身上还有几处陈旧性伤痕，是掐痕。"

李星妍追问："还有什么？"

"没了。"

"行，如果出现其他致死因，唯你是问。"李星妍一边翻报告，一边威胁。谢天宇情不自禁地笑了："放心，肯定没有别的致死因，蔡文星案纯属意外。"

"最好是这样。"李星妍得到确认的结果后，和程颖赶赴看守所。这次换程颖开车，她因为伤还没有痊愈，被父亲勒令不得开车，父亲放下狠话，如有违背就跟她断绝父女关系。

李星妍只好遵从父亲的"胡作非为"。

两个人到达看守所，在外等待了半个小时后顺利见到了犯罪嫌疑人。李星妍先提审的肖晓。

肖晓，年纪23岁，大学毕业一年，做了半年的超市收银员后，进入幼师行业。任职不足半年，就被警方提告"虐待被看护人罪"。

李星妍看到肖晓时还是很诧异，因为肖晓就是一个不经世事的小姑娘，完全搞不懂现实状况，甚至还带点儿天真地问："什么时候能释放我？"

李星妍问："警方那里的讯问笔录——"

“对。”肖晓打断她，“都是真的，没有任何诱供、逼供行为。”

“根据讯问笔录——”

“对。”肖晓再次打断她，“园长经常虐童，我愿意出庭指证她。”

“当天——”

“对。”肖晓迫不及待地再三抢话，“当天我把李小紫带去小黑屋后就离开了，我以为园长就像以前一样，只是去呵斥两句，或惩戒两下，没想到，这次会闹这么大。”

李星妍皱眉问：“你所谓的‘惩戒’具体是指什么？”

“园长以前没有虐童行为，这次是因为她老公出轨离婚，所以才会把痛苦发泄在幼童身上。”

“也就是说，这并不是持续性的虐待。”程颖一边记笔录一边问。李星妍很高兴程颖终于能在自己讯问时说上两句，这丫头平日总习惯依赖自己，有再大的意见都会等审讯结束后再发表。

今天能问两句，算是进步。

李星妍鼓励地看向程颖，示意她继续发问。

程颖得到鼓励，用自己学到的经验来审讯肖晓：“你说把被害人带到小黑屋后就离开？你没有参与虐待？”

“没有，没有。”肖晓头摇得像拨浪鼓。

程颖厉声问：“可是教室门口的监控显示，你当时是拖着她，把她往小黑屋的方向拖。”

肖晓一下哭丧着脸：“这哪能怪我？当时是午睡时间，她不睡，还一直哭，一直叫。我实在没有办法，只好强行把她拖进小黑屋。”

“被害人当时有挣扎反抗，你强行大力把她拖走，你认为自己德行怎么样？配当一位老师吗？”

“这个真的没办法，整个学校的其他孩子全部睡着了，不可能因为她让所有人都睡不好。我这也是没有办法的办法。”

肖晓说得很无辜。

李星妍全程紧盯着她分析，突然问：“肖晓，你会梦到李小紫吗？”

肖晓微微一怔，突然紧张地看向她：“跟我有什么关系？”她哭腔很浓地重复，“跟我有什么关系？”

第八十九章

幼儿死亡案实现疑点

李星妍把她的反应看在眼里，冷静地问：“跟你没关系吗？”

肖晓崩溃地重复：“对，跟我没有任何关系。”她突然就哭着怼李星妍，“你这样问是什么意思？我只是把她带进去，她死了跟我有什么关系？你的意思我是间接的杀人凶手？还是我就是杀人凶手？”肖晓说到最后有些声嘶力竭，“你这样问到底是什么意思？”

不善于管理情绪，容易失控。

肖晓追问李星妍：“我是无辜的，为什么要起诉我？我只是把她放到小黑屋，这有什么问题吗？难道关几分钟孩子也犯法？”

李星妍没有回答，程颖替李检回答：“班主任莫琪和生活老师于丽红拘了几天已经被释放，至于你，警方收集了教室内三个月的监控，发现你经常无故就掌掴孩子，对孩子举止暴力，所以才决定起诉你。”

肖晓心急如焚地追问：“好吧，这些我认，那要关多久？我有轻判的可能吗？比如，我赔偿小紫的父母，悔恨，悔改？”

程颖说：“如果你积极跟我们配合，并积极赔偿被害人家属，是能从轻处罚，但具体几年还归法院判。”

“行，我全程配合，我可以出庭指证园长，争取宽大处理。”

替肖晓做完笔录后，两人走出。

程颖跟在身后问：“李检，发现有价值的线索吗？”

“她全程火急火燎，情绪很容易失控。因为这些情绪影响着，我目前还看不出说谎的端倪。但当我问起李小紫时，她表现出明显的抗拒与惶恐。对，非常害怕，一提起她，肖晓情绪就会失控。”李星妍感觉肖晓有说不出的奇怪，“她越是想坐实园长，越让人感觉本案没这么简单。”

“她是因为害怕那些鬼神之说吧？这案子一看就简单明了。”

“但愿吧。”

李星妍和程颖在看守所继续等着见陈兰，因为讯问室少，所以两人要等半个小时。李星妍感觉无聊，起身走到看守所外。

看守所门口还是熟悉的场景，律师和检察官阵营分明地划分了楚河汉界。大家互不交谈，却又无形中将自己归类。

李星妍往人群里扫了两眼，没有看到熟悉的身影。她失望间，手机响起。

她接听，电话那头传来季晋源欢快的声音：“能工作了？”

“对。”

“让我猜猜，幼儿园的案子？”

她没有回，听到律师群里传来的熟悉声音。他已经猜到，惨叫了声：“老天啊，不会这么巧吧？”他夸张地叫完，挂断电话，从人群里走出来。

李星妍面无表情地看着走到自己面前的季晋源。

季晋源不可抑制地笑了笑：“我刚才看到某人失望的眼神了，会不会是错觉？你在找我？”

她冷静地摇头。

季晋源像狗皮膏药一样缠着不放：“我才不信你，你不是找我，没事往律师堆里瞅啥？”

李星妍心虚地岔开话题：“为什么又要接这个案子？”

“这次真没办法，是合同，我身不由己。”

“你每次都有理由。”她有点儿不耐烦。他不以为意地继续笑，突然伸手替她整理耳边的碎发：“骗谁我都不骗你，这次真的没办法，除非辞职不干。”

她很不习惯这样的亲密，往后退了一步。季晋源上前一步，微低头问：“怎么了？”

他的声音太温柔，让她很抵触：“你这样是性骚扰。”

他哭笑不得地问：“性骚扰？确定吗？”

“对，离我一丈远，保持安全距离。”

“一丈有多少米？”

"3.33 米。"

"……"季晋源往后退了两步，站定。

李星妍眉头微皱："一丈就等于两步？3.33 米有多远？"

季晋源得意地问："我有多高？1.78 米，两个 1.78 米相加已经超过 3.33 米。你说的米可以是横向概念，也可以是竖向概念！别反驳，比如，我们距离大气层有多高。难道不是用米、千米来计算？所以，我的米是竖向概念。"

"大气层缺氧，当心别把你憋死。"

"不怕，你帮我做人工呼吸。"

李星妍往前走两步，贴近他威胁："别作死，花言巧语对我不管用。"

"你要能接受实际行动的话，我也可以付出行动。"他回答得有点儿暧昧。

门口的律师、检察官本来就无聊，全部齐刷刷地看过来。李星妍扫了眼旁观的"吃瓜群众"，头也不回地走进看守所。

看守所内，刚好时间到，已经空出新的讯问室，她和程颖迅速提审陈兰。陈兰，一头自然卷短发，虽然穿着囚服，年纪稍微有点儿大，但气质还是很出众。

优雅的女人沦为阶下囚，让人忍不住喟然。

李星妍示意程颖发问，自己紧盯着陈兰，分析她的一举一动。陈兰的细微表情，肢体语言，这次尤为重要，它会给李星妍最具体的判断和分析。

陈兰安静地等着发问。

程颖问："陈兰？幼儿园园长？"

陈兰点头："对。"

程颖开门见山："说说李小紫死亡的具体过程。"

陈兰很冷静地说："我进去就看到李小紫从小黑屋的桌子上摔下来，于是跑过去想把她抱起，还尝试着掐她人中，但毫无反应。"

"你给警方的口供，也是这些，就没有其他的了？"

"没了，我只能把我看到的说出来。"

"但这些不是事实。"

"身为公民，我的义务是配合警方，配合检察院，说出真相。但我说真相没有人相信，我有什么办法？"

“你——”程颖求救地看向李星妍，一时不知应该如何审讯。

李星妍开口：“知道为什么抓你吗？”

陈兰摇头：“不知道，你们冤枉好人。”

“什么叫冤枉？如果你单纯进入小黑屋就看到她死亡，为什么警察会抓你？警察肯定是找到了证据。你目前要做的是配合，争取宽大处理。”

“我，我……”陈兰语结。

李星妍引导她：“你是个聪明人，应该知道，我们是凭证据来办案，不管你隐瞒了什么，我们都会查到。只要做过的事，没有不透风的墙。”

陈兰犹豫了片刻，下定决心：“我可以配合，但我有条件。”

李星妍很干脆：“说。”

“你必须相信我，只有你相信我，我的作供才有意义。”陈兰期盼地看着她，一脸恳切，“可能说完你会痛恨我，但我的要求是你必须相信我。”

李星妍点头：“可以。”

“其实我说谎了。当天我进去的时候，李小紫并没有摔下来，而是低头坐在桌子上。当时桌子是靠墙放的，其实这一点也很奇怪，因为平时小黑屋是没有桌子的，怕幼儿在受罚时摔倒，我们都会防范这些。但那天不知道从哪里冒出来一张桌子。当时李小紫就背靠墙坐在桌子上。我当天脾气的确不太好，就上前去大力拽她的胳膊，想把她拽下来，结果刚拽到她胳膊，她就直接朝一旁倒了下来，之后摔趴在地。”陈兰回忆起这一幕还是心惊。

李星妍沉默地听，没有打断她。

陈兰受惊吓似的喘了口气，继续说：“我看到她摔趴在地，感觉这样摔一下也没有什么啊，就用脚去踢她，怀疑她装死玩闹、结果她不动。我这才抱起她，发现她气息全完，身体软软的。”

李星妍追问：“她当时摔倒在地，是摔趴在地？你确定？”

陈兰点头：“我肯定。”

李星妍越想越不对劲：“也就是说，她是摔在额头，不是后脑勺？”但李小紫的尸检报告是后脑勺受伤。

陈兰连连点头：“对。”

李星妍盯着陈兰，若有所思：“你知不知道你的这些供述，表示什么？”

“我知道。”

“你的作供主要说明——”李星妍紧皱眉头，表情凝重，“李小紫在你进入前就已经死亡。”

是的，疑点出现，陈兰的供述主要说明——李小紫在她进入前就已经死亡，而目前所有的证据指明，陈兰才是凶手。

第九十章
园长在说谎

陈兰说："我一直想跟警察交代这一点，但他们主意识已经认定我是罪犯，我任何的辩解他们都认为我是想脱罪，所以我也没有跟警察说实情。这段时间我体罚了幼儿我承认，因为离婚这事影响，我会对顽皮的孩子歇斯底里，会训斥，怒骂，会有肢体接触。但我不承认我杀了人。"

陈兰全程很冷静镇定，脸上看不出一丝说谎的端倪。

如果真按她说的，那么本案的凶手另有其人。可是，如果假设陈兰有超强的心理素质，她是可以用供词来迷惑检察官。

李星妍不知道自己究竟能信她几分，但凡自己信一分，这案子都会天翻地覆，所造成的后果难以估量。

陈兰看出她的犹豫与疑惑："我知道你肯定在心里盘算究竟要不要信我，所以我才会在开始就提'让你相信我'那点要求。我真诚地希望你能相信我，因为已经没有人会信我。"

李星妍紧紧地盯着她："目前所有的证据全指向你才是凶手。"

"我知道。"陈兰坦然地直视她，"但我的确是无辜的，我知道警察不信我，所以我才把所有希望寄托到检察院，寄托给检察官。尤其是你，我听过你的大名，李星妍。蔡文星案和宇航案我都有了解。我诚恳地希望你能帮助我。"

李星妍压力如山，陈兰没有任何说谎的迹象，甚至还很冷静地交代了全案。李星妍尝试着相信她："你全程的供述里，没有揪李小紫的头发？"

"没有。"她肯定地回答。

李星妍追问："那桌子从哪里来的？你可有印象自己在哪里见过？"

“厨房。”

“我会去调查，希望你没有骗我。”李星妍说完，带程颖离开。程颖直到外面才敢小声问：“李检，你真信她？目前所有证据链全部指向她。”

“信她百分之一，然后调查她所说的百分之九十九。如果我调查出来的百分之九十九的证据链，足够支撑她的言论，那么，我非信不可。”李星妍也不太有把握，因为本案的证据链已经完整。

程颖还是很担心：“可能是她想脱罪，所以虚构了这么多情节。我想不通凶手除了她，还有谁？目前接触幼儿的就两个人，肖晓和她。不是她，难道是那个看起来人畜无害的肖晓？刚大学毕业，她有胆杀人吗？”

“幼儿的致死因是后脑勺，但，前额也有摔伤。幼儿在当天送入园前，身体健康，无任何异常。也就是说，幼儿在幼儿园，的确受过两次伤。所以，我们需要彻查。包括班主任，生活老师，她们所有的证供都至关重要。”

“行，我会去跑。”

“我们一起。”

两人说话间已经走到看守所门口。

李星妍习惯地往人群里看了一眼，季晋源站在人群中央和律师闲聊，还是那么引人注目，让人一眼看去就能被他所吸引。

季晋源看着走出来李星妍，没有跑过来再次打招呼，而是暧昧地眨眼。

李星妍没有搭理他，径直去开车。

程颖坐在副驾座才敢抱怨：“这个季律师会见陈兰，估计又能生出无数辩护方法，他总能诡辩。李检，我很担心你，季律师是个难缠的对手。”

李星妍一边开车，一边忍不住笑道：“高主任很欣赏他，还想收入麾下。”

“季律师这种贪财的人，怎么可能会做拿死工资的检察官？高主任简直是妄想。”程颖提起季晋源还是心有余悸，“而且这么会诡辩的人进入检察官行业，简直是行内灾难。”

李星妍笑容更深：“律师的职业立场如此，不怪他。”

程颖仿佛发现新大陆：“李检，你以前很讨厌他。”

“你也说了是以前。”李星妍笑容更灿烂。

程颖满脸绝望：“李检，你的意思是现在喜欢了？”

“我没有这么说。”

“可是，李检，你一直在笑！你以前很少笑，现在……李检，季律师不是你的良人。虽然他长得是有那么一点儿帅，可人品有问题。”

“我也这么觉得。”

“可你的笑容就像掉进爱情陷阱的小姑娘……”

“哪有。”李星妍话音刚落，手机响起，是父亲的来电。

她接听。

父亲问：“你没有开车吧？”

“没有，我是乘客。”李星妍睁着眼睛说瞎话。

“我相信你，毕竟我的乖女儿从来不说谎。”李飞鸣对这个回答很放心，“对了，你租房的地方爸爸找人帮你打扫了，今天就搬回去住吧。”

因为自己从不说谎，所以偶尔说谎父亲也会当成真相。

“我在家住得好好的，不想搬，我……”

“女大不中留，始终是要嫁出去的。”李飞鸣不给她反驳的机会，“爸爸都照顾你三个月了，你还忍心赖我一辈子啊？要不这样，辞职的话，我可以让你回家住。不辞职的话，只能租房住。二选一，公平吧？”

“公平公平，我先挂了。”李星妍敷衍地挂断。

又要搬去季晋源隔壁住？她其实很崩溃，却在崩溃中，又带点儿开心。为什么会开心？那个答案已经呼之欲出。

李星妍和程颖先去找生活老师于丽红了解情况。于丽红是个五十来岁的中年妇女，自己有一个四五岁的孙子，全程都在孙子的身旁尴尬地被询问。

于丽红说：“现在邻居都在骂我虐待儿童，检察官，我真冤枉。”

的确，于丽红除了偶尔动作粗鲁，但在三人中，对孩童最好。

李星妍不拐弯抹角，直接问：“小黑屋的桌子从哪里来的？案发当天被搬过来的？”

“对，那张桌子本来是厨房的，不知道怎么去了小黑屋。其实园长管得很紧，园里大大小小的物品购买，甚至每天买多少钱菜她都要监督。她每天全程盯着我们，虽然说学费上涨，但对我们又刻薄又抠门。”

“当天你们有看到她进入小黑屋？”

“没有。肖晓老师本来是把儿童送到小黑屋，但去接的时候，发现园长在小黑屋，而李小紫已经躺在地上不动了。”

“躺在地？平躺，不是趴？”

“对。平躺在地上，失去了气息。肖老师赶紧叫园医，然后帮忙送医院。”

“明白了，我今天先了解到这。”

李星妍和程颖离开，继续前往幼儿园实地勘察。幼儿园因为出了事故，已经被封锁，所有的幼儿已经被转移。两个人走到所谓的小黑屋，才发现小黑屋其实是在教学室的长廊尽头。李小紫就读小班，所以当时被关在一楼长廊尽头。而这尽头不是封闭的，小黑屋门口有两个出口，左右各一。右边步行三分钟，有滑梯等游乐设施，滑梯紧挨着的是学校与外面的铁栏杆。

铁栏杆外面是隔壁小区的地面停车场，铁栏杆是一米高的水泥墙加上栏杆，所以如果当时停车场有人，是可以看到滑梯处还有小黑屋门口的情景。

李星妍走进小黑屋，小黑屋内除了一张桌子一张椅子，没有其他东西。

程颖不寒而栗：“大人对这种地方都怕，何况是孩子？她们到底是怎么想的？怎么会把孩子关在这么恐怖的地方？脑袋有坑吗？”

几乎没有人听到程颖骂人，这次她是实在没忍住。

程颖拼命痛斥：“李检，我真生气了！这种幼儿园就应该被取缔！人渣！丧尽天良！”

李星妍没理她，专注地查看小黑屋内的每一个地方。她看完后，火急火燎地走去厨房。厨房里除了煮饭的那些设施，有一张新的摆菜用的桌子，这张桌子与小黑屋内的一模一样。

“平时小黑屋是没有桌子的，怕幼儿在受罚时摔倒，我们都会防范这些。但那天不知道从哪里冒出来一张桌子。”

“那桌子从哪里来的？你可有印象自己在哪里见过？”

“厨房。”

李星妍想起刚才与陈兰的这些对话，很肯定地告诉程颖：“陈兰在说谎，她说的并不是事实。”

是的，因为自己从不说谎，所以偶尔说谎父亲也会当成真相。

因为园长全程冷静自持，平时心理素质极高，所以就算她说谎，李星妍也一时无法察觉。

先是肯定地说自己并不知道桌子从哪里冒出，又肯定地回答是厨房。而厨房已经换了新的桌椅，学校的每一笔开支都在她的监督下。

所以，陈兰在说谎，她的口供不是事实。

第九十一章 我又不是大灰狼

如果陈兰说的不是事实，那真相又是什么？李星妍返回小黑屋。屋里除了桌椅，没有其他东西。她闭上眼睛，开始在脑海串联证据链，死者、园长，她强行把这个小黑屋所发生的一切，在脑海串联成完整的凶案现场。

她一边串联一边问程颖："警方在凶案现场的痕迹锁定结果？"

"有十几张照片。"

"有没有桌子拖动的痕迹。"

"没有。"

"桌子上有没有勘察到孩子脚印？"

"没有。"

"不对。"李星妍回忆自己看卷宗所看到的照片，"孩子是被肖晓拖进小黑屋，她应该会大力挣扎，但却没有她的脚印。"

程颖点头："对，的确没有，脚印可能痕迹鉴定中心没有检验到。"

"凶案现场一定会留下些东西，孩子就算小，但她会挣扎，会反抗。她应该有脚印，在屋子里，就算被人强行放在桌子上，但也一定会留下些什么东西。如果这里除了尸体，什么都没有，那么，有可能不是第一案发现场。"李星妍大胆假设，说完睁开眼睛往外走。

程颖追上："李检，不是有头发吗？"

"除了那一绺头发，还有其他吗？"

"没有。"

"有肖晓和陈兰的脚印、指纹吗？"

“有。”程颖问，“孩子会不会是让人抱进小黑屋，所以没有她的脚印？”

“痕迹鉴定中心的结论里，桌上、椅上有检测出孩子的指纹吗？”李星妍已经猜到了某种可能，沿着长廊的摄像头查看。整个走廊里只有两个摄像头，却有四个班级。所以按照摄像头的拍摄范围，小黑屋是盲点，也是人为设置的盲区。

园方应该清楚这个盲区，却放任老师把孩子关进小黑屋这种惩罚。

程颖不知道李检在找什么，一直跟着她：“没有。李检，你快告诉我你的猜测。”

“摄像头里的孩子是被肖晓大力拖走，证明孩子挺倔强的。如果于丽红的供述属实，小黑屋内绝对没有来得及清理现场。也就是说，孩子的指纹脚印并没有被人恶意抹掉。孩子就算是被抱进去，但她会挣扎，会反抗。不管是谁在小黑屋过失或恶意置孩子死亡，现场一定会留下孩子的痕迹。”李星妍一边查看，一边往幼儿园门外走，“但为什么现场没有痕迹。凶案现场一定会留下凶手和孩子的痕迹。现在虽有凶手的大量痕迹，但完全没有孩子的痕迹。我们将洛卡德交换原理广义定论，人和物体接触等同于物质交换，必留痕迹。如果没有经过清理的凶案现场，除了尸体，完全没有被害人的痕迹，那只有一个原因：这不是第一案发现场。”

程颖越想越恐怖：“孩子不是在小黑屋摔死？但不对啊，于丽红说她摔倒在地。”

李星妍走出幼儿园，开车带着程颖往看守所赶去：“于丽红没有说谎的必要。但别忘记了，尸体有两处受伤的地方，一个是后脑，一个是前额。你再认真回忆监控，监控里孩子是完好无损的。也就是说，这两个伤口，都是肖晓把她往小黑屋拖，到孩子死亡前造成的。我们假设陈兰说的有五分真。她说孩子进入小黑屋前已经死亡。证据也显示，孩子在小黑屋没有留下任何挣扎的痕迹，那么表示，孩子在进入小黑屋前，至少行为已经被人为约束，她连站立都无能为力。她或者全身被束缚了，完全不能动，这种可能性很低。所以她极大可能在进入小黑屋前已经无法挣扎，或接近昏迷，或是——已经死亡。”

程颖猜出了李星妍的想法：“你怀疑肖晓？但不对劲啊，她有不在场证据。”

“凶手是谁目前都是猜测，但我现在准备去看守所印证两人谁在说谎。”

“怎么验证？”

“进入看守所会裸检，我很好奇检查结果。”李星妍加速往看守所开去。

两人到达看守所时，已经接近黄昏，民警把检查结果拿给她们。

正如李星妍所料，肖晓肩膀有一处咬痕，看大小，是孩子的咬痕。

程颖不敢置信："真有痕迹？"

李星妍略得意："对。肖晓在把孩子往小黑屋拖的过程中，有抱起孩子。而孩子咬了她一口。"她又皱紧眉，"之后呢，之后发生了什么？她管理不了情绪，所以情绪失控？失控之下做了什么？"

程颖深吸了口气："李检，你的假设太让我震惊了，我还消化不了。"

"大胆假设，小心求证。"李星妍把照片递给她，"这张照片，加所有的证据链能证明，肖晓和陈兰都在说谎。"

"对，肖晓的口供只是把孩子拖进小黑屋，就返回教室。而园长的口供是有人搬了桌子把死亡的孩子放在上面栽赃她。"

"对，但真相是什么？"李星妍有点儿迷惑，"如果小黑屋不是第一案发现场，哪里才是第一案发现场？这事情已经过去这么久，如果第一案发现场是在室外，那么证据早就全没了。"

"是否应该把案子打回给警方，让他们重新找证据？"

"我们再想想，什么证据不会消失？"李星妍已经陷入自己的逻辑思维，没有听到程颖说什么，"比如头发？饰品之类？"

程颖已经被李星妍的逻辑思维搅乱，小心翼翼地问："李检，我们现在要做什么？审讯？"

李星妍终于回过神，看向她，亮了亮自己的手表："已经到了下班时间，我们要做的是下班。明天我们必须找所有人再聊一次，用证据来夯实我的逻辑体系，把证据固定在逻辑体系之内。"

程颖呵呵地笑："我倒不担心你，我就是比较担心那两位。没准她们又投诉你。"

"被投诉习惯了，习惯成自然，没什么不好。"

李星妍复印了陈兰和肖晓的检查报告后，开车送程颖回家。她送完程颖后，车往自己家行驶了很远的路程，才想起，父亲已经把她推出家门。

季晋源，该死的季晋源。

她转动方向盘，开车回到季晋源所住的小区，特意放轻脚步走路。结果门锁扭动的刹那，隔壁的房门打开。

季晋源问："刚下班？"

她点头应付，想起他在病房的所作所为，有点儿尴尬。

季晋源跑到她身边，热情地邀请：“还没有吃晚饭吧？来我家吃吧？”

“叫外卖。”

“别这样。你身体正在恢复期，我煲了骨头汤。”

“又是骨头汤？跟谁取的经？”

“李前辈。”季晋源嬉皮笑脸，“怎么样，要不要尝尝家常小菜？”

她横了他一眼，拒绝：“我不太习惯去别人家里。”

“瞎说，整天往凶案现场跑的人，怎么会不习惯去别人家里？再说了，我家里可没大灰狼。”他干脆牵起她的手，把她往家里蛮横地拖。她半推半就地进了他家，发现他家非常干净整洁，跟他的性格一点儿也不像。

“你上回不是来过？别怕，我可是正人君子。”季晋源关好门，去厨房端菜，在厨房还不忘记跟她表扬自己，“本人可是纯种的正人君子，无任何不良嗜好，你现在可以深入了解下。”

桌上很快就摆上四菜一汤。

李星妍坐下，尴尬地尽量不说话。

季晋源炯炯有神地看着她，热情地说：“尝尝，快尝尝。从小无父无母，造就了我一身煮饭菜的本领，吃完给个评价。”

她小心地动筷。

果然，味道不错。

季晋源笑容灿烂：“怎么样？还行吧？你父亲说，以后找女婿要考核煮饭菜的本领。切，小菜一碟。”

女婿？她微皱眉，反感这两个字，但在反感之后，又带着某种雀跃。

她安静地吃完饭，说：“我要睡觉了，明天还要办案。”

“行。”他没要求她再留下。

她起身：“那我走了啊！”

“嗯，晚安。”

“晚安。”李星妍起身回到自己家，洗完澡后，躺在床上却无端又想起季晋源。他今天很乖，没有缠着她。

难道是想表现他的正人君子？所以故意表现？

她没有再想，打了个电话给谢天宇，简明扼要地问：“我要李小紫的尸体开口说话，你能办到吗？”

第九十二章

我又不是大灰狼（2）

“什么？”正准备睡觉的谢天宇直接从床上跳起来，“让尸体开口说话？开什么玩笑？你当我神仙啊？”

“我要你重新尸检，包括指甲里方方面面的。”

“大姐，大神，同志，这些已经尸检过了，你的报告里已经清清楚楚。”

“我不满意。”

“检察官同志，可是让尸体开口说话的难度系数太高了。你得考虑到我是平民，不是神仙。”谢天宇头疼地说，“况且她是个孩子，尸体所有证据已经摆在明面上了，你再反复尸检，不等于在她身上切了一刀又一刀？我跟你说，尸体也是会疼的。”

“你想办法，我先重看尸检报告。”

李星妍挂断，拿出卷宗继续查看尸检报告。

李小紫的尸体除了掐痕和前额、后脑勺的伤口，左小腿部的踢伤，再无其他。她看到指甲缝，食指和中指的指甲缝有些许泥巴，没有其他东西。

泥巴？孩子贪玩，弄到泥巴很正常。不过，幼儿园哪里有泥巴？教学楼前有个大操场，操场上几乎铺满了胶垫。

她没在意，继续翻看档案。警方的痕迹鉴定中心出具的报告，现场有肖晓和陈兰的指纹、脚印。分布都很平均，都是从门口前往桌子前那一条路，这些也看不出端倪。现场还有李小紫被揪掉的头发，头发当时在桌上、地上被找到。左小腿有一处瘀青，经法医证实为高跟鞋尖踢伤。左胳膊有陈兰的指纹，是拉扯所致。

所有的证据的确指向陈兰。陈兰也供述，自己的确有拽李小紫的胳膊，想把李小紫从桌子上拽下，结果她摔趴在地，之后陈兰怀疑她装死，踢了她。

而自己能推翻陈兰这些口供。桌子并不是莫名其妙出现，而是人为所致。那么李小紫当时进去到底是什么状态？已经死亡？失去意识的昏迷？还尚有意识？陈兰在隐瞒些什么？现在可以排除李小紫是活蹦乱跳进入小黑屋的，陈兰根本没有必要隐瞒什么。

但她为什么要隐瞒？对。

李星妍突然猜测，有可能李小紫进去的时候还有意识地被人为放在桌子上，而陈兰看到她还活着，但后脑已经受伤的李小紫，陈兰前去伸手拽她胳膊，想把她拉下来。结果李小紫倒在地上死亡？陈兰害怕担责，所以试图圆谎，试图让所有人相信，李小紫进入小黑屋前已经死亡？

肖晓呢？她不是单纯把李小紫拖进小黑屋。中途的监控盲区里，她知道没有监控，对孩子做了些什么？因为孩子咬伤她，所以失控把孩子摔在地上？

不，不对。门口也不是第一案发现场，哪里才是？当时到底发生了什么？李小紫的尸体能开口说话吗？

李星妍想得头疼，刚想躺下休息，就收到几条手机短信。

这是几条分次发的短信。

第一条：检察官，您好，我是李小紫的爷爷，今天去检察院要到您的电话号码，冒昧打扰您。

第二条：李小紫是由爷爷奶奶一手带大，身为爷爷面对这样的惨剧，我不苛责谁，但要求以命偿命。

第三条：我学着操作手机，小心翼翼地发这条短信给你是真诚期望您能秉公办理，还我孙女一个公道。

这是数条特别的短信。

李星妍犹豫了好几分钟，才回复：老人家，谢谢您的支持，放心，我会的。

但回复完，压力更大。她辗转反侧睡不着，好不容易熬到入睡，却做了一个怪梦。在梦里，有一个小姑娘一直背对着她在抽泣。梦的四周本来是阳光灿烂的蓝天底下，但镜头一转，变成一间黑不见五指的小黑屋里。

她再次看向哭泣的小姑娘。

小姑娘坐在桌子上，正对自己，紧紧抱着自己的膝盖，将头埋在膝盖上哭泣。

李星妍冷静地看着她，但莫名其妙地，眼泪突然滔滔不绝地涌出眼眶。她很想克制自己，很想冷静。

但光看着那孩子，眼泪就无法抑制地泛滥成灾。

第二天大早，李星妍从梦中惊醒时，发现枕上有泪痕。她迅速刷牙洗脸，马不停蹄地赶往看守所，但脑海里总会出现那个哭泣的身影。

如果一个国家，连孩子也无法保护，何谈其他。

如果身为一名检察官，不能替一个孩子主持公道，还何谈其他。

身为一名检察官，她必须揪出罪犯，让罪有应得的人付出代价，让法律去惩罚这些人。是的，李星妍，你必须尽快揪出凶手，给李小紫一个公道。

看守所里，她和程颖很顺利见到了陈兰。

陈兰还是跟昨天一样冷静，没有先开口问，比起肖晓的迫不及待，陈兰要沉稳得多，有超高的心理素质。

讯问室里，三人都沉默着，都想等对方先开口。

这是一种无形的较量，好像先开口的人注定会输。

陈兰坐在讯问椅上，一直很冷静地直视李星妍。她的冷静让李星妍觉得更可怕，一个人犯了罪，怎么能这么冷静自如，这么若无其事。

最后，还是程颖按捺不住，气势汹汹地问："你知不知道，昨天我们去了幼儿园，也找到了生活老师询问。陈兰，你在说谎。"

在程颖这样的询问下，陈兰还是泰然自若。

程颖恐吓她："你在说谎，我们已经找到证据拆穿你的谎言。如果你拒不交代实情，后果自负。"

陈兰举止泰然地看向李星妍，冷静地问："她这是在恐吓我，逼供合法吗？"

李星妍微笑："对，不合法。现在公民就算犯罪，也有相应的权益保障。但你是个聪明人，知道我们查出了什么。警方是以故意伤害罪拘留你。故意伤害罪致人死亡的，处十年以上有期徒刑、无期徒刑，或死刑。你觉得，比起你想隐瞒的真相，哪个重要？"

"我没有伤害她。"

"你拽了她，踢了她，尸体遍布你的暴力痕迹，你觉得法官有几分会相信你？有几分会相信直接的证据？"李星妍不急不慢地问，"你是个聪明人，到了这分上，觉得隐瞒有必要吗？"

“不管我说什么，你都相信吗？可是你之前没有相信我的供词。”陈兰情绪有些起伏，声音也变低，“我怎么知道我说出来后，你真的会相信我。”

“你的供词加上百分之九十九的证据佐证，才能成为真相。法庭只看证据链，证词只是佐证。如果你愿意对我坦白，我只能承诺你，我会全力去调查，还死者一个公道，让所有人知道真相。”李星妍说，“我无法跟你担保什么，但我会尽力而为。”

陈兰犹豫了片刻，松了口气，仿佛下定决心：“我进入小黑屋的时候，李小紫正坐在桌子上看着我。对，当时她还活着，但坐在桌子上直愣愣地盯着我。”

第九十三章

孩子，对不起

李星妍听到当时李小紫还活着的招供，怔了两秒。

陈兰回忆起那个场景，还心有余悸：“当时我走进去，并没有发现什么不对劲。可现在想想，不对呀，她直愣愣地看着我，坐在桌上整个人像傻掉了一样。”冷静如陈兰还会情绪激动起来，“对，她就那样直愣愣地看着我。”她惊吓地摇头，“不是傻掉，是像鬼一样。”

程颖憋不住，怼她：“身为教育工作者，注意你的言辞。”

陈兰快速平复情绪：“对不起，我知道我不应该这样说，可当时的确是这样。她明明还在呼吸，可是坐着发傻一样一动也不动。”

李星妍慢慢引导她：“除了面部表情，你还看到了什么？”

“对，前额，还有前额。”陈兰很肯定地回答，“她前额不见了一绺头发。”

“之后？”

“我当时被她吓了一跳，就走过去拽住她的手臂，问她装神弄鬼吓谁，叫她下来。”

“你说谎。”李星妍盯着陈兰，直截了当地说，“干脆一点儿行吗？你说谎只会对自己不利。”

这次轮到陈兰怔住，问：“我哪里说谎了？”

“后面两句。”李星妍指出。

陈兰的后半段有明显说谎的肢体语言。

陈兰听完表情复杂地看向她，坦白交代：“我走过去问她为什么装神弄鬼，她没回答，我一生气就直接抓住她的手臂把她拖下来。结果没有想到，她摔趴在地，就这样没了。”

“摔趴？”李星妍皱眉问。

“对。”陈兰很从容，“我没有必要骗你，她摔到了额头。”

李星妍深思了数秒，问：“桌子呢？”

“没错，是我让别人搬进去的。”

“目的。”

“我，我……”陈兰吞吞吐吐起来，试图说服李星妍，“桌子，桌子是用来摆，对，摆东西的。”

“你一而再，再而三说谎，很难让人相信你是无辜的。”李星妍直接指出，“能说出事实真相吗？”

陈兰缄默不语。

李星妍干脆替她说了：“桌子是用来惩罚幼儿的，碰到特别顽皮的孩子，直接放到桌上，不准他下来。除了这个理由，我想不到其他。”

“对。”陈兰见被揭穿，也不再隐瞒，声音低了再低，“始终是件不光彩的事，我也不敢提……我……”

程颖却气不过：“你们学校的孩子父母都说你人很好，可你竟然干这种事，良心被狗吃了？你们当着孩子父母的面对孩子表现得那么亲热，背地里却干这种无耻的事。我，我……”程颖气结，瞪着她，“老实交代的，不管你想隐瞒什么，都逃不过我们李检的火眼金睛。”

陈兰再次缄默。

李星妍平心静气地问：“还有什么想主动交代的吗？比如，你狠踢她的那一脚。”

“我只是轻轻踢了她一脚，怀疑她装死。”陈兰说，“还有什么想问的吗？”

李星妍目不转睛地盯着她，声音冰冷地重复：“你狠踢她的那一脚，还有掐她的动作。你是如何把自己暴戾的情绪发泄在她身上的每一个情节，每一个过程，我都需要知道！”

陈兰直视她，疯狂眨眼，面部带着惊慌，但强行镇定：“我不知道你在说什么。”

“你知道的。”李星妍撑着审讯桌站起身，声色俱厉地瞪着她，“你知道。”

陈兰拒绝交代，低头避开她的视线。

李星妍走到铁栏杆前：“没错。进屋看到还活着但已经失去意识，像个木头人一样坐着，甚至手已经无力，都不知道摆哪的李小紫，你第一反应是冲过去骂她，然后抓住她的手臂，把她拖下桌子使她摔趴在地。之后，你狠狠地踢向她，还误以为她装死，所以数度狠掐，想将她掐醒！为什么你敢公然虐待她？因为她的父母外出打工，家中只有爷爷奶奶照顾。如果出现瘀青，大不了推脱说孩子不小心撞的或不小心摔的。甚至之前，你已经对她这样干过，所以她才会出现很强烈的反抗情绪。她在教室很惧怕去小黑屋，所以才会大力挣扎。对，之前我误以为她的挣扎是性格因素，但我现在能推断出，她的挣扎不是倔强，而是恐惧。因为她知道进小黑屋意味着什么。”李星妍伸手攥紧铁栏杆，字字咬牙，“因为她怕疼，她怕被虐待，她全程呼救，可是肖晓依然把她往小黑屋拖，所以她才会狠咬肖晓，拼尽一切想逃走。”

陈兰崩溃了：“我不知道你说什么……我没有杀她……”

“你因为自己家庭不幸福，就把怒气发泄在孩子身上？陈兰，你办幼儿园的初衷在哪儿？难道不是因为喜爱孩子才办，难道仅仅因为开办幼儿园能让你赚到大把钱？”

“我，我不知道……”

“我们是人！我们有人性！孩子也是人，会疼会哭会叫妈妈保护！你是她的园长妈妈，你最应该在幼儿园保护他们！可当时你在做什么？狠狠踢向已经摔倒死亡的她，还狠掐她！”李星妍虽然力持平静，但情绪已经失控，她忘记不了自己梦里那个哭泣的身影，她现在满脑子都是那个哭泣的孩子。

保护孩子，保护孩子！我们都应该保护孩子！国家最应该保护孩子！可当孩子无助时，哭泣时，被人虐待时，应该保护他的父母不在身边时，还有谁能保护他！

对，只有国家，只有法律，只有高于一切的法律。

而司法机关要做的，就是推行并监督法律的实施，把这些无法无天，目无王法的人送进监牢！

陈兰掩面哭泣：“是，我以为她装死，所以狠掐她，还踢她。我什么都不隐瞒了，我愿意救赎，给我个赎罪的机会。”

李星妍面无表情：“求生是人的本能，所以每一个人在犯罪后，都会想方设法逃脱法律的严惩。可是被害的人呢，他们有机会可以活命吗？”李星妍突然失控咆哮，“你想救赎，你想赎罪，你还有时间去忏悔自己的罪过。可是李小紫还有机会活过来吗？她能回到疼爱她的爷爷奶奶身边吗？她能回到已经崩溃的父母身边吗？她还能和我们一样呼吸每一口空气，享受还没有开始的人生吗？”

陈兰哭泣摇头：“你不要这么说，我没有杀她。”

“之前你全程冷静，甚至眼睛都不眨，没有一点愧疚之心编造谎言的时候，怎么不想想救赎？为什么每次都要在被人揭穿后，才能想到救赎。我可不可以理解为，你的救赎其实只是想逃避法律的严惩？我可不可以理解为你的救赎，不是真心实意，而是想脱罪，装模作样表现出来的而已？”李星妍说得自己的心揪着疼，“她还只是一个孩子，一个手无缚鸡之力的孩子！一个连挣扎反抗暴力都没有力气的孩子。你伤害她的底气在哪里？你虐待她的底气在哪里？”她吼了出来，“难道仅仅因为她只是一个孩子吗？是一个你可以为所欲为，连反抗都无力的孩子吗？”

陈兰泪流满面：“我知道我错了……我知道错了……”

李星妍没有再逼她，转身往外走。

程颖追了上来：“李检，我们接下来要讯问肖晓吗？”

李星妍突然背靠墙壁，无力地说：“程颖，我梦到了李小紫。”

程颖安慰：“李检，那只是梦。”

“不。”李星妍看着程颖，突然落泪，“她是想叫我替她主持公道，她是想我救救她！程颖，她还只是一个孩子……我，我心疼……”

李星妍拼命想忍住眼泪，但眼泪还是滔滔不绝：“李小紫绝望挣扎的时候，被人当木偶一样狠摔在地的时候，她到底在想些什么？会不会后悔来到这个世界，因为这个世界让她这么疼，这么恐惧，这么难受……”

“李检，你必须平静下来，你必须找出真相。”

“是的，真相。”李星妍极力仰起头，狠吸气，“我必须找出真相，她需要一个公道。”

第九十四章
孩子，对不起（2）

可真相又是什么？第一案发现场在哪里？本案的关键点在肖晓身上吗？李星妍收拾心情后，走出看守所。

检察官排队的太多，讯问室很紧张，她跟程颖只好在外面稍做等待。

外面的律师人群里，没有季晋源。

她突然掏出手机给他打电话，电话接通后，原本是想找借口问他一些乱七八糟问题的李星妍，突然词穷了。她不知道自己应该说什么，只是沉默着没有说话。

季晋源疑惑地问："又在看守所。"

"季晋源。"她伤感地说，"我很难过。"

"嗯，难过什么？"他语气反而很平静。

"如果以后，我有了孩子，我会不会恐惧把他送进幼儿园？"她已经胡思乱想，"我想，我也会害怕吧。孩子上学突然哭泣后，我是不是会问他，你为什么要哭，是不是老师虐待你了，打你了吗？骂你了吗？还是对你冷暴力？那时候的我，可能没有办法帮助他，了解他。甚至只能一次又一次地把他抱去幼儿园，寄望于人性。"

"所以……"季晋源轻咳了一声，"你是想跟我生孩子吗？"

"什么？"

"你想这些事的前提，得有一个男朋友。这算是告白吗？为什么会特意打电话给我？"

他们两个人之间的交谈，一直都是聪明人与精明人的较量。不知不觉中，动机会透露对方内心的真实想法，行动会告诉你，你喜欢上了一个人，并且期盼能听到他的声音，得到他的安慰。

虽然会抗拒，但是内心的想法已经变成实际的行动。

而对方能轻易察觉到。

季晋源停止调侃，语气变得一本正经："李星妍，如果人生按一百分来划分。你的人生有六十分的先天好运气，因为出生家境好。还有三十分的人生好运气，因为从小到大都不用担心普通人所担心的。但每个人的人生路都不可能圆满，所以老天爷分别给我们安排了百分之十的坏运气。如果这百分之十的坏运气不幸到来，那也没有什么。因为你已经占据了百分之九十的幸运。"

她笑了笑："那么，你呢？"

"老天爷给我设置了百分之九十的坏运气，但还留了百分之十的幸运给我。因为我遇见了你。中国有将近14亿人口，所以遇见你后，我的幸运值变成了百分之十四亿。李星妍，我何其幸运，能得到这百分之十四亿，我得到了我国所有的幸运值，所以我会珍惜。"

"……"李星妍不知道要怎么回应，从小到大如果有男生想跟她表白，一般都会在鼓起勇气的刹那就被她的眼神给打败。

可现在，有人说，遇见她后，他拥有了所有的幸运。

她想都没有想，尴尬地直接挂断，心跳变得急速。她明白自己对于爱情的渴望，明白自己想要什么，想追求什么，但她身肩重担，不敢轻易将自己托付。

程颖走到她身边，头疼地问："李检，我突然想起一个事儿，如果陈兰真是这样，好像判不了几年。如果是季晋源替她辩护，我估计会无罪释放，或判刑半年什么的，这样根本无威慑力。她出去后，可以继续虐童。"

李星妍也颇无奈："教育局会有所行动。"

"取缔幼儿园？以后不让她开了？"

"也许吧。"

"李检，什么时候才能不再有虐童的惨剧，我很无力。"

"重判，用法律来威慑。"李星妍其实心里也没有谱儿。

程颖红着眼眶："我其实不太敢跟你一起进去审讯肖晓，如果你说的是事实……那李小紫挺惨的，李检，我后悔当检察官，知道太多社会不幸的一面。"

"程颖，"李星妍看着她，认真地说，"这个世界并非全是好人，有时候对于这个社会上的某些事，我们也看不懂，不明白为什么有的人要杀人，要虐童，要去伤害别人。我们认为人心本善，认为每一个人都应该和平。但也许是因为人在进化，或人性早已经被金钱熏染出它原本的劣根性，所以社会才会被撕开一条血淋淋的口子。没错，这个社会正在生病，正因为如此，我们才应该坚持，才应该挖出这些导致社会生病的腐烂蛆虫。记住，古有明镜高悬，现有公正严明。我们的力量或许很微弱，可只要坚持去改变，这个社会才有希望，才能从病态中恢复正常。”

“嗯。”程颖用力点头，“我会努力向你学习，当一名优秀、坚持正义的检察官。”

李星妍深吸了口气：“那我们进去讯问肖晓，她才是最主要的角色。”

看守所已经腾出审讯室，李星妍和程颖再次见到肖晓时，跟上次的感觉不太一样。上次的肖晓很极端，很容易被激怒，会迫不及待地主动供述。但这一次，她有浓重的黑眼圈，略带失魂落魄地问：“你们相信鬼魂吗？我梦到……小紫了。”

李星妍和程颖互看一眼，一言不发地盯着她。

肖晓难过地说：“我梦到她了……她说自己死得很冤枉，让老师救救她。”

经过一段时间的牢狱生活，肖晓越来越沉醉于自己的谎言世界，并且自欺欺人地认为那就是真相。

肖晓不管她们信不信，突然就痛哭：“园长为什么要这么对她，小紫真的是一个好孩子。”

李星妍冷漠地问：“那你呢？你又为什么要这么对她？”

“我对她很好。”肖晓迅速反击，“你知道什么啊？一个班36个孩子，有一大半的孩子都喜欢我。”

李星妍冷笑：“你所指的喜欢是什么？一群孩子，动不动就被人掌掴、冷暴力、罚站，动不动就被人粗鲁地拖到一旁。你觉得他们对你所表现的喜欢，表示什么？其实那只是讨好，他们想讨好你，想表现得乖巧一点，这样老师才能开心，才能对他们温柔一点，他们也能少受些体罚。”

“我承认我平时的行为很不好，所以你们告我的罪，我没有反驳，我接受法律的严惩。可是你们不能放过园长，她才是罪魁祸首。”

“这事我们会查实，轮不到你干涉。”程颖气愤地岔话。

肖晓立刻攻击她：“你这是什么态度，我现在是污点证人，对吧？你们怎么可以这么对我说话，信不信我投诉你？”

程颖也不是吃素的：“我国还没有‘污点证人’这个制度。当然，如果你揭发的情况属实，有立功表现的，是可以从轻处罚。”

这次轮到肖晓冷笑：“那不是一样吗？来，我揭发举报园长的虐童行为，你们想听什么，我就告诉你们什么。”

李星妍冷静地问：“那我们来说说小黑屋，如何？”

“小黑屋……”肖晓重复这三个字，声音不再理直气壮，而是低了低，眼神也开始变得闪躲，“小黑屋有什么好说的。”

“为什么要把孩子关进小黑屋？”李星妍紧盯着她，“你可以罚站，为什么一定要把他们关起来？”

“中午不睡觉的，太顽皮不肯罚站的，会被关进小黑屋。也不是所有孩子都会被关，小黑屋主要用来吓吓他们。”

“李小紫被关过几次？”李星妍提起这个名字，心再次像被人狠狠一扎。

“她经常哭闹不肯上学，中午也不睡觉，一直哭，所以她被关次数的比较多。”

“越关越哭吧？”

“是，她对读书有反抗情绪，很想爷爷奶奶陪着。”

“你说错了。她不是对读书有反抗情绪。她原本初入学，对陌生的环境有恐惧心理，因为见不到熟悉的亲人，所以会短暂哭闹。如果你们能一直善待她，也许她过了这段时间，跟你们熟悉了就会好。结果，你管理不了自己的情绪，动不动就骂她、罚站、打她，甚至变态到把她关进小黑屋。所以你越关她，她越恐惧，越会哭闹，最后到了一发不可收拾的地步。”李星妍努力平静好情绪，“这就是一个恶性循环。”

肖晓没有说话。

李星妍问：“她在小黑屋时，曾经经历了些什么？园长都对她做了些什么？”

“园长也不敢怎么样，最多去骂骂，教训教训。用尺子打打手心，掐踢一下什么的，或者长久罚站。”肖晓不以为意，“其实是家长太溺爱了，现在的孩子不让打，又调皮，我们要怎么教育？80后、90后，有几个没有挨过父母揍？”

李星妍深吸了口气，力持平静：“那你呢？你拖她进小黑屋的过程中发生了什么？”

肖晓狡辩："拖过去我就回教室了。"

"你撒谎！"李星妍声色俱厉，"你肩膀上有孩子的咬痕！这证明，在这个过程中，你最起码抱起了她！她才能有机会咬你一口！"

"是其他孩子咬……"

"其他孩子有没有咬你，教室内有监控，别跟我扯这些！"李星妍板着脸，严厉地死盯着她，"我要过程。"

"我，我……"肖晓支支吾吾，说不出所以然来。

李星妍逼问："因为她咬了你，所以你抱起她，把她摔在地上？"

"没有，绝对没有。"肖晓强辩。

"小黑屋门口有两个出口，左右各一。右边是通往学校的滑梯等游乐设施，而左边是通往二楼的楼梯。你当时没有必要上二楼，也没有把她拖进小黑屋，而是——"李星妍试探地问，"而是把她拖往滑梯处？"

肖晓果然脸色大变，但很快大吼："我就直接把她拖进小黑屋了，我什么也没有干。"

对，肖晓的表现更验证了，她曾把李小紫拖往滑梯处。

也就是说，滑梯处有可能是第一案发现场？

第九十五章
出现目击证人

李星妍反驳：“你说你把她直接拖进了小黑屋？我告诉你，有监控可以证实，你什么时候走出教室，什么时候返回。只要超过正常时间，就能证明你不只是把她拖到小黑屋这么简单。”

“我还去上了趟洗手间，小黑屋是监控盲区，根本拍不到我干了什么。”肖晓已经惊慌失措，尽一切可能反击，“我觉得你没有任何证据，光凭猜测就在试图想定我的罪。我告诉你，对孩子举止粗暴我承认，你要是想把李小紫的死推到我头上，我投诉你，上诉到最高检。”

“上诉是你的权利，悉听尊便。”李星妍被人投诉惯了。

肖晓双腿一直不自然地交叉、分开、并拢，脸上显而易见的慌乱：“我要求更换检察官，你们对我的态度不好，我要求更换检察官。”

李星妍冷冷地盯着她：“让我们用逻辑来推理下。当时，你拖着李小紫到达小黑屋时，她应该是使劲抓住了什么东西，所以导致你拖不进去，只能把她强行抱起来。可是抱起来后，她又在你肩膀上狠狠咬了一口，之后，恼羞成怒的你带她往滑梯的方向走过去……”

肖晓表情狰狞地试图打断她：“我要求更换检察官。”

李星妍没有管她，突然闭上眼，在头脑里模拟整个凶杀现场，模拟肖晓当时的一举一动，按照自己的思路说下去：“那里只有一些游乐设施，你当时把她放在滑梯哪儿？你到底把她带去了哪里？”如果那个地方会导致李小紫摔伤的话，那只有——滑梯上面？但具体是滑梯的什么地方？她应该立刻到现场去查看，去寻找一些遗留的证据痕迹。

痕迹？泥巴？指甲里的泥巴？挣扎时抠到的泥巴？幼儿园里都是水泥地，哪里来的泥巴？有哪些地方有泥巴？

肖晓表情越来越惊恐，冲她咆哮：“我要求更换检察官，我要投诉。”

李星妍睁开眼，突然起身往外走，程颖合好讯问笔录后追上来：“我们要去哪儿？”

“凶案现场。”

“你发现了什么？”

“尸体指甲里有泥巴，泥巴在开口说话。”李星妍飞快走出看守所，找到自己的车，启动。

程颖坐在副驾座：“泥巴在开口说话？李检，你真的确定肖晓把李小紫带去了滑梯那里？”

“我不确定，只是推测，但肖晓的反应已经百分之九十证实，她把李小紫带去了滑梯的方向。一开始我没有往滑梯那里想，是我想不通，滑梯隔壁就是地面停车场，肖晓敢把孩子带去那里？”

“对啊，正常人都不敢。她敢带去那里杀人？”

“如果她的目的不是杀人呢？只是想教训她？却失手导致她摔下滑梯？之后抱回小黑屋置之不理？”

“李检，我有点儿跟不上你的脑回路。”

“那就找证据夯实我的猜测。”李星妍急不可耐地开着车。

程颖很担忧：“过了这么久，如果滑梯那里真有证据，也早就没有了。”

“放心，总有不会消失的证据。”李星妍信心十足，“我不信老天爷这么不长眼。”

两个人到达幼儿园时已经黄昏。

李星妍快速往里走，沿着一楼的长廊两边一路查看，沿途没有任何发现。快接近小黑屋时，她依然没有找到任何李小紫可以抓住的东西。

她看向小黑屋左边的楼梯口，楼梯口有一盆高高的发财树。

盆栽？泥巴？

她走到发财树前蹲下，看向盆里。发财树许久没有人浇水，盆里的泥土已经干涸，泥土的表面有两道长而浅的细痕。

这细痕就像指甲的抓痕。

这是李小紫指甲里泥巴的来源，那时她抱住什么导致肖晓拖不进去？她起身看向发财树，再沿着发财树前笔直看去。

发财树旁边就是楼梯口，面向楼梯右边有楼梯的铁栏杆。

抱着铁栏杆？

李星妍走到铁栏杆处查看，第一根铁栏杆上没有痕迹，她猜测李小紫当时是抱住栏杆，再被肖晓使劲掰开。李星妍起身向右转，这里直走不远就是小黑屋，而小黑屋门口向右有一条直通滑梯处的长廊。

这个出口应该是为了方便楼上的小朋友下来玩耍。

李星妍在脑海推演着整个凶案过程，她路过小黑屋，没有犹豫地走向滑梯等游乐设施处。

她看向滑梯，滑梯所在地面铺着防摔软垫。

这个滑梯有四个出口，其中三个是塑料下滑板，而另一个出口，是滑梯最中间的攀爬架，铁制的攀爬架上刚好设计了一个一米多高的出口。

李星妍走到攀爬架前，在脑海再次模拟当时的场景。

李小紫当时是被人为放在这里教训，然后发生了什么？孩子不听话，一直哭闹？肖晓失控地想抓她，结果失手把她拖了下来？

拖下来的过程中，后脑勺撞到了攀爬架？

这攀爬架全是铁制，上面已经没有任何痕迹。

有没有不会消失的证物？李星妍目光慢慢下移——攀爬架的铁架下，躺着一枚蝴蝶形状的小发夹。

程颖急忙拍照，问："是不会消失的证据吗？"

"对，不会消失的证据。"

"可是上面没有血迹。"

"这么长的时间，什么证据都被冲刷干净了。"李星妍叹了口气，伸手捡起小发夹，难过地问，"这算证据吗？能定罪吗？李小紫，阿姨的推断完全正确吗？还是漏了什么？这是你的发夹吗？"

程颖安慰："李检，这里才是第一案发现场。"

"对，她在这里被人拉下摔到后脑勺，再被抱往小黑屋。当时到底是一种什么样的情形？她哭了吗？"

"李检，这个案子让你多愁善感。"

“嗯，我必须恢复理智。”李星妍攥着小发夹站起身，看向攀爬架出口的对面。这对面没有任何遮挡，墙外就是地面停车场。

有人看到当时的一切吗？如果找到这个人，是不是就能控告肖晓？

程颖明白她的想法：“李检，我会去跑跑看，看能不能找到证人。”

李星妍点头往外走，两人并行走到幼儿园门口时，一个三岁多的小男孩突然跑了过来，稚声稚气地问：“阿姨，你是警察吗？”

李星妍摇头：“我是检察官。”

小男孩追问：“检察官能帮小紫吗？”

“小紫？”李星妍蹲下来，问，“李小紫？”

“对，我是她的好朋友，也是她的同班同学。她被肖老师害死的那天，我也跟了出去。”

被肖老师害死？

李星妍震惊地问：“你看到了什么？”

第九十六章
出现目击证人（2）

小男孩说：“我看到肖老师把她带到滑梯那里，然后小紫摔了下来。”

“她是怎么摔下来的？”李星妍急迫地问，“你当时看到了什么？能具体一点儿吗？阿姨需要知道她摔下来的所有细节。”

小男孩问：“妈妈不让我跟别人说，你能保密吗？”

“妈妈不让你跟别人说？”

“对，她说，如果说出去，怕别人会报复我。”

“那你为什么想告诉我？”

“因为小紫是我的好朋友。”

“那你告诉阿姨，当时你看到的所有细节，行吗？”

“行，当时我看到肖老师把小紫抱到滑梯可以爬的那里，然后……”小男孩还没有说完，一个三十岁左右的女人就赶了过来，一把将他抱起，朝他屁股打了两下，“你跑来这里干什么？你知不知道妈妈以为你走丢了，都急哭了。”

程颖对女人亮出证件：“你好，我们是检察官，想找你儿子了解一点儿情况。”

女人慌慌张张地拒绝：“孩子懂什么啊？他才三岁多，口齿不清，什么都不知道，都是乱说的，你们别信他。”

“可是他刚跟我们说，他看到了凶案细节。”程颖很想说服她，“拜托，帮帮忙。”

“难道三岁半还能上庭当证人啊？你们别逗了行吗？他什么都不知道。”女人很抗拒。

李星妍说：“只要能完整表述，结合证据，他的证言就有证明力。当天他清楚看到了凶案，你不能阻止他做证。”

女人懒得搭理她们，直接抱着孩子走人。

李星妍朝程颖使了个眼色，程颖跟上女人，没有阻拦，一直在一旁劝说。

李星妍转身看向幼儿园，心里五味杂陈。害怕被报复，所以拒绝说出真相已经成为社会主流。是的，每个人都有足够害怕、担心的理由，每个人的性格组成总有懦弱的成分。当他们鼓起勇气的瞬间，会被现实无奈击溃。

这一点，她不怪任何人。

证人的临阵退缩，到了法庭还反悔的例子更多，她不指望这个孩子有超过大人的勇敢。

李星妍在幼儿园门口等了二十来分钟，程颖才赶回来。机智的程颖在手机里定位了地址，还拍了小男孩所在小区楼层的照片。

两人上车，结伴回检察院。回到检察院时，天色已黑，同事大部分已经下班，小部分还埋头挣扎在案卷里。李星妍和程颖埋头梳理案件，检查讯问笔录。

21点整的时候，程颖问：“李检，你还不走吗？”

李星妍头也不抬：“你先走，我再忙会儿。”

“通宵？”

“凌晨回家。”李星妍有点儿心虚，凌晨季晋源应该睡着了？自从住到他隔壁，她无比尴尬，每天都有钻地缝的冲动。

“行，那我先回家。”程颖收拾好后，下班。

空荡荡的办公区就剩下李星妍一个人，十点整的时候，她接到一通电话。对面传来季晋源熟悉的声音：“你在哪儿呢？”

“我还有案子要忙。”她敷衍。

“我在检察院门口，出来啊，我送你回家。”

“不必了。”她的脸轻微发烫，“我还要忙到很晚。”

季晋源说：“伯父说了，你身体还没有恢复，让我监督你。如果你超过九点还在工作，他就‘杀’到检察院。所以你现在有两个选择，一是跟我回去，二是等他‘杀’过来。”

李星妍快速分析利弊，最后无奈地收拾好案卷，走出检察院。

检察院门口，季晋源开窗朝她打招呼：“快上车。”

“我自己开车回去。”她拒绝共乘一辆，总感觉会发生什么让人难堪的事。季晋源笑道："伯父说了，看到你开车，让我打小报告，他立马'杀'过来收拾你！"

李星妍没有犹豫就坐上他的车，冷冷地问："开口伯父，闭口伯父，你俩很熟？"

"可不！我跟他可是有革命友谊的！你知不知道，我们私下吃过三五次饭，每次聊天都有一种知己的感觉。"季晋源挑眉，调侃地说，"他还问我，想当他女婿的想法有多深，我回答，月亮代表我的心。他说那太深太深太深了，然后彻底把你托付给我了。"

"托孤？"

"不是吧，你连父母也咒？"季晋源笑道，"别这样，伯父很爱你。"

"可我觉得自己已经像个孤儿，他把我赶出家门，还私自做主替我租了一年。"李星妍想起这件事还很生气，难道儿女长大，父母都会迫不及待想他们走出家门？

"你认为自己是巨婴？不需要独立吗？"

"我没有这样想。"

"孩子长大，父母老去，各自享受人生，有什么不好？"

"挺好。"李星妍偏过头看向车窗外，尽量不跟他对视。

季晋源怕她尴尬，也不再聊。两人回到住所时，已经22点40分。长廊灯光不是很明亮，带点儿昏黄的光晕。

昏黄的灯光下，季晋源家门口有一个黑影靠墙而坐，那人双手交抱，将头埋在胳膊中，仿佛睡着了，身边还带着几大袋子东西。

季晋源停下脚步，看着那身影，眼里突然火热。

李星妍猜出了什么，聪明地没有打扰。

那人仿佛感觉到了什么，慢慢抬起头，是季国强。他脸色憔悴地站起身，有点儿局促地问："你回来了。"

季晋源站在离他两米的地方没有动，他不敢动，也不想动，因为稍微移动，眼中憋久的热泪就会滚烫落下。

李星妍礼貌地打招呼："伯父好。"

季国强这才打量她，脸上渐露笑颜："你好，你好。"

李星妍微笑："我是他邻居，住他隔壁。"她是个聪明人，一眼就看到情形不对，"我先回家了，你们慢慢聊。"

季晋源却抢先一步走到自己家门口，若无其事地打开门，然后秒关。

李星妍看着已经关闭的门，一下尴尬地杵在原地不知如何是好。季国强装作没事人一样："我只是给他带点儿特产过来，本来想寄的，可是邮费太贵。"

"理解理解。"李星妍很窘迫。

季国强说："东西你帮我交给他，我先走了。"

"太晚了，要不我安排您到哪儿住一宿？"

"没关系，乡下人，不讲究，我随便去哪儿都能睡。"季国强留下东西，匆匆忙忙地走了。

李星妍看着转瞬空荡荡的走廊，一时不知如何是好。

隔壁的季晋源正背靠着大门，听着门外的一举一动，他听清楚了每一个字，每一句话，甚至已经清楚知道父亲已经走了。

走了……

父亲会抱怨自己的无情吧，会埋怨，以后应该不会再来。

季晋源想到这，突然靠着门坐下，抱住自己，眼泪无声地掉下。永远忘不了失去母亲的那些年，他年复一年地等待着父亲给他一个答案。

只要父亲说一句，毒不是他下的，自己就会相信。

可父亲宁愿自己年复一年地憎恨他，连一句假话也不愿意说。

季晋源看着空荡荡的家，渐渐泪流满面。

父亲身体不好，半夜三更一个人在外面，会很孤独吧？

可自己无父无母陪伴，也很孤独，很无助，也会哭泣。就像一个陷入困境的囚徒，没有任何力量能支撑自己继续在情感的世界里，困顿着挣扎。父亲只要一句假话，自己就会宽恕，就能原谅。

可为什么父亲连一句假话也不愿意说？

因为是父亲下的毒，所以才迟迟不给自己答案，是这样吗？

门突然敲响。

季晋源站起身，打开门。

李星妍看着流泪的他，尴尬地说："伯父走了。"

季晋源没吭声，突然伸手将她往怀里一拉，紧紧地抱住。他搂紧她，这像搂紧生命里某个支点，而这个支点可以撬起他的生命，可以带给他爱的希望。

他哽咽："我很累。"

第九十七章

李星妍被强吻

李星妍没有动，任他抱住自己。

他眼泪泛滥："我很孤独，陪陪我。"

孤独……我们终究会脱离父母呵护，走向社会，锻炼出独立与坚强。当一个独立的个体，是人的宿命，是社会的必需。可在独立的过程中，生存已经将我们对人生那点希望击碎摧毁，在短暂的时光长河里，所有希望变成奢望，所有想要实现的被现实疯狂击垮。所以我们会感到孤独，感到无助与不安。

而此时，只能紧紧抓住因缘际会认识的那个人，仿佛这样，就能抓住浮萍人生的某个支点，而这个支点能一寸一寸地带我们找回希望，找回所有的美好，能让卡在孤独进度条的人生进行到下一个阶段。

李星妍听到自己干脆地应了句："好。"

季晋源松开她，把她领进屋，他迫不及待地拿了几瓶红酒摆在餐桌上，开始灌酒。她跟着坐到餐桌边，但没有跟着喝，她绝不允许自己这样放纵，短暂也不行。

季晋源说她的人生有百分之九十的好运，其实他说错了，因为足够理智，所以她才能将自己百分之九十的好运提高到百分之九十九，让误差缩小在可以控制的范围。

"你知道吗？其实我很早很早就已经原谅了他，但我过不了自己这关。"季晋源一边喝一边掉泪，"我忘不了亲眼所见母亲尸体的那一幕，午夜梦回的时候，总能特别清楚地记起那些快要被刻意遗忘的往事。其实他已经找了新的老婆，又何必要记挂我，我跟他就不能像陌生人一样两清吗？"

“我这个人不太会说话。”李星妍目不转睛地看着他，“如果你想从我嘴里听到关于伯父的坏话，说出一些让你跟他断绝关系之类的词，你大约会失望。因为血脉这种东西，不是说断就能断。而且……”

“而且什么？”

“而且既然法院判伯父无罪，我相信他有足够证实自己无罪的证据。”

“你的意思我冤枉他了？”季晋源无奈地笑，“你知不知道我是怎么长大的？他小时候就没有管过我，让我一个人孤独着长大，孤独地面对这个世界。我从小就被人为遗弃，所以我太知道孤独深入骨髓的滋味。我绝对不会原谅他。”

“其实你很害怕。”李星妍说，“你说这句话的时候虽然没有停顿，但眼神闪躲，说完后拼命咬嘴唇，手脚在不停地动。你双脚无处安放，手不是去玩酒杯，就是去拿酒瓶，没有片刻的停歇。你的所有行为都在告诉我，你很害怕，甚至不安。”

“没有，我不怕。”他嘴硬。

“不，其实你更怕自己冤枉了他。你大可以去找当年的法官或检察官，你有人脉，绝对可以找到当时的主审法官去询问，但你害怕，所以你没有勇气去追根究底。季晋源，也许你母亲真是自杀。”李星妍冷静地指出。

季晋源不认同：“自杀会跳井又喝百草枯？”

“因为恨一个人，或实在不想活。或是喝了百草枯后，感觉太难受，所以才干脆投井。人在痛苦时，总会选择最快的死亡途径。你母亲也许只是遵守了这一规则。”

“我妈不可能这样对我，她很爱我。”季晋源的眼泪再次滔滔不绝，“你知道什么啊！你知道我妈有多爱我吗？小时候，不管我要什么玩的吃的，她都会买给我；她经常抱着我，三四岁还不舍得我下地走路；她经常告诉我，她最大的梦想就是看到我娶妻生子。她说她要陪我长大，因为怕世人会欺负我；她说她什么都不怕，就是怕我出事……李星妍，这样爱孩子的妈妈，怎么舍得去死？”

李星妍缄默不语。

季晋源情绪已经接近崩溃：“李星妍，我绝对不会原谅他，绝对不会。”

李星妍没有再回答，一言不发地盯着他。她其实是在思考自己要说些什么，或是说些什么才能抚平他心里的伤疤，但这伤疤时而复发溃烂，时而穿孔流脓，她没有勇气凭三言两语就能医治。

两人都沉默下来，李星妍过了好几分钟，才安静地问："季晋源，如果你父亲某天也不在了，你会更痛苦。也就是说，你现在的痛苦是源于对他的憎恨。但未来的日子，你的痛苦是源于对他的愧疚。既然我们能够预见未来，为什么不去试图阻止它。我不是当事人，我不知道你到底受了多大的伤害，但我觉得，既然你父亲不肯说出你母亲的死因，那么你应该去调查。不管这结果如何，也算是给未来的自己一个交代。也算是一个不让自己后悔的理由。"

季晋源突然伸手将她用力一拖，将她拖到自己怀里，他伸手强行按住她的后脑勺，强迫两人唇齿接触。

他在强吻她……

唇上这个陌生的男人气息让李星妍睁大了眼睛，手足无措。

这算是她掌握人生的微小误差吗？她感觉到了两唇接触的滋味，而这特别甜蜜的亲吻让她快要丧失意识，让整个人跟着他的节奏走。

她失控了，所以任凭别人对她胡作非为，任凭这微小的误差放大数倍。

李星妍被她强吻了几分钟，才震惊地回过神，用手推开他，警告："想坐牢？"

他果然停下。

她红着脸瞪向他："根据法律规定，任何违背妇女——"

"别说了，我懂。"他投降。

她飞快逃离他的怀抱："我警告你，你下回再这样，我绝不饶你。"

他没忍住笑了起来："不要这么理智，好吗？你理智到让我觉得，找你做我女朋友，是一件非常危险的事，有坐牢的风险。"

"那就聪明点儿。"

"聪明什么啊？"他问，"聪明点儿不追你吗？关于追不追你这个问题，我纠结了好长一段时间。我能清楚看到追你的后果及未来，但爱会让人不顾一切。就算明知道是火海，也会飞蛾扑火。"

"就会甜言蜜语。"

"那我约你出去吃饭，你敢去吗？我约你看电影，你会去吗？我送你东西，你敢收吗？"

"的确不敢。"

"那只剩下甜言蜜语了。"季晋源很无奈。

李星妍不再跟他打闹："快点儿行动吧，别再犹豫了。"

“行动什么？”

“你懂的。”她说完打开大门回家睡觉。

季晋源一直在思考她说的那些话。她太冷静，所以能轻易看穿他伪装的决情；她太理智，所以熟知他心底的所有想法。

他的确害怕父亲是无辜的，因为已经恨了这么多年，他没有勇气承担错恨的后果。

季晋源起身，飞快往外跑，他一路狂奔，只想快点儿追上父亲，只想尽自己一分力去挽救或改变。

楼下已是深夜，天已漆黑。

他开车到花园出口。出口有昏暗的路灯，他一眼就看到蹲在路灯下的父亲。

他滑下车窗，冷冷地说：“上车，我送你去宾馆。”

季国强倔强地没有动，只是低着头。

小时候母亲常说，他们父子俩的性格很像，都那么倔。

季晋源把车停在路边，下车抓住父亲的手腕，往车上拖：“上车，我送你去找宾馆。”父亲老了，连挣扎的力气都比他小，甚至是连挣扎都无力。

季国强试着反抗：“我不用你管，你回去。”

季晋源愤怒地问：“你到底要我怎么样啊？你到底还想我怎么样啊？”他松开父亲的手，眼泪跟着怒吼飞出，“我也不想见你，但你为什么要一而再，再而三来找我？你在告诉所有人，我是你儿子，我应该照顾你。是的，这叫血脉相连，所以不管你怎么对我，我都应该孝顺你。”

季国强蹲下来，没有说话，只是拼命低着头。

季晋源痛苦地咆哮：“那我现在告诉你，如果有选择，我不愿意做你的儿子，我不愿意——我痛苦了二十年，你才痛苦多久？你二十年都没有管过我，为什么现在又三番五次要跑来找我？因为你老了，需要人陪了，对吗？那我小时候呢？我小时候谁陪过我？陪我的只有妈妈的坟！我痛苦、哭泣、无助，想父母的时候，你在哪里？那个时候，你在哪里？无数次我在黑夜里一个人哭，一个人害怕的时候，想有人陪的时候，你到底在哪里？你在哪里？”

季国强肩膀耸动，仿佛在强忍什么。

季晋源吼完总算冷静下来：“你到底去不去宾馆？”

“不去。”

“我再问你一次，你到底跟不跟我走？”

“你自己回去吧。”

“行，这是你自找的。”季晋源上车，头也不回地开车倒回小区。他回到家才打电话给谢天宇，让他替自己安排父亲住宿，把父亲送回老家。

如果季晋源中途能回头看一眼，一定可以看到，季国强早已泪流满面。

固执是什么？固执是因为那个真相太可怕。固执是想孩子生活得更好，不想孩子生活在仇恨里。

季国强相信，孩子将来一定懂。

第九十八章

再次尸检的重要线索

第二天一大早，程颖就跑去小男孩家给他父母做思想工作，李星妍在检察院整理了会儿卷宗后，高新远突然带着一对夫妻来找她。

李星妍看过报纸，一眼就认出，这是李小紫的父母。

她在接待室接待两位，一入座，李小紫的爸爸就迫不及待地问："调查得怎么样了？能判罪吗？判什么罪？会死刑吗？"

"调查结果跟实际有出入。"李星妍小心翼翼地跟他们说起案件，"目前的证据并不指向陈兰杀人。"

李小紫的妈妈怔了怔，眼泪突然掉下："检察官，检察，官，我叫曾采容。我是李小紫的妈妈……我，我……"她很努力想平静，但说的每一个字都在发抖，并且手也不可控制地在颤抖着，整个人即将崩溃。

曾采容停了一会儿，平复下心情，再次说："我不甘心！我女儿就这样没有了！"她转瞬已经泪流满面，"我十月怀胎生的孩子，就这样没有了……我什么也不求，我只求我的女儿能回来，我要她回来……我想她……"

李星妍眼眶发热，努力地忍住泪，说："我很同情你们，但陈兰也许不是凶手，凶手可能是肖晓。"

"是不是因为她是园长，所以你们包庇她？"李小紫的爸爸怒气冲天地吼，"是不是因为她是园长，所以你们就把罪推到老师身上？"

"我们会公正执法。"

"公正，什么叫公正？"李小紫的爸爸怒不可遏，"我告诉你，我女儿才三岁半，她在幼儿园死了，她是被人活活摔死的。"

这个1.8米的汉子说起女儿惨死，眼泪扑扑簌簌地往下掉，声音也弱了下去，他痛苦地重复："摔死的……我接受不了！我们外出打工赚钱，是想她有个更好的环境，为什么上个幼儿园会把人给上没了？我女儿死的时候，国家在哪里？法律在哪里？警察在哪里？为什么这些人敢虐童，敢无法无天！我要他们赔我女儿，我不要钱，我只要小紫能活过来……她当时肯定在哭着喊爸爸妈妈，可是爸爸妈妈却不能救她……"

李星妍咬唇，憋住眼泪，呼气，努力让自己平静下来："我很遗憾，但是——"

"我只问你一句，杀人到底能不能偿命。"李小紫爸爸打断她，哭着问，"这官司到底能不能判个死刑。"

"根据手上的证据，会建议过失致死亡罪，最高只能判7年。"李星妍坦诚相告，"我很抱歉。"

李小紫爸爸崩溃咆哮："法律，什么叫法律？我女儿死在幼儿园，可你告诉我最高只能判7年？"

"对，过失致人死亡，最高是7年。我很抱歉。"

"一条人命才7年？这叫法律？我要求更换检察官，我一定要更换检察官。你肯定收了陈兰的好处，所以包庇她。明明是她故意杀人，你却把罪推到肖晓身上。"

"对不起……"

"对不起有什么用，我女儿都已经死了。"李小紫爸爸唾沫都飞到她脸上，"如果法律不判园长死刑，我杀她全家！我说得出做得到。"

"李先生。"李星妍尝试劝他，"难道你的本意，不是想犯罪的人罪有应得吗？如果陈兰真是冤枉的，我们贸然治她的罪，那么真凶就真的会逍遥法外。"

"我不听这些，谁犯法治谁，不可能因为她是园长，她有钱就能无法无天。"李小紫爸爸愤怒地带着曾采容离开。

李星妍难过地坐在沙发上，有点儿疲惫，可更多的是不被理解的难受。高新远送走那对夫妻后，走进接待室。

"怎么了？又被困住了？"高新远试着开解她，"星妍，他们刚丧女，失控或愤怒责骂你都不要紧。你努力查明真相就行。其他的事，我们左右不了。"

"我知道。"她颓废地点头，"可是主任，其实我也有同样的疑问。"

"嗯？"

“我国法律对儿童的保护是不是不太健全？父母虐待死孩子，也同样关不了几年。”

“其实以前并没有虐待被看护人罪，《刑法修正案九》，才增设了这样一条。星妍，我国法律一直在完善，你要相信国家。国家会保护孩子，一定会。”

“我知道。”李星妍叹了口气，“只是有时候还是会迷茫，看着惨死的人，却不能以古人那种‘以命偿命’来伸张正义。”

“一个国家的基石是法律，只有健全的法律才能保障公民。”高新远笑了笑，“所以，不要想太多，每个被害人的家属，只要不过激，都有发泄情绪的权利。”

“嗯，那我先去看守所。”

“又去看守所？”

“程颖差不多要回来了，我要去突破肖晓的口供，早日起诉。我会拿出让人信服的证据链。”

“行，加油。”

程颖下午两点才赶回，她在小男孩家一无所获，不仅没见到那个男孩，还被男孩妈妈好一顿臭骂。

两人会合后，立刻赶往看守所。一路上，李星妍都在想突破口。是的，她必须找到突破口，引领肖晓自己说出真相。

车快到看守所时，突然接到陌生来电。

李星妍接听，打电话来的是谢天宇：“你想让李小紫的尸体开口说话？”

“怎么，有把握？”李星妍的好奇心被吊起。

“尸体开口说话难度系数很高，不过，我在李小紫手中发现了一样东西。”谢天宇故意问她，“你猜猜是什么？”

“有屁快放。”李星妍没什么耐心。

谢天宇哭笑不得：“你不谢谢我还怼我？正常女人不应该回答，‘快说快说，我很想知道’吗？”

李星妍冷漠地问：“你觉得我像正常女人？”

“对，的确不像。”谢天宇恢复一本正经的口吻，“行了，不逗你了。现在将发现告知，你要注意听。第一，李小紫指甲有泥巴的那只手，一直紧攥成拳，打不开。但今天，打开了，里面有一根短头发。”

“头发是肖晓的？”不对，她立刻否定自己。肖晓是长头发，陈兰才是短头发。

“头发与陈兰和肖晓的DNA（脱氧核糖核酸）进行检测，得出的数据，与陈兰完全吻合。”

“第二？”李星妍将车停好，走向看守所，“第二是什么？”

“你怎么知道有第二？哦，对，我说了第一，那必须有第二。”谢天宇说，“你猜猜看，我还有什么重大发现？”

“首先，法医检测结果不太仔细，我将问责。其次，你最好别漏掉什么，否则饭碗不保。”李星妍和程颖已经走到看守所门口。

谢天宇叹了口气：“有功还挨你骂，你真是我命中的劫数。”他顿了两秒，语气沉重，“第二，李小紫另一只手的指甲内，有人体的皮屑。经过配对，与园长陈兰的DNA相符。”

“也就是说——”李星妍感觉自己百密一疏，又被陈兰骗了！

陈兰说谎了，隐瞒了不少真相。

谢天宇替她说：“陈兰的可疑不能解除。”

“是的，她说谎了。”李星妍气势汹汹地往看守所里面走去，这次势必要问出真相。

真相到底是什么？为什么李小紫指甲内有陈兰的DNA？如果按照新的尸检结果及现场证据，这两个人都有杀死李小紫的嫌疑。

是的，都不能排除。

第九十九章

案件再次反转

看守所很快安排讯问室，李星妍带着程颖走进，见到了憔悴的陈兰。陈兰一见面就抱怨：“看守所环境不好，一睡不好，二吃不好。是不是开庭证明我无罪，就能释放？”

李星妍没有回答，一直在想，到底从哪里开始，自己的逻辑推断出现错误。她闭上眼，在脑海中快速分析。

之前自己认定，李小紫进小黑屋前已经被摔到后脑勺，所以坐在桌子上，没有任何反应，但却还活着。

而陈兰招供自己看到发愣的李小紫后受到惊吓，一生气就把她从桌子上拖下，摔趴在地，然后死亡。

陈兰之后认为李小紫装死，狠掐她，并狠踢。

这是李星妍最新认定的完整的线索，也有证据显示，小黑屋不是第一案发现场。滑梯处也的确有李小紫遗留的物品，而那物品也符合她的推断。

原本她认为这是一条完整的逻辑链，却出现最新证据，李小紫手心的头发及指甲里有陈兰的 DNA。

陈兰当天没有机会接触李小紫，唯一有机会接触的地方是在小黑屋。

小黑屋里到底发生了什么？

对，一定是哪里错了。

如果要让李小紫有机会扯陈兰的头发，有机会抓陈兰？那有两个可能，第一，李小紫进去时的状态，并不是完全失去意识，她尚清醒。

之后呢？如果李小紫还清醒，那么接下来，陈兰进去的举动，是不是惹怒了这个三岁半的孩子，所以她才会在最后奋起反抗？

李星妍重新推断。

对，陈兰看到坐在桌上盯着自己的李小紫，被吓了一跳，之后骂她，并且走到桌子前。陈兰并没有直接把李小紫拖下桌子，而是……站着教训她？但李小紫还是直愣愣地盯着她，这让陈兰更生气。陈兰气不过，才将她抱下桌子？对，自己之前的推断错误。陈兰是园长，知道直接拖下来会摔伤幼儿，所以不可能会直接把幼儿拖下桌子。

所以气不过的陈兰，是想把李小紫抱下桌子体罚？但李小紫却趁被抱时，抓住她的头发，而另一只手，试图抓陈兰？

那么陈兰的脖子上应该有伤痕。而这个伤痕因为隐蔽，所以看守所也没有检查到？

对，伤痕。

只要证实陈兰脖上有伤痕，就能证实自己的推测。李星妍起身，不发一言地走近围住陈兰的铁栅栏。

程颖叫她："李检，别靠近她。"

李星妍没有理会，走到讯问椅前直接查看陈兰的脖子。因为时间太久，所以脖子上没有明显的伤口，但是，在脖子接近头发的地方，有个没有消失的疤痕。

李星妍指着这个疤痕，问："怎么来的？"

"什么？什么东西？"陈兰不明所以。

李星妍手指着疤痕问："这个疤痕，怎么来的？"

这是她第一次在讯问时靠近被告人，所以程颖很紧张地叫她："李检，坐回来。"

陈兰身体僵住，问："那里有疤痕？"

"对。"李星妍没理程颖，走到讯问椅前，双手撑在讯问椅边沿，尽量俯低身体平视陈兰的双眼，"说说看，伤疤的来历。"

"也许是哪个小朋友不小心弄伤的。"陈兰对于近距离靠近自己的李星妍很排斥，"你这样算违规吧？"

"欢迎投诉。"李星妍冷漠地说，"需要我替你说吗？"

"应该招供的，我上次都招供了。"

"你一再强行要求我们相信你，却一而再，再而三选择说谎，我怎么相信你？"

“上回我已经全招了，我已经全部交代了。”

“那我们来推翻你上回的口供。”李星妍紧盯着她，不放过她任何细微的表情，“你上次的原话是‘我走过去问她为什么装神弄鬼，她没回答，我一生气就直接拽住她的手臂把她拖下来。结果没有想到，她摔趴在地，就这样没了。’对，这是你上回的口供，还记得？”

陈兰很淡定：“当然记得，因为这就是事实。”

“你是幼儿园园长，平时会很注意孩子的安全问题，对吗？”

“对。”

“听闻你在安全教育方面很严格，因此得到不少家长的赞赏。”

“没错，我一直很注意这些。”

“任何孩子在高处，你都不可能允许老师把他们拖下来吧？”

“当然。”

“那你会直接把李小紫从高处拖下来？”李星妍咄咄逼视她，冷厉地问，“你会吗？会把一个孩子从桌子上直接拖下来？导致她摔倒在地？”

陈兰缄默。

“是的，沉默。除了沉默，你还会做什么？”李星妍痛斥，“当日看到她坐在桌子上，你其实是想把她抱下来，怕自己的一些打骂会导致她摔倒受伤。但抱她的时候，直愣愣盯着你的李小紫，甚至之前都没有力气的李小紫，突然就反抗了。她一只手抓住你的头发，另一只手用力抓你。你疼了，于是失控把她用力摔倒在地，是不是？”

“你的诘责，让我很难受。”陈兰开口，语气很冷静，“你并没有证据证明，我有这样做。你的诘问更倾向于，在你的逻辑推理里，或是事实需要里，我必须这么做。欲加之罪，何患无辞。”

“欲加之罪，何患无辞？陈兰——”李星妍冷笑着警告她，“我有证据证明，你当时抱着她，而且她抓伤了你。”

“我还是那句，欲加之罪，何患无辞，我不相信你的证据，因为你也一而再，再而三不相信我。之前我开口作供前说了一句话，我希望你能相信我。但你并没有。”陈兰语气平静，没有一点儿心虚的表现。

眼前这个人的心理素质太好，所以李星妍才会一再被她欺骗误导。

李星妍不管她说什么，沉住气，死死地盯着她：“我们继续。是的，弄疼你的李小紫让你生气愤怒了，于是你情绪失控地把她摔倒在地。我要纠正一点，我所谓的摔倒在地，不是指前额，而是你——摔到了她的后脑勺。之后你看着倒地的她还不解气，你也并没有料到会这么严重，于是你狠踢她，掐她，发泄所有的不满，直到她死亡。”

是的，因为后脑勺第二次受伤，所以李小紫才会快速死亡。

陈兰虽然平静，但轻咬唇，眼睫毛在颤抖：“那她前额的伤口怎么来的？”

第一百章
突然很想你

“看到她死亡的你，迅速布置现场。你知道后脑勺才是致死因素，于是你把她翻过来，按住她的额头砸向地面。单砸向地面还是会穿帮，你必须找到让人信服的理由，所以你故意用手拉李小紫，力道大到法医一眼就可以看出那是拉痕。之后，你把李小紫平放在地上假意急救，于是所有人进屋都看到了李小紫平躺。你知道李小紫身上有两个伤口，所以就可以放心地胡编乱造。”

陈兰冷笑：“什么都让你说完了，我还要说什么？如果这些推断你认为是事实，那么我无话可说。”她说完，直视李星妍，一字一句咬牙，“但我要警告你，你在试图栽赃我、冤枉我！我的律师不会放过你！”

“季晋源？你觉得他能帮你脱罪？”

“李检察官的大名，我也有所耳闻。别忘记了，之前你跟季律师交手的案子，如果没有铁证，你打不赢他。”陈兰一脸无所谓，“你能单凭逻辑定罪，他也能单凭逻辑脱罪。李检察官与其在这里纠结这些，不如找找实证。”

“是，你的心理素质很好。所以当时犯了案，才能快速冷静地布置好两处伤痕。才能在警察审讯你的时候，不配合。更能在我审讯你时，一直让我陷入你所谓的证据里。是，凭手臂上有拉痕，我的确怀疑你是直接把她拖下桌子摔趴在地。可别忘记了，尸体会说话，只要你犯了罪，接触中就会发生物质交换。”李星妍冷漠地警告她，“你逃不掉。”

“那天李检察官审讯我的时候，我的哭是真心实意的，我的忏悔想救赎也是真心实意的。不管你发现了什么新证据，我坚持，我是不小心把她拉下来，导致她摔趴在地上。”陈兰叹了口气，“话不投机半句多，无所谓了，你高兴怎么推理是你的事。”

“看这样子，你不准备再配合？”李星妍不急不慢地问。

陈兰再次喟叹：“我已经告诉你事实，但你在相信了我之后，又再次推翻，我能有什么办法？”

“我再问你最后一次，你到底准不准备交代？”

“不管你问多少次，我始终认为，我把她从桌上拉下来摔趴在地，才是真相。”

“行。”

李星妍懒得再问，带程颖离开。

程颖走到外面，才敢问：“李检，真的就这样放过她？”

“对方心理素质太好，正规的审讯不管用，必须找突破口。”李星妍往看守所外走。程颖紧跟着，追问：“肖晓呢？就这样放过她？”

“这次来的主要目的是审讯肖晓，临时改变是因为出现新的证据。”李星妍耸肩，“但现在没有讯问室了，我们去外面等等。”

程颖还是有点儿担心：“李检，这次的推断没有错？陈兰把李小紫摔在地上，所以才会导致她死亡？那到时怎么提罪？肖晓和陈兰都有摔到后脑勺？这情况有点儿复杂。”

“李小紫被摔时没有立即死亡，并不表示她不会死亡。我们要撬开陈兰的嘴，看李小紫当时到底什么状态。但依目前的证据，李小紫当时的情况并不乐观。不管有没有陈兰那一下，李小紫可能都会死。但事实难料，告个重伤也许行。”

“陈兰有没有可能真的只是摔到李小紫的额头？”

“可能性也有，但不大。”

“所以李检目前根据证据得来的推论是，两个人都有责任。”

“对。”李星妍点头，走到看守所外。

季晋源在人群里太显眼，她一眼就找到。季晋源此刻沮丧地站在看守所外面，无精打采好一会儿后蹲下来，在地上用树枝写着什么，一边写还一边微笑。

李星妍走过去，跟着蹲下：“我有事找你。”

季晋源错愕地抬头：“你又跑来看守所？讯问了陈兰？”

“对。”李星妍点头，瞥向他在地上写的东西。

地上的字痕迹不深，很浅地写着：李星妍。

季晋源含笑看了她一眼，继续画了个爱心，笑着说：“真巧，表白爱意还会让你撞见。首先声明，我没有看到你来，只是无聊想写些东西。写什么其实心里也没有谱儿，但开写的瞬间突然就想起了你。”

李星妍知道，他刚才还垂头丧气，但蹲下开写的瞬间就眉眼含笑。想到某一个人心里就泛起甜蜜，整个人会不由自主地开心。这叫爱情吗？

她不敢深想，颇冷静地说：“我有事找你。”

“嗯，你说。”

“我找到新证据，陈兰脱不了嫌疑。”

“也就是说新证据对陈兰很不利？”

“对，你是她的辩护律师，本着检察官应该和律师友好的原则，我想听听你对本案的看法。”

“我更倾向于陈兰无罪。”季晋源说，“首先说明，我没有针对你。你先听我的分析，现在的证据能证明小黑屋不是第一案发现场，那么，第一案发现场在哪里？那只能是肖晓带李小紫消失在监控，并且最终回到小黑屋的那段路程。我查看了监控，肖晓带李小紫离开，单独回到教室时用了 20 分钟。而小班教室到小黑屋的实际路程为 3–5 分钟。来回用了 10 分钟，剩下的 10 分钟，肖晓做了什么？去了哪里？有没有对孩子下手？这都至关重要。而且回到教室 2 分钟后，她又急忙跑回小黑屋！回去干什么？目的是什么？别跟我说她单纯只是想接回孩子！我不相信她！”

“对。”李星妍没有隐瞒，“你说的正是我发现的，但现在我发现了新的线索。”

“本着跟检察官友好的原则，我可以善良地告诉你，不管你发现了什么，陈兰无罪的概率非常大。”季晋源简直对她掏心掏肺，“李星妍，希望不管法庭上发生了什么，我们都不要把情绪带到现实，行吗？我真怕官司开打，咱俩又成为生活中的对手。你要知道，我在法庭上必须去辩护，不管对手是谁，我都会尽全力替我的被告人洗脱。这是我的职业，我忠于自己的职业而已。”

“了解。”

“你对自己的职业忠诚，同时也应该欣赏，我对自己职业的忠诚度。”

“我希望在法庭上别出现私事。”

“放心，我保证，犯过错误绝对不会再犯。”季晋源指天发誓，“如果再出现，就罚我永世逃不脱你的魔掌。”

“别净挑好听的说。”李星妍没有注意到身后的程颖张大嘴，夸张到几乎能塞下一个鸡蛋。

季晋源笑道：“女人都喜欢听甜言蜜语啊，难道你真的不喜欢？”

“没兴趣。”

“那我是不是应该学偶像剧，没事就把你‘壁咚’‘床咚’，亲你一口？”季晋源满脸期待地问。李星妍狠狠瞪了他一眼：“你试试看，我保证你从此找不到东南西北，像头撞南墙的猪一样，从此丧失生存意识。”

“那就只剩甜言蜜语了，用甜言蜜语来追人，难度系数真的挺大。”季晋源立刻又萎靡不振，无精打采地继续拿树枝在地上乱画。

他这次心情沉重地画了一个男人，看外形有点儿像他父亲。

李星妍猜到他跟他父亲昨天晚上肯定不愉快，也没有多问，站起身，回到程颖身边。程颖一脸抱怨：“李检，你不会真的喜欢上他了吧？”

李星妍看着远处蹲着的季晋源，心狠狠撞向喉咙，她表面平静地问：“支持还是反对？”

程颖像看怪物一样打量她：“李检，不管你们从家世还是背景，他都配不上你。”

李星妍笑了笑：“你们配对的标准是什么？”

“家世啊，背景啊，人品什么的。”

“这标准不对。”李星妍若有所思，“其实两个人在一起，哪能用这些来衡量？”

“都这样啊！”

“衡量的标准应该改改。”

“所以，你用什么来衡量？”程颖很好奇李星妍所谓的标准。

“真心。”李星妍说，“能一眼看穿的真心，没有任何欺骗的相处。”

难度系数果然很大，李检不愧为智商爆表的检察官。程颖自愧不如：“李检，我更崇拜你了。”

“其实。”李星妍盯着远处的季晋源，“其实不管谁跟我在一起，你们应该同情的是对方，因为不管谁跟在我生活在一起，都不是一件轻松的事。我能轻易看穿他的谎言，能轻易推理出他的动机，不管他想什么，做什么，我都能了如指掌。”

程颖转念一想，很对，不管谁跟李检在一起，都应该同情那位勇敢的人。因为娶了李检，就像带回家一本法律书，自己时刻是犯罪嫌疑人。

程颖突然同情季晋源，对他的坏印象也一扫而光。

季晋源感觉到了远处传来的善意目光，迎着看过去。他皱眉看了眼程颖，又看向李星妍。

她们现在好像在打量自己？只是为什么是带着无比同情的眼神？

他蹲着而已，这有什么值得别人同情的？

第一百零一章

肖晓招供

他丈二和尚摸不着头脑，起身刚想问她们，她们已经转身进了看守所。

李星妍带着程颖审讯肖晓。肖晓经过上一次，学聪明了，提防地看着她俩，警惕地问：“又想知道什么？”

程颖说：“上次我们已经说到，你一路把挣扎的李小紫拖到了滑梯处，拖的中途，她狠狠咬了你一口。今天，我们来聊聊滑梯那里发生的一些事，请你详细交代。”

“交代什么啊？这是我上回交代的？放狗屁。”肖晓反对，“这不是我交代的，你们蒙我！我抗议！我再重申一次，我只是把李小紫带去小黑屋，转身就回教室了。”

“对，你没有交代，我们推理出来的而已。”李星妍打圆场。

肖晓满意地看向她：“这才像话，说吧，我要怎么配合你们？”

“当时你把李小紫往小黑屋方向拖，对吗？”李星妍不急不慢，给她足够思考的时间。程颖一头雾水，不知道李检为什么对她这么客气。

“对。”

“她反抗了？”

“可不是，像条泥鳅一样挣扎，几次差点儿挣脱，最后还抱着楼梯的栏杆不肯走。”肖晓想起那一幕，还是很生气，“我的时间是有限的，她为什么这样折腾老师？交几千块钱，就能为所欲为？现在的孩子不教育像话吗？”

“对，所以你抱起了她。”

“可不，我只能抱起她。”

“抱起她，她还是挣扎，狠狠咬了你一口。”

“对，疼死我了。”肖晓还怕两人不信，把肩膀的咬痕给她看，用手摸了摸疤痕，“这里是不是还有个疤？”

“没有留疤。”李星妍顺着她的话说。

“哪里没有？你过来摸摸看，我摸到了，还有疤。”肖晓摸完，咬牙切齿，“她太调皮了，怎么管教都没有用。别的孩子进幼儿园，最多哭一个月就停了。她却哭了整整三个月！还越来越严重！”

“对，她咬了你！咬得你很疼，所以你揪住她的头发，让她松开嘴。”

“对，头发揪掉了她才松开。”肖晓说，“我生气把她抱到滑梯那里，想教——”她突然停下，抬头看着李星妍。李星妍冷静地微笑：“之后呢？之后就在滑梯那里教育她？”

肖晓知道自己说漏了嘴。

李星妍不再客气，逼问：“你是怎么教育她的？扇耳光？拳打脚踢？掐了她？”

肖晓一声不吭，只是瞪着她。

李星妍轻松地说：“没错，我是检察官，你是犯罪嫌疑人。但我觉得我们之间是可以和平沟通的，就像刚才一样，你告诉我实情，我替你洗刷冤屈。有冤申冤，这没什么不好，对吗？”她莫测高深地笑了笑，“你不是口口声声喊冤，为什么不肯说出实情替自己洗脱？除非，你没有自己说的那么干净。”

“我不想跟你说话！”肖晓被惹怒了，激动地吼，“你知道什么啊？我们幼师是真的累，家长还动不动就挑刺，有点儿小磕小碰就跑去园长那里投诉。我们工资很低，一个月才三千块，却要照顾三十几个孩子！谁又替我们着想？他们的孩子是宝，我们也是爹生娘养，有什么区别吗？唯一的区别是，我们不如他们有钱！他们是有钱人的孩子，就可以在教室里为所欲为？”

“没错，大家都是爹生娘养的，有什么不同？肖晓，其实最大的不同，是他们还是孩子，你却是个成人。你用成人的标准去衡量孩子的行为？孩子因为没有识别能力，不能约束自己，才被称为孩子。而你大他们多少岁？他们的行为能叫无法无天吗？三岁半的孩子，根本什么都不懂，但你对他们一点儿耐心也没有。”李星妍被她的三观震碎。

肖晓冷笑：“所以呢？他们小，我就必须让着他们？我就必须心平气和？”

“对，因为这是你的职业。你做得了幼师，就应该用爱心对待所有的孩子，而不是抱怨自己工资少，把怨气发泄在他们身上！他们何其幼小，何其无辜？他们哭着喊父母的时候，你难道不会感觉可怜？”

“我可怜他们，谁来可怜我？”

“那李小紫呢？她父母在外面，哪里为难过你？你要这样对她？”李星妍慢慢找突破口。

肖晓听到李小紫的名字，果然脾气更狂躁：“她每天都不睡觉，只知道哭哭哭，你有没有带过孩子？我真的崩溃了！有什么好哭的？我能忍她一天二天，但我忍不了几个月！我也是人，会崩溃！会失控！”

“你崩溃了就把她关进小黑屋？”

“对，我是想把她关进去，可是她咬我，我一时生气才把她抱去滑梯那里！我是想教育她！想让她停止哭！可她简直就像个小疯子一样蛮不讲理！一直哭！”肖晓已经完全失控地咆哮，“我只是想跟她讲道理！可她完全不听！然后我生气，失手拉了她一把，可是没有想到她会摔在地上。摔在地上也没有什么啊，地面是软的，哪里会死？可她的头撞在攀爬架上面。撞这样一下也没有什么啊！她只是有点儿头晕，使不上力气而已。”

“所以你把她直接抱去了小黑屋。”

“那又怎么样？”肖晓问，“她进小黑屋之前还好好的，之后离奇死亡，难道不应该追究园长的责任吗？她死了跟我有什么关系？我那一下并没有摔死她，你们讲不讲道理？我问你们讲不讲道理？”

“我们只讲法律。”

“那为什么不去为难园长？我离开小黑屋时，还在外面偷听了。”

偷听了？对，这才是重点。

李星妍刺激她：“偷听到了什么？也没有什么吧，无非只是些打骂之类的话！”

“不听不知道，一听真是吓死人！李小紫抓了她！园长一边骂一边叫，我还听到了东西砸地的声音。你猜那是什么声音？园长把她给摔死了！”

“之后你快速回到教室，却又在几分钟后，跑回小黑屋，目的是为了揭发她？”

“对，时间太长她就溜了。我不能让她溜了！”

“所以……”李星妍一脸震惊，肖晓现在所供述的，完全符合她的推理。她想起季晋源刚才说的那句话。

“而且回到教室 2 分钟后，她又急忙跑回小黑屋！回去干什么？目的是什么？别跟我说她单纯只是想接回孩子！我不相信她！”

是的，肖晓果然另有目的，并且听到了整个案发过程。但她也是犯罪嫌疑人，口供有利的一面明显偏向自己。

所以，肖晓的供述有几分能信？

肖晓得意地笑：“所以我冲了进去，直接推开小黑屋的门，在现场把她捉住。她平时那么抠门，这一次，她怎么也逃不掉了吧？”

难怪，于丽红也供述，当天肖晓去的时候，园长正在小黑屋，而李小紫已经躺在地上不动了。之后肖晓叫园医，帮忙送医院。

原来这才是真相！可笑可悲的真相。

无辜的李小紫就这样失去了生命，而害死她的人，到现在还在妄想洗脱。

肖晓看着震惊的李星妍，知道自己刚才已经把什么都招供了。但说出这些，她反而松了口气：“招供了，我也轻松了。如果你们需要我指证园长，我可以上法庭指证。我再申明一点，虽然当时李小紫摔到后脑勺，但并没有什么异常，还没有死！”

李星妍没有回答。

肖晓比较极端冲动，所以轻易能刺激出真实情绪，但陈兰就不行。

第一百零二章
没事耍什么流氓？

想要取得陈兰的真实口供，只能击溃她的心理防线，突破口在哪儿？她会自己认罪吗？上次她表现出的痛苦忏悔多半真假掺杂。

程颖写完笔录后，两人离开。看守所门口，季晋源早已经见完陈兰，专程在出口等她。

她平静地走过去，季晋源说："一起回去，路上我们聊聊案子。"

看来他也有不错的收获，李星妍同意。上车后，季晋源叹了口气："我见完我的当事人了。"

李星妍集中精神开车，一直在想自己的逻辑链。

季晋源见她不回答，问："你对本案的看法不能改变吗？她刚才声泪俱下跟我讲述了案发时的一切。根据我目前看到的卷宗内容，她的讲述完全符合证据链。"他顿了两秒，小心翼翼，"她说你有针对她的嫌疑，建议我投诉你，并更换检察官。"

"你可以试试。"李星妍回了他一句，又继续保持沉默。

季晋源哭笑不得："现在都在倡议检察官跟律师友好互动，良好沟通，不要没说两句就带刺，我们不是两军对垒。"

她没吭声。

季晋源说："我真的担心再次开庭，咱们会变成仇敌。爱情公式尚在进行中，还没有得到结果，不会这么快就胎死腹中吗？"

程颖插话："那就赶快辞职走人。季律师，其实当检察官不错啊！为什么不报考检察官？你的资历肯定可以胜任。"

“检察官有什么好的？白领是朝九晚五，你们是朝五晚九，年复一年拿着死工资，每天三点画圈。枯燥又没有前途。”季晋源嘿嘿直笑，“律师就不同了，时间金贵，一年混个几十万都是基础线，上百万都轻而易举。我的志愿是自己开律师事务所。”

“我们是为了国家。”程颖不喜欢他这样形容自己的职业。

“你太小了，懂什么？”季晋源不客气地说，“小姑娘，没多大，一出社会就被洗脑，要为国家服务，贡献自己的一生。等你大点儿就会知道，所谓的热血，其实根本就是自作多情。我问你，国家认同你的热血吗？认同你付出的青春吗？认同你为它捧起的一颗赤子之心吗？”

程颖被怼得哑口无言，又急又气，却又找不到适合的词反击。

李星妍突然往一旁打方向盘，停下车，问：“欺负小姑娘算什么？要不咱俩来辩论辩论？”

季晋源立刻怂了：“不敢。”

“看把你能耐得。”李星妍似笑非笑，“律师的确好啊，自称正义的使者，为全国人民服务。结果呢？结果在法庭上被检察官怼得一无是处。我跟你说，现在有很多律师明知犯罪嫌疑人有罪，却强行帮他人脱罪。这种行为并不值得高歌颂扬。反观检察官，在法庭永远是最正义的那个人。他们监督法院、推动法律的实施，让犯罪分子得到应得的惩罚！哪里不好？”

“对对对，您说得都对。”季晋源皮笑肉不笑地敷衍，“赶紧开车吧！您看这天都要黑了，再不回家就晚了。”

李星妍不再为难他，继续开车。送完程颖后，两人才往家里赶，等回到家门口时天色已黑。

声控灯依声而亮，走廊上有些寂静。

季晋源站在她家门口，看着她插钥匙，准备推门进去时，叫住她：“李星妍。”

她回头的瞬间，他已经往前两步，欺身到她身前，双手撑着大门，把她固在手臂间。两人的身体几乎紧密结合，中间只有半根手指的缝隙，亲密得仿佛能合为一体。她不太习惯这样的亲密，往后退一步，背抵大门，心跳加速却又冷静地问：“干吗？”

他深情款款地看着她，暧昧地说：“突然舍不得你。”

她脸上微烫，很想镇定，可是感觉到自己的气息都带着灼人的热度。

他的眼神深情得能将她溺入其中，嘴唇朝她唇上凑过来。她看着越来越接近的人，反手扭动钥匙。

门突然打开，她虽然站定，但季晋源的双手落空，惯性地往她身上扑。她被他扑倒，双双往地上跌去。季晋源一只手枕在她后脑勺，一只手放在她腰间，潜意识不想她受伤。

但她还是让他压得够呛。

季晋源说："这不怪我。"

"怪我？"李星妍愤怒地问，"没事要什么流氓？"

"你的意思有事就能要流氓？"

"再找话岔，信不信我揍你？"

"千万别。"季晋源感觉到了自己躁动的荷尔蒙，他目不转睛地盯着她，咽了咽口水，"我很想，很想……"他压着她，嘴唇再次朝她唇上凑去。

李星妍急忙劝他："别别，你想想《刑法》第二百三十六条。"

"《刑法》第二百三十六条？"季晋源的唇已抵她脸旁，但还是蔫儿了，"这条是强奸罪。以暴力、胁迫或者其他手段强奸妇女的，处三年以上十年以下有期徒刑。"

"没错。这条能制止你躁动的荷尔蒙，并且能让你在三秒内清醒，十秒内站起。"

"……"

"好吧？"

"好的。"他乖乖爬起。

她飞快爬起，指着门外："也能让你三秒内走出去吧？"

这啼笑皆非的场景让他感觉郁闷得很，依言走出去。房间里只剩李星妍，她警惕的心才稍放宽。

刚才那一幕让她感觉庆幸，如果失去理智，只用数十秒就会沉沦。是的，科学家计算出人类会有十几秒的冲动。这种冲动时间虽短，却会让人行为失控。

她一再告诫自己不能冲动，可是想起他的唇，还是感觉很甜蜜，很想沉溺其中。

李星妍随便炒了两个菜吃完后，洗澡上床睡觉。这次没有辗转反侧，她极度疲惫地昏沉入睡。睡着后，她再次梦到了幼儿园，幼儿园里有琅琅的读书声，读书声里还掺杂着幼儿的哭闹声。

她走到李小紫所在班级，读书声已经听不见，整个学校都极为安静。孩子们都已经睡着，只有李小紫坐在自己的小床上不停地抹眼泪，一边哭泣一边叫着："爷爷。"

肖晓呵斥完后，生气地把她拖向小黑屋。

李星妍紧跟着，看着李小紫在自己面前不停地挣扎，不停地哭叫着爸爸妈妈。李星妍追上去，心急地叫肖晓："住手，住手，你快停下来，不要送她去。"

梦境并没有因为她的阻止而停止，所有的一切依照她知情的那样继续在发展。被带去滑梯的李小紫在肖晓的过失中摔到后脑勺，神志不清地被带去小黑屋放到桌上，园长再进去对她暴力摔下。

李星妍蹲在小黑屋里，无助地看着这一切，在梦里抱头痛哭。哭了一会儿后，她隐约感觉到自己面前有人，抬头一看，面前没有人，小黑屋已经变成蓝天白云的野外，而不远处的草地，李小紫正抱着自己无助地哭泣。

李星妍朝她走过去，一边走一边心急地对哭泣的李小紫说："阿姨会帮你，阿姨一定会让坏人绳之以法。"

面前哭泣的人慢慢消失。

李星妍急忙朝她跑过去，突然一个踉跄，睁开了眼。

醒来后，夜色依然浓重，李星妍打开台灯，坐在床上痛苦地闭上眼睛。

刚才的梦境太真实，让她现在想起还难受。

公道，绳之以法。

李小紫，你放心，伤害你的人一个都逃不掉。

第一百零三章
没事耍什么流氓（2）

李星妍看着黑夜，再也睡不着，干脆起床重新看卷宗。根据她推理出的凶案过程，陈兰涉嫌故意伤害或故意杀人。但依目前卷宗显示的证据，陈兰最多不过是虐待被看护人罪。要怎么做才能将她绳之以法？

李小紫手中出现的头发与指甲内出现的皮屑，能与陈兰脖颈上的疤痕相互印证。肖晓的口供能证实陈兰真的摔了李小紫。

这已经是证据链，但并不唯一及排他。

她看到入迷，随手拿起手机拨打谢天宇的号码。

谢天宇迷糊地“喂”了一声。

“除了皮屑和头发，还有没有其他发现？”李星妍直截了当，“你们一再出问题，让我很难相信你们的专业水平。我要求你叫齐三到五个法医再次确定结论。”

“什么？”谢天宇没睡醒，“什么头发？”

“李小紫的手中现在再次检测出头发，指甲里再次测出皮屑。我怀疑你们还漏掉了什么，我要求再彻底检查一次。”

“大姐，现在几点？”谢天宇终于清醒过来，然后哀叫，“凌晨四点，你没事吧？”

“我再次梦到李小紫了。我怀疑你们还漏检测了什么，要不然，她不会入梦。”

“我倒……梦境跟现实有什么关系？”

“上次梦到她后，你们测出头发跟皮屑。”李星妍回忆整个案发过程，回忆梦境里的点点滴滴，总感觉还漏了点儿什么。她恍然大悟，对，伤口。

她立刻吩咐谢天宇：“后脑伤帮我再检查检查，看有没有第二次摔伤的痕迹。

我现在给你两个参考物，一个是铁的攀爬架，一个是瓷砖地。你帮我分析后脑的伤痕，看是不是被摔伤了两次。”

“你这样一说，我倒想起来了。”谢天宇说，“李小紫后脑的血肿的确有点儿奇怪。”

“事不宜迟，我立刻赶到检察院，见面再说。”

“大姐，现在是凌晨四点。”

“半夜你也得去，因为是你的失职。”

“……”

李星妍匆忙爬起开车赶到检察院时，谢天宇已经在法医部洗了三次脸，强打起精神来应付她。检察官加班加点很常见，但像她这样凌晨这么亢奋要求研究尸检报告的，是头一位。谢天宇拿着李小紫的尸检报告，尝试着向她解释：“外力严重的一般都会头皮先血肿，她的尸检抛开脑挫裂伤脑，小脑蚓部出血死亡，还有个蛛网膜下出血，死因是脑挫伤并发了脑血肿。”

李星妍简明扼要地说：“这些我听不懂，说疑点。”

“先说说你的怀疑。”

“李小紫在第一次摔伤时，并未死亡。”

“摔伤未死，并不表示安然无事，有可能已经发生脑挫伤和水肿，这要结合她当时的状态判断。”

“人已经不太清醒，丧失行动能力。”

“已经出现意识障碍。确定过失的前提，可以确定第一次撞击为重伤或有潜在死亡风险。”谢天宇很肯定。

李星妍思考了一会儿：“现在说说你的疑点。”

谢天宇说：“我帮她剃发后检查，发现有很小很小的表皮剥落。剥落位置接近头皮血肿处。”

李星妍皱眉问：“只有一处？”

谢天宇点头：“对。”

“继续。”李星妍脸色开始凝重。

“头皮血肿只有一处，血肿的硬块直径大于4cm。但，还有皮下出血，这个出血是没有表面伤痕的，却在后脑呈广泛性出血。你懂我说的是什么意思吗？”

“你的意思，这个出血与头皮血肿所造成的出血是不一致的。”

“对。”谢天宇表情也很凝重：“皮下血肿的伤是有局限性的，它是局限于损伤的中心点。这个损伤与后脑的出血呈对冲性。并且，我说的广泛性是以长度为单位，也就是说，广泛性出血点长度大于 6cm。李小紫的后脑长度为 10cm，可出血点的长度就有 6cm。这说明什么？”

“你也觉得有二次受伤的可能？”

“结合你说的铁制攀爬架，我觉得再直接不过了。”

“她的脑挫裂伤呢？”

“脑挫裂伤有局灶和广泛。局部的挫裂所表现的特征也是带有局限性的，比如偏瘫等。但李小紫的脑挫裂伤是广泛性，所以会出现你所说的意识障碍，行动无力等。”谢天宇很耐心地为她解惑。

李星妍追问：“有把握她到底死于头皮血肿那一处，还是皮下出血那一处？”

谢天宇无奈地摇头：“这个我没有把握，并且皮下出血的形成方式也是没有办法确定的，所以前法医也没有说，只把它归类于脑出血。还有，具体到哪个伤导致脑挫裂和脑水肿的，我也没有办法回答你，这个很难定论。”

“所以你的意见，按先后来定罪，比如第一次为重伤？第二次为死亡？”

“对，这是我的意见，你可以采纳，也可以拒绝。”谢天宇讲完这些总算松了口气。李星妍淡定地问：“到时让你上庭，没意见吧？”

“我哪儿敢啊！”谢天宇忍不住笑了起来，“大姐，冲你跟晋源这层关系，我才凌晨从床上爬起来给你解读。”

“我跟他有什么关系？”李星妍听人提起季晋源的名字，就感觉有点儿心虚。她无端又想起刚才那一幕。他压着她，还想亲她。

“你跟他再明显不过了。”谢天宇叹了口气，“不过，有件事儿，我想你替我保密。”

“嗯？”

“其实我知道晋源父亲为什么会赢官司。”谢天宇的表情少见的严肃。李星妍微微一怔，屏息盯着他，安静等待他接下来的言论。

谢天宇犹豫了几秒，说：“我曾经回他家私自去帮他调查过一次，刚巧审他父亲那案子的检察官是我伯父的老友，所以他才告诉我。不对，一开始他不肯告诉我，说要保密什么的，因为那案子本来就是不公开审理。我跟他说了晋源的情况，他才愿意告诉我。”

李星妍没有作声，静等答案。

谢天宇说："晋源的妈妈有严重的抑郁症，抑郁症是因为某次同学聚会时喝醉了，然后稀里糊涂和同学……"

他没有说完，但接下来的两个字不说李星妍也懂。她其实也料到了某部分真相，料到是自杀，但没有料到这些。她冷静地问："为什么不告诉季晋源。"

"季伯伯拜托我不要说。"谢天宇心酸地笑了笑，"季伯伯说，晋源从小是由妈妈带大的，跟妈妈感情很深。在他心里，妈妈是全天下最没有缺点，最疼他爱他的人。季伯伯不想这个真相打击到他。"

"那为什么又要告诉我。"

"我一个人守着这个秘密太难受了，找你分担分担痛苦。"谢天宇微笑，"有人分担会比较没有这么难受。"

李星妍起身："行，我先回去继续看卷宗。"

谢天宇很佩服她听到这个答案还能若无其事。李星妍出了法医部后，回到自己的办公区。办公室里空无一人，她开灯，在自己办公桌前坐下，翻看卷宗，并正式动笔写审查报告。

是的，不管陈兰招不招，她都决定申请开庭。

不管开庭的结果如何，陈兰是不是会逃脱，她都想尽力去试试。

第一百零四章

遇见你，我如获至宝。

李小紫案正式开始走内部流程，过了几天，法院送来开庭通知书，通知书里规定了三天后开庭。李星妍为案件积极准备，开庭前一天，她还专程去了趟看守所审讯陈兰。陈兰还是一口咬定自己是从桌子上不小心将李小紫拖下。

李星妍说："你知道吗？我最近几天经常会梦到幼儿园，梦到李小紫。陈兰，你有没有梦到她？她是不是也在你梦里哭泣？"说完又迷惘地摇头，"不，她应该不敢入你的梦，因为她怕你。是的，死了还怕你。"

陈兰非常平静："怎么？检察官还信鬼神？我记得身为党员，是不应该相信神鬼之类的说辞。"

"不，我不信。"李星妍冷冷地看着她，"我一点儿也不信鬼神之说。我只是很好奇——"她没有说下去，自动收住话尾。

陈兰冷静地问："好奇什么？"

"好奇一个人究竟能无耻到什么地步！"

"呵呵，又想用激将法？实话告诉你吧，我前夫是个心理学家。"

"所以？"

"我也耳濡目染了一些与心理有关的书籍，也陪他治过不少案例。摊开来说吧，你之前所有的讯问，无非是我们之间的较量而已。我根据证据给你想要的结果，你也可以根据口供来起诉我。"

"包括你痛哭流涕那次吗？"李星妍冷静地死盯着她。

陈兰很坦承："包括。"

"所以你一直当我是在表演的小丑？"

“彼此彼此，你又何曾真心相信过我？你所谓的真心相信，无非是为了套口供。”

“你也非常了解人在说谎、内疚时的肢体语言？”

“如果解疑能让你开心，我乐意告诉你答案。”陈兰忍不住微笑，平静到有点儿无耻，“对，我知道。”

李星妍跟着微笑，装作若无其事：“那你感觉自己会被判多久？”

“不超过一年。”

“故意伤害致人死亡，你觉得只有一年？”

“我相信摔到前额并不能造成她死亡，我承认我虐待她，但其他罪名我始终只有那一句，欲加之罪，何患无辞。”

“看来要你如实招供的可能性微乎其微。”

“我已经如实招供。”

“呵呵。”李星妍不再说话，沉默地坐了一会儿后，起身离开。程颖对于这个案件还是担忧，追上问：“李检，她的供词对我们不利。”

“你以为法院只看口供？”

“我知道，可是……”

“程颖，记住，零口供也可以入刑，只要犯了罪，法律绝对不会让她逃脱。”李星妍说话间已经走到看守所门口，她看着还在人群里等待会见的季晋源，径直走了过去。

她走到他面前问：“如果有一天你发现陈兰说谎，你会怎么做？还是会义无反顾执行你的原则，帮她辩护到底吗？”

“我——”季晋源突然不知道应该怎么回答。换作以前，这个答案是肯定的，他肯定会一辩到底，可现在，这个答案在他心里动摇了。

如果有一天，你发现需要你帮他辩护的人是真的犯罪，你还会辩护到底吗？

李星妍对于他的犹豫很满意，她很高兴他没有说“会”。

季晋源停顿了片刻，也问：“如果有一天，你发现被你控告的人是冤枉的，你会怎么做？”

“我会终生负责。”

“李星妍，其实我很高兴，一开始对律师立场抱有敌视心态的你，已经渐渐摒弃了一些检察官固有的针对律师的观念。你开始认同我们，乐意听我发表对案件的看法，并且，就算想要的答案与你的想法背道而驰，也能平静接受。”季晋源松了口气，笑着说，“我本来还担心一旦在法庭上针锋相对，你又像以前一样，在现实跟我断绝关系，但现在我不担心了。因为你打破了你的职业屏障，而我也打破了对检察官的障壁。”

是的，一开始恨不得把对方打个落花流水的两人，现在能和平研讨，甚至是心平气和地交流案件。

李星妍打破了自己对律师的职业壁障。

但是，究竟从什么时候开始接纳律师立场的？大概是那次，季晋源正接受媒体采访，而段美琳父母冲过去骂他时开始的吧？又或是更早之前就被他影响，潜移默化间接受了他的观点。

“我之前很讨厌你。”李星妍很直接，“之后纠结你的做事方法，认为你这个人为了达到目的不顾一切。现在，我能理解你。”

季晋源微笑：“很高兴遇见你。遇见你，我何其幸运；遇见你，我如获至宝。”

李星妍微微一怔，心再次急跳着与他对视。

时间从这一刻开始好像变得缓慢，指针在两人的对视间缓慢地前行，时光好像被穿透，开始停滞不前，身边的万物都在两人的对视下变为静止。

如果人类像布景上的提线木偶，那么时间空间将会变成无数细小透明的长线，将对视的两人紧紧串联，让两人再也分不开。

李星妍脸红心跳地抽回视线，疾步带着程颖离开。程颖一路乖巧地跟着李检上车，不发一言，却在想：李检这次是真的爱上了一个人。他们之间的相爱横冲直撞地开始，一路都在对方的强攻猛袭中坚定自己的立场，同时在这种对垒的形势下相爱，挺不易。

次日，正式开庭。这个案子的媒体关注度一开始很高，但因为过了这么久，所以现场只来了两三家报社的记者。

李星妍在法院门口下车时，一个老人颤巍巍地朝她走了过来。她意识到老人是找自己，迎了上去。

老人说：“我是李小紫的爷爷。”

和李星妍预料的一样。

老人红肿着眼眶：“年纪大了，家属不让我去旁听席，怕我难受。”他颤抖着手朝李星妍敬了个礼，“我是老党员，我相信国家，相信政府，也相信法律。”

李星妍同样回了个敬礼，却不敢多言，怕自己带给他希望，又让他绝望。她带着程颖走进法院。

法庭门口有不少李小紫的家属，她在众人的注视中走进法庭。

庭上她和季晋源还是正对而座，双方争分夺秒开始做庭前准备。审判长进入法庭，流程走完后正式开始庭审。

开审时出了点儿小状况，李小紫爸爸见到陈兰和肖晓入场，站起来冲两人直吼。法官敲槌，但给他机会，没有让法警把他带出去。

审判长核对完两名被告人资料后，把现场交给李星妍。

旁听席的目光齐聚李星妍身上，她压力很大地站起来，念起诉书。但起诉书的内容突然变成了幼儿园里发生的一幕幕，她在起诉书上看到被强行拖走挣扎的李小紫，看到在小黑屋无助哭泣的李小紫。

李星妍吞吞吐吐："审判长，在 2018 年 12 月 5 日，中心幼儿园发生，幼童——"李星妍看着起诉书念不下去。

审判长耐心说："公诉人，请念起诉书。"

李星妍很想集中精神，但没有用，起诉书上的文字仿佛在跟自己作对。她深吸了口气，把起诉书放在桌子上，直视审判长，开始滔滔不绝地说："审判长，2018 年 12 月 5 日，中心幼儿园发生幼童被虐身亡案，警方迅速刑拘了相关人等。经警方审讯，配班老师肖晓与园长陈兰被依法逮捕。警方审结后移交检察院，现经检方依法审讯，被告人肖晓已经主动交代自己过失将被害人李小紫从滑梯拉下，导致被害人后脑摔在攀爬架上，之后送被害人前往小黑屋等犯罪事实。检方在攀爬架下找到一枚蝴蝶形状的小发夹，经李小紫奶奶指证，是李小紫当天所佩戴的发夹。法医也检测到李小紫后脑有长条形状，长度大于 6cm 的头皮下出血，被告人肖晓对此供认不讳。"

虽然没有看起诉书，但她几乎一字不差地说出，因为这些过程已经在她心里。

李星妍顿了两秒，继续："经检方申请再次尸检，发现被害人李小紫手中攥有一根短头发，并在其指甲里找到皮屑。经法医检测，李小紫手中所攥头发与指甲内的皮屑 DNA 与被告人陈兰吻合。在审讯期间，检方在陈兰颈部找到伤疤。疤痕大小与幼儿指甲抓痕类似。并且法医测出李小紫头部除了上述长条形的出血，后脑还有一块直径大于 4cm 的头皮血肿。经过推断，检方确认李小紫后脑被摔伤两次。检方现依法起诉被告人肖晓过失致人重伤罪、被告人陈兰故意伤害罪。请法院依法判处。”

审判长问两名被告人：“被告人听清楚了公诉人的起诉书吗？”

陈兰突然掩面而泣：“审判长，公诉人故意报复我，我什么都没有招，我是冤枉的。”

审判长看向季晋源：“辩护律师对公诉人的起诉书是否认同？”

“不，辩方反对。”季晋源起身，“辩方认为被告人陈兰的确无辜。”

第一百零五章

幼儿身亡案正式开庭

审判长问肖晓："被告人肖晓听清楚了公诉人的起诉书吗？"

肖晓平静地回答："听清楚了。"

审判长依例追问："起诉书内容可否属实？"

肖晓还是很淡定："我认罪。"

这倒让审判长诧异："公诉人说你失手将被害人拉下，导致她摔倒，你认罪？无异议？"

"对，这是事实。"肖晓说，"不过，有一点我不认同。"

"哪一点？"审判长很好奇。

肖晓指出："重伤的结论我不认同，我虽然失手导致她摔伤，但当时她并没有什么症状，之后我确定她无事才把她抱回小黑屋。"

审判长查看肖晓最后的讯问笔录："被告人肖晓，最后一次的讯问笔录，你确定是真实的？没有任何逼供、诱供？"

"没有。"肖晓很干脆地回答。

审判长依例问了下肖晓的辩护律师，肖晓的辩护律师是个陌生脸，看样子很年轻，像个邻家大男孩，上法庭次数应该不多。他愣头愣脑地站起来自我介绍："审判长，我叫马元清，刚拿到律师资格证，第一次接这种刑事案。我以前经常跟师傅过来实习。"

审判长皱眉："马律师，我问你，对公诉人的起诉书可有异议？"

马元清轻咳了两声："因为我是临时接到这个案子，临时过来辩护，所以匆忙看了看案卷。我相信我的被告人之言，她走时被害人状态还好，应该没有达到重伤。”

连肖晓也忍不住给了自己律师一记白眼。

审判长命令法警先带下陈兰，正式开庭审理肖晓。

李星妍先讯问肖晓：“被告人，你最后一次讯问笔录说的，究竟是不是事实？你能复述吗？”

“对，当时我只是想把她关进小黑屋，可是她拼命反抗，抱着栏杆不松手。我只能抱起她，可是没有想到她狠狠咬了我一口，我没有办法，只能揪住她的头发，头发揪掉了她才松口。”肖晓一边复述，一边回忆，“我生气才把她抱去滑梯那里，本来是想教育她，可她一直在哭哭哭，我一时失控就把她拉下来了。之后她后脑撞到攀爬架，我简单看了下，没有什么大碍，所以才会把她抱进小黑屋。”

李星妍问：“之后呢？”

肖晓说：“之后园长陈兰就来了。”

“陈兰去做什么？”

“她老公出轨，心情不好，又没有发泄渠道，所以会趁没有监控时打骂幼儿。”

“之后你立刻离开了？”

“不，我在外面偷听了一会儿。”肖晓摇头。

“你偷听到了什么？”

“园长一开始是骂她，之后我听到园长的惨叫，园长骂李小紫抓伤了她，还叫李小紫放手，至于里面发生什么我也不知道，但是紧接着，我听到东西砸地的声音。”

“你在偷听时，有没有听到李小紫说话或哭闹？”

“没有，在滑梯那被教训了，她已经不敢哭了。”

“不，她不是不敢哭。”李星妍难受地说明，“而是当时已经受了重伤，已经丧失意识，哭不出来。”李星妍看向审判长，“控方已经讯问完毕。”

审判长问季晋源和马元清：“辩护律师，有什么想问的？”

马元清摇头：“没有。”

季晋源举手，起身质问肖晓：“被告人肖晓，你有几次讯问笔录，内容都不相同，我们怎么认定你最后利于自己的供述为事实真相？”

肖晓毫不在乎：“无所谓，我说的都是真相，你们尽管调查，尽管盘问。”

“你说你在门外就揪掉了被害人的头发，但头发最后在屋内被发现，可以告诉法庭为什么吗？”季晋源语气不急不慢，但直接掐中要害。

肖晓没有料到他会问这个，支支吾吾不肯说。

季晋源等了几分钟后，继续发问：“头发是什么时候拿进小黑屋的？是谁拿进去的？别跟我说它自己飞进去的。”

肖晓一言不发，不知道要怎么回答。

季晋源也不催她，耐心地等，又等了将近两分钟后，他慢条斯理地再次问：“头发是不是你放进去的？”

肖晓还是不答。

“你只用回答一句是或不是，有这么难吗？”季晋源呵呵一笑，故意激怒她，“先前不是还理直气壮，让我们尽管调查，尽管盘问，你的沉默是不是表示，李小紫在滑梯那里就已经死亡？你故意——”

“不是！她在滑梯那里还好好的。”肖晓咆哮着回答，情绪渐渐失控，“我警告你，不要冤枉我，栽赃我！我做过的我认，没有做过的绝对不会认。”

“那我再问你一次，头发到底是不是你放进小黑屋的？”

“是又怎么样？”肖晓痛快地回答。

季晋源追问：“什么时候放进去的？”

“第二次返回小黑屋的时候，在门外捡了起来趁机带进去的。”

“动机是什么？”

“我不想回答。”肖晓拒绝。

季晋源咄咄逼视她，语气严厉：“你是不想回答，还是不敢回答？要不要我替你说，你的动机很明显，想陷害被告人陈兰。”

“没有。”肖晓反驳，“我没有想陷害她，我干吗要陷害她？”

季晋源看向审判长：“请审判长翻看被告人肖晓所有的讯问笔录。她在第一次被公诉人讯问时，说了一句‘行，我全程配合，我可以出庭指证园长，争取宽大处理’；在第二次被讯问时说‘我揭发举报园长的虐童行为’；在最后一次，说‘如果你们需要我指证园长，我可以上法庭指证’。”他看向肖晓，提高音量，再次故意刺激她，“对，你在第三次讯问时，还说了一句‘她平时那么抠门，这一次，她怎么也逃不掉了吧’。肖晓，这些都是检察官在审讯你时，你供述的内容。你承认吗？”

季晋源把讯问笔录研究了个彻底。

肖晓横了他一眼："我认又怎么样？"

"好一句又怎么样？你每一次讯问都在把罪名推向我的被告人陈兰，并且一再向检察官强调自己可以出庭指证她！最后一次甚至为了能够指证她，向检察官承认自己的犯罪事实，你承认的动机是什么？"季晋源咄咄逼视她，字字用力，"因为你痛恨被告人陈兰，发现检察官已经查出你失手杀人的事实，所以想着自己反正要坐牢，顺便再把我的被告人拉下水，想借此冤枉她，栽赃她，对不对？被告人肖晓！这才是你真正的动机！"

肖晓朝他吼："没有！我说的都是事实！我的确在门外偷听了！"

"你有，因为你痛恨她！所以偷听不是事实！是你捏造！我查看了监控，你带被害人离开，单独回到教室时用了 20 分钟。而小班教室到小黑屋的实际路程为 3–5 分钟。中间的 10 分钟，你把被害人带到滑梯，将她摔伤后，没有做任何救治，直接把她抱进了小黑屋。"季晋源气势汹汹，"回到教室 2 分钟后，你又快速跑回小黑屋，然后出现了本案开头那一幕，你帮忙叫园医，送急救。所以事实是什么？事实是被害人李小紫在第一次摔伤后脑已经接近死亡，而你把半死不活的她直接送进小黑屋，再趁机捡起头发扔进凶案现场，造成被告人陈兰严重虐童的假象！你为了报复，故意栽赃陷害！"

"不是！"肖晓情绪崩溃，咆哮道，"你冤枉我！"

李星妍站起来，投诉："审判长，辩方故意刺激被告人，控方反——"

季晋源看了眼李星妍，直接打断她："审判长，辩方有目击证人。"

目击证人？李星妍想起那个小男生。

季晋源说："目击证人能证实，我所言非虚。"

第一百零六章
势同水火的法庭辩论

审判长同意请证人。

果然，法警带上来的是那个小男孩。法警特意给小男孩换了个高凳，让他坐着发言。

季晋源笑眯眯地看向孩子，温和地问：“快告诉叔叔阿姨，你叫什么名字？”

“我叫魏正宇，今年四岁，跟小紫是同学。”小男孩扫了眼法庭上的人，虽然害怕，但鼓足勇气。

季晋源的语气很温柔：“把当天发生的事告诉叔叔阿姨好不好？”

“那天是要午睡，很多小朋友都睡着了，但小紫一直哭，肖老师和于老师陪我们午睡。肖老师——”魏正宇偷偷打量了肖晓，心生惧怕，突然不敢说下去。季晋源笑容亲切地给他加油打气：“不用怕，她已经被关进牢里，不敢再打你们骂你们。记得叔叔跟你说过什么吗？叔叔是超人，专门教训这些坏人，保护小朋友。”

魏正宇点头，稚声稚气地继续：“肖老师一开始骂小紫，叫她不要哭。可是小紫哭得更厉害，一直叫妈妈。肖老师最后把小紫拖了出去。”

“是拖吗？那你当时在做什么？”

“妈妈说在幼儿园一定要午睡，就算睡不着也要装睡，所以我一直闭着眼睛在装睡。我看着小紫被拖出去，跟于老师说我想上厕所，当时于老师睡着了，我趁机走出来。”魏正宇勇敢地告诉季晋源，“我想保护小紫。”

季晋源微笑：“那你告诉叔叔阿姨，接下来看到了什么？”

“小紫抱着栏杆不肯走，肖老师抱起她，结果被小紫咬了一口。”

“你怎么知道是咬？”

“因为肖老师一直在骂，说李小紫你再不松口我就要罚你。李小紫你再咬我，我要你好看！”

“之后呢？”

“肖老师揪着小紫的头发，小紫疼得哭了，也没有敢咬她了。之后，肖老师把她抱到滑梯攀爬架那里。滑梯那里除了滑板还有个攀爬架，我们很喜欢在那里爬上滑梯。”魏正宇想起了某些快乐的事，笑容灿烂地说，“我跟小紫也经常在攀爬架上玩，我……”他立刻失落，哽咽道，“小紫不在了。”

季晋源语气温柔得快掐出水：“肖老师带小紫去攀爬架那里，接着发生了什么？”

魏正宇呜呜哭了：“肖老师批评她，还不停地打她，最后小紫摔了下来。”

“别哭，我们要为小紫讨回公道对不对？”

“对。”魏正宇点头，抹了抹眼泪，指着肖晓，“她把小紫抱起来，但小紫已经不会哭了。”

“除了不会哭，小紫还怎么了？”

“小紫……”魏正宇呜咽，“小紫不动了，也没再说话。”

“之后呢？”

“之后肖老师把小紫抱回小黑屋。”

“肖老师中途有查看小紫的伤势吗？”

“没有。”魏正宇摇头，“我也赶紧跑回教室。可是肖老师回来的时候，却没有带小紫回来。”

季晋源问完对审判长说：“审判长，我问完了。”

马元清举手发言：“审判长，四岁孩子的言论怎么可以做证？”

季晋源冷冷地反问：“你是来搞笑的吗？”

马元清直接愣住。

季晋源说：“只要完整表述，不管几岁都有证明力。”

“哦，原来是这样。”马元清坐下。

李星妍询问魏正宇：“还记得阿姨吗？”

魏正宇点头：“记得。”

“你能保证自己说的都是事实吗？我们以超人的名义起誓，没有人教导你这么说？”李星妍语气尽量温柔。

魏正宇点头：“都是我看到的。”

“当时，小紫到底是什么状态？一动不动，连哭声也没有？然后呢？看到她睁着眼吗？”

“没有看清楚我就跑回教室了。”

“所以正宇所谓的小紫没有哭没有动，只是正宇没有听到小紫的哭声，没有看到小紫再挣扎，对不对？正宇并没有看到小紫究竟怎么样了，是不是？”

“对。”魏正宇点头。

李星妍对审判长说：“审判长，我没有问题了。”

审判长问马元清：“肖晓的辩护律师，你可有想问证人的？”

马元清起身点头，问魏正宇：“小朋友，说假话可是会大舌头，以后舌头会打结。来乖乖告诉叔叔，你说的都是事实吗？”

魏正宇坚定地点头。

马元清想了想：“那叔叔想请你再回忆一次案发过程，行吗？”

季晋源不耐烦，但并没有阻止。魏正宇又再次复述了一次案发过程，他才四岁，但语言组织能力一流，不仅把过程指述得言简意赅，意思还表述得清清楚楚。

马元清听完，表扬他：“小朋友很棒，你还能再复述一遍给叔叔听吗？”

季晋源终于不耐烦地举手：“审判长，我反对，马律师在耽误大家时间。况且逼一个小朋友一再回忆自己好朋友被人虐待杀害的过程，本身就比较过分。”他其实比较想骂人，但教养在阻止他口吐脏话。

魏正宇摇头：“没有关系，叔叔没有听清楚的话，我可以再讲一遍。”说完，他再一次复述了凶案过程，虽然每次词句都有少许变化，但意思差不多。

马元清听完，回答审判长：“审判长，我问完了。”

季晋源冷漠地问：“你让他再三描述的本意是什么？”

“经过我对小朋友三次描述的分析，我基本断定他说的是事实。他虽然词句有些许变化，但大概的意思能讲清楚。而且词句的变化是描述习惯的变化，并不是因为他想蒙骗审判长。”马元清很认真地说明。

季晋源被他的回复打败了，压低音量说了句：“真不知道这律师证是不是混来的。”

马元清一脸认真地纠正：“我从不混。”

季晋源懒得搭理他，对审判长说：“审判长，证人魏正宇能证明，被害人李小紫是被被告人肖晓带去攀爬架后受的伤，被害人的死亡跟我的被告人陈兰没有直接的因果关系。被害人在攀爬架已经受重伤，并且伤势非常严重，有可能已经当场死亡。但公诉人凭着手上出现的所谓最新证据，断定我的被告人陈兰故意伤害，辩方对此表示反对。”

李星妍更不服，起身说：“审判长，证人魏正宇已经清楚说明，他是根据判断来判定当时李小紫的状态。被害人李小紫当时的确已经重伤，所以出现肢体以及语言障碍，这点控方一直在强调。一时的摔伤导致人出现短暂的障碍，之后也是可以自行恢复。并且被告人陈兰在多次的讯问笔录里已经强调，自己看到李小紫的时候，她尚活着，并且清醒，只是行动不便。”

季晋源针锋相对：“但公诉书已经明确说了两点。第一点：再次尸检发现被害人李小紫手中攥有一根短头发，并在其指甲里找到皮屑。经法医检测，李小紫手中所攥头发与指甲内的皮屑 DNA 与被告人陈兰吻合；第二点：在审讯期间，检方在陈兰颈部找到伤疤。疤痕大小与幼儿指甲抓痕类似。”季晋源毫不相让，“请问公诉人，一个已经行动不便的三岁半儿童，是怎样抓伤被告人陈兰的？如果公诉人对肖晓的指控属实，那么辩方想问，一个已经重伤的儿童是在一种什么样的情况下抓伤他人？”

“当时被告人陈兰想将她抱下来，李小紫反抗——”李星妍试着还击。

季晋源冰冷地截断她：“反抗？一个哭都哭不出、动都动不了的孩子，被人抱下来，是怎么反抗的？”

李星妍冷冷地问：“所以辩方认为，具体过程是怎么样的？”

“辩方跟被告人陈兰几次接触，厘清了事实。当时，被告人陈兰看到已经坐在桌上，只有微弱气息的被害人，误以为被害人是故意爬上桌子。她一时冲动，怕孩子摔伤，冲过去骂，但因为太冲动，想把被害人拽下来，结果在这个过程中不小心摔到李小紫前额。摔倒后，又误以为她装死，所以才会踢她、掐她。其实这些都是公诉人推理出来的，我的被告人也认罪。但不知道为什么，公诉人突然又推翻自己的推理，并且把矛头直指我的被告人第二次故意摔伤被害人的后脑。”

“辩护律师一再用‘误以为’‘冲动’‘太冲动’‘不小心’，无非是想告诉审判长，被告人陈兰是失手把被害人李小紫拉下，摔到前额！死亡还是肖晓那一摔造成的。”李星妍已经快被他气炸，她不停地深呼吸，想要平息怒气。

季晋源点头：“没错，这也符合控方最初的推断，并且控方在接见李小紫父亲时，已经明确告知他这一结果。我不知道控方摇摆不定的主因，但猜测控方已经失去判断。虽然出现新的疑点，但新的疑点全盘否定原本的证据链，这种情形太让人诧异并感觉荒唐。被害人手腕上有拉痕，前额有伤口，所有证据链已经符合事实，并且我的被告人也已经认罪。”

李星妍已经跟他势同水火：“李小紫手中的确有头发，并且，指甲里确定有陈兰的皮屑，陈兰颈部也发现了类似的伤口。所以控方是有绝对的理由推翻原本的证据链，并根据新证据重新构建证据体系。法院是根据实际证据来断案，不是依据推论。”

季晋源毫不妥协：“但控方所谓的定罪名，却是依据新证据所产生的推论，控方这种自相矛盾的说法，很难让人信服。并且，控方一直在犯错，监控已经显示出魏正宇的身影，只要控方和警方多看三分钟就能发现，但这个小男孩明显被忽视，甚至是无视。因为辩方曾问警方为什么不找这个小男孩，但警方跟马律师有着同样的疑惑，四岁孩童是否能清楚表述犯罪过程。事实证明，四岁孩童的表达能力非常好。”

“审判长，魏正宇我们也一早发现，并试图叫他出庭作证，不过他妈妈一直反对。控方认为，他的言论只能证明部分事实，绝非全部事实。”

两人唇枪舌剑的互不相让，让四周听到辩论的人大气都不敢出。

马元清弱弱地举起手，小心翼翼地问：“审判长，我能问个问题吗？”

已经争得水火不容的季晋源和李星妍异口同声地回：“不能。”

第一百零七章

你好不好，时间会给我答案。

审判长轻咳两声，郁闷地劝告："这是法庭，请控辩双方保持理智。"

季晋源和李星妍坐下，马元清站起来，尴尬地笑了笑："目前站在法庭接受讯问的是我的被告人肖晓。但控辩双方的争论点都在另一名被告人身上，我有种被无视的感觉。"他轻咳了两声，说，"审判长，我其实比较反对拿一个孩子的口供来定罪。再怎么真实，也始终会有出入。"

季晋源对他很不客气："你不是已经反复询问过三次了？而且你的被告人也已经招供了？"

"这倒是。"马元清揉了揉眼睛。

季晋源郁闷道："况且检察官只是指控过失致人重伤罪。"

"这倒是。"马元清坐好，也不再发问。

审判长和陪审员交流后，宣布："由于案件比较复杂，今天先到此为止，明天早上十点将继续开庭审理。"

季晋源总算松了口气，结束后立刻跑向李星妍。李星妍已经收拾好东西，在他到的瞬间起身往外走。

她的脸色很难看。

季晋源追上去，试图想缓和气氛："我有事想说，聊聊呗。"

李星妍疾步走开，不理他。

他小跑跟上："不是吧？你忘记了开庭前说过什么？你说你非常理解律师的职业立场，我还称赞了你。"

她走出法庭，快步迈出法院。

法院门口，李小紫的爷爷还等在那里。李星妍想起那个敬礼，难受地走过去。

爷爷满脸期待地看着她，没说话。

她说："明天还要继续开庭，还没有判决。"

爷爷刚张嘴，身后冲出来一群人，是李小紫的父母。曾采容没有说什么，只是脸色很憔悴。这些日子提起女儿她就流泪，视力都有所下降。

李小紫的爸爸还是挺冲动："你上回说犯罪的人只有肖晓，现在又说陈兰也有责任，我也糊涂了，我真的质疑你的专业能力。"

李星妍沉默不语。

李小紫的爸爸有点咄咄逼人："没错，我自己找过姓季的律师，质问他是不是耍了什么手段，才让园长脱罪。我哪知道你又控告她有罪？你反反复复，到底想干吗？你——"

他还没说完，一个耳光已经打到他脸上。

李小紫爸爸看着打自己的人，失声叫道："爸，你干吗？"

李小紫的爷爷愤怒地咆哮："要相信政府！检察官这么做肯定有她的用意，你为什么要一再冲动？"

"死了女儿的是我，不是她。"

"法律会让坏人得到报应！"

"什么报应？她控告的是些什么罪名？为什么我女儿死了，没有人偿命？"李小紫的爸爸直接气哭了，提起女儿就眼泪滂沱，"我就想拿把刀，把这些罪有应得的人全送进地狱！我女儿死的时候，国家在哪里？法律在哪里？警察在哪里？检察官在哪里？为什么没有人救救她……她还那么小，为什么当时没有人能救救她……爸，你不在审理现场，法庭里的每一个字，都让我心如刀割！我受不了，我真的受不了！"

李星妍听完，眼里火热地道歉："对不起。"

道完歉，她头也不回地离开。季晋源和程颖跟了过来，停车场里，马元清一早等在她车旁。

马元清笑容灿烂地打招呼："李检，季律师，方便搭个车吗？"

季晋源横眉冷眼，反正看他各种不顺眼："不要问我，跟我无关。"

马元清笑容可掬："可是我师傅跟你很熟啊！"

“你师傅脑袋得有多大坑才敢收你？你在法庭的表现真的让人一言难尽。你是怎么混上刑事律师的？还跑到法庭上瞎闹！你在坑师傅的能力上真是登峰造极，无人能敌。”季晋源不给马元清一点儿面子。

马元清对他的冷嘲热讽毫不在意，继续笑道：“师傅对季律师称赞有加，今日法庭较量，感觉师傅没夸错人。”

季晋源被他表扬得不好意思，也不好再损他。

李星妍上车，程颖把副驾座故意让给季晋源，自己和马元清坐在后排。

马元清继续赞美：“季律师，我们私下可以约吃饭吗？我师傅说你这个人，是个值得交的朋友。今天在法庭上——”

“你师傅到底是谁啊？”季晋源忍不住问。

马元清笑容灿烂：“尊师李飞鸣。”

李——飞——鸣！

季晋源为刚才鲁莽的言辞默哀，但又怀疑，李飞鸣前辈怎么会收这样一个徒弟？前辈的动机是什么？

车内三人集体沉默。

马元清以为自己说错了什么话，丈二和尚摸不着头脑：“为什么听到我师傅的名字，你们都不说话了。”

季晋源看了眼李星妍，讨好卖乖：“我们是比较好奇，像李飞鸣前辈那么有本事，那么厉害，那么全能型的风云律师，怎么会收你做徒弟。”

李星妍好气又好笑地怼他：“不是脑袋有坑吗？”

季晋源笑眯眯地回：“大脑的表层本身就坑坑洼洼！”

“你是我见过最厚脸皮的人。”

“人世艰难，身为一个将来要养儿养女养老婆的男人，脸皮不厚一点儿，怎么在这个残酷的世界里生存？”

老婆？李星妍脸微热，无言以对。

程颖神回复：“我们李检又不用你养。”

季晋源看着李星妍，乐不可支：“我知道。”

程颖这才察觉自己说错了话，懊恼地想捶自己。马元清主动找程颖聊天：“你多大了？我们认识认识呗？”

程颖看都没看他，冷冷地回答：“我对律师没兴趣！”

马元清还是面带微笑："可是我对你有兴趣啊！"

程颖的眼神杀向他，他面不改色，若无其事地笑着伸出手掌："我们重新认识一下吧，我叫马元清，本市人，李飞鸣律师的徒弟，现在有房，是父母出资买的，无车。我注意你很久了，很想认识你。"

很直率的告白。

程颖第一次碰到这种事，求救地叫李星妍："李检。"

李星妍爱莫能助："随缘，随缘。"

季晋源也跟着乐呵："对，随缘，随缘。"

送完马元清、程颖后，已经到了下班时间，李星妍直接开车回家。正是下班高峰期，路上很拥堵，半个小时能走完的路程，她足足开了一个小时才回到家。两人结伴上楼，走到李星妍租房的大门口时，季晋源才叫她："李星妍，"他说，"还很早，我们要不要一起吃饭？我可以煮几个小菜。"

"不了。"她拒绝，掏出钥匙准备进门。

季晋源不放弃地唠叨："李星妍，我们谈谈案子吧？在庭上对垒，实则没有办法，我必须替我的被告人辩护，必须为她争取最有利的——"

"我懂。"她打断他，"开始会有点儿生气，但后来想明白了。你有你作为律师的立场，我有我作为检察官的立场。我们忠于各自的职业，没什么不好。"她说完把钥匙插进孔，准备进门。

季晋源还是叫她："李星妍，你等等。"

"嗯？"她挑眉，耐心等他说下去。

季晋源听到马元清对程颖的告白后，已经憋了一路，他有几句话迫切想告诉她，想让她知道，但情急之下，又不知道应该说些什么。

李星妍说："如果没有什么事，我先回家了。"

"我喜欢你。"他脱口而出，"你知道我喜欢你。"

李星妍点头："我知道，还有别的吗？"

"没了。"

"其实我很好奇，你究竟喜欢我什么？"李星妍很想跟他讲明白，"我一点儿都不好，脾气臭，不管谁接近我，都有被冰冻的感觉。我固执己见，但凡自己认定的事就不会轻易改变。如果你跟我在一起，就像跟《刑法》在谈恋爱。我绝对不会允许你犯一丁点儿错。"

“不试试怎么知道。”

“我真的很不好，连我父亲都讨厌我的性格，害怕跟我相处。”

“人间相逢，浮萍花开。你好不好，时间会给我答案。”季晋源深情地看着她，“我不想留遗憾。”

人间相逢，浮萍花开。你好不好，时间会给我答案。

李星妍听到这几个字，想起谢天宇告诉她的真相，非常难过。她知道季晋源一直被母亲的事影响，将自己锁在寂寞的世界里。而她横冲直撞闯进去，却误带给他对生活的希望，让他如浮萍的人生找到支点，他想靠着这个支点，再次找到未来的希望。

“咳咳。”大门突然打开，李飞鸣出现在两人面前，尴尬地笑道，“你们可以当我不存在，我先回家。”

第一百零八章
叔，你给我下套？

两人皆被他的出现吓了一跳。

李星妍最先反应过来："你怎么有我家的钥匙？"

李飞鸣说："怕你哪天弄丢钥匙进不了家门，我当然要私配一套。"

她不客气地伸手："还给我。"

李飞鸣想躲开，她严厉地盯着他："你这叫犯罪预备了啊！"

李飞鸣心不甘情不愿地掏出钥匙，跟季晋源抱怨："看到没有，娶她就像娶一本法律宝典，她随时随地会拿出检察官的架子，一本正经地审讯你。"

"叔，你这个行为本身就不对。"季晋源帮李星妍说话，"你私配她的钥匙。"

"你真没骨气，她都还没同意接受你呢，你就忙着讨好卖乖、溜须拍马、阿谀奉承。"李飞鸣一脸看不起他的表情，"小季，你太让叔失望了。"

季晋源笑着反问："叔，难道你想我骂她？"

李飞鸣立刻反对："那可不行。"

李星妍受不了他俩："你们去一边打情骂俏，我明天还要出庭。"她迅速进屋关门，剩下屋外的两人干瞪眼。

李飞鸣最后被季晋源叫进他家，季晋源煮了几个小菜，摆上几瓶红酒，两人准备大醉一场。

李飞鸣喜欢喝酒，但并不敢多喝。他妻管严，女儿又是个检察官，所以跟她们住在一起，在行为方面被约束得苦不堪言，连买彩票都不能超过十元，在家喝红酒不能超过五杯，白酒不能超过三杯。

幸好收了马元清为徒，他在马元清的柜子里藏数十瓶红酒，每次酒瘾犯了就去喝。喝醉了，那个贴心的爱徒还会给自己醒酒。

季晋源一边吃菜，一边问："叔，你那个徒弟是怎么回事？"

"马元清？"李飞鸣畅快地喝酒，品尝小菜，"你是想问叔看中他啥了？我跟你说，元清基础太差，人笨，老实，辩论也不流利，但贵在坚持，有毅力。他刚来我公司那会儿，像个哑巴一样，让他跟师兄们辩论辩论，他半天说不出一句话。但经过本人的"鬼斧神工"，他已经被改造得差不多了。当然，比起你，他还是欠缺了点儿。但相信叔，不出三年，他就是第二个你。"

季晋源笑着问："叔，你的本意是想改造来当女婿的吧？要不然你专挑老实的下手？"

"哈哈。"李飞鸣大笑，"这也被你看出来了？可惜啊，叔给他看过星妍的照片，还诱导他，娶了我女儿就有大把钱，结果这愣小子就是不上当。不过，叔现在更喜欢你。小季，叔看好你，成为我未来的女婿指日可待。"

"你当初也是用钱来引诱我，给我下套的吧？什么两万、三万、五万、十万，张嘴就来。"

"哈哈哈，往事莫提，来来，咱俩喝酒。"

喝了三瓶酒后，两人微醺。

李飞鸣趁着酒意说："小季，你是不是真心喜欢我女儿？"

"当然。"

"来，给叔打两万彩礼以示诚意，如果我女儿不接受你，叔退回给你。"

"可以啊！"季晋源二话不说，拿起手机打开微信，直接转账过去。李飞鸣收下，心满意足："真好，我女儿总算嫁出去了。"他一口饮尽酒杯的酒，突然有点儿伤感，"有点儿舍不得……把丫头养这么大，操了不少心。这么简单就把她嫁出去了……"他眼泪哗地涌出，"还是舍不得啊，越想越难受……"

季晋源也跟着伤感，声音沙哑地保证："叔，我会对她好，会拼尽全力对她好。"

"叔相信你。"李飞鸣抹了抹眼泪，"叔先回家了，老婆还要查岗呢！"

"行，我送你。"

"送什么送，想酒驾啊？我叫代驾。你明天还有官司呢，先忙吧。"

季晋源把李飞鸣送到楼下就返回，经过李星妍的家门口时，很想敲门告诉她李飞鸣已经回家的事。但犹豫再三，只好作罢。

他回到家，看着桌上还没有喝完的红酒，坐过去，却没有喝。

“还是舍不得啊，越想越难受……”

他想起李飞鸣的话，眼泪跟着涌出。是不是所有父亲都会舍不得自己的孩子嫁人或远行；是不是所有父亲都会心疼自己的孩子某天会不在身边。

可他的爸爸在哪里？

父亲缺席了自己的成长，缺席了自己的人生，是不是还会缺席自己的婚礼？

季晋源无声地泪流满面。

手机突然响起，他接听，传来陌生的女人声音：“晋源吗？”

很亲热的称呼，季晋源记得她，是父亲最新找的女人。

女人声音很急：“国强住院了，你能不能来看看他？”

他放肆流泪，但声音很冷静，让人听不出哭意：“跟我有什么关系？”

“晋源，再怎么说他也是你爸。万一哪天他走了，你就不怕自己抱憾终身？”

“想让我去看他，可以，叫他给我一个答案。在没有听到答案前，我跟他只能像陌生人一样。”

“何必呢，你们父子俩都是一样的倔。”女人哀求，“晋源，就算真的是他的错，你看在他是你父亲的面上，原谅他行不行？难道你还能恨他一辈子？国强很想你，他——”

季晋源挂断，不想再听那些絮叨之词。他瘫坐在椅子上，哭泣地喃喃道：“我就想要一个答案而已，哪怕骗我也行。如果您能骗我，哪怕是欺骗，我也会好过一点儿。难道您想让我自己去找检察官，自己去问清楚吗？我没勇气……我不敢……”他眼泪滂沱，“您可以跟我说任何原因，我只要一个原因，而不是冰冷冷的一句‘不是我’。那三个字我只会当成狡辩……我只想要一个原因……您说什么我都会相信……”

屋外的夜越来越深，这深沉的黑夜渐渐逼进屋里，压得人喘不过气。

季晋源走到阳台，看着窗外的万家灯火，眼泪泛滥成灾。

他也想有个家，家里有父母，有妻儿，而自己努力赚钱，努力给他们更好的生活。这种普通人的生活，却是他最梦寐以求的向往。

成长真不好。

小时候，无忧无虑地享受着父母的怀抱；长大后，却要在期盼亲情的状态下，装作若无其事。

小时候，会无所顾忌地告诉父母自己对他们的爱；长大后，却只能在渴望中隐瞒。

成长会磨灭掉很多童真，会让人学会压抑克制住情感的泛滥；成长会让人成熟，会让人向往更多的东西，却遗忘掉人类的初衷。

每个人的初衷，不应该就是想父母双全，配偶和孩子安乐，全家健康幸福吗？

第二天早上七点，李星妍就起床跑步吃早餐，八点整坐在客厅看资料。她闭眼回顾昨天的庭审，在脑海模拟了即将到来的第二场审讯过程，想好一些讯问词后，九点整动身。隔壁的大门在九点也刚好打开，季晋源着装整齐却睡眼惺忪。

他主动打招呼："早。"

"不早了。"李星妍疾步走到电梯处，进电梯。

季晋源跟了进去，问："起得很早？"

"对。"她看着他，"你状态很不好，好像没有睡够。"

"昨晚很晚睡。"

"我爸拉你聊天？"

"没有，叔很早就走了。我是被一个坏情绪干扰，没有及时调节。"

"哦。"李星妍简单地回应。

坏情绪？跟他父亲有关吧？

果然，他说："我爸住院了。"

电梯一路不停地下降，她盯着下降的数字，装作无意地说："你应该去看看他。官司结束后，可以考虑回家一趟。"

"有什么好看的。"他很颓废，因为做了一晚上的噩梦。他梦到了妈妈，妈妈其实很少入梦，他都快将她的面容遗忘。

可昨晚，他梦见自己又回到了小时候，在梦里抱着母亲的尸体哭。醒来后，心跟着梦境剧痛。

李星妍看似心不在焉："万一你真冤枉了他。"他疑惑地盯着她，怀疑她知道些什么。李星妍漫不经心地强调："万一，我是说万一。"

"哦。"季晋源面无表情地回答，"没什么万一，当年的事我亲身经历，我太清楚发生了什么。"

“自认事实等于自大，很多遗憾就是因此产生。”

“比如昨天的庭审？”季晋源拿她打趣。

电梯刚好到了。

她脸色难看地瞪了他一眼，步出电梯，找到自己的车。

季晋源忍不住笑着问：“我错了，我错了，一起？”

她上车，迅速锁好车门扬长而去。

季晋源看着远去的车尾灯，朝她喊：“自认事实等于自大，要记住教训，今天别再犯了。”

李星妍看了眼后视镜里讨厌的身影，自言自语：“今天试试呗，看谁输谁赢。”

第一百零九章

法庭对决

早上十点不到，法院外已经人潮汹涌。除了李小紫的家人亲友，还来了不少李小紫的同学家长，他们都来给李小紫父母打气。李星妍扫了眼人群，没有看到李小紫爷爷的身影。程颖好奇地问旁人才得知，老人昨天在家听说庭审过程，昏迷入院，所以那些同学家长才赶来声援。

李小紫的同学也被肖晓和陈兰打骂过，但都没有她严重。家长们议论起这事，感到庆幸之余，也对即将的判决忧心忡忡。

李星妍径直走入法院，马元清正站在法庭门口乖乖等着。两人简单打过招呼后，马元清刻意走到程颖身边跟她讨教。

临近开庭时，高新远来电。主任问李星妍对于公诉陈兰有没有把握，她坦言自己把握不大。高主任最后宽慰了一句：尽力就好。

尽力就好？

这案子并不是尽不尽力的问题，她在法庭门口还没有找到击溃陈兰的招儿。陈兰太冷静，李星妍虽然一大早就模拟了审讯场景，但心里还是没谱儿。

开庭前三分钟季晋源才匆匆赶来，他说：“刚去跟师兄聊了会儿，差点儿迟到。”

“为虎作伥。”李星妍对康辰很反感。

季晋源没有维护康辰，只是说：“师兄要求陈兰的刑期不超过一年或无罪释放。”

“有把握？”李星妍挑眉问。

季晋源笑了笑：“如果是依据昨天的庭审来猜测，无罪释放的可能性还是很大，你认同吗？”

李星妍不置可否地跟着笑了笑。

法庭门刚好打开，她带着程颖走进去坐好。程颖趁着还没有开庭问她：“李检，今天审讯陈兰有几分把握？”

“0 分。”

“0 分？”

“嗯。”李星妍开个小玩笑来调节这压抑的气氛，“万一我失败了，我在你心中的伟大形象是不是会一落千丈？”

“对手是季律师的话，输也并不是一件可耻的事情。”程颖很看好季晋源。

李星妍听出了一些故意夸赞对手的苗头：“对他的糟糕印象改观了？”

程颖嘿嘿地笑：“主任昨天晚上打电话跟我聊了半个小时，做了些思想工作，他认同季律师，并且称赞他忠于职业，说他一棵当检察官的好苗子。”

“主任很会给人洗脑。”

“可不，他说庭审后要跟季律师多多接触，看能不能拉拢他去考检察官。如果季律师能当检察官，那跟你简直是天生一对。”

“是吗？”李星妍看向对面的季晋源，他刚好也看过来。

四目相对，连空气都瞬间变得暧昧香甜。两人对视了一眼，又各自装作若无其事地移开。

审判长、人民陪审员入庭，书记员宣读纪律后，审判长宣布开庭。核对完嫌疑人，审判长让李星妍开始讯问陈兰。

陈兰站在法庭上，直视所有人，还是很冷静。

李星妍佩服她超乎常人的心理素质，开门见山：“讯问时，你一直强调自己是从桌上把李小紫直接拽下来。你——”

“这是事实，不用强调。”陈兰平静地打断她。

李星妍反应很快地转换话题：“讯问笔录所述都是事实？你进去看到还活着，并且已经神志不清的被害人李小紫？”

“对，但有一点我要纠正，小紫当时气息微弱。”

“你是凭什么来断定她气息微弱？”李星妍紧盯着她，声色俱厉，“讯问时你的原话是，‘李小紫正坐在桌子上看着我。对，当时她还活着，但坐在桌子上直愣愣地盯着我。’直愣愣的意思是目光呆滞，而你说的是气息微弱，这两者天差地别。”

“我没有说谎。”陈兰反驳。

李星妍面无表情地应对：“我并没有说你说谎，只是感觉奇怪。你推门而进时，她的状态是导致你下手的原因。如果是一个气息微弱的幼儿坐在桌子上，你的第一反应不应该是觉得不对劲儿吗？反之，如果是一个直愣愣地盯着你的幼儿，你的第一反应是有可能冲过去骂她的。”

陈兰思考了两秒：“其实我忘记了她当时的状态，不管她什么状态，反正吓了我一跳。”

“我认同你，她的确吓了你一跳，因为你在审讯时原话是‘不是傻掉，是像鬼一样’，任何人看到一个小女孩像鬼一样盯着自己，都会吓一跳。之后呢？你走过去骂她？”

“对，骂完后，我伸手把她拽了下来，结果她摔趴在地。我认罪，看到她摔趴在地，我对她又踢又掐，不管国家怎么惩罚我，我都认罪。”

“你骂她，伸手拽她的原因是什么？”

“她直勾勾地盯着我。”陈兰不知是套，“整个人像鬼一样盯着我，任何人都会吓一跳。”

李星妍全程不急不慢，脸上看不出一丁点儿表情：“所以当时你进去，看到被害人的第一状态是，她还活着，虽然不哭也不动，但会直勾勾地盯着你。也不是直愣愣？我必须向你解释这两组词。直勾勾是紧盯着，直愣愣是目光呆滞。”

“直勾勾。”陈兰很肯定。

李星妍冷冷地笑了笑：“所以不是气息微弱，也不是直愣愣，而是直勾勾。”

陈兰听到“气息微弱”四个字才反应过来。

李星妍不给她机会喘息，加快语速：“我们继续，看到直勾勾盯着你的李小紫，你被吓了一大跳，之后冲过去骂她，并且把她抱起。”

“不是抱起，是拽住她的手臂。”上过一次当的陈兰已经很警惕，“之后她摔趴在地死亡。”

“摔到额头不是她死亡的原因，也不能加速她的死亡。”

“我说了，进门就看到她气息微弱——”

“不。”李星妍打断她，正颜厉色，“你进门看到的是直勾勾盯着你的她。所以这就很奇怪。撞到后脑勺的李小紫已经丧失意识，只能任肖晓抱着送回小黑屋。但在你进入小黑屋时，她能直勾勾地盯着你，这就表示，她正在恢复？

所以之后你抱起了她！并且——”

“我说了，我是拽起她！”陈兰大声强调。

“不！”李星妍不管她的抗议，也大声重复讲重点，“之后你抱起了她，可是这时已经恢复力气的被害人一手抓住你的头发，另一只手抓伤了你。你疼了，于是失控把她用力摔在地！”

陈兰微怒：“我说了不是这样！”

李星妍咄咄反击：“这就是真相。所以被害人指甲里才会有你的皮屑，另一只手中攥紧你的头发，所以她后脑才有直径大于 4cm 的血肿硬块。”

“不是！”陈兰不再冷静，烦躁地质问她，“你陷害我的目的何在？”

“我没有陷害你。不过我梦到了李小紫，这些天她经常在我的梦里，你呢？她会不会找你，你还睡得安稳吗？”

她说中了陈兰的心事，陈兰微怔后，尖叫：“没有，我没有梦到她。”她咆哮，“你是检察官，竟然敢在法庭上威胁被告人。”

李星妍冷漠地问：“我怎么威胁你了？”

“你说她进入我的梦里。”陈兰已经失控，这些天，她的确每晚都梦到那个哭泣的身影，每天都噩梦缠身，“我告诉你，没有，我一次也没有梦到过她。我没有做亏心事，所以她不会来找我。”

“为什么她会每天进入你的梦，因为当时看到直勾勾盯着你的李小紫，你发火想抱下她，结果她抓伤你。你吃痛后把她摔在地上，摔到了她的后脑勺，才导致她加速死亡，或直接死亡。之后你怀疑她装死，不停地踢她踹她，甚至还掐她！”李星妍再次加快语速，咄咄逼视她，咬牙切齿地问，“陈兰，她有没有在梦里告诉你，她很疼？她在你的梦里会不会哭泣？我告诉你，我每晚都会梦到她，她不停地哭，一直在哭，整个幼儿园都是她的哭声。她很恐惧幼儿园，可是没有人知道她的恐惧，每次送她去幼儿园大人都以为是正常的哭闹，坚持把她送过去。因为没有人会相信，幼儿园会对孩子干出这种事。她还是个孩子，还是个手无缚鸡之力的孩子，你打骂虐待她的理由在哪里？陈兰，午夜梦回时，你会心疼她还只是个孩子吗？”她嘶吼，“你会心疼吗？”

陈兰失控地尖叫：“我也不想的——我不是故意的——我是好心想抱她下来，可是她抓疼我了——”

她说完看着李星妍，愣在当场。

第一百零十章
还好遇见你

李星妍还是一脸严肃："她抓疼你了——我们继续——"

季晋源没有发言，他在迅速调整思路。陈兰的确抱起桌上的李小紫，李小紫抓疼她，而陈兰之后把李小紫摔在地上？

李星妍依旧不给陈兰任何喘息的机会，接着逼问："也就是说，我的推断是正确的，李小紫虽然之前被摔伤，但正在恢复，前一次的摔伤并不会立刻致死。而你接下来的举动才是她致死的主要原因。"

马元清举手发言，像个好孩子发现别人的缺点一样，惴惴不安地举报："审判长，公诉人全程并没有用法言法语。她应该称被告人陈兰，被害人李小紫，她应该自称控方……"

审判长认同："公诉人注意，法庭应该用法言法语。"

李星妍点头："对不起，控方会注意。"

陈兰知道自己说错了话，不管李星妍问什么，都干脆保持沉默。

李星妍已经达到目的："审判长，控方讯问完毕。"

审判长说："辩护律师可以进行讯问。"

季晋源一直都在快速思考，选择先不问。马元清积极地举手，温柔地问陈兰："被告人陈兰，你已向法庭承认自己抱起李小紫，而她也抓伤了你，接着呢？接着你摔了她？"

陈兰一言不发地看向季晋源。

季晋源还是纹丝不动地坐着思考。一个三岁半的孩子在绝望之际奋起反抗，这一点让季晋源很诧异。

马元清苦口婆心地劝她：“都到了这种地步了，不如招供。”

陈兰呵呵一笑，颇为冷静：“没错，我是抱起她，之后她抓伤了我。可我有交代我摔了她吗？你们哪只眼睛看到我摔她了？”

李星妍强势发言：“审判长，控方申请专家证人入庭。”

审判长同意请专家证人，谢天宇被法警请上法庭，站到证人席。

李星妍说：“证人，你可以先自我介绍。”

谢天宇说：“我叫谢天宇，是检察院的法医。主要职业是解剖，但我们除了解剖，对伤亡鉴定还有再审的义务。”

李星妍问：“你能详细说说被害人的尸检情况吗？”

“被害人的第一次尸检是一些详细的对外伤、内脏、脑部的分析，以及一些表面上的伤亡原因。经我再审，发现有些项目的检查还不够全面，比如指甲缝隙，前法医提取了八只指甲缝内的残留，剩下两只并未再检测。还有被害人李小紫的另一只手，一直紧攥松不开，但经过一段时间已经能打开。于是，我应公诉人的要求再次尸检。”谢天宇娓娓道来，“我帮被害人剃发后，发现有很小很小的表皮剥落，剥落位接近头皮血肿处。并且测量了头皮血肿，硬块直径大于 4cm。除了这个可视伤口，在李小紫的后脑勺，还有个没有表面伤痕的伤。李小紫的后脑长度为 10cm，但这个伤出血点长度大于 6cm，属于广泛性的皮下出血。”

李星妍问：“对于这两个伤，你有什么发现？”

“我们都熟知一个人摔伤，如果出现血肿，它是局限于损伤中心。所以我认为头皮 4cm 的血肿，与长度大于 6cm 的皮下出血，是两个伤口。并且经过 CT（电子计算机体层摄影）扫描，被害人的脑挫裂伤主要发生在这两个部位，这两个部位都有较为集中的点片状高密度影，这样更能肯定这是两个伤口。而且 6cm 的皮下出血，符合控方找到的攀爬架。”

“被害人在第一次摔伤时出现短暂的丧失意识行为等特征，能详细解答吗？”

“被害人的具体死因是脑挫裂伤，脑挫裂伤有局灶和广泛。局部的挫裂所表现的特征也是带有局限性的，比如偏瘫等。但李小紫的脑损伤较严重广泛，所以摔伤会出现你所说的意识障碍，行动无力等，但会自已恢复。恢复的时间很难掌握，有的时间较短，有的时间较长而已。”

“如果被害人在第一次受伤，出现意识模糊就紧急送医，会不会导致死亡？”

“要看严重程度，重型脑损伤有 28% 到 50% 的死亡概率。但如果过早干预，存活的概率也很大。所以我无法肯定她究竟是死于皮下出血的伤口，还是头皮血肿的伤口。我可以确定的是，第一次撞击有潜在的重伤或死亡风险；而第二次撞击后，她直接死亡。”谢天宇有条不紊地解答。

李星妍说：“非常感谢法医替我们解惑。”

一直沉默的季晋源突然发问：“辩方想请问法医，假如没有第二次撞击，被害人依然有死亡的可能性，对不对？”

谢天宇坦言：“没错。”

季晋源脸色凝重地继续问：“还有，你所说的第一次撞击是有潜在的死亡风险，而第二次撞击是直接死亡。我们可不可以换个说法，被害人直接死亡的原因，很大程度是因为第一次摔伤？”

“不排除。”

“控方认为第二次摔伤为直接死因，第一次为重伤。反之，第一次也可能带致死因素，第二次只是加速死亡？”

“对。”

“审判长，辩方已经对专家证人询问完毕。”季晋源坐下，又陷入沉思状。

谢天宇被法警带下去。

李星妍说：“审判长，根据法医的结论——”她还没有说完，但季晋源已经严肃地盯着她，双眼精光大放仿佛能随时反驳。李星妍没管他，做总结：“根据法医的结论，辩方证人的证词，以及被告人陈兰的供述。我们可以肯定被害人李小紫被两次摔伤后脑。控方认为，肖晓为过失致人重伤罪，陈兰为故意伤害罪，请依法判处。”

季晋源表示反对：“审判长，辩方不认同故意伤害罪。被告人陈兰在之前已经供述，自己好心要将被害人抱下，但被抓之后，她失控无意之下才会做出冲动的事。如果第一被告人肖晓为过失致人重伤罪，那么陈兰也应该为过失犯罪。”

李星妍反对：“控方不同意辩方的说法，肖晓的过失行为已经被确定，陈兰生气后摔人，应该考虑到后果，她能预见自己这一摔下去，幼儿会出现各种状况。”

“审判长，辩方还有一项证据提交法庭——”季晋源面无表情，“这是一段车载摄像头所拍摄到的视频，视频内容能清楚显示，被告人肖晓摔伤幼儿后，幼儿已经接近昏迷的状态。所以辩方完全不认同控方的结论。辩方认为第一次摔伤才为致死主因，第二次仅为诱因。”

突袭证据？李星妍皱紧眉，想到了幼儿园滑梯外那个露天停车场。

审判长同意提交证据。

季晋源怕李星妍误会，重点说明：“这的确是今早才发到我邮箱，来不及提交法庭，只能现在提交。”

视频播放，所有人都可以清楚地看到并听到当时发生的事，肖晓打骂李小紫时，失手将她拉下，导致她摔伤。这时的李小紫的确出现短暂的昏迷，任由肖晓抱起送往小黑屋。

视频播放完毕。

季晋源说：“辩方之前就提过，被害人第一次被摔伤就已经接近死亡，再被扔进小黑屋。而另一名被告人肖晓恶意栽赃，造成我被告人虐童，并趁机将罪名推到她身上。现在的结果显而易见。控方认为被告人陈兰为主要凶手，而被告人肖晓的刑罚却极轻。”

李星妍轻松回答：“视频上发生的事被告人肖晓已经在法庭交代清楚，事实是被害人经过这次昏迷后，在小黑屋清醒。这已经是显而易见并毫无疑问的问题，不应该重复在法庭辩论。控方相信法庭会根据已有证据做出正确的裁决。”

审判长与陪审员商议后宣布休庭。

这次没有直接宣判，看来法院对于致死原因也有点儿摸不着头脑，要重点讨论。

李星妍庭后松了口气。

季晋源跑过来说：“一起吧。”

马元清也跑了过来：“我很佩服两位，不如一起吧，我们在车上再讨论讨论。”程颖想给李检留空间，主动说：“李检，我还有其他事，我自己搭出租车走。”

马元清趁机对程颖说：“要不咱俩一路？”

程颖给了他一记白眼，拒绝：“我讨厌跟律师一路。”

李星妍没管其他人，心情沉重地兀自往外走。季晋源亦步亦趋地跟着，一路喊：“咱俩一起。”

她没有同意也没有反对，到了车上才问季晋源：“就算知道你的被告人有罪撒谎，你还是会帮她辩护？”

“对，这是律师的职责。”季晋源坐在副驾座，坦诚地说，“就算她是致死的主因，我还是会力争轻罪，这就是律师的职业。李星妍，我希望你不要反感，不要迁怒于我。”

“我知道。”李星妍按着方向盘，“只是感觉很遗憾。”

季晋源笑着问：“遗憾什么？”

李星妍看向他：“遗憾咱俩没有早一点儿遇见。”

他一路摇摇晃晃地行走在悬崖边，随时会掉下。而她对于他的困境无能为力。如果能早一点儿遇见，她想她会比现在更理解他，更宽容他，更能打破对律师的职业障壁。

两人目不转睛地对视，眼里含着千言万语，虽然不说，但对方都懂。

季晋源微笑：“还好遇见你。”

还好遇见你，让我被囚的人生有了光明的希望，走出困境；还好遇见你，让我坎坷的道路，除了孤独崎岖，还能有个伴侣；还好遇见你，因为爱情不论早晚都带着美好的未来。

真的，还好遇见你。

第一百零十一章
失业的季律师成抢手货！

还好遇见你。

李星妍听着这五个字，心跳再次加速。这是她第一次试图对他人说些算是情话的语言，这是她第一次尝试去接近一个人，而这次鼓足勇气的尝试让她感觉很美好。原来对别人说些温柔的甜言蜜语，自己也会觉得开心，她尝到了爱情的滋味。

李星妍启动车，一路飞快急驰。

季晋源说："注意别超速。"

"我开车很稳。"李星妍刚回完，就看到后边跟着一辆熟悉的车。那车撞过她一次，所以她记得车牌号。

李星妍不动声色地沿着路线开，时不时看向后视镜。季晋源注意到她的异样，问："怎么了？"

"不知道你师兄想干什么。"

"康辰？"季晋源看向车内后视镜。

果然，师兄的车紧跟在后边。

李星妍冷冷地笑了笑："又想撞我？"

"又想撞你？"季晋源故作疑惑，"对对，他以前不小心撞过你一次。"

"你相信他？"

"你怀疑那次他是故意的？"

"他的确找了借口，但我认为那只是借口。"李星妍脸色沉重地盯着康辰的车。果不其然，康辰几次试图加速朝她的车撞过来。

季晋源的脸色也很难看："他又想撞你！"他有点儿不敢置信地盯着后视镜里的车，"师兄他又——"他没有说下去，但大致清楚师兄的用意。

"他就是一个浑蛋。"李星妍突然把车往路边一拐，停下。

康辰直接绕到她车头前停下。

李星妍打开车门，气势汹汹地下车，季晋源坐在位置上没有动，他有点儿震惊刚才自己看到的那一幕。

李星妍敲了敲前车的车窗，康辰滑下车窗，若无其事地笑："你好，我们真有缘，又见面了。"

"你刚才想撞我？"李星妍开门见山，不跟他绕弯儿。

康辰出乎意料地直言不讳："对啊，我就想撞你。"

李星妍命令他："下车。"

康辰依言下车，他一身得体的高档西装，领带打得端正，斯文地笑着问："叫我下车有何贵干？"

"为什么想撞我？"

"不如打开天窗说亮话。陈兰的案子，你开个价，每个人都有价位。"康辰直截了当，"你的价位是多少？我给你多少钱，你才肯放弃这个案子？"

"钱？"李星妍皱眉问。

"对，钱。实话告诉你吧，幼儿园一年能挣多少钱咱们心知肚明。陈兰不想坐牢，坐牢太担误事，所以你放心开个价，只要合理都好谈。"康辰说话单刀直入，一点也不知道避讳。

李星妍讥讽地重复："死了一个人，一条人命！还嫌坐牢耽误事？"

"你开个价。"

"如果我拒绝，你准备开车撞我？"李星妍嘲笑问，"纠正下，是，又准备开车撞我？"

康辰有点儿不耐烦："我不会傻到谋杀你，开价吧，一百万够不够？"

李星妍挑眉："一百万？"

"你一个月工资才多少？何必为了这点儿死工资去得罪那么多人？李星妍，一百万也不少了。如果你再执迷不悟，难保下次能大难不死。"康辰失去耐心，直接威胁，"下回开庭只要你别死咬着不放，晋源一定有办法把罪名减轻。"

"你这是在挑战法律。"

“挑战法律又怎么样？律师本身就是行走在法律之上。我告诉你，只要有本事，故意杀人罪也能变成过失致人死亡。律师凭口才赚钱，心安理得。”

“律师不是行走在法律之上，律师的职责是让所有公民接受辩护的权利，律师的职责更应该是维护社会的公平和正义。康辰，你不配做律师。”

“我不配？”

“对，你不配！”李星妍扬起手中一直在录音的手机，“我会把咱俩的对话交给司法局和律协。你需要去跟他们解释解释你的行为动机。”

康辰看向她手中的手机，还没来得及回过神，她已经转身上车。他这才注意到，她车里还坐着季晋源。

季晋源一直坐在副驾座，开窗听他们的对话。他对这个结果很失望，失落地问李星妍：“你真要交给司法局和律协吗？”

李星妍坦言：“没错，他试图行贿，我肯定要投诉。”

“我有些事想跟师兄谈谈，你先回家。”他没有等她回答就急匆匆地下车。李星妍没再管他，启动车离开。

季晋源走到康辰旁边，很想问些什么，但动了动嘴唇却没有开口。两人都没有说话，都在等对方先问。

康辰最后笑了笑，缓解沉重的气氛：“晋源——不要这样子——”

季晋源伤感地跟着笑：“师兄，星妍刚才在车里说你还想撞她，我故意装傻，装作对你上次故意撞她的事不知情。其实那天，师兄已经跟我坦白了。但我觉得，我应该维护你。因为我一出社会，你就看重我，让我去你的律师事务所，没有你，我不可能有今天。”

康辰没有接话，而是岔开话题：“这里车流太多，我们上车聊。”

两人一同上车，康辰转移话题：“我在旁听席，所以知道结果。”

季晋源问：“为什么要行贿？行贿足够判刑。”

康辰启动车，试图说服他：“晋源，不要怪师兄，师兄保证会带着你一起发财。”

“你所谓的发财是指鹿为马，伪造证据吗？”季晋源的语气颇沉重，“师兄，你上回说，‘谁不是为人民币服务呢，这污浊的世界，谁又比谁高尚。’其实我不太认同，但也没有当场反驳。身为律师，我觉得应该在公平正义与现实金钱间做权衡。”

“就算辩护人犯罪，你还是一如既往地帮他们辩护，所以这不是你的心里话。”

“不，我帮他们诡辩的基础是，我相信法律的公正。在相信法律绝对公正的前提下，我力所能及地帮他们辩护。”

“晋源——”

“师兄，我在你办公室见过陈兰。”季晋源打断他，“你跟她之间不是普通关系，但不管是什么关系，你都不应该为她以身试法。”他迟疑了好一会儿，抱歉地说：“师兄，对不起，我可能没有办法在你的事务所继续干下去了。”

“晋源，你跟李星妍才认识多久？咱们认识多久？你为了她要跟师兄翻脸？她私下有没有受贿你怎么知道？你继续待在事务所，我会让你当合伙人——”

“不。”季晋源再次打断，“这个社会已经生病，但依然有人想靠自己的力量力挽狂澜，李星妍就是这种人。她不会屈服于威胁与权力，能让她屈服的只有绝对正义的法律。”季晋源看向康辰，“康辰，我不准你胡编乱造冤枉她——”

他已经改变了称呼，因为对眼前这个人太失望。

“辞职报告我明天会发给你，还有陈兰的案子，我不会再代理。”

“晋源。”康辰之前的伤感一扫而光，语带威胁，“你怪我？真要跟我划清界线？如果你从我的律师事务所走出去，我有把握让你失业，再也当不了律师！”

“李星妍常挂在嘴边的话送你——悉听尊便。麻烦停车。”季晋源以前会害怕失业，但现在仿佛有了盔甲，那盔甲是她——是的，爱上一个人，软肋是她，盔甲也是她，你面对这个世界的所有力量来源都是她。

康辰不再多言，在路口停下车。

季晋源下车，走在马路上，心里所想所念都是李星妍。他迫不及待就打电话给她，简单直接地说：“我失业了。”

她回复得更简短：“挺好。”

“你就不能多说两个字安慰我？”季晋源郁闷地说，“我是因为你才决定辞职，如果换作别人，贿赂关我屁事？”

“政治思想度还不够高。”李星妍评价。

“我——”季晋源气结，“你的意思还要高尚一点儿？比如，把以前打官司收到的钱退还给他？”

“差不多。”

“大姐。”季晋源有点儿抓狂，“如果你认为一个路边的乞丐能让你优雅地转身，我对于做乞丐这种事还是比较向往。这样吧，再来两个字安慰我。”

“保重。”李星妍说完挂断电话。

保重？这……太像她的风格了！他怎么忘记了，她是灭绝师太，从小刀枪不入、百毒不侵，指望她安慰无异于自取其辱。

他翻看通讯录——李飞鸣。

他发微信给李飞鸣：叔，我失业了。

李飞鸣刚好看手机，秒回：这敢情好啊，来叔的事务所。

季晋源笑容灿烂地回：有种抱大腿的感觉。

李飞鸣：年轻人，如果抱大腿能让你少奋斗20年，值不值得？

季晋源立刻回：值。

李飞鸣发了个笑脸：年轻人，思想觉悟高。

季晋源：康辰刚才威胁我，说让我失业，再也当不了律师……

李飞鸣发了把匕首图标过来：开什么玩笑，你知不知道自己现在多抢手，你只要往律师圈喊一声失业了，大把人捧着几百万急着签你……

李飞鸣发完又立刻撤回，心虚地回：没关系，叔的大腿粗，随便你抱。

季晋源刚好没看到：叔，你撤回了什么消息？我没有看到。

李飞鸣偷笑：叔是问你何时来上班？要不要现在过去接你？跟叔签个三五年怎么样？

季晋源：我能不能想想？

李飞鸣：别怪叔没提醒你，近水楼台先得月，来叔的事务所上班，好处不用说你也知道。

季晋源：那签三年吧！

李飞鸣非常爽快地回：成交！

律师事务所的李飞鸣看着窗外，感觉自己有点儿无耻。不过没有关系，这年头，不无耻怎么找着好女婿？

季晋源到底知不知道自己有多抢手啊！

李飞鸣打开自己的微信律师群，发现群聊不过两分钟没有看，就有接近二百条信息。他点进去一看，糟糕，不少律师在讨论季晋源离职的消息。

为什么他们会知道？谁传出去的？他往上回看记录，原来有律师截图了季晋源的朋友圈，小季拍了张天空照，加了一句话：今天，我失业了。

于是，这张照片下都是开条件引诱他去上班的回复。

李律师：季律师，我们是 ×× 律师事务所，可以预付二百万，签三年合同！

陈律师：季律师，我们是 ×× 律师事务所，可以预付三百万加合伙人合同，期待您的加入。

张律师：季律师，我们是 ×× 律师事务所，只要您肯来，钱方面都不是问题。

……

李飞鸣立刻给季晋源发微信：你可是先答应了叔，反悔的话彩礼二百万！

季晋源郁闷地回：叔，我又没说不去，可是为什么，我会这么受欢迎？康辰明明说要让我在律师界混不下去。

李飞鸣得意地回：因为叔啊！但凡叔看中的人，他们都无耻地想抢走！

回复完，李飞鸣在办公室一阵喟叹，感觉自己才是最无耻的那个人。

不过无耻好，人不无耻枉老年！

第一百零十二章
李星妍教训康辰

李星妍第二天就把康辰投诉到了司法局和律协，因为是检察官直接投诉，司法局挺重视，特意叫康辰及律协的人前去。康辰万万没有想到李星妍会私下录音，所以颇费了一番周折才解释了自己的行为。

大意是说自己故意试探她之类。

司法局最后给出的处理是严肃批评，并说还有下次之类的行为直接吊销律师资格证。季晋源离开了康辰律师事务所后，陈兰认为他辩护不利，主动要求换律师。陈兰的最新辩护律师是康辰。

李星妍对康辰这种明目张胆行贿及恐吓，却只是严肃批评的处理结果不服，继续去司法局投诉，并要求彻查。

过了几天，检委会招集所有人就幼儿园的案子再次讨论。虽然不知道法院会怎么判决，但内部还是一再开会确认，并商量了建议量刑部分。检察院内部觉得应该重判才能形成威慑，但量刑方面这次不想干扰法院，因为实际罪名还未审出，怕会有变数，如果此时建议量刑非常不妥，所以让李星妍在下次庭审时看着办。

过了几天，法院再次通知开庭时间。其实这次开庭是走过场，因为所有证据已经提交，康辰也没有再提交新证据，不过李星妍还是趁开庭前去看守所见了陈兰和肖晓。她先见的肖晓。

讯问室里，程颖见到肖晓就气鼓鼓地说："便宜你了，过失致人重伤罪。"

肖晓不以为然："所以我应该感恩戴德？需要我感激涕零吗？"

程颖听到后火冒三丈："你闭嘴吧，你以为自己——"

“程颖，”李星妍打断她，“让我跟她说。”

肖晓直盯李星妍，不屑地笑：“过失致人重伤，我问了人，最高判三年，谢谢你啊！”她故意讽刺李星妍，“三年，很容易过。”

李星妍面无表情：“我也觉得三年太便宜你了。”

肖晓满意地微笑：“对这刑期我挺满意。”

李星妍紧盯着她：“肖晓，网友把你的资料已经传遍了，你父母家连续多日都有人前去骚扰。两个老人被你连累也真是可怜，每天东躲西藏地搬家。”

肖晓想起父母就有些难过，坐牢这段时间她最担心的就是父母。

李星妍见她不再嚣张，有些沮丧难过，故意慢腾腾地说：“听说前段时间你父亲因为你跟邻居吵架，心脏病又犯了，在医院抢救了半个月才出院。你母亲为了你轻判，卖了你家唯一的房子，把所得的钱款全部赔偿给李小紫家人，只是想小紫家人原谅你。现在为了生活，跟你父亲满大街去捡垃圾，对这样的结局满意吗？还是你也会心疼？”

她的语气不重，但一字一句都让肖晓心疼到窒息，肖晓想到那些场景就受不了。

李星妍心酸地笑了笑：“也有网友会幸灾乐祸，感觉你们家有此遭遇实属罪有应得。肖晓，你认为是罪有应得吗？还是继续为自己三年的刑期而庆幸？”

肖晓一直都没有再吭声，而是难过到想哭。

李星妍语气渐渐加重，充满愤怒：“对，李小紫死亡，她的父母在家几乎快哭瞎了眼，而你却在此感到庆幸；你坐牢，你父母为了你在家也快哭得肝肠寸断，别人当然也能庆幸。庆幸你祸害人最终被抓，庆幸坏人最终得恶报！”

肖晓流泪摇头：“你不要再说了。”

“我曾经说过一句话，所有人犯罪后流泪只是因为自己被抓，只是因为坐牢被禁锢了自由。他们没有一个人是因为怜悯被害人，没有一个人是因为被害人遭遇死亡、重伤而痛苦。他们所有的悔恨皆来自对牢狱的厌恶，对没有自由的伤感，对不能与亲人相见的难过。”李星妍咬牙忍住对李小紫的心疼，“肖晓，你有没有想过，天底下所有父母都是疼孩子的，你坐牢，你父母天天哭，但也就几年刑期而已，他们至少还有点儿盼头。但李小紫父母呢？他们连这点儿盼头也没有！他们的女儿没有了，永远从这个世界上消失了。你究竟知不知道，让父母面对孩子的死亡，到底有多残忍？你究竟知不知道自己的行为对于一个孩子来说，有多灭绝人性？你究竟知不知道，她只是孩子，只是一个仅仅能抓伤你的孩子？她的人生还没有开始，但就这样被你扼杀。而你呢？你还在这里为自己的三年而感到庆幸！”

肖晓哽咽：“我没想杀她。”

“是的，你不想杀她，无意杀她，所以法律用它冰冷的框架来起诉你。”李星妍皱紧眉，努力平息自己的愤怒，努力克制自己，“你替自己开脱，对孩子犯罪都有足够多的诡辩。此刻的网友，或李小紫的父母，也有对你犯罪的冲动。但为什么他们会克制住自己？因为他们相信国家，相信法律会制裁你。不过我跟你说实话，有时候我也痛恨法律，为什么罪恶滔天的人才被关短短几年而已？”李星妍咆哮着问她，“你告诉我，为什么恶贯满盈的人才被关几年而已？以后等她有了孩子，想起自己曾经虐待过别人的孩子，她不会受到良心的谴责吗？她会因为自己曾经犯下的恶，宽恕自己吗？”

肖晓摇头哭泣。

“先前嚣张的你去哪里了？原来你也会疼父母疼到哭？如果小紫能长你这么大，她也会疼自己父母疼到哭泣，你相信吗？”

肖晓用力地点头，泪流满面：“我相信，你不要再说了——”

李星妍狠狠吸了口气：“法律束缚你的思想，禁锢你的行为，目的是让你反思自己的恶。而不是为了让你犯罪后还耀武扬威，不可一世！”

她说完这句直接走出讯问室。

程颖哭哭啼啼地追上来：“李检，我真的受不了，为什么刑期这么少？”

李星妍靠着墙壁，连声音都无力：“她有虐待的主观，却没有故意伤害的主观。其实有时候我也痛恨法律，明明罪大恶极的人，却因为主观动机而被轻易放过。”

程颖擦干眼泪：“比如父母虐待孩子，主任刚接手一个案子，是父母把孩子虐待死的。他本来想转给你，怕你受不了，所以自己处理了。”

李星妍紧皱眉头，仰起头：“真别转给我，我受不了。”

“李检，陈兰要等一会儿，现在还没有讯问室，还有很多检察官在排队。”程颖提醒她。

李星妍点头：“我知道。”她狠吸了口气，转身走出看守所，到外面呼吸新鲜的空气。

看守所外面还是熟悉的场景，不少律师和检察官在等着接见。李星妍扫了眼人群，没有季晋源的身影。

季晋源最近去了自己父亲的律师事务所，她父亲没事就往季晋源家里跑，名义是商量案子，背地里却是借着谈案子为由喝酒。

她父亲还因此跟季晋源处出革命感情，李星妍真担心不久后，父亲会对季晋源产生誓为知己死的壮烈友情。

看守所外不少律师跟检察官都因为这三桩案子而认识了李星妍，她一出现就吸引不少人的视线。有个别胆大的律师走到她面前，礼貌地伸手自我介绍："你好，我是律师，我叫——"

李星妍冷漠地走开。

这名律师尴尬地杵着，一时不知道怎么办才好。

人群里又走出一个人，是康辰。他走到李星妍面前，嘲讽地问："见到我意外吗？你真要加油投诉，你知不知道，司法局的领导真没有什么用，三言两语就被我打发了。还有律协，律协里基本是熟人，不用三言两语，我就站在那里他们就信任我的职业操守。"

李星妍横了他一眼，没搭话。

康辰得意地笑道："其实我最近得出了一个结论。律师不仅是行走在法律之上的人，还是能监管检察官的人。谁能维护这世界的公平正义，只有我们律师！"

李星妍也跟着冷笑："康律师，你觉得九十八和一是多少？"

康辰深思了一会儿，渐渐变了脸色。九十八和一是多少？是字谜，谜底是杂种。

李星妍再接再厉："你三年没刷牙了吧？我跟你说，要经常刷牙，否则有蛀虫。"

康辰继续猜，三年没刷牙？臭嘴？他脸色难看地想发火。

李星妍看他脸色死灰，继续笑："其实你还真别把自己当圣人，其实你就像一尊雕塑！你知道雕塑没有什么东西？"

"心肝"？康辰条件反射地猜，猜完后怒问："你骂我杂种，臭嘴，没有心肝？检察官能骂律师？信不信我投诉你？"

"什么？你说你是杂种，臭嘴，没有心肝？"李星妍明知故问。

"你骂我！不是我说！"康辰咬牙，"没有人敢这么污辱我！我一定要投诉你！"

李星妍笑容可掬地喊了声：“程颖，九十八和一是多少？”

程颖立刻回答：“九十九啊！很容易算的加法。”

李星妍笑容灿烂：“三年没刷牙，不经常刷牙会有蛀虫。”

程颖马上回：“对人类的友好忠告，不刷牙真会有蛀虫。”

李星妍笑得康辰头皮发麻：“那像一尊雕塑呢？雕塑没有什么？”

“没有坏心眼儿啊！称赞人的话！”

两人一唱一和把康辰气得抓狂。

李星妍气出了，刚才审讯的坏心情一扫而光：“康律师，如果你觉得刚才我的这些问话是骂你，欢迎投诉！”

“你，你，你——”康辰气结，好一会儿才咬牙说出一句，“我懒得跟你计较，我们法庭见！别忘了，陈兰的案子还没有判决！”

李星妍可不是吓大的，眉开眼笑地回答：“我奉陪到底！”

“行，你给我等着，到了法庭上我要你好看！”

“行，我等着，不过我建议康律师你先补好心肝，再刷刷牙去去臭味，这样在法庭才有人听你说。”

看守所安排会见陈兰的时间刚好到了，李星妍看了眼气得面红耳赤的康辰，转身往里走。

第一百零十三章

季晋源得知父亲癌症晚期

讯问室里的陈兰很冷静，但冷静之余还是能看出一丝异常，比如她的双脚交叉，双手交握着一直在不停地摩擦着掌心，动作上可以看出她很焦虑，但脸色还是万年不变的淡定。

程颖还是没有按捺住情绪，劈头盖脸就问："你肯招了？陈兰，你现在还有机会弥补对李小紫的过错。如果真要等到判决，你的罪过可严重了。"

陈兰一直用右手摩擦着左手掌心："你们不是当庭讯问出答案了吗？还要招什么？"语气虽然云淡风轻，但其实还是很焦虑不安。

程颖的性格本来就有点儿冲动，气势汹汹地训她："你这叫不见棺材不掉泪，陈兰，我警告你，你的拒绝认罪只会让法庭重判。"

陈兰深呼吸后微笑，并停止摩擦手心，将两只手刻意地轻放到桌面。李星妍冷漠地盯着她，知道她在试图缓解自己的焦虑。

李星妍不动声色地问："陈兰，我控告你的罪名是故意伤害罪。知道故意伤害罪的量刑吗？《刑法》第二百三十四条有规定，故意伤害他人的身体，致人死亡的，处十年以上有期徒刑、无期徒刑或死刑。"

陈兰桌下的双腿不停地互相缠着，手不停地摸着头发。她又开始焦虑不安，但面部表情一直强行平静。

李星妍明知故问："害怕以命偿命吗？"

陈兰不自然地咧嘴："怕什么？我没有罪，法院如果判我有罪，我肯定上诉。"

李星妍呵呵笑："我刚才见过肖晓了，她没有对被害人表现出一丝一毫的内疚。这让我很好奇，你呢？如果之前你的痛哭流涕都是装模作样，那么现在你是什么心情？午夜梦回的时候，你会心疼那个无辜枉死的孩子吗？”

陈兰故意直视她：“当然，我当然会内疚，会不安，但跟我有什么关系？就算我摔了她，但她致死的原因可能是肖晓那一摔。”

李星妍轻摇头：“不，你没有一丝内疚。你虽然故意直视我，但眼睫毛疯狂眨动，手指一直在互掐，你的眼神虽然假装很坚定，你的表情虽然一直强行冷静，但你明显在说谎！”

“其实我们都知道光凭这些小动作而去判断一个人是否说谎，是很不准确的事。李星妍，你一直在试图分析我，并想靠着这些来摧毁我，可能要让你失望了。”

“是的，如果光靠着这些微表情分析陌生人，有百分之五十的错误率。但是陈兰，此刻分析你，我觉得我有百分之百的准确率。因为你开始心慌、焦虑、不安了。”李星妍站起身死盯着她，故意笑着呵斥，“刚才进讯问室时民警告诉我，你每天半夜都坐在床上不敢睡。你为什么不敢睡觉？因为你也跟我梦到了同一场景吗？我告诉你，我每天会梦到幼儿园，梦到李小紫在哭。她在梦里很无助很痛苦，可是我救不了她——”

陈兰的伪装立刻瓦解，一脸憔悴：“我在法庭不是招了吗？你不是用这些刺激到我说出真相了吗？为什么还要过来问我？难道你的爱好就是反反复复，一次又一次地揭别人的伤疤？”

“你犯过的罪，当然想就此掩埋。可是李小紫的父母过了这么久，还是哭得昏天黑地，其实所有人都明白，他们再哭也于事无补，李小紫回不来了。可是没有人告诉他们真相。旁人可能在身体上、心灵上没有办法感同身受，却能带着同情去怜悯他们。”李星妍冷冷地问，“对弱小的怜悯之心，是与生俱来。从我们生而为人那一刻开始，就会去可怜、同情孩子，可是你的怜悯之心去了哪里？你怎么还有脸自述没有罪？”

“我认罪又怎么样，我不认罪又能怎么样？这官司已经这样了——”

“弥补啊，内疚啊！法律是为了让你谴责自己，监狱是让你反思自己。如果法律的根本只为了约束人的行为，监狱的根本是为了禁锢恶人，那道德的意义何在？”

“行啊，我弥补啊！我可以去道歉，去内疚，去不停地忏悔！你给我个机会行不行？”陈兰激动到想站起来，但被讯问椅固定住，她眼含热泪地问，“你让时间回头，你把时钟拨回去。只要时间能倒流，我愿意善待孩子，我愿意——”

“你的哭仅仅因为你被捕！”李星妍根本不同情她的眼泪。

陈兰哭着苦笑：“对，我的眼泪仅仅因为我失去自由。李星妍，你说人的同情心是与生俱来，你怎么不同情同情被噩梦折磨的我？我告诉你，我快崩溃了……我每晚都会梦到同一场景！她在梦里一直哭一直哭一直哭……”陈兰不再吼，“我每天都不敢睡觉，我已经失眠几个月了。我以为晚上失眠白天睡着就会梦不到她，可是她依旧会出现。她一直在我的梦里哭哭哭……你让她不要再来骚扰我，我什么都认了……”

李星妍没有回答她。

陈兰逼问：“是不是只要我认罪，她就能滚出我的梦境？我在法庭不是承认抱了她吗？为什么她还要缠着我？行啊，我内疚、自责、忏悔、赎罪，但让她滚出我的梦境！”

李星妍没有再搭理她，起身走出讯问室。走到外面她还听到陈兰的哭喊：“李星妍，叫她滚出我的梦境，我求求你了——”

李星妍毫不犹豫地径直往外走。

是的，大部分人在犯罪后，虽然会短暂地对被害人表现出片刻的内疚自责，但更多的是因为失去自由，所以才懊恼犯罪；他们害怕铁窗，恐惧死亡，所以才会表现出想救赎的心态。他们从来没有真正悔悟，从来没有真正感受到自己对被害人的所作所为到底有多泯灭人性。

所以我们只能用法律来制裁这些人，用监狱来禁锢这些人，用道德来谴责这些人。

恶善因果，天理自会循环。

李星妍回检察院处理了一些事后，回家休息，她必须早早休息才能面对第二天的庭审。虽然第二天庭审最多走走过场，但因为对手是康辰，所以还是不可小觑。回到家吃完饭后，她虽然躺下，但一直翻来覆去。

谢天宇打电话来的时候，李星妍刚好在客厅喝水，她拔下正在充电的手机问：“怎么了？”

谢天宇小心翼翼地问：“能不能帮个忙？”

“说。”

“晋源他爸重病……你能不能劝他回家看看？”谢天宇忐忑不安，“其实看看也没有什么，对不对？”

李星妍简明扼要地问：“究竟是什么病？”

谢天宇犹豫不决：“不方便说。”

“需要我数到三吗？”

“我说，是癌症晚期，所以他才会三番五次跑过来看晋源。”

“谢天宇。”李星妍脸色难看，说话也不客气，“这种事你也瞒？是朋友吗？”

“难道直接告诉他真相？李星妍，伯父的意思是让晋源一直恨着他。”

“季晋源总有一天会知道真相，那时会更痛苦。抱憾终生与抱憾一时，他应该怎么选？”

“我们应该尊重老人的意见。”

“就这样，不聊了。”李星妍挂断电话，径直走出家门，在按季晋源家的门铃时却犹豫了，她思量再三按响门铃。

门很快打开，今天她父亲没有来，所以有些清静。

李星妍礼貌地问：“我可以进去坐坐吗？”

季晋源受宠若惊地笑道：“可以啊，欢迎欢迎。”

这是她第一次主动来他家，他乐得合不拢嘴，不过三分钟就在茶几上摆满了一堆吃的。她在沙发上坐下，有些坐立不安。

他看出她的不自在，温柔问：“怎么了？”

她平时挺淡定的一个人，任何事都激不起她的不安与焦虑，但现在面对他，她非常不安与难过。

这么久以来，她一直在刻意忽视季晋源的成长环境，因为怕自己会同情他。男人应该挺讨厌一个女人同情自己。

但现在她正表现出对他的同情。

外面天色已黑，温柔的灯光仿佛能驱散她的不安。

她直视他，坦言：“你父亲病了，是癌症晚期。”话音落下，屋内寂静无声，她一言不发地屏息凝视他，而他在她的注视下，神情由震惊变成悲伤，再由悲伤化成痛苦。他有层次地表达了自己对这件事的悲痛，这猝不及防的打击让他嘴唇颤抖，一个字都说不出来。

他急切地看着李星妍，很想说一句什么，但更多的是后悔、自责、内疚与不安。

屋内死寂，李星妍听到自己的声音响亮而起："还有一件事，我不得不告诉你。"

季晋源猜到了什么，眼里突涌出眼泪，但认真地听。

李星妍狠吸了口气："谢天宇说你妈妈有严重的抑郁症，抑郁症是因为某次同学聚会时喝醉了，然后稀里糊涂和同学……"她停顿下来，担忧地问，"季晋源，可能我说出这些你会怪我，但我更多的是想让你理解你父亲，趁他还在世去跟他和好，孝敬他，并且承担起一个儿子真正的责任与义务，而不是一味地逃避。"

他没有说话，只是震惊地看着她。

第一百零十四章

季晋源离开

她坦言：“我不会安慰人，但如果你骂我，我洗耳恭听。你可以发泄你的坏情绪。”

过了好一会儿，他才喃喃地问：“我为什么要怪你……”他眼里的泪越聚越多，自嘲地笑了笑，“我有什么资格怪你？李星妍，谢谢你告诉我这些。只是……可不可以请你先离开，我想一个人静一静。”

她起身离开。

他看着她离开的身影，又想留住她，想让她陪陪自己，却不敢开口。一切就如同他之前所想，命运从不放过任何人，它的齿轮严丝合缝到让人感觉惧怕与无奈。

事实真相已经摆在他面前，被自己记恨的父亲已经躺在床上生不如死地煎熬着。

季晋源看着外面黑沉沉的夜，感觉那些黑暗朝自己风卷云涌地压了过来，让他心口疼得喘不过气。

他泪眼蒙眬中又想起那天，山茶花开得烂漫，小鸟在天地间飞翔。邻居家的院子里，孩童正在玩闹，欢声笑语让人感觉心情特别好。

那天家里的大门出乎意料地开着，屋里隐约传出人声。父亲找的陌生女人跟他简单问候后，他一声不吭地转身就走。

身后父亲在叫：“晋源，是你吗？”

他没有回头，而是加快脚步，却又要装作若无其事地逃离。他每走一步都很难受，很想回头看看那仓皇声音下已经老去的人。但父亲没有追上他，他也成功地再次避开了父亲。

……

屋里的灯突然熄灭，不知道是跳闸还是停电，但理所当然地断了他回忆的线。他趁着黑夜终于可以放肆地哽咽，放肆地哭出声。

他嘶哑地叫着：“爸……爸……”泪流满面地重复叫着，“爸爸……”

心疼得快要窒息。

他一屁股坐到地上，无助地抱着自己号啕大哭，惭愧而内疚地哭喊：“爸……”

小时候真好，可以在父亲膝下承欢，可以无忧无虑，不知岁月艰难地撒娇，连记恨一个人的能力都没有。

小时候真好，不会质疑父母的爱，永远天真烂漫，无忧无虑。永远不知道是父母肩扛起我们负重而行。

随着岁月流逝，我们退化了去爱或如何表达爱父母的能力，就算听到他们悲惨也只会沉默着陪同，或背地里哭，更多的是抛弃他们减重前行。

于父母而言，孩子是他的一生；于成长的孩子而言，父母只是他广阔天地里的一角。那角虽放在心里最干净的角落，不时会回忆，偶尔会记起，但更多的却只是收藏与躲避。受到良心谴责则拿出展览，除此之外，再无其他。

这个夜很黑很深，季晋源在黑暗中摸出手机，打开微信，翻到微信最底端。最底端有他加密的三张照片，是小时候跟父母的唯一合照。合影上的妈妈笑靥如花，而父亲一本正经，不苟言笑。

季晋源看着这三张照片，眼泪滔滔不绝。

原来自己并未失去，原来一直以来有人刻意隐瞒这个真相，想让自己减重前行，想让自己不要生活在仇恨与自卑里。

李星妍第二天一大早就起床，准备出门跑步时碰到提着行李箱的季晋源。他歉疚道：“原本今天打算去旁观庭审，但去不了了。”

她轻轻“哦”了声，走到电梯。他拖着行李箱跟过来：“李星妍，我要回家很长一段时间。”

电梯打开，她走进去，云淡风轻地继续“哦”了一声。

他说：“我可能不回来了。”

她的心口随着电梯门关闭的瞬间狠狠一紧，有点儿堵，这才看着他皱眉问：“为什么？”

他说："我要回家照顾我爸，昨天你不是劝我照顾他，尽为人子的责任吗？"他半开玩笑半认真地说，"所以我要回老家照顾他。谁知道要照顾几年呢？不准备回来了。"

她一直紧盯他的细微表情，突然要求他："倒过来说一遍。"

"什么？倒着说？"他一脸惊讶，用手指轻轻揉了揉鼻子。

李星妍立刻微笑："没，你的做法是对的，不要怀念这里的人和事，什么都没有你父亲重要。"

这次轮到他皱眉："那我们之间——"

"世上男人千千万，多你一个不多，少你一个也没多大影响。"

电梯正好到了一楼，她走出电梯，跑向外面的花园。

他郁闷地在她身后问："你就不想我，或说说什么离别的词儿？你就不怕我一去不归啊？"

李星妍听见了，没有回他。

季晋源拖着行李箱，加快脚步跟上她，一边走一边喊："李星妍，我给了你爸两万彩礼呢，律师合同还抵了二百万的彩礼——我以前最爱钱，可现在为了你钱都变成身外物了，你就不能说两句离别赠言啊？"

她刻意放慢脚步，但还是没有回答他。

季晋源突然扔掉行李箱狂奔向她，他追上她，猝不及防从身后将她搂入怀。李星妍的背抵在他的胸膛，一时愣住，没有说话。

他温柔地问："会不会想我？"

这真是一个尴尬的话题，李星妍很想冷静，但脸已经不可控制地发烫。

他叹了口气："怎么办，还没有离开，但我已经很想你了。"

她善意地提醒："未经同意就抱我，你应该想想《刑法》——"

"不想。"

"为什么不想？"

"这不是上班时间，你在此时此刻也不是检察官，只是一个普通的女市民，我为什么要想《刑法》？"

"普通市民就不用想《刑法》？什么歪理谬论？"

"那我们来辩论辩论？"季晋源抱紧她，声音低低，一字一句带着暧昧，"李星妍，不要岔开话题，你究竟会不会想我？"

她不习惯这样的暧昧，面红耳赤地回："不想。"又补充道，"如果你再不放开我，也许下一秒我会打 110。"

他搂得更紧："撒谎，你跑步还带手机？"

的确没有带！

她说："那我就只能喊非礼了——非——"

"礼"字还没有出口，他已经迅速松开。

季晋源一脸无可奈何："那我走了啊。"他看了眼手表，"赶着去火车站呢！"

"不送。"

她转身往反方向跑。

季晋源在她身后大声喊："你想我了就给我打电话呗！以后真的见不到了！李星妍，我——"

她跑开很远，直到听不见他的声音才敢回头。身后空荡荡的，没有人追来。她情绪低落地找了条小区内的石凳坐下，看向不远处的景色，有点儿恍惚。她没有心思继续跑步，返回自己家，急忙给爸爸打电话。

她问："季晋源请了多长时间假？"

"辞职了。"李飞鸣也很郁闷，"听说家里出了点儿事。星妍，你是不知道，很多有钱人找小季打官司，大家都认为他辩论一流。可他突然跟我请辞，说要回去照顾他爸。他是个孝顺的孩子，宁愿放弃大把钞票去照顾家中老父，真是个好孩子。"

李星妍心里有点儿堵得慌："你就这样让他走，不是签了合同吗？"

"当然得让他走，你爸是什么人啊？为了挣钱把他强行留下来？"李飞鸣悟出了什么，"你，你……你舍不得他走啊？他不回来了？"

"我怎么知道他回不回来？你收了他两万订金，不退还给他？"李星妍赌气地回，语气失去了平时的冷静。

"退，马上退。"李飞鸣算是看透了："你喜欢他又不直接说！人家不一直追你吗？如果你一早答应做他女朋友，他肯定会回来！现在这样，我个人感觉啊，只是我个人的感觉，他回来的概率很渺茫。你想啊，他爸癌症晚期，如果活一年，他肯定待在身边一年，活三年待三年，他哪还能顾得了你。"

"谁稀罕。"李星妍挂断电话，坐在沙发上，看着这冷清的屋子，突然感觉很难过。她在手机上找到通讯录，翻到季晋源的手机号码，很想打电话跟他说些什么，但最后还是作罢。她翻到微信，试图给他留言，但发现自己此刻连基本的词汇量也丧失。

女人有时候是不是应该主动一点儿，勇敢一点儿？

时钟指向九点整。

她看着时钟，强打起精神出门，开车去法院。不管发生了什么事，她是检察官，应该负责地完成这一场诉讼。

法庭门口挤了不少人。

李星妍带着程颖穿过人海进入法庭，做开庭前的准备工作。康辰在她入座不久后走进来，坐在她对面。旁听席的人鱼贯而入，相互议论。

这次庭审，李星妍相信法院内部已经讨论出了结果，只是想再确定下，简单走个过程而已，或想听听他们对量刑的建议，李星妍猜测会当庭宣判。

第一百零十五章

案件宣判

审判长入座后，又是一系列法庭的流程，最后宣布开庭。

审判长回顾了上回庭审的一些基本情况，问双方："都没有新证据提交？"

康辰摇头："审判长，辩方没有任何新证据提交。"

李星妍一听没有突袭证据就松了口气。

康辰故意停顿较长时间才继续："不过，辩方认为被告人陈兰并不触犯故意伤害罪，她的行为更符合过失致人重伤罪。"

李星妍提反对意见："控方不认同。"

"审判长。"康辰淡淡地瞥了她一眼，"第一，公诉人认为陈兰故意伤害，但陈兰女士已经招供，自己是在被抓伤的情况下，失控并失手摔下被害人。第二，被害人的真正死亡原因是小脑蚓部出血，蛛网膜下出血，脑挫伤并发脑血肿死亡。在诸多层的死亡原因下，控方把死亡原因单独归于被告人陈兰那一摔上，辩方觉得不妥。辩方认为被告人肖晓那一摔也有致死因素，并且，如果被告人肖晓拖下被害人为过失，为什么被告人陈兰在被被害人袭击后，失手导致被害人摔倒为故意？控方的依据是什么？"

李星妍起身回："辩护律师，第一，被告人肖晓的那一摔有视频为证，视频里能看清楚她的确是无意导致李小紫摔伤。第二，被告人陈兰在被抓伤后把被害人摔在地上，这本身就是一种故意行为。她能预料到自己这一摔会对被害人造成什么伤害，但她没有预料到后果，所以控方起诉她故意伤害罪，而非故意杀人。"

康辰咄咄逼人："公诉人是如何断定她故意摔人？如果只是没有抱稳失手摔人呢？一时失控呢？你如何排除她过失的成分？"

李星妍有理有据地回答："被告人陈兰进入小黑屋时，被告人肖晓在外偷听。她清楚听到被害人抓伤被告人陈兰后，被告人陈兰一边骂一边叫，之后再将被害人摔在地上。所以这不是一时的失控或无意，她有充分的时间考虑到摔被害人的后果。"

"也就是说，公诉人确定故意的成分还是来自相关利益的另一名被告人肖晓。"

"控方是根据证据链和证据结合来推断。"

"看不出来。"康辰冷笑，"目前可见，控方诡辩能力一流，证据链可以随时瓦解。因为你没有办法证实被告人陈兰是故意，另一名被告人肖晓并非为了相关利益而撒谎。控方盲目听信一面之词而断定被告人陈兰为故意，已经先入为主，以她有罪的前提进行的证据体系构建，这种有罪推定的行为辩方并不认同。并且死亡原因没有办法追溯到是何人所为，但却以先后的顺序来判前者重伤、后者死亡。辩方不服。"

两人已经僵持不下，有法警走进来，在审判长耳边说了些什么。

审判长打断两人："是否还有新证据提交？"

康辰坦言："并没有，但——"

审判长打断他："辩护律师，被告人陈兰刚才已经在等审区跟法警坦白交代。她承认自己故意摔人，并且认罪。"

"这怎么可能？"康辰不敢置信，"你们是不是对她做了什么？"

审判长面无表情："法警有录下视频，可以当庭播放。"

陈兰在等审区的视频当庭播放。视频是法警用手机拍摄，陈兰面对镜头，满脸无助的惊慌："我认罪，我是故意摔小紫。你们快点儿判刑，我不要再待在看守所，我在看守所里夜夜都会梦到她。"

法警说："你说说事发经过。"

陈兰哭丧着脸："那天进小黑屋，我是好心想抱她下来，可她抓伤我。我一时丧心病狂就把她给摔了。但我真的不是想要她的命，我并不想摔死她。我以为她会没事，结果她死了……我愿意赔偿小紫的父母，多少钱我都愿意赔，只是希望小紫不要再哭，她不要再来我的梦里哭了……是，我恶意摔她，还布置犯罪现场，我不是人，我浑蛋……我认罪……"

最终让陈兰认罪的是一个重复的梦境。

李星妍想起自己曾经梦到的场景，心酸地笑了笑。的确，李小紫会在梦里不停地哭，日复一日地折腾你的内心，最后让你不得安宁只想摆脱她。

审判长宣布休庭 40 分钟与合议庭进行合议。

康辰在座位上冷眼瞪着李星妍，李星妍不客气地回瞪他。

气氛很诡异，旁观席的李小紫爸爸突然走到李星妍面前，跟她道歉：“对不起，之前误会你了，说话有点儿冲，你别往心里去。”

“没关系。”李星妍很欣慰，自己的付出还是有人肯定的。

“检察官，这几场庭审看下来，我跟老婆都很感激你。不管结果如何，我们都接受。还有我父亲，他也来旁听了。”李小紫爸爸说完，指了指旁听席。

李星妍顺着李小紫爸爸手指的方向看过去。

小紫的爷爷正坐在旁听席，面带微笑地朝她敬礼。李星妍心里的不快一扫而光，也跟着微笑，举手敬礼。

40 分钟后，审判长才回到座位，当庭宣判。

判决如下：

人民检察院于 × 年 × 月 × 日以被告人肖晓过失致人重伤罪、被告人陈兰故意伤害罪，向本院提起公诉。人民检察院派检察官李星妍出庭公诉。本院公开对本案进行审理，现审理终结。

人民检察院指控：

2018 年 12 月 5 日，中心幼儿园发生幼童被虐身亡案。被告人肖晓主动供述自己将被害人李小紫从滑梯上拉下，导致李小紫后脑摔在攀爬架上，并无视李小紫伤情，将她抱去小黑屋等犯罪事实。

被告人陈兰在随后进入小黑屋，辱骂李小紫，并将李小紫再次摔下，实施脚踢、手掐等犯罪行为。

人民检察院向本院移送了被告人的讯问笔录、两次尸检结果、鉴定结论、勘验报告等证据。认为被告人肖晓已触犯《中华人民共和国刑法》第二百三十五条之规定，被告人陈兰已触犯《中华人民共和国刑法》第二百三十四条之规定，请求法院追究其刑事责任。

被告人肖晓及辩护律师马元清对检察机关指控不持异议。

被告人陈兰对检察机关提起的故意伤害罪已认罪，无异议。其辩护律师康辰辩称陈兰对于摔下幼儿无故意行为，对故意伤害罪致死的结论也表示反对，认为检察机关指控罪名不能成立。

经审理查明：

（一）2018 年 12 月 5 日被告人肖晓在中心幼儿园将午休吵闹的被害人李小紫从床上暴力拖起，想将其关进小黑屋，却在中途遭遇李小紫的激烈反抗。肖晓被其抓伤，愤怒之下将李小紫抱去滑梯处，过失导致李小紫摔伤后脑勺，出现意识障碍，随后在无任何施救下将李小紫抱进小黑屋。

证实上述事实的有以下证据：1. 证人魏正宇的证词，魏正宇能证实，下午 13 时许，被告人肖晓将被害人李小紫暴力拖到滑梯处，并在打骂之时导致李小紫摔伤。

2. 幼儿园外停车场的车载记录仪清楚录到当时的画面，视频显示：肖晓打骂李小紫，导致她摔下滑梯，摔伤后脑勺，并无任何救治行为，并送去小黑屋。

3. 检方在攀爬架下找到一枚蝴蝶形状的小发夹，经其亲人指证，是李小紫当天所佩戴。

4. 法医在李小紫后脑发现长条形状、长度大于 6cm 的头皮下出血，符合攀爬架摔伤的结论。

以上证据已当庭出示、质证，本院查证属实，并予以确认。

（二）2018 年 12 月 5 日被告人陈兰在中心幼儿园的小黑屋将被害人李小紫从小黑屋抱起，已经恢复知觉的李小紫反抗挣扎，抓伤陈兰。陈兰被抓伤后对李小紫进行打骂，并再次将李小紫摔地，导致李小紫后脑勺第二次受伤，并当场死亡。陈兰其后踢、掐李小紫，确认其死亡后迅速布置犯罪现场。伪造行为有：大力拉扯李小紫手臂，并将李小紫前额砸地伪造出过失致人死亡的痕迹。

上述事实，经庭审认证、质证的证据如下：1. 经法医检测，被害人李小紫手中所攥头发，指甲内皮屑的 DNA 与被告人陈兰吻合。陈兰颈部有伤疤，疤痕大小与幼儿指甲抓痕相似。

2. 法医测出李小紫头部除了长条形的出血，后脑还有硬块直径大于 4cm 的头皮血肿。

3. 另一名被告人肖晓的证词，肖晓在听到陈兰骂李小紫后，再将其摔下地。

4. 被告人陈兰的供述，陈兰承认自己故意将李小紫摔下地，并布置犯罪现场。

本院认为：（一）被告人肖晓过失伤害他人身体，致人重伤死亡，其行为已触犯过失致人死亡罪。公诉机关指控其犯罪事实清楚、证据充分，已经形成完整排他性证据链，但在罪名认定上与本院有分歧。

肖晓虽为过失致人重伤，但其行为更符合过失致人死亡罪。过失致人死亡罪形成有三要素：1. 发生致人死亡的实际后果；2. 有过失致人死亡的行为；3. 过失行为与死亡结果具有间接的因果关系。

本院认为，被害人李小紫真正死亡原因是小脑蚓部出血，蛛网膜下出血，脑挫伤并发脑血肿死亡。肖晓失手导致李小紫摔在攀爬架上，导致李小紫后脑受伤，有潜在致死因素，并不能用重伤一概而论。

（二）被告人陈兰其辩护律师康辰，辩称陈兰非故意，在行为认定上与公诉人有所冲突。经法院审理，已经查明陈兰具有主观恶意摔被害人李小紫，肖晓的证词虽然带着相关利益性，但与证据链相符，与陈兰自述事实相符，予以确认。

辩护律师康辰，辩称被害人李小紫的死因有多种可能，本院予以采纳。

在其二人的罪名认罪上，经合议庭再三商议，依照《中华人民共和国刑法》第二百三十三条、第二百三十四条之规定，判决如下：

第一，被告人肖晓过失致人死亡罪成立，判处有期徒刑六年。

第二，被告人陈兰故意伤害罪成立，判处有期徒刑十年。

如不服本判决，在判决书送达十五日内，向市中级人民法院提起上诉。

李星妍屏息听完，对这结果再满意不过。康辰的脸色却很凝重，这判决结果与他所想不符，他认为过重，准备提起上诉。

但上诉不在李星妍所管范围之内。案子今天审完后，她会继续投诉康辰。

第一百零十六章
您儿子回来了

宣判完后，审判长宣布散庭，程颖兴奋地说：“李检，这个结果不错。”

“对。”李星妍收拾好东西刚想往外走，法警走过来把她叫去审判长办公室，这案子的审判长还是陈毅。

陈毅找她并非聊案件，而是问：“季晋源呢？我到处打听，听说他辞职了。”

季晋源？听到这个名字她有些抑制不住的悲伤，她努力地保持平静：“他回老家照顾他父亲了，短时间内可能不会回来。”

“会回来吧？”陈毅对季律师一直有好感，“确定会回到我们城市？不会离开去别的地方吧？中国天大地大的，要想见一面可就难了。”

她皮笑肉不笑：“应该会。”

“应该？就是不确定了？”陈毅又是一阵喟叹，“没啥，我就摸个底，季律师是个辩论出色、人品一流的律师，有点儿可惜了。”

“他经常找空子钻，您还说他人品一流？”

“会找空子的律师才是好律师啊，律师的职业不就是钻法律的空子替人辩护吗？你跟他打交道这么久，还有障壁？”

“我觉得他有点儿像事精。”

“哈哈哈。”陈毅忍不住笑了，“不论是检察官还是警察，或是我们法院的，看律师都有这种感觉。但怎么说呢，理解万岁。他们忠于自己的职业，我们也忠于自己的职业。”

“嗯。”李星妍点头。

陈毅又是叹气：“真是可惜了，你俩在法庭强攻猛袭，针锋相对，又辩论得十分出色的这一幕，我是看不到了。讲良心话，你跟季律师还真有那么点儿缘分，每桩难搞的案件都会碰到一起。”

“我跟您也有缘。”李星妍看着很平静，但心里一直有点儿扎痛。这种痛很陌生但能让她更清醒。

她清楚地意识到了自己害怕失去某个人，害怕今后的岁月又只剩下自己一个人。

“那是那是。”陈毅嘱咐她，“如果季律师回来，立刻通知我。”

“好。”李星妍起身，告别陈毅后走出法院。

法院外人群熙攘，不少律师、检察官和被害人家属正在交谈。她从人群里穿插而过，走出嘈杂的人群才掏出手机，毫不犹豫地给季晋源打电话。

结果提示：您拨打的电话已经关机。

李星妍看着晴空万里的天空，心里一阵惆怅。

她上车后接到父亲来电。

李飞鸣问：“案子判了吗？”

“判了。”

“还继续接？”

“爸，我突然想休息。”

“好事啊！”李飞鸣热情地问，“出去旅游？或干点儿什么都好。”

李星妍脸色难看地摇头：“我想回家睡觉，睡个几天几夜不起床。”

“行，爸爸支持。”李飞鸣想起件事儿，问，“对了，小季的手机好像关机了。”李星妍听到这话，眼里莫名地发酸。她仰头忍住，尽量深呼吸，装作若无其事地回：“是吗？”

“挺遗憾的，真怕就这样联系不上了。”

“爸，我先挂了。”李星妍挂断，开车回检察院。中午车流并不多，她一路畅通无阻地回到检察院。

检察院里同事们正埋在案件堆里，案多人少的公诉科，所有人都争分夺秒处理案件。高新远见她精神恍惚地坐在办公椅上，问：“再帮你安排几个案子？这次你可以随便挑。”

“主任，我想休息一段时间。”

“多久？你要知道案多人少是每个检察院公诉科的通病。这年头，愿意当检察官的人太少了。”

“我累了，我很长时间没有休息了。”她真累了，甚至忘记自己周而复始地工作了多久。

“行，我批你一个星期？”

“行。”李星妍点头，这一刻无比疲惫。

高新远突然问：“对了，听程颖说季律师回老家了？真可惜。他还会回来吗？”

她突然情绪激动地吼：“为什么都问我这个。”吼完才发现自己失态，重新平复心情道歉，“对不起。”

高新远也愣住。这是李星妍第一次大吼大叫，平时她最多不服，可今天她失控了。失控的原因是什么？工作太累？不像啊，她能连续工作半年。

那是——季律师？

高新远是过来人，安慰她：“没事，我懂。我觉得你今天还是回家好好休息吧。”

“谢谢主任。”

李星妍快速走出检察院，开车回家。在租住的房屋外，碰到了隔壁房子刚巧大门打开。她瞬间失控地往里跑，一边跑一边叫：“季晋源。”她欣喜地跑进去，结果发现里面地产中介正带着陌生的男女看房子。

她错愕地问中介：“原来租这房子的人退了？”

“对，临时退了，正在转租。”

她没有再问，沉默地走出去，打开自己家门，直接躺到床上睡觉，试图调节自己的情绪。

六个小时的火车才到B市。季晋源在黑夜里拖着行李箱直奔医院。医院走廊上人有点儿少，他心急地一间一间找病房号，护士告诉的病房号出现在眼前时他反而停住脚步，有点儿退缩。病房门刚好打开，以前在家见过一面的那个女人出现在眼前。

她依旧一眼就认出他，惊喜叫道：“晋源？”

很亲热的称呼，但他跟她不熟。

她看着他手中的行李箱，热情地问：“你是要回家来住一段时间吗？”

他礼貌地叫了声：“阿姨。”不再迟疑地走进病房。

灯火通明的病房里，消毒水的味道很浓。父亲脸色惨白地躺在病床上，看见他时，那黯然的双眼中才恢复了一丝光彩。

他安静地走过去，轻轻地说："我回来了。"

季国强平静地"哦"了一声。

季晋源微笑："您儿子回来了。"

季国强一愣，眼泪溢出。

季晋源笑着重复："您儿子回来了——"

季国强嘴唇颤抖着，抬起青筋暴起的手遮住脸，试图缓解自己的泪流满面。

"爸，"季晋源借故离开，"我先去给朋友打个电话。"

他逃离似的走出病房，走到走廊，坐到楼梯才把手机开机。他第一个就打给李星妍。

手机响了两声就被接起，那头传来李星妍有气无力的声音，她疑惑地叫了声："季晋源？"

"嗯，在睡觉？"

"对，官司宣判后就回家睡觉，睡了好久。"她的声音带着极度的冷静。

他问："我手机一路关机，你有没有找过我？"

"没有。"她心虚地回答。

他笑了笑："我怎么听这声音有点儿心虚？李星妍，你有没有想我？"

她岔开话题："你爸怎么样了？"

他脸上的笑容慢慢凝结，自顾自道："怎么办，我开始想你了。"他想起病房中被重病缠身的父亲，眼泪涌出，"李星妍，我能不能想你想到流泪？"

她没有回话。

他痛苦地问："借我哭哭好不好？"有些眼泪总不能光明正大地流，有些担忧到了嘴边依旧说不出口，只能用别的话题来代替。

其实母亲自杀后，父亲也不是全然不管他，只是他一直刻意躲着父亲。他不愿意跟父亲亲近，总保持在三丈之外的距离；他不愿看到父亲，连不巧碰到也是立马掉头就跑。

小时候……现在想起小时候，季晋源真想抽自己。

第一百零十七章
大结局

这是跟季晋源分别后的第一夜，李星妍跟他通话一个小时，一直很耐心地听他在电话里絮叨那些小时候的往事，一直听着他在电话那头儿哭。

她耐心一直差，跟所有人通话都不会浪费太长时间，可这晚，她破天荒地一直在听他说。很多次她都想问他到底还回不回来，却又不敢问。

害怕答案失望，所以没有勇气，所有人都是这样冠冕堂皇地安慰自己。

李星妍休息了几天开始正常上下班。她积极地投诉康辰，司法局和律协认为康辰的事是她小题大做，毕竟人家只是问收买你要多少钱，又没有实际拿出钱，而且康辰人品一直还不错，所以大家都不太相信康辰真会干拿钱收买检察官的事。李星妍却力争康辰肯定有收买人的前科。

司法局和律协的几位领导还因此接见过她一次，问她认为康辰收买人有前科的理由，她理直气壮地回复，来自自己的推理。领导们集体无语了，于是这次接见后，投诉康辰的事再无下文，李星妍坚持投诉康辰两个月后也不了了之。

但康辰最后还是栽了，栽在她的主任高新远手里。事发是因为高新远接手了一桩富二代伤人案，本来官司一直进行，但康辰却在半路堵住高新远，要拿钱收买他，高新远是老滑头没有当面拒绝，也没有当面接受，只是含糊其词。

没有想到康辰就此认为高主任是可以收买的，于是直接提了一箱钱去他家里，这下直接人赃俱获。高主任带着检察长还特意去了趟司法局和律协，把所有领导一顿教育。最后康辰被起诉判刑，吊销了律师证。

听说康辰栽后，他以前干的那些不法勾当全被捅了出来，前科多到让人吃惊。比如操纵舆论，用非法手段攻击对手律师，抹黑别的律师事务所。更让人吃惊的是还扒出与陈兰长期的情人关系。

这转折让李星妍很无语，她特意去了趟司法局，领导乐呵呵地接待她，把她一顿猛夸，说她的推理简直是太准了。

李星妍跟季晋源保持通话三个月后，季晋源的电话越来越少，最后半个月连电话也没有。

这大概就是别人说的异地恋的分手过程，可她这还没恋呢，就再无下文。

李星妍在这段时间又恢复以前的规律，每天三点一圈地跑。不是在讯问犯罪嫌疑人，就是在奔向法院的途中。她原以为大量的工作她会忘记某个人，但发现记忆却越来越深刻，到最后，她干脆请了一天假，一个人在街上闲逛。

下午的时候还跑去看冷场电影。

电影院里只有她一个人坐在正中心的位置。

她看着银幕，很想集中精神看电影，记忆却不停地翻滚而出。

看守所外，他将矿泉水和名片递给她，笑着自我介绍，“我叫季晋源，康辰律师事务所的律师。”

那天放映厅的灯光很昏暗，他双眼炯炯有神地看着她，像是黑暗中唯一那点星芒，能照到她心里，让她所有心思都无所遁形。

他笑容灿烂地说：“不对，如果假设我喜欢你为‘你是否喜欢我’的基石，那么，这个问题，我们可以好好谈谈。”

“有什么好谈的？”

“谈恋爱。”他一半真一半假，眼里笑意更深，“如果‘你喜欢我’和‘我喜欢你’都是这次话题的基石，那么身为主导者的我，想让这基石建成摩天大楼；如果单纯只是‘我喜欢你’而‘你不喜欢我’，我也想建成云巅之宫，因为基石不会坍塌，你可以顺着‘我喜欢你’这块基石爬上宫殿。”

那天他突然踉跄欺到她面前，把她整个人抵到车门上，欺负地想要吻她。

还有他那首《晋妍心动》。

辰巳时春风乍起，街道边天凉气爽，万里星河璀璨下，掌上白玉亮无瑕，而美人你在身旁。

……

记忆实在太多太多。

李星妍看着银幕，眼泪突然涌出。这样一个人曾经出现在她的生命里，跟她对手了几桩官司，期间不断地吸引她爬上他的宫殿，可最后等她好不容易爬上，他却从她的生命里消失。

原来爱上一个人再失去，真的会让人难受，会让人无法克制住思念，甚至随着时间的流逝，思念会与日俱增，会严重到将自己彻底击垮。

她哽咽地环顾四周，没有一个人的身影。

那个人不会再像从前一样突然出现，嬉皮笑脸地凑上前。

那个人不会再像从前那样追在她身后，巧合地跟她相遇。

那个人已经消失了，不再想起她，不会再记起她。

李星妍看着电影银幕，流泪痛哭："骗子。"

那天临走时他半开玩笑半认真地说，"所以我要回老家照顾他。谁知道要照顾几年呢？不准备回来了。"

自己一直盯紧他的细微表情，并要求他倒过来再说一遍。

但他一脸惊讶，用手指轻轻揉了揉鼻子。

这明明就是说谎的表现，可没有想到判断失误，他现在音讯全无。

空荡荡的电影院里，突然出现脚步声，一个人影快速从入口走到她身边坐好，将手里的爆米花递给她："美女，吃吗？"

声音很熟悉，她泪流满面地看向他。

季晋源笑着说："没有想到咱俩真有缘分，我跟你说，我今天刚回来，没有找到你，于是想着来看场电影，又特意找了场冷门。"

李星妍贪婪地看着他，没有说话。

季晋源说："是这样的，我要跟你解释一下，半个月前我父亲去世了，我处理好他的后事才回来。那半个月实在太忙，所以没有联系你。你会介意吗？"

她这才回过神，摇头。

季晋源笑容灿烂地说："我就知道你不会介意，对了，听说市政府要从律师里选拔优秀人才当检察官，我去报名了，你觉得我足够优秀吗？"

她点头。

他反倒愣住："这么乖真不像你，我跟你说，我们重逢的场景难道一定要这么诡异吗？你别对我太顺从，否则我会以为遇到外星生物。"季晋源看了眼电影，问："好看吗？你怎么哭成这样，很感人？"

她突然起身一把抓住他的衣领，咬着牙警告："如果你再敢超过半个月不联系我，我就把你丢到垃圾桶，你信不信？"

“信，信，信。”季晋源一脸无辜。

她松开他，重新坐回位置上。

他嬉皮笑脸地问：“我怎么感觉你有点儿在乎我？你……想我了？”

她挑眉：“你说呢？”

他乐呵呵：“感觉有那么一点思念的味道。”

“不要再消失不见。”

“行。”

“不要再突然离开。”

“行。”季晋源笑着说，“其实你还可以说点儿别的。”

李星妍心里也很开心，但压抑自己，一脸平静地问：“说什么？说我想你吗？”

季晋源怔了怔，调侃地笑：“再深一点儿，比如你也喜欢我！”

她脸微红，语气还是很淡定：“有差别吗？”

“当然有啊！”他乐不可支，“对了李星妍，当我女朋友呗？”

“你不是要当检察官，以后就是同事了。”

“那是，我会申请跟你一个部门。”

“所以……”

“所以不要岔开话题，这次我要听到肯定的答案。”他笑容可掬地问，“李星妍，当我女朋友好不好？”

“试试呗。”

“我会通过试用期。”

“加油！”

……

你有没有在哪个瞬间，会对某个人情迷意乱？感觉她他的一颦一笑都那么吸引人。就算从前毫无察觉，但在那个瞬间，会让自己跌入时间与空间折叠的旋涡里，对她/他变成惯性的离心旋转。

而简单的时间也因此被无限拉长，时光也被赋予特别的意义。

如果酒精是抵达另一个人心灵的光速。

那么荷尔蒙的刺激，将会是媒介桥梁。

它们会让你重新定义一个人，会让你……真正爱上一个人。

（全文完）